普及类古籍整理图书专项资助项目

首批四川历史名人文化研究中心四川大学"苏轼研究中心"重点项目
成都文理学院重点项目

三苏选集

曾枣庄三苏研究丛刊

曾枣庄　曾涛　选注

巴蜀书社

三苏研究一大家

——写在"曾枣庄三苏研究丛刊"出版之际

陶武先

欣闻"曾枣庄三苏研究丛刊"（下称"丛刊"）即将付梓，由衷祝贺！于三苏研究，我是外行，仅属拥趸；于枣庄先生，尚未谋面，可算神交。我借闲暇时日，粗略拜读过"丛刊"一些文稿，大致了解其研究经历：枣庄先生皓首穷经、专心致志，倚重文献整理、史料研究、作品传播，兼备基础性、论述性、独立性，其三苏研究领域广阔、重点深入，形式多样、著述丰硕。"丛刊"不仅展示出使人受益的学术成果，更蕴含着令人敬重的治学精神。

对"不平"之事而严谨求真。"有不得已者而后言"①、严谨求真"鸣不平"，贯穿于枣庄先生的三苏研究历程。（一）情不忍则鸣。所谓"登山则情满于山，观海则意溢于海"②，由衷爱戴、景仰苏轼，自然容不得对其歪曲和抹黑。20世纪70年代末80年代初，为驳斥将苏轼视为"典型的投机派""动摇的中间派"，求"议论常公于身后"③，他毅然改变原来的研究方向，转而从容研究苏轼。"心正而笔正"，写成《苏轼评传》，客观评述其稳健革新的政治主张和从不"俯身从众，卑论趋时"的高尚人格。（二）疑不解则鸣。学贵有疑，有疑则进。大胆提问，小心求证，从而得出确切结论，是常用的研究方法。他研究苏洵，始于其置疑苏轼与王安石的政见分歧与苏洵是否相关，不指名道姓批评王安石的《辨奸论》是否为苏洵所作。为此，他深入研究，撰写了学界第一部关于苏洵的学术传记——《苏洵评传》，力证《辨奸论》出自苏洵，探求苏轼反对王安石激进变法的家学渊源。（三）理不通则鸣。世上没有两片完全相同的树叶，何况乎人？《宋史》记载"辙与兄轼无不相同"，他

---

① （唐）韩愈：《送孟东野序》，见《昌黎先生文集》。
② （南朝·梁）刘勰：《文心雕龙·神思》。
③ 宋孝宗《苏文忠公赠太师制》对苏东坡的评价，见（宋）郎晔《经进东坡文集事略》。

不以为然，深感有悖常理。于是，从人物性格、治世主张、学术观点、文艺思想、诗文风格等多方面分析比较苏轼、苏辙兄弟异同，写成《苏辙评传》（又名《苏辙兄弟异同论》）。其中关于"苏辙为政长于其兄"等论述具有突破性、开创性，标志着他的三苏研究更加理性、成熟。宋代理学家程颐曾言："致思如掘井，初有浑水，久后稍引动得清者出来。人思虑，始皆涸浊，久自明快。"① 枣庄先生力行如此。凡欲做成学问、达成事功者，应当不在例外。

从对象之专而拓展深入。立体、多维展示作为文学家、史学家、政治家、艺术家的三苏，深入、全面呈现其精神内蕴、艺术特征、人格魅力，并着力关注其相互联系和社会影响，实现由点到面的拓展，由表象到本质的深入，是枣庄先生赋予"丛刊"的鲜明特色。（一）注重由此及彼，由表及里，由个体向整体拓展。"不一则不专，不专则不能。"② 其三苏研究发轫于研究苏轼，由此横向、纵向拓展研究领域，进而由一苏到三苏，由本人特征到姻亲门生，由文献到年谱，由文艺作品到思想价值。修本而应末，举纲而张目，内涵向深，外延趋广，系列逐渐丰厚。（二）注重"博观约取，厚积薄发"③，由通博向专精深入。他倡行"读书宜博，研究宜专"。非但爬梳剔抉研究对象个体资料，而且全面客观掌握相关素材，以"博"纵观时空之广，以"专"追溯方位之深，在更宽视野中精准探索，尽量规避不"博"而"专"的局限，"博"而不"专"的空泛。正如"操千曲而后晓声，观千剑而后识器"④，掌握的史料愈翔实，研究愈深入，论述愈透彻，致力追求渊博史学、宏富史才、独到史识于一体。（三）注重"考述并重，文史合一"，由资料性向思想性凝练。"一要有明确的研究方向，二要全面占有资料，三要弄清基本事实，四要坚持独立思考。"这是他的学术心得，源于他的学术实践。对于"丛刊"中涉及的研究课题，他坚持从原始资料发端，多渠道梳理源头，独到地确定选题，由感觉而倾向，由倾向而观点，由观点而论证。这种以史料与文献为源头活水、文学与史学相得益彰的研究方法，利于防止唯"考"而简单堆砌，唯"述"

---

① （宋）程颢、程颐：《二程全书·河南程氏遗书》。
② （宋）苏轼：《应制举上两制书》，见《苏轼文集》。
③ （宋）苏轼：《稼说送张琥》。
④ （南朝·梁）刘勰：《文心雕龙·知音》。

而苍白说教，实现以"史"证"文"、以"文"化"史"、文史呼应。培根有言："我们应该像蜜蜂，既采集百花，又专心整理，这样才能酿出香甜的蜂蜜来。""丛刊"的形成也可印证：善集"百家之美"，可成"一家之言"。

步空白之域而探索创新。"非取法至高之境，不能开独造之域。"① 枣庄先生不仅将苏轼研究扩展到苏洵、苏辙，整理出版多部关于三苏的著作，而且在宋代文献整理、文学研究和古代文体学研究领域多有著述，具有填补学术空白的意义。其屡"开独造之域"，皆因"取法至高之境"。（一）批评精神首当其冲。多客观评判，少主观取舍，"事非目见耳闻"，不"臆断其有无"。词为长短句，而长短句不一定为词，不少人对这类文体学常识若明若暗。对此，他如鲠在喉，坦率批评近半个世纪不重视文体知识教学与科研，并自发研究中国古代文体学，编纂了《中国古代文体学资料集成》《中国古代文体学史》《中国古代文体分类学》，开学界之先河。（二）协作精神难能可贵，"独学而无友，则孤陋而寡闻"②。他注重与国内学者携手，鼎力推动三苏研究，筹建"曾枣庄三苏文化研究室"。他积极倡导和推动海内外开展三苏学术研究，与十余位海外生友长期合作，为研究三苏文化拓展新的视野、扩充国际影响起到了"推波助澜"的作用。（三）进取精神不可或缺。尽管于三苏研究，学界能出其右者不多，但他依然坚持"不懂就学"，笔耕不辍。其于花甲之年罹患癌症，犹自持"做最坏思想准备，尽量往好处努力"的信念，手不释卷、心无旁骛，不断取得新的成果；于耄耋之年，求知欲不减，进取心未退，犹以"只争朝夕"的执着，结集出版"丛刊"。借势"路漫漫其修远兮，吾将上下而求索"。他锲而不舍，登高行远，为有限的生命增添了认识事物的现实可能。

临浮躁之风而潜心治学。"凡学问之为物，实应离'致用'之意味而独立生存，真所谓'正其谊不谋其利，明其道不计其功'。质言之，则有'书呆子'，然后有学问也。"③ 枣庄先生之治学，有如梁启超所言之"书呆子"。

---

① （清）刘开：《与阮芸台宫保论文书》，见《刘孟涂集》。
② （汉）戴圣：《礼记·学记》。
③ 梁启超：《清代学术概论》。

（一）宁静而远功利。他说"问学之道，贵在坚持"，深谙求近功乃树故步自封的藩篱，坚信"骤长之木，必无坚理；早熟之禾，必无嘉实"①。面对学术造假、论文剽窃屡禁不止和草率成册、粗制滥造等屡见不鲜的不正之风，他时常拍案而起，"不合时宜"地较真到底。对有人不经深入研究就"古今中外的文章都敢写，赶时髦，报刊需要什么就写什么"的功利做法，他不愿苟同，坚持如切如磋，潜心治学。"丛刊"系列十本专著，成稿时间跨度三十六载，方才结集出版，足见其专注。（二）淡泊而远名累。他深畏"为学大病在好名"②"盛名之下，其实难副"③，因而甘居冷门、不凑热闹，博学好思、笃行不倦。坚持探赜与索隐，兀兀以穷年，传播三苏文化，扩大三苏影响，从不计较"采得百花成蜜后，为谁辛苦为谁甜"。因研究三苏成就斐然，被誉为"苏学界权威专家"，他为此诚惶诚恐、坚辞不受："真要有权威，尤其是公认的权威，问题就大了。"谦逊地表示自己只是做了一些古籍整理工作，足见其清醒。（三）尚实而远浮漂。他主张博览群书而不唯书，博采众长而不迷长，围绕具体问题独立思考、深入探索，坚持把三苏研究作为责无旁贷的使命，而非投机取巧的捷径。对于所从事的研究，他说："中华文化博大精深，为世界所仰慕，我们为先辈留下的文化遗产而自豪。作为学者，有义不容辞的责任，要尽自己的一份力量，让中华文化发扬光大。"足见其务实。"为学做事，忌求近功；求近功，则自画气沮，渊源莫及。"④诚然，养成大拙方知巧，学到如愚始是贤。学问、事业有成，还真少不得"书呆子"精神。

　　"丛刊"对三苏的研究，不止于"形"的复制、"术"的回味，更在于"神"的接续、"道"的弘扬；未囿于怀念贤哲、重温过往，更重视镜鉴今人、启迪未来。"丛刊"面世，其意义正在于为广大读者敞开了一扇从遥远张望到翔实了解三苏的文化之窗。传承文化，一代人有一代人的责任。枣庄先生数十年研究三苏，无疑为弘扬中华文化精神、发掘传承先贤经典，做出了贡献。

---

① （明）徐祯稷：《耻言》。
② （明）王阳明：《传习录》。
③ （南朝·宋）范晔：《后汉书·黄琼传》。
④ （清）黄宗羲：《明儒学案》。

如果"丛刊"出版，能启发为学者"穷不忘道，老而能学"①、治世者"守其初心，始终不变"②，那么，枣庄先生的艰辛付出便得到了时代升华。

莫道桑榆晚，红霞尚满天。致敬枣庄先生的学识和奉献！

---

① （宋）苏轼：《黄州上文潞公书》。
② （宋）苏轼：《杭州召还乞郡状》。

苏海探赜四十年

——"曾枣庄三苏研究丛刊"序

谢桃坊

  我与枣庄先生是同时代人，而且是新时期以来进入学术界的。1979 年暑假，我在成都市和平街（原骆公祠街）四川省图书馆特藏部书库古籍阅览室查阅苏轼乌台诗案资料，于此与枣庄相识。他告诉我关于乌台诗案须读三种书——《东坡乌台诗案》《诗谳》和《眉山诗案广证》。我甚佩服他于文献资料之熟悉。此后我们一同报考中国社会科学院，同作为助理研究员被录取，但随即四川大学中文系杨明照先生请枣庄回去主持编注《苏轼全集》，我则于1981 年初到四川社会科学院文学所工作。1984 年由枣庄介绍我为上海古籍出版社写作《柳永》小册子。枣庄数十年来是我在成都最好的老友，他对学术事业的执着与勤奋，与其成就之丰硕与卓著，这是我学术友人中甚为罕见的。

  1956 年，我以同等学力考入西南师范学院中文系。同年枣庄考入中国人民大学历史系国际共产主义运动史专业，大学毕业后分配到四川大学马列主义教研室教政治学和哲学。1975 年在"崇法批儒"的社会思潮中，因苏轼曾经反对王安石变法，被认为是儒家，属于反动派、顽固派，典型的政治投机者。枣庄向来景慕三苏的为人，他认为："儒家未必不如法家。骂苏轼为反动派，我也无所谓，这是政治问题、立场问题，时过境迁，立场一变，结论也会变；骂苏轼是顽固派，我仍无所谓，因为顽固也可说是立场坚定。……但骂苏轼是'投机派'而且'典型'，我就完全不能接受了，因为这是人品问题。投机者，迎合时势以谋取个人私利是也。"由此他决心系统地研究苏轼。清代学者王文诰以一生的精力完成《苏文忠公诗编注集成总案》，他在《苏诗总案》里写了《苏海识余》，认为关于苏轼的研究如面对汪洋的大海，故称为"苏海"。枣庄自 1975 年，孜孜不倦地由苏轼研究开始，发展为对三苏的全面研究，迄今已四十余年。今由巴蜀书社出版的"曾枣庄三苏研究丛刊"计收

《历代苏轼研究概论》《苏轼评传》《苏洵评传》《苏辙评传》《三苏选集》《三苏文艺理论作品选注》《苏洵苏辙论集》《苏轼论集》《三苏姻亲后代师友门生论集》和《苏辙年谱》十种，这是枣庄研究三苏的成果的汇集，亦是总结性的标志。

自 1949 年以来，学术界因受到庸俗社会学观念的支配，充分肯定王安石为杰出的政治家，而变法是具有进步性质的政治改革。苏轼因为反对王安石变法，因而他是"大地主阶级顽固派"，"他在政治上站在旧党一边，没有看到新法对人民有利的也是主要的一面"，"他的政治观点基本上是保守的、顽固的"，苏轼"反对新法的诗歌一般说来表现了保守落后的政治倾向"，因此苏轼不断受到政治批判。改革开放以来，学术界拨乱反正，解放思想，以新的观念和方法重新探讨学术问题。这时重新评价苏轼成为研究宋代文史的一个突破口。然而当时王水照、朱靖华和刘乃昌等学者试图说明苏轼虽然曾经反对新法，但后来在《与滕达道书》里表示了忏悔，认识到过去反对新法是拘于"偏见"，"所言差谬"。此见解实源于 1957 年漆侠之说。苏轼在贬谪黄州时期与友人滕甫第十九书云："吾侪新法之初，辄守偏见，至有异同之论。虽此心耿耿，归于忧国，而所言差谬，少中理者。今圣德日新，众化大成，回视向之所执，益觉疏矣。若变志易守，以求进取，固所不敢；若晓晓不已，则忧患愈深。"漆侠认为："苏轼的这个忏悔书，不单单表明了他自己的政治态度，而且表明了和他同一类型的动摇派分子的政治态度。"这似乎可以说明苏轼的政治态度是前后不一致的，是变化的，他既然对自己反对新法表示忏悔，则可从维护变法的角度予以原谅了。枣庄于《文学评论丛刊》1979 年第三辑发表《论苏轼政治主张的一致性》，他认为："王安石主张变法当然是革新派。但革新也不是只此一家，别无分店的。苏轼一生虽然反对王安石变法，但不能因此就说他反对变革，只是他们的具体变革主张不同而已。因此，我认为不但不应该把苏轼划入顽固派，也不应把他划作'动摇'的'中间派'，而应把他划入革新派。只是他算不上激进的革新派，而是具有更多的改良色彩的革新派。"枣庄继于《文学评论》1980 年第四期发表《苏轼〈与滕达道书〉是忏悔书吗？》，在考辨第十九书写作时间的基础上认为："当时，他和滕达道在政治上的处境都很困难，因此，他对老友进京可能出现的问题说：我们错了（吾侪新法之初辄守偏见），他们对了（今圣德日新，众化大成），不要再'哓哓不已'了，否则忧患愈深。这与其说是对过去反对新法表示忏悔，还不如说是在劝老友以言为戒。戒则戒矣，但并没有因此放弃自己的政治主张。这就是这封信的基本精神。"这样给苏轼以新的社会评价，在某种意义上开启了中国古代文史研究的一个新方向。枣庄发表此两文时，尚下放在中学教语文，《文学评论》的编辑侯敏泽，支持枣庄的意见，使两文能在权威刊物发表，可见当时学术界的公正态度。1981年枣庄的专著《苏轼评传》由四川人民出版社出版，关于对苏轼的评价，他认为："王安石变法毕竟也是地主阶级的改良，本身就具有很大的局限性，在实际推行的过程中也确实存在不少问题。怎么能因为苏轼反对这样一种变法就全盘否定苏轼呢"，"我们应该如实承认苏轼一生都在反对王安石变法，但他一生也主张革新，只是具体的革新主张与王安石不同而已。他一生不仅在文学的各个领域颇富革新精神，而且在政治上也从来没有放弃过他的'丰财''强兵''择吏'的革新主张，并在他力所能及的范围内，为宋王朝的'丰财''强兵'，为巩固宋王朝的统治做了不少工作。他一生光明磊落，直言敢谏，始终坚持自己的政治主张"，"苏轼不仅是政治上主张革新的，而且在文学艺术的各个领域也颇富革新精神，取得了巨大成就，产生了深远影响"。枣庄对苏轼的评价表现出学者的锐气与个性，在当时确实起到了振聋发聩的作用，奠定了他研究"三苏"的学术基础，他的学术见解得到了学术界的支持，而他也由此成名。我之所以回顾这一段历史，因它是枣庄学术的光辉起点，而且在学术思想史上是有一定意义的。

对王安石的评价，这又涉及苏洵的《辨奸论》，文中的"奸"是指王安石。宋人邵伯温在《邵氏闻见录》卷九记述富弼于北宋熙宁二年（1069）谈到王安石"至得位乱天下，方知其奸"。清代学者李绂和蔡上翔开始怀疑《辨奸论》为邵伯温所作。1974年史学家邓广铭认为："邵伯温却把苏洵装扮成一个预言家模样，料定王安石必然要执政当权，届时又必然为祸天下……因而邵伯温的此文此书一出，立即出现一犬吠影、百犬吠声的情况，在士大夫当中被普遍哄传开来。王安石的真实精神面貌，从此就被邵伯温所勾画的一副鬼脸给掩盖住了。"刘乃昌的《苏轼同王安石的交往》发表于《东北师大学报》1981 年第一期，认为《辨奸论》绝非出自苏洵的手笔。枣庄随即发表《苏洵〈辨奸论〉真伪考》，他说："我在研究苏轼的过程中，发现苏轼同王安石的政见分歧实际上从苏洵就开始了。过去有人说苏洵《辨奸论》是伪作，但我从苏洵的其他文章以及苏洵的同时代人，特别是苏洵的友人如韩琦、张方平、鲜于侁等人的言论中，发现了大量与《辨奸论》相似的观点，证明《辨奸论》对王安石的不指名的批评并非'一反众议'，而是当时的'众议'之一，只是用语更加尖锐而已。"他认为苏洵对王安石的厌恶开始于嘉祐元年（1056）以前，苏、王相诋开始于嘉祐元年初次相识之时，其后矛盾越来越尖锐，到嘉祐六年（1061）苏轼兄弟在应制科试的问题上几乎已经到了白热化的程度。正是在这种背景下，嘉祐八年（1063）王安石之母死，苏洵独不往吊，而作《辨奸论》的。文章的观点和用语与苏洵的其他著述一致，说明它确为苏洵手笔。

关于苏辙的研究是向来为学术界所忽略的。苏辙曾参与了王安石变法，在此期间突出地表现了特殊的政治革新的主张。北宋熙宁二年（1069）王安石为参知政事，朝廷设置三司条例司以推行新法，苏辙为三司条例司属官。枣庄认为苏辙向神宗皇帝上书，批评神宗继位以来所施之政"失先后之次"，提出以治财当先的革新朝政的主张。在这个问题上，苏辙与神宗、王安石的看法是基本一致的，这大概就是他们把苏辙安置在变法机构任职的重要原因。但在如何理财的问题上，苏辙同神宗、王安石的看法就不一致了。从"去事之所以害财者"出发，苏辙首先主张去冗官，减任子自大臣始，百司减员；其次是去冗兵，去冗费。由于苏辙反对"求财而益之"，因此他在条例司同王安石发生争论，对青苗法、盐法和铸钱等问题表示了不同的意见，并于是年八月写了《制置三司条例司论事状》对新法做了全面批评。由此可见，在政治革新和实施变法的问题上政治家们主张的复杂性，因而进一步肯定了苏轼和苏辙皆是北宋的政治革新者。枣庄发挥了在哲学、政治学和历史学上的个人学术优势，能在新时期拨乱反正的社会学术思潮的背景下探讨三苏与王安石变法的关系，重新肯定三苏进步的政治革新主张，给予了三苏以合理的历史定位。这是他对中国学术发展所作出的最大贡献。

当我们看待学者在某个学术领域所取得的成就时，必然关注的是这位学者是否解决此领域中的系列的学术难题，也许它们是狭小的问题，却由此可见到学者真正的学术水平。枣庄在长期的三苏研究中是认真解决了所涉及的系列的学术难题的。清代学者王文诰的《苏文忠公诗编注集成总案》四十五卷，实为一部最详尽的苏轼年谱，以资料翔实、考证精密著称，具有极高的学术价值。枣庄的《读王文诰〈苏诗总案〉札记》发表于《中华文史论丛》1983 年第三期，对王文诰著作中存在的狭小的学术问题进行了考辨，如苏洵与史经臣、史沆交游的时间；苏洵与张俞居青城山白云溪的时间；苏洵《忆山送人》的写作时间；苏洵与雷简夫订交的时间与地点；《忆山送人》中之"吴君"为谁；苏洵《送吴待制中复知潭州》的写作时间；苏洵幼女之死及《自尤》的写作时间；苏洵《九日和魏公》的写作时间；苏轼与蔡襄论书的时间；苏轼《江上值雪效欧阳体》的写作时间；苏轼《屈原庙赋》的写作地点；苏辙《巫山庙》诗是否收入《南行集》；梅尧臣《老翁泉》的写作时间；苏洵《谢赵司谏启》中赵司谏为谁；苏洵《木假山记》的写作时间等等问题的考辨，皆在比较史料之后纠正了王文诰之失误。我当时读了此文极佩服枣庄治学的谨严和研究的深入。此札记是读《苏诗总案》第一、二卷时所发现的问题，我劝枣庄将整个《苏诗总案》彻底清理一番，当是一部博大精深著作。枣庄说这太难了。可惜此札记未再写下去。关于三苏的亲属，这与三苏研究似乎无重要关系，但他们的事迹和诗文却又与亲属的联系不可能分开，因而从家族文化的角度研究三苏是绝不可忽视的。为此，枣庄对三苏的后人与姻亲进行了细致的考察。苏轼的长子苏迈为中书舍人石昌言孙女婿，次子苏迨娶欧阳修孙女，幼子苏过娶翰林学士范镇孙女，苏辙长子苏迟娶翰林学士梁颢曾孙女，苏适和苏远娶龙图阁直学士黄实之二女。由此可见宋代士大夫间以家族联姻结为一种政治利益的关系。关于苏小妹的传说甚多，皆以为她是苏洵的幼女，苏轼之妹，嫁与著名词人秦少游。枣庄使用了重要资料辨明秦少游之妻为徐成甫之长女文美。苏小妹死于皇祐四年（1052），年仅十八岁。

此年秦少游仅四岁。苏小妹本是才气超群而命运悲惨的女子，明代以来的小说和戏剧将这一悲剧人物改写成喜剧人物了。在这些考证中，枣庄使用了罕见的和新发现的资料，解决了三苏研究中细微而困难的学术问题。此外关于三苏合著《南行集》的探索、苏轼著述生前编刻情况、辨苏轼《叶氏宗谱序》之伪、南宋苏轼著述的刊刻情况、清人注苏诗的情况、苏辙《东坡先生墓志铭》之真伪、二苏合著《岐梁唱和诗集》的原貌和苏洵诗文的系年等等狭小的学术问题，枣庄均作了细密的考辨，充分体现了研究的深入。

我们纵观枣庄的治学方法，特别是三苏研究中，明显是建立在实证研究的基础上的。他很重视对史料的搜集与辨析，特别是在整理资料方面开展了大量的艰苦工作。他汇编有《三苏全书》《苏诗汇评》《苏词汇评》《苏文汇评》，编著了《苏辙年谱》，整理了苏洵的《嘉祐集》和苏辙的《栾城集》，编选了《三苏文艺理论作品选注》。由此体现出枣庄研究三苏的一个宏伟的计划，并且是以占有资料为基本条件的。

枣庄在总结四十余年的治学经验时曾说：

我从自己的研究工作中逐渐悟到，从事研究工作，一定要有明确的研究方向。人生的精力有限，真正能在一两个研究领域有所突破，就很不错了。这里有一个博与专的问题，我觉得读书宜博，研究宜专。真正对一两个领域作了深入研究，知识面就自然扩大了。我跟着苏轼转了几个圈，就大大扩充了知识面，有了明确的研究方向，就会注意收集所研究问题的有关资料。否则，一些极有价值的资料会在眼皮底下跑掉。以后想起，可能再也查不到了。二要全面占有资料。我这几十年主要是在做资料员。不是建立在全面占有资料的基础上的所谓"新论"，即使能造成轰动效应，也不可能持久。三要弄清基本事实，进行作家研究，我主张从年谱开始，对该作家的生平事迹及作品先进行编年。我觉得只有如此，研究工作才比较扎实。

枣庄的治学范围除三苏研究外，尚以二十年的主要精力主持并完成了《全宋文》的巨编，还在宋代文史研究上取得丰硕的成就。他的三苏研究成就卓著，学术影响也特别巨大。他的治学途径与方法既有个性，亦是治学的普遍可行的规则，于三苏研究中的体现尤为明显。这皆值得我们学习和借鉴。

当评价一位学者的学术成就时，我们的确应肯定他"真正能在一两个研究领域有所突破就很不错了"。枣庄在三苏研究和宋代文史研究方面皆有所突破，皆取得了重大成就。他是一位真正的学者，有坚定的意志，明确的目标，宏大的气魄，执着的追求，在某种程度上推进了宋代文史研究的发展，尽到了学者的历史使命。我们对一位学者的评价应该见到其主要的学术贡献，不应求全责备，学术的局限或某些失误是不可避免的。枣庄在三苏研究中长于政治的、历史的批评，深入地解决了若干困难的学术问题，发挥了实证方法的优长，这是我们应充分肯定的。然而每位学者的知识结构和研究方法必然存在局限。枣庄缺乏艺术的敏感，对三苏文艺的研究是较为粗疏的，艺术分析因而难以深入。例如论及苏轼在文学史上的地位时，着重论述了"苏轼诗的现实主义精神和浪漫主义风格"。在庸俗社会学盛行时期，文学理论界以西方流派"现实主义"和"浪漫主义"附会中国古代文学史，这在理论上是一个时代思潮的谬误。再如在《苏轼研究史》中论及 20 世纪苏诗的整理与研究仅用三千四百余字，而且仅谈苏轼诗整理并未及研究。这部《苏轼研究史》计六十余万字，实际上仅是苏轼传记与诗集的整理史，它出版于 2001 年，时枣庄已患绝症，是在极端艰苦的境况中完成的。我当时读了此著，于扉页上记下初读的感受：

此著可谓苏轼文献资料史，而于苏轼研究史涉及争议的问题，几乎未谈及。苏轼之历史定位应是文学家，而于其文学评价基本上被忽略。20 世纪是关于苏轼研究的新阶段，即所谓"衰落"而"复炽"，惜乎亦未接触重要学术问题，仅述传记资料及集子整理之事。凡此皆未能给历史人物定位所致，而亦反映出著者学术之局限。著者已申明"当恕病人"，又复何言！

也许我过于苛求了。在学术界我也听到某些学者对枣庄的指摘，有公开批评的，也有以书信方式散发而进行攻击的。这也属于自然的学术现象，然而我以为这些学者的看法是偏颇的或具私人成见的，他们并未客观看待枣庄的整个学术成就，也未见到其在中国现代学术发展中的意义。这一切是不可能动摇枣庄在现代学术史上的地位的。我谨祝老友健康长寿，在学术上更臻高境。

2017 年 7 月 13 日酷暑于奭斋

三苏带我走进宋代

——"曾枣庄三苏研究丛刊"自序

曾枣庄

　　我一生的研究工作，主要集中在两个领域：一是三苏，二是宋代。对三苏，既整理其著作文献，又对他们三父子进行全面的、综合的研究；对宋代，主要是整理宋文，并对宋代文学做多视角的研究。可以说，宋代的三苏、三苏的宋代，耗费了我一生的精力，但值得！

　　我研究苏轼，始于 20 世纪"文革"期间。"文革"中的"批林批孔"运动，因苏轼反对王安石变法，被定为儒家、反动派、顽固派、典型的投机派。骂苏轼为儒家，我无所谓，即使当时正在崇法批儒，但在我心目中，儒家未必不如法家；骂苏轼为反动派，我也无所谓，这是政治问题、立场问题，时过境迁，立场一变，结论也会变；骂苏轼是顽固派，我仍无所谓，因为顽固也可说是立场坚定，是"不可夺者，嶷然之节"（宋孝宗《苏轼特赠太师制》）的另一种说法，是"从来不因自己的利益或舆论的潮流而改变方向"（林语堂《苏东坡传》）的另一种说法。但骂苏轼是"投机派"而且"典型"，我就完全不能接受了，因为这是人品问题。投机者，迎合时势以谋取个人私利是也。在宋神宗、王安石推行新法时，以苏轼的才华，只要稍加附和，进用可必；但他却反对新法，并因此离开朝廷，被投进监狱，还几乎被杀头。在高太后、司马光当政时，以他们对他的器重，只要稍加附和，或稍加收敛，不太锋芒毕露，不难位至宰相。但他却反对尽废新法，并因此而奔波于朝廷和地方之间，"坐席未暖，召节已行，精力疲于往来，日月逝于道路"（苏轼《定州谢到任表》）。世间哪有这样不合时宜的"典型投机派"呢？为回答这些问题，我决心系统研究苏轼，出版了《苏轼评传》（四川人民出版社，1982 年），为苏轼"翻案"。

　　研究苏轼，自然避不开他的父亲苏洵、弟弟苏辙。但我感到，对同为唐宋八大家的苏洵、苏辙，学界的研究很薄弱，甚至连他们的别集都还未经整理校点。于是我与金成礼先生合作出版了《嘉祐集笺注》（上海古籍出版社，1993年），与马德富先生合作点校了《栾城集》（上海古籍出版社，1987年），与舒大刚先生共同主编了《三苏全书》（语文出版社，2001年），并陆续出版了《苏洵评传》（四川人民出版社，1983年）、《苏辙年谱》（陕西人民出版社，1986年）、《三苏选集》（黑龙江人民出版社，1993年，与曾涛合注）、《苏辙评传》（台湾五南图书出版公司，1995年）、《三苏传》（台湾学海出版社，1995年）、《三苏文艺思想》（四川文艺出版社，1985年）、《苏诗汇评》（四川文艺出版社，2000年）、《苏文汇评》（四川文艺出版社，2000年）、《苏词汇评》（台湾文史哲出版社，1998年，与曾涛合著），主编了《苏轼研究史》（江苏教育出版社，2001年）等。

从苏轼到苏洵、苏辙，极大地拓展了我的视野，为我开展宋代文献的研究整理和对宋代文学做多视角研究创造了条件。我对三苏的研究虽然一生都未停止，但主要还是集中在我学术工作的前半期。后半期，我把主要精力放在宋代文献、宋代文学方面，耗时二十年之久与刘琳先生和川大古籍所的同仁共同完成了《全宋文》的编纂，还先后主编了《宋文纪事》（曾枣庄、李凯、彭君华编，四川大学出版社，1995年）、《中华大典·宋辽金元文学分典》（江苏古籍出版社，1999年）、《中国文学家大辞典（宋代卷）》（中华书局，2004年）、《中国大百科全书（第二版）》（宋代文学部分）（中国大百科全书出版社，2009年）、《宋代辞赋全编》（曾枣庄、吴洪泽主编，四川大学出版社，2008年）、《宋代传状碑志集成》（四川大学出版社，2012年）、《宋代序跋全编》（齐鲁书社，2015年）等，出版了《论西昆体》（台湾丽文文化公司，1993年）、《北宋文学家年谱》（曾枣庄、舒大刚著，台湾文津出版社，1999年）、《宋文通论》（上海人民出版社，2009年）、《宋代文学编年史》（曾枣庄、吴洪泽著，凤凰出版社，2010年）、《文星璀璨：北宋嘉祐二年贡举考论》（复旦大学出版社，2010年）等。

回顾四十多年的研究道路，做的工作也不可谓不多，因此多少有些心得，概括起来，不外以下几点：

一是对古代文化、古代文学的研究是完全可以自学的。我在中国人民大学其实是学国际共产主义运动史专业即马列主义的，涉足中国古典文学完全是社会原因和个人兴趣所致。

二是研究工作一定要从资料工作做起，这样研究工作才会有根基，不致人云亦云，甚至胡说八道。

三是要多请教，多切磋。在我几十年的研究工作中，老一辈的专家学者，如陈逸夫先生、王朝闻先生、任继愈先生、邓广铭先生、程千帆先生、缪钺先生、王利器先生、杨明照先生、戴逸先生、孔凡礼先生等都给了我不少指导和启发。与同辈的学者，如许嘉璐先生、章培恒先生、刘乃昌先生、王水照先生、谢桃坊先生、刘尚荣先生等，亦常就学术问题开展争论与争鸣；与晚一辈的学者如舒大刚先生、吴洪泽先生、李凯先生、彭君华先生等，亦多有合作。只有这样做学问，才能有生气。

四是不要在学术热点乃至时政观点上跟风。学术界也像其他行业一样，不同时期有不同时期的热点、重点，但不是你的研究领域，不是你的研究所长就不要去乱掺和，写凑热闹的文章。更不要生硬地将当前的时事政治套入古代文化、古代文学的研究中去，那就不是在继承文化遗产，而是在糟蹋文化遗产了。

最后，感谢巴蜀书社出版我这套"曾枣庄三苏研究丛刊"十种，这十种基本汇集了我一生有关三苏的论著；感谢原四川省政协主席陶武先先生、四川省文史馆馆员谢桃坊先生为本书赐序；感谢巴蜀书社总编侯安国先生、李蓓女士及相关工作人员等为这套丛刊付出的心血；感谢陈小平先生及犬子曾涛对这套丛刊的精心校对；感谢所有关注我的三苏研究的朋友们！

2017 年 7 月 7 日

出版说明

　　《三苏选集》由黑龙江人民出版社于 1993 年出版，距今已有二十多年，市面上已很难见到此书。这是学界第一部三苏作品分体选集，对研究三苏，尤其是对推动苏洵、苏辙的全面研究影响巨大。我们请曾枣庄教授对原书作了校勘补充处理，作为"曾枣庄三苏研究丛刊"之一，重新推出，以飨读者。

前　言

无名氏《史阙》载："轼、辙登科，明允（苏洵）曰：'莫道登科易，老夫如登天。莫道登科难，小儿如拾芥。'"不论《史阙》的记载是否属实，三苏父子的经历确实如此。

苏洵（1009—1066），字明允，眉州眉山（今属四川）人。他少不喜学，年二十五始知读书，年二十七始大发愤。但二十九岁举进士不中，三十七岁举茂才异等亦不中。他在《上韩丞相书》中说："及长，知取士之难，遂绝意于功名而自托于学术。"他焚毁了数百篇旧稿，闭户读书，绝笔不为文辞。七八年后又开始著书，并一发不可收拾，写出了《几策》《衡论》《权书》等堪称"王佐才"的名著。后经知益州张方平推荐，他送二子入京应试，成了文坛领袖欧阳修的座上客。先后任秘书省试校书郎、霸州文安县主簿、编纂太常寺礼书，直至去世。苏洵是大器晚成，即使他以文章名动京师后，仍未被重用，"书虽成于百篇，爵不过于九品"（《老苏先生会葬致语》）。

与苏洵相反，苏轼兄弟却是大器早成。苏轼（1036—1101），字子瞻，号东坡居士。苏辙（1039—1112），字子由，号颍滨遗老。他们在父亲的精心培养下，于嘉祐二年（1057）一举进士及弟。对他们兄弟来说，取得功名确如"拾芥"一般容易，"不足以骋其逸力"（张方平《文安先生墓表》）。

但他们一生仍然仕途多艰。在神宗朝，因与王安石政见不合，均先后离朝，苏轼出任杭州通判，密州、徐州、湖州知州；苏辙出任陈州教授、齐州掌书记、南京签书判官。元丰二年（1079）苏轼以谤讪新政的罪名被捕，后被贬为黄州团练副使；苏辙亦坐贬监筠州盐酒税。在神宗朝，苏轼虽不得志，但还曾"三典名郡"；苏辙却一直担任幕僚，直至元丰七年（1084）才担任了半年的绩溪县令："行年五十治丘民，初学催科愧庙神。"（《梓桐庙》）次年神宗去世后才以校书郎被召还朝："奔走半生头欲白，今年始得校书郎。"（《初

闻得校书郎，示同官三绝》）

元祐年间，苏辙的官职比功轼升得还快。哲宗继位时才十岁，由反对新法的高太后听政，苏轼兄弟均被召还朝。但因党争激烈，苏轼不安于朝，不断请求外任，先后出知杭州、颍州、扬州、定州；而朝廷又需要他，不断召他还朝，结果"筋力疲于往来，日月逝于道路"（《定州谢到任表》）。苏辙却一直在朝廷任职，短短五六年中由一位小小县令跃居尚书右丞、大中大夫守门下侍郎。当年宋仁宗读了苏轼兄弟的制策后，曾高兴地说："朕今日为子孙得两宰相矣！"（《宋史·苏轼传》）但苏轼一生都未取得相位，苏辙却做了三年副相。

元祐八年（1093）高太后去世，哲宗亲政，启用新党，苏轼兄弟再次贬官。苏轼贬谪惠州，再谪海南；苏辙再贬筠州，继贬雷州，后迁循州。直至哲宗崩，徽宗立，他们兄弟才遇赦北归。

苏轼回到常州就病逝了，享年六十五岁。苏辙回居许昌，杜门谢客，"教敕诸子弟，编排旧文章"（《次韵子瞻感旧》），过了整整十二年闲适而又孤独的生活。政和二年（1112）卒，享年七十四岁。《宋史·苏辙传》说："辙与兄轼进退出处，无不相同，患难之中，友爱弥笃，无少怨尤，近古罕见。独其齿、爵，皆优于兄。"

苏洵的成就主要在散文方面，尤其是策论，文思博辩宏伟，语言质朴简劲。曾巩在《苏明允哀辞》中说："（洵文）少或百字，多或千言。其指事析理，引物托喻，侈能使之约，远能使之近，大能使之微，小能使之著，烦能不乱，肆能不流。其雄壮俊伟，若决江河而下也；其辉光明白，若引星辰而上也。"苏轼存世的散文比苏洵多得多，文体也丰富得多，政论、史论、杂说、游记、书启、随笔，几乎应有尽有。其文多为信笔抒意，千变万化，姿态横生：或气势磅礴，思路开阔，大有一泻千里之势；或状景模物，细腻缜密，似能牢笼万物之态。他在《自评文》中说："吾文如万斛泉源，不择地而出，在平地滔滔汩汩，虽一日千里无难。及其与山石曲折，随物赋形，而不可知也。所可知者，常行于所当行，常止于不可不止，如是而已矣。"要论苏轼散文的特色，没有比他自己这一总结更准确的了。苏辙的散文也很多，苏轼在《答张文潜书》中说："子由之文实胜仆，而世俗不知，乃以为不如。其为人深不愿人知之，其文如其为人。故汪洋淡泊，有一唱三叹之声，而其秀杰之气终不可没。"汪洋淡泊掩不住秀杰之气，这就是苏辙散文的特色。苏辙说："子瞻之文奇，吾文但稳耳。"（《栾城遗言》）"奇""稳"二字也颇能代表二人散文的不同风格。

三苏的诗风类其文风。苏洵存诗不多，通行本《嘉祐集》仅存诗二十余首，宋残本《类编增广老苏先生大全集》还保留着他的南行途中诗，加上其他一些佚诗，总计不过五十首。叶梦得《石林诗话》（卷下）云："明允诗不多见，然精深有味，语不徒发，正类其文。……婉而不迫，哀而不伤，所作自不必多也。"本书所选的《九日和韩公》等诗，就具有这种"婉而不迫，哀而不伤""精深有味"的特色。苏轼存诗两千七百多首，其诗"本似李杜，晚喜陶渊明，追和之者几遍"（苏辙《东坡先生墓志铭》）。苏轼诗以贬官黄州为界，早年像杜甫一样，多刺世之作，并具有李白那种豪放不羁、纵横驰骋的特征。后期刺世之作渐少，但并未绝迹，如本书所选的《荔枝叹》，点名道姓地痛斥本朝大臣，讥刺当今皇上，就作于晚年。苏轼同李白一样，并非一味豪放，也具有"清水出芙蓉""天工与清新"的一面。而苏轼晚年更有意追求"发纤秾于简古，寄至味于淡泊"（《书黄子思诗集后》）的艺术境界，克服了早年诗过露过直的毛病。陆游说："近世诗人老而亦严，盖未有如东坡者也。学者或以易（轻视、简慢）心读之，何哉！"（《跋东坡诗草》）苏辙存诗一千八百余首。苏轼说："子由诗过吾远甚。"（《记子由诗》）这并不是客气话，而是真心话。因为苏轼诗虽以豪放为特征，但他所追求的，特别是晚年所追求的却是"质而实绮，癯而实腴"（苏辙《子瞻和陶渊明诗集引》）的境界，而苏辙诗正具有这一特色。周必大说："吾友陆务观（游），当今诗人之冠冕，劝予哦苏黄门诗。退取《栾城集》观，殊未识其旨趣。甲申闰月辛未，郊居无事，天寒，踞炉如饿鸱。刘友子澄忽自城中寄此卷相示，快读数过，温雅高妙，如佳人独立，姿态易见，然后知务观于此道为先觉也。"（《跋苏子由和刘贡父省上示座客诗》）明快的好诗，一读就会喜欢；淡泊的好诗，连周必大这样的"掌制手"，初读都"未识其旨趣"，而是在"无事"之时，反复"数过",才体会到它的"温雅高妙",其他人也就可想而知了。因此,读苏辙诗需要有耐心,慢慢品味。

苏洵无词传世。苏辙的词,《全宋词》也仅录四首。但从本书所选的《水调歌头·徐州中秋》看,他并非不能词,只是不喜作词罢了。苏轼存词三百多首,其中如《念奴娇·赤壁怀古》那样的豪放词虽不多,但他在词学史上的主要贡献就在于创立了豪放词。他的更多的词是以清旷为特征的,"使人登高望远,举首高歌,而逸怀浩气,超乎尘垢之外"(胡寅《题酒边词》)。苏轼也写有不少以婉约为特征的言情词、咏物词,并大大提高了婉约词的格调。他扩大了词的题材,把词变得像诗一样"无意不可入,无事不可言"(刘熙载《艺概·词曲概》)。

苏轼在文学领域比父亲、弟弟发展得更全面,成就也更高,而在艺术领域更是如此。苏辙说:"予先君宫师平生好画,家居甚贫而购画常若不及。予兄子瞻少而知画,不学而得用笔之理。辙少闻其余,虽不能深造之,亦庶几焉。"(《汝州龙兴寺吴画殿记》)苏洵、苏辙虽好画,但不足以名家。而苏轼在绘画上与文同齐名,共同形成了湖州画派。在书法方面也名列北宋四大书法家之首。宋代出通才,三苏父子都是通才,而苏轼更是全才。

苏洵出生时(1009),宋王朝才建立五十年;而从苏辙去世(1112)到北宋灭亡(1127),仅仅十五年。北宋一百六十七年中,三苏父子生活的时间有一百零三年。三苏父子登上文坛并开始产生影响,是在嘉祐元年(1056),到苏辙去世的这五十多年中,正是北宋文坛群星璀璨的时候。北宋文坛的繁荣主要在"两祐"时期。一为嘉祐年间,这时欧阳修是文坛领袖,而三苏父子则成了欧阳修为推动北宋诗文革新而树立的标兵。曾巩在《苏明允哀辞》中说:"嘉祐初始与二子轼、辙复去蜀,游京师。今参知政事欧阳修为翰林学士,得其文而异之,以献于上。既而欧阳公为礼部,又得其二子之文,擢之高等。于是三人之文章盛传于世,得而读之者为之惊,叹不可及,或慕而效之。"二为元祐年间,苏轼已成为文坛领袖,在他周围聚集了一大群文人,形成了严羽所谓的"元祐体",正如陈仲醇所说:

长公（苏轼）起自西裔，中更摈窜，流落于蜑坞獠洞之间，出入掉弄于悍相、狱吏、刀笔之手，几不能以身免。而所遭在人文极盛之时，且以文安先生为之父，文定为之弟。先辈则韩（琦）、范（仲淹）、欧（阳修）、富（弼）、蜀公（范镇）、温公（司马光），后辈则秦（观）、黄（庭坚）、张（耒）、晁（补之）四学士。以朝云、琴操为达生友，以元章（米芾）、伯时（李公麟）、与可（文同）为书画友，以赵德麟、王晋卿为赏鉴友，以参寥、辨才为禅友，以葆光、蹇道士为长生友。即有恝（怼怼）而与之角者，非理学之正叔（程颐），则经术之介甫（王安石）。而天地之人文，至此极矣！人文凑合如五星相聚，而长公以奎璧之精临之。诸君子而当长公，不得不五色相宣；长公而当诸君子，亦不得不八面受敌。三鼓而气不衰，百战而兵益劲，此天授，亦人力也。（《三苏文范》卷首）

这段话相当深刻地阐明了出现三苏特别是苏轼的历史环境。苏轼是"人文极盛"时代的产物，是特殊的家庭环境的产物，是一大批旗鼓相当的友人相切磋的产物，是强劲对手挑战的产物，也是他个人自强不息的产物。"此天授（人文极盛的环境），亦人力也（个人的努力）。"

最后对本书的体例还需略作一说明：（一）题注带有题解性质，总括介绍该篇的写作背景、思想内容和艺术特色。（二）为使注文适合中等文化程度的读者阅读，对过难的句子略作窜讲。（三）重复出现的词条，熟知者不注或只在第一次出现时作注；生僻而注文较短者重注，以减少读者翻检之劳；注文较长者则用见前注的办法，以省篇幅。（四）历代有关该篇的背景资料、评论文字，一般在注文中引用。但注文不能尽采，否则太累赘冗长，而又有一定参考价值者，则作为该篇附录。（五）全书以诗选、词选、文选为序，各选内部以苏洵、苏轼、苏辙为序。各作者的作品则以写作时间先后为序。写作时间未详者，则分别附后。（六）本书所选苏洵诗文，录自上海古籍出版社出版的《嘉祐集笺注》（曾枣庄和金成礼笺注）。苏轼作品，诗录自中华书局出版的《苏轼诗集》、词录自龙榆生的《东坡乐府笺》、文录自中华书局出版的《苏轼文集》，标点和分断未尽遵从。苏辙诗文则录自上海古籍出版社出版的

《栾城集》。（七）为使读者全面了解三苏，作《三苏年谱简编》附于全书之后。

　　本书为我和曾涛合注，并由曾涛核对全部原文与引文。附录则为我所撰。不当之处，敬希读者批评指正。

曾枣庄

1990 年 10 月 20 日

目　录

诗　选 …………………………………………………… （001）

苏　洵

上田待制 ………………………………………… （003）

忆山送人 ………………………………………… （005）

途次长安上都漕傅谏议 ………………………… （012）

又答陈公美三首 ………………………………… （014）

丙申岁余在京师，乡人陈景回自南来，弃其官，得太子中允。景回旧有
　　地在蔡，今将治园圃于其间以自老。余尝有意于嵩山之下，洛水之上
　　买地筑室，以为休息之馆，而未果。今景回欲余诗，遂道此意。景回
　　志余言，异日可以知余之非戏云耳 …………………………… （016）

欧阳永叔白兔 …………………………………… （018）

老翁井 …………………………………………… （020）

答二任 …………………………………………… （022）

游嘉州龙岩 ……………………………………… （024）

题白帝庙 ………………………………………… （026）

襄阳怀古 ………………………………………… （027）

昆阳城 …………………………………………… （029）

与可许惠所画舒景，以诗督之 ………………… （030）

九日和韩魏公 …………………………………… （031）

送蜀僧去尘 ……………………………………… （033）

颜书 ……………………………………………… （035）

苏　轼

郭　纶 ………………………………………………… （039）

初发嘉州 ……………………………………………… （041）

戎　州 ………………………………………………… （042）

舟中听大人弹琴 ……………………………………… （044）

黄牛庙 ………………………………………………… （046）

江上值雪，效欧阳体，限不以盐玉鹤鹭絮蝶飞舞之类为比，仍不使

　　皓白素等字，次子由韵 ………………………… （047）

辛丑十一月十九日，即与子由别于郑州西门之外，马上赋诗

　　一篇寄之 ………………………………………… （050）

和子由渑池怀旧 ……………………………………… （052）

王维吴道子画 ………………………………………… （053）

次韵子由岐下诗 ……………………………………… （056）

爱玉女洞中水，既致两瓶，恐后复取而为使者见绐，因破竹为契，

　　使寺僧藏其一，以为往来之信，戏谓之调水符 … （058）

出都来陈，所乘船上有题小诗八首，不知何人有感于余心者，

　　聊为和之（选四） ……………………………… （059）

次韵张安道读杜诗 …………………………………… （061）

欧阳少师令赋所蓄石屏 ……………………………… （064）

泗州僧伽塔 …………………………………………… （065）

龟　山 ………………………………………………… （067）

游金山寺 ……………………………………………… （069）

腊日游孤山访惠勤惠施二僧 ………………………… （071）

戏子由 ………………………………………………… （073）

都厅题壁 ……………………………………………… （077）

雨中游天竺灵感观音院 ……………………………… （078）

六月二十七日望湖楼醉书五绝（选一） …………… （078）

望海楼晚景五绝（选二） …………………………… （079）

梵天寺见僧守诠小诗，清婉可爱，次韵 …………………………（080）

秀州报本禅院乡僧文长老方丈 ………………………………………（081）

王复秀才所居双桧二首（二首选一）………………………………（082）

饮湖上初晴后雨二首（选一）………………………………………（083）

往富阳新城，李节推先行三日，留风水洞见待 …………………（083）

新城道中二首（选一）………………………………………………（085）

病中游祖塔院…………………………………………………………（086）

佛日山荣长老方丈五绝（选二）……………………………………（087）

竹　阁 …………………………………………………………………（088）

有美堂暴雨……………………………………………………………（090）

惠山谒钱道人，烹小龙团，登绝顶，望太湖 ……………………（092）

除夜野宿常州城外二首（选一）……………………………………（093）

退　圃 …………………………………………………………………（094）

雪后书北台壁二首……………………………………………………（094）

送　春 …………………………………………………………………（098）

寄刘孝叔 ………………………………………………………………（099）

怀西湖寄晁美叔同年 …………………………………………………（103）

和文与可洋州园池三十首（选三）…………………………………（105）

书韩幹牧马图…………………………………………………………（106）

东栏梨花 ………………………………………………………………（108）

子由将赴南都，与余会宿于逍遥堂，作两绝句，读之殆不可为怀，因和
　　其诗以自解。余观子由自少旷达，天资近道，又得至人养生长年之诀，
　　而余亦窃闻其一二。以为今者宦游相别之日浅，而异时退休相从之日
　　长。既以自解，且以慰子由云（二首选一）…………………………（110）

中 秋 月 ………………………………………………………………（111）

读孟郊诗二首 …………………………………………………………（112）

次韵黄鲁直见赠古风二首（选一）…………………………………（115）

九日黄楼作……………………………………………………………（117）

李思训画《长江绝岛图》 …………………………………………（118）

大风留金山两日 …………………………………………………（120）

雪上访道人不遇 …………………………………………………（121）

仆去杭五年，吴中仍岁大饥疫，故人往往逝去，闻湖上僧舍不复

　　往日繁丽，独净慈本长老学者益盛，作此诗寄之 ………（122）

吴 江 岸 …………………………………………………………（123）

予以事系御史台狱，狱吏稍见侵，自度不能堪，死狱中，不得一别子由，

　　故作二诗授狱卒梁成，以遗子由二首 …………………（123）

十二月二十八日蒙恩责授检校水部员外郎、黄州团练副使，

　　复用前韵二首 …………………………………………………（125）

陈季常所蓄《朱陈村嫁娶图》二首（选一） …………………（127）

初到黄州 …………………………………………………………（127）

雨晴后步至四望亭下鱼池上，遂自乾明寺前东冈上归，二首 …（128）

正月二十日往岐亭，郡人潘、古、郭三人送余于女王城东禅庄院 …（130）

东坡八首　并序（选一） …………………………………………（131）

鱼 蛮 子 …………………………………………………………（132）

东 坡 ……………………………………………………………（134）

海 棠 ……………………………………………………………（135）

别 黄 州 …………………………………………………………（136）

栖贤三峡桥 ………………………………………………………（137）

题西林壁 …………………………………………………………（138）

初别子由至奉新作 ………………………………………………（139）

郭祥正家，醉画竹石壁上，郭作诗为谢，且遗二古铜剑 ……（140）

次荆公韵四绝（选一） …………………………………………（141）

同王胜之游蒋山 …………………………………………………（142）

高邮陈直躬处士画雁二首（选一） ……………………………（143）

再过超然台，赠太守霍翔 ………………………………………（144）

登州海市 …………………………………………………………（146）

书文与可墨竹 …………………………………………………… （148）

惠崇春江晚景二首 ………………………………………………… （149）

西太一见王荆公旧诗，偶次其韵二首 …………………………… （150）

次韵子由书李伯时所藏韩幹马 …………………………………… （151）

书晁补之所藏与可画竹三首 ……………………………………… （153）

书鄢陵王主簿所画折枝二首 ……………………………………… （154）

书王定国所藏《烟江叠嶂图》 …………………………………… （156）

寄蔡子华 …………………………………………………………… （158）

与叶淳老、侯敦夫、张秉道同相视新河，秉道有诗，次韵二首（选一）

………………………………………………………………… （159）

泛　　颍 …………………………………………………………… （161）

感旧诗　并序 ……………………………………………………… （162）

送运判朱朝奉入蜀 ………………………………………………… （164）

仆所藏仇池石，希代之宝也。王晋卿以小诗借观，

意在于夺，仆不敢不借，然以此诗先之 ………………… （166）

书晁说之《考牧图》后 …………………………………………… （168）

东府雨中别子由 …………………………………………………… （170）

次韵滕大夫雪浪石 ………………………………………………… （171）

南康望湖亭 ………………………………………………………… （172）

十月二日初到惠州 ………………………………………………… （173）

十一月二十六日松风亭下梅花盛开 ……………………………… （174）

荔　支　叹 ………………………………………………………… （175）

和陶贫士　并引（选二） ………………………………………… （178）

吾谪海南，子由雷州，被命即行，了不相知，至梧乃闻其尚在藤也。

日夕当追及，作此诗示之 ………………………………… （180）

行琼、儋间，肩舆坐睡，梦中得句云："千山动鳞甲，万谷酣笙钟。"

觉而遇清风急雨，戏作此数句 …………………………… （181）

汲江煎茶 …………………………………………………………… （183）

澄迈驿通潮阁二首 ……………………………………（185）

六月二十日夜渡海 ……………………………………（186）

过岭二首（选一） ……………………………………（187）

苏 辙

郭 纶 …………………………………………………（188）

戎 州 …………………………………………………（191）

白 鹇 …………………………………………………（192）

竹枝歌忠州作 …………………………………………（193）

昭 君 村 ………………………………………………（195）

怀渑池寄子瞻兄 ………………………………………（196）

辛丑除日寄子瞻 ………………………………………（197）

次韵子瞻闻不赴商幕三首 ……………………………（199）

踏 青 …………………………………………………（202）

种 菜 …………………………………………………（203）

王维吴道子画（在普门及开元寺） …………………（204）

和子瞻调水符 …………………………………………（205）

中秋夜八绝（选三） …………………………………（206）

次韵姚孝孙判官见还《岐梁唱和诗集》 ……………（207）

送陈安期都官出城马上 ………………………………（208）

南 窗 …………………………………………………（209）

初到陈州二首 …………………………………………（210）

柳湖感物 ………………………………………………（211）

次韵李简夫秋园 ………………………………………（213）

虞 姬 墓 ………………………………………………（214）

次韵子瞻见寄 …………………………………………（215）

和顿主簿起见赠二首（选一） ………………………（217）

和子瞻开汤村运盐河，雨中督役 ……………………（218）

自陈适齐戏题 …………………………………………（219）

送青州签判俞退翁致仕还湖州 ……………………………………………（220）

岳　下 ………………………………………………………………………（222）

东方书生行 …………………………………………………………………（224）

和文与可洋州园亭三十韵（选四）………………………………………（226）

逍遥堂会宿二首并引 ………………………………………………………（227）

初发彭城有感寄子瞻 ………………………………………………………（228）

谢张安道惠马 ………………………………………………………………（230）

次韵张恕春暮 ………………………………………………………………（231）

春日耕者 ……………………………………………………………………（232）

和子瞻自徐移湖，将过宋都，途中见寄五首（选二）………………（233）

次韵子瞻赠张憨子 …………………………………………………………（234）

次韵王适细鱼 ………………………………………………………………（235）

次韵毛君见督和诗 …………………………………………………………（236）

雨中宿酒务 …………………………………………………………………（237）

茶花二首 ……………………………………………………………………（238）

牛 尾 狸 ……………………………………………………………………（239）

次韵王适梅花 ………………………………………………………………（239）

官居即事 ……………………………………………………………………（240）

次韵子瞻与安节夜坐三首（选一）………………………………………（241）

留滞高安四年有余，忽得信闻当除官真、扬间，偶成小诗，书于屋壁 …（242）

除夜泊彭蠡湖遇大风雪 ……………………………………………………（243）

初到绩溪，视事三日，出城南谒二祠，游石照，偶成四小诗，呈诸同官

（选一）……………………………………………………………………（246）

官舍小池有鹚鹅遗二小雏二首（选一）…………………………………（247）

病后白发 ……………………………………………………………………（247）

初闻得校书郎示同官三绝 …………………………………………………（248）

歙县岁寒堂 …………………………………………………………………（249）

沂潮二首（选一）…………………………………………………………（250）

赠王复处士 ……………………………………………………（250）

后省初成直宿呈子瞻二首（选一） ………………………（251）

韩幹三马 ……………………………………………………（252）

书郭熙横卷 …………………………………………………（254）

题王生画三蚕、蜻蜓二首 …………………………………（255）

秦虢夫人走马图二绝 ………………………………………（256）

绝句二首 ……………………………………………………（257）

过杨无敌庙 …………………………………………………（258）

神水馆寄子瞻兄四绝（选一） ……………………………（259）

木 叶 山 ……………………………………………………（260）

次韵子瞻感旧 ………………………………………………（261）

送侄迈赴河间令 ……………………………………………（263）

阻 风 ………………………………………………………（264）

次韵子瞻江西 ………………………………………………（265）

雨中游小云居 ………………………………………………（266）

次韵子瞻连雨江涨二首（选一） …………………………（268）

寓居六咏（选二） …………………………………………（268）

所寓堂后月季再生，与远同赋 ……………………………（269）

次韵子瞻夜坐 ………………………………………………（271）

闰九月重九与父老小饮四绝（选一） ……………………（272）

卜 居 ………………………………………………………（272）

索居三首（选一） …………………………………………（273）

思归二首（选一） …………………………………………（274）

春 尽 ………………………………………………………（275）

任氏阅世堂前大桧 …………………………………………（276）

寒食二首（选一） …………………………………………（277）

喜 雨 ………………………………………………………（278）

九日独酌三首（选一） ……………………………………（279）

丙戌十月二十三日大雪 ……………………………………………（280）

梦中反古《菖蒲》并引 ……………………………………………（281）

初成遗老斋、待月轩、藏书室三首 ………………………………（282）

秋　稼 ………………………………………………………………（284）

乐天集戏作五绝 ……………………………………………………（285）

游西湖 ………………………………………………………………（287）

泛溪水 ………………………………………………………………（287）

词　选 ……………………………………………………………（289）

苏　轼

南歌子（海上乘槎侣） ……………………………………………（291）

江城子（凤凰山下雨初晴） ………………………………………（292）

瑞鹧鸪（城头月落尚啼乌） ………………………………………（293）

南乡子（回首乱山横） ……………………………………………（294）

阮郎归（一年三度过苏台） ………………………………………（295）

醉落魄（苍颜华发） ………………………………………………（296）

沁园春（孤馆灯青） ………………………………………………（297）

蝶恋花（灯火钱塘三五夜） ………………………………………（298）

江城子（十年生死两茫茫） ………………………………………（299）

江城子（老夫聊发少年狂） ………………………………………（300）

望江南（春未老） …………………………………………………（301）

水调歌头（明月几时有） …………………………………………（302）

水调歌头（安石在东海） …………………………………………（304）

浣溪沙（徐门石潭谢雨道上作五首） ……………………………（305）

永遇乐（明月如霜） ………………………………………………（307）

西江月（三过平山堂下） …………………………………………（310）

南歌子（山雨萧萧过） ……………………………………………（311）

卜算子（缺月挂疏桐） ……………………………………………（312）

水龙吟（似花还似非花） ·················· （314）

念奴娇（大江东去） ·················· （317）

满江红（江汉西来） ·················· （319）

水龙吟（小舟横截春江） ·················· （321）

江城子（梦中了了醉中醒） ·················· （322）

定风波（莫听穿林打叶声） ·················· （323）

浣溪沙（山下兰芽短浸溪） ·················· （324）

西江月（照野弥弥浅浪） ·················· （325）

洞仙歌（冰肌玉骨） ·················· （326）

临江仙（夜饮东坡醒复醉） ·················· （328）

满庭芳（三十三年） ·················· （329）

水调歌头（落日绣帘卷） ·················· （330）

满庭芳（归去来兮） ·················· （331）

八声甘州（有情风万里卷潮来） ·················· （333）

蝶恋花（花褪残红青杏小） ·················· （335）

苏 辙

水调歌头（离别一何久） ·················· （337）

文 选 ·················· （339）

苏 洵

仲兄字文甫说 ·················· （341）

名二子说 ·················· （344）

审 势 ·················· （345）

心 术 ·················· （352）

攻 守 ·················· （356）

六国论 ·················· （361）

高 祖 ·················· （364）

御 将 ·················· （368）

广　士 ……………………………………………………（374）

养　才 ……………………………………………………（378）

申　法 ……………………………………………………（382）

乐　论 ……………………………………………………（386）

史 论 下 …………………………………………………（389）

上张侍郎第二书 …………………………………………（395）

送石昌言使北引 …………………………………………（397）

上欧阳内翰第一书 ………………………………………（400）

张益州画像记 ……………………………………………（406）

上韩舍人书 ………………………………………………（411）

木假山记 …………………………………………………（413）

与梅圣俞书 ………………………………………………（415）

上韩昭文论山陵书 ………………………………………（417）

管 仲 论 …………………………………………………（422）

辨 奸 论 …………………………………………………（426）

谏 论 上 …………………………………………………（429）

苏　轼

省试刑赏忠厚之至论 ……………………………………（436）

上梅直讲书 ………………………………………………（440）

南行前集叙 ………………………………………………（443）

决壅蔽 ……………………………………………………（444）

教战守策 …………………………………………………（449）

留侯论 ……………………………………………………（453）

贾谊论 ……………………………………………………（457）

喜雨亭记 …………………………………………………（461）

凌虚台记 …………………………………………………（464）

祭欧阳文忠公文 …………………………………………（467）

邵茂诚诗集叙 ……………………………………………（469）

盐官大悲阁记 …………………………………………… （472）

超然台记 ………………………………………………… （474）

凫绎先生诗集叙 ………………………………………… （478）

日 喻 …………………………………………………… （480）

李氏山房藏书记 ………………………………………… （483）

放鹤亭记 ………………………………………………… （486）

文与可画《筼筜谷偃竹》记 …………………………… （489）

答李端叔书 ……………………………………………… （493）

书蒲永升画后 …………………………………………… （496）

方山子传 ………………………………………………… （498）

赤壁赋 …………………………………………………… （501）

后赤壁赋 ………………………………………………… （505）

与滕达道书 ……………………………………………… （508）

记承天夜游 ……………………………………………… （509）

石钟山记 ………………………………………………… （510）

书吴道子画后 …………………………………………… （513）

王安石赠太傅 …………………………………………… （515）

答毛泽民书 ……………………………………………… （518）

范文正公文集叙 ………………………………………… （520）

黠鼠赋 …………………………………………………… （524）

潮州韩文公庙碑 ………………………………………… （526）

与侄孙元老书 …………………………………………… （533）

与谢民师推官书 ………………………………………… （534）

传 神 记 ………………………………………………… （538）

论始皇汉宣李斯 ………………………………………… （540）

与二郎侄书 ……………………………………………… （545）

苏 辙

刑赏忠厚之至论 ………………………………………… （546）

上枢密韩太尉书 ·················· （548）

臣事策上一 ··················· （551）

三 国 论 ··················· （555）

六 国 论 ··················· （559）

御试制策（节选） ················ （562）

上两制诸公书 ·················· （565）

新 论 上 ··················· （574）

黄楼赋并叙 ··················· （581）

墨 竹 赋 ··················· （588）

为兄轼下狱上书 ················· （592）

答黄庭坚书 ··················· （595）

庐山栖贤寺新修僧堂记 ············· （597）

武昌九曲亭记 ·················· （599）

黄州快哉亭记 ·················· （602）

汝州杨文公诗石记 ················ （605）

汝州龙兴寺修吴画殿记 ············· （607）

子瞻和陶渊明诗集引 ·············· （610）

书白乐天集后二首（选一） ··········· （614）

巢 谷 传 ··················· （617）

藏书室记 ··················· （621）

待月轩记 ··················· （625）

卜居赋并引 ··················· （627）

管幼安画赞并引 ················· （630）

《历代论》引 ·················· （634）

汉 文 帝 ··················· （635）

与王介甫论青苗盐法铸钱利害 ········· （639）

诗病五事（选三） ················ （643）

附录 三苏年谱简编 ················ （650）

诗选

上田待制[一]

苏 洵

日落长安道，大野渺荒荒[二]。

吁嗟秦皇帝，安得不富强[三]。

山大地脉厚，小民十尺长。

耕田破万顷，一稔粟柱梁[四]。

少年事游侠，皆可荷弩枪。

勇力不自骄，颇能啖干粮[五]。

天意此有谓，故使连西羌[六]。

古人遭边患，累累斗两刚[七]。

方今正似此，猛士强如狼。

跨马负弓矢，走不择涧冈。

脱甲森不顾，袒裼搏战场[八]。

嗟彼谁治此，踧踧不敢当[九]。

当之负重责，无成不朝王。

田侯本儒生，武略今洸洸[一○]。

右手握麈尾，指麾据胡床[一一]。

郡国远浩浩[一二]，边鄙有积仓。

秦境古何在？秦人多战伤[一三]。

此事久不报，此时将何偿[一四]？

得此报天子，为侯歌之章[一五]。

（《嘉祐集笺注》卷十六，以下只注卷次）

〔一〕待制：宋代在正式官职之外加与文臣的衔号。田待制，未详其人。《宋史·田京传》："赵元昊反，侍读学士李仲容荐京知兵法，召试中书，擢通判镇戎军。夏守斌为陕西经略使，奏兼管勾随军粮料。入对，陈方略，赐五品服。寻为经略安抚判官。"又云："京喜论议，然语繁而迂，颇通兵战、历算、杂家之术。……著《天人流术》《通儒子》十数书，又有《奏议》十卷。"诗云："田侯本儒生，武略今洸洸。"田侯或即田亦。诗又云："古人遭边患，累累斗两刚。方今正似北，猛士强如狼。"苏洵庆历六年（1047）因举制策入京，见石昌言于长安；嘉祐元年（1056）送二子入京应试，也途经长安；但这两次，宋王朝同西夏的战争已停。宝元元年（1038），三十岁的苏洵，"举进士再不中"，经长安、越秦岭返蜀，正值西夏元昊之叛，此诗当作于此时。

〔二〕荒荒：暗淡无边貌。杜甫《漫城》："野日荒荒白，春流泯泯清。"

〔三〕"吁嗟秦皇帝"二句：杜佑《通典》卷一百七十四："雍州之地，厥田上上，鄠杜之饶，号称陆海，四塞为固，被山带河，秦氏资之，遂平海风。"

〔四〕一稔：一年。谷熟为稔，谷一年一熟，故称一年为一稔。

〔五〕"少年事游侠"四句：杜佑《通典》卷一百七十四："接近胡戎，多尚武节，自东汉魏晋，羌氏屡扰；旋则苻、姚迭据，五凉更乱，三百余祀，战争方息。"杜甫《兵车行》也有"秦兵耐苦战"语。

〔六〕西羌：古族名，主要分布在今甘肃、青海、四川一带，因住地偏西，故称西羌。此指西夏。

〔七〕累累斗两刚：往往看谁刚强。累累，犹屡屡，一次又一次。两刚，《易·讼》孔颖达疏有"居争讼之时，处两刚之间"语。

〔八〕"脱甲森不顾"二句：脱下的铠甲密密麻麻，看都不看，赤膊上阵。甲，古时战士的护身衣。森，本指树木丛生茂密，引申为密。祖裼，脱衣露体。

〔九〕踧踧：惊异貌。

〔一〇〕洸洸：威武貌。《诗·大雅·江汉》："武夫洸洸。"

〔一一〕"右手握麈尾"二句：白居易《斋居偶作》："老翁持麈尾，坐拂半张床。"麈尾，拂尘。胡床，可折叠的轻便坐具。《世说新语·自新》："（戴）渊在岸上，据胡床指麾左右。皆得其宜。"

〔一二〕浩浩：旷远貌。

〔一三〕"秦境古何在"二句：谓秦境为西夏所占，秦人在同西夏的战争中伤亡很大。

〔一四〕"此事久不报"二句：谓秦地久未收复，现在将何以收复失地。报，报复。《左传》宣公三年："宋师围曹，报武氏之乱也。"偿，实现。

〔一五〕"得此报天子"二句：谓收复失地以报答朝廷，当为田侯歌之于诗章。

忆山送人〔一〕

苏 洵

少年喜奇迹，落拓鞍马间〔二〕。

纵目视天下，爱此宇宙宽。

山川看不厌，浩然遂忘还〔三〕。

岷峨最先见〔四〕，晴光厌西川。

远望未及上，但爱青若鬟。

大雪冬没胫，夏秋多蛇蚖〔五〕。

乘春乃敢去，匍匐攀屝颜〔六〕。

有路不容足，左右号鹿猿。

阴崖雪如石，迫暖成高澜〔七〕。

经日到绝顶，目眩手足颠。

自恐不得下，抚膺忽长叹。

坐定聊四顾，风色非人寰。

仰面啜云霞，垂手抚百山〔八〕。

临风弄襟袖，飘若风中仙。

朅来游荆渚〔九〕，谈笑登峡船〔一〇〕？

峡山无平冈，峡水多悍湍。

长风送轻帆，瞥过难详观。

其间最可爱，巫庙十数巅〔一一〕。

耸耸青玉干，折首不见端〔一二〕。

其余亦诡怪，土老崖石顽。

长江浑浑流[一三]，触啮不可栏[一四]。

苟非峡山壮，浩浩无隔边。

恐是造物意[一五]，特使险且坚。

江山两相值，后世无水患[一六]。

水行月余日，泊舟事征鞍[一七]。

烂熳走尘土[一八]，耳嚣目眵昏[一九]。

中路逢汉水[二〇]，乱流爱清渊。

道逢尘土客，洗濯无瑕痕。

振鞭入京师，累岁不得官[二一]。

悠悠故乡念，中夜成惨然。

《五噫》不复留[二二]，驰车走辗辕[二三]。

自是识嵩岳[二四]，荡荡容貌尊[二五]。

不入众山列，体如镇中原[二六]。

几日至华下[二七]，秀色碧照天。

上下数十里，映睫青巉巉[二八]。

迤逦见终南[二九]，魁岸蟠长安[三〇]。

一月看山岳，怀抱斗以骞[三一]。

渐渐大道尽，倚山栈肠缘[三二]。

下瞰不测溪，石齿交戈铤[三三]。

虚阁怖马足[三四]，险崖磨吾肩。

左山右绝涧，中如一绳悭。

傲睨驻鞍辔[三五]，不忍驱以鞭。

累累斩绝峰[三六]，兀不相属联[三七]。

背出或逾峻，远骛如争先[三八]。

或时度冈岭，下马步险艰。

怪事看愈好，勤劬变清欢[三九]。

行行上剑阁[四〇]，勉强踬不前。

矫首望故国，漫漫但青烟[四一]。

及下鹿头坂，始见平沙田〔四二〕。

归来顾妻子，壮抱难留连。

遂使十余载，此路常周旋〔四三〕。

又闻吴越中，山明永澄鲜。

百金买骏马，往意不自存。

投身入庐岳，首挹瀑布源。

飞下二千尺，强烈不可干。

余润散为雨，遍作山中寒。

次入二林寺，遂获高僧言。

问以绝胜境，导我同跻攀。

逾月不倦厌，岩谷行欲殚〔四四〕。

下山复南迈，不知已南虔〔四五〕。

五岭望可见，欲往若不难。

便拟去登玩，因得窥群蛮〔四六〕。

此意竟不偿，归抱愁煎煎〔四七〕。

到家不再出，一顿俄十年〔四八〕。

昨闻庐山郡，太守雷君贤。

往求与识面，复见山郁蟠〔四九〕。

绝壁横三方，有类大破镮。

包裹五六州，倚之为长垣〔五〇〕，

大抵蜀山峭，巉刻气不温。

不类嵩华背，气象多浓繁〔五一〕。

吴君颍川秀，六载为蜀官。

簿书苦为累，天鹤囚笼樊。

岷山青城县，峨眉亦南犍。

黎雅又可到，不见宜悒然。

有如烹脂中，过眼不得餐。

始谓泛峡去，此约今又愆。

只有东北山，依然送归轩。

他山已不见，此可著意看〔五二〕。

（卷十六）

注

〔一〕忆山：忆历次登临山水。此诗前六句总写他爱好游览祖国河山；从"岷峨最先见"至"飘若风中仙"，忆岷峨之游，此为少年时事；从"揭来游荆渚"至"此路常周旋"，忆景祐四年（1037）二十九岁时，因应进士试东出三峡，北上入京，不第，然后经长安，越秦岭返蜀；自"又闻吴越中"至"一顿俄十年"，忆庆历七年（1047）苏洵在京应制科试落第后，南游江西庐山、虔州，因父丧返蜀；"昨闻庐（芦）山郡"至"气象多浓繁"，写至和二年（1055）苏洵去雅州访雷简夫；"吴君颍川秀"至"始谓泛峡去"写自己本欲再次东出三峡而未能如愿以偿，再次抒发了喜爱游山的心情。苏洵于嘉祐元年（1056）三月即北行入京，此诗当作于至和二年（1055）访雷简夫于雅州后不久。

〔二〕落拓：放浪不羁。《北史·杨素传》："少落拓有大志，不拘小节。"

〔三〕浩然：广大貌。《孟子·公孙丑上》："我善养吾浩然之气。"

〔四〕岷：指属岷山山系之青城山。峨：峨眉山。皆四川名山。王文诰《苏诗总案》卷一系苏洵岷峨之游于庆历五年（1045），时苏洵已三十七岁。岷峨距其家很近，"少年喜奇迹"的苏洵绝不会此时才游岷峨，也不止游一次，故将岷峨之游确指在庆历五年，证据不足。

〔五〕虺：亦称虺，即蝮蛇。

〔六〕匍匐：伏地而行。屏颜：同"巉岩"，高峻貌。李华《含元殿赋》："峥嵘屏颜，下视南山。"

〔七〕"阴崖雪如石"二句：背阴一面白雪皑皑，终年积雪，冻得坚硬如石；当阳一面，积雪融化，树木葱茏，有如大海波澜。

〔八〕"仰面噎云霞"二句：状山之高。噎云霞，可与云霞私语。噎，窃窃私语。

〔九〕揭：语助词。荆：荆州，今湖北江陵。渚：渚宫，在江陵城内。荆渚连用，统指江陵。

〔一〇〕峡：此指三峡。下文"峡山"指峡中之山，如巫山等；"峡水"指长江。

〔一一〕巫庙：指巫山神女庙。十数巅：指巫山十二峰——神女峰、翠屏峰、朝云峰、松峦峰、集仙峰、聚鹤峰、净坛峰、上升峰、起云峰、飞凤峰、登龙峰、圣泉峰。

〔一二〕"耸耸青玉干"二句：谓船上只能看见高耸的有如青玉一般的石壁，而看不见山顶。

〔一三〕浑浑：水流盛大貌。

〔一四〕触啮：冲击啮蚀。

〔一五〕造物：古人以为万物乃天造，故称天为造物。

〔一六〕"江山两相值"二句：苏轼《滟滪堆赋》："世以瞿塘峡口滟滪堆为天下之至险，凡覆舟者，皆归咎于此石。以余观之，盖有功于斯人者。夫蜀江会百水而至于夔，弥漫浩汗，横放于大野；而峡之小大，曾不及其十一。苟先无以龃龉于其间，则江之远来，奔腾迅快，尽锐于瞿塘之口，则其险悍可畏，当不啻于今耳。"苏轼此赋的观点正是对苏洵观点的发挥，亦可作此二句的注脚。

〔一七〕泊舟事征鞍：指由江陵陆行北上。

〔一八〕烂熳：又作"烂漫"，放浪意。韦庄《庭前桃》："曾向桃园烂漫游。"

〔一九〕嚣：喧哗。眵（chī）：眼屎。眵昏：眼昏花。韩愈《短灯檠歌》："两目眵昏头雪白。"

〔二〇〕汉水：长江支流，源出陕西宁强，流经陕西南部、湖北西部和中部，至武汉入长江。

〔二一〕累岁不得官：指京师应进士试落第，"不得官"而归。

〔二二〕《五噫》：指东汉梁鸿《五噫歌》："陟彼北芒兮，噫！顾览帝京兮，噫！宫室崔巍兮，噫！人之劬劳兮，噫！辽辽未央兮，噫！"苏洵提及此诗，表现了他对朝廷的失望。

〔二三〕镮辕：山名，在今河南偃师县东南。

〔二四〕嵩岳：即嵩山。

〔二五〕荡荡：广大貌。《尚书·尧典》："荡荡怀山襄陵。"

〔二六〕中原：地区名。狭义指今河南一带，广义指黄河中下游地区。

〔二七〕华下：华山之下。华山位于陕西东部，北临渭水平原，属秦岭东段。

〔二八〕巉巉：山高峻貌。

〔二九〕逶迤：连绵曲折貌。终南：山名，在今陕西西安市南。

〔三〇〕魁岸：高大貌。长安：今陕西西安。

〔三一〕怀抱斗以骞：心胸为之高广。斗，通"陡"，高耸貌。骞，飞举。

〔三二〕"渐渐大道尽"二句：此写由渭水平原进入秦岭，沿着栈道攀附上山。夤缘：攀附而上。苏轼《石鼻城》："北客初来试新险，蜀人从此送残山。"亦写平原、高山交界处。

〔三三〕石齿交戈铤：岩石像齿牙、戈铤一般交织。戈、铤，皆古代兵器。

〔三四〕虚阁：悬空而建的栈阁。《后汉书·隗嚣传》"栈阁绝败"李贤注："栈阁者，山路悬险，栈木为阁道。"

〔三五〕傲睨：傲视。睨，斜视。

〔三六〕累累斩绝峰：重重叠叠的陡峭山峰。

〔三七〕兀：突兀，高耸特出貌。

〔三八〕"背出或逾峻"二句：有的山峰更加高峻，有的山峰如在飞奔。背出犹言背驰，反向奔驰，与"远骛"对举。骛：交驰。

〔三九〕勤劬：辛勤劬劳。

〔四〇〕剑阁：指剑门关，在四川北部剑阁县东北，自古有"剑门天下险"之称。

〔四一〕漫漫：一望无际貌。

〔四二〕"及下鹿头坂"二句：鹿头坂，即四川德阳鹿头山。《全蜀总志》："鹿头山在德阳治北三十余里。"杜甫《鹿头山》："鹿头何亭亭，是日慰饥渴。连山西南断，俯见千里豁。游子出京华，剑门不可越。及兹险阻尽，始喜原野阔。"

〔四三〕"遂使十余载"二句："十余载"指自景祐五年（1039）返蜀至至和二年（1055）作者写此诗时，共十六年。"此路常周旋"表明苏洵还曾多次出蜀，以下吴越之游乃其中的一次，其他各次皆不可考。

〔四四〕"投身入庐岳"至"岩谷行欲殚"：庐岳，即江西庐山。二林寺，即庐山东林寺、西林寺。高僧指庐山圆通寺讷禅师和顺公。殚，尽。苏辙《赠景福顺长老》："辙幼侍先君，闻尝游庐山，过圆通，见讷禅师，留连久之。元丰五年以谴居高安，景福顺公不远百里惠然来访，自言昔从讷于圆通，逮与先君游。岁月迁谢，今三十六年矣。"从元丰五年（1082）逆数三十六年为庆历七年（1047）。

〔四五〕"下山复南迈"二句：虔，虔州，今江西赣州。苏洵下庐山，南游虔州，曾与钟子翼兄弟交游，并观白居易墨迹。苏轼《钟子翼哀辞》："轼年始十二，先君宫师归自江南，曰：'吾南游至虔，有隐君子钟君与其弟概从吾游，同登马岩，入天竺寺观乐天墨迹。'"又苏轼《天竺寺诗并引》："予年十二，先君自虔州归，为予言：'近城山中天竺寺，有乐天亲书诗。'"苏轼生于景祐三年（1036），十二岁时即庆历七年（1047）。

〔四六〕"五岭望可见"四句：五岭，山名，说法不一，一指大庾岭、骑田岭、都庞岭、萌渚岭、越城岭。从此四句可知，苏洵本拟继续游览，了解南方少数民族情况。

〔四七〕"此意竟不偿"二句：指因父苏序病逝，未能南游五岭。苏洵《极乐院造六菩萨记》："丁亥之岁，先君去世。"丁亥即庆历七年（1047）。苏轼《与曾子固书》："祖父之殁，轼年十二矣。"

〔四八〕"到家不再出"二句：俄，不久，很快。苏洵自庆历七年（1047）因父丧返蜀至嘉祐元年（1056）送二子入京应试，其间十年未再出蜀。王文诰《苏诗总案》卷一："庆历五年……宫师宦于四方，自夔下荆渚，将游京师。"下引《忆山送人》"岷峨最先见"至"中夜成惨然"为证，即系下荆渚，游京师于庆历五年。又云："庆历七年丁亥，宫师与史经臣同举制策"，"下第"，"遂自嵩洛之庐山，游东西二林，过圆通，访讷长老"。下以"宫师《忆山送人》诗有归后十年不出之语"为证。王文诰显然把苏洵早年的岷峨之游和景祐四年（1038）因应进士试东出三峡入京，西越秦岭返蜀以及庆历七年（1047）应制科试落第"自嵩洛之庐山"三次游历，混为一谈。

〔四九〕"昨闻庐山郡"四句：庐山郡乃卢山郡之误，卢山郡即雅州（今四川雅安）。太守雷君即雅州知州雷简夫。王文诰《苏诗总案》卷一："庆历七年……与雷简夫订交九江。"又云："至和二年……至雅州谒雷简夫。""庆历丁亥，宫师游庐山谒简夫，越九年重见雅州。"并引《忆山送人》"昨闻庐山郡"四句为证。考《东都事略》和《宋史》的《雷简夫传》，雷根本没有担任过九江太守。至和末、嘉祐初雷简夫知雅州时向张方平、欧阳修、韩琦推荐苏洵的信皆存（见邵博《邵氏闻见后录》卷十五），从中完全看不出他们九年前曾订交九江。苏洵《忆山送人》诗完全按时间先后记游，记庆历七年庐山之游时无只字提及谒雷简夫，而记"昨闻庐山郡，太守雷君贤"是在自江西庐山返蜀"十年""不再出"之后，可知"庐山郡"绝非江西庐山。九江在宋代叫江州，《宋史·地理志四》："江州，上，浔阳郡。"可见九江叫浔阳郡。又《宋史·地理志五》："雅州，上，卢山郡……县五：严道、卢山、名山、荥经、百丈。"可见庐山郡乃卢山郡之误，卢山郡即雅州。王文诰因未细审《忆山送人》的行文，不知"庐山郡"乃"卢山郡"之误，卢山郡即雅州，遂误卢山郡为江西九江，把苏洵访雷简夫于卢山郡同访雷于雅州分为二事（实为一事），结果把苏雷订交误断在九江，时间提前了十年。

〔五〇〕"绝壁横三方"四句：写雅州山势。《蜀中名胜记》卷十四《雅州》："州治后雅安山又名月心山，山形如月，象心字。州治左点，所治右点，文庙居中，皆倚山也。"

〔五一〕"大抵蜀山峭"四句：比较蜀山同嵩山、华山的不同特征。

〔五二〕"吴君颍川秀"至结尾：吴君，未详其人。末段叹其六载为蜀官，却为簿书所累，青城、峨眉、南犍（今四川犍为）、黎州（今四川汉源）、雅州都未游历过，泛岷之约又未实现，只有回到任所，遥望东北诸山而已。据诗意，当为送吴回归任所之作。悒然，郁闷貌。愆，失误，此指未能如愿。

途次长安上都漕傅谏议〔一〕

苏 洵

丈夫正多念〔二〕，老大不自安。

居家不能乐，忽忽思中原。

慨然弃乡庐〔三〕，劫劫道路间〔四〕。

穷山多虎狼，行路非不难。

昔者倦奔走，闭门事耕田。

蚕谷聊自给，如此已十年。

缅怀当今人〔五〕，草草无复闲〔六〕。

坚卧固不起，芒刺实在肩〔七〕。

布衣与食肉，幸可交口言〔八〕。

默默不以告，未可遽罪怨〔九〕。

驱车入京洛〔一〇〕，藩镇皆达官〔一一〕。

长安逢傅侯，愿得说肺肝。

贫贱吾老矣，不复苦自叹。

富贵不足爱，浮云过长天〔一二〕。

中怀邈有念，惝恍难自论〔一三〕。

世俗不见信，排斥仅得存〔一四〕。

昨者东入秦，大麦黄满田。

秦民可无饥，为君喜不眠。

禁军几千万〔一五〕，仰此填其咽。

西蕃久不反，老贼非常然〔一六〕。

士饱可以战，吾宁为之先〔一七〕？

傅侯君在西，天子忧东藩〔一八〕。

烽火尚未灭，何策安西边？

傅侯君谓何？明日将东辕[一九]。

（卷十六）

注

〔一〕途次：途中停留。都漕：宋代都转运使的简称。傅谏议：未详其人。《宋史·傅求传》："傅求，字命之，考城人。……陇石蕃酋兰毡献古渭州地，秦州范祥纳之……后帅张升以祥贪利生事，请弃之。诏求往视，求以为城已讫役，且已得而弃，非所以强国威。乃诏谕羌众，反其田，报夏人以渭非其有，不应索，正其封疆而还，兵遂解。进天章阁待制，陕西都转运使，加龙图阁直学士、知庆州。"据吴廷燮《北宋经抚年表》卷三，张升帅秦州在皇祐五年（1053）十一月至至和元年（1054）八月；傅求知庆州在嘉祐二年、三年（1057—1058）；则傅求进天章阁待制、陕西都转运使即在至和元年至嘉祐二年之间，故疑"都漕傅谏议"即傅求。诗云："昔者倦奔走，闭门事耕田。蚕谷聊自给，如此已十年。"此即《忆人送人》"到家不再出，一顿俄十年"，皆指庆历七年（1047）因父丧返蜀至嘉祐元年（1056）再次出蜀。故此诗为嘉祐元年苏洵送二子入京应试，途经长安时作。此诗前八句感慨自己年近半百尚"不安"于家；次八句写"不安"于家的原因，从中可知苏洵不甘隐居而仍有志于当世；"长安逢傅侯"十句，倾诉长期仕途失意的苦闷；"昨者东入秦"以后十六句，是对傅侯的希望，集中表现了他对安边的关心。

〔二〕丈夫：古时对成年男子的称呼，此为苏洵自指。

〔三〕慨然：慷慨貌。

〔四〕劫劫：奔竞貌。韩愈《贞曜先生墓志铭》："人皆劫劫，我独有余。"

〔五〕缅怀：遥念。缅，遥远貌。

〔六〕草草：匆忙貌。杜甫《送长孙九侍御赴武威判官》："取别何草草。"

〔七〕芒刺实在肩：比喻极度不安。《汉书·霍光传》："若有芒刺在背。"

〔八〕"衣布与食肉"二句：苏洵自谓他与平民和大官皆可交谈。梁武帝《置谤木肺石函诏》："若肉食莫言，山阿欲有横议，投谤木函。"山阿指山野之民，即布衣。肉食指达官贵人。当时苏洵虽为布衣，但与知益州田况、张方平，知雅州雷简夫等皆有交往，故有此语。

〔九〕未可遽罪怼：不可就怪罪我。罪、怼，皆有归罪、归咎意。意谓他是有言要告知傅侯的，故以下转入"说肺肝"。

〔一〇〕京：指东京（今河南开封）。洛：指西京洛阳。

〔一一〕藩镇：唐代在各重要州府皆设都督府，称藩镇，此即重镇之意。

〔一二〕"富贵不足爱"二句：《论语·述而》："不义而富且贵，于我如浮云。"

〔一三〕中怀：内心，陶潜《游斜川》："念之动中怀，及辰为兹游。"邈：远，《楚词·九章·怀沙》："汤禹久远兮，邈而不可慕。"惆怅：失意貌。

〔一四〕"世俗不见信"二句：苏洵《上皇帝书》："臣本凡才，无路自进。当少年时，亦尝欲侥幸于陛下之科举。有司以为不肖，辄以摈落。"

〔一五〕禁军：原指皇帝亲兵，北宋正规军皆称禁军。"几千万"，各本皆然，疑为"几十万"之误。

〔一六〕"西蕃久不反"二句：西蕃，指西夏。自庆历四年（1044）西夏与宋议和后，西边烽火暂停。老贼指西夏国君，时李元昊已死，其子李谅祚在位。《三国志·荀彧传》注引《献帝春秋》："老贼不死，祸乱未已。"非常然，不会经常如此。西夏经常攻宋，故苏洵认为"不反"是暂时的，难以持久。

〔一七〕宁：岂，难道。

〔一八〕天子忧东藩：指广南侬智高之乱。时侬智高之乱已平，但侬之余部尚存。张方平镇蜀，即因讹言侬智高将寇蜀。

〔一九〕东辕：继续东行。辕，驾车用的横木或曲木，此作动词用。

又答陈公美三首[一]

苏 洵

仲尼鲁司寇，官职亦已优。

从祭肉不及，戴冕奔诸侯[二]。

当时不之知，为肉诚可羞。

君子意有在，众人但惩尤。

置之待后世，皎皎无足忧[三]。

仲尼为群婢，一走十四年[四]。

荀卿老不出，五十干诸田[五]。

顾彼二夫子，岂其陷狂颠？

出处固无定，不失称圣贤。

彼亦诚自信，谁能恤多言！

公孙昔放逐，牧羊沧海滨。

勉强听乡里，垂老西游秦。

自固未为壮，徒为久辛勤[六]。

君子岂必隐？孔孟皆旅人[七]。

（卷十六）

注

〔一〕陈公美：据苏洵《答陈公美》诗，当为眉山人，与苏洵友谊甚深（念昔居乡里，游处了不猜）；后外出为吏，在苏洵"到家不再出，一顿俄十年"期间，从未见面（君后独舍去，为吏天一涯。我又厌奔走，远引不复来）；在嘉祐元年（1056）苏洵赴京途中偶然相遇（翻然感其说，东走陵颠崖。不意君在此，得奉笑与诙）；陈先赠诗称美苏洵，洵作《答陈公美》诗（新句辱先赠，古诗许见推。……作诗报嘉贶，亦聊以相催）。《又答陈公美诗三首》就作于其后不久。《答陈公美》重点在叙述他们间的交情和自己别后的情况。《又答》则历举孔子、孟子、荀子和公孙弘皆年老出仕，为自己年近半百仍东游京师求官辩解。

〔二〕"仲尼鲁司寇"四句：仲尼即孔子。《史记·孔子世家》："孔子年五十六，由大司寇行摄相事……齐人闻而惧……陈女乐文马于鲁城南高门外。季桓子微服往观再三，将受，乃语鲁君，为周道游，往观终日，怠于政事。子路曰：'夫子可以行矣。'孔子曰：'鲁今且郊，如致膰（祭肉）乎大夫，则吾犹可以止。'桓子卒受齐女乐，三日不听政，郊又不致膰俎于大夫，孔子遂行。"戴冕指郊祭之日，《礼记·郊特性》："戴冕，璪十有二旒，则天数也。"

〔三〕"当时不之知"至"皎皎无足忧"：大意是说当时没有人了解孔子，为不致祭肉而离开鲁国确实是可羞的事。但孔子有其用意，而众人只知怪罪于他，根本不理解孔子的用意。孔子也无所谓，今世不了解就留待后世吧，因为他的行为光明正大，不值得忧虑。皎皎：纯洁明亮貌。

〔四〕"仲尼为群婢"二句：《史记·孔子世家》：孔子因"桓子卒受齐女乐"而离鲁后，"宿乎屯，而师己送，曰：'夫子则非罪。'孔子曰：'吾歌可夫？'歌曰：'彼妇之口，可以出走；彼妇之谒，可以死败。盖优哉游哉，维以卒岁。'师己反，桓子曰：'孔子亦何言？'师己以实告，桓子喟然叹曰：'夫子罪我，以群婢故也夫！'"又："孔子之去鲁，凡十四岁而反乎鲁。"

〔五〕"荀卿老不出"二句：荀卿（约前313—前238），名况，战国时赵国人。田，指齐襄王田法章，前283—前264年在位。《史记·荀卿列传》："荀卿，赵人，年五十，始游学于齐……齐襄王时而荀卿最为老师，齐尚修列大夫之缺，而荀卿三为祭酒焉。"干，干谒，求取。

〔六〕"公孙昔放逐"至"徒为久辛勤"：《史记·公孙弘传》："丞相公孙弘者，齐菑川国薛县人也，字季。少时为薛狱吏，有罪免。家贫，放豕海上。年四十余，乃学《春秋》、杂说。养后母孝谨。建元元年，天子初即位，招贤良文学之士。是时，弘年六十，征以贤良为博士，使匈奴，还报，不合上意，上怒，以为不能，弘乃病免归。元光五年，有诏征文学，菑川国复推上公孙弘。弘让谢国人曰：'臣已尝西应命，以不能罢归，愿更推选。'国人固推弘。弘至太常。太常令所征儒士各对策，百余人，弘第居下。策奏，天子擢弘对为第一。召入，见状貌甚丽，拜为博士。"后位至丞相，封平津侯。

〔七〕旅人：奔走在外的人。戴叔伦《早行寄朱放》："山晓旅人去，天高秋气悲。"

丙申岁余在京师，乡人陈景回自南来，弃其官，得太子中允。景回旧有地在蔡，今将治园囿于其间以自老。余尝有意于嵩山之下，洛水之上买地筑室，以为休息之馆，而未果。今景回欲余诗，遂道此意。景回志余言，异日可以知余之非戏云耳〔一〕

苏　洵

岷山之阳土如腴〔二〕，江水清滑多鲤鱼〔三〕。
古人居之富者众〔四〕，我独厌倦思移居。

平川如手山水蹙〔五〕，恐我后世鄙且愚。

经行天下爱嵩岳〔六〕，遂欲买地居妻孥〔七〕。

晴原漫漫望不尽，山色照野光如濡〔八〕。

民生舒缓如天扎〔九〕，衣冠堂堂伟丈夫〔一〇〕。

吾今隐居未有所，更后十载不可无。

闻君厌蜀乐上蔡〔一一〕，占地百顷无边隅。

草深野阔足狐兔，水种陆取身不劬〔一二〕。

谁知李斯顾秦宠，不获牵犬追黄狐〔一三〕。

今君南去已足老，行看嵩少当吾庐。

（卷十六）

注 ———

〔一〕丙申岁：即嘉祐元年（1056）。陈景回：《宋史》无传。从诗题可知为蜀人，很可能就是眉州人。在南方某地做官，后以太子中允（太子属官之一，以他官兼，无职掌）致仕，移居蔡州（今河南汝南）。诗的前六句写他想离蜀的原因；次八句写他看中了嵩洛，这里平原辽阔，嵩山秀丽，人才济济，后将居此；再六句盛赞陈景回弃官移居蔡州，并以李斯家在上蔡而不归作对比；末二句双结，前句结陈，末句结己。范梈云："七言古诗……须是波澜开合，如江海之波，一波未平，一波复起。"（仇兆鳌《杜诗详注》卷一）这首七古正具有这种曲折多变的特点。方说西蜀民殷物阜，又说"厌倦思移居"；方说嵩山之可爱，又说陈景回"厌蜀"；方说陈"乐上蔡"，又说李斯之后悔。全诗若断若续，活泼跳荡，情致委曲。

〔二〕岷山之阳：山南为阳，眉山在岷山之南，故云。腴：肥肉，此指土地肥沃。

〔三〕江水清滑多鲤鱼：苏轼《寄蔡子华》："想见清衣江畔路，白鱼紫笋不论钱。"

〔四〕古人居之富者众：《华阳国志》卷三《蜀志·蜀中郡》："家有盐铜之利，户专山川之材，居节人足，以富相尚。……若卓王孙家僮千数，程郑亦八百人，而郫公从禽，巷无行人。箫鼓歌吹，击钟肆悬。富侔公室，豪过田文。"

〔五〕平川如手：谓成都平原只有手掌大，四周都是高山。蹙：促迫，此形容蜀中青山攒拥，绿水纵横。

〔六〕嵩岳：即嵩山。

〔七〕孥：儿女。《诗·小雅·常棣》："宜尔妻孥。"

〔八〕如濡：《诗·郑风·羔裘》："羔裘如濡。"郑玄笺："如濡，润泽之。"

〔九〕夭札：《左传·昭公四年》："民不夭札。"杜预注："短折为夭，大（年长）死为札。"

〔一〇〕堂堂：仪表壮伟的样子。

〔一一〕上蔡：治所在今河南上蔡西南，后移治今河南汝南。

〔一二〕劬：劬劳。

〔一三〕"谁知李斯顾秦宠"二句：李斯（？—前208），战国末人，从荀卿学，后入秦，助秦统一六国，官至丞相。始皇死，赵高诬斯谋反，被诛。《史记·李斯传》："李斯者，楚上蔡人也。……二世二年七月，具斯五刑，论腰斩咸阳市。斯出狱，与其中子俱执，顾谓其中子曰：'吾欲与若复牵黄犬俱出上蔡东门逐狡兔，岂可得乎？'遂父子相哭，而夷三族。"顾，顾恋。顾秦宠指留恋秦宠而不及时退身。

附录

葛立方：苏东坡兄弟以仕宦久，不得归蜀，怀归之心，屡见于篇咏。……嘉祐丙申岁，老苏在京师，乃有厌蜀之意。尝有意嵩山之下，洛水之上，买地筑室而居。故为诗云："岷山之阳土如腴，江水清清（今本作"清滑"）多鲤鱼。古人居之富者众，我独厌倦思移居。"是时乡人陈景回自蜀居蔡，故以是诗告之。则是二苏欲归蜀，而老苏欲出蜀也。厥后老苏葬于蜀，而治命指其墓旁庚壬地为二子之藏，而二子终不得归焉，信知人事不可期也。（《韵语阳秋》卷十三）

欧阳永叔白兔〔一〕

苏 洵

飞鹰搏平原〔二〕，禽兽乱衰草〔三〕。

苍茫就擒执〔四〕，颠倒莫能保〔五〕。

白兔不忍杀，叹息爱其老。

独生遂长拘，野性始惊矫〔六〕。

贵人织筠笼〔七〕，驯扰渐可抱〔八〕。

谁知山林宽，穴处颇自好。

高飙动槁叶[九]，群窜迹如扫。

异质不自藏，照野明皓皓[一〇]。

猎夫指之笑，自匿苦不早[一一]。

何当骑蟾蜍，灵杵手自捣[一二]。

（卷十六）

注

〔一〕欧阳永叔：即欧阳修（1007—1072），字永叔，号六一居士，庐陵吉水（今江西吉安）人，官至枢密副使、参知政事，著有《欧阳文忠集》《新五代史》《新唐书》（与宋祁合著）。据欧阳修《白兔》和梅圣俞《永叔白兔》，此兔是"滁州野叟""驰献旧守"、今之"翰林"欧阳修的。据《庐陵欧阳文忠公年谱》，欧阳修于庆历五年（1045）十月至八年（1048）正月知滁州，于至和元年（1055）九月迁翰林学士。苏洵于嘉祐元年（1056）至京，成为欧阳修的座上客，此诗当作于这年秋冬。朱东润《梅尧臣集编年校注》也说《永叔白兔》作于嘉祐元年。苏洵诗前八句写白兔被擒和笼养经过，中八句写笼养违背白兔本性，末四句借猎人之口笑白兔不自匿而被长拘。"异质不自藏""自匿苦不早"，就是此诗主旨。全诗结构谨严，形象生动，意味隽永，可算佳作。

〔二〕搏平原：谓飞鹰在平旷的原野上搏击禽兽。

〔三〕乱衰草：谓飞禽走兽拼命奔逃于衰草之中。乱，形容禽兽奔逃之状。

〔四〕苍茫就擒执：在旷远无际的原野上被擒获。苍茫，旷远无际貌。

〔五〕颠倒：破灭倾覆。

〔六〕矫：矫正，指改变白兔野性。

〔七〕筠笼：竹笼。筠，竹子的青皮，又作竹的别称。

〔八〕驯扰：驯养。《后汉书·蔡邕传》："有兔驯扰其室傍。"扰：安和、驯服。《书·皋陶谟》，"掌养猛兽而教扰之"。

〔九〕高飙：高风。飙，疾风。

〔一〇〕皓皓：皓白貌。

〔一一〕匿：隐藏，躲避。《淮南子·说林训》云："见物之形，弗能匿也。"

〔一二〕"何当骑蟾蜍"二句：传说月中有兔和蟾蜍，刘孝标《林下映月诗》："明明三五月，垂影当高树。攒柯半玉蟾，映叶彰金兔。"末二句嘲笑白兔因不自匿而被长拘，不如月中之兔骑蟾捣药自由。

附录

欧阳修《白兔》：天冥冥，云濛濛，白兔捣药姮娥宫。玉关金镵夜不闭，窜入滁山千万重。滁泉清甘泻大壑，滁草软翠摇轻风。渴饮泉，困栖草，滁人遇之丰山道。网罗百计偶得之，千里持为翰林宝。翰林酬酢委金璧，珠箔花笼玉为食。朝随孔翠伴，暮缀鸾皇翼。主人邀客醉笼下，京洛风埃不沾席。群诗名貌极豪纵，尔兔有意果谁识？天资洁白已为累，物性拘囚尽无益。上林荣落几时休，回首峰峦断消息。（《欧阳文忠全集》卷五十四）

梅圣俞《永叔白兔》：可笑嫦娥不了事，走却玉兔来人间。分寸不落猎犬口，滁州野叟获以还。霜毛丰茸目睛殷，红条金练相戏摆。驰献旧守作异玩，况乃已在蓬莱山。月中辛勤莫捣药，桂旁杵臼今应闲。我欲拔毛为白笔，研朱写诗破公颜。（《梅尧臣集编年校注》卷二十六）

老翁井〔一〕
苏 洵

井中老翁误年华〔二〕，白沙翠石公之家。

公来无踪去无迹，井面团团水生花。

公今与世两何预，无事纷纷惊牧竖。

改颜易服与世同〔三〕，毋使世人知有翁。

（佚诗·二十二首）

注 ————————————————————————————

〔一〕老翁井：苏洵《老翁井铭》："丁酉岁，余卜葬亡妻，得武阳安镇之山。山之所从来甚高大壮伟，其末分而为两股，回转环抱，有泉垄然，出于两山之间而北附，右股之下畜为大井，可以日饮百余家。……他日乃问泉旁之民，皆曰是为老翁井。"丁酉岁即嘉祐二年（1057），诗与铭当作于同时。当时苏洵虽名动京师，但求官未遂，因其妻程氏卒，匆匆返蜀，郁郁不得志，故有改颜易服，和光同尘，不求有闻于世，而愿老于泉旁之念。后苏洵谢绝征召入京，梅圣俞有《题老人泉寄苏明允》诗（见附录），即针对苏洵的退隐思想而发。此诗《嘉祐集》失载，而作为苏轼诗收入《东坡续集》。朱熹《晦庵诗话》："《老翁井》诗在老苏《送蜀僧去尘》之前，必非他人之作。然不见于《嘉祐集》，亦不省其何说也。"从内容看，此诗确为苏洵所作，诗旨与《老翁井铭》同。

〔二〕井中老翁误年华：苏洵《老翁井铭》："问其所以为（老翁井）名之由，曰：往岁十年，山空月明，天地开霁，则常有老人苍颜白发，偃息于泉上。就之则隐而入于泉，莫可见，盖其相传以为如此者久矣。……余又闵其老于荒榛岩石之间，千岁则莫知也。"

〔三〕改颜易服与世同：谓改变自己的本色，以求与世人和光同尘。

附录

梅圣俞《题老人泉寄苏明允》：泉上有老人，隐见不可常。苏子居其间，饮水乐未央。渊中必有鱼，与子自徜徉。渊中苟无鱼，子特玩沧浪。日月不知老，家有雏凤凰（按：指苏轼兄弟）。百鸟戢羽翼，不敢言文章。去为仲尼叹，出为盛时祥。方今天子圣，无滞彼泉傍。（《梅尧臣集编年校注》卷二十八）

苏轼《送贾讷倅眉二首》之二：老翁山下玉渊回，手植青松三万栽。父老得书知我在，小轩临水为君开。试看一一龙蛇活，更听萧萧风雨哀。便与甘棠同不剪，苍髯白甲待归来。（自注：先君葬于蟆颐山之东二十余里，地名老翁泉。君许为一往，感叹之深，故及之）（《苏轼诗集》卷二十七）

朱熹《跋东坡书李杜诸公诗》：《老翁井》诗，在老苏《送蜀僧去尘》之前，必非他人所作，然不见于《嘉祐集》，亦不省其何说也。彼欲井中老翁"改颜易服"，不使人知，而后篇遽有"嫌瘦""废弹"之叹，何耶？然其言怨而不怒，独百世以俟后贤而不惑，则其用意亦远矣哉！

答二任[一]

苏 洵

鲁人贱夫子，呼丘指东家[二]。

当时虽未遇，弟子已如麻。

奈何乡间人，曾不为叹嗟。

区区吴越间，问骨不惮遐[三]。

习见反不怪，海人等龙虾[四]。

嗟我何足道，穷居出无车[五]。

昨者入京洛，文章彼人夸[六]。

故旧未肯信，闻之笑呀呀[七]。

独有两任子，知我有足嘉[八]。

远游苦相念，长篇寄芬葩[九]。

我道亦未尔[一〇]，子得无增加！

贫穷已衰老，短发垂鬖鬖[一一]。

重禄无意取，思治山中畬[一二]。

往岁栽苦竹[一三]，细密如蒹葭[一四]。

庭前三小山，本为水中楂[一五]。

当前凿方池，寒泉照谽谺[一六]。

玩此可竟日，胡为踏朝衙[一七]？

何当子来会，酒食相邀遮[一八]？

愿为久相敬，终始无疵瑕。

闲居各无事，数来饮流霞[一九]。

（卷十六）

注

〔一〕二任：任孜、任伋。《宋史·任伯雨传》："任伯雨，字德翁，眉州眉山人。父孜，字遵圣，以学问气节推重乡里，名与苏洵埒，仕至光禄寺丞。其弟伋，字师中，亦知名，尝通判黄州，后知泸州，当时称大任、小任。"诗中有"昨者入京洛，文章彼人夸"句，此指嘉祐元年（1056）苏洵名震京师事，从"昨者"及"贫穷已衰老"以下数语，可知乍于嘉祐二年（1057）返蜀后。此诗首以"鲁人贱夫子"为喻，写自己虽名动京师，却"故旧未肯信"；"独有两任子"六句，谢二任寄诗称美自己；"贫穷已衰老"至"胡为踏朝菌"，抒发在京求官未遂的抑郁之情，表示决心老于故居而不再入京；最后六句盼二任归来，共同闲居。

〔二〕"鲁人贱夫子"二句：夫子，孔夫子；丘，孔丘。据传孔子的西邻不知孔子之贤，径呼为"东家丘"。后借以喻不识人才。《三国志·魏志·邴原传》裴松之注引《原别传》，言邴原求学于孙崧，崧曰："君乡里郑君（玄）……诚学者之师模也。君乃舍之，蹑屣千里，所谓以郑为东家丘者也。"

〔三〕"区区吴越间"二句：以吴越同鲁人、乡间之人作对比，谓远方之人对孔子的敬重大大超过了他的邻人。区区：小。《左传·襄公十七年》："宋国区区。"问骨：《史记·孔子世家》："吴伐越，堕会稽，得骨节专车。吴使使问仲尼：'骨何者最大？'仲尼曰：'禹致群神于会稽山，防风氏后至，禹杀而戮之，其节专车，此为大矣。'"

〔四〕海人：海边之人。龙贵虾贱，等龙虾谓其不分贤愚。

〔五〕出无车：《史记·孟尝君列传》载，冯驩闻孟尝君好客，往见。孟尝君置之传舍，冯驩弹剑而歌曰："长铗归来乎，食无鱼！"孟尝君迁之幸舍，有鱼，冯驩又弹剑而歌曰："长铗归来乎，出无舆！"

〔六〕"昨者入京洛"二句：张方平《文安先生墓表》："至京师，（欧阳）永叔一见大称叹，以为未始见夫人也，目为孙聊子（荀子）。献其书于朝。自是名动天下。"

〔七〕呀呀：笑声。韩愈《读东方朔杂事》："王母闻以笑，卫官助呀呀。"

〔八〕有足嘉：有值得赞美、称许之处。

〔九〕芬葩：芬芳的花，此指二任寄给苏洵的诗和信。

〔一〇〕我道亦未尔：我的文章之道还不是你所嘉美的那样好。这是自谦之词。

〔一一〕鬖髿：发下垂貌。

〔一二〕畬（shē）：畬田，刀耕火种之田，此泛指田。

〔一三〕苦竹：一种矮小的竹，其笋苦，不堪食。白居易《琵琶行》："黄芦苦竹绕宅生。"

〔一四〕蒹：荻。葭：芦苇。《诗·秦风·蒹葭》："蒹葭苍苍。"

〔一五〕"庭前三小山"二句：指眉山老家的木假山三峰。苏洵《木假山记》："予家有三峰。"楂，水中木筏，此泛指水中浮木。"水中楂"通行本作"山中楂"，此从宋残本《类编增广老苏先生大全集》。苏洵《木假山记》称其木山"风拔水漂而不破折，不腐"，"出于湍沙之间"，可见当以"水中楂"为是。

〔一六〕谽谺：山深貌。《汉书·司马相如传》："通谷豁兮谽谺。"

〔一七〕胡为踏朝衙：为什么要做官呢？胡为，为何，为什么。朝衙，早衙：白居易《城上》："城上鍪鍪鼓，朝衙复晚衙。"

〔一八〕邀遮：拦路邀请。

〔一九〕流霞：神话传说中的仙酒。《抱朴子·袪惑》：项曼都语："仙人但以流霞一杯与我饮之，辄不饥饿。"

游嘉州龙岩〔一〕

苏 洵

系舟长堤下，日夕事南征〔二〕。

往意纷何速，空岩幽自明〔三〕。

使君怜远客，高会有余情〔四〕。

酌酒何能饮，去乡怀独惊。

山川随望阔，气候带霜清〔五〕。

佳境日已去，何时休远行〔六〕！

（佚诗·二十二首）

注 ——————————————————————————————

〔一〕嘉州：治今四川乐山。宋属成都府路，见《宋史·地理志五》。龙岩：《嘉定府志》卷四《山川》："九龙山，城东北四里，三龟山之右，一名龙岩，一名灵岩，又名龙泓。山上石壁刻石龙九，相传唐朝明皇时所镌，强半磨泐，其存者矫然有势。山最幽邃，号小桃园。"嘉祐四年（1059）六月，朝廷再次召苏洵试策论于舍人院，苏洵《上欧阳内翰第四书》说："王命且再下，洵若固辞，必将以为沽名而有所希望。今岁之秋，轼、辙已服阕（服母丧期满），亦不可不与之俱东。恐内翰怪其久而不来，是以略陈其意。"十月，苏洵父子沿岷江、长江舟行南下赴京，此诗即作于途经嘉州时。诗的前四句点题，因忙于南行而不能久游龙岩；中四句写嘉州知州盛情款待他们父子，苏洵因去乡伤怀而不能畅饮；末四句进一步申说"去乡怀独惊"。全诗不以写景胜，而以抒情胜，感情沉郁，格调苍凉，集中抒发了他勉强入京的抑郁之情。

〔二〕征：远行。南征：指沿岷江、长江"南行适楚"。（苏轼《南行前集叙》）

〔三〕空岩：指"刻石龙九""强半磨泐"的嘉州龙岩。幽自明：幽静明丽而无人欣赏。

〔四〕"使君怜远客"二句：汉代称刺史为使君，汉以后作为对州郡长官的尊称。此指嘉州知州，姓名不详。高会，盛会。余情，富有感情。《说文》："余，饶也。"这两句表明苏洵当时虽为布衣，但社会地位已有了显著变化。苏轼《钟子翼哀词》："方是时（指庆历七年，即1047年苏洵应制科试不中时），先君未为时所知，旅游万里，舍者常争席。"而这次南行是在苏洵父子名动京师以后，沿途皆有地方官吏、亲朋好友迎送。过泸州，有老友任遵圣相候，苏轼兄弟皆有《泊南井口期任遵圣》诗；经渝州，有渝州知州张子立"谒我江上"（见苏洵《答张子立见寄》）；至丰都，有"知县李长官"迎候（见苏洵《题仙都山鹿并叙》）；苏轼《入峡》诗说："野戍荒州县，邦君古子男。放衙鸣晚鼓，留客荐霜柑"；至江陵，父子三人更成了王荆州的座上客。由此可见，"高会有余情"并不止嘉州一地。

〔五〕"山川随望阔"二句：前句切地，嘉州是岷江、大渡河、青衣江三江汇合之地，冲积成辽阔的平原："旷荡造平川"（苏轼《初发嘉州》）；后句切时，十月启行，正是深秋初冬，"霜清"二字点明了时令。

〔六〕"佳境日已去"二句：佳境，指故乡山水，苏轼《初发嘉州》"故乡飘已远，往意浩无边。锦水细不见，蛮江（青衣江）清可怜"，可作此句注脚。苏洵《游陵（今作"凌"）云寺》："今余劫劫（奔竞忙碌貌）独何往，愧尔前人空自哈（自嘲）。"《和杨节推见赠》："予懒本不出，苦为人事劫。相将犯苦寒，大雪满马鬣。"可与后句互证。

题白帝庙〔一〕

苏 洵

谁开三峡才容练〔二〕，长使英雄苦力争。

熊氏凋零余旧族〔三〕，成家寂寞闭空城〔四〕。

永安就死悲玄德〔五〕，八阵劳神叹孔明〔六〕。

白帝有灵应自笑，诸公皆败岂由兵？

（卷十六）

注

〔一〕白帝庙：在白帝城（今重庆奉节东瞿塘峡口）。白帝城，原名鱼腹，东汉公孙述至此始改名白帝。《太平寰宇记》卷一百四十八引《郡国志》："公孙述至鱼腹，有白龙出井中，因号鱼腹为白帝城。"白帝庙所祀即公孙述，陆游《入瞿唐登白帝庙》："参差层颠屋，邦人祀公孙。力战死社稷，宜享庙貌尊。"王文诰《苏诗总案》卷一：嘉祐四年（1059）冬，"抵夔州，吊白帝祠、永安宫，作诗"。苏轼《白帝庙》："朔风催入峡，惨惨去何之。共指苍山路，来朝白帝祠。"苏洵诗作于同时，此诗前六句言白帝城乃兵家"力争"之地；末二句置一反诘，诗旨立现，韵味无穷。

〔二〕谁开三峡：《太平广记》卷五十六《云华夫人》引《集仙录》："大禹理水，驻（巫）山下。大风卒至，崖振谷陨不可制。因与（云华）夫人相值，拜而求助。即敕侍女，授禹策召鬼神之书，因命其神狂章、虞余、黄魔、大翳、庚辰、童律等，助禹斫石疏波，决塞导陀，以循其流。……遂能导波决川，以成其功。"

〔三〕熊氏：楚国祖先，见《史记·楚世家》："周文王之时，季连之苗裔曰鬻熊。……其子曰熊丽，熊丽生熊狂，熊狂生熊绎。"白帝城，古属楚地，故咏及楚之祖先熊氏。

〔四〕成家：指公孙述（？—36），字子阳，东汉扶风茂陵（今陕西兴平东北）人。王莽时为导江卒正，后自立为蜀王。《后汉书·公孙述传》："建武元年四月遂自立为天子，号成家，色尚白，建元曰龙兴元年。"李贤等注："以起成都，故号成家。"

〔五〕永安：即白帝城。玄德：刘备字。蜀汉章武元年（221）六月，刘备在猇亭（今湖北宜都北长江北岸）为吴将陆逊所败，由步道还白帝。章武二年（222）四月，刘备崩于永安。事见《三国志·蜀书·先主传》。

〔六〕八阵：指八阵图。《三国志·蜀志·诸葛亮传》：“推演兵法，作八阵图。”诸葛亮据八阵图练兵遗址有多处，其一在重庆奉节县。此次南行，苏轼兄弟皆有《八阵碛》诗，苏轼诗云：“世称诸葛公，用众有法度。区区落褒斜，军旋无阔步。中原竟不到，置阵狭无所。茫茫平沙中，积石排队伍。独使后世人，知我非莽卤。”所叹与其父同。

襄阳怀古〔一〕

苏 洵

我行襄阳野，山色向人明。

何以洗怀抱，悠哉汉水清〔二〕。

辽辽岘山道〔三〕，千载几人行？

踏尽山上土，山腰为之平。

道逢堕泪碣〔四〕，不觉涕亦零。

借问羊叔子〔五〕，何异葛孔明〔六〕？

今人固已远，谁识前辈情？

褐来万山下〔七〕，潭水转相萦。

水深不见底，中有杜预铭。

潭水竟未涸，后世自知名。

成功本无敌，好誉真儒生〔八〕。

自从三子亡〔九〕，草中无豪英。

聊登岘山首，泪与汉流倾。

（卷十六）

注

〔一〕襄阳：今属湖北。王文诰《苏诗总案》卷二：嘉祐五年（1060）正月，"至襄阳，作《野鹰来》《上渚吟》《襄阳乐》三乐府。"苏洵此诗作于同时。前四句总写，借登山临水以洗怀抱；"辽辽"十句写游岘山，访堕泪碣，观羊祜遗迹；"碣来"八句写游万山，访杜预遗迹；末四句点题，怀古伤今，感叹现世再没有这样的英雄，借以抒发自己功业无成的苦闷。

〔二〕悠哉：远长。杜甫《龙门》："川水日悠哉！"汉水：又名汉江，源于陕西西南宁强县，流经陕西南部，湖北西北部和中部，于武汉入长江。

〔三〕辽辽：遥远貌。岘山：《元和郡县志》卷二十一《山南道二》："在（襄阳）县南九里，山东临汉水，古今大道。"

〔四〕堕泪碣：即堕泪碑，在岘山。《晋书·羊祜传》："襄阳百姓于岘山（羊）祜平生游憩之所，建碑立庙，岁时飨祭焉。望其碑者，莫不流涕，杜预因名为堕泪碑。"《元和郡县志》卷二十一："羊祜镇襄阳，与邹润甫共登此山（岘山），后人立碑，谓之堕泪碑，其铭文即蜀人李安所制。"

〔五〕羊叔子：羊祜（221—278），字叔子，南城（今山东费县西南）人。魏末任相国从事中郎，与荀勖共掌机密。晋代魏后，封钜平侯，除督荆州军州事，出镇襄阳，开屯田，储军备，筹划灭吴。临终，举杜预自代。事见《晋书·羊祜传》。

〔六〕葛孔明：即诸葛孔明。《三国志·诸葛亮传》裴松之注引《汉晋春秋》："亮家于南阳之邓县，在襄阳城西二十里，号曰隆中。"

〔七〕碣：语助词。万山：《元和郡县志》卷二十一："万山，一名汉皋山，在（襄阳）县西十一里。"

〔八〕"水深不见底"至"好誉真儒生"：杜预（222—284），字元凯，京兆杜陵（今陕西西安东南）人。继羊祜都督荆州诸军事，镇南大将军，镇襄阳。太康元年（280）统兵灭吴，以功封当阳县侯。著有《春秋左氏传集解》。《晋书·杜预传》：杜"好为后世名。尝言'高岸为谷，深谷为陵'，刻石为二碑，纪其勋绩，一沉万山之下，一立岘山之上，曰：'焉知此后不为陆谷乎！'"

〔九〕三子：指羊祜、诸葛亮、杜预三人。

昆阳城[一]

苏 洵

昆阳城外土非土，战骨多年化墙墉[二]。

当时寻邑驱市人[三]，未必三军皆反虏。

江河填满道流血，始信《武成》真不误[四]。

杀人应更多长平[五]，薄赋宽征已无补[六]。

英雄争斗岂得已，盗贼纵横亦何数？

御之失道谁使然？长使哀魂啼夜雨。

（卷十六）

注

〔一〕嘉祐五年（1060）春，三苏父子自江陵赴京，途经叶县时作。昆阳：今河南叶县。此诗写新（王莽）汉（刘秀）昆阳之战。《资治通鉴》卷三十九：更始元年（23）"三月，王凤与太常偏将军刘秀等徇昆阳、定陵、郾，皆下之。王莽闻严尤、陈茂败，乃遣司空王邑驰传，与司徒王寻发兵平定山东，征诸明兵法六十三家以备军吏，以长人巨毋霸为垒尉，又驱诸猛兽虎、豹、犀、象之属以助威武。邑至洛阳，州郡各选精兵，牧守目将，定会者四十三万人，号百万"。"秀乃与敢死者三千人从城西水上冲其中坚。……城中亦鼓噪而出，中外合势，震呼动天地。莽兵大溃，走者相腾践，伏尸百余里。会大雷、风，屋瓦皆飞，雨下如注，滍川盛溢，虎豹皆股战，士卒赴水溺死者以万数，水为不流。"

〔二〕墙墉：墙外空地，此指泥土，谓昆阳城外的泥土乃战骨变成。

〔三〕寻邑：寻，王寻，王莽的司徒，死于昆阳之战。邑，王邑，王莽的司空，在昆阳之战中逃归洛阳，后长安破，战死。驱市人：指"诸将见寻、邑兵盛，皆反走，入昆阳"，寻、邑欲"先屠此城，蹀血而进"。（《资治通鉴》卷三十九）

〔四〕《武成》：《尚书》篇名，言武王伐纣获胜，偃武修文，归马于华山之阳，放牛于桃林之野，示天下不复乘用。文中叙牧野之战说："会于牧野，罔有敌于我师，前徒倒戈，攻于后，以北，血流漂杵。"苏洵认为从昆阳之战看来，《武成》所载"血流漂杵"是可信的。

〔五〕长平：今山西高平西北。秦昭王四十五年（前262）秦将白起在此大败赵将赵括，并坑杀赵降卒四十余万，见《史记·秦本纪》。

〔六〕薄赋宽征：指东汉初年采取的一些缓和矛盾的措施，如建武六年十二月诏曰："顷者师旅未解，用度不足，故行什一之税。今军士屯田，粮储差积，其令郡国收见田租三十税一，如旧制。"七年三月诏曰："今郡国有众军，并多精勇，宜且罢轻车、骑士、材官、楼船士及军假吏，今还复民伍。"（《后汉书·光武帝纪》）

与可许惠所画舒景，以诗督之〔一〕

苏 洵

枯松怪石霜竹枝，中有可爱知者谁？

我能知之不能说〔二〕，欲说常恐天真非〔三〕。

羡君笋端有新意，倏忽万状成一挥〔四〕。

使我忘言惟独笑，意所欲说辄见之。

问胡为然笑不答〔五〕，无乃君亦难为辞？

昼行书空夜画被〔六〕，方其得意犹若痴。

纷纭落纸不自惜，坐客争夺相漫欺。

贵家满前谢不与，独许见赠怜我衰。

我当枕簟卧其下，暮续膏火朝忘炊。

门前剥啄不须应〔七〕，老病人谁称我为？

（卷十六）

注 ───────────────────────────

〔一〕文同（1018—1079），字与可，自号笑笑先生，世称石室先生，梓州永泰（今四川盐亭东）人，与苏轼为世交，北宋著名画家。此诗写作时间不详。从"怜我衰"可知，当作于晚年。家诚之《石室先生年表》载，文同于嘉祐四年（1059）"召试馆职，判尚书职方兼编校史馆书籍"，嘉祐五年在朝，并在这年倅邛州。苏洵也在这年二月到京，故此诗很可能作于嘉祐五年文同倅邛州前。这是苏洵向文同索画的诗。诗中称美了文同擅长的枯木竹石，赞其"有新意"，而有无"新意"是三苏父子论文论艺的重要标准。诗中还揭示了文同绘画取得重要成就的原因，这就是"昼行书空夜画被"的刻苦练习。

〔二〕我能知之不能说：《庄子·外物》："言者所以在意，得意而忘言。"陶潜《饮酒》："此中有真意，欲辨已忘言。"下文"忘言"亦本此。

〔三〕天真：《庄子·渔父》："圣人法天贵真，不拘于俗。"此指"法天贵真"的人。

〔四〕倏忽：转瞬之间。

〔五〕胡：何。

〔六〕书空：《晋书·殷浩传》："浩被黜夜，口无怨言……但终日书空，作'咄咄怪事'而已。"画被：羊欣《笔阵图》："钟繇精思学书，卧画被穿过表。入厕终日忘归。"

〔七〕剥啄：象声词，指敲门声。

九日和韩魏公〔一〕

苏　洵

晚岁登门最不才，萧萧华发映惊罍〔二〕。

不堪丞相延东阁〔三〕，闲伴诸儒老曲台〔四〕。

佳节久从愁里过，壮心偶傍醉中来〔五〕。

暮归冲雨寒无睡，自把新诗百遍开〔六〕。

（卷十六）

注

〔一〕九日：重阳节。韩魏公：指韩琦（1008—1075），字稚圭，相州安阳（今属河南）人，历仕仁宗、英宗、神宗三朝，位至宰相，封魏国公，著有《安阳集》。王文浩《苏诗总案》卷一系此诗于嘉祐元年（1056），并云："此条（叶）梦得误以嘉祐为至和，已删去。"叶系"至和间"误，王系嘉祐元年亦误。韩琦《安阳集》有《乙巳重阳》诗，从用韵及苏韩两诗皆言及"雨"，可断言苏洵所和即《乙巳重阳》。乙巳为英宗治平二年（1066），洵诗即作于这年重阳节夜。且诗中有"不堪丞相延东阁"句，韩琦嘉祐元年为枢密使，还未做丞相；又有"闲伴诸儒老曲台"句，曲台指太常寺，苏洵编太常礼书乃嘉祐六年事，系嘉祐元年显然与诗意不合，方回已有辨证（见附录），王文诰偶有疏忽。此诗首联写自己晚年才成为韩琦座上客，参与韩的家宴；颔联感谢韩对自己的礼遇，但从"闲""老"二字也可看出对韩未更加重用略有怨言；颈联进一步抒发一生不得志之情，但仍有壮心未已之意；尾联写宴后归家情景，暮色沉沉，寒雨潇潇，辗转反侧，夜不能寐，给人以凄凉之感，集中表现了他壮志不酬的苦闷。这首诗在苏洵诗作中堪称压卷之作。

〔二〕罍：青铜酒器，比酒樽大，后泛指盛酒器。《诗·周南·卷耳》："我姑酌彼金罍。"

〔三〕不堪：不配，不敢当。东阁：《汉书·公孙弘传》："弘自见为举首，起徒步，数年至宰相，封侯。于是起客馆，开东阁，以延贤人。"颜师古注："阁者，小门也，东向开之，避当庭门而引宾客，以别于掾吏官属也。"此以公孙弘事喻韩琦。韩琦于嘉祐元年（1056）八月任枢密使，嘉祐三年（1058）六月加同平章事，至英宗治平四年（1068）罢相。

〔四〕曲台：唐王彦威为太常，撰《曲台新记》，故称太常为曲台。据《续资治通鉴长编》，苏洵于嘉祐六年（1061）七月霸州为文安县主簿，同修纂礼书。

〔五〕"佳节久从愁里过"二句：叶梦得《石林诗话》引此诗，"久从"作"屡从"，"偶傍"作"时傍"；方回《瀛奎律髓》录此诗，"久从"作"已从"。方回以为"五六要是佳句"。《杨升庵诗话》卷四："白乐天诗有'百年愁里过，万感醉中来'之句，老苏未必祖袭，盖偶同耳。"

〔六〕"暮归冲雨寒无睡"二句：方回说："是日有雨，所和诗非席上所赋，其曰'暮归冲雨寒无睡'，乃是饮归而和此诗也。"（《瀛奎律髓汇评》卷十六）

附录

《朱子语类》卷十三："老苏之出，当时甚敬崇之，惟荆公不以为然，故其父子皆切齿之。然老苏诗云：'老态尽从愁里过，壮心偏傍醉中来。'如此无所守，岂不为他荆公所笑！"

韩琦《乙巳重阳》：苦厌繁机少适怀，欣逢九启宾罍。招贤敢并翘材馆，乐事

难追戏马台。藓布乱钱乘雨出,雁排阵拂云来。何时得遇樽前菊,此日花随月令开?(方回《瀛奎律髓》卷十二)

叶梦得:苏明允至和间来京师,既为欧阳文忠公所知,其名翕然。韩忠献诸公皆待以上客。尝遇重阳,忠献置酒私第,惟文忠与一二执政,而明允乃以布衣参其间,都人以为异礼。席间赋诗,明允有"佳节屡从愁里过,壮心时傍醉中来"之句,其意气尤不少衰。(《石林诗话》卷下)

方回:诗话谓韩魏公九日饮执政,老泉以布衣与坐。今味"闲傍诸儒老曲台"之句,即是修太常礼之时,非布衣也。盖英宗治平二年乙巳,韩公首倡,见《安阳集》。……五六要是佳句,《朱文公语录》颇不以为然,怨门人传录,未必的也。(《瀛奎律髓》卷十六)

纪昀:文公以伊川之故,极不喜苏氏父子,往往有意排斥。此明知其论之失平,而委其过于纪录者,其实不然。老泉不以诗名,此诗极老健。(《瀛奎律髓汇评》卷十六)

送蜀僧去尘〔一〕

苏 洵

十年读《易》费膏火〔二〕,尽日吟诗愁肺肝〔三〕。
不解丹青追世好〔四〕,欲将芹芷荐君盘〔五〕。
谁为善相宁嫌瘦〔六〕,后有知音可废弹〔七〕?
挂杖挂经须倍道〔八〕,故乡春蕨已阑干〔九〕。

(卷十六)

注 ————————————————————————————

〔一〕蜀僧:未详何人。去尘:本指前辈遗风,白居易《不致士》:"寂寞东门路,无人继去尘。"此指离开尘土飞扬的闹市,即指蜀僧离京归乡。此诗又作为苏轼诗收在《东坡续集》。叶梦得《石林诗话》卷下："明允诗不多见，然精深有味，语不徒发，正类其文。如《读易诗》云：'谁为善相应嫌瘦，后有知音可废弹？'婉而不迫，哀而不伤，所作自不必多也。"朱熹《晦庵诗话》云：彼欲井中老翁改颜易服，毋使人知（苏洵《老翁井》："改颜易服与世同，无使世人知有翁"），后篇遂有嫌瘦、废弹之叹，何耶？然其言怨而不怒，用意亦远矣。"叶、朱皆宋人，其言应有据，此诗当为苏洵诗。苏洵嘉祐六年（1061）《上韩丞相书》云："自去岁以来始复读《易》，作《易传》百余篇。此书若成，则自有《易》以来，未始有也。"张方平《文安先生墓表》谓其作"《易传》十卷"。苏辙《东坡先生墓志铭》："先君晚岁读《易》，玩其爻象，得其刚柔、远近、喜怒、逆顺之情，以观其词，皆迎刃而解，作《易传》未完。"由此可知苏洵"复读《易》，作《易传》"在晚年，此诗亦作于晚年，具体写作时间不详。诗的前六句写读《易》，"芹芷"即喻其著述，"瘦"指因著书而瘦，"可（岂可）废弹"亦指不可停止著书；后两句因送蜀僧而动思乡之情；全诗表现了苏洵虽壮志不酬，仍自强不息的精神。他曾教育二子说："士生于世，治气养心，无恶于身。推是以施之人，不为苟生；不幸不用，犹当以其所知著之翰墨，使人有闻焉。"（苏辙《历代论》）此诗正体现了这种思想。

〔二〕膏火：照明的油、火。《庄子·人间世》："膏火自煎也。"

〔三〕尽日吟诗愁肺肝：李白《戏赠杜甫》："借问别来太瘦生，总为从前作诗苦。"

〔四〕丹青：丹砂、青腹，可做颜料，绘画所用。《汉书·苏武传》："竹帛所载，丹青所画。"苏轼《题王逸少帖》："颠张（张旭）醉素（怀素）两秃翁，追逐世好称书工。"

〔五〕芹芷：比喻微薄之物，偏重于献芹意。芹，菜名；芷，香草名。荐：献。高适《自淇涉黄河途中作诗》："尚有献芹心，无因见明主。"

〔六〕善相：善于相面、看相的人。《史记·邓通传》："上（汉文帝）使善相者相通，曰：'当贫饿死。'文帝曰：'能富通者在我也，何谓贫乎？'于是赐邓通蜀严道铜山，得自铸钱。"后文帝崩，景帝立，没邓通家产，通果贫饿死。

〔七〕后有知音可废弹：春秋时楚人钟子期精于音律，伯牙鼓琴，子期听而知之。"子期死，伯牙破琴绝弦，终身不复鼓，以为世无足为音者。"（《吕氏春秋·本味》）苏洵反用其意。

〔八〕挂杖挂经须倍道：谓挂经书于杖上，倍道兼行。倍道，赶路，一日行两日的路程。《孙子·军争》："卷甲日趋，日夜不处，倍道兼行。"

〔九〕蕨：菜名。《诗·召南·草虫》："陟彼南山，言采其蕨。"阑干：纵横，此言春蕨已长满。

颜 书[一]

苏 洵

任君北方来，手出《邠州碑》。

为是鲁公写，遗我我不辞[二]。

鲁公实豪杰[三]，慷慨忠义姿。

忆在天宝末，变起渔阳师[四]。

猛士不敢当，儒生横义旗。

感激数十郡，连衡斗羌夷[五]。

新造势尚弱，胡马力未衰。

用兵竟不胜，叹息真数奇[六]。

杲兄死常山，烈士泪满颐[七]。

鲁公不死敌，天下皆熙熙[八]。

奈何不爱死，再使踏鲸鲵[九]。

公固不畏死，吾实悲当时。

缅邈念高谊[一○]，惜哉生我迟。

近日见异说，不知作者谁。

云公本不死，此事亦已奇。

大抵天下心，人人属公思。

加以不死状，慰此苦叹悲[一一]。

我欲哭公墓，莽莽不可知[一二]。

爱其平生迹，往往或子遗[一三]。

此字出公手，一见减叹咨。

使公不善书，笔墨纷讹痴。

思其平生事，岂忍弃路岐？

况此字颇怪，堂堂伟形仪。

骏极有深稳，骨老成支离〔一四〕。

点画乃应和，关联不相违。

有如一人身，鼻口耳目眉。

彼此异状貌，各自相结维。

离离天上星，纷如不自持。

左右自缀会，或作斗与箕〔一五〕。

骨严体端重，安置无欹危〔一六〕。

篆鼎兀大腹〔一七〕，高屋天弱楣。

古器合尺度，法物应矩规〔一八〕。

想其始下笔，庄重不自卑。

虞柳岂不好〔一九〕，结束烦絷羁〔二〇〕。

笔法未离俗，庸手尚敢窥。

自我见此字，得纸无所施。

一车会百木，斤斧所易为。

团团破明月，欲画形终非。

谁知忠义心，余力尚及斯。

因此数幅纸，使我重叹嘻。

（卷十六）

注 ——————

〔一〕颜书：颜真卿的书法。颜真卿（708—784），字清臣，京兆万年（今陕西西安）人。唐代著名书法家，事迹见新旧《唐书》本传。此诗写作时间不详，前半部分歌颂颜真卿的"慷慨忠义姿"，后半部分歌颂他的书法艺术。

〔二〕"任君北方来"四句：写颜书《邠州碑》得自任君。任君当即任孜、任君（见《答二任》注〔一〕）之一，但不知究系何人。邠州，今陕西邠县。

〔三〕鲁公：即颜真卿，封鲁郡公。

〔四〕"忆在天宝末"二句：指安史之乱。天宝末指天宝十五载（756）。渔阳，唐郡名，治所在今北京市密云西南。

〔五〕"猛士不敢当"四句：《唐书·颜真卿传》："禄山果反，河朔尽陷。……真卿乃募勇士，旬日得万人……十七郡同日归顺，共推真卿为师，得兵二十余万，横绝燕赵。"连衡：本指战国时张仪游说六国共同事秦，此指颜真卿联合各地义兵共同捍卫王室。《史记·秦始皇本纪》："外连衡而斗诸夷。"羌夷，西羌东夷，此泛指北方各少数民族。《唐书·安禄山传》："安禄山，营州柳城杂种胡人也。"

〔六〕"新造势尚弱"四句：《唐书·颜真卿传》："禄山乘虚遣史思明、尹子奇急攻河北诸郡，饶阳、河间、景城、乐安相次陷没，独平原、博平、清河三郡城守。然人心危荡，不可复振。至德元年十月，（颜）弃郡渡河，历江、淮、荆、襄，二年四月朝于凤翔。"数奇：命运不好，遇事不顺利。

〔七〕"杲兄死常山"二句：杲，指颜杲卿（692—756），字昕，京兆万年（今陕西西安）人。安史之乱时，摄常山太守。应颜真卿之约，联合起兵断安禄山后路。《唐书·颜杲卿传》："（天宝）十五年正月，思明攻常山郡，城中兵少，众寡不敌，御备皆竭。其月八日，城陷，杲卿、履谦为贼所执，送于东都。……缚于中桥南头从西第二柱，节解之。比至气绝，大骂不息。"

〔八〕熙熙：高兴貌。《老子》："众人熙熙，如享大牢，如登春台。"

〔九〕"奈何不爱死"二句：指遣颜真卿谕李希烈事。《唐书·颜真卿传》："会李希烈陷汝州，（卢）杞乃奏曰：'颜真卿西方所信，使谕之，可不劳师旅。'上从之，朝廷失色。李勉闻之，以为失一元老，贻朝廷羞，乃密表请留，又遣逆于路，不及。"后果被李希烈缢死。

〔一〇〕缅邈：遥远貌，有瞻仰勿及之意。

〔一一〕"近日见异说"至"慰此苦叹悲"：作者自注："或云公尸解，虽见希而实不死。"据杜光庭《仙传拾遗》、范资《玉堂闲话》载，贼平，真卿家迁其丧，启殡视之，棺朽败而尸形俨然，肌肉如生，手足柔软。行至中路，旅榇渐轻，后达葬所，空棺而已。其后十余年，家仆偶到同德寺，见鲁公衣长白衫，在佛殿上坐。时人皆称鲁公尸解得道。尸解：道家称修道者死后，留下形体，魂魄成仙为尸解。

〔一二〕莽莽：无边无际貌。

〔一三〕孑遗：遗留，剩余。《诗·大雅·云汉》："靡有孑遗。"

〔一四〕"骏极有深稳"二句：形容颜书奔放而又移妥，刚健而又开张。支离，分散，这里形容颜书气势开张。

〔一五〕斗与箕：皆星名，均属二十八宿。

〔一六〕敧：倾斜。危：高耸。

〔一七〕篆鼎兀大腹：有篆文的饮器突兀着大腹。鼎，古代饮器。兀，高耸突出。

〔一八〕法物：帝王仪仗所用的器物。

〔一九〕虞：虞世南（558—638），字伯施，越州余姚人，唐初书法家。柳：柳公权（778—865），字诚悬，京兆华原人，唐代书法家。

〔二〇〕结束烦絷羁：收笔尚烦控驭。

郭　纶[一]

苏　轼

纶本河西弓箭手[二]，屡战有功，不赏。
自黎州都监官满[三]，贫不能归，今权嘉州监税[四]。

河西猛士无人识，日暮津亭阅过船[五]。
路人但觉骢马瘦[六]，不知铁槊大如椽[七]。
因言西方久不战[八]，截发愿作万骑先[九]。
我当凭轼与寓目[一〇]，看君飞矢集蛮毡[一一]。

（《苏轼诗集》卷一，以下只注卷次）

注

〔一〕郭纶：河西人，出身少数民族（苏辙《郭纶》诗"郭纶本蕃种"），将家子。在同西夏定川寨之战及平定岭南侬智高之乱中，屡立战功。因统帅异议而有功不赏，流落蜀中。其生平事迹，详见本书苏辙同题诗。王文诰《苏诗总案》卷一：嘉祐四年（1059）"十月，公还朝，与子由侍宫师行。至嘉州，遇河西猛士郭纶，赠诗"，所赠诗即此首。

〔二〕河西：唐景云初置河西节度使，治所在凉州（今甘肃武威）。宋为西凉府，陷于西夏。弓箭手：宋代军队分禁军、厢军、乡兵三种，见《宋史·兵志一》。弓箭手属乡兵，《宋史·兵志四》："乡兵者，选自户籍，或士民应募，在所团结训练，以为防守之兵也。周广顺中，点秦州税户充保毅军，宋因之……河北、河东有神锐、忠勇、强壮，河北有忠顺、强人，陕西有保毅、砦户、强人、强人弓手，河东、陕西有弓箭手。"

〔三〕黎州：宋属成都府路，见《宋史·地理志五》，今四川汉源。都监：官名，《宋史·职官志七》："州府以下都监，皆掌其本城屯驻，兵甲、训练、差使之事，资浅者为监押。"

〔四〕权：代理，摄事。嘉州：见苏洵《游嘉州龙岩》注〔一〕。监税：即监当官，官名，《宋史·职官志七》："掌茶、盐、酒税，场务征输及冶铸之事。诸州军随事置官，其征榷场务岁有定额，岁终课其额之登耗以为举刺。凡课利所入，日具数以申于州。"

〔五〕"河西猛士无人识"二句：纪昀《评点苏文忠公诗》（下简称"纪评"）："首二句写出英雄失路之概。"猛士，刘邦《大风歌》："安得猛士兮守四方！"津亭渡口之亭，项斯《杭州江亭留题登眺》："树间津亭密，城中坞寺遥。"

〔六〕但：只，仅仅。骢（cōng）马：青白色的马，亦泛指马。杜牧《闻庆州赵纵使君与党项战，中箭身死，辄书长句》："将军独乘铁骢马。"

〔七〕铁槊：铁制长矛，苏辙同诗亦称郭纶"手挑丈八矛，所往如投空"。椽：梁上支瓦的木条。《晋书·王珣传》："珣梦人以大笔如椽与之，既觉，语人云：'此当有大手笔事。'俄而帝崩，哀册谥议，皆珣所草。"此状笔大，轼诗借以状槊之长大。

〔八〕因言西方久不战：庆历四年（1044）夏主赵元昊乞和，其词说："两失和好，遂历七年。立誓自今，愿藏盟府。"宋王朝许和，西部烽火暂停，见《续资治通鉴》卷四十七。纪昀："颇作意态而不免浅弱，病在五句接落少力。而五句之少力则病在'因言'二字之板滞也。"（《纪评苏诗》卷一）

〔九〕截发：断发以示决心。《晋书·陶侃传》："王贡复挑战……侃知其可动，复令谕之，截发为信。"骑：一人一马合称为骑，司马相如《子虚赋》："选徒万骑。"

〔一〇〕凭轼与寓目：凭倚车上横木以观战。《左传·僖公二十八年》：晋侯次于城濮，"子玉使斗勃请战，曰：'请与君之士戏，君凭轼而观之，得臣（子玉）与寓目焉。'"

〔一一〕飞矢集蛮毡：王文诰《苏诗编注集成》："谓矢集毡庐之上也。"矢，箭，《易·系辞下》："弦木为弧，剡木为矢。"潘岳《马湃督诔》："飞矢雨集。"

附录

翁方纲：《郭纶》……此在渔洋先生以为"羚羊挂角"之妙，而东坡少年时特以无意偶然得之。（《七言诗三昧举隅》）

王文诰：编南行诗以《郭纶》为首，用子由（苏辙）诗之次序也。其诗（子由诗）详序纶事，故论者以为佳。予独不然。子由诗是序事体，虽佳易办，彼中无路数也。公诗寥寥数语，欲于其潦到中见长，故难。此是大家作法，却不是大家诗，以气体未成故也。然其所以成之之故，即基于此。学者当由是以求其诗之进步，则思过半矣。（《苏诗编注集成·苏海识余一》）

初发嘉州〔一〕

苏 轼

朝发鼓阗阗〔二〕，西风猎画旃〔三〕。

故乡飘已远，往意浩无边。

锦水细不见〔四〕，蛮江清可怜〔五〕。

奔腾过佛脚〔六〕，旷荡造平川。

野市有禅客〔七〕，钓台寻暮烟〔八〕。

相期定先到，久立水溅溅〔九〕。

自注：是日，期乡僧宗一，会别钓鱼台下。

（卷一）

注

〔一〕嘉州：见苏洵《游嘉州龙岩》注〔一〕。此诗作于嘉祐四年（1059）十月随父南行赴京，途经嘉州时。起四句点题，写早晨从眉山向嘉州出发；中四句写舟过乐山大佛脚下所见景色；末四句写与乡僧宗一会别钓鱼台下。今人多解《初发嘉州》为"由嘉州出发向荆州"。但诗有"朝发鼓阗阗""钓台寻暮烟"句，钓台在嘉州，从"朝"到"暮"，舟行一天，怎么会原地未动呢？故《初发嘉州》当解为初向嘉州出发。

〔二〕阗阗：象声词，击鼓发船声。《诗·小雅·采芑》："伐鼓渊渊，振旅阗阗。"郑玄笺："振旅伐鼓，阗阗然。"杜甫《十二月一日三首》："负盐出井此溪女，打鼓发船何郡郎。"可知唐、宋发船皆击鼓做信号。

〔三〕西风猎画旃：秋风吹拂着彩旗。西风：秋风。猎：卷动，吹拂。旃（zhān）：曲柄旗，亦泛指旗。画旃即彩旗。

〔四〕锦水：即锦江，岷江分支之一，自四川郫县西岷江分出，至成都南与岷江会合。乐史《太平寰宇记》卷七十二《华阳县》："浊锦江即蜀江，水至此濯锦，锦彩鲜润于他水，故曰濯锦江。”查慎行《补注东坡先生诗》卷一：“嘉州距成都三百余里，故云：‘锦水细不见。’”

〔五〕蛮江：即青衣江，源出四川宝兴县北，流经洪雅、夹江，在乐山与岷江会合。查注：“《太平寰宇记》：‘青衣水濯衣即青’，故名。至龙游县与汶水合，以其来自徼外，故曰蛮江。”“可怜”即可爱，有的本子作“清更鲜”。

〔六〕佛：指乐山凌云山石刻大佛。王象之《舆地纪胜》卷一百四十六《嘉定府》：“大像阁在凌云寺，唐开元中，僧海通于渎江、沫水、濛水三江之合，悍流怒浪之滨，凿石为弥勒大像，高逾三百六十尺，建七层阁以覆之。”

〔七〕禅客：僧人，此指“乡僧宗一”，不详其人。

〔八〕钓台：《嘉定府志》卷五《古迹》：“钓鱼台，凌云山后石堂溪畔……苏轼初发嘉州，期乡僧宗一于钓鱼台下。”此句写乡僧宗一于傍晚会在钓鱼台等候。

〔九〕潺潺：流水声，曹丕《丹霞蔽日行》：“谷水潺潺。”

附录

纪昀：气韵洒脱，格律谨严，此少年未纵笔时。（“锦水细不见”二句）出句五仄，则对句第三字必平，唐人定格。（“野市有禅客”四句）接得挺拔，仿佛孟公“问我今何适，天台访石桥”二句笔意。（《纪评苏诗》卷一）

戎　州〔一〕

苏　轼

乱山围古郡〔二〕，市易带群蛮〔三〕。

瘦岭春耕少，孤城夜漏闲〔四〕。

往时边有警，征马去无还〔五〕。

自顷方从化〔六〕，年来亦款关〔七〕。

颇能贪汉布〔八〕，但未脱金环〔九〕。

何足争强弱，吾民尽玉颜〔一〇〕。

（卷一）

注 ———

　　〔一〕戎州：宋属潼川府路，政和四年（1114）改为叙州（见《宋史·地理志五》），治所在今四川宜宾附近。此诗作于嘉祐四年冬南行赴京，途经戎州时。前四句写戎州乱山环抱，夷汉杂居，土地贫瘠，人烟稀少；中四句写汉族同少数民族间时战时和；末四句写少数民族习俗，表现了渴望国家统一的思想。此诗对了解北宋西南地区的民族关系颇有意义，诗也写得"挥洒自如"。（《纪评苏诗》卷一）

　　〔二〕古郡：《太平寰宇记》卷七十九《戎州》："梁大同六年于此置六同郡，以六合所同为郡之名。寻之置戎州，以镇抚戎夷也。隋初郡废而州存。""天宝元年改为南溪郡……乾元年复为戎州。"

　　〔三〕市易：买卖交易。欧阳修《新五代史·冯晖传》："诸部族争以羊马为市易。"带群蛮：《太平寰宇记》卷七十九《戎州》："其土有四族：黎、蒯、虞、牟。夷夏杂居，风俗各异。其蛮獠之类，不识文字，不知礼数，言语不通，嗜欲不同。椎髻跣脚，凿齿穿耳，衣绯布、羊皮、莎草。"

　　〔四〕漏：古代计时器。《说文》："以铜受水，刻节，昼夜百刻。"

　　〔五〕"往时边有警"二句：警：烽警。《宋史·蛮夷传四》："大中祥符元年泸州言江安县夷人杀伤内属户，害巡检任赛。既不自安，遂为乱。"其后一段时间，战争几未间断。

　　〔六〕自顷方从化：指皇祐元年（1049）知益州田况平定清井监夷人之乱后，烽火暂停。《宋史·蛮夷传四》："皇祐元年二月，夷众万余人复围清井监……诏知益州田况发旁郡士卒，命梓夔路兵马钤辖宋定往援之。于是两路合官军洎白芳子弟几二万人与战，兵死者甚众，饥死又千余人，数月然后平。"

　　〔七〕年来亦款关：款关：叩关请和。《史记·商君书》："叩关请见。"裴骃《集解》引韦昭曰："欵，叩也。"《宋史·蛮夷传四》："嘉祐二年，三里村夷斗还等百五十人复谋内寇。有黄土坎夷斗盖，长宁州人也，先以其事来告。清井监引兵趋之，辅斩七千余级。钤辖司上闻，诏赐斗盖钱三十万、锦袍、银带。明年又补斗盖长宁州刺史。泸州部旧领姚州，废已久，有乌蛮王子得盖者来居其地，部族最盛，数遣人诣官，自言愿得州名以长夷落。事闻，因赐号姚州，铸印予之。得盖又乞敕书一通以遗子孙，诏从其请。"款关事即指此，其事距三苏父子南行经此不足两年，故云"年来"。

　　〔八〕汉布：冯景《施注苏诗续补遗》卷下："《汉（书）·食货志》："大布、次布、弟布、壮布、中布、差布、厚布、幼布、幺布、小布，是为布货十品。铸作钱布，皆用铜，殽以连锡，文质周郭，放（仿）汉五铢钱'云。师古注：'布亦铁耳，谓之布者，言其分布流行耳。'"冯应榴《苏诗合注》、王文诰《苏诗编注集成》皆从其说。此处"汉布"与下句"金环"对举，当指汉人布帛。上句言"群蛮"酷喜汉人布帛，下句言仍戴其特有耳饰。苏辙同题诗亦可证："汉虏更成市，罗纨靳不还。……兀兀头垂顶，团团耳带环。"苏轼所谓"汉布"即苏辙所说的"罗纨"。

〔九〕金环：耳饰。《南史·夷貊传》上："狼牙修国在南海中。……其王及贵臣加云霞布覆胛，以金绳为络带，金环贯耳。"

〔一〇〕玉颜：纪昀《评点苏文忠公诗》卷一"对獠人之狞陋言之，故曰玉颜"。冯应榴《苏诗合注》："玉颜似指文秀之义，言昔之为边境者今亦向化，可见强弱不必争，小民无不可华，俗尚文也。"二说皆通，冯说为胜，因戎州"群蛮"亦"吾民"。

舟中听大人弹琴〔一〕

苏 轼

弹琴江浦夜漏永〔二〕，敛衽窃听独激昂〔三〕。

《风松》《瀑布》已清绝，更爱《玉佩》声琅珰〔四〕。

自从郑、卫乱雅乐〔五〕，古器残缺世已忘〔六〕。

千家寥落独琴在，有如老仙不死阅兴亡。

世人不容独返古，强以新曲求铿锵。

微音淡弄忽变转，数声浮脆如笙簧〔七〕。

无情枯木今尚尔〔八〕，何况古意堕渺茫。

江空月出人响绝〔九〕，夜阑更请弹《文王》〔一〇〕。

（卷一）

注 ————————————————————————————————

〔一〕大人：对父母的敬称，此指苏洵。三苏父子俱能弹琴，《历代琴人传》引张右衮

《琴经·大雅嗣音》:"古人多以琴世其家,最著者……眉山三苏。"苏轼兄弟除南行途中皆有诗咏其父弹琴外,其后苏辙侍父京师时还有《大人久废弹琴,比借人雷琴以记旧曲,十得三、四,率而拜呈》诗,苏轼有《次韵子由以诗见报编礼公(苏洵)借雷琴记旧曲》诗。此诗作于嘉祐四年(1059)冬南行赴京,途经戎州(今四川宜宾)时。前四句点题,深夜舟中听大人弹琴。中十句由听琴而生议论,其中"自从"四句叹古器残缺独琴在;"世人"六句叹独在之琴亦变得声音浮脆,古意渺茫。最后两句照应开头,以求父更弹古琴曲《文王操》作结。这是苏轼最早的一篇有关音乐的诗歌,议论风生,词意高妙。

〔二〕江浦:江边。浦:水滨。江淹《别赋》:"送君南浦。"漏:见苏轼《戎州》注〔四〕。永:原指水流长,引申为长,此指夜已深。

〔三〕敛衽窃听独激昂:私自整衣而听,琴声使人振奋昂扬。敛衽:整理衣袖,以示肃敬。《战国策·楚策一》:"见君莫不敛衽而拜。"独激昂:纪昀《评点苏文忠公诗》卷一:"三家不似听琴,且与下文不贯。"王文诰《苏诗编注集成》卷一:"此不懂琴者之言也。古之秦声,酒后耳热歌呼呜呜者,此即激昂也。今之秦腔北调,皆其遗意。"二说皆以"激昂"状琴声。若状琴声,则与下文《风松》之清绝,《玉佩》之琅玕不合,似当解为琴声所引起的情绪激昂。

〔四〕"《风松》《瀑布》已清绝"二句:《风松》,即《风入松》;《玉佩》,即《清风摇玉佩》,皆琴曲名,见《琴曲谱录》。《瀑布》亦当为琴曲名,待考。琅玕:玉声,此形容琴声。

〔五〕郑、卫乱雅乐:郑、卫,指郑、卫之音,春秋时郑、卫两国的音乐,被儒家视为淫靡之乐的代表。雅乐,指帝王祭祀、朝贺、宴享等大典所奏的舞乐,儒家认为它"中正和平","典雅纯正",故称雅乐。《礼记·乐记》:魏文侯问于子夏曰:"吾端冕而听古乐,则惟恐卧;听郑、卫之音,则不知倦。敢问古乐之知彼,何也?新乐之如此,何也?"子夏对曰:"修身及家,平均天下,此古乐之发也。"而郑、卫之音"皆淫于色而害于德,是以祭祀弗用也"。

〔六〕古器:古代乐器。欧阳修《崇文总目叙释·乐类》:"三代礼乐,自周之下,其失已多。……而乐又有声器,尤易为坏失。"

〔七〕"微音淡弄忽变转"二句:先是轻轻抚弄,琴声微弱;突然变得频繁急促,如笙簧发出的浮脆之声。二句谓今人以琴弹"新曲",失去了琴的深醇之音。笙,管乐器;簧,笙中振动发声的簧片。古人认为琴声比笙音醇厚,如嵇康《琴赋》:"料殊功而比操,岂笙簧之能伦?"

〔八〕枯木:指琴,沈括《梦溪笔谈》卷五:"琴虽用桐,然须多年,木性都尽,声始发越。予尝见唐初路氏琴，木皆枯朽，殆不胜指，而其声愈清。"

〔九〕人响绝：因为已是深夜，没有人声了。

〔一○〕夜阑：夜将尽。杜甫《羌村》："夜阑更秉烛。"《文王》：指《文王操》，古琴曲名，见《史记·孔子世家》。

附录

纪昀：通篇不脱旧人习经，句法亦多浅弱，渔洋《古诗选》取之，是所未喻。（《纪评苏诗》卷一）

翁方纲：《舟中听大人弹琴》一篇，对世人爱新曲说，必当时坐间或有所指，因感触而云然。故一篇俱是"激昂"意，直到末句，始转出正意。此篇阮亭亦第以格韵之高选之，其实在苏诗，只是平正之作耳。（《石洲诗话》卷三）

方东树：《舟中听大人弹琴》，高韵，意境可比陶公。词意韵格，超诣入妙，而笔势又奇纵恣肆。六一（欧阳修）尚不脱退之（韩愈）窠臼，此独如飞天仙人，下视尘埃俱凡骨矣。（《昭昧詹言》卷十二）

黄牛庙〔一〕

苏 轼

江边石壁高无路，上有黄牛不服箱〔二〕。
庙前行客拜且舞，击鼓吹箫屠白羊。
山下耕牛苦磽确〔三〕，两角磨崖四蹄湿。
青刍半束长苦饥〔四〕，仰看黄牛安可及！

（卷一）

注

〔一〕嘉祐四年冬南行途中作。黄牛庙在湖北宜昌市夷陵区的黄牛峡。《水经注》卷三十四《江水二》："江水又东迳黄牛山，下有滩，名曰黄牛滩。南岸重岭叠起，最外高崖间有石，如人负刀牵牛，人黑牛黄，成就分明。既人迹所绝，莫得究焉。此岩既高，加江湍迂回，虽途经信宿，犹望见此物。故行者谣曰：'朝发黄牛，暮宿黄牛。三朝三暮，黄牛如故。'"范成大《吴船录》："黄牛峡，上有沼川庙，黄牛之神也，亦云助禹疏川者。"此诗前后各四句，以黄牛之神同山下耕牛作对比，对不劳而获者作无情讽刺。

〔二〕服箱：驾车。《诗·小雅·大东》："睆彼牵牛，不以服箱。"

〔三〕硗确：土地瘠薄。《韩诗外传》卷三："丰膏不独乐，硗确不独苦。"

〔四〕刍：喂牲畜之草。杜甫《入奏行赠西山检察使窦侍御》："与奴白饭马青刍。"

江上值雪，效欧阳体，限不以盐玉鹤鹭絮蝶飞舞之类为比，仍不使皓白素等字，次子由韵〔一〕

苏 轼

缩颈夜眠如冻龟，雪来惟有客先知。

江边晓起浩无际，树杪风多寒更吹。

青山有似少年子，一夕变尽沧浪髭〔二〕。

方知阳气在流水，沙上盈尺江无澌〔三〕。

随风颠倒纷不择，下满坑谷高陵危。

江空野阔落不见，入户但觉轻丝丝。

沾裳细看巧刻镂，岂有一一天工为？

霍然一挥遍九野，吁此权柄谁执持〔四〕？

世间苦乐知有几，今我幸免沾肤肌。

山夫只见压樵担，岂知带酒飘歌儿？

天王临轩喜有麦，宰相献寿嘉及时〔五〕。

冻吟书生笔欲折，夜织贫女寒无帏。

高人著屐踏冷冽〔六〕，飘忽巾帽真仙姿〔七〕。

野僧斫路出门去，寒液满鼻清淋漓，

洒袍入袖湿靴底，亦有执板趋墀墀〔八〕。

舟中行客何所爱〔九〕，愿得猎骑当风披。

草中咻咻有寒兔〔一〇〕，孤隼下击千夫驰〔一一〕。

敲冰煮鹿最可乐，我虽不饮强倒卮〔一二〕。

楚人自古好弋猎〔一三〕，谁能往者我欲随。

纷纷旋转从满面〔一四〕，马上操笔为赋之。

（卷一）

注

〔一〕嘉祐四年冬南行途中作。值：遇。欧阳指欧阳修，见苏洵《上欧阳内翰第一书》注〔一〕。欧阳体指欧阳修《雪》诗，其题下自注说："时在颍州作。玉、月、梨、梅、练、絮、白、舞、鹅、鹤、银等事，皆请勿用。"（《欧阳文忠公集》卷五十四）可见欧阳体即禁以咏物常用词入诗。"次子由韵"，苏辙原唱已佚，明成化本无此四字。苏诗旧有编年注本多系此诗于忠州诗前，似不妥。苏辙《次韵子瞻病中大雪》忆及此次唱和："空忆乘峡船，行意被摧剉。溟濛覆洲渚，冷冽先翻坐。我唱君实酬，驰骋不遑卧。……诗词禁推类，令肃安敢破？""我唱君实酬"，即苏辙原唱，苏轼次韵。"诗词禁推类"，即轼诗题中所谓禁以咏雪常用字入诗。"空忆乘峡船"，可见这次唱和在入峡以后，而忠州尚未入峡。"行意被摧剉"三句，指行程为风雪所阻，而三苏父子南行途经忠州以前诗皆未言及风雪。为风雪所阻，三日不得行，在秭归以下四十里的新滩，有苏轼《新滩阻风》诗可证。苏轼《出峡》云："入峡喜巉岩，出峡喜平旷。"《江上值雪》亦云："江空野阔落不见。"显然是出峡以后气象。此诗很可能作于新滩至夷陵（今湖北宜昌）途中。诗的前十六句写"雪来"，"世间苦乐知有几"十四句写雪中人世苦乐之不均，"舟中行客何所爱"十句写自己喜在雪中打猎。全诗正如汪师韩所评："岩壑高卑，人物错杂，大处浩渺，细处纤微，无所不尽，可敌一幅王维《江干初雪图》。"（《苏诗选评笺释》卷一）

〔二〕"青山有似少年子"二句：皮日休《元鲁山》："青山生白髭。"朱翌《猗觉寮杂记》以为轼诗用其意。

〔三〕"方知阳气在流水"二句：意谓阳气在流水，故雪虽盈尺而江中却无流动的冰。澌：流动之冰。屈原《九歌·河伯》："流澌纷兮将来下。"

048

〔四〕"沾裳细看巧刻镂"四句：意谓雪花雕刻得如此精巧，突然间铺盖九州之地，这难道都是老天爷所为？是谁在背后操持权柄？天工：此指造物者，造化。《尚书·皋陶谟》："天工，人其代之。"霍然：突然。司马相如《大人赋》："霍然云消。"九野：指九州之地，《吕氏春秋》："天有九野，地有九州。"

〔五〕"天王临轩喜有麦"二句：谓雪兆丰年。《宋书·符瑞志下》："谢庄下殿，雪集衣，还白。上以为瑞。"天王即天子，《春秋》昭公二十六年："天王入于成周。"轩：殿前檐下平台。献寿：庆寿，献物以表敬。嘉：赞美。

〔六〕高人：志行高尚之士，指隐士。屐：鞋之一种，多为木底，有齿。《宋书·谢灵运传》："灵运常著木屐，上山则去前齿，下山则去后齿。"冷冽，寒冷，此指雪。

〔七〕真仙姿：《晋书·王恭传》："尝被鹤氅裘，涉雪而行，孟昶窥见之，叹曰：'此真神仙中人也！'"

〔八〕板：笏板，大臣上朝用以记事的手板。《三国志·吴书·朱治传》："每进见，孙权常亲迎，执板交拜。"墀即台阶。张衡《西京赋》："青琐丹墀。"吕向注："丹墀，阶也。"墀同阶。

〔九〕舟中行客：苏轼自指。

〔一〇〕咻咻：呼吸声。高适《宋中送族侄式颜》："旅雁悲咻咻。"

〔一一〕隼：猛禽。《汉书·孙宝传》："今日鹰隼始击。"

〔一二〕卮：盛酒器。《史记·项羽本纪》："赐之卮酒。"

〔一三〕弋猎：射猎。弋，以绳系箭射。《汉书·贾山传》："驰骋弋猎之娱，天下弗能供能。"

〔一四〕从：听任。杜甫《屏迹》："失学从儿懒，长贫任妇愁。"从、任对举，意思相近。

附录

陈衍：（欧、苏）二雪诗，结束皆能避熟。（《宋诗精华录》卷二）

王文浩：自"世间"至此（"孤隼下击千夫驰"）一段，妙在拉杂而前后过脉。（《苏诗编注集成》卷一）

辛丑十一月十九日，即与子由别于郑州西门之外，马上赋诗一篇寄之[一]

苏 轼

不饮胡为醉兀兀[二]，此心已逐归鞍发。

归人犹自念庭闱[三]，今我何以慰寂寞？

登高回首坡垅隔，但见乌帽出复没[四]。

若寒念尔衣裳薄，独骑瘦马踏残月。

路人行歌居人乐，僮仆怪我苦凄恻。

亦知人生要有别，但恐岁月去飘忽[五]。

寒灯相对记畴昔，夜雨何时听萧瑟？

君知此意不可忘，慎勿苦爱高官职[六]。

(卷三)

注

〔一〕辛丑即嘉祐六年（1061）。时苏轼赴大理寺评事签书凤翔府节度判官任，苏辙送至郑州，轼作此诗。"郑州西门"一作"郑门"。查慎行《苏诗补注》取"郑州西门"："《元和郡县图志》："春秋郑国，晋置荥阳郡，开皇三年改郑州。"沈饮韩《苏诗查注补正》取"郑门"，并以查注为非："孟元老《东京梦华录》："东都外城方圆四十余里，西城一边，其门有四。从南曰新郑门，郑门本俗呼，正名曰顺天门。'……查竟以郑州荥阳郡解之，非是。"然细审诗意，当以查说为是。诗有"登高回首坡垅隔"语，苏辙若从东京郑门返家，开封城内何来"坡垅"？又有"独骑瘦马踏残月"语，苏辙若从东京郑门返家，恐亦不至行至深夜。苏轼《九月二十日微雪怀子由弟》有"郑西分马涕垂膺"句，苏辙《怀渑池寄子瞻兄》有"相携话别郑原上"句，也证明应为郑州西门。汪师韩评此诗说："起句突兀有意味。前叙既别之深情，后忆昔年之旧约。'亦知人生要有别'，转进一层，曲折遒宕。轼是

时年甫二十六，而诗格老成如是。"(《苏诗选评笺释》卷一)

〔二〕胡为：何为。《礼记·檀弓下》："胡为其不然也?"兀兀：昏沉貌。白居易《对酒》："所以刘阮辈，终年醉兀兀。"

〔三〕归人：指苏辙。庭闱：《文选》束皙《补亡诗·南陔》："眷恋庭闱。"李善注："庭闱，亲之所居。"后用以指父母，时程夫人已死，故指苏洵。苏辙《颍滨遗老传》："辙年二十三，举直言。……是时先君被命修《礼书》，而兄子瞻出签书凤翔判官，旁无侍子，辙乃奏乞养亲三年。"(《栾城后集》卷十二)

〔四〕"登高回首坡垅隔"二句：许顗《彦周诗话》："'燕燕于飞，差池其羽。之子于归，远送于野。瞻望弗及，泣涕如雨。'（按：见《诗·邶风·燕燕》）此真可泣鬼神也。……东坡《送子由》诗（下引此二句，今略），远绍其意。"吴师道称此二句"模写甚工"(《吴礼部诗话》)，纪昀赞其善"写难状之景"。(《纪评苏诗》卷三)

〔五〕飘忽：迅急貌。陆机《叹逝赋》："时飘忽而不载。"

〔六〕"寒灯相对记畴昔"四句：苏轼自注："尝有夜雨对床之言，故云尔。"苏辙《逍遥堂会宿并引》说："辙幼从子瞻读书，未尝一日相舍。既壮，将游宦四方，读韦苏州诗，至'宁知风雨夜，复此对床眠'（按：见韦应物《示全真元常》），恻然感之。乃相约早退，为闲居之乐。故子瞻始为凤翔幕府，留诗为别曰：'夜雨何时听萧瑟。'"苏轼《感旧》诗叙云："嘉祐中，予与子由同举制策，寓居怀远驿，时年二十六，而子由二十三耳。一日秋风起，雨作，中夜翛然，始有感慨离合之意。自尔宦游四方，不相见者十尝七八。每夏秋之交，风雨作，木落草衰，辄悽然有此感，盖三十年矣。"陈衍说："自韦苏州有'对床听雨'之言，东坡与子由诗复屡及之，'听雨'遂为诗人一特别意境。"(《石遗堂诗续集》卷十三)

附录

王文诰：自"不饮胡为醉兀兀"起，至"独骑瘦马踏残月"止，虽寓意高妙，只是"马上兀兀残梦"一句景象耳。其下突云"路人行歌居人乐"，忽然拓开，不可思议。又接云"僮仆怪我苦凄恻"，意谓路人当歌，居人当乐，故僮仆以为怪耳。上句纵放甚远，下句自为注解，却将上句注入僮仆意中，故能立地收转也。以下"亦知人生"四句，皆承明所以"苦凄恻"之故，有非僮仆所知而惟子由知之。此意透，则寄诗之意不必更道，故结二句反以试勉子由，于通透之中，即又透过一层也。(《苏诗编注集成·苏海识余一》)

纪昀：（"不饮"句）起得飘忽。（"归人"句）加一倍法。（"登高"句）写难状之景。（"亦知"句）作一顿挫，便不直泻；直泻是七古第一病。（"君知"句）收处又绕一波，高手总不使一直笔。（《纪评苏诗》卷三）

和子由渑池怀旧〔一〕

苏　轼

人生到处知何似？应似飞鸿踏雪泥。

泥上偶然留指爪，鸿飞那复计东西〔二〕。

老僧已死成新塔，坏壁无由见旧题〔三〕。

往日崎岖还记否，路长人困蹇驴嘶〔四〕。

（卷三）

注

〔一〕渑池：今属河南。嘉祐六年（1061）十一月苏轼兄弟于郑州话别后，苏辙作《怀渑池寄子瞻兄》，此为苏轼和诗。前四句凌空抒慨，五、六句实以感慨之由，末以途中孤苦作结，具有强烈的抒情色彩。

〔二〕"人生到处知何似"四句：查注："《传灯录》（当为《五灯会元》）：天衣义怀禅师云：'雁过长空，影沉寒水。雁无遗踪之意，水无留影之心。若能如是，方解向异类中行。'先生此诗前四句暗用此语。"王文诰注："查注引《传灯录》义怀语，谓此四句本诸义怀，诬罔已极。凡此类诗皆性灵所发，实以禅语，则诗为糟粕。句非语录，况公是时并未闻语录乎？"王说甚是，此乃有感于重过渑池，面目全非而发，"实以禅语"，兴味索然。刘壎《隐居通义》卷十《鸿泥》云："'鸿泥'之喻真是造理，前人所未到也。且悠然感慨，令人动情，世不可率尔读之，要须具眼。"此言其富有哲理，韩驹又赞"子瞻作诗，长于譬喻"，下首举此四句为例。（见魏庆之《诗人玉屑》卷十七引《陵阳室中语》）

〔三〕"老僧已死成新塔"二句：嘉祐元年（1056）苏轼兄弟赴京"应举，过宿（渑池）县中寺舍，题其老僧奉闲之壁"（苏轼《怀渑池寄子瞻兄》），故苏辙原诗自"旧宿僧房壁共题"句。此为答辙而发，谓重过渑池，僧死壁坏，旧迹已荡然无存。

〔四〕"往日崎岖还记否"二句：苏轼自注："往岁马死于二陵，骑驴至渑池。"这是借昔日途中苦况以告知今日途中苦况，是答苏辙"遥想独游佳味少，无言骓马但鸣嘶。"蹇驴，跛足之驴。

附录

纪昀：前四句单行入律，唐人旧格；而意境恣逸，则东坡本色。浑灏不及崔司勋（颢）《黄鹤楼》诗，而撒手游行之妙，则不减义山（李商隐）《杜司勋》一首。（《纪评苏诗》卷三）

方东树："此诗人所共赏，然余不甚喜，以其流易。"（《昭昧詹言》卷二十）

王维吴道子画〔一〕

苏 轼

何处访吴画，普门与开元〔二〕。

开元有东塔，摩诘留手痕〔三〕。

吾观画品中，莫如二子尊。

道子实雄放，浩如海波翻。

当其下手风雨快，笔所未到气已吞。

亭亭双林间〔四〕，彩晕扶桑暾〔五〕。

中有至人谈寂灭，悟者悲涕迷者手自扪。

蛮君鬼伯千万万，相排竞进头如鼋〔六〕。

摩诘本诗老，佩芷袭芳荪〔七〕。

今观此壁画，亦若其诗清且敦。

祇园弟子尽鹤骨〔八〕，心如死灰不复温〔九〕。

门前两丛竹，雪节贯霜根。

交柯乱叶动无数〔一〇〕，一一皆可寻其源。

吴生虽妙绝，犹以画工论。

摩诘得之于象外，有如仙翮谢笼樊〔一一〕。

吾观二子皆神俊，又于维也敛衽无间言〔一二〕。

（卷三）

注

〔一〕《凤翔八观》之一，嘉祐八年（1063）签判凤翔时作。王维（701—761），字摩诘，原籍祁（今山西祁县），后徙蒲州（今山西永济），唐代著名诗人兼画家。诗以田园山水诗著称，画以山水松石见长。吴道子，又名道玄，唐代阳翟（今河南禹州）人，著名画家，擅画佛道人物，画笔洗练，雄劲生动，富有立体感。此诗前六句写凤翔王、吴画迹，并予以总评；"道子实雄放"十句和"摩诘本诗老"十句分别描述吴画雄放，王画清敦的不同特征；最后六句比较吴、王之画。苏轼以王、吴为代表，区别了文人画和画工画。画工画重在"不差毫末"，文人画重写意，所谓"得之于象外"。从最后六句可看出，苏轼对文人写意画的推重远在画工画之上。汪师韩评此诗说："以史迁（司马迁）合传论赞之体作诗，开合离奇，音节疏古。道子下笔入神，篇中摩写亦不遗余力。将言吴不如王，乃先于道子极意形容，正是尊题法也。后称王维，只云画如其诗，而所以誉其画笔者甚淡。顾其妙在笔墨之外者，自能使人于言下领悟，更不必如《画断》凿凿指为神品、妙品矣。"（《苏诗选评笺释》卷一）

〔二〕普门与开元：二寺名，吴道子均画有佛像，详见注〔六〕。

〔三〕"开元有东塔"二句：《名胜志》："王右丞（维）画竹两丛，交柯乱叶，飞动若舞，在开元寺东塔。"下文"门前两丛竹"四句即指此。

〔四〕亭亭：耸立貌。双林：《传灯录》："释迦牟尼佛入涅槃，往婆罗双树下泊然宴寂。"

〔五〕彩晕：指所画佛光。扶桑：传说中日出之地。暾：初升的太阳。此句谓佛光有如朝阳。

〔六〕"中有至人谈寂灭"四句：邵博《邵氏闻见后录》卷二十八："凤翔府开元寺大殿九间，后壁吴道玄画，自佛始生、修行、说法至灭度（死亡），山林、宫室、人物、禽兽数千万种，极古今天下之妙。如佛灭度，比丘众蹒跚哭泣，皆若不自胜者。虽飞鸟走兽之属，亦作号顿之状。独菩萨淡然在旁如平时，略无哀戚之容。岂以其能尽死生之致者欤？曰'画圣'宜矣。"至人指释迦牟尼佛。寂灭：《维摩经》："若知意生，于法不贪、不恚、不痴，是谓寂灭。"蛮君鬼伯：据《释迦谱》卷四载，释迦牟尼涅槃时，"贪色鬼魅""天诸彩女""地诸鬼王"等皆来。鼋：即绿团鱼。

〔七〕佩芷袭芳荪：屈原《离骚》："扈江离与辟芷兮，纫秋兰以为佩。"芷、荪皆芳草。佩袭芷、荪，喻其高洁。

〔八〕祇园：印度佛教圣地之一。全称为祇树给孤独园或祇园精舍，相传释迦牟尼在此说法。

〔九〕心如死灰：《庄子·齐物论》："形固可使如槁木，而心固可使如死灰乎！"

〔一〇〕交柯：交错的枝干。

〔一一〕仙翮谢笼樊：形容王维画有飘飘欲仙之态。《列仙传》："王次仲变篆为隶，始皇召之，不至，将杀之。次仲化为大鸟，振翼而起，以三大翮堕，与使者。始皇因名为落翮仙。"翮，鸟羽的茎，此指鸟。谢，辞去。笼樊：笼子、樊篱。谢笼樊即摆脱束缚。

〔一二〕敛衽无间言：整衣下拜而无异议。

附录

许顗：老杜作《曹将军丹青引》云："一洗万古凡马空。"东坡《观吴道子画壁》诗云："笔所未到气已吞。"吾不得见其画矣，此两句，二公之诗，各可以当之。（《彦周诗话》）

纪昀：（起处）奇气纵横，而句句浑深稳。（"亦若其诗清且敦"）"敦"字义非不通，而终有嵌押之痕。凡诗有义可通，而语不佳者，落笔时不得自恕。"交柯"二句，妙契微茫，凡古人文字，皆如是观。（"吴生虽妙绝"以下）双收侧注，寓整齐于变化之中。摩诘、道子画品，未易低昂。作诗若不如此，则节节板对，不见变化之妙耳。（《纪评苏诗》卷四）

翁方纲：必合读其全篇，而后"笔所未到气已吞"一句之妙乃见也。若但举此一句，似尚非知言者。（《七言诗三昧举隅》）

方东树：神品妙品，笔势奇纵；神变气变，浑脱浏亮。一气奔赴中，又顿挫沉郁。所谓"海波翻""气已吞""一一可寻源""仙翮谢樊笼"等语，皆可汰此诗。（《昭昧詹言》卷十二）

王文诰：道玄虽画圣，与文人气息不通，摩诘非画圣，与文人气息通。此中极有区别。自宋、元以来，为士大夫画者，瓣香摩诘则有之，而传道玄衣钵者则绝无其人也。公画竹所实始于摩诘，今读此诗，知其不但咏之、论之，并已摩之、绘之矣……此诗乃画家一本清账，使以文人之擅长绘事者，如米芾、吴镇、黄公望、董其昌、王时敏之流读之，即无不瞭然胸中矣。（《苏诗编注集成》卷三）

陈衍：大凡名大家古诗，每篇必有一二惊人名句，全篇方镇压得住；其鳞爪之间，亦不处处用全力也。（《宋诗精华录》卷二）

次韵子由岐下诗[一]

（原二十一首，此选四首）

苏 轼

北 亭[二]

谁人筑短墙，横绝拥吾堂。
不作新亭槛，幽花为谁香？

荷 叶[三]

田田抗朝阳[四]，节节卧春水[五]。
平铺乱萍叶，屡动报鱼子。

鱼[六]

湖上移鱼子，初生不畏人。
自从识钩饵，欲见更无因。

柳[七]

今年手自栽，问我何年去。
他年我复来，摇落伤人意[八]。

（卷三）

注

〔一〕岐：岐山，在凤翔东，此指凤翔。苏辙原唱已佚，苏轼次韵诗《引》云："予既至岐下逾月，于其廨宇之北隙地为亭，亭前为横池，长三丈。池上为短桥，属之堂。分堂之北厦为轩窗、曲槛，俯瞰池上。出堂而南为过廊，以属之厅。廊之两傍，各为一小池。三池皆引湃水，种莲养鱼于其中。池边有桃、李、杏、梨、枣、樱桃、石榴、樗、槐、松、桧、柳三十余株。又以斗酒易牡丹一丛于亭之北。子由以诗见寄，次韵和答，凡二十一首。"其中前六首杂写亭内建筑，此选其一；其余十五首写亭中之物，此选其三。纪昀评这一组诗说："五绝分章，模山范水，如画家之有尺幅小景，其格倡自辋川（王维）。尔后辗转相摹，渐成窠臼。流连光景，作似尽不尽之词，似解不解之语，千人可共一诗，一诗可题千处，桃花作饭，转归尘劫。此非创始者之过，而依草附木者过也。此二十一首，虽非佳作要是我用我法。固知豪杰之士，必不依托门户以炫俗也。"（《纪评苏诗》卷三）

〔二〕北亭：即喜雨亭。苏轼《喜雨亭记》："余至扶风之明年，始治官舍，为亭于堂之北，而凿池其南，引流种木，以为休息之所。"以其在"堂之北""廨宇之北"，故又名北亭。苏轼于此诗末自注说："旧堂北有墙，予始去之为亭。"此首写去墙为亭，目的是为赏花。

〔三〕荷叶：一、三句写水面荷叶、浮萍，二、四句写水中藕、鱼。

〔四〕田田：荷叶相连貌。古乐府《江南曲》："江南可采莲，莲叶何田田。"

〔五〕节节：指藕。李石《续博物志》："藕生应月，闰月益一节。"

〔六〕鱼：王文诰评此诗说："此种极细微处，他人不留意，公必搜索出之，着落到地，自成妙文。"（《苏诗编注集成》卷三）

〔七〕柳：纪昀说此诗"用桓大司马意"。（《纪评苏诗》卷三）桓大司马指桓温，刘义庆《世说新语·言语》："桓温北征，经金城，见前为琅琊时种柳，皆已十围。慨然叹曰：'物犹如此，人何以堪！'攀枝执条，泫然流泪。"

〔八〕摇落：凋残、零落。曹丕《燕歌行》："草木摇落露为霜。"

爱玉女洞中水，既致两瓶，恐后复取而为使者见给，因破竹为契，使寺僧藏其一，以为往来之信，戏谓之调水符[一]

苏　轼

欺谩久成俗，关市有契繻[二]。

谁知南山下[三]，取水亦置符。

古人辨淄渑[四]，皎若鹤与凫[五]。

吾今既谢此[六]，但视符有无。

常恐汲水人，智出符之余[七]。

多防竟无及，弃置为长吁！

（卷五）

注

〔一〕治平元年（1064）签判凤翔时作。玉女洞：苏轼有诗题为《留题仙游潭中兴寺，寺东有玉女洞……》，查注："《太平寰宇记》：'宝鸡县有玉女祠，秦穆公女弄玉凤台之地也。玉女洞当以此名。'"又有《减降诸县囚徒事毕登览》诗，自注云：仙游潭有三寺，其一为中兴寺，"寺中有玉女洞，洞中有飞泉，甚甘。明日以泉二瓶归至郡，又明日乃至府"。见给：被欺骗。契：契约。信：凭信。此诗前四句感慨欺谩成俗，中四句写为防欺谩而置调水符，最后四句感慨调水符也未必能防欺谩。纪昀认为此诗"运意颇深，而措语若浅"。（《纪评苏诗》卷五）其实，以浅语达深意，正是好诗。

〔二〕关市：设在交通要道的市集。繻：出入关市的帛制凭证。《汉书·终军传》："关吏予（终）军繻。"颜师古注："张晏曰：'繻音须。繻，符也。书帛裂而分之，若券契矣。'苏林曰：'繻，帛边也。旧关出入皆以传。传还，因裂繻头合以为符信。'师古曰：'苏说是也。'"

〔三〕南山：终南山，在陕西西安市南。

〔四〕淄渑：二水名，皆在今山东境内。《列子·说符》："孔子曰：'淄渑之合，易牙尝而知之。'"

〔五〕皎若鹤与凫：《庄子·骈拇》："凫胫虽短，续之则忧；鹤胫虽长，断之则悲。"以上二句谓易牙辨淄渑二水水味之不同有如凫胫短，鹤胫长一样清楚明白。

〔六〕谢此：谓没有这种本事，不能辨别水味。

〔七〕"常恐汲水人"二句：意谓调水符亦不能防止汲水人的欺谩。查慎行评后四句说："此举（置调水符）原近逆诈，故须补正。意以救其病，非进一层语，亦非宽一层语乜。"
（《查初白诗评》中）

出都来陈，所乘船上有题小诗八首，不知何人有感于余心者，聊为和之（选四）〔一〕

苏 轼

鸟乐忘置罘，鱼乐忘钩饵〔二〕。
何必择所安，滔滔天下是〔三〕。

烟火动村落〔四〕，晨光尚熹微〔五〕。
田园处处好，渊明胡不归〔六〕！

万窍号地籁〔七〕，冲风散天池〔八〕。
喧豗瞬息间〔九〕，还挂斗与箕〔一〇〕。

我诗虽云拙，心平声韵和〔一一〕。
年来烦恼尽，古井无曲波〔一二〕。

（卷六）

注 ───────────────────────────────

〔一〕熙宁四年（1071），苏轼因与王安石政见分歧，乞补外，被命通判杭州。赴杭途中，苏轼先到陈州（今河南淮阳）看望苏辙。这八首组诗即"出都来陈"途中所作。从这篇组诗既可看出苏轼当时的抑郁心情，又可看出苏轼诗风的另一面，淡而有味，酷似陶潜。苏轼晚年尽和陶诗，此已露其端倪。

〔二〕"鸟乐忘罝罦"二句：罝罦（jū fú），又作"罝罘"，捕兽之网。二句即"螳螂捕蝉，焉知黄雀在后"意（见《说苑》），以鸟鱼之有罝罦钩饵，喻人世充满陷阱。

〔三〕滔滔天下是：《论语·微子》："滔滔者天下皆是也，而谁以易之！"后二句谓自己离开朝廷，未必就能求得"所安"。其后的乌台诗案，证明了苏轼的预感。

〔四〕烟火动村落：陶潜《归田园居》："暧暧远人村，依依墟里烟。"此用其意写途中所见景色。

〔五〕晨光尚熹微：陶潜《归去来兮辞》："问征夫以前路，恨晨光之熹微。"熹微：晨光朦胧貌。

〔六〕渊明胡不归：陶潜，字渊明。胡：通"何"。《晋书·陶潜传》："郡遣督邮至县，吏白应束带见之。潜叹曰：'吾不能为五斗米折腰，拳拳事乡里小人邪！'义熙二年解印去县，乃赋《归去来》。"此乃苏轼借渊明自喻，谓"田园处处好"，为什么一定要外出做官，不归故园！

〔七〕万窍号地籁：籁：萧。地籁：风吹而能发出声响的洞穴。《庄子·齐物论》："子綦曰：夫大块噫气，其名为风。是惟无作，作则万窍怒号。"又："子游曰：地籁则众窍是也。"

〔八〕冲风：暴风。屈原《九歌·少司命》："冲风至兮水扬波。"天池：《庄子·逍遥游》："南溟者，天池也。"

〔九〕喧豗（huī）：轰响声。李白《蜀道难》："飞湍瀑流争喧豗。"

〔一〇〕斗与箕：指斗宿和箕宿。末句写夜空晴朗。全诗即《老子》"飘风不终朝，骤雨不终日"意，暗指变法派的"喧豗"只是暂时的。

〔一一〕心平声韵和：《左传·昭公二十年》："晏子曰：声亦如味也，君子听之以平其声，心平德和。"《唐宋诗醇·总论》："'我诗虽云拙，心平声韵和'，此轼自评其诗者也。"

〔一二〕古井无曲波：白居易《寄赠元九》："无波古井水，有节秋竹竿。"这首诗当理解为苏轼的自戒之词。实际上这一年多来他因与王安石的政见分歧，烦恼很多，心情也不平静，所作诗亦多讥时之作，如《送钱藻出守婺州得英字》《送刘邠倅海陵》《送曾子固倅越得燕字》《送安惇秀才失解西归》等。

次韵张安道读杜诗[一]

苏 轼

大雅初微缺，流风困暴豪[二]。

张为词客赋，变作楚臣骚[三]。

展转更崩坏，纷纶阅俊髦[四]。

地偏蓄怪产，源失乱狂涛[五]。

粉黛迷真色，鱼虾易牵牢[六]。

谁知杜陵杰，名与谪仙高[七]。

扫地收千轨，争标看两艘[八]。

诗人例穷苦，天意遣奔逃[九]。

尘暗人亡鹿，溟翻帝斩鳌[一〇]。

艰危思李牧，述作谢王褒[一一]。

失意各千里，哀鸣闻九皋[一二]。

骑鲸遁沧海，捋虎得绨袍[一三]。

巨笔屠龙手，微官似马曹[一四]。

迂疏无事业，醉饱死游遨[一五]。

简牍仪型在，儿童篆刻劳[一六]。

今谁主文字？公合抱旌旄[一七]。

开卷遥相忆，知音两不遭[一八]。

般斤思郢质[一九]，鲲化陋鯈濠[二〇]。

恨我无佳句，时蒙致白醪[二一]。

殷勤理黄菊，未遣没蓬蒿[二二]。

注 ────────────────────────────────────

〔一〕熙宁四年（1071）苏轼出任杭州通判，途经陈州（今河南淮阳）访张方平时作。张方平，见苏洵《上张侍郎第二书》注〔一〕。此诗前十句感叹《诗经》的优良传统越来越被破坏；"谁知杜陵杰"十八句，歌颂李、杜扭转诗坛颓风，并对其不幸遭遇寄予深切同情；"简牍仪型在"以下十二句，批评了当时诗坛的雕虫篆刻之风，希望张方平高举诗坛旗帜，表示自己也将努力。这是苏轼一首较早的以诗论诗的篇章，概述了中国诗风的演变，可算一篇简明的中国诗史。作为一首和韵排律，正如纪昀、王文诰所评："字字深稳，句句飞动，如此作和韵诗，固不嫌于和韵。"（《纪评苏诗》卷六）"驱遣难韵，若无其事焉者，不知何以萦泊至是，而杜排无此难作诗也。"（《苏诗编注集成》卷六）

〔二〕"大雅初微缺"二句：谓由于群雄争霸，暴秦统治，《诗经》的优良传统逐渐被破坏了。大雅：《诗经》的组成部分之一，此代《诗经》。

〔三〕"张为词客赋"二句：谓《诗经》逐渐演变为楚辞、汉赋。张：扩大，发展。词客赋：指汉司马相如、扬雄、班固等人的赋体文字。楚臣骚：指战国时楚国屈原、宋玉等人以《离骚》为代表的骚体诗。

〔四〕"展转更崩坏"二句：谓到处都是追逐词藻华丽的诗人。纷纶：众多貌。阅：汇集。俊髦：英俊杰出之士，这里语含讽刺。

〔五〕"地偏蓄怪产"二句：诗歌的领域越来越偏狭，产生了一些奇奇怪怪的作品；《诗经》的传统一失，诗界就乱涛汹涌。

〔六〕"粉黛迷真色"二句：华丽的辞藻掩盖了本色美，低劣的作品代替了高雅的作品。粉黛：妇女化妆品。豢牢：祭祀用的牛羊。

〔七〕杜陵：指杜甫（712—770），字子美，巩县（今河南巩义）人，因曾居长安东南的杜陵，自称杜陵野老。谪仙，指李白（701—762），《旧唐书·李白传》："贺知章见白，赏之曰：'此天上谪仙人也！'"

〔八〕"扫地收千轨"二句：杜甫清理了整个诗坛，吸收了各种诗法，而与李白就像两船竞渡，并驾齐驱。争标：争夺锦标。

〔九〕"诗人例穷苦"二句：指杜甫于安史之乱后，奔赴灵武，拜右拾遗；后因疏救房琯，贬华州司功参军；关中大乱，就食于秦州、同谷，后又流落蜀中、湖、湘等地。

〔一〇〕"尘暗人亡鹿"二句：征尘暗天，唐玄宗丧失了政权；海涛翻滚，唐肃宗平定了安史之乱。亡鹿：《汉书·蒯通传》："秦失其鹿，天下共逐之。"斩鳌：《列子·汤问》：

"昔者女娲氏炼五色石以补其（天）缺，斩鳌之足以立四极。"

〔一一〕"艰危思李牧"二句：言时局艰危，重武轻文。李牧：战国末赵将，曾先后打破东胡、林胡、匈奴和秦军。谢：辞谢。王褒：字子渊，蜀资中（今四川资阳）人，西汉辞赋家。

〔一二〕九皋：深泽。《诗·小雅·鹤鸣》："鹤鸣于九皋，声闻于天。"

〔一三〕"骑鲸遁沧海"二句：前句指李白漂流江湖，杜甫有"若逢李白骑鲸鱼"（《送孔巢父谢病归游江东，兼呈李白》）之句。后句指杜甫流落蜀中，得到严武资助。捋虎：《旧唐书·杜甫传》："武与甫世旧，待遇甚隆。甫性褊躁，无气度，恃恩放恣，尝凭醉登武之床，瞪视武曰：'严挺之（严武父）乃有此儿！'武虽急暴，不以为忤。"绨袍：《史记·范雎传》载，战国时魏国须贾曾害秦相范雎，魏使须贾使秦，范雎故作贫寒之状，须贾哀之，赠一绨袍。后范雎以秦相身份见须贾，数其三罪，并说："以绨袍恋恋有故人之意，故释公。"

〔一四〕"巨笔屠龙手"二句：言杜甫才高而官卑。屠龙：《庄子·列御寇》载，朱泙漫学屠龙，"三年技成而无所用其巧"。马曹：管马的官。《世说新语·简傲》载，王子猷为桓冲车骑骑兵参军，桓冲问他任职何署，王说："不知何署，时见牵马来，似是马曹。"杜甫曾任京兆府兵曹参军，故云。

〔一五〕醉饱死游邀：《旧唐书·杜甫传》："甫尝游岳庙，为暴雨所阻，旬日不得食。来阳聂令知之，自棹舟迎甫而还。永泰二年，啖（吃）牛肉白酒，一夕而卒。"

〔一六〕"简牍仪型在"二句：前句承上，谓杜诗是后人典范。后句启下，谓当时幼稚之辈的雕虫篆刻是徒劳无益的。王文诰说此句是暗用韩愈"不知群儿愚，何用故傍伤"诗意，谓贬杜的人徒费心力。似不妥。在苏轼生活的年代，杜甫已毕受推崇，全诗所讥乃宋初的浮艳诗风，"篆刻"也很难解作"谤伤"。因此，此句是讥刺当时的不良诗风。

〔一七〕公合抱旌旄：称张方平应是诗坛旗手。

〔一八〕"开卷遥相忆"二句：点张方平《读杜诗》，谓张读杜诗而遥念杜之为人，虽为杜的知音却无缘会面。

〔一九〕般斤思郢质：感叹诗坛无人能做张的对手。《庄子·徐无鬼》载，郢人鼻端沾有石灰，让匠人砍去。匠人"运斤（挥斧）成风，听而斫之，尽垩（灰）而鼻不伤，郢人立不失容"。宋元君闻，要匠人再为之表演，匠人说："臣之质（即立不失容的郢人）死久矣。"般斤，运斤，指运斤成风的匠人。

〔二〇〕鲲化陋鲦濠：化而为鹏的大鲲是陋视濠上的鲦鱼的。此句以"鲲化"喻张之原唱，以鲦鱼喻己之次韵，谓自己也不是张的对手。鲲化：《庄子·逍遥游》："北溟有鱼，其名为鲲。鲲之大不知其几千里也，化而为鸟，其名为鹏。"鲦濠：濠上之鲦。鲦：白鲦鱼。《庄子·秋水》："庄子与惠子游于濠梁之上，庄子曰：'鲦鱼出游从容，是鱼之乐也。'"

〔二一〕致白醪：送白酒。

〔二二〕"殷勤理黄菊"二句：表示自己要像培植菊花，不使为蓬蒿所掩一样，认真努力，不辜负张的厚爱。纪昀说："结意蕴藉，此为诗人之笔。"(《纪评苏诗》卷六)

附录

汪师韩：初读之，但觉铺叙排比，词气不减少陵耳。详味其词，乃见下笔矜慎之至。盖题是次张安道韵，则先有张诗在意中，非泛然为少陵作赞颂也。"地偏"四句，但将从来诗道之敝，广譬曲喻。转入杜陵，只用"杰"字一言之褒，而其起衰式靡，立极千古者已意无不尽。此下只是慨其遭际，更不论诗。即轼平日所云"发于情止于忠孝"者亦不一及。又俱借谪仙为陪，以与为下"开卷""知音"一联情事相映合。结乃用比喻以应前文，大含元气，细入无间。其一一次韵天然，又不过汗漫之余技矣。(《苏诗选评笺释》卷一)

纪昀：句句似杜。难韵巧押，腾挪处全在用比。(《纪评苏诗》卷六)

王文浩：主宾（杜、李）判然，疏密相间，于排比之中寓流走之法。面目是杜，气骨是苏。非杜不能步步为营，非苏不能句句直下。(《苏诗编注集成》卷六)

欧阳少师令赋所蓄石屏〔一〕
苏 轼

何人遗公石屏风，上有水墨希微踪〔二〕。

不画长林与巨植，独画峨眉山西雪岭上万岁不老之孤松〔三〕。

崖崩涧绝可望不可到，孤烟落日相溟濛〔四〕。

含风偃蹇得真态〔五〕，刻画始信天有工。

我恐毕宏、韦偃死葬虢山下〔六〕，骨可朽烂心难穷。

神机巧思无所发，化为烟霏沦石中。

古来画师非俗士，摹写物像略与诗人同。

愿公作诗慰不遇，无使二子含愤泣幽宫。

（卷六）

注

〔一〕熙宁四年（1071）秋苏轼出任杭州通判，经颍州（今安徽阜阳），拜谒欧阳修时作。时欧阳修以太子少师致仕居颍州。此诗前一部分描写石屏风上所显现的画图。后一部分想象更奇特，他似乎觉得是已死的画家毕宏、韦偃的"神机巧思"都化在石屏中了，甚至劝欧阳修写诗安慰这"不遇"的画师，突出表现了苏轼诗的浪漫主义风格。

〔二〕希微：隐约朦胧貌。《老子》："听之不闻名曰希，搏之不得名曰微。"

〔三〕峨眉山：在四川峨眉县西南，高处常年积雪，杜甫有"窗含西岭千秋雪"（《绝句四首》）之句。汪师韩评此长句说："长句磊砢，笔力具有虬松屈盘之势。诗自一言至九言，皆原于三百篇；此诗'独画峨眉山西雪岭上万岁不老之孤松'，一句十六言，从古诗人所无也。"（《苏诗选评笺释》卷一）

〔四〕溟濛：模糊不清貌。

〔五〕偃蹇：夭矫屈曲貌，状孤松随风俯仰。

〔六〕毕宏、韦偃：皆唐代画家，工老松异石。杜甫有"天下几人画古松，毕宏已老韦偃少"（《戏为双松图歌》）之句。虢山：在虢州，石屏产地。纪昀评此诗后八句说："借事生波，忽成奇弄。妙在纯以意运，不是纤巧字句关合，故不失大方。有上四句之将无作有，须有此（四）句方结束得住。"（《纪评苏诗》卷六）

泗州僧伽塔〔一〕

苏 轼

我昔南行舟系汴〔二〕，逆风三日沙吹面。

舟人共劝祷灵塔，香火未收舻脚转。

回头顷刻失长桥，却到龟山未朝饭〔三〕。

至人无心何厚薄〔四〕，我自怀私欣所便。

耕田欲雨刈欲晴，去得顺风来者怨〔五〕。

若使人人祷辄遂，造物应须日千变。

今我身世两悠悠，去无所逐来无恋〔六〕。

得行固愿留不恶，每到有求神亦倦。

退之旧云三百尺，澄观所营今已换〔七〕。

不嫌俗士污丹梯，一看云山绕淮甸〔八〕。

（卷六）

注

〔一〕熙宁四年（1071）赴杭州通判任途中作。泗州，治所在今江苏盱眙东北，州城当汴水入淮之口，为南北交通要道。僧伽：《东城志林》卷二《僧伽何国人》："《泗州大圣僧伽传》云：'和尚，何国人也。'又云：'世莫知其所从来，云不知何国人也。'近读《隋史·西域传》，乃有何国。"释赞宁《宋高僧传》卷十八《唐泗州普光王寺僧伽传》："释僧伽者，葱岭北何国人也。自言俗姓何氏。"伽在本土少而出家，始至西凉，次历江淮，唐龙朔初，至临淮传教。唐中宗景龙二年诏赴宫中作道场，四年示寂，归葬淮上。传说塔顶常现小僧状，乞风者得风，乞子者得子。此诗为舟行至泗州为风所阻作。前八句忆五年前即治平三年（1066）扶父丧返蜀，乞风应验事；"耕田欲雨刈欲晴"四句，感叹应验不过是偶然巧合，造物不可能使人人如意；最后八句是写自己对遭风阻的态度，随缘自适，既已遭风阻，不防登僧伽塔"一看云山绕淮甸"。汪师韩盛赞此诗："至理奇文，只是眼前景物口头语，透辟无碍，是广长舌（佛语，谓能言善辩）。"（《苏诗选评笺释》卷三）

〔二〕我昔南行舟系汴：冯应榴《苏诗合注》卷十八本诗题下注："先生于治平三年（1066）护老苏公丧，舟行还蜀，必自汴入泗入淮，计至倅杭时（1071），正周五岁，故此诗首二句云云，下诗（指《龟山》）云：'再过龟山岁五周'也。"

〔三〕龟山：在泗州城东。《泗州图经》："龟山水陆院在城东三十里。"

〔四〕至人：思想修养达到最高境界的人，此指僧伽。《庄子·逍遥游》："至人无己。"

〔五〕"耕田欲雨刈欲晴"二句：史绳祖《学斋占毕》卷二《坡文之妙》："此乃隐括刘禹锡《何卜赋》中语，曰：'同涉于川，其时在风。沿者之吉，泝者之凶。同蓻于野，其时在泽。伊穜（先种后熟之谷）之利，乃穆（后种先熟之谷）之厄。'坡以一联十四字而包尽刘禹锡四对三十二字之义。"

〔六〕"今我身世两悠悠"二句：王文诰《苏诗编注集成》卷六："公以攻新法被出，反去为奉行新法之官，是此官无可做也。此句是通篇主脑，却不道破。其在广陵与刘贡父诗有'吾邦正喧闹'句，即'去无所逐'四字注脚也。"

〔七〕"退之旧云三百尺"二句：谓唐洛阳名僧澄观重建的僧伽塔，韩愈《送僧澄观》说塔"突兀便高三百尺"，现在已非旧观了。韩愈，字退之。

〔八〕"不嫌俗士污丹梯"二句：写自己登塔眺望淮河云山。俗士：自指。淮甸：淮河流域的郊野。纪昀："层层波澜一齐卷尽，只就塔作结，简便之至。"（《纪评苏诗》卷十八）

附录

吴幵：张文潜用其意，别为一诗云："山边半夜一梨雨，田父高歌待收获。雨多潇潇蚕簇寒，蚕妇低眉忧茧单。人生多求复多怨，天公供尔良独难。"（《优古堂诗话》）

范温：句法之学，自是一家工夫。昔尝问山谷："耕田欲雨刈欲晴，去得顺风来者怨。"山谷云："不如'千岩无人万壑静，十步回头五步坐'。"此专论句法，不论义理。盖七言诗，四字三字作两节也。此句法出《黄庭经》，自"上有黄庭下关元"已下多此体。张平子《四愁诗》句句如此，雄健稳惬。（《潜溪诗眼》）

查慎行：说透至理，觉昌黎《衡山》一章尚带腐气。（《初白菴诗评》卷中）

纪昀：极力作摆脱语，纯涉理路而仍清空如话。（《纪评苏诗》卷十八）

龟　山〔一〕
苏　轼

我生漂荡去何求〔二〕？再过龟山岁五周〔三〕。
身行万里半天下，僧卧一阉初白头〔四〕。
地隔中原劳北望，潮连沧海欲东游〔五〕。
元嘉旧事无人记，故垒摧颓今在不〔六〕？

（卷六）

注

〔一〕熙宁四年（1071）赴杭，途经龟山时作。龟山：在泗州盱眙县，见《元丰九域志》卷五。此诗前四句记事，写再过龟山；后四句抒怀，因不能报效朝廷，故欲东游沧海，并从龟山故垒之摧颓，慨叹立功亦无用。

〔二〕我生飘荡去何求：王文诰："此句领起全章，即'去无所逐来无恋'（见《泗州僧伽塔》）意。"（《苏诗编注集成》卷六）

〔三〕再过龟山岁五周：自治平三年（1066）扶父丧返蜀过龟山，至此时（1071）重经此地，正好五年。

〔四〕"身行万里半天下"二句：王文诰："此联谓五周之飘荡，皆名场所致也。今再遇庵，僧头已初白，而我之飘荡正无已时，将头白而止矣。"（《苏诗编注集成》卷六）汪师韩："'万里'句阔远，'一庵'句静闲，妙作对偶。"（《苏诗选评笺释》卷三）"初白头"，据张耒《明道杂志》载，黄庭坚以为当作"初白头"，意谓"此僧负暄于初日"。张耒不以为然，"黄甚不平，曰：'岂有用白对天乎？'余异日问苏公，公曰：'若是黄九要改作日头，也不奈他何！'"黄斤斤于句律，故坚持认为当作"初日头"，但这样一改就兴味索然。而入律又是作诗的起码要求，故苏轼说也奈何他不得。

〔五〕"地隔中原劳北望"二句：王文诰："此联是龟山地面层次，而诗乃借形势以发挥。上句即'浮云蔽日'意（指李白《登金陵凤凰台》：总为浮云能蔽日，长安不见使人愁），下句即'乘桴浮海'意（指《论语·公冶长》：道不行，乘桴浮于海），皆有意运用空灵，故人不觉也。"（《苏诗编注集成》卷六）

〔六〕"元嘉旧事无人记"二句：苏轼自注："宋文帝遣将拒魏太武，筑城此山。"元嘉，南朝宋文帝年号。宋文帝元嘉二十七年（450），北魏太武帝率大军向彭城，宋文帝命居住臧质北救，始至盱眙，筑军营于龟山。事见《宋书·臧质传》。"元嘉旧事""故垒"即指此。纪昀："霸业雄图，尚有今昔之感，而况一人之身乎？前四句与后四句映发有情，便不是吊古套语。"（《纪评苏诗》卷十八）王文诰："借本地一事，轻轻一问，作收全篇，并无吊古之意，并亦不暇吊古也。晓岚（纪昀）解直是倭话。"就全诗看，重点确实不在吊古，而在抒慨，四句乃一整体。汪师韩："结寓慨叹，以见兵戎事往，并故垒亦不复存，不独无人记忆已也。"（《苏诗选评笺释》卷三）

附录

吴骞：查悔余内翰晚号初白老人，盖取东坡"僧卧一庵初白头"句也。既得穴地于所居之西，谋筑初白庵未果，又欲筑于妙果山，见许冠娄《东垞诗注》，然讫于不成。（《拜经堂诗话》卷四）

翁方纲：海宁查夏重酷爱苏诗"僧卧一庵初白头"之句，而并明人诗"花间砾食鸟红尾，沙上浣衣僧白头"亦以为极似子瞻。不知苏诗"身行万里半天下，僧卧一庵初白头"，此何等神力！而"花间""沙上"一联，只到皮、陆境界，安敢与苏比伦哉！查精于苏，奚乃以目皮相若此！若必以皮毛略似，辄入品藻，则空同之学杜，当为第一义矣。（《石州诗话》卷三）

游金山寺〔一〕

苏 轼

我家江水初发源〔二〕，宦游直送江入海〔三〕。
闻道潮头一丈高，天寒尚有沙痕在。
中泠南畔石盘陀〔四〕，古来出没随涛波。
试登绝顶望乡国，江南江北青山多。
羁愁畏晚寻归楫，山僧苦留看落日〔五〕。
微风万顷靴文细，断霞半空鱼尾赤〔六〕。
是时江月初生魄〔七〕，二更月落天深黑。
江心似有炬火明，飞焰照山栖鸟惊。
怅然归卧心莫识，非鬼非人竟何物〔八〕！
江山如此不归山，江神见怪惊我顽〔九〕。
我谢江神岂得已，有田不归如江水〔一〇〕！

（卷七）

注 ————————————————————————————————

〔一〕熙宁四年（1071），赴杭途中作。金山寺在镇江金山上。

〔二〕江：指江长。初发源：长江上源沱沱河出青海西南边境的唐古拉山脉格拉丹冬雪山，但古人多以为源出岷山，如《荀子·子道》："江出于岷山。"岷山为蜀山，苏轼为蜀人，故有"我家江水初发源"语。

〔三〕宦游直送江入海：意谓因外出做官，来到长江入海口。宦游：外出做官。《史记·司马相如列传》："长卿久宦游不遂。"

〔四〕中泠：泉名，在金山，王十朋《苏诗集注》引缜曰："扬子江有中泠水，为天下点茶第一。"盘陀：巨石不平貌。王建《北邙行》"涧底盘陀石渐稀"。

〔五〕山僧：指宝觉、圆通二长老。王文诰《苏诗编注集成》卷七："公游金山，访宝觉、圆通二老，夜宿金山寺，望江中炬火，作诗。"

〔六〕鱼尾赤：《诗·周南·汝坟》："鲂鱼赪尾。"郑笺："赪，赤也，鱼劳则尾赤。"

〔七〕魄：《礼记·乡饮酒义》："月之三日而成魄也。"孔颖达疏："谓月尽之后三日乃成魄。魄谓明生，傍有微光也。"

〔八〕"江心似有炬火明"四句：苏轼自注："是夜所见如此。"王十朋《苏诗集注》卷五引汪华曰："先生尝云：山林薮泽，晦明之夜，野火生焉。散布如人秉烛，其色青，异乎人火。"《太平广记》卷四百六十六引《岭表异物志》："海中遇阴晦，波如然火满海。以物击之，迸散如星火。有月即不复见。"

〔九〕"江山如此不归山"二句：谓江山如此美丽而不归隐江湖，江神都为我之愚顽而惊怪。江神：江水之神。《晋书·王濬传》："又画鹢首怪兽于船首以惧江神。"

〔一〇〕"我谢江神岂得已"二句：乃指江水为誓。《左传·僖公二十四年》：晋文公谓咎犯曰："所不与舅氏同心者，有如白水。"孔颖达疏："诸言'有如'皆是誓词。有如日，有如河，有如皦日，有如白水，皆取明白之义，言心之明白如日如水也。"黄彻《䂬溪诗话》卷八："东坡游金山诗云……盖与江神指水为盟耳。句中不言盟誓者，乃用子犯事，指水则誓在其中，不必诅神血口，然后谓之盟也。《送程六表弟》云：'浮江沂蜀有成言，江水在此吾不食。'亦此意也。"

附录

陈善：东坡《游金山寺》诗云："我家江水初发源，宦游直送江入海。"《松醪赋》亦云："遂从此而入海，渺翻天之云涛。"人以为此语为晚年谪迁之谶。（《扪虱新话》卷九）

汪师韩：一往作缥缈之音，觉自来赋金山者，极意著题，正无从得此远韵。起二句将万里程、半生事一笔道尽。恰好由岷山导江，至此处海门归宿，为入题之语。中间"望乡国"句，故作羁望语，以环应首尾。"微风万顷"二句，写出空旷幽静之致。忽接入"是时江月"一段，此不过记一时阴火潜燃景象耳。思及"江神见怪"，而终之以归田，矜奇之语，见道之言。想见登眺徘徊，俯视一切。（《苏诗选评笺释》卷一）

纪昀：首尾谨严，笔笔矫健，节短而波澜甚阔。入首即伏结意。"试登绝顶望乡国"，又一紫佛。"江神见怪惊我顽"，此句即批发炬火事。结处将无作有，两层搭为一片，归结完密之极，亦巧便之极。设非如此挽合，中一段如何消纳！（《纪评苏诗》卷七）

施补华："我家江水初发源，宦游直送江入海。"确是游金山寺发端，确是东坡游金山寺发端，他人抄袭不得。盖东坡家眉州，近岷江，故曰"江水发源"；金山在镇江，下此即海，故曰"送江入海"。中间"微风万顷"二句，写的是江心晚景。收处"江山如此"四句两转，尤见跌宕。（《岘嶁说诗》）

陈衍：一起高屋建瓴，为蜀人独足夸口处。通篇遂全就望乡归山落想，可作《庄子·秋水篇》读。（《宋诗精华录》卷二）

王文濡：因贫而仕，有怀乡去国之思。（《宋元明诗评注读本》卷二）

腊日游孤山访惠勤惠施二僧[一]

苏 轼

天欲雪，云满湖，楼台明灭山有无[二]。

水清石出鱼可数，林深无人鸟相呼。

腊日不归对妻孥[三]，名寻道人实自娱[四]。

道人之居在何许？宝云山前路盘纡[五]。

孤山孤绝谁肯庐[六]？道人有道山不孤。

纸窗竹屋深自暖，拥褐坐睡依团蒲[七]。

天寒路远愁仆夫，整驾催归及未晡[八]。

出山回望云木合，但见野鹘盘浮图[九]。

兹游淡薄欢有余，到家怳如梦蘧蘧[一〇]。

作诗火急追亡逋[一一]，清景一失后难摹[一二]。

（卷七）

注 ——————————————————————————————————

　　〔一〕熙宁四年（1071）岁末初到杭州时作。腊日：岁终祭祀百神之日。宗懔《荆楚岁时记》："十二月八日为腊日。"宋用汉腊，即冬至后第三个戌日。据今人推算，为是年十二月二十四日。孤山：《淳祐临安志》卷八引《祥符旧经》："去钱塘旧治四里，湖中独立一峰。"惠勤：钱塘僧，苏轼《钱塘勤上人诗集叙》云："佛者惠勤从公（指欧阳修）游三十余年，公常称之为聪明才智有学问者，尤长于诗。"又《六一泉铭》云："予昔通守钱塘，见公（欧阳修）于汝阴而南。公曰：'西湖僧惠勤甚文，而长于诗，吾昔为《山中乐》三章以赠之。子闲于民事，求人于湖山间而不可得，则往从勤乎？'予到官三日，访勤于孤山之下。"惠思：即张惕山人，亦钱塘僧，亦与欧阳修有旧。苏轼《哭欧阳公，孤山僧惠思示小诗，次韵》："故人已为土，衰鬓亦惊秋。犹喜孤山下，相逢说旧游。"后还俗，苏辙有《张惕山人即昔所谓惠思师也。余旧识之于京师，忽来相访，茫然不复省，徐自言其故，戏作二小诗赠之》："昔日高僧今白衣，人生变化定难知。"（《栾城集》卷十四）苏轼诗的前四句写"游孤山"所见景色，中八句写"访惠勤、惠思二僧"，末八句写返家记游。全诗活泼跳荡，确实堪称"神妙"。（方东树《昭昧詹言》卷十二）

　　〔二〕明灭：或隐或现。杜甫《北征》："回首凤翔县，旌旗晚明灭。"有无：若有若无。王维《汉江临眺》："江流天地外，山色有无中。"

　　〔三〕妻孥：妻子儿女。《国语·越语上》："将焚宗庙，系妻孥。"

　　〔四〕道人：此指僧人，即惠勤、惠思。叶梦得《避暑录话》卷下："晋宋间佛学初行，其徒犹未有僧称，通曰道人。"

　　〔五〕宝云山：在西湖之北，属北山。田汝成《西湖游览志》卷一："从此而北而东，则为灵隐，为仙姑，为宝云，为巨石，皆谓之北山。"盘纡：盘旋曲折。司马相如《子虚赋》："其山则盘纡岪郁。"

　　〔六〕庐：此作动词，建屋的意思。

　　〔七〕拥褐：以褐衣覆下体。白居易《洛阳有愚叟》："野食或烹鲜，寓眠多拥褐。"团蒲：僧人坐禅所用圆形坐垫，因以蒲草编成，故称蒲团或团蒲。顾况《宿湖边山寺》："蒲团僧定风过岸。"

　　〔八〕整驾：整备车马。张衡《思玄赋》："爰整驾而亟行。"晡：时近黄昏。《玉篇》："申时也。"

　　〔九〕鹘：猛禽名，隼类。浮图：梵语，塔之音译。《翻译名义·窣堵波西域记》："浮

072

图，此翻方坟，亦翻圆冢……本瘗佛骨所，是名曰塔。"

〔一○〕蓬蓬：《庄子·齐物论》："昔者庄周梦为蝴蝶，栩栩然蝴蝶也。自喻适志与，不知周也。俄然觉，则蓬蓬然周也。"成玄英疏："蓬蓬，惊动之貌也。"

〔一一〕火急：刻不容缓。武则天《腊日宣诏幸上苑》："明朝游上苑，火急报春知。"亡逋：逃亡者，此指将逝之清景。何文焕《历代诗话考索》："齐诸暨令袁嘏，自诧'诗有生气，须捉住，不尔便飞去'。此语隽甚！坡仙云：'作诗火急追亡逋。'似从此脱化。"

〔一二〕清景：清幽之景色。杜甫《美陂西南台》："从此具扁舟，弥年逐清景。"摹：摹写。江淹《恨赋》："讵能摹暂离之状，写永诀之情者乎！"

附录

汪师韩：结句"清景"二字，一篇之大旨。云、雪、楼台，远望之景；水清、林深，近接之景。未至其居，见盘纡之山路；既造其屋，有坐睡之蒲团。至于仆夫整驾，回望云山，寒日将晡，宛焉入画。"野鹘"句于分明处写出迷离，正与起五句相对照，又以"欢有余"应前"实自娱"，语语清景，亦语语自娱。而"道人有道"之处，已于言外得之。栩栩欲仙，何必涤笔于北冰瓯雪椀！（《苏诗选评笺释》卷一）

纪昀：忽叠韵，忽隔句韵，音节之妙，动合天然，不容凑泊，其源出于古乐府。"出山回望云木合"二句与"但见乌帽出复没"同一写法。（《纪评苏诗》卷七）

吴文溥：东坡所谓"清景一失难追捕（原文如此）"，盖眼前景，说得着·便是佳句。此可为知者道耳。（《南野堂笔记》卷二）

戏 子 由〔一〕

苏 轼

宛丘先生长如丘〔二〕，宛丘学舍小如舟〔三〕。

常时低头诵经史，忽然欠伸屋打头〔四〕。

斜风吹帷雨注面，先生不愧旁人羞。

任从饱死笑方朔〔五〕，肯为雨立求秦优〔六〕？

眼前勃谿何足道，处置六凿须天游〔七〕。

读书万卷不读律，致君尧舜知无术〔八〕。

劝农冠盖闹如云〔九〕，送老齑盐甘似蜜〔一〇〕。

门前万事不挂眼，头虽长低气不屈。

余杭别驾无功劳〔一一〕，画堂五丈容旗旄〔一二〕。

重楼跨空雨声远〔一三〕，屋多人少风骚骚〔一四〕。

平生所惭今不耻，坐对疲氓更鞭箠〔一五〕。

道逢阳虎呼与言，心知其非口诺唯〔一六〕。

居高志下真何益，气节消缩今无几〔一七〕。

文章小技安足程〔一八〕，先生别驾旧齐名。

如今衰老俱无用，付与时人分重轻。

（卷七）

注

〔一〕熙宁四年（1071），岁暮杭州任上作。王文诰《苏诗编注集成》卷七："此诗施注原编冬春之交，查注、合注仍之。今考诗有'平生所惭今不耻，坐对疲民更鞭箠'句，以合除夕录囚之作，又证以《上文侍中榷盐书》，始知因决配盐犯而发，乃十二月作也。"关于此诗的结构和特点，汪师韩说："前后平列两段，末以四句作结。宛丘低头读书，而有昂藏磊落之气；别驾画堂高坐，而有气节消缩之嫌。其所齐名并驱者，独文章耳，而文章固无用也。中间以'画堂五丈容旗旄'对'宛丘学舍小如舟'，以'重楼跨空雨声远'对'斜风吹帷雨注面'，以'平生所惭今不耻'对'先生不愧旁人羞'，以'坐对疲民更鞭箠'对'门前万事不挂眼'，以'居高志下真何益'对'头虽长低气不屈'，故作喧寂相反之势。不独气节消缩者难云自适，即安坐诵读者岂云得时！文则跌宕昭彰，情则欷歔悒郁。（《苏诗选评笺释》卷一）

〔二〕宛丘：今河南淮阳，时为陈州治所。苏辙任陈州州学教授，故称之为宛丘先生。丘：孔丘。《史记·孔子世家》："孔子长九尺有六寸，人皆谓之长人。"苏辙亦身长，苏轼《次韵和子由闻余善射》："观汝长身最堪学。"故以"长如丘"戏之。

〔三〕学舍：学校、学宫。《后汉书·儒林传序》："学舍颓敝，鞠为园蔬。"宛丘学舍即陈州州学。《宋史·职官志七》："庆历四年诏诸路、州、军、监，各令立学……自是州郡无不有学，始置教授，以经术行义训导诸生，掌其课试之事，而纠正不如规者。"

〔四〕欠伸：《仪礼·士相见礼》："君子欠伸。"郑玄注："志倦则欠，体倦则伸。"即今所谓打呵欠，伸懒腰。打头：即顶头。《广韵》梗韵："打，德冷切。"打正音顶。王仁裕《开元天宝遗事》："大丈夫有凌霄盖世之志，而拘于下位，若立身于矮屋中，使人抬头不得。"

〔五〕方朔：东方朔（前134—前93），字曼倩，平原厌次（今山东惠民）人，汉武帝时为太中大夫。性滑稽，曾对汉武帝说："侏儒长三尺余，奉一囊粟，钱二百四十。臣朔长九尺余，亦奉一囊粟，钱二百四十。侏儒饱欲死，臣朔饥欲死。"（《汉书·东方朔传》）此以东方朔喻苏辙，谓任赁"饱欲死"的侏儒讥笑自己的贫困。

〔六〕肯：岂肯。秦优：《史记·滑稽列传》："优旃者，秦倡侏儒也。善为笑言，然合于大道。秦始皇时，置酒而天雨，陛楯者皆沾寒。优旃见而哀之。"于是大声呼陛楯郎说："汝虽长何益，幸雨立。我虽短也，幸休居。"秦始皇闻，遂"使陛楯者得半相待"。此谓苏辙虽亦"雨注面"，岂肯效陛楯郎求救于秦优？朋万九《乌台诗案》载苏轼供词说："言弟辙家贫官卑，而身材长大，所以比东方朔、陛楯郎，而以当今进用之人比侏儒、优旃也。"

〔七〕"眼前勃谿何足道"二句：谓不为眼前琐屑争斗而烦恼，排除六情，心游物外，而自得其乐。《庄子·外物》："室无空虚，则妇姑勃谿；心无天游，则六凿相攘。"成玄英疏："勃谿，争斗也。屋室不空，则不容受，故妇姑争处，无复尊卑。凿，孔也。攘，逆也。自然之道，不游其心，则六根逆，不烦于礼。"六凿：指喜、怒、哀、乐、爱、恶六情。天游：指游心尘外，不为尘世所羁扰。

〔八〕"读书万卷不读律"二句：杜甫《奉赠韦左丞丈二十二韵》有"读书破万卷""致君尧舜上"语。《宋史·选举志一》载王安石对神宗说："今以少壮时，正当讲求天下正理，乃闭门学作诗赋。及其入官，世事皆所不习。""于是改法，罢诗赋"，"又立新科明法"。苏轼所讥即此。朋万九《乌台诗案》："是时朝廷新兴律学，轼意非之，以谓法律不足以致君于尧、舜。今时又专用法律而忘诗书，故言我读万卷书，不读法律，盖闻法律之中无致君尧、舜之术也。"

〔九〕劝农使：《宋史·职官志十》："劝课农桑，则存劝农使。"冠盖：仕宦者之冠服车盖，此借指官吏。班固《西都赋》："冠盖如云，七相五公。"《续资治通鉴》卷六十六：熙宁四年四月"遣刘彝、谢卿材、侯叔献、程颐、卢秉、王汝翼、曾伉、王广廉八人行诸路，察农田水利赋役"。苏轼曾讥其"朝辞禁门，情态即异；暮宿州县，威福便行。驱迫邮传，折辱守宰。公私劳扰，民不聊生"。（《上神宗皇帝书》）

〔一○〕送老：打发残年。杜甫《秦州杂诗》："何诗一茅屋，送老白云边。"蓲盐：切碎的腌菜、食盐，指粗劣的菜肴。韩愈《送穷文》："大学四年，朝蓲暮盐。"此何谓苏辙甘于学官的清苦生活。

〔一一〕余杭：指杭州。别驾：汉代刺史之佐史，宋之通判，职掌相似。余杭别驾即杭州通判苏轼自指。

〔一二〕画堂：汉宫殿堂。《三辅黄图·汉宫》："未央宫有……画堂、甲观，非常室。"后泛指华丽之堂。崔颢《王家少妇》："十五嫁王昌，盈盈入画堂。"旟旐：《尔雅·释天》："有铃曰旂。"《诗·鄘风·干旄》毛传："注毛于干首，大夫之旟也。"此泛指旗。《史记·秦始皇本纪》："先作前殿阿房，东西五百步，南北五十丈，上可以坐万人，下可以立五丈旗。"此指杭州州府之壮丽，苏轼《乞赐度牒修廨宇状》："杭州地气蒸润，当钱氏有国日，皆为连楼复阁，以藏衣甲物帛。及其余官屋，皆珍材巨木，号称雄丽。"

〔一三〕重楼：层楼。

〔一四〕骚骚：风声。张衡《思玄赋》："寒风凄其永至兮，拂空岫之骚骚。"李善注："骚骚，风劲貌。"吕向注："骚骚，风声。"

〔一五〕疲氓：疲困之民。白居易《才识兼茂明于体用科策》："念兹疲氓，远乖富庶。"鞭箠：施加鞭笞等刑罚。苏轼《上韩丞相论灾伤手实书》："两浙之民以盐得罪者，岁万七千人。"又《都厅题壁》："除日当早归，官事乃见留。执笔对之泣，哀此系中囚。"《乌台诗案》："是时多徒配犯盐之人，例皆饥贫。言鞭箠此等贫民，轼平生所惭，今不复耻矣，以讥讽朝廷盐法太急也。"

〔一六〕"道逢阳虎呼与言"二句：阳虎：《论语·阳货》："阳货欲见孔子，孔子不见，归孔子豚。孔子时其亡也，而往拜之，遇诸途。"邢昺疏："阳货，阳虎也，盖名虎字货，为季氏家臣而专鲁国之政。欲见孔子，将使之仕也。孔子不见者，疾其家臣专政，故不欲相见。"诺唯：即唯唯诺诺，以示恭顺。《韩非子·八奸》："人主未命而唯唯，未使而诺诺。先意承旨，观貌察色，以先主心者也。"《乌台诗案》："是时张靓、俞希旦作监司，意不喜其为人，然不敢与争议，故诋毁之为阳虎也。"纪昀："何至以孔子自居，即以诗论，亦无此理，无论贾祸也。"（《纪评苏诗》卷七）

〔一七〕气节：志气节操。《史记·汲黯列传》："好学游侠，任气节。"

〔一八〕文章小技：杜甫《贻柳少府》："文章一小技，于道未为尊。"程：法则、榜样。陆佐公《新漏刻铭》："为世作程。"

附录

吴仰贤：唐人诗虽极牢骚，不失常度，宋人便有过火语。如岑参诗云："秖缘五斗米，辜负一渔竿。"黄山谷则云："可怜五斗米，夺我一溪乐。"谁夺之耶？虽

"夺我凤凰池"语出《晋书》荀勖，然本发志词耳。两诗有温厉之别。至苏云："道逢阳虎呼与言，心知其非口诺唯。"黄云："平生白眼人，今日打腰诺。"名士口角，大略相同。（《小匏庵诗话》卷二）

都厅题壁〔一〕

苏 轼

除日当早归，官事乃见留。

执笔对之泣，哀此系中囚〔二〕。

人小营餱粮〔三〕，堕网不知羞。

我亦恋薄禄，因循失归休〔四〕。

不须论贤愚，均是为食谋。

谁能暂纵遣，闵默愧前修〔五〕。

（卷三十二）

注 ————————————————————————————

〔一〕熙宁四年（1071），通判杭州时作。元祐五年（1090），苏轼知杭州，作《熙宁中，轼通守此郡。除夜，直都厅，囚系皆满，日暮不得返舍，因题一诗于壁，今二十年矣。衰病之余，复忝此郡，再经除夜，庭事肃然，三圄皆空。盖同僚之力，非拙朽所致，因和前篇呈公济、子侔二通守》。此诗即熙宁中所作前篇。前四句写除夜审讯囚犯；中六句他甚至把自己与囚犯相提并论，皆因为谋食而不能与家人团聚；最后两句因自己不能暂放囚系而深感惭愧。通篇对无辜囚犯寄予了深切同情，确实"语语真至"。（纪昀《评苏文忠公诗》卷三十二）

〔二〕"执笔对之泣"二句：据《尚友录》卷二十载，后汉盛吉拜廷尉，每至冬月，罪囚当断，其妻执烛，吉执丹笔，夫妻相向垂泣而后决罪。

〔三〕餱：干粮。《诗·大雅·公刘》："乃裹餱粮。"

〔四〕因循失归休：延误了时间，未能回家休息。因循：拖沓。

闵默：默念。愧前修：有愧于前贤（指那些纵囚犯的人，如《后汉书·虞延传》："每至岁时伏腊，辄休遣徒系，各使归家。并感其恩德，应期而还。"）。

雨中游天竺灵感观音院〔一〕

苏　轼

蚕欲老，麦半黄。前山后山雨浪浪〔二〕。

农夫辍来女废筐，白衣仙人在高堂〔三〕。

（卷七）

注

〔一〕熙宁五年（1072），杭州任上作。天竺灵感观音院：《咸淳临安志》载，钱忠懿王梦白衣人求治其居，乃即其地创佛庐，号天竺看经院。咸平初，郡守张去华以旱迎大士至梵天寺致祷，即日雨，自是水旱必谒焉。嘉祐末，沈文通请于朝，赐名灵感观音院。纪昀评此诗说："刺当事之不恤民也，妙于不尽其词。似谚似谣，盎然古趣。"（《纪评苏诗》卷七）

〔二〕浪浪：降雨貌。韩愈《别知赋》："雨浪浪其不止。"

〔三〕白衣仙人：指观音像，实际暗指不恤民的当政者。

六月二十七日望湖楼醉书五绝（选一）〔一〕

苏　轼

黑云翻墨未遮山，白雨跳珠乱入船。

卷地风来忽吹散，望湖楼下水如天。

（卷七）

注 ───────────────────────────────

〔一〕熙宁五年（1072），杭州任上作。望湖楼：王十朋《苏诗集注》引洪朋语："《图经》：'望湖楼一名看经楼，乾德七年忠懿王钱氏建，去钱塘一里。'"原诗五首，此选其一，写西湖暴雨暴晴景色。

望海楼晚景五绝 (选二)〔一〕

苏 轼

海上涛头一线来，楼前指顾雪成堆〔二〕。
从今潮上君须上，更看银山二十回。

横风吹雨入楼斜，壮观应须好句夸。
雨过潮平江海碧〔三〕，电光时掣紫金蛇。

（卷八）

注 ───────────────────────────────

〔一〕熙宁五年（1072），杭州任上作。望海楼：王十朋《苏诗集注》引芮晔语："《杭州图经》：东楼一名望海楼，在旧治中和堂北。"苏轼《答范梦得书》："某旬日来，被差本州监试，得闲二十余日，在中和堂望海楼闲坐，渐觉快适，有诗数首寄去，以发一笑。"所指即这一组诗。此选为其一、其二。前首写来潮壮观，后首写退潮后景色。

〔二〕指顾：指点顾盼之间，形容时间很短。

〔三〕雨过潮平江海碧：王文诰《苏诗编注集成》卷七："七字极有斟酌，确是逐日闲坐楼上看潮人语。"

梵天寺见僧守诠小诗，清婉可爱，次韵[一]

苏 轼

但闻烟外钟，不见烟中寺。

幽人行未已，草露湿芒屦[二]。

惟应山头月，夜夜照来去。

（卷八）

注

〔一〕熙宁五年（1072），杭州任上作。梵天寺，在凤凰山。守诠：《宋诗纪事》卷九十一："一作惠诠，杭州梵天寺僧。"守诠小诗指《题梵天寺》："落日寒蝉鸣，独归林下寺。松扉夜未掩，片月随行屦。唯闻犬吠声，又入青萝去。"对守诠小诗和东坡次韵，历来评价不一。周紫芝极其推崇原唱："余读东坡和梵天僧守诠小诗……未尝不喜其清绝过人远甚。晚游钱塘，始得诠诗……乃知其幽深清远，自有林下一种风流。东坡老人虽欲回三峡倒流之澜，与溪壑争流，终不近也。"（《竹坡诗话》）汪师韩则极赞苏轼次韵，以为"峭蒨高洁，韦、柳遗音"。（《苏诗选评笺释》卷一）纪昀、王文诰对这种清婉小诗却不甚推许，纪昀说："庄、老告退，山水方滋，晋、宋以还，清音遂畅。揆以风雅之本旨，正如六经而外别出元（玄）谈，亦自一种不可磨灭文字。后人转相神圣，遂欲截断众流，专标此种为正法眼藏。然则《三百》以下，汉魏以前作者，岂近俗格哉！东坡之喜此诗，盖亦偶思螺蛤之意，谈彼法者，勿以借口。"（《纪评苏诗》卷八）王文诰也认为："此种句调，犹之盘筵中间以小食，虽亦适口，然终非一饱物。公以其僧而嘉之，亦犹庐山之取可遵也。读者识此意则善矣。"（《苏诗编注集成》卷八）这种写山水的闲适小诗，内容上确实没有大的价值，但却能给人以清幽高洁的美感，仍值得一读。

〔二〕屦（jù）：麻、葛等制成的单底鞋。《诗经·国风》有《葛屦》诗。

秀州报本禅院乡僧文长老方丈[一]

苏　轼

万里家山一梦中，吴音渐已变儿童[二]。

每逢蜀叟谈终日，便觉峨眉翠扫空[三]。

师已忘言真有道[四]，我除搜句百无功[五]。

明年采药天台去[六]，更欲题诗满浙东[七]。

（卷八）

注

〔一〕熙宁五年（1072），苏轼在杭州任上，赴湖州相度堤岸毕，至秀州作。秀州：治所在今浙江嘉兴。报本禅院：姚绶《本觉寺碑记》：“携李西郭二十七里外，有空翠亭遗址。唐宣宗时，僧翼来自临海，宿亭下，感异人梦，结庵以居。事闻，额报本禅院。宋蜀僧文及主之，请易为寺，爰赐今额（即本觉寺）。”乡僧文长老即“宋蜀僧文及”。苏轼曾三过本觉寺，此为首次；次年冬再至，有《夜至永乐文长老院，文时卧病退院》诗；熙宁七年五月三过，时文已死，有《过永乐文长老已卒》诗。后蜀僧居简为作《三过堂记》。此诗因乡僧而抒发故园之思和仕途失意之感，“只著意乡情，词意真切，而造语倜傥奇警，令人咏不尽”。（方东树《昭昧詹言》卷二十）

〔二〕吴音渐已变儿童：《南史·顾琛传》称琛“吴音不变”，此反用其意，言在外为官已久。

〔三〕翠扫空：报本禅院乃“空翠亭遗址”，故由此而思及故乡峨眉之空翠。纪昀说：“三、四（句）常意，写来警动。”（《纪评苏诗》卷八）

〔四〕忘言：见苏洵《与可许惠所画筼筜，以诗督之》注〔二〕。

〔五〕搜句：指作诗文。刘勰《文心雕龙·章句》：“搜句忌于颠倒，裁章贯于顺序。”

〔六〕天台：山名，在浙江天台县城东北。《洞天记》：“天台赤城山，高一万八千丈，周回五百里，在台州天台县。”

〔七〕更欲题诗满浙东：从杜甫《题郑县亭子》"更欲题诗满青竹"脱化而来。

王复秀才所居双桧二首〔一〕（二首选一）

苏　轼

凛然相对敢相期，直干凌空未要奇。
根到九泉无曲处〔二〕，世间惟有蛰龙知〔三〕。

（卷八）

注

〔一〕熙宁五年（1072）十二月，杭州任上作。王复：苏轼《种德亭诗并叙》说："处士王复，家于钱塘。为人多技能，而医尤精。期于活人而已，不志于利。筑室候潮门外，治园圃，作亭榭，以与贤士大夫游，唯恐不及，然终无所求。人徒知期接花艺果之勤，而不知其所种者德也。"此诗描写了两株桧树"凛然相对""直干凌空""根到九泉无曲处"的雄姿，至多不过借以象征自己挺拔不屈的性格。但在乌台诗案中却成了苏轼的重要罪证之一。

〔二〕九泉：地下深处。《晋书·皇甫谧传》："龙潜九泉。"

〔三〕蛰龙：伏藏泉底之龙。《苕溪渔隐丛话》后集卷三十："东坡在御史狱，狱吏问云：'《双桧》诗：根到九泉无曲处，世间惟有蛰龙知。有无讥讽？'答曰：'王安石诗：天下苍生待霖雨，不知龙向此中蟠。此龙是也。'吏亦为之一笑。"叶梦得《石林诗话》卷上："元丰间，苏子瞻系大理狱，神宗本无意深罪子瞻。时相进呈，忽言苏轼于陛下有不臣意。神宗改容曰：'轼固有罪，然于联不应至是，卿何以知之？'时相因举轼《桧诗》……对曰：'陛下飞龙在天，轼以为不知己，而求之地下之蛰龙，非不臣而何！'神宗曰：'诗人之词，安可如此论！彼自咏桧，何预联事！'时相语塞。章子厚（惇）亦从旁解之，遂薄其罪。"

饮湖上初晴后雨二首（选一）〔一〕

苏 轼

水光潋滟晴方好，山色空濛雨亦奇〔二〕。
欲把西湖比西子，淡妆浓抹总相宜〔三〕。

（卷九）

注

〔一〕熙宁六年（1073），杭州任上作。王文诰《苏诗编注集成》卷九："此是名篇，可谓前无古人，后无来者。公凡西湖诗，皆加意出色，变尽方法，然皆在《钱塘集》中。其后帅杭，劳心灾赈，已无复此种杰构，但云'不见跳珠十五年'而已。"

〔二〕"水光潋滟晴方好"二句：查慎行《初白庵诗评》卷中："多少西湖诗被二语扫尽，何处着一毫脂粉颜色。"潋滟：水波翻动貌。

〔三〕"欲把西湖比西子"二句：西子即西施，春秋时越国美女。以西施比西湖屡见于苏诗，此二句尤有名。武衍《正月二日泛舟湖上》："除却淡妆浓抹句，更将何语比西湖！"陈善《扪虱新话》卷八："此两句已道尽西湖好处……要识西子，但看西湖；要识西湖，但看此诗。"袁文《瓮牖闲评》卷五："（西湖）虽与妇人不相涉，而比拟恰好，且其言妙丽新奇，使人赏玩不已，非善戏谑者能若是乎？"陈衍《宋诗精华录》卷二："后二句遂成为西湖定评。"

往富阳新城，李节推先行三日，留风水洞见待〔一〕

苏 轼

春山磔磔鸣春禽〔二〕，此间不可无我吟。
路长漫漫傍江浦〔三〕，此间不可无君语。
金鲫池边不见君〔四〕，追君直过定山村〔五〕。

路人皆言君未远，骑马少年清且婉。

风岩水穴旧闻名〔六〕，只隔山溪夜不行。

溪桥晓溜浮梅萼〔七〕，知君系马岩花落。

出城三日尚逶迟，妻孥怪骂归何时〔八〕。

世上小儿夸疾走〔九〕，如君相待今安有。

（卷九）

注

〔一〕富阳、新城，皆杭州所属县，见《宋史·地理志四》。富阳今属浙江，新城为富阳一镇。李吉甫《元和郡县志》卷二十五："富阳县，本汉富春县，属会稽郡。晋孝武帝太元中，避郑太后讳，改'春'为'阳'。"又："新城县，本汉富春县地，永淳元年分富春西境置。"李节推名李佖，时为杭州节度推官。风水洞：据《杭州图经》载，洞去钱塘县治五十里，在汤村慈岩院。洞极大，流水不竭。洞顶又有一洞，清风微出，故名曰风水洞。熙宁六年（1073）正月，苏轼奉命出巡本州所属县，李佖先行三日并在风水洞等候苏轼，此诗即为谢佖而作。这是一篇七古，四句一换意，先总写自己需李同行，然后再分写己之追李和李之相候，最后以妻孥怪骂、世人疾走相映衬，充分抒发了对李"相待"的感谢之情。这篇七古两句一换韵，句句押韵，读起来急促跳荡，颇能反映苏轼轻松愉快的心情。

〔二〕磔磔：象声词，此状鸟声。

〔三〕路长漫漫：屈原《离骚》："路漫漫其修（长）远兮。"漫漫：长远貌。傍江浦：由杭州往富阳，沿富春江而行，故云。

〔四〕金鲫池：苏轼《书苏子美金鱼诗》："旧读苏子美《六和寺》诗云：'松桥待金鱼，竟日独迟留。'初不喻此语。及倅钱塘，乃知寺（六和寺）后池中有此鱼如金色也。"《杭州图经》："开化寺，开宝三年建。僧智昙即此建六和塔。金鱼池在寺后，山涧水底有金鲫鱼。"

〔五〕定山村：施谔《淳祐临安志》卷八：定山，旧《图经》云：在钱塘旧治西南四十七里一百四十步，高七十五丈，周回七里一百二步。《太平寰宇记》云：定山突出浙江数百丈。又按《郡国志》，江涛至是辄抑声，过此则雷吼霆怒。

〔六〕风岩水穴：即指风水洞。

〔七〕溜：小股水流。此句谓清晨桥下小溪漂浮着梅萼。

〔八〕透迤：纡回逗留貌。江淹《别赋》："舟凝滞于水滨，车透迤于山侧。"透迤与凝滞对举，义相近。"尚透迤"，一本"迤"作"迆"；"归何时"，一本"时"作"迟"。王文诰《苏诗编注集成》卷九："'归何时'，乃未归之词也。'归何迟'，乃已归之词也。诗虽代为设想，似既未归，自应作'归何时'。今既定'时'字韵，则上句之'尚透迆'，应仍作'尚透迤'。"

〔九〕"世上"句：《乌台诗案》载苏轼供词："熙宁六年正月二十七日游风水洞，有本州推官李佖知轼到来，在彼等候，轼乃题诗于壁。其卒章不合云'世上小儿夸疾走'，以讥世之小人多务急进也。"可见"世上小儿"指投机新法的"新进、勇锐之士"。

附录

纪昀：磊磊落落，起法绝佳。一结索然。（《纪评苏诗》卷九）

方东树：《往富阳新城》小诗小韵。（《昭昧詹言》卷十二）

新城道中二首（选一）〔一〕

苏　轼

东风知我欲山行，吹断檐间积雨声。

岭上晴云披絮帽〔二〕，树头初日挂铜钲〔三〕。

野桃含笑竹篱短，溪柳自摇沙水清。

西崦人家应最乐〔四〕，煮芹烧笋饷春耕。

（卷九）

注

〔一〕熙宁六年（1073），杭州任上巡视属县时作。新城：今浙江富春新登镇。王十朋《苏诗集注》引《新城县图经》云："唐高宗永淳元年，分富春西境，置新城，号上县。皇朝仍之，距杭州之西南一百三十里。"王文诰《苏诗编注集成》卷九："此诗上节叙早发新城也。此诗下节，行及半道，时已饷耕也。"

〔二〕晴云披絮帽：杜牧《长安杂题》："晴云似絮惹低空。"此化用其意。

〔三〕铜钲：王十朋《苏诗集注》引次公曰："铜钲，今所谓锣也。先生《日喻》云：'生而眇者不识日，问之有目者，或告之曰：日之状如铜钲。'"按：今本《日喻》作"日之状如铜盘"。

〔四〕西崦：即西山。杜甫有《赤谷西崦人家》诗。

附录

方回：起句十四字妙，五、六亦佳，但三、四颇拙耳。所谓武库森然，不无利钝，学者当自细参而默会。（《瀛奎律髓》卷十四）

陆次云：起得最好。"絮帽""铜钲"语，在长公不妨，不可为法。（《唐宋诗醇》卷六十五引）

汪师韩："絮帽""铜钲"，未免著相矣。有"野桃""溪柳"一联，铸语神来。常人得之，便足以名世。（《苏诗选评笺释》卷二）

纪昀：此乃平心之论（指方回语），无依附门墙之俗态。絮帽、铜钲，究非雅字。（《〈瀛奎律髓〉刊误》卷十四）又：起有神致，三、四自恶，不必曲为之讳。（《纪评苏诗》卷九）

病中游祖塔院〔一〕

苏 轼

紫李黄瓜村路香，乌纱白葛道衣凉。

闭门野寺松阴转，欹枕风轩客梦长。

因病得闲殊不恶，安心是药更无方〔二〕。

道人不惜阶前水，借与匏樽自在尝。

（卷十）

注 ——

〔一〕熙宁六年（1073），杭州任上作。祖塔院：《咸淳临安志》："祖塔法云院，唐钦山法师建，旧名资庆，大中八年改大慈，开运二年改仁寿，太平兴国六年改赐今额。"方东树《昭昧詹言》卷二十："《病中游祖塔院》先写游时景与情事，风味别胜，不比凡境。三、四写院中景。五、六还题'病中'，兼切二祖。收将院僧、自己绾合，亦自然本地风光，不是从外插入。"

〔二〕安心是药：《景德传灯录》卷三载，二祖慧可谓达摩曰："我心未宁，乞师与安。"达摩答曰："我与汝安心竟。"

附录

汪师韩：不须矜才使气，兴会所到，后人自百摹不到，笔底定有神力护持。（《苏诗选评笺释》卷二）

纪昀：此种已居然剑南派。然剑南别有安身立命之地，细看全集自知。杨芝田专选此种，世人以易于摹仿而盛传之，而剑南之真遂隐。（《纪评苏诗》卷十）

陈衍：写景中要有兴味，所谓有人存也。（《宋诗精华当》卷二）

佛日山荣长老方丈五绝（选二）〔一〕
苏 轼

陶令思归久未成〔二〕，远公不出但闻名〔三〕。
山中只有苍髯叟〔四〕，数里萧萧管送迎。

食罢茶瓯未要深，清风一榻抵千金。
腹摇鼻息庭花落，还尽平生未足心〔五〕。

（卷十）

注 ————————————————————————————

　　〔一〕熙宁六年（1073），杭州任上作。佛日山：《淳祐临安志》卷九："在母山之东北，高六十余丈，中有古刹名佛慧。东坡、少游、杨杰、司马才仲、范石湖，皆有留题。"《北史·李士谦传》："客问三教优劣，士谦曰：'佛，日也；道，月也；儒，五星也。'"佛日之义取此。荣长老，杭州僧，余不详。所选第一首写访荣长老，第二首写卧佛日院。

　　〔二〕陶令：指陶渊明，此苏轼借以自指。

　　〔三〕远公：晋僧慧远，居庐山东林寺，送客未尝过虎溪。事见《庐山记》。此借指荣长老。

　　〔四〕苍髯叟：指松树。《高僧传》载，东晋法潜隐剡山，或问山中胜友者谁，法潜指松曰："苍髯叟也。"

　　〔五〕"腹摇鼻息庭花落"二句：孙樵《乞巧对》："腹摇鼻息，梦到乡国。槐阴扑庭，鸣蜩噪晴。"何孟春《余冬诗话》卷下："饱食高卧之顷，而'平生未足心'便可'还尽'耶？谓之'消尽'则可。或曰坡谓世外人言。世外人又安有'未足心'？"

竹　阁〔一〕

苏　轼

海山兜率两茫然，古寺无人竹满轩〔二〕。
白鹤不留归后语，苍龙犹是种时孙〔三〕。
两丛恰似萧郎笔〔四〕，一亩空怀渭上村〔五〕。
欲把新诗问遗像〔六〕，病维摩诘更无言〔七〕。

（卷十）

注 ————————————————————————————

　　〔一〕熙宁六年（1073），苏轼作《孤山二咏》，《竹阁》为其一。竹阁在杭州广化寺柏堂之后，唐白居易为鸟窠禅师所建。苏轼自称"出处依稀似乐天"，白居易是因为"上疏论事，天子不能用，乃求外任"（《旧唐书·白居易传》）而任杭州知州的；苏轼也是因"论事愈力，介甫（王安石）愈恨……乞外任避之"（苏辙《东坡先生墓志铭》）而通判杭州的。白居易在杭州大兴水利，苏轼也与杭州知州陈述古一起疏浚钱塘六井。苏轼非常仰慕白居易的为人，这首怀古之作没有对白的遗迹竹阁作具体描写，仅点化白诗入己诗，就充分抒发了对白居易的思念之情和自己没有同调的孤独之感。

〔二〕海山：海中仙山。《史记·秦始皇本纪》："海中有三神山，名曰蓬莱、方丈、瀛州，仙人居之。"兜率：兜率天，佛教所说欲界六天中的第四天，《传灯录》载释迦牟尼佛生兜率天。传说唐会昌元年有海商遭风至蓬莱山，见一宫院名曰乐天院，故白居易《答李浙东》诗有"海山不是吾归处，归即应归兜率天"。轼诗首二句即用白居易诗中事，言无论白不愿去的蓬莱山，还是他愿去的兜率天，都茫茫不见；所能见到的只有白当年所建竹阁仍丛竹满轩。

〔三〕"白鹤不留归后语"二句：白居易《池上篇》："乐天罢杭州刺史，得天竺石一，华亭鹤二以归。"李远《失鹤》："华表柱头留语后，不知消息到如今。"苏轼反用其意，言李远为失鹤"留语后"至今"不知消息"感伤，而白居易携华亭二鹤离杭时却未留言，只有竹阁的翠竹倒是白居易所种竹子的后代。苍龙：此指翠竹。

〔四〕萧郎：唐代协律郎萧悦，工画竹，曾为白居易画十五竿竹，白居易作《萧悦画竹歌》："植物之中竹难写，古今虽画无似者。萧郎下笔独逼真，丹青以来唯一人。举头忽见不似画，低头静听如有声。"画之美者如真，白诗即赞萧画如真；物之美者如画，苏诗即赞竹阁之竹如萧悦之画。

〔五〕渭：渭水，源出甘肃渭源县鸟鼠山，东流横贯陕西渭河平原，在潼关入黄河。这里盛产竹，《史记·货殖列传》："齐鲁千亩桑麻，渭川千亩竹。"白居易有《退居渭上村》诗，其《池上篇》："十亩之宅，五亩之园。有水一池，有竹千竿。"这里以白居易退居之地渭上村代白居易，"空怀"二字点明了全诗主旨。

〔六〕遗像：指竹阁的白居易画像。苏轼《竹阁见忆》："柏堂南畔竹如云，此阁何人是主人？但遣先生（指当时著名词人张先）披鹤氅，不须更画乐天真。"可见竹阁有白居易画像。

〔七〕维摩诘：毗耶离城中的大乘居，与释迦牟尼同时，曾以称病为由向释迦牟尼派来问讯的舍利弗、弥勒、文殊讲说大乘教义。据《旧唐书·白居易传》载，白居易于"儒学之外，尤通释典"；"栖心释梵，浪迹老、庄"晚年退居洛阳香山，"与香山僧如满结香火社，每肩舆往来，白衣鸠杖，自称香山居士"。故苏轼以维摩诘喻白居易，意思是说，既见不到白居易其人，只好以自己的新诗叩问竹阁中白的遗像，遗像也默默无言。

有美堂暴雨[一]

苏 轼

游人脚底一声雷，满座顽云拨不开[二]。
天外黑风吹海立[三]，浙东飞雨过江来[四]。
十分潋滟金樽凸[五]，千杖敲铿羯鼓催[六]。
唤起谪仙泉洒面[七]，倒倾鲛室泻琼瑰[八]。

（卷十）

注

〔一〕熙宁六年（1073），杭州任上作。有美堂：在吴山上。欧阳修《有美堂记》："嘉祐二年，龙图阁直学士尚书吏部郎中梅公出守余杭。于其行也，天子宠之以诗，于是始作有美之堂，盖取赐诗之首章而名之，以为杭人之荣。"梅公指梅挚。天子指宋仁宗，其"赐诗之首章"为："地有吴山美，东南第一州。"洪迈《容斋四笔》卷二引此诗，题作《有美堂会客》。此诗前四句写暴雨，后四句兼写暴雨、会客。《初白庵诗评》卷下谓"通首多是摹写暴雨"，似不确。

〔二〕"游人脚底一声雷"二句：王十朋《苏诗集注》引师民瞻曰："俗说高雷无雨，故雷自地震，即暴雨也。"陆龟蒙《奉酬袭美苦雨见寄》："顽云猛雨更相欺。"

〔三〕海立：《容斋四笔》卷二："读者疑海不能立，黄鲁直曰：'盖是为老杜所误。'因举《三大礼赋·朝献太清宫》云'九天之云下垂，四海之水皆立'以告之。二者皆句语雄峻，前无古人。"何元章："'立'字最有功，乃水涌起之貌……或者妄易'立'为'至'，只可一笑。"（马真卿《懒真子》）

〔四〕浙东：浙江之东。江：指浙江，流经钱塘县境称钱塘江。杭州在钱塘之西，故云："浙东飞雨过东来"。林昌彝《海天琴思录》卷三："'浙东'句全用殷尧藩诗（原注：《喜雨》诗：'山上乱云随手变，浙东飞雨过江来'，注苏诗者皆未及之。"何日愈《退庵诗话》卷七十二"登高诗虽得宏阔沉着，方与题称……苏子瞻《有美堂》云：'天外黑风吹海立，浙东飞雨过江来'，是何等气象，何等笔力！"

〔五〕潋滟：水满溢貌。凸：高出。金樽凸：言酒溢出酒杯。杜牧《羊栏浦夜陪宴会》："酒凸金樽泛潋光。"苏轼此句兼状水势和酒宴。

〔六〕杖：鼓槌。敲铿：韩愈《城南联句》："树啄头敲铿。"愈指啄木鸟啄木声，此指羯鼓声。羯鼓：羯族乐器，以二杖击之，鼓声急促。唐南卓《羯鼓录》："宋开府善羯鼓，尝曰：'头如青山峰，手如白雨点。'"此句兼状雨声和宴会热闹场面。

〔七〕谪仙泉洒面：《新唐书·李白传》："（白）往见贺知章，知章见其文，叹曰：'子谪仙人也。'言于玄宗，召见金銮殿，论当世事，奏颂一篇。帝赐食，亲为调羹。有诏供奉翰林，白犹与饮徒醉于市。帝坐沈香子亭，意有所感，欲得白为乐章。召入，而白已醉，左右以水颒面，稍解，援笔成文。"

〔八〕鲛室：张华《博物志》卷九："南海水有蛟人，水居如鱼，不废织绩。其眼能泣珠。""蛟人从水出，寓人家积日，卖绡将去，从主人索一器，泣而成珠满盘，以与主人。"琼瑰：珠玉。此处兼指雨珠和席上诗句妙语如珠。

附录

谢肇淛：东坡诗"天外黑风吹海立"，余从祖司农公杰，以大行奉使过海。中流有龙焉，倒垂云际。离水尚百许丈，而水涌起如炊烟，直与相接，人见之历历可辨也。始信"水立"之语非妄。（《五杂俎》卷四）

汪师韩：写暴雨非此杰句不称，但以用杜赋中字为采藻鲜新，浅之乎论诗矣。且亦必有"浙东"句作对，情景乃合。有美堂在郡城吴山，其地正与海门相望，故非率尔操觚者。唐贤名句中，唯骆宾王《灵隐寺》诗"楼观沧海日，门对浙江潮"一联，足相配敌。（《苏诗选评笺释》卷三）

纪昀：此首为诗话所盛推，然犷气太重。（《纪评苏诗》卷十）

李调元：余雅不好宋诗，而独爱东坡，以其诗声如钟吕，气若江河，不失于腐，亦不流于郢。由其天分高，学力厚，故纵笔所之，无不精警动人。不特在宋无此一家手笔，即置之唐人中，亦无此一家手笔也……如《有美堂暴雨》……其声直震百里，谁能有此！（《雨村诗话》卷下）

惠山谒钱道人，烹小龙团，登绝顶，望太湖[一]

苏 轼

踏遍江南南岸山，逢山未免更流连。

独携天上小团月[二]，来试人间第二泉[三]。

石路萦回九龙脊[四]，水光翻动五湖天[五]。

孙登无语空归去[六]，半岭松声万壑传。

（卷十一）

注

〔一〕惠山：在江苏无锡县西四五里。钱道人：钱安道之弟，无锡人，苏轼有《至秀州赠钱端公安道并寄其弟惠山老》诗。小龙团：欧阳修《归田录》卷二："茶之品莫贵于龙凤，谓之团茶，凡八饼重一斤。庆历中蔡君谟为福建路转运使，始造小片龙茶以进，其品绝精，谓之小团，凡二十饼重一斤，其价值金二两。然金可有而茶不可得，每因南郊致斋，中书、枢密院各赐一饼，四人分之。宫人往往覆金花于其上，盖其贵重如此。"太湖：在江苏南部，惠山濒临湖滨。此诗首联写喜流连山水，颔联写烹小龙团，颈联写登惠山绝顶望太湖，末以谒钱道人作结，"逐层清出，亦颇细致"。（《纪评苏诗》卷十一）

〔二〕天上小团月：指小龙团茶，因系贡茶，故谓"天上小团月"。

〔三〕人间第二泉：古人品水，以金山中冷泉为第一泉，以无锡惠山泉为第二泉。

〔四〕九龙脊：九龙山山脊。陆羽《惠山寺记》："山有九陇，若龙之偃卧然。"

〔五〕五湖：《太平寰宇记》引《南徐记》："无锡西有长渠，南有五湖，向南又有小五湖，非《周礼》所云五湖也。"

〔六〕孙登：《晋书·隐逸传》载，孙登，字公和，汲郡共人。人与之语，多不应。阮籍与语，亦不应。嵇康从之游三年，问其所图，终不答。此以孙登喻钱道人，状其隐逸忘世。

附录

《唐宋诗醇》卷三十四：有横绝太空之概，洒豁襟抱，亦如听苏门长啸，响动林谷。

除夜野宿常州城外二首 (选一)〔一〕
苏 轼

行歌野哭两堪悲，远火低星渐向微。
病眼不眠非守岁〔二〕，乡音无伴苦思归。
重衾脚冷知霜重，新沐头轻感发稀。
多谢残灯不嫌客，孤舟一夜许相依。

（卷十一）

注

〔一〕熙宁六年（1073），三十八岁时作，苏轼《书润州道上诗》："仆时三十九岁（实为三十八岁），润州道中值除夜而作。后二十年，在惠州守岁，录付过（指幼子苏过）。"时苏轼因与王安石政见分歧而出倅杭州已经三年，开河赈饥，疲于奔命，此诗充分抒发了羁旅途中的孤苦抑郁之情。《唐宋诗醇》卷三十四评此诗说："令节羁情，孤灯遥夜，所感怆者深，而以温柔敦厚出之，依依脉脉，味以淡而弥长。"

〔二〕病眼不眠非守岁：白居易《除夜》成句，仅"不眠"原作"少眠"。查慎行《苏诗补注》（卷十一）："'病眼'句，白乐天《除夜》诗也，先生一时偶用之耶？"

退圃〔一〕

苏 轼

百丈休牵上濑船〔二〕，一钩归钓缩头鳊〔三〕。
园中草木春无数，只有黄杨厄闰年〔四〕。

（卷十一）

注

　　〔一〕熙宁七年（1074）作，《监洞霄宫俞康直郎中所居四咏》之第一首。监洞霄宫乃宋王朝为佚老优贤而设的宫观祠禄之官，王安石当政时以此安置异议者。朱承爵《存余堂诗话》："题目诗最难工妙，如东坡为《俞康直郎中所居四咏》中有《退圃》诗一首……其于'退'字略不发明，而'休牵上濑''归钓缩头''黄杨厄闰'，则已曲尽'退'字之妙，此咏题三昧也。"《纪评苏诗》卷十一亦云："句句皆含'退'意，竟不说破，又是一格。"

　　〔二〕濑：沙石上流过的急水，《论衡·书虚》："溪谷之深，流者安详，浅多沙石，激扬为濑。"王十朋《苏诗集注》："上濑船，言难进也。"

　　〔三〕缩头鳊：鱼名，以肥美著称。唐彦谦《寄友》："新酒秦淮缩头鳊，凌霄花下共流连。"

　　〔四〕黄杨厄闰年：苏轼自注："俗说黄杨一岁长一寸，遇闰退三寸。"

雪后书北台壁二首〔一〕

苏 轼

黄昏犹作画雨纤纤，夜静无风势转严〔二〕。
但觉衾裯如泼水〔三〕，不知庭院已堆盐〔四〕。

五更晓色来书幌，半夜寒声落画檐〔五〕。

试扫北台看马耳，未随埋没有双尖〔六〕。

城头初日始翻鸦，陌上晴泥已没车。

冻合玉楼寒起粟，光摇银海眩生花〔七〕。

遗蝗入地应千尺，宿麦连云有几家〔八〕。

老病自嗟诗力退，空吟冰柱忆刘叉〔九〕。

（卷十二）

注

〔一〕熙宁七年（1074）知密州时作。宋张淏《云谷杂记》卷三："北台在密州之北，因城为台，马耳与常山在其南。东坡为守日，葺而新之，子由因请名之曰超然台。"此诗前一首写夜雪，后一首写第二天雪晴后的欣喜之情，抒发了对雪兆丰年的喜悦。

〔二〕严：《正字通》："寒气凛冽曰严。"

〔三〕衾裯：《诗·召南·小星》："抱衾与裯。"毛传："衾，被也；裯，禅（单）被也。"

〔四〕堆盐：指雪。《世说新语·言语》载，谢安雪日内集，与儿女讲论文义，俄而雪骤，欣然曰："白雪纷纷何所似？"兄子朗曰："撒盐空中差可拟。"兄女道韫曰："未若柳絮因风起。"安大悦。方回《瀛奎律髓》卷二十一评黄庭坚《春雪呈张仲谋》诗云："'梦间''睡起''疏密''整斜'二联与坡'泼水''堆盐'之句，亦只是一意，但有浅深工拙。而'庭院已堆盐'之句，却有顿挫。坡诗天才高妙，谷诗学力精严；坡律宽而活，谷律刻而切云。"

〔五〕"五更晓色来书幌"二句：宋费衮《梁溪漫志》卷七："或疑五更自应有晓色，亦何必雪？盖误认五更字。此所谓五更者，甲夜至戊夜尔。自昏达旦，皆若晓色，非雪而何！"冯应榴《苏诗合注》卷十二："五更尚无晓色，转不必如《梁溪漫志》之费解也。上云五更，下云半夜，似倒，今从七集本、《梁溪漫志》作'半月'，盖言月影方半也，与雪后意更合。"王文诰《苏诗编注集成》卷十二："五更乃迟明之时，未应遽晓，而我方疑之，复因半夜寒声，渐悟为雪也。此乃以下句叫醒上句，其所以晓之故，出落在下句也。诗之前半，但知雨作，余皆架空，乃专为此二句设，须知前半不易着手也。"王说甚是。

〔六〕"试扫北台看马耳"二句：马耳，山名，苏轼《超然台记》："南望马耳、常山，出没隐见，若近若远。"《水经注》卷二十六："潍水又东北，涓水注之，出马耳山，山高百丈，上有二石并举，望齐马耳，故世取名焉。"王文诰《苏诗编注集成》卷十二："句谓试扫北台登望，则群山为雪所封，惟马耳双尖犹未没也。"

〔七〕"冻合玉楼寒起粟"二句：赵令畤《侯鲭录》卷一："人不知其使事也，后移汝海，过金陵，见王荆公，论诗及此云：'道家以两肩为玉楼，以目为银海，是使此否？'坡笑之。退谓叶致远曰：'学荆公者，岂有此博学哉！'"王十朋《苏诗集注》引赵次公曰："世传王荆公尝诵先生此诗，叹云：'苏子瞻乃能使事至此！'时其婿蔡卞曰：'此句不过咏雪之状，状楼台如玉楼，弥漫万象若云海耳。'荆公晒焉，谓曰：'此出道书也。'蔡卞曾不理会于'玉楼'何以谓之'冻合'而下三字云'寒起粟'，于'银海'何以谓之'光摇'而下三字云'眩生花'乎？'起粟'字，盖使'赵飞燕虽寒，体无轸粟'也。"纪昀《瀛奎律髓刊误》卷二十一对以上说法不以为然："此因'玉楼''银海'太涉体物，故造为荆公此说以周旋东坡。其实只是地如银海，屋似玉楼耳，不必曲为之说也。"袁枚《随园诗话》卷一亦云："东坡雪诗用'银海''玉楼'，不过言雪之白，以'银''玉'字样衬托之，亦诗家常事。注苏者必以为道家肩、目之称，则当下雪时，专飞道士家，不到别人家耶？"

〔八〕"遗蝗入地应千尺"二句：王十朋《苏诗集注》引援曰："雪宜麦而辟蝗，故为丰年之祥兆。蝗遗子于地，若雪深一尺，则入地一丈；麦得雪则滋茂而成稔岁。此老农之语也。"宿麦：麦秋冬下种，经岁乃熟，故称宿麦。

〔九〕刘叉：唐元和时人，少任侠，后折节读书，能诗。闻韩愈接天下大，步归之，作《冰柱》《雪车》二诗。事见《新唐书·韩愈传》。末二句叹不能像刘叉那样作出咏雪的好诗。

附录

费衮：作诗押韵是一奇，荆公、东坡、鲁直押韵最工，而东坡尤精于次韵，往返数四，愈出愈奇。如作梅诗、雪诗，押"嗽"字"叉"字，在徐州与乔太博唱和，押"灿"字数诗特工。荆公和"叉"字数首，鲁直和"灿"字数首，亦皆杰出。盖其胸中有数万卷书，左抽右取，皆出自然，初不着意要寻好韵，而韵与意会，语皆浑成，此所以为好。若拘于用韵，必有牵强处，则害一篇之意，亦何足称。（《梁溪漫志》卷七）

陆游：苏文忠集中有雪诗，用"尖""叉"二字。王文公集中又有次苏韵诗，议者谓非二公莫能为也。通判澧州吕文之成叔乃顿和百篇，字字工妙，无牵强凑泊之病。（《跋吕成叔和东坡"尖""叉"韵雪诗》）

孙奕：次公云："马耳，山名。"窃谓天下之山至低不下数丈，而止千寻丈者少；雪虽深，埋没山阜，未之有也。赵指为山，果何所据？殊不知雪夜王晋之与霍辩对饮，雪盈尺。王曰："雪太深乎？看北台马耳菜何如？"左右曰："有两尖在。"坡盖用此，何赵未尝见是事而妄为是说。（《示儿编》）按：王文诰驳之云：如以菜论，是此菜种于台之上矣，远则漫无所别，何以独见此菜双尖乎？不图暗万马者乃亦有此寒虫声，可笑可笑。（《苏诗编注集成》卷十二）

方回：马耳，山名，与台相对。坡知密州时作，年三十九岁。偶然用韵甚险，而再和尤佳。或谓坡诗律不及古人，然才高气雄，下笔前无古人也。观此雪诗，亦冠绝古今矣。虽王荆公亦心服，屡和不已，终不能压倒。（《瀛奎律髓》卷二十一）

顾嗣立：己苍先生尝谓："世人诗集中如有拟《铙歌》和江淹杂拟及东坡尖、叉韵，此人必不知诗。"又："诗有拟不得者，江文通《杂体》是也；有和不得者，尖、叉是也。知此者可与言诗。"（《寒厅诗话》）

沈德潜：东坡"尖""叉"韵诗，偶然游戏，学之恐入于魔。（《说诗晬语》卷下）

何日愈：押险韵，要工稳而有味。王荆公尖、叉韵，当时往复唱和，皆不及东坡"试扫北台看马耳，未随埋没有双尖"。"双尖"二字，妙在从上句"马耳"生出，不然，亦平平耳。（《退庵诗话》卷四）

《唐宋诗醇》卷三十四：尖、叉韵诗，千古推为绝唱，数百年来和之者亦指不胜屈矣。然在当时，王安石六和其韵，用及"诸天夜叉""交戟叉头"等字，支凑勉强，贻人口实。即轼《谢人再和因再用韵》二诗，亦未能如原作之精彩。方回谓"再和尤佳者"，非也。至于"玉楼""银海"，曲故流传，其说不一。方回称是《黄庭》一种，亦臆度语耳。轼尝读道书千函，有诗纪其事。要之，"玉楼"是肩，"银海"是目，必作如是解，诗意乃通。

纪昀：二诗徒以窄韵得名，实非佳作。（《纪评苏诗》卷十二）

王文濡：句句切定雪后。"玉楼""银海"一联，颇见烹炼之功。（《宋元明诗评注读本》卷六）

送　春〔一〕

苏　轼

梦里青春可得追〔二〕？欲将诗句绊余晖〔三〕。

酒阑病客惟思睡，蜜熟黄蜂亦懒飞〔四〕。

芍药樱桃俱扫地，鬇丝禅榻两忘机〔五〕。

凭君借取《法界观》〔六〕，一洗人间万事非。

（卷十三）

〔一〕《送春》是苏轼《和子由四首》中的一首。苏辙于熙宁七年（1074）春末任齐州（今山东济南）掌书记时，作《次韵刘敏殿丞送春》，苏轼诗就是和这一首的。但苏轼《和子由四首》并非作于同时，因为其中《首夏官舍即事》有"令人却忆湖边寺"句，湖指杭州西湖，"忆"字表明作这四首诗时已离开杭州。苏轼是熙宁七年九月由杭州通判改任密州知州的，十一月到密州任，因此，此诗当作于熙宁八年春末夏初密州任上，不止抒发了伤春之情，也充满了仕途失意，时局日非之感。

〔二〕梦里青春可得追：语意双关，既是惜春，也是感伤整个"青春"的虚度。以反问语气开头，着一"可"字，表示"青春"已无可挽回地消逝了。

〔三〕欲将诗句绊余晖：杜甫《曲江》："何用浮名绊此身？"苏轼反用其意，诗名也是浮名，但把功名事业排除在外了，即"我除搜句百无功。明年采药天台去，更欲题诗满浙东"意。（《秀州报本禅院乡僧文长老方丈》）

〔四〕"酒阑病客惟思睡"二句：进一步写自己的心灰意懒。《唐宋诗醇》卷三十四："'酒阑'句是赋，'蜜熟'句是比，对句却从上句生出。作乎大家，即一属对，不易测识如是。"

〔五〕"芍药樱桃俱扫地"二句：前句写景，遥接首句的伤春，"俱"字说明春色已荡然无存。苏轼自注："病过此二物。"下句抒情，是对"酒阑"二句的深化。禅榻：僧床。鬇丝言其老，禅榻言其病。忘机：泯除机心，不以老病为怀。

〔六〕《法界观》：指《华严经·法界观》，清凉澄观禅师所著，是佛教华严宗的主要典籍之一。苏轼自注说："（子由）来书云'近看此书'，余未尝见也。"故说"凭君借取"。

附录

方回："酒阑病客惟思睡"，我也，情也；"蜜熟黄蜂亦懒飞"，物也，景也；"芍药樱桃俱扫地"景也；"鬓丝禅榻两忘机"，情也。一轻一重，一来一往，所谓四实四虚，前后虚实又当何如下手？至此，则如系风捕影，未易言矣。坡妙年诗律颇宽，至晚年乃神妙流动。（《瀛奎律髓》卷二十四）

纪昀：四句对得奇变，此对面烘托之法。（《纪评苏诗》卷十三）

寄刘孝叔〔一〕

苏 轼

君王有意诛骄虏〔二〕，椎破铜山铸铜虎〔三〕。

联翩三十七将军，走马西来各开府〔四〕。

南山伐木作车轴〔五〕，东海取鼍漫战鼓〔六〕。

汗流奔走谁敢后，恐乏军兴污资斧〔七〕。

保甲连村团未遍〔八〕，方田讼谍纷如雨〔九〕。

尔来手实降新书，抉剔根株穷脉缕〔一〇〕。

诏书恻怛信深厚〔一一〕，吏能浅薄空劳苦。

平生学问只流俗〔一二〕，众里笙竽谁比数〔一三〕。

忽令独奏《凤将雏》〔一四〕，仓卒欲吹那得谱？

况复连年苦饥馑，剥啮草木啖泥土。

今年雨雪颇应时，又报蝗虫生翅股〔一五〕。

忧来洗盏欲强醉，寂寞虚斋卧空甒。

公厨十日不生烟，更望红裙踏筵舞〔一六〕。

故人屡寄山中信，只有当归无别语〔一七〕。

方将雀鼠偷太仓，未肯衣冠挂神武〔一八〕。

吴兴丈人真得道〔一九〕，平日立朝非小补。

自从四方冠盖闹〔二〇〕，归作二浙湖山主。

高踪已自杂渔钓，大隐何曾弃簪组〔二一〕？

去年相从殊未足，问道已许谈其粗。

逝将弃官往卒业〔二二〕，俗缘未尽那得睹？

公家只在霅溪上〔二三〕，上有白云如白羽。

应怜进退苦皇皇，更把安心教初祖〔二四〕。

（卷十三）

注

〔一〕刘孝叔：名述，湖州吴兴（今属江苏）人。熙宁初任侍御史弹奏王安石"轻易宪度"，出知江州，不久提举崇禧观。苏轼所谓"白简（弹劾官员的奏章）威犹凛，青山兴已浓"（《刘孝叔会虎丘》）即指此。熙宁七年（1074）苏轼赴密州任途中，与刘孝叔等六人会于吴兴，词人张先作六客词，成为词坛佳话。熙宁八年（1076）十一月苏轼在密州任上作此诗。诗可分为三部分，前十四句为讥时，讥刺宋神宗、王石对外用兵，对内变法，本想富国强兵，结果事与愿违。"平生"十二句是自嘲，嘲笑自己在密州处境的艰难。"故人"以下各句是答刘孝叔，表示自己暂时还不能归隐。

〔二〕骄虏：《汉书·匈奴传》："胡者，天之骄子也。"此指契丹和西夏。神宗初继位，有"鞭笞四夷"之意，先后对西夏和南方少数民族用兵。

〔三〕椎破铜山铸铜虎：开采铜来铸造铜虎符。椎破：以椎击破。虎：虎符，古代帝王授予臣属兵权和调发军队的信物。《史记·孝文本纪》："初与郡国守相为铜虎符。"铜山：《汉书·邓通传》："赐通蜀严道铜山，得自铸钱。"此泛指产铜之山。

〔四〕"联翩三十七将军"二句：《续资治通鉴长编》卷二百五十六载，熙宁七年九月癸丑，"开封府界、河北、京东西路置三十七将副，选尝经战阵使臣专掌训练……将有正副，皆给虎符"。《宋史·兵志二》："熙宁七年始诏总开封府畿、京东西、河北路兵，分置将、副。由河北始，自第一将以下共十七将，在河北四路；自第十八将以下共七将，在府畿；自第二十五将以下共九将，在京东；自第三十四将以下共四将，在京西；凡三十有七。"联

100

翩：接连不断。开府：成立府署，自选僚属。

〔五〕南山伐木作车轴：熙宁七年八月遣内侍籍民车以备边，见《续资治通鉴长编》。

〔六〕鼍：扬子鳄。《诗·大雅·灵台》："鼍鼓逢逢。"鼍鼓即用鼍皮蒙的鼓。王安石变法期间无"取鼍"事，但曾征牛皮以供军用。漫：张道《苏亭诗话》卷一："漫，覆皮为鼓也。"

〔七〕恐乏军兴污资斧：担心战争开始后不能保证供给而受诛戮。资斧：利斧。《易·旅》："旅于处，得其资斧。"

〔八〕保甲：指保甲法，民十家为一保，五十家为一大保，十大保为一都保，设保长、保正。每户两男以上选一人为保丁。见《宋史·兵志》。团，聚集。团未遍，指保甲法因遭到老百姓抵制，百姓还未完全组织起来。邓元锡《函史》："保甲法行，民忧无钱买弓矢兼戍边，有截指断腕以避丁者。"

〔九〕方田讼谍纷如雨：指方田均税法，每年九月官府派人丈量土地，按地势土质分五等定税。见《宋史·食货志》。讼牒：讼辞，诉讼文书。言因方田均税不公，引起民间诉讼纷纭。

〔一〇〕"尔来手实降新书"二句：尔来，自那时以来。手实：指手实法，令民自报田地财产以作为征税根据的法令。《宋史·吕惠卿传》："惠卿用弟和卿计，置五等丁产簿，使民自供手实，尺椽寸土，检括无余，下至鸡豚，亦遍抄之。隐匿者许告，以赏三之一充赏。"抉剔：搜求挑取。韩愈《进学解》："爬罗抉剔。"

〔一一〕诏书：皇帝的命令文告。恻怛（dá）：哀怜、同情（人民）。信：确实。

〔一二〕平生学问只流俗：据《施注苏诗》：苏辙擢为条例司检详，与安石议事多忤，罢黜。上曰："苏轼何如，可使代辙否？"安石曰："轼兄弟学本流俗，朋比沮事，若朝廷不行先王正道，则能合流俗朋比之情。"故曰："平生学问只流俗。"是时安石凡议其新政者，皆以流俗诋之也。

〔一三〕众里笙竽谁比数：《韩非子·内储说上》："齐宣王使人吹竽，必三百人。南部处士请为王吹竽，宣王说（悦）之，廪食以数百人。宣王死，湣王立，好一一听之，处士逃。""众里笙竽"即本此，言己无其才而居其位。谁比数：谁能与之相比。比数：相提并论。司马迁《报任安书》："刑余之人，无所比数。"

〔一四〕《凤将雏》：吴兢《乐府古题要解》："《凤将雏》，汉世乐曲名也。"应璩《新诗》："汉末桓帝时，郎有马子侯。自谓识音律，请客吹笙竽。为作《陌上桑》，反言《凤将雏》。"苏轼在此以前还未担任过地方长官。这里以"独奏《凤将雏》"喻其担任密州知州，独当一面。

〔一五〕"况复连年苦饥馑"四句：苏轼《上韩丞相论灾伤手实书》："灾伤之余，民既病矣。自入境见民以蒿蔓裹蝗虫，而瘗之道左，累累相望者二百余里，捕杀之数，闻于官者，几三万斛。"《次韵章传道喜雨》说："去年夏旱秋不雨，海畔居民饮咸苦。今年春暖欲生螟（蝗子），地上戢戢多于土。"

〔一六〕"忧来洗盏欲强醉"四句：瓹（wǔ）：酒器。关于密州官府生活之艰难，苏轼在《后杞菊赋》叙中曾说："及移守胶西，意且一饱，而斋厨索然，不堪其忧，日与通守刘廷式循古城废圃，求杞菊食之。"

〔一七〕当归：本药名，古人常以表示应当归去之意。《三国志·吴书·太史慈传》："曹公闻慈名，遗慈书，以箧封之。发省无所道，而但贮当归。"

〔一八〕"方将雀鼠偷太仓"二句：太仓，京城中的大谷仓。神武，神武门，建康（今江苏南京）宫门。南朝宋陶弘景上表辞禄，脱朝服挂神武门。《乌台诗案》："言山中故人寄信令归，但轼贪禄，未能便挂冠而去。"

〔一九〕吴兴丈人：指刘孝叔。《宋朝事实类苑》卷四十一引《湘山野录》："刘孝叔吏部公述，深味道腴，东吴端清之士也。"

〔二〇〕自从四方冠盖闹：指朝廷分遣使者到各地督促新法的执行。苏轼《上神宗皇帝书》反对遣使说："此等朝辞禁门，情态即异；暮宿州县，威福便行。驱迫邮传，折辱守宰。公私劳扰，民不聊生。"

〔二一〕"高踪已自杂渔钓"二句：大隐：晋王康琚《反招隐诗》："小隐隐陵薮，大隐隐朝市。"簪组：官服，簪指冠簪，组指冠带。上句说刘孝叔归隐湖山，杂身渔钓，自然是崇高行为；下句说"大隐隐朝市"，我虽居官，也可过隐士生活。

〔二二〕逝：通"誓"，表示决心之词。《诗·魏风·硕鼠》："逝将去汝，适彼乐土。"卒业：完成学业。

〔二三〕霅（zhá）溪：在吴兴，由东苕溪、西苕溪等水汇合而成。

〔二四〕初祖：初传禅宗来中国的达摩。据《传灯录》载，慧可对达摩说："我心未安，请师安心。"达摩说："与汝安心竟。"末二句是说，或进或退，自己正惶惶不安，要刘孝叔教以安心之法。

附录

吴可：蔡天启坐有客云："东坡诗叫呼而壮。"蔡云："诗贵不叫呼而壮。"此语大妙。"擘开苍玉岩"，"椎破铜山铸铜虎"，何故为此语，是欲为壮语耶？"弄风骄马跑空立，趁兔苍鹰掠地飞。"（苏轼《祭常山回小猎》）山谷社中人皆以为笑。坡暮年极作语，直如此作也。（《藏海诗话》）

《唐宋诗醇》卷三十四：始陈政令之弊，继悼饥馑之臻，而中以"诏书恻怛"，

"吏能浅薄"为词,可谓立言有体。后言己不能如孝叔之高蹈,盖其志在救时,有未肯"挂冠神武"者,特诗中不可以显言,乃以"雀鼠太仓"故作惭谢故人之语。温厚和平,与诗人之旨宛合。一切讥诮躁妄之词,其不可同年而语,明矣。

纪昀:灏气旋转,伸缩自如,托讽处亦不甚激。(指起处)"诏书恻怛信深厚,吏能浅薄空劳苦"二句,诗人之笔。"平生学问只流俗"以下四句妙于用比,便不露激讦之痕,前人立比体,原为一种难着语处开法门。(《纪评苏诗》卷十三)

方东树:满纸奇纵之气。此诗推尊孝叔已至,盖以同被安石之斥,故言之亲切也。"更望红裙"句,言不可得。收跟谈道。(《昭昧詹言》卷十二)

怀西湖寄晁美叔同年[一]

苏 轼

西湖天下景,游者无愚贤。

浅深随所得,谁能识其全[二]!

嗟我本狂直,早为世所捐[三]。

独专山水乐[四],付与宁非天[五]!

三百六十寺,幽寻遂穷年。

所至得其妙,心知口难传[六]。

至今清夜梦,耳目余芳鲜。

君持使者节[七],风采烁云烟。

清流与碧巘,安肯为君妍?

胡不屏骑从,暂借僧榻眠[八]?

读我壁间诗,清凉洗烦煎。

策杖无道路,直造意所便[九]。

应逢古渔父,苇间自延缘。

问道若有得,买渔勿论钱[一〇]。

(卷十三)

注 ━━

〔一〕熙宁七年（1074）作。晁美叔：名端彦，清丰（今属河南，与山东、河北邻境）人。熙宁七年五月提点两浙刑狱，置司杭州，此诗即作于是时。绍圣初章惇入相，晁力戒其所为，黜守陕州。其子晁说之，亦从东坡游。同年：同科进士及第的人。此诗前四句慨叹美景难识其全，"嗟我本狂直"十句忆倅杭时畅游西湖，"君持使者节"以下劝晁屏去骑从，登山临水，饱赏西湖风光，全诗集中表现了苏轼对西湖的热爱。

〔二〕"西湖天下景"四句：王文诰《苏诗编注集成》卷十三："四句确是西湖定评，而读此集亦然，正当以此评公集也。"

〔三〕捐：捐弃。

〔四〕独专山水乐：《庄子·秋水》："擅（独占）一壑之水，而跨跱埳井之乐，此亦至矣。"轼语化用其意。

〔五〕宁：难道。

〔六〕"所至得其妙"二句：宋长白《柳亭诗话》卷二十一："具此眼识，宜乎六桥至今口于妇竖。"

〔七〕君持使者节：《续资治通鉴长编》熙宁七年五月载，晁端彦徙两浙提点刑狱。

〔八〕"清流与碧嶰"四句：查慎行《初白庵诗评》卷中："山水之间，俗吏原无置身处，示以寻幽之诀语，虽直而意良厚。"嶰：《诗·大雅·公刘》："陟则在嶰。"毛传："嶰，小山别于大山也。"此泛指山。

〔九〕直造意所便：直接去你想去的地方。造：去，到。《唐宋诗醇》卷三十四："知其妙处难全，便是能识其全者。妙处既不可传，故令读壁间诗，使自得之。又令'直造意所便'，以庶几所至有得耳。"

〔一〇〕"应逢古渔父"四句：《庄子·渔父》：孔子游于淄帷之林，坐乎杏坛之上，有渔父顾见孔子，语罢，"刺船而去，延缘苇间（慢慢沿着苇丛而行）。孔子曰：'道之所在，圣人尊之。今渔父之于道，可谓有矣，吾敢不敬乎！'""买鱼勿论钱"本《南史·隐逸传》：孙缅为浔阳守，见一渔父，神韵潇洒，缅甚异之，问："有鱼卖乎？"渔父曰："其钓非钓，宁卖鱼者耶！"四句谓晁美叔到杭州将于湖山间见到有道之士。

和文与可洋州园池三十首（选三）〔一〕

苏 轼

湖 桥〔二〕

朱栏画柱照湖明，白葛乌纱曳履行。

桥下龟鱼晚无数，识君拄杖过桥声。

横 湖〔三〕

贪看翠盖拥红妆〔四〕，不觉湖边一夜霜。

卷却天机云锦段〔五〕，从教匹练写秋光。

南 园

不种夭桃与绿杨，使君应欲候农桑〔六〕。

春畦雨过罗纨腻，夏垄风来饼饵香〔七〕。

（卷十四）

注

〔一〕 文与可：名同，见苏洵《与可许惠所画舒景，以诗督之》注〔一〕。洋州：今陕西洋县。文同于熙宁八年（1075）任洋州知州，作《守居园池三十首》，苏轼和诗作于熙宁九年（1076）。文同诗清幽平淡，富有韵味，苏轼这组和诗也具有同样风味。

〔二〕 湖桥：洋州横湖之桥，文与可《湖桥》："飞桥架横湖，偃若长虹卧。自问一日中，往来凡几过。"苏轼此诗即以桥下龟鱼识文拄杖之声写文往来湖桥频繁。龟鱼识声暗用用谭峭《化书》（卷五）事："庚氏穴池，构竹为凭槛，登之者其声策策焉；辛氏穴泡，构木为凭槛，登之者其声堂堂焉。二氏俱牧鱼于池中，每凭槛投饵，鱼必踊跃而出。他日但闻策策堂堂之声，不投饵亦踊跃而出。"纪昀："暗用'堂堂''策策'事，写出闲逸。"（《纪评苏诗》卷十四）

〔三〕横湖：《名胜志》："在洋县城西，远望若匹练之横，故名。"此首写："荷尽而水益光明，写得景色澄净，不似老杜'斫却月中桂，清光应更多'，徒豪语耳。"（《唐宋诗醇》卷三十四）

〔四〕翠盖拥红妆：王十朋《苏诗集注》引次公曰："翠盖红妆，言荷也。"

〔五〕卷却天机云锦段：《施注苏诗》引《河南记》："嵩山有云、锦二溪，溪多荷花，异于常者。"此句写荷花经霜而枯萎。

〔六〕使君应欲候农桑：王文诰《苏诗编注集成》："此诗乃劝农体也，暗切太守，味下句自知。"

〔七〕"春畦雨过罗纨腻"二句：上句写桑，下句写麦。王十朋《苏诗集注》引赵次公曰："此格谓之言山不言山，言水不言水之格，最为巧妙。""言'春'则知其为桑，况下又有'罗纨腻'字；言'夏'则知其为麦，况下又有'饼饵香'字乎？"

书韩幹牧马图〔一〕

苏　轼

南山之下，汧渭之间〔二〕，想见开元、天宝年〔三〕。

八坊分屯隘秦川，四十万匹如云烟〔四〕。

驹、䮻、騧、骆、骊、骝、骠，白鱼、赤兔、骓、皇、駹〔五〕。

龙颅凤颈狞且妍，奇姿逸德隐驽顽。

碧眼胡儿手足鲜〔六〕，岁时剪刷供帝闲〔七〕。

柘袍临池侍三千〔八〕，红妆照日光流渊。

楼下玉螭吐清寒〔九〕，往来蹙踏生飞湍〔一〇〕。

众工舐笔和朱铅〔一一〕，先生曹霸弟子韩〔一二〕。

厩马多肉尻脽圆〔一三〕，肉中画骨夸尤难。

金羁玉勒绣罗鞍〔一四〕，鞭箠刻烙伤天全。

不如此图近自然，平沙细草荒芊绵，

惊鸿脱兔争后先。王良挟策飞上天[一五]，
何必俯首服短辕？

（卷十五）

注 ───

〔一〕熙宁十年（1077）京城作。韩幹：唐京兆蓝田（今陕西西安）人，一说大梁（今河南开封）人。擅绘肖像、鬼神、花竹，尤工画马，曾向曹霸学画。唐玄宗天宝年间在宫廷内厩画马。杜甫曾批评韩幹"画肉不画骨，忍使骅骝气凋丧"。（《赠曹将军霸丹青引》）苏轼这首诗把韩幹所画宫中马同《牧马图》作了比较，指出韩幹所画宫中厩马有肉无骨的根源就在于所画对象已"伤天全"，而《牧马图》的"近自然"就在于所画对象的"自然"。反对"伤天全"，提倡"近自然"，是苏轼美学思想的重要内容。

〔二〕南山：终南山，在陕西西安市南。汧水和渭水，汧为渭的支流。

〔三〕开元、天宝：唐玄宗年号，分别为713—741、742—756 年。

〔四〕"八方分屯隘秦川"二句：秦川，秦岭以北的平原地带。唐代在这里分八坊（保乐、甘露、南普闰、北普闰、岐阳、太平、宜禄、安定）牧马。贞观至麟德年间，马多至七十余万匹。后锐减，至开元十三年恢复到四十三万匹。事见《新唐书·兵志》。

〔五〕"驈、騜、骊、骆、骊、骝、骠"二句：均马名，苍白杂毛的叫驈，黄白杂毛的叫騜，阴白杂毛的叫骊，白马黑鬣的叫骆，纯黑叫骊，赤身黑鬣叫骝，骝马白腹叫骠，二目似鱼目者叫白鱼，三国时吕布所乘马叫赤兔，赤黄色的马叫骍，黄白色的马叫皇，少数民族地区的大马叫𩢍。《唐宋诗醇》卷三十五："'驈、騜、骊、骆、骊、骝、骠'，盖本昌黎（韩愈）《陆浑山火》诗'鸦鸱鹏鹰雉鹄鹍'之句，王士祯谓并是学《急就篇》句法。由其气大，故不见其累重之迹。即如此诗，本是则傲少陵，而此二句乃全似昌黎，亦不觉也。"

〔六〕碧眼胡儿：指西北一带的少数民族。柳开《塞上曲》："鸣髇直上三千尺，天静无风声更乾。碧眼胡儿三百骑，尽提金勒向云看。"手脚鲜：手脚熟练利落。

〔七〕闲：马厩。《周礼·夏官·校人》："天子十有二闲，马六种。"

〔八〕柘袍临池侍三千：形容玄宗带着很多宫女看画。柘袍：柘黄袍。《六典》："隋文帝服柘黄袍及巾带以听朝，至今遂以为常。"白居易《长恨歌》："后宫佳丽三千人。"

〔九〕螭：传说中的蛟龙。玉螭指石雕之龙。

〔一〇〕蹙：同"蹴"，踩。

〔一一〕舐笔和朱铅：即《庄子·田子方》"舐笔和墨"意。舐笔：以舌濡笔。朱铅：有色画墨。

〔一二〕曹霸：谯郡（今安徽亳县）人，唐代画家，擅画马，亦工肖像。杜甫《丹青引》盛赞其绘画的艺术成就。

〔一三〕厩：马圈。尻脽：臀部。

〔一四〕金羁玉勒：以金玉做装饰的马骆头。

〔一五〕王良：春秋时人，善御马。策：马鞭。飞上天：形容马跑得快。《乌台诗案》载苏轼供词说："熙宁十年……王诜送韩干画马十二匹共六轴，求轼题跋，不合作诗云：'王良挟策飞上天，何必俯首服短辕。'意以麒麟自比，讥讽执政大臣无能尽我之才如王良之能御者，何必折节干求进用也！"

附录

《唐宋诗醇》卷三十五：马诗有杜甫诸作，后人无从着笔矣。千载独有轼诗数篇，能别出一奇于浣花之外，骨干气象，实相等垺。

纪昀：通道傍衬，只结处一着本位，章法奇绝。到末又拖一意，变化不测。（《纪评苏诗》卷十五）

方东树：起，跳跃而出，如生龙活虎。"先生"句逆出。"金羁"三句，提笔再入题。以真事衬，以"众工"衬，以"先生"衬，以"厩马"衬。"不如"一句入题，笔力奇横，浑雄遒劲。放翁《折海棠》，从此得法。（《昭昧詹言》卷十二）

东栏梨花〔一〕
苏　轼

梨花淡白柳深青，柳絮飞时花满城。
惆怅东栏一株雪，人生看得几清明〔二〕！

（卷十五）

注

〔一〕这是《和孔密州五绝》中的第三首。孔密州，名宗翰，字周翰，曾任将作监主簿，知蕲、密、陕、扬、洪、兖六州，元祐初除司农少卿、刑部侍郎，以宝文阁待制知滁，未拜而卒。事见《东都事略》本传。苏轼罢密州任，孔宗翰为代。熙宁十年（1077）四月苏轼到徐州任，作此诗。诗的前二句写景，后二句抒概，因梨花盛开而感叹春光易逝，人生如寄，篇幅短，涵蕴深，终章有余音绕梁之美。

〔二〕"惆怅东栏一株雪"二句："一株雪"，有的本子作"二株雪"，查慎行《初白庵诗评》卷中：'二，意当作一。'宋刊残本《东坡集》、宋景定本《施顾注苏诗》以及宋黄善夫本、宋泉州本、元务本书堂本《集注分类东坡先生诗》，皆作"一"，证明查的判断是正确的。俞樾《湖楼笔谈》卷五："此诗妙绝，而明郎仁宝（瑛）以为既云'淡白'，又云'一株雪'，恐重言相犯，欲易'梨花淡白'为'桃花烂漫'。此真强作解事者。首句'梨花淡白'即本题也，次句'花满城'正承'梨花淡白'而言，若易首句为'桃花烂漫'，则'花满城'当属桃花，与'惆怅东栏一株雪'了不相属，且是咏桃花，非复咏梨花矣。此等议论，大是笑柄。"杜牧《初冬夜饮》："砌下梨花一堆雪，明年谁此凭栏干？"轼诗即化用此意，但感慨更深。杜牧叹物是人非，苏轼叹人生短促。

附录

洪迈：（张耒）好诵东坡《梨花》绝句……每吟一过，必击节叹赏不能已，文潜盖有省于此云。（《容斋随笔》卷十五《张文潜哦苏杜诗》）

陆游：绍兴中，予在福州，见何晋之大著，自言尝从张文潜游，每见文潜哦此诗，以为不可及。余按杜牧之（牧）有句云："砌下梨花一堆雪，明年谁此凭栏干？"东坡固非窃牧之诗者，然竟是前人已道之句，何文潜爱之深也？岂别有所谓乎？（《老学庵笔记》卷十）

俞弁：陆放翁（游）谓东坡此诗，本杜牧之"砌下梨花一堆雪，明年谁此凭栏干？"余爱坡老诗，浑然天成，非模仿而为之者。放翁正所谓洗瘢索垢者矣。（《逸老堂诗话》卷下）

袁枚：东坡诗云："惆怅东栏一枝雪，人生能得几清明？"此偷杜之"砌下梨花一堆雪，明年谁倚凭栏干"（原文如此）句也，然风调自别。（《随园诗话补遗》

卷三）

纪昀：此首较有情致。（《纪评苏诗》卷十五）

《唐宋诗醇》卷三十五：浓至之情，偶于所见发露，绝句中几与刘梦得（禹锡）争衡。

潘德舆：容斋（洪迈）取张文潜爱诵杜公"溪回松风长"五古，坡公"梨花淡白柳深青"七绝，以为美淡。二诗何尝有一字求奇，何尝有一字不奇？仆少年不学，卤莽于诗，不谓容斋钜手，久已为此。必知容斋述文潜之意，方于诗学有少分相应耳。予又考坡公七绝甚多，而合作（合于法度）颇少。其高才博学，纵横驰骤，自难为弦外音。'梨花淡白'一章，允属杰出，文潜所赏，足称只眼。

又：张文潜爱诵坡公"梨花淡白柳深青"一绝，而放翁讥之曰……愚案坡公此诗之妙，自在气韵，不谓句意无人道及也。且玩其句意，正是从小杜诗脱化而出，又拓开境地，各有妙处，不能相掩。放翁所见亦拘矣。（《养一斋诗话》卷九）

子由将赴南都，与余会宿于逍遥堂，作两绝句，读之殆不可为怀，因和其诗以自解。余观子由自少旷达，天资近道，又得至人养生长年之诀，而余亦窃闻其一二。以为今者宦游相别之日浅，而异时退休相从之日长。既以自解，且以慰子由云（二首选一）〔一〕

苏 轼

别期渐近不堪闻，风雨萧萧已断魂〔二〕。
犹胜相逢不相识，形容变尽语音存〔三〕。

（卷十五）

注 ────────────────────────────────

〔一〕熙宁十年（1077），苏辙被命为南京（今河南商丘）签判，苏轼被命知徐州。辙

110

送轼至徐，相从百余日。临别，辙作《逍遥堂会宿二首》（已选），此为苏轼和章。虽为宽慰之词，但"语语解慰，乃盖见别恨之深，低回欲绝"。（《唐宋诗醇》卷三十五）

〔二〕"别期渐近不堪闻"二句：即柳永《雨霖铃》"多情自古伤离别，更那堪冷落清秋节"意，虽别者不同。

〔三〕"犹胜相逢不相识"二句：《后汉书·党锢传》载，夏馥为党魁，及张俭等亡命，皆被收考，辞所连引，布遍天下。馥乃自剪发变形，隐匿姓名，为治家佣。亲突烟炭，形貌毁瘁，人无知者。其弟静遇馥不识，闻其言声，乃觉而拜。宋长白《柳亭诗话》卷十二："末二语盖用其事，较诸'梦绕云山'之句（苏轼《狱中寄子由》语），此诗尤蕴藉也。"

附录

惠洪：用事琢句，妙在言其用，不言其名耳。此法唯荆公、东坡、山谷三老知之。……东坡别子由诗"犹胜相逢不相识，形容变尽语音存"，此用事而不言其名也。（《冷斋夜话》卷五）

贝琼：昔苏文忠公与弟苏黄门会于彭城之逍遥堂，夜窗听雨，赋诗唱和，奚翅埙篪之迭奏也！大抵天下之情聚而乐，别而悲，见之朋友且然，况于兄弟之亲而厚者哉！余每读其诗，以为有棠棣之遗意，能使人益重同气之恩。（《送魏文芳序》）

中 秋 月〔一〕

苏 轼

暮云收尽溢清寒，银汉无声转玉盘〔二〕。
此生此夜不长好，明月明年何处看？

（卷十五）

注 ————

〔一〕熙宁十年（1077），徐州任上作。苏轼晚年贬官岭南途中《书彭城观月诗》说：

"余十八年前中秋夜与子由观月彭城，作此诗。"可见这也是一首与苏辙伤别的诗。

〔二〕银汉：天河。玉盘：指月。李白《古朗月行》："小时不识月，唤作白玉盘。"

附录

蔡正孙：好景不常，盛事难再。读此语，则令人有岁月飘忽之感云。（《诗林广记》卷三）

读孟郊诗二首〔一〕

苏 轼

夜读孟郊诗，细字如牛毛〔二〕。

寒灯照昏花，佳处时一遭〔三〕。

孤芳擢荒秽〔四〕，苦语余诗骚〔五〕。

水清石凿凿〔六〕，湍激不受篙〔七〕。

初如食小鱼，所得不偿劳。

又似煮彭越〔八〕，竟日持空螯〔九〕。

要当斗僧清〔一〇〕，未足当韩豪〔一一〕。

人生如朝露，日夜火消膏〔一二〕。

何苦将两耳，听此寒虫号〔一三〕。

不如且置之，饮我玉色醪〔一四〕。

我憎孟郊诗，复作孟郊语。

饥肠自鸣唤，空壁转饥鼠。

诗从肺腑出，出辄愁肺腑〔一五〕。

有如黄河鱼，出膏以自煮。

尚爱铜斗歌，鄙俚颇近古。

桃弓射鸭罢，独速短蓑舞。

不忧踏船翻，踏浪不踏土〔一六〕。

吴姬霜雪白，赤脚浣白纻〔一七〕。

嫁与踏浪儿，不识离别苦〔一八〕。

歌君江湖曲〔一九〕，感我长羁旅。

(卷十六)

注

〔一〕元丰元年（1078），徐州任上作。孟郊（751—814），字东野，唐湖州武康（今浙江德清）人。早年隐居嵩山，年近五十进士及第，任溧阳县尉。苏轼此诗一面批评孟诗语言艰涩，一面赞其情真质朴，对孟诗作了较全面的评价。

〔二〕如牛毛：杜甫《述古》："秦时任商鞅，法令如牛毛。"杜言其多，此状其细。

〔三〕佳处时一遭：王文浩《苏诗编注集成》卷十六："郊《闻角》诗：'似开孤月口，能说落星心。'公极赏之（指苏轼《题孟郊诗》："今夜闻崔诚老弹《晓角》，始觉此诗之妙"），是所谓'佳处时一遭'也。"

〔四〕孤芳擢荒秽：言读孟诗有如从荒秽中拮取孤芳，此系申言"佳处时一遭"。

〔五〕苦语余诗骚：谓孟诗语虽寒苦而有诗骚余风。

〔六〕凿凿：鲜明貌。《诗·唐风·扬之水》："白石凿凿。"

〔七〕湍急不受篙：言孟郊诗思激越，不受驾驭。

〔八〕彭蚏：最小的蟹。

〔九〕螯：蟹首上如钳的脚。

〔一〇〕要当斗僧清：指其诗可与贾岛相比。僧，指贾岛（779—843），字阆仙，范阳（今河北涿县）人。初为僧，后还俗。诗风与孟郊相近，苏轼曾以"郊寒岛瘦"（《祭柳子玉文》）概括其诗歌特征。

〔一一〕未足当韩豪：言其诗不如韩愈雄健。

〔一二〕火消膏：燃尽膏油。《汉书·董仲舒传》："积恶在身，犹火之销膏，而人不见也。"

〔一三〕寒虫：寒号虫。《本草》："曷旦，一名寒号虫。"苏轼不满孟郊以啼饥号寒语为诗，《次韵答刘泾》亦云："吟诗莫作秋虫声。"

〔一四〕醪：本指酒酿，引申为浊酒。

113

〔一五〕"诗从肺腑出"二句：王文诰《苏诗编注集成》卷十六："十字绝倒，写尽郊寒之状。"

〔一六〕"尚爱铜斗歌"至"踏浪不踏土"：隐括孟郊《送淡公》诗十二首中语。孟诗有"铜斗饮江酒，手拍铜斗歌"，故苏轼以"铜斗歌"代《送淡公》；"桃弓射鸭罢"即孟诗"不如竹枝弓，射鸭无是非"；"独速短蓑舞"即孟诗成句；"不忧踏船翻"二句即孟诗"侬是清浪儿，每踏清浪游。笑伊乡贡郎，踏土称风流"。

〔一七〕"吴姬霜雪白"二句：李白《通塘曲》："浦边清水明素足，别有浣沙吴女郎。"

〔一八〕"嫁与踏浪儿"二句：李益《江南曲》："早知潮有信，嫁与弄潮儿。"

〔一九〕江湖曲：亦指《送淡公》诗，因诗中有"数年伊洛同，一旦江湖乖。江湖有故庄，小女啼喈喈"。

附录

葛立方：李观评其诗云："高处在古无上，平处下观二谢。"许之亦太甚矣。东坡谓："初如食小鱼，所得不偿劳。又似食彭蟹，竟日嚼空螯。"贬之亦太甚矣。（《韵语阳秋》卷一）

曾季狸：予旧因东坡诗云："我憎孟郊诗"，及"要当斗僧清，未足当韩豪""何苦将两耳，听此寒虫号"，遂亦不喜孟郊诗。五十以后，因暇日试取细读，见其精深高妙，诚未易窥，方信韩退之、李习之尊敬其诗，良有以也。东坡性痛快，故不喜郊之词难深。（《艇斋诗话》）

范晞文：退之（韩愈）进之如此，而东坡贬之若是，岂所见有不同耶？然东坡前四句（指所引"孤芳擢荒秽"四句），亦可谓巧于形似。（《对床夜语》卷四）

俞弁：人之于诗，嗜好往往不同。如韩文公《读孟东野诗》有"低头拜东野"之句。唐史言退之性偏强，任气傲物，少许可，其推让东野如此！坡公《读孟郊诗》有云："初如食小鱼，所得不偿劳。又如食蟛蟹，竟日嚼空螯。"二公皆才豪一世，而其好恶不同若此。（《逸老堂诗话》卷上）

汪师韩：郊诗"佳处"，惟此言之亲切。前作"孤芳"二句，其体质也；"水清"二句，其格调也；继乃比之"食小鱼""煮蟛蟹""听寒虫号"者，轼盖直以韩豪自居也。后作自云"作孟郊语"，读之宛然郊诗。即如"诗从肺腑出，出辄愁肺腑"二语，非郊不能道。观"铜斗歌"，全用其语，爱之深矣。"郊寒岛瘦"，千古奉轼语为定评，顾岛岂得与郊抗衡哉！（《苏诗选评笺释》卷二）

查慎行：（"孤芳擢荒秽"四句），评隽能令东野低头。"诗从肺腑出"二句刻画到骨。（《查初白诗评》卷中）

纪昀：二诗即作东野体，如昌黎、樊宗师诸例，意谓东野体我固能为之，但不为耳。然东坡以雄视百代之才，而往往伤率、伤慢、伤放、伤露，正坐不肯为郊、岛一番苦吟工夫耳。（《纪评苏诗》卷十六）

贺裳：东野实亦诉穷叹屈之词太多，读其集频闻呻吟之声，使人不欢。但踘天蹐地，《雅》亦有之，"终窭且贫"，《邶风》先有此叹……二苏皆年少成名，虽有谪迁之悲，未历饥寒之厄，宜有不知此痛痒之言。（《载酒园诗话》卷一）

翁方纲：坡公《读孟郊诗二首》，真善为形容，尤妙在次首，忽云"复作孟郊语"，又摘其词之可者而述之，乃以"感我羁旅"跋之，则益见其酸涩寒苦，而无复精华可挹也。其第一首目以"虫号"，特是正面语，尚未极深致耳。（《石洲诗话》卷三）

王文浩：或以"我憎孟郊诗，复作孟郊语"为谪者，答曰：是所谓恶而知其美也。着此二句，郊之地位固在，此诗笔之妙也。（《苏诗编注集成》卷十六）

次韵黄鲁直见赠古风二首〔一〕（选一）

苏 轼

嘉谷卧风雨，稂莠登我场〔二〕。

陈前漫方丈〔三〕，玉食惨无光〔四〕。

大哉天宇间，美恶更臭香〔五〕。

君看五六月，飞蚊殷回廊〔六〕。

兹时不少假〔七〕，俯仰霜叶黄。

期君蟠桃枝，千岁终一尝〔八〕。

顾我如苦李〔九〕，全生依路傍。

纷纷不足愠，悄悄徒自伤〔一〇〕。

（卷十六）

注

〔一〕元丰二年（1079），徐州任上作。《乌台诗案》载苏轼供词说："元丰元年二月内，北京国子监教授黄庭坚寄书一封并古诗二首与轼，依韵和答。云'嘉谷卧风雨'至'玉食惨无光'，以讥今之小人胜君子，如稂莠之夺嘉谷。又云'大哉天宇间'至'悄悄徒自伤'，意言君子小人进退有时，如夏月蚊虻纵横，至秋自息。比黄庭坚于蟠桃，进必迟，自比苦李，以无用全生。又取《诗》云'忧心悄悄，愠于群小'，以讥讽当今进用之人皆小人也。"所谓"黄庭坚寄书一封并古诗二首"指《上苏子瞻书》和《古诗二首上苏子瞻》。苏轼既有和诗，又有答书。黄诗第一首以江梅比苏轼，热情歌颂苏轼品格的高尚，叹其遭遇的不幸。故苏轼和诗有稂莠夺嘉谷，小人胜君子之叹。苏轼《答黄鲁直书》盛赞黄的"古风二首，托物引类，真得古人之风"。苏轼此诗亦有"托物引类"见长。

〔二〕稂莠：《诗·小雅·大田》："既坚既好，不稂不莠。"毛传："稂，童粱也。莠，似苗也。"后以稂莠指形似禾苗的害草，亦比喻坏人。

〔三〕方丈：一丈见方。《孟子·尽心下》："食前方丈。"谓食之丰盛。

〔四〕玉食惨无光：杜甫《病桔》："此物岁不稔，玉食失光辉。"玉食：美食如玉。

〔五〕美恶更臭香：《庄子·知北游》："神奇复化为臭腐，臭腐复化为神奇。"更：更变，更替。

〔六〕殷（yǐn）：震动。司马相如《上林赋》："殷天动地。"

〔七〕假：宽假，宽缓。《北史·魏世祖纪》："大臣犯法，无所宽假。"

〔八〕"期君蟠桃枝"二句：《山海经》："东海有山名度索，上有大桃，蟠屈三千里，名蟠桃。"又《汉武故事》："此桃一千年生花，一千年结实。"

〔九〕苦李：《晋书·王戎传》："尝与群儿戏于道侧，见李树多实，等辈竞趋之，戎独不往。或问其故，戎曰：'树在道边而多子，必苦李也。'取之，信然。"

〔一○〕"纷纷不足愠"二句：《诗·邶风·柏舟》："忧心悄悄，愠于群小。"参见注〔一〕。

九日黄楼作〔一〕

苏　轼

去年重阳不可说，南城夜半千沤发。

水穿城下作雷鸣，泥满城头飞雨滑。

黄花白酒无人问，日暮归来洗鞵袜〔二〕。

岂知还复有今年，把盏对花容一呷。

莫嫌酒薄红粉陋，终胜泥中千柄锸。

黄楼新成壁未干〔三〕，清河已落霜初杀〔四〕。

朝来白雾如细雨，南山不见千寻刹。

楼前便作海茫茫，楼下空闻橹鸦轧〔五〕。

薄寒中人老可畏〔六〕，热酒浇肠气先压。

烟消日出见渔村，远水鳞鳞山齾齾〔七〕。

诗人猛士杂龙虎，楚舞吴歌乱鹅鸭〔八〕。

一杯相属君勿辞，此景何殊泛清霅〔九〕。

（卷十七）

注

〔一〕元丰元年（1078），徐州任上作。黄楼：秦观《黄楼赋》序："太守苏公守彭城之明年（指元丰元年），既治河决之变，民以更生，又因修缮其城，作黄楼于东门之上。以为水受制于土，而土之色黄，故取名焉。"前六句写去年徐州大水，无心过重阳节；后一部分写今年重阳，黄楼建成，大合乐于黄楼的盛况。"去年今年，雨夕晴朝，各写得淋漓尽致，驱涛涌云，复出千古。"（《唐宋诗醇》卷三十六）

〔二〕"去年重阳不可说"至"日暮归来洗鞵袜"：参苏辙《黄楼赋叙》。

〔三〕黄楼新成：苏轼《书子由〈黄楼赋〉后》："子城之东门当水之冲，府库在焉，而地狭不可以为壅城，乃大筑其门，护以砖石。府有废厅事，俗传项籍所作而非也，恶其淫名无实，毁之，取其材为黄楼东门之上。元丰元年八月癸丑楼成，九月庚辰，大合乐以落之。"

〔四〕霜初杀：霜初降。

〔五〕"朝来白雾如细雨"四句：查慎行《初白庵诗评》卷中："阴阳晦明，摄向毫端，作大开合。浅人但见写景耳，吁！"寻：八尺。刹：佛塔。鸦轧：物相擦声，亦作轧鸦。杜牧《登九峰楼》："归棹何时闻轧鸦。"

〔六〕薄寒中人：自指。

〔七〕齾齾：山峰参差貌。齾：缺齿。

〔八〕"诗人猛士杂龙虎"二句：苏轼自注："坐客三十余人，多知名之士。"陈衍《宋诗精华录》卷二："以'鹅鸭'对'龙虎'，所谓嬉笑成文章也。"

〔九〕何殊泛清霅：与泛舟霅溪有何区别。东、西苕溪在浙江吴兴会合后称霅溪，入太湖。

附录

纪昀：笔笔作龙跳虎卧之势。（《纪评苏诗》卷十七）

李思训画《长江绝岛图》〔一〕

苏　轼

山苍苍，水茫茫，大孤小孤江中央〔二〕。
崖崩路绝猿鸟去〔三〕，惟有乔木攙天长。
客舟何处来？棹歌中流声抑扬〔四〕。
沙平风软望不到，孤山久与船低昂〔五〕。
峨峨两烟鬟，晓镜开新妆。
舟中贾客莫漫狂，小姑前年嫁彭郎〔六〕。

（卷十七）

注

〔一〕元丰元年（1078），徐州任上作。李思训，唐之宗室，李林甫之伯父，擅画山水树石，画称一时之妙，宦到左武卫大将军。事见张彦远《名画记》。此为题画诗，前四句为画中绝岛，中四句为画中客舟，末四句合写，妙在俚俗讹传结之，"神完气足，遒转空妙"。（方东树《昭昧詹言》卷十二）

〔二〕大孤小孤：《太平寰宇记》："彭蠡湖周围四百五十里，湖心有大孤山，以别德化、都昌之界。小孤山三十丈，周围一里，在彭泽县古城西北九十里。"

〔三〕崖崩路绝猿鸟去：谓山路险绝，连猿鸟都无法在此生活，即李白《蜀道难》"黄鹤之飞尚不得过，猿猱欲度愁攀援"意。

〔四〕棹歌中流声抑扬：汉武帝《秋风辞》："横中流兮扬素波，箫鼓鸣兮发棹歌。"

〔五〕"沙平风软望不到"二句：为苏轼《出颍口初见淮山》成句，仅"沙平"，原作"波平"，"孤山"原作"青山"。翁方纲《石洲诗话》卷三："'沙平风软望不到'，用以题画，真乃神妙不可思议，较之《自咏望淮山》，不啻十倍增味也。昔唐人江为题画诗，至有'樵人负重难移步'之句，比之此句，真是下劣诗魔矣。"

〔六〕小姑前年嫁彭郎：欧阳修《归田录》卷二："江南有大小孤山，在江水中，嶷然独立，而世俗转'孤'为'姑'。江侧有一石矶，谓之'澎浪矶'，遂转为'彭郎矶'，云彭郎者，小姑婿也。"纪昀："绰有兴致，惟末句佻而无味，遂似市井恶少语，殊非大雅所宜。"（《纪评苏诗》卷十七）王文诰驳之云："此诗如古乐府，别为一体，妙在一结，含蓄不尽，使读者自得之也。且小姑本属山名，人皆知其传误，非若烈女贞姬，遽遭诬谤，诗必为之指证辨雪者比也。晓岚（纪昀）诋为'市井恶少语'，此以市井恶少身而得度者则然，于诗何尤？'"（《苏诗编注集成》卷十七）

附录

翁方纲："舟中贾客莫漫狂，小姑前年嫁彭郎"，是题画诗，所以并不犯呆。而刘须溪岂有不知，《归田录》之讥不必以。题画则可，赋景则不可，可为知者道耳。讥此诗者，凡以为事出俚语耳。不知此诗"沙平风软"句及"山与船低昂"句，则皆公诗所已有，此非复见语耶？奈何置之不论也？试即以《颍口见淮山》一首对看，而其妙毕出矣。彼云"青山久与船低昂"，故以"故人久立"结之，

"故人"即青山也，初无故事可以打诨也。但既是即目真话，亦不须借语打诨，始能出场也。至此首，则"舟中贾客"即上之"棹歌中流声抑扬"者也，"小姑"即上"与船低昂"之山也，不就俚语寻路打诨，何以出场乎？况又极现成，极自然，缭绕萦回，神光离合，假而疑真，所以复而愈妙也。（《石洲诗话》卷三）

大风留金山两日[一]

苏　轼

塔上一铃独自语："明日颠风当断渡[二]。"

朝来白浪打苍崖，倒射轩窗作飞雨[三]。

龙骧万斛不敢过，渔舟一叶纵掀舞[四]。

细思城市有底忙，却笑蛟龙为谁怒[五]。

无事久留僮仆怪，此风聊得妻孥许[六]。

潍山道人独何事？夜半不眠听粥鼓[七]。

（卷十八）

注

〔一〕元丰二年（1079），赴湖州任，途经金山时作。金山，在江苏镇江西北，见《游金山寺》注〔一〕。此诗前六句写大风，后六句写"留金山两日"，全诗"有景有人在"。（《纪评苏诗》卷十八）

〔二〕"塔上一铃独自语"二句：《晋书·佛图澄传》："（石）勒死之年，天静无风，而塔上一铃独鸣。澄谓众曰：'铃音云，国有大变，不出今年矣。'既而勒果死。"翁方纲《石洲诗话》卷一："下七字即塔铃之语也，乃少陵已先有之。"颠即狂，颠风即狂风。所谓"少陵已先有之"指杜甫《僵侧行赠毕曜》："晓来急雨春风颠。"《唐宋诗醇》卷三十四亦云："'明日颠风当断渡'七字即铃语也，奇思得之天外。"

〔三〕"朝来白浪打苍崖"二句：写风势，风无形，故借浪以状大风。《唐宋诗醇》卷三十四："轩窗飞雨，写风浪之景，真能状丹青所不能状。"

〔四〕"龙骧万斛不敢过"二句：通过写船进一步写风浪险恶。晋龙骧将军王濬受命伐吴，造大船，一只可容二千余人，后人因以龙骧称大船。十斗为斛，万斛，形容船的容量特大。纵：任，听凭。僧惠洪《冷斋夜话》卷四："东坡微意奇特，如曰：'见说骑鲸游汗漫，亦曾扪虱话辛酸。'……又曰：'龙骧万斛不敢过，渔舟一叶纵掀舞。'以鲸为虱对，以龙骧为渔舟对，大小气焰之不等，其意若玩世。谓之秀杰之气终不可没者，此类是也。"

〔五〕"细思城市有底忙"二句：写自己对金山阻风的随缘自适态度，大意是说赶到湖州也没有什么可干的，这里逗留几天也没有什么不好，蛟龙掀起涌的怒涛也难不倒自己。底：什么。

〔六〕"无事久留僮仆怪"二句：写妻孥僮仆对金山险风的无可奈何态度。他们希望快点到湖州，如果"无事久留"，定会怪我；现在因风滞留，他们也就只好赞成了。

〔七〕"灊山道人独何事"二句：写参寥子对金山阻风的超然态度。灊山道人即苏轼的好友、诗僧道潜，又叫参寥子。苏轼《跋秦太虚题名记》："自徐州迁于湖，至高邮，见太虚（秦观）、参寥，遂载与俱。"可见当时参寥也在船上。粥鼓即粥鱼，又叫木鱼，和尚诵经所敲的法器。二句谓参寥不为风浪所动，仍在专心聆听金山寺的木鱼声。《唐宋诗醇》卷三十四："末忽念及灊山道人不眠而听粥鼓，想其濡墨挥毫，真有御风蓬莱，泛彼无垠之妙。"

雪上访道人不遇〔一〕

苏 轼

花光红满栏，草色绿无岸。

不逢青眼人〔二〕，长歌白石涧。

（卷十九）

注 ——

〔一〕元丰二年（1079），湖州（治所在今浙江吴兴）任上作。雪：雪溪，东苕溪、西苕溪至吴兴会合称雪溪。此诗前二句写雪上景色，后二句写访道人不遇。诗风清新淡雅，酷似王维，表现了苏诗的另一风格。

〔二〕青眼人：《晋书·阮籍传》："籍又能为青白眼，见礼俗之士，以白眼对之。及嵇喜来吊，籍作白眼，喜不怿而退。喜第康闻之，乃赍酒挟琴造焉，籍大悦，乃见青眼。"

仆去杭五年，吴中仍岁大饥疫，故人往往逝去，闻湖上僧舍不复往日繁丽，独净慈本长老学者益盛，作此诗寄之〔一〕

苏 轼

来往三吴一梦间〔二〕，故人半作冢垒然。
独依旧社传真法〔三〕，要与遗民度厄年。
赵叟近闻还印绶〔四〕，竺翁先已反林泉〔五〕。
何时策杖相随去，任性逍遥不学禅。

（卷十九）

注

〔一〕元丰二年（1079），湖州任上作。苏轼自熙宁七年（1074）离杭知密州，至此时已整整五年。他在《奏浙西灾伤第一状》中叙熙宁八年饥疫说："熙宁之灾伤，本缘天旱米贵，而沈起、张靓之流，不先事奏闻，但务立赏闭糴，富民皆争藏谷，小民无所得食。流殍既作，然后朝廷知之，始敕运江西及截本路上供米一百二十三万石济之。巡门俵米，拦街散粥，终不能救。饥馑既成，继之以疾疫，本路死者五十余万人。城廓萧条，田野丘墟。"此诗前二句写灾情之严重，三、四句称颂杭州净慈寺本长老为民传法祛灾，同时也表现了苏轼一贯的与民度厄年的思想；最后四句因旧友归杭而思归隐，表现出仕途失意的抑郁之情。

〔二〕三吴：说法不一，一般指吴郡、吴兴、会稽为三吴，后多指江浙一带。

〔三〕真法：佛语，指真如实相之法，《华严经》有"正觉远离数，此是法真法"语。

〔四〕赵叟：指赵抃。据苏轼《赵清献公神道碑》，赵抃，字阅道，衢州西安（治今浙江衢州市境）人，官至参知政事。曾荐苏轼于朝，后与苏轼兄弟交往甚深。元丰二年二月加太子少保致仕，"还印绶"即指此。

〔五〕竺翁：指天竺辩才法师。据苏辙《龙井辩才法师塔碑》，辩才姓徐，名元净，字无象，杭州于潜人。十岁出家，二十五岁赐紫衣及辩才号。居上天竺，吴越之人争施之。僧文捷利其富，逐之。事闻朝廷，复归天竺。苏轼在徐州有《闻辩才法师复归上竺，以诗戏问》。

吴 江 岸〔一〕

苏 轼

晓色兼秋色，蝉声杂鸟声。

壮怀销铄尽，回首尚心惊。

（卷十九）

注 ————

〔一〕元丰二年（1079），被逮入京，途经吴江时作。苏轼在《湖州谢上表》中说："知其愚不适时，难以追陪新进；察其老不生事，或能牧养小民。""新进""生事"等语刺痛了投机新法的人，于是连章弹劾苏轼。轼于元丰二年四月到湖州任，七月就被捕入狱，此为途中抒怀之作。吴江岸在吴江和太湖之间，东为吴江，西为太湖，见单锷《吴中水利书》。

予以事系御史台狱，狱吏稍见侵，自度不能堪，死狱中，不得一别子由，故作二诗授狱卒梁成，以遗子由二首〔一〕

苏 轼

圣主如天万物春，小臣愚暗自亡身。

百年未满先偿债，十口无归更累人〔二〕。

是处青山可埋骨，他时夜雨独伤神〔三〕。
与君今世为兄弟，又结来生未了因。

柏台霜气夜凄凄〔四〕，风动琅珰月向低〔五〕。
梦绕云山心似鹿，魂惊汤火命如鸡。
眼中犀角真吾子〔六〕，身后牛衣愧老妻〔七〕。
百岁神游定何处，桐乡知葬浙江西〔八〕。

（卷十九）

注

〔一〕元丰二年（1079），御史狱中作。宋人陈录《善诱文》："苏子瞻在元丰间赴诏下狱，嘱其长子迈，送食惟菜与肉；设有不测，当送以鱼，以此为候。迈谨守逾月。后委亲戚代送，误以犯鲊送之。子瞻大骇，忧不免于死，乃就狱中作二诗，有'魂飞汤火命如鸡'之句。神宗闻而怜之，事从宽释。"此诗前首怀念其弟，后首怀念妻、子，通篇凄婉感人，"读之令人增友于之谊"。（洪亮吉《北江诗话》卷一）

〔二〕"百年未满先偿债"二句：叹自己不得寿终正寝，而以妇幼拖累苏辙。古人以为人生不过百年，故以百年或百岁为死的代称。《史记·高祖本纪》："陛下百岁后，萧相国（何）即死，令谁代之？"百年未满即指未到死的年龄，时苏轼才四十四岁。债指前生冤债、冤孽。有人解为苏轼身负债，与原意似不合，因此句紧扣前句"自亡身"。

〔三〕"是处青山可埋骨"二句：前句自指，表现出苏轼固有的旷达胸怀；后句指苏辙，谓自己死后，苏辙想起夜雨对床之约而独自伤心。详见苏轼《辛丑十一月十九日，即与子由别于郑州西门之外，马上赋诗一篇寄之》注〔六〕。

〔四〕柏台：御史台别称。《汉书·朱博传》："是时御史府吏舍百余区井水皆竭，又其府中列柏树，常有野鸟栖其上，晨去暮来。"故称御史台为柏台。

〔五〕风动琅珰月向低：杜甫《大云寺赞公房》："风动金琅珰。"琅珰，又作"锒铛"，《后汉书·崔寔传》："董卓以是收（崔）烈，付郿狱锢之，琅珰铁锁。"李贤注引《说文》："琅珰，锁也。"

〔六〕犀角：《后汉书·李固传》："貌状有奇表，鼎角匿犀。"此形容其子状貌奇特可爱。

〔七〕牛衣：给牛御寒之物。《汉书·王章传》："初，章为诸生，学长安，独与妻居。章疾病，无被，卧牛衣中。"此句谓未给妻子留下什么遗产。

〔八〕桐乡知葬浙江西：作者自注："狱中闻杭、湖间民为余作解厄道场累月，故有此句。"桐乡：在今安徽桐城北。《汉书·朱邑传》："我故为桐乡吏，其民爱我，必葬我桐乡。"苏轼深爱浙中山水，又得到杭州、湖州人民热爱，故要苏辙葬他于浙江西。

附录

纪昀：情至语不以工拙论也。讥刺太多，自是东坡大病。然但多排诋权倖之言，而无一毫怨谤君父之意，是其根本不坏处，所以能传于后世也。（《纪评苏诗》卷十九）

方东树：此亦宋调，虽有警句，吾不取。（《昭昧詹言》卷二十）

十二月二十八日蒙恩责授检校水部员外郎、黄州团练副使，复用前韵二首〔一〕

苏 轼

百日归期恰及春〔二〕，余年乐事最关身。
出门便旋风吹面〔三〕，走马联翩鹊唤人〔四〕。
却对酒杯浑似梦〔五〕，试拈诗笔已如神〔六〕。
此灾何必深追咎，窃禄从来岂有因〔七〕。

平生文字为吾累，此去声名不厌低。
塞上纵归他日马〔八〕，城东不斗少年鸡〔九〕。
休官彭泽贫无酒〔一○〕，隐几维摩病有妻〔一一〕。
堪笑睢阳老从事，为余投檄到江西〔一二〕。

（卷十九）

注

〔一〕元丰二年（1079），出御史狱作。检校为兼官，检校官共一十九，末为水部员外郎。黄州，治所在今湖北黄冈。团外副使为从八品。实际是以散官（定员以外的）安置苏轼于黄州。前一首着重抒发出狱后的欣喜之情，后一首表示今后将以饮酒学佛为事，但绝不改变政治态度。

〔二〕百日：苏轼于元丰二年八月十八日入狱，十二月二十八日出狱，此言"百日"，乃举成数。

〔三〕便（pián）旋：《诗·齐风·还》："子之还兮。"传："便捷之貌。"疏："便捷，本作便旋。"可见便旋有便捷、轻快意。

〔四〕啅（zhuó）：聒噪。

〔五〕浑：简直。杜甫《春望》："白头搔更短，浑欲不胜簪。"

〔六〕试拈诗笔已如神：杜甫《奉赠韦左丞丈二十二韵》："读书破万卷，下笔如有神。"汪师韩《苏诗选评笺释》卷三："诗狱甫解，又矜诗笔如神，殆是豪气未尽除。"

〔七〕"此灾何必深追咎"二句：谓仅凭无功受禄就当获罪，何必再追究获罪的其他原因。此言不必追究，实际就是追究，这就是政敌的迫害，只是引而不发，未挑明而已。

〔八〕塞上纵归他日马：《淮南子·人间训》："近塞上之人，有善术者，马无故亡而入胡，人皆吊之。其父曰：'此何遽不为福也？'居数月，其马将胡骏马而归，人皆贺之。其父曰：'此何遽不能为祸乎？'"后其子骑马跌伤。苏轼用此典，表明他清醒地看到出狱后未必已无后祸。

〔九〕城东不斗少年鸡：陈鸿《东城老父传》载，贾昌年七岁，唐明皇召为鸡坊小儿长。晚年自言以斗鸡媚上，上以倡优畜之。苏轼用此典，表示他出狱后仍不会媚世邀宠。

〔一〇〕彭泽：指彭泽令陶潜。意谓本想像陶潜那样辞官归隐，但因家贫无酒，还不能辞官。

〔一一〕隐几：凭依几案。维摩即维摩诘，佛教大师。世人以妻色为悦，维摩诘以法喜为悦。法喜，《维摩经》注："见（佛）法而生喜。"

〔一二〕"堪笑睢阳老从事"二句：苏轼自注："子由闻予下狱，乞以官爵赎予罪，贬筠州监酒。"睢阳即宋时应天府（今河南商丘）。从事，汉以后三公及地方长官的属僚。时苏辙任著作郎、签书应天府判官，故称他为睢阳老从事。投檄指苏辙《为兄轼下狱上书》，乞以宦爵赎轼之罪，结果被贬监筠州（今江西高安）盐酒税。

126

陈季常所蓄《朱陈村嫁娶图》二首^{〔一〕}（选一）

苏 轼

我是朱陈旧使君^{〔二〕}，劝农曾入杏花村。

而今风物哪堪画，县吏催钱夜打门^{〔三〕}。

（卷二十）

注

〔一〕元丰三年（1080），正月赴黄州贬所途中作。陈季常，名慥，凤翔知府陈希亮之子。苏轼初仕凤翔时与之游。苏轼贬官黄州时，陈季常隐居岐亭（今湖北麻城）。苏轼《岐亭五首》序云："元丰三年正月余始谪黄州，至岐亭北二十五里，山上有白马青盖来迎者，则余故人陈慥季常也。为留五日。"此诗即作于是时。朱陈村，都穆《南濠诗话》："在徐州丰县东南一百里深山，民俗淳质。一村惟朱、陈二姓，世为婚姻。"轼诗第一首亦有"闻道一村惟两姓，不将门户买崔卢"之句。《朱陈村嫁娶图》，五代画家赵德元作，见黄休复《益州名画录》卷上。苏轼以讥刺时政的罪名入狱，但一出狱仍敢于讥刺时政，这首诗就是明证。

〔二〕使君：汉代称刺史为使君。苏轼曾知徐州，故云。

〔三〕催钱：催纳税收。

初到黄州^{〔一〕}

苏 轼

自笑平生为口忙，老来事业转荒唐。

长江绕郭知鱼美，好竹连山觉笋香。

逐客不妨员外置，诗人例作水曹郎^{〔二〕}。

只惭无补丝毫事，尚费官家压酒囊〔三〕。

（卷二十）

注

〔一〕元丰三年（1080）二月抵黄州贬所时作。这是一首自我解嘲、自我安慰的诗篇，戏谑之语掩盖着满腹牢骚。

〔二〕"逐客不妨员外置"二句：皆指他被"责授检校水部员外郎"的闲官。员外置，定员以外安置。梁代何逊、唐代张籍等著名诗人都曾担任水部郎官，故有"诗人例作水曹郎"之句。

〔三〕"只惭无补丝毫事"二句：白居易《秋居书怀》："况无治道术，坐受官家禄。"此用其意。《宋史·职官志十一》："凡文武官料钱（俸钱），并支一分见钱，二分折支。"酒囊即折支之物。

附录

纪昀：东坡诗多伤激切，此虽不免兀傲而尚不甚碍和平之音。（《瀛奎律髓刊误》卷四十三）

雨晴后步至四望亭下鱼池上，
遂自乾明寺前东冈上归，二首〔一〕
苏 轼

雨过浮萍合，蛙声满四邻。

海棠真一梦，梅子欲尝新。

拄杖闲挑菜，秋千不见人〔二〕。

殷勤木芍药，独自殿余春〔三〕。

高亭废已久[四]，下有种鱼塘。

暮色千山入[五]，春风百草香[六]。

市桥人寂寂[七]，古寺竹苍苍[八]。

鹳鹤来何处[九]，号鸣满夕阳。

（卷二十）

注

〔一〕元丰三年（1080）黄州贬所作。前一首写雨后散步所见之景，大有"流水落花春去也"之感；后一首写"步至四望亭下鱼池上，遂自乾明寺前东冈上归"。苏轼初到黄州，惊魂未定，心灰意冷，杜门闭口，既不拜往迎来，更不谈论时事，常常独自一人信步逍遥以自适，这首诗正是这种生活的写照。

〔二〕秋千不见人：苏轼《蝶恋花》："墙里秋千墙外道，墙外行人，墙里佳人笑。 笑渐不闻声渐悄，多情却被无情恼。"佳人笑声渐渐已令人烦恼，何况雨后秋千，根本"不见人"呢？

〔三〕"殷勤木芍药"二句：殷勤：情意恳切深厚。《开元天宝遗事》："禁中呼木芍药为牡丹。"在后曰殷。春光已逝，芍药已是最后开的花了。故纪昀以为"寓意迟暮"。（《纪评苏诗》卷二十）

〔四〕高亭：指四望亭。《名胜志》："四望亭在雪堂南高阜之上。"

〔五〕暮色千山入：即暮色入千山，写天已晚，为"归"作铺垫。

〔六〕春风百草香：继续写春已去，故春风送来的不是花香而是草香。

〔七〕市桥人寂寂：应"暮色"句，因天将暮，故市桥人散。杜甫《西郊》有"市桥官柳细"句。

〔八〕古寺：指乾明寺。

〔九〕鹳：一种形似鹤，嘴长而直的鸟。末以鹳鹤号鸣反衬市桥寂寂，进一步渲染悲凉气氛。纪昀："此首纯乎杜意，结尤似。"（《纪评苏诗》卷二十）

正月二十日往岐亭，郡人潘、古、郭三人送余于女王城东禅庄院[一]

苏　轼

十日春寒不出门，不知江柳已摇村。

稍闻决决流冰谷[二]，尽放青青没烧痕[三]。

数亩荒园留我住，半瓶浊酒待君温[四]。

去年今日关山路，细雨梅花正断魂[五]。

（卷十一）

注

〔一〕元丰四年（1081），苏轼贬官黄州时作。岐亭在今湖北麻城西北，苏轼好友陈季常隐居于此。此次往岐亭，亦为访陈。潘指潘丙，诗人潘大临之叔。古指古耕道，能审音。郭指郭遘，喜为挽歌。三人皆苏轼在黄州新结识的友人，曾帮助苏轼经营东坡（见《东坡八首》）。女王城在黄州城东十五里。苏轼于元丰三年正月赴黄州贬所途中，度春风岭，正是梅花凋谢时，曾作《梅花二首》；这次往岐亭，正好时隔一年，景色依然，想到前一年赴黄途中的凄凉景况，写下了这首感慨万端的诗篇。

〔二〕决决：流水声。卢纶《山店》："决决溪泉到处闻。"冰谷：尚有薄冰的溪谷。柳宗元《晋问》："雪山冰谷之积，观者胆掉。"谷中尚有冰，说明还是早春。

〔三〕尽放青青没烧痕：完全让青青新草覆盖了旧有烧痕。放：放纵，任凭。青青：新生野草的颜色。烧：我国古代刀耕火种，放火烧野草，以其灰肥田。

〔四〕"数亩荒园留我住"二句：写潘、古、郭三人为苏钱行。"数亩荒园"指女王城东禅庄院。"留我住""待君温"，写三人对苏轼的深厚情谊。

〔五〕"去年今日关山路"二句：元丰三年正月苏轼赴黄州贬所途中作《梅花二首》，其词凄苦。诗云："春来幽谷水潺潺，的皪梅花草棘间。一夜东风吹石裂，半随飞雪度关山。""何人把酒慰深幽，开自无聊落更愁。幸有清溪三百曲，不辞相送到黄州。""细雨梅花正断魂"即指此。

附录

方回：坡诗不可以律诗缚，善用事者无不妙。他语意天然者如此，尽十分好。（《瀛奎律髓》卷十）

纪昀：东坡七律，往往一笔写出，不甚绳削。其高处在气机生动，才力富健；其不及古人者在少镕炼之工与浑厚之致。（《瀛奎律髓刊误》卷十）

东坡八首 并序（选一）〔一〕

苏 轼

余至黄州二年，日以困匮。故人马正卿哀余乏食〔二〕，为于郡中请故营地数十亩，使得躬耕其中。地既久荒为茨棘瓦砾之场，而岁又大旱，垦辟之劳，筋力殆尽。释耒而叹，乃作是诗。自愍其勤〔三〕，庶几来岁之入以忘其劳焉〔四〕。

> 废垒无人顾〔五〕，颓垣满蓬蒿。
> 谁能捐筋力，岁晚不偿劳。
> 独有孤旅人〔六〕，天穷无所逃〔七〕。
> 端来拾瓦砾〔八〕，岁旱土不膏。
> 崎岖草棘中〔九〕，欲刮一寸毛〔一〇〕。
> 喟然释耒叹，我廪何时高！

（卷二十一）

注

〔一〕元丰四年（1081）贬官黄州时作。东坡在黄冈山下州治东百余步，苏轼贬官黄州期间，在此躬耕，并自号东坡。所选为第一首，前四句以"无人顾"反衬中四句自己不得不顾，末四句以盼望丰收作结。纪昀认为这八首诗"皆出入陶、杜之间而参以本色，不摹古而气息自古"；认为第一首"沉郁恳到"（纪昀引查慎行语），"逼真少陵"。（《纪评苏诗》卷二十一）

〔二〕马正卿：名梦得，杞（今河南杞县）人。嘉祐六年（1061）从苏轼游，直至苏轼贬官岭南，始辞轼归老。《东坡志林》卷一《马梦得同岁》："马梦得与仆同岁月生，少仆八日。是岁生者，无富贵人，而仆与梦得为穷之冠。即吾二人而观之，当推梦得为首。"《东坡八首》之八："马生本穷士，从我二十年……可怜马生痴，至今夸我贤。众笑终不悔，施一当获千。"《过杞赠马梦得》："万古仇池穴（指马随轼同赴凤翔），归心负雪堂（指马随轼同赴黄州）。殷勤竹里梦，犹自数山（涛）王（戎）。"乏食：缺食。

〔三〕愍：同"悯"，怜惜。

〔四〕庶几：表希望之辞。《史记·秦始皇本纪》："庶几息兵矣。"

〔五〕废垒：指故营地。

〔六〕孤旅人：作者自指。

〔七〕天穷：天使之穷。

〔八〕端来：真来。端：真正。陆游《病中绝句》："此生端欲老江湖。"

〔九〕崎岖：形容艰难。

〔一〇〕毛：地上所生草木。《左传·隐公三年》："涧溪沼沚之毛。"

鱼蛮子〔一〕

苏 轼

江淮水为田，舟楫为室居。

鱼虾以为粮，不耕自有余〔二〕。

异哉鱼蛮子，本非左衽徒〔三〕。

连排入江住，竹瓦三尺庐〔四〕。

于焉长子孙，戚施且侏儒〔五〕。

擘水取鲂鲤，易如拾诸途。

破釜不著盐，雪鳞芼青蔬〔六〕。

一饱便甘寝，何异獭与狙〔七〕。

人间行路难，踏地出赋租〔九〕。

不如鱼蛮子，驾浪浮空虚。

空虚未可知，会当算舟车〔九〕。

蛮子叩头泣，勿语桑大夫〔一○〕。

（卷二十一）

注

〔一〕元丰五年（1082）贬官黄州时作。陆游《老学庵笔记》卷一："张芸叟（舜民）作《渔父》诗曰：'家住耒江边，门前碧水连。小舟胜养马，大罟当耕田。保甲原无籍，青苗不着钱。桃源在何处，此地有神仙。'盖元丰中谪官湖湘时所作，东坡取其意为《鱼蛮子》云。"此诗前十六句极写渔民"何异獭与狙"的非人生活，后八句出之以议论，写渔民都怕失去这种非人生活，一般农民生活之苦也就不言而喻了。

〔二〕"江淮水为田"四句：《汉书·五行志》："吴地以船为家，以鱼为食。"

〔三〕左衽：《论语·宪问》："子曰：微管仲，吾其被（披）发左衽矣！"左衽，前襟向左掩，我国少数民族的服装形式。

〔四〕"连排入江住"二句：王十朋《苏诗集注》引尧祖曰："江南多以竹木为排，浮水中排上以苇竹瓦为屋。"王禹偁《黄州新建小竹楼记》："黄冈之地多竹，大者如椽。竹工破之，刳去其节，用代陶瓦。"

〔五〕"于焉长子孙"二句：谓在这里生儿育女，不是驼背（戚施），就是矮子（朱儒）。《国语·晋语四》："戚施不可使仰，侏儒不可使援。"

〔六〕芼：可供食用的野草，用菜杂肉为羹亦称芼。

〔七〕獭：水獭。狙：猕猴。

〔八〕踏地出赋租：杜荀鹤《山中寡归》："任是深山更深处，也应无计避征徭。"

〔九〕会当算舟车：可能会连舟、车也要征税。

〔一○〕桑大夫：桑弘羊，汉武帝时任治粟都尉、大司农，汉昭帝时任御史大夫，推行盐铁官营。此以桑弘羊喻以理财为急的变法派。

附录

曾季貍：乐天《盐商妇》诗云："南北东西不失家，风水为乡舟作宅。"东坡《鱼蛮子》诗，正取此意。（《艇斋诗话》）

纪昀：香山一派，读之宛然《秦中吟》也。（《纪评苏诗》卷二十一）

东　坡[一]

苏　轼

雨洗东坡月色清，市人行尽野人行。

莫嫌荦确坡头路[二]，自爱铿然曳杖声。

（卷二十二）

注

〔一〕元丰六年（1083）贬官典州时作。此诗写雨后在东坡散步的闲适之情，特别是最后两句确实写得来"风致不凡"。（《纪评苏诗》卷二十二）

〔二〕荦（luò）确：山石突兀貌。韩愈《山石》："山石荦确行径微。"

附录

陈衍：东坡兴趣佳，不论何题，必有一二佳句，此类是也。（《宋诗精华录》卷二）

海　棠〔一〕

苏　轼

东风嫋嫋泛崇光〔二〕，香雾空濛月转廊。
只恐夜深花睡去，故烧高烛照红妆〔三〕。

（卷二十二）

注

〔一〕元丰七年（1084）贬官黄州时作。此诗写月夜赏海棠，特别是最后两句表现了真挚的惜花、爱花之情。惠洪《冷斋夜话》卷五："造语之工，至于荆公、东坡、山谷，尽古今之变。"下举苏诗，即此诗后二句。

〔二〕嫋嫋：谓风细而悠扬。泛：摇曳貌。崇光：指海棠崇高的光彩，即《寓居定惠院之东……》"嫣然一笑竹篱间，桃李漫山总粗俗"之意。

〔三〕"只恐夜深花睡去"二句：李商隐《花下醉》："客散酒醒深夜后，更持红烛赏残花。"此化用其意。《诗林广记》后集卷三引《冷斋夜话》评此二句："事见《杨妃外传》云：明皇登沉香亭，诏妃子。妃子时卯酒未醒，命力士从侍儿扶掖而至。妃子醉颜残妆，钗横鬓乱，不能再拜。明皇笑曰：'是岂妃子醉邪？海堂睡未足耳。'"

附录

查慎行：此诗极为俗口所赏，然非先生老境。（《初白庵诗评》卷中）

别 黄 州[一]

苏 轼

病疮老马不任靮，犹向君王得敝帷[二]。

桑下岂无三宿恋，樽前聊与一身归[三]。

长腰尚载撑肠米，阔领先裁盖瘿衣[四]。

投老江湖终不失，来时莫遣故人非[五]。

（卷二十三）

注

〔一〕元丰七年（1084）由黄迁汝时作。是年三月苏轼改迁汝州（今河南临汝）团练副使，四月离黄州，作此诗。此诗表示对宋神宗的感谢，集中抒发对黄州的眷恋之情，全诗确实写得来"婉转清切"。（《纪评苏诗》卷二十三）

〔二〕"病疮老马不任靮"二句：靮，马络头。敝帷：《礼记·檀弓下》："敝帷不弃，为埋马也。"帷，同"帷"，意谓马到老死，主人还给它破旧帷幔掩埋尸体。苏轼这里以病马自喻，说自己不堪重任，仍得到皇帝的俸禄（暗指迁汝州事）。

〔三〕"桑下岂无三宿恋"二句：前句写怀恋黄州，后句写不得不赴汝州。《后汉书·襄楷传》："浮屠不三宿桑下，不欲久生恩爱。"

〔四〕"长腰尚载撑肠米"二句：谓黄州的长腰米尚在身，而就不得不准备好汝州需用的阔领衣了。长腰米：楚地的上等好米。瘿：赘瘤，大脖子病。葛立方《韵语阳秋》卷十三："汝人多苦瘿……余尝侍先人知汝州，见州治诸井皆以夹锡钱镇之，每井率数十千。问其故，一老兵曰：'此邦饶风沙，沙入井中，人饮之则成瘿。夹锡钱所以制沙土也。'"

〔五〕"投老江湖终不失"二句：谓自己最终不会失去归老江湖的愿望，将来再回黄州必不使故人非议。

136

栖贤三峡桥〔一〕

苏 轼

吾闻太山石，积日穿线溜〔二〕。

况此百雷霆，万世与石斗。

深行九地底〔三〕，险出三峡右〔四〕。

长输不尽溪，欲满无底窦〔五〕。

跳波翻潜鱼，震响落飞狖〔六〕。

清寒入山谷，草木尽坚瘦〔七〕。

空濛烟霭间，颒洞金石奏〔八〕。

弯弯飞桥出，溅溅半月彀〔九〕。

玉渊神龙近〔一〇〕，雨雹乱晴昼。

垂瓶得清甘，可咽不可漱〔一一〕。

（卷二十三）

注

〔一〕元丰七年（1084）自黄州迁汝州途中游庐山作。苏辙《庐山栖贤寺新修僧堂记》："入栖贤谷，谷中多大石，岌嶪相倚，水行石间，其声如雷霆，如千乘车行者，震掉不能自持，虽三峡之险不过也，故其桥曰三峡。"此诗即写栖贤寺三峡桥之险，纪昀评此诗说："奇景以精理通之，发为高谈，结为香艳，络绎间起，使人应接不暇。"（《纪评苏诗》卷二十三）

〔二〕"吾闻太山石"二句：谓太山之石，天长日久也会为流水所穿。枚乘《谏吴王书》："太山之霤穿石，单极之绠断干。水非石之钻，索非木之锯，渐靡使之然也。"

〔三〕九地：地下最深处。《孙子·形篇》："善守者藏于九地之下，善攻者动于九天之上。"

137

〔四〕三峡：此指长江三峡。右：古以所重者为右。谓其险超过长江三峡。

〔五〕"长输不尽溪"二句：谓望不到尽头的溪流不断输泻，好像要灌满无底深渊一样。

〔六〕狖（yòu）：黑色长尾猿。

〔七〕"清寒入山谷"二句：纪昀："'清寒'十字绝唱。"（《评苏文忠公诗》卷二十三）赵克宜："此东坡独到语。其余刻画犹人力所可及，此则全从妙悟得来。"（《苏诗评注汇抄》卷十一）

〔八〕溃洞金石奏：像金石奏出的洪亮之音。溃洞：弥漫无际，此状水声洪亮。

〔九〕彀：张满弓。此喻桥形，有如半月和弯弓。

〔一〇〕玉渊：潭名。《庐山纪事》："栖贤寺东为玉渊潭，在三峡涧中，诸水奔注，潭中惊涌喷空。潭上有白石，横亘中流，故名玉渊。"

〔一一〕可咽不可漱：谓潭水清甘可饮，不可仅仅用以漱口。

题西林壁〔一〕

苏 轼

横看成岭侧成峰，远近高低各不同。

不识庐山真面目，只缘身在此山中。

（卷二十三）

注 ————————————————————————————————

〔一〕元丰七年（1084）自黄州赴汝途中游庐山作。西林：寺名，《庐山纪事》："远公塔西北为香谷，南下为西林寺。"《纪评苏诗》卷二十三："亦是禅偈而不甚露禅偈气，尚不取厌。以为高唱则未然。"这一批评虽不无道理，但后世之所以以此诗为"高唱"，就在于它富有哲理，要能进能出，才能全面认识事物。王文诰《苏诗编注集成》卷二十三："凡此种诗皆一时性灵所发。若必胸有释典而后炉锤出之，则意味索然矣。《合注》《施注》以《感通录》《华严经》坐实之，诗皆化为糟粕，是谓顾注不顾诗。今皆删。"此诗明白如话，确实不需以"释典"注。

附录

黄庭坚：此老于般若横说竖说，了无剩语，非其笔端有舌，亦安能吐此不传之妙。（《苕溪渔隐丛话·前集》卷三十九引《冷斋夜话》记黄庭坚语）

陈衍：此诗有新思想，似未经人道过。（《宋诗精华录》卷二）

初别子由至奉新作[一]

苏 轼

双鹊先我来，飞上东轩背[二]。
书随书梦到，人与佳节会[三]。
一欢难把玩，回首了无在。
却渡来时溪，断桥号浅濑[四]。
茫茫暑天阔，霭霭孤城背[五]。
青山眊矂中，落日凄凉外[六]。
盛衰岂我意，离合非所碍[七]。
何以解我忧[八]，粗了一事大。

（卷二十三）

注

〔一〕元丰七年（1084）自黄赴汝途中，苏轼绕道筠州（今江西高安）探望苏辙后，经过奉新（今属江西）时作。前四句写筠州欢聚；"一欢"四句叹相聚甚短，又沿原路归去；"茫茫"四句抒写独至奉新的烦躁凄凉心情；最后四句作自我宽解之词。纪昀称此诗"曲折深至，语皆警策"。（《纪评苏诗》卷二十三）

〔二〕东轩：苏辙贬官筠州时所建，并作《东轩记》。

〔三〕佳节：指端午节，苏轼在筠州有《端午游真如，迟、适、远从，子由在酒局》诗。

〔四〕"却渡来时溪"二句：赵克宜："'来时溪'三字，写得有情。"（《苏诗评注汇钞》卷十一）濑：急流。

〔五〕孤城：指奉新。

〔六〕"青山眊矂中"二句：眊矂：烦恼。王文诰："有景有人，一幅绝妙画图。"（《苏诗编注集成》卷二十三）赵克宜："情景相融，语极雅淡。"（《苏诗评注汇钞》卷十一）

〔七〕"盛衰岂我意"二句：即《水调歌头·丙辰中秋》"人有悲欢离合，月有阴晴圆缺，此事古难全"意，皆自我排解之词。

〔八〕何以解我忧：王十朋《苏诗集注》引次公曰："禅家语，谓了死生也。"似解得太死，故王文诰云："凡此类语，皆以诗无出路，借作歇手也。若认真当一事看，即为所给。"（《苏诗编注集成》卷二十三）

郭祥正家，醉画竹石壁上，郭作诗为谢，且遗二古铜剑〔一〕

苏 轼

空肠得酒芒角出，肝肺槎牙生竹石。

森然欲作不可回，吐向君家雪色壁〔二〕。

平生好诗仍好画，书墙涴壁长遭骂〔三〕。

不瞋不骂喜有余，世间谁复如君者。

一双铜剑秋水光，两首新诗争剑铓。

剑在床头诗在手，不知谁作蛟龙吼〔四〕。

（卷二十三）

注 ————————————————————————————

〔一〕元丰七年（1084）由黄赴汝，途经当涂时作。郭祥正，字功父，太平州当涂（今属安徽）人。少有诗名，著有《青山集》。元丰七年三月，他以汀州通判勒停家居，苏轼过当涂为作此诗。前四句写"醉画竹石壁上"，中四句写世人之骂反衬郭祥正对其画之喜；最后四句写"郭作诗为谢，且遗二古铜剑"。纪昀称此诗"奇气纵横，不可控制"。（《纪评苏诗》卷二十三）汪师韩亦称此诗"句句巉绝，在集中另辟一格"。（《苏诗选评笺释》卷三）

〔二〕"空肠得酒芒角出"四句：苏轼《文与可画〈篔筜谷偃竹〉记》："画竹必先得成竹于胸中，执笔熟视，乃见其所欲画者。急起从之，振笔直遂，以追其所见，如兔起鹘落，少纵则逝矣。"前四句所写即这种绘画境界。

〔三〕涴（wò）：沾污。韩愈《合江亭》："勿使泥尘涴。"

〔四〕蛟龙吼：杜甫《相从歌》："酒酣击剑蛟龙吼。"

次荆公韵四绝 （选一）〔一〕

苏 轼

骑驴渺渺入荒陂〔二〕，想见先生未病时。
劝我试求三亩宅〔三〕，从公已觉十年迟〔四〕。

（卷二十四）

注

〔一〕元丰七年（1084）自黄赴汝，途经金陵（今江苏南京）时作。荆公，指王安石，元丰三年被封为荆国公。所选一首为次王安石"迟"字韵《北山》诗。《潘子真诗话》："东坡得请宜兴，过钟山，见荆公。时公病方愈，令坡诵近作，因为手写一通以为赠。复自诵诗，俾坡书以赠己，仍约坡卜居秦淮。故坡和公诗云（所引即此诗，从略）。"苏、王政见分歧虽大，但并不妨碍他们在文学上相得甚欢。苏、王金陵之会已成为文学史上的美谈，诗话、笔记多有记载。

〔二〕骑驴渺渺入荒陂：《宋人遗事汇编》卷十："王荆公居蒋山时，往来白下门、西庵草堂、法云（寺），止以一黧挟蹇驴。门人讽以笋舆宜老（老人宜坐竹轿），公曰：'古之王公至不道，宋有以人代畜者。'"

〔三〕劝我试求三亩宅：苏轼《与王荆公书》："某始欲买田金陵，庶几得陪杖屦，老于钟山之下。既已不遂。今仪征一住又已二十日，日以求田为事，然成否未可知也。若幸而成，扁舟往来，见公不难矣。"

〔四〕从公已觉十年迟：王安石自熙宁七年（1074）第一次罢相居金陵，至此已十年。苏轼于熙宁七年曾拟买田宜兴，以备退隐，未果，故有是句。

附录

纪昀：东坡、半山，旗鼓对垒，似应别有佳处，方惬人意。（《纪评苏诗》卷二十四）

同王胜之游蒋山〔一〕
苏　轼

到郡席不暖，居民空惘然〔二〕。

好山无十里，遗恨恐他年〔三〕。

欲颖南朝寺〔四〕，同登北郭船。

朱门收画戟，绀宇出青莲〔五〕。

夹路苍髯古，迎人翠麓偏〔六〕。

龙腰蟠故国〔七〕，鸟爪寄层颠〔八〕。

竹杪飞华屋，松根泫细泉〔九〕。

峰多巧障日，江远欲浮天。

略彴横秋水〔一○〕，浮图插暮烟〔一一〕。

归来踏人影，云细月娟娟。

（卷二十四）

注

〔一〕元丰七年（1084）由黄移汝，途经金陵时作。王益柔，字胜之，河南（今河南洛阳）人。抗直尚气，喜论天下事。预苏舜钦奏邸会，从集贤校理黜监复州酒税。后历知制诰直学士院，连守大郡。元丰七年知江宁，到任一日，改知南都。蒋山即钟山。此诗以写景胜，蔡絛《西清诗话》卷上："元丰中，王文公（安石）在金陵。东坡自黄北迁，日与公游，尽论古昔文字。公叹息谓人曰：'不知更几百年方有如此人物！'东坡渡江至仪征，和游蒋山诗寄金陵守王益柔，公亟取读，至'峰多巧障日，江远欲浮天'，乃抚几曰：'老夫平生作诗无此二句！'"可见王安石对此诗之推服。清人汪师韩亦云："次第写景，不作峻嶒郁屈之势，而斫削精节，神采飞扬，自无一屑笔剩语，不独'峰多''江远'一联差肩杜老。"

〔二〕"到郡席不暖"二句：即指知江宁，到任一日，改知南都事。班固《答宾戏》："是以圣哲之治，栖栖遑遑，孔席不暖，墨突不黔。"

〔三〕"好山无十里"二句：赵克宜《苏诗评注汇钞》卷十一："次联言好山去郭无十里，若不往游，恐他年尚有遗恨也。紧从'席不暖'句生出。"

〔四〕南朝寺：东晋、宋、齐、梁、陈皆都金陵，故称南朝。蒋山寺宇多是南朝行宫，故称南朝寺。

〔五〕"朱门收画戟"二句：前句谓王安石已去位，后句苏轼自注："荆公宅已为寺。"隋制，三品以上官，门皆列戟。收画戟指已罢相。绀：黑中带红。

〔六〕"夹路苍髯古"二句：苍髯：指松树。东晋法潜称松为苍髯叟，见《高僧传》。苏轼《佛日山荣长老五绝》："山中只有苍髯叟，数里萧萧管送迎。"

〔七〕龙腰蟠故国：庾仲雍《九江记》："建业宫城，孙权所筑。昔诸葛劝都之云：'钟山龙蟠，石城虎踞，有王者气。'权从之。"

〔八〕鸟爪：蒋山有鸟爪峰。据《高僧传》，六朝时高僧宝誌生于鹰窠，手类鸟爪，死葬于此山，故名。

〔九〕泫：下滴。

〔一〇〕略彴：小木桥。

〔一一〕浮图：塔。

高邮陈直躬处士画雁二首[一]（选一）

苏 轼

野雁见人时，未起意先改。

君从何处看，得此无人态？

无乃槁木形，人禽两自在〔二〕？

北风振枯苇，微雪落璀璀〔三〕。

惨淡云水昏，晶莹沙砾碎。

弋人怅何慕〔四〕，一举渺江海。

（卷二十四）

注

〔一〕元丰七年（1084）自黄赴汝，途经高邮（今属江苏）时作。陈直躬，高邮人，其家原颇富足，父叔皆喜学画，后画技日高而家业日衰，遂以绘画为业。处士，隐居不仕而有才德之人。这是一首著名的题画诗，前六句是对陈画的惊叹、赞美，后六句是对画图的具体描绘。苏轼《传神记》："欲得其人之天（天然神态），法当于众中阴察之。"此诗所赞"无人态"与此意合。

〔二〕"无乃槁木形"二句：（你）是不是形如槁木，不会惊动野雁呢？无乃：岂不是。槁木形：《庄子·齐物论》："形固可使如槁木，而心固可使如死灰乎？"自在：安闲自适。

〔三〕璀璀：鲜明貌。独狐及《和题藤架》："璀璀花落架。"

〔四〕弋人怅何慕：弋人：射鸟的人。扬雄《法言·问明》："鸿飞冥冥，弋人何篡（取）焉。"篡，或作"慕"，张九龄《感遇》："弋者何所慕。"

附录

纪昀：一片神行，化尽刻画之迹。（《评苏文忠公诗》卷二十四）

再过超然台，赠太守霍翔〔一〕

苏 轼

昔饮雩泉别常山〔二〕，天寒岁在龙蛇间〔三〕。

山中儿童拍手笑，问我西去何当还？

十年不赴竹马约〔四〕，扁舟独与渔蓑闲。

重来父老喜我在，扶挈老幼相遮攀〔五〕。

当时襁褓皆七尺〔六〕，而我安得留朱颜！

问今太守为谁欤？护羌充国鬓未斑〔七〕。

躬持牛酒劳行役〔八〕，无复杞菊嘲寒悭〔九〕。

超然置酒寻旧迹，尚有诗赋镌坚顽〔一〇〕。

孤云落日在马耳〔一一〕，照耀金碧开烟鬟。

郏淇自古北流水〔一二〕，跳波下濑鸣玦环〔一三〕。

愿君谈笑作石埭〔一四〕，坐使城郭生溪弯。

（卷二十六）

注

〔一〕元丰八年（1085）起知登州，途经密州时作。超然台：熙宁年间苏轼知密州时所建。详见苏轼《超然台记》。霍翔，《宋史》无传。据《续资治通鉴长编》载，熙宁九年，霍翔任驾部员外郎、知都水监；十年提点秦凤路刑狱；元丰二年除京东提刑；三年任主客郎中；七年提举京东保马。元丰八年五月霍翔知密州，十月苏轼经密州，霍翔宴请苏轼于超然台，轼作此诗以赠。诗的前十句写重过密州，父老夹道欢迎自己；后十二句写霍翔躬持牛酒相邀，而以兴办密州水利期望于霍翔。

〔二〕雩泉、常山：苏轼《雩泉记》："常山在东武郡治（即密州治所）之南二十里。""庙门之西南十五步有泉汪洋……名之曰雩泉。"

〔三〕岁在龙蛇间：苏轼于熙宁九年（1076）底离密州，是年为丙辰，属龙年；次年为丁巳，属蛇年。此记离密时间。

〔四〕十年：自熙宁九年（1076）至元丰八年（1085）恰为十年。竹马约：《后汉书·郭伋传》："始至行郡，到西河美稷，有童儿数百各骑竹马，道次迎拜……及事讫，诸儿复送至郭外，问：'使君何日当还？'伋谓别驾从事计日告之。行部既还，先期一日，伋为违信于诸儿，遂至于野亭，须（待）期乃入。"

〔五〕挈：携。遮攀：遮道攀辕以相迎。

〔六〕当时襁褓皆七尺：谓当年的幼儿已长成人。

〔七〕护羌充国：指汉代护羌校尉赵充国，见苏洵《御将》注〔一二〕。此借指霍翔。苏轼自注："翔自言，在熙河作屯田有功。"故有此比。纪昀："护羌句伏结四句之根。"（《纪评苏诗》卷二十六）意谓因其屯田有功，故寄希望于他兴修水利。

〔八〕躬：亲自。牛酒：慰劳的酒肉。《战国策·齐策六》："乃赐（田）单牛酒，嘉其行。"劳行役：慰劳旅途辛苦。

〔九〕杞菊：苏轼《后杞菊赋》："及移守胶西，意且一饱，而斋厨索然，不堪其忧。日与通守刘君廷式循古城废圃求杞菊食之。"悭：欠缺。

〔一〇〕尚有诗赋镵坚顽：谓当年所作的诗赋刻石还在超然台上。

〔一一〕马耳：山名，在常山东三十里。苏轼《超然台记》："南望马耳、常山，出没隐见，若近若远。"

〔一二〕邽淇：《水经注》卷二十六："邽淇之水，水出西南常山，东北流注潍。"

〔一三〕濑：沙石上的急流。鸣玦环：水声如佩玉声。

〔一四〕石埭（dài）：堤坝。纪昀谓末二句"是旧官对现在官语"。（《纪评苏诗》卷二十六）

登州海市〔一〕
苏 轼

予闻登州海市旧矣。父老云："尝出于春夏，今岁晚，不复见矣。"予到官五日而去，以不见为恨。祷于海神广得王之庙〔二〕，明日见焉，乃作此诗。

东方云海空复空，群仙出没空明中。

荡摇浮世生万象，岂有贝阙藏珠宫〔三〕？

心知所见皆幻影，敢以耳目烦神工？

岁寒水冷天地闭，为我起蛰鞭鱼龙〔四〕。

重楼翠阜出霜晓，异事惊倒百岁翁。

人间所得容力取，世外无物谁为雄？

率然有请不我拒〔五〕，信我人厄非天穷。

潮阳太守南迁归，喜见石廪堆祝融。

自言正直动山鬼，岂知造物哀龙钟〔六〕。

伸眉一笑岂易得，神之报汝亦已丰。

斜阳万里孤岛没，但见碧海磨青铜〔七〕。

新诗绮语亦安用，相与变来随东风〔八〕。

（卷二十六）

注

〔一〕元丰八年（1085）罢知登州（治所在今山东蓬莱）时作。海市：沈括《梦溪笔谈》卷二十一《异事》："登州海中，时有云气如宫室、台观，谓之海市。"查慎行《初白庵诗评》卷中："只'重楼翠阜出霜晓'一句着题，此外全用议论，亦避实击虚法也。若将幻影写作真境，纵摹拟尽悄，终属拙手。"《纪评苏诗》卷二十六："海市只是'重楼翠阜'，此正不尽形容，亦正不能形容也。从未见之前、既见之后与岁晚得见之实，结撰成篇，炜炜精光，欲夺人目。"此诗前六句写"未见之前"；"岁寒"八句写"既见之后与岁晚得见之实"；"潮阳"六句以韩愈祷晴获应以自况，末四句以海市消失作结，避实就虚，议论风发，确为此诗特点。

〔二〕广德王之庙：东海龙王庙。

〔三〕贝阙藏珠宫：《楚辞·九歌·河伯》："紫贝阙兮朱宫。"王逸注："言河伯所居……紫贝作阙，朱丹其宫。"

〔四〕起蛰：从冬眠中醒来。蛰：动物冬眠状态。

〔五〕率然：贸然，不作深思貌。

〔六〕"潮阳太守南迁归"四句：潮阳太守指韩愈。石廪、祝融：皆衡山峰名。龙钟：潦倒貌。此指潦倒之人。韩愈南迁，北归时游衡山，作《谒衡岳庙，遂宿兵寺，题门楼》诗："我来正逢秋雨节，阴气晦昧无清风。潜心默祷若有应，岂非正直能感通？须臾静扫众峰出，仰见突兀撑青空。紫盖连延接天柱，石廪腾掷堆祝融。"

〔七〕碧海磨青铜：渭海市已消失，海面澄澈如镜。赵克宜赞此句"摹写尽致"。（《苏诗评注汇抄》卷十二）

〔八〕"新诗绮语亦安用"二句：王文诰《苏诗编注集成》卷二十六："此诗出之他人，则'斜阳'二句已可结矣。公必找截干净而唱叹无穷，此犹海市灵奇不可以端倪也。"纪昀曰："是海市结语，不是观海结语。"（《纪评苏诗》卷二十六）

书文与可墨竹〔一〕

苏　轼

亡友文与可有四绝：诗一，楚辞二，草书三，画四。与可尝云："世无知我者，惟子瞻一见，识吾妙处。"既没七年，其睹遗迹，而作是诗。

笔与子皆逝，诗今谁为新？
空遗运斤质〔二〕，却吊断絃人〔三〕。

（卷二十六）

注

〔一〕苏轼《文与可画筼筜谷偃竹记》："元丰二年（1079）正月二十日，与可没于陈州。"诗序谓与可"既没七年"，可知此诗作于元丰八年（1085）。文同，见苏洵《与可许惠所画舒景，以诗督之》诗注〔一〕。苏辙一女适文同之子。文同诗、文、书、画皆佳，但世多只好其画。苏轼《文与可画墨竹屏风赞》："与可之文，其德之糟粕；与可之诗，其文之毫末。诗不能尽，溢而为书，变而为画，皆诗之余。其诗与文，好者益寡。有好其德如好其画者乎？悲夫！"赞与诗序，对文同的评价完全一致；诗则集中抒发了对友人的怀念。

〔二〕运斤质：见苏轼《次韵张安道读杜诗》注〔一九〕。运斤质即"立不失容"的对手"郢人"。

〔三〕断絃人：《吕氏春秋·本味》："钟子期死，伯牙破琴绝弦，终身不复鼓琴。"以上二典皆谓文同死后，自己没有对手和知音了。

惠崇春江晚景二首〔一〕

苏 轼

竹外桃花三两枝，春江水暖鸭先知〔二〕。

蒌蒿满地芦芽短〔三〕，正是河豚欲上时〔四〕。

两两归鸿欲破群〔五〕，依依还似北归人。

遥知朔漠多风雪，更待江南半月春。

（卷二十六）

注

〔一〕元丰八年（1085）初归京城时作。惠崇：宋初九僧之一，能诗善画。《图画见闻志》卷四："建阳僧慧崇工画鹅雁鹭鸶，尤工小景，善为寒汀远渚，潇洒虚旷之象，人所难到也。"这是著名的题画诗，第一首为咏戏鸭图，以鸭的先知水暖写春回大地；第二首咏归雁图，写北方春晚，仍多风雪。纪昀称这两首诗"兴象实为深妙，亦有情韵"。（《纪评苏诗》卷二十六）

〔二〕鸭先知：毛奇龄《西河诗话》卷五："水中之物，皆知冷暖，必先及鸭，妄矣！"袁枚《随园诗话》卷三："若持此论诗，则《三百篇》句句不是。'在河之洲'者，斑鸠、鸤鸠皆可在也，何必'雎鸠'耶！'止邱隅'者，黑鸟、白鸟皆可止也，何必'黄鸟'耶！"袁说甚是。

〔三〕蒌蒿：王士禛《居易录》卷十三："蒌蒿也，生下田，初出可啖，江东用羹鱼。故坡诗云：'蒌蒿满地芦芽短，正是河豚欲上时。'七字非泛咏景物，可见坡诗无一字无来历也。"

〔四〕河豚：鱼名，产于海，春初始沿江而上。梅尧臣《河豚》："春洲生荻芽，春岸飞杨花。河豚于此时，贵不数鱼虾。"赵克宜评此诗说："指点境象，饶有余味，正以题画佳耳。若实赋，则味减。"（《苏诗评注汇钞》卷十二）

〔五〕破群：离群。《后汉书·刘梁传》："梁常疾世多利交，乃著《破群论》。"赵克宜："二诗皆善于虚处设想，此首入想尤曲。"（《苏诗评注汇钞》卷十二）

附录

汪师韩：吹畦风馨，适然相值。（《苏诗选评笺释》卷四）

西太一见王荆公旧诗，偶次其韵二首〔一〕
苏　轼

秋早川原净丽，雨余风日清酣。

从此归耕剑外〔二〕，何人送我池南〔三〕？

但有樽中若下〔四〕，何须墓上征西〔五〕！

闻道乌衣巷口〔六〕，而今烟草萋迷。

（卷二十七）

注

〔一〕元祐元年（1086）京城作。西太一：宫名。洪迈《容斋三笔》卷七《太一推算》："天圣己巳岁入西南坤位，故修西太乙宫于八角镇。""王荆公旧诗"为《题西太一宫壁》："柳叶鸣蜩绿暗，荷花落日红酣。三十六陂春水，白头相见江南。""二十年前此地，父兄持我东西。今日重来白首，欲寻旧迹都迷。"蔡絛《西清诗话》卷中谓苏、王虽相诮，"然胜处未尝不相倾慕。元祐间东坡奉祠西太乙，见公旧题……注目久之曰：此老野狐精也！"时王安石刚去世，前首谓自己归耕时，王再也不可能送他；后首对王死后门庭冷落发出了深沉的感慨。

〔二〕剑外：即剑阁以南，指蜀地。杜甫《闻官军收河南河北》："剑外忽传收蓟北。"

〔三〕池南：池阳（今陕西泾阳西北）之南，指归蜀之路。

〔四〕若下：即吴兴若下村，以产酒闻名，此代指酒。山谦之《吴兴记》："上若、下若村，并出美酒。"

〔五〕墓上征西：曹操《让县自明本志令》："欲望封侯作征西将军，然后题墓道言：'汉故征西将军曹侯之墓。'此其志也。"

〔六〕乌衣巷：在金陵秦淮河南，东晋王、谢住地。此指王安石在金陵的府宅。刘禹锡《乌衣巷》："朱雀桥边野草花，乌衣巷口夕阳斜。旧时王谢堂前燕，飞入寻常百姓家。"《续资治通鉴》卷七十九：元祐元年四月王安石卒，司马光病中闻之，亟简吕公著曰："不幸介甫谢世，反复之徒，必诋毁百端。光以为朝廷特宜优加厚礼，以振起浮薄之风。"黄庭坚亦有《次韵王荆公题西太一宫壁二首》，针对"诋毁百端"者发出了"真是真非安在，人间北看成南"的感慨。

附录

纪昀：六言难得如此流利。(《纪评苏诗》卷二十七)

次韵子由书李伯时所藏韩幹马〔一〕

苏　轼

潭潭古屋云幕垂〔二〕，省中文书如乱丝〔三〕。

忽见伯时画天马，朔风胡沙生落锥〔四〕。

天马西来从西极〔五〕，势与落日争分驰。

龙膺豹股头八尺，奋迅不受人间羁。

元狩虎脊聊可友〔六〕，开元玉花何足奇〔七〕！

伯时有道真吏隐〔八〕，饮啄不羡山梁雌〔九〕。

丹青弄笔聊尔耳，意在万里谁知之？

幹惟画肉不画骨〔一〇〕，而况失实空留皮。

烦君巧说腹中事，妙语欲遣黄泉知〔一一〕。

君不见韩生自言无所学，厩马万匹皆吾师〔一二〕。

(卷二十八)

注

〔一〕元祐二年（1087）京城作。李公麟（1049—1106），字伯时，舒州舒城（今属安徽）人。南唐先主李昇诸孙。举进士，博学好古，长于诗，画特精绝，是宋代最有成就的画家。韩幹，见苏轼《书韩幹牧马图》。苏辙作《韩幹三马》，此为苏轼和作。此诗名为咏韩幹马，而前十四句都是咏李伯时所画天马；仅后六句才批评韩幹"画肉不画骨""失实空留皮"，原因就在于韩幹"无所学"，仅以厩马为师。《纪评苏诗》卷二十八："只就伯时生情，韩幹只于笔端萦绕，运意运笔，俱极奇幻。"赵克宜《苏诗评注汇钞》卷十三："纪云用笔奇幻，固然；但题是书韩幹马，亦似太脱。"评价虽不同，但均承认放笔纵写为本诗特点。

〔二〕潭潭：深邃宽大貌。韩愈《读符书城南》："一为公与相，潭潭府中居。"

〔三〕省：指中书省，时苏轼为中书舍人。

〔四〕锥：笔锋。

〔五〕天马西来从西极：《史记·大宛列传》：武帝时，"得乌孙好马，名曰天马。及得大宛汗血马，益壮，更名乌孙马曰西极，名大宛马曰天马"。

〔六〕元狩虎脊聊可友：谓只有汉代所获天马才可与之匹配。元狩：汉武帝年号，前122—前117年。汉《郊祀歌》第十章《天马》，一为"元狩三年马生渥洼水中作"；虎脊：指"太初四年诛宛王获宛马作"，其中有"天马来，出泉水。虎脊两，化若鬼"句。

〔七〕开元玉花：开元：唐玄宗年号，713—741年。玉花：玉花骢。杜甫《丹青引赠曹将军霸》："先帝天马玉花骢，画工如山貌不同。"

〔八〕吏隐：虽居官而有如隐居，不以吏禄为怀。

〔九〕饮啄不羡山梁雌：谓不需羡慕居山梁的人。《庄子·养生主》："泽雉十步一啄，百步一饮，不蕲畜乎樊中。"

〔一〇〕幹惟画肉不画骨：杜甫《丹青引赠曹将军霸》成句。《纪评苏诗》卷二十八："至此才入韩幹，用笔之妙，前无古人。"

〔一一〕"烦君巧说腹中事"二句：《纪评苏诗》卷二十八："此'君'字指子由也，此亦必见原唱乃知者。"苏辙原唱有"画师韩幹岂知道，画马不独画马皮。画出三马腹中事，似欲讥世人莫知"语。黄泉：人死后埋葬的墓穴，此指已死的韩幹。

〔一二〕"君不见"二句：《名画记》："上令韩幹师陈闳，怪其不问，幹曰：'臣自有师，陛下内厩马，皆臣师也。'"人们常以"厩马万匹皆吾师"来说明苏轼强调向实践学习，这

152

是对苏诗的误解。苏轼实际上是不同意苏辙对韩幹的评价的，也不同意韩幹的"无所学"，仅以厩马为师。苏轼论画贵写意，贵文人画，这就应有所学，懂画外之事。

书晁补之所藏与可画竹三首〔一〕

苏 轼

与可画竹时，见竹不见人。
岂独不见人，嗒然遗其身〔二〕。
其身与竹化〔三〕，无穷出清新。
庄周世无有，谁知此凝神〔四〕。

若人今已无〔五〕，此竹宁复有？
那将春蚓笔〔六〕，画作风中柳？
君看断崖上，瘦节蛟蛇走。
何时此霜竿，复入江湖手〔七〕。

晁子拙生事，举家闻食粥〔八〕。
朝来又绝倒〔九〕，诨墨得霜竹〔一〇〕。
可怜先生盘，朝日照首蓿〔一一〕。
吾诗固云尔，可使食无肉〔一二〕。

（卷二十九）

注 ————————————————————————————————

〔一〕元祐二年（1087）京城作。晁补之（1053—1110），字无咎，号归来子，巨野（今属山东）人，苏门四学士之一。著有《鸡肋集》《晁氏琴趣外编》。与可即文同。第一首谓与可画竹，精神高度集中；第二首谓与可去世后，再也没有那样好的画竹；第三首咏晁补之藏与可之画。

〔二〕嗒然：物我皆忘之貌。《庄子·齐物论》："嗒焉似丧其耦。"

〔三〕其身与竹化：汪师韩《苏诗选评笺释》卷四："读'其身与竹化'一语，觉《墨君堂记》为繁。"纪昀《评苏文忠公诗》卷二十九："亦有手与笔化之妙。"

〔四〕凝神：《庄子·达生》："用志不分，乃疑于神。"《仇池笔记·以意改书》："近世人轻以意改书。鄙贱之人，好恶多同。从而和之，遂使古书日就舛讹……蜀本《庄子》云：'用志不分，乃疑于神。'此于《易》'阴疑于阳'，《礼》'使人疑女于夫子'同。今四方本皆作凝。"翁方纲《苏诗补注》卷五："乃疑于神者，谓直与神一般耳，非谓见疑之疑也。坡公所引《易》《礼》二语，其释疑字最精。"

〔五〕若人：那人，指文同，同卒于元丰二年。

〔六〕那：谁。春蚓笔：《晋书·王羲之传》："（萧子云）：无丈夫之气，行行若萦春蚓，字字如绾秋蛇。"谓其笔法低劣。赵克宜《苏诗评注汇钞》卷十三："春蚓、风柳，谓拙工画竹之弱也。"

〔七〕"何时此霜竿"二句：纪昀《评苏文忠公诗》卷二十九："忽尔宕开，正以不规规收缴为妙。"赵克宜《苏诗评注汇钞》卷十三："结有远致。"汪师韩《苏诗选评笺释》卷四："次作见画而思其人，却言人亡而画不复得，珍惜之至。"

〔八〕"晁子拙生事"二句：颜真卿《乞米帖》："拙于生事，举家食粥已数月矣。"

〔九〕绝倒：佩服之至。《世说新语·赏誉下》："王平子迈世有隽才，少所推服，每闻卫玠言，辄叹息绝倒。"

〔一〇〕谀墓得霜竹：谓给人作墓志，得与可画竹以为酬谢。《新唐书·刘叉传》："（刘叉）因持（韩）愈金数斤去，曰：'此谀墓中所得耳，不若与刘君为寿。'"

〔一一〕"可怜先生盘"二句：据《唐摭言》载，薛令之为东宫侍读，题诗公署云："朝日上团团，照见先生盘。盘中何所有？苜蓿长阑干。"

〔一二〕"吾诗固去耳"二句：苏轼自注："吾旧诗云：可使食无肉，不可使居无竹。"

书鄢陵王主簿所画折枝二首〔一〕

苏 轼

论画以形似，见与儿童邻。

赋诗必此诗，定非知诗人〔二〕。

诗画本一律，天工与清新。

边鸾雀写生[三]，赵昌花传神[四]。

何如此两幅，疏淡含精匀！

谁言一点红，解寄无边春[五]？

瘦竹如幽人[六]，幽花如处女。

低昂枝上雀，摇荡花间雨。

双翎决将起，众叶纷自举[七]。

可怜采花蜂，清蜜寄两股。

若人富天巧，春色入毫楮。

悬知君能诗，寄声求妙语[八]。

（卷二十九）

注

〔一〕元祐二年（1087）京城作。鄢陵：古地名，今河南鄢陵西北。王主簿：其人不详。前首以驾空议论起，归结到论王主簿之画；后首以论王之画起，却以回应前首议论作结。

〔二〕"论画以形似"四句：纪昀《评苏文忠公诗》卷二十九："识入深微，不嫌说理。"赵克宜《苏诗评注汇钞》卷十三："信笔拈出，自足千古。"此论其写法。葛立方《韵语阳秋》卷十四："欧阳文忠公诗云：'古画画意不画形，按诗咏物无隐情。忘形得意知者寡，不若见诗如见画。'东坡诗云……或谓二公所论不以形似，当画何物？曰：非谓画牛作马也，但以气韵为主尔。"王若虚《滹南诗话》卷二："夫所贵于画者，为其似耳。画而不似，则如勿画。命题而赋诗，不必此诗，果为何语？然则坡之论非欤？曰：论妙于形似之外，而非遗其形似；不窘于题，而要不失其题，如是而已耳。"此论苏诗所本及其主旨。

〔三〕边鸾：京兆（今陕西西安）人，唐代画家，善画花鸟折枝，见《唐朝名画录》。

〔四〕赵昌：字昌之，广汉（今属四川）人，北宋画家，善画花，见范镇《东斋记事》卷四。

〔五〕"谁言一点红"二句：谓可通过一枝红花，反映无限春光。

〔六〕瘦竹如幽人：纪昀《评苏文忠公诗》卷二十九："生趣可掬。"

〔七〕"双翎决将起"二句：赵克宜《苏诗评注汇钞》卷四："十字清遒，宛如见画。"

155

决：急起貌。《庄子·逍遥游》：“决起而飞。”

〔八〕“若人富天巧”四句：纪昀《评苏文忠公诗》卷二十九：“忽回应前首作章法，可谓法之所向，无不如志。”

附录

汪师韩：（前首）直以诗画三昧举示来哲。次首言竹、言花、言雀、言蜂，又言花之枝，花之叶，花间之雨，雀之翎，蜂之蜜，合之广大，析之精微，浓淡浅深，得意必兼得格。（《苏诗选评笺释》卷四）

书王定国所藏《烟江叠幛图》〔一〕
苏　轼

江上愁心千叠山，浮空积翠如云烟。

山耶云耶远莫知，烟空云散山依然〔二〕。

但见两崖苍苍暗绝谷，中有百道飞来泉。

萦林络石隐复见，下赴谷口为奔川〔三〕。

川平山开林麓断，小桥野店依山前。

行人稍度乔木外，渔舟一叶江吞天〔四〕。

使君何从得此本？点缀毫末分清妍。

不知人间何处有此境？径欲往买二顷田〔五〕。

君不见武昌樊口幽绝处〔六〕，东坡先生留五年〔七〕。

春风摇江天漠漠，暮云卷雨山娟娟。

丹枫翻鸦伴水宿，长松落雪惊昼眠〔八〕。

桃花流水在人世，武陵岂必皆神仙。

江山清空我尘土，虽有去路寻无缘〔九〕。

还君此画三叹息，山中故人应有招我归来篇〔一〇〕。

（卷三十）

·诗 选·

注 ————————————————————————————————

〔一〕元祐三年（1088）京城作。王巩，字定国，宋初宰相王旦之孙，工部尚书王素之子。巩有隽才，长于诗，与苏轼游。轼贬黄州，巩亦坐贬。著有《甲申杂记》等。《烟江叠嶂图》：苏轼自注："王晋卿画。"王诜，字晋卿，娶英宗女魏国大长公主，为驸马都尉。与苏轼游，入党籍，被谪卒。能书善画工弈棋，作宝绘堂藏古今书画，苏轼为作记。王文诰《苏诗编注集成》卷三十："此诗即用两扇法，以上自首句（指前十二句）凭空突起，至此为一扇，道图中之景也。自'使君'句起至此（指中十四句）为一扇，道观图之人也。后仅以二句作结。"汪师韩《苏诗选评笺释》卷四："竟是为画作记，然摹写之神妙，恐作记反不能如韵语之曲尽而有情也。'君不见'以下烟云卷舒，与前相称，无非以自然为主，以元气为根。"

〔二〕"江上愁心千叠山"四句：写叠嶂，纪昀《评苏文忠公诗》卷三十："奇精幻景，笔足达之。"

〔三〕"但见两崖苍苍暗绝谷"四句：写山中飞泉。

〔四〕"川平山开林麓断"四句：写山外烟江之景。

〔五〕"使君何从得此本"四句：承上启下之。赵克宜《苏诗评注汇钞》卷十四："顿笔，生出下文。"使君：指王定国。此本：指《烟江叠嶂图》。二顷田：《史记·苏秦列传》："苏秦曰：'使我有洛阳负郭田二顷，吾岂能佩六国相印乎？'"

〔六〕武昌：今湖北鄂城。樊口：在黄冈南岸。

〔七〕留五年：苏轼自元丰三年二月到达黄州贬所至元丰七年四月离黄州，不足五年。

〔八〕"春风摇江天漠漠"四句：写黄冈四季景色及自己贬居黄州时的闲适生活。

〔九〕"桃花流水在人世"四句：陶潜《桃花源记》："晋太元中，武陵人捕鱼为业，缘溪行，忘路之远近。忽逢桃林……太守即遣人随其往，寻向所志，遂迷不复得路。"胡仔《苕溪渔隐丛话》前集卷三载东坡语："世传桃源事，多过其实。考渊明所记，止言先世避秦乱来此。则渔人所见，似是其子孙，非秦人不死者也。又云：'杀鸡作食'，岂有仙而杀者乎？"

〔一〇〕"还君此画三叹息"二句：前句结图，后句结观图之人。查慎行《初白庵诗评》卷中："随手关合，结构谨严。"《楚辞·招隐士》："王孙兮归来，山中兮不可以久留。"此用其字面，谓黄冈故人正等着自己归隐黄冈。

寄蔡子华〔一〕

苏 轼

故人送我东来时，手栽荔子待我归。

荔子已丹吾发白，犹作江南未归客。

江南春尽水如天，肠断西湖春水船。

想见青衣江畔路〔二〕，白鱼紫笋不论钱。

霜髯三老如霜桧〔三〕，旧交零落今谁辈〔四〕？

莫从唐举问封侯〔五〕，但遣麻姑更爬背〔六〕。

（卷三十一）

注

〔一〕元祐五年（1090）知杭州时作。蔡褒，字子华，眉州青神人。此诗前四句写故人盼己去而不得归，中四句写身在西湖而心在故乡，后四句感叹旧交零落，封侯何用，全诗集中抒发了思念故乡和故人的感情。纪昀认为此诗"风韵特佳，如出初唐人手"。（《评苏文忠公诗》卷十一）赵克宜也说："纯用婉约之笔，而音节琅然。"（《苏诗评注汇钞》卷十四）

〔二〕青衣江：见苏轼《初发嘉州》注〔五〕。

〔三〕三老：指蔡子华、杨君素、王庆源。王十朋《苏诗集注》引尧卿曰："先生（苏轼）曰：王十六秀才将归蜀，云子华宜德蔡丈见讬求诗。梦中为作四句，觉而成之，以寄子华，仍请以示杨君素、王庆源二老人，乃元祐五年二月七日也。所谓三老者如此。"

〔四〕今谁辈：现在谁与同流。辈：同列、同流。

〔五〕唐举：《史记·蔡泽传》："（蔡泽）尝从唐举相，举熟视而笑曰：'吾闻圣人不相，殆先生乎？'"

〔六〕麻姑：传说中的女仙，手指像鸟爪，蔡经以为"背大痒时，得此爪以爬背，当佳。"见葛洪《神仙传》。

与叶淳老、侯敦夫、张秉道同相视新河，
秉道有诗，次韵二首（选一）[一]

苏轼

荆溪父老愁三害，下斩长蛟本无赖[二]。

平生倔强韩退之，文字犹为鳄鱼戒[三]。

石门之役万金耳[四]，首鼠不为吾已隘[五]。

江湖开塞古有数[六]，两鹊飞来告成坏[七]。

劝农使者非常人[八]，一言已破黎民骇。

上饶使君更超轶，坐睨浮山如累块[九]。

髯张乃我结袜生[一〇]，诗酒淋漓出狂怪。

我作水衡君作丞[一一]，他日归朝同此拜。

（卷三十三）

注

〔一〕元祐六年（1091），知杭州时作。苏轼知杭州期间，除疏浚钱塘六井和西湖外，还曾拟开运河，以避浮山之险。据苏轼《乞相度开石门河状》，在钱塘江中一浮山，与渔浦诸山相望，犬牙交错。江潮东来，势如雷霆，与山石相激，每年吞没不少公私船只。苏轼主张在浙江上流石门凿一运河，以避浮山之险。为开石门河，苏轼曾与叶淳老、侯敦夫、张秉道等"躬往按视"。百姓听说苏轼要开石门河，都"万口一声，以为莫大无穷之利"。但是，由于政敌的阻挠和苏轼被调入京，这一计划未能实现。所选为第二首，前八句以周处、韩愈为民兴利除害反衬朝廷在兴修水利上的犹豫不决，后八句歌颂叶、侯、张三人与他同心协力为民兴利。纪昀认为这两首诗"气机皆骏利"，"此首更恣逸"。（《评苏文忠公诗》卷三十三）

〔二〕"荆溪父老愁三害"二句：《晋书·周处传》："周处，字子隐，义兴阳羡人也。父

鲂，吴鄱阳太守。处少孤，未弱冠，膂力过人，好驰骋田猎，不修细行，纵情肆欲，州曲患之。处自知为人所恶，乃慨然有改励之志，谓父老曰：'今时和岁丰，何苦而不乐耶？'父老叹曰：'三害未除，何乐之有？'处曰：'何谓也？'父老曰：'南山白额猛兽，长桥下蛟，并子为三害矣。'处曰：'若此为患，吾能除之。'……乃入山射杀猛兽，因投水搏蛟。蛟或沉或浮，行数十里，而处与之俱，经三日三夜。人谓死，皆相庆贺。处果杀蛟而返，闻乡里相庆，始知人患己之甚。"遂改前非，一年后州府交辟。无赖：强横狡诈，此指周处"不修细行，纵情肆欲"。

〔三〕"平生倔强韩退之"二句：《旧唐书·李逢吉传》："韩愈性木强。"倔强、木强皆指性格质直刚强。韩愈《祭鳄鱼文》："今与鳄鱼约：尽三日，其率丑类南徙于海，以避天子之命吏。三日不能至五日，五日不能至七日。七日不能是终不肯徙也……必尽杀乃止，其无悔。"

〔四〕石门之役万金耳：苏轼《乞相度开石门河状》："自浙江上流地名石门，并山而东，或因斥卤弃地凿为运河……度用钱十五万贯，用捍江兵及诸郡厢军三千人，二年而成。"

〔五〕首鼠：《史记·魏其武安侯列传》："何为首鼠两端？"裴骃《集解》引服虔曰："首鼠，一前一却也。"首鼠亦作"首施"，朱谋㙔《骈雅·释训》："首施，首鼠，迟疑也。"

〔六〕数：命数。

〔七〕两鹄飞来告成坏：《汉书·翟方进传》："翟方进，字子威，汝南上蔡人也……初，汝南旧有鸿隙大陂，郡以为饶。成帝时，关东数水，陂溢为害。方进为相，与御史大夫孔光共遣掾行视，以为决去陂水，其地肥美，省堤防费而无水忧，遂奏罢之。及翟氏来，乡里归恶，言方进请陂下良田不得而奏罢陂云。王莽时常枯旱，郡中追怨方进，童谣曰：'坏陂谁？翟子威。饭我豆食羹芋魁。反乎覆，陂当复。谁云者，两黄鹄。'"

〔八〕劝农使者：指叶温叟，字淳老，为两浙路转运副使，元祐六年正月调任主客郎中，故苏轼《乞相度开石门河状》称他为"前转运使叶温叟"。

〔九〕"上饶使君更超轶"二句：指侯临，字敦夫，因知信州，信州属上饶郡，故称他为上饶使君。《乞相度开石门河状》："臣伏见前宣德郎前权知信州军州事侯临，因葬所生母于杭州之南荡，往来江滨，相识地形，访闻父老，参之舟人，反复讲求，具得其实"，遂建开河之议。累块，即累土。《列子·周穆王篇》："俯而视之，其下宫榭，若累块积苏焉。"

〔一〇〕嚣张：指张弼，字秉道，杭州人。结袜生：张释之，借以指张秉道。《汉书·张释之传》："王生者善为黄老言，处士，尝召居廷中。公卿尽会立，王生老人，曰'吾袜解’，顾谓释之：‘为我结袜！’释之跪而结之。既已，人或让王生：‘独奈何廷辱张廷尉如此！’王生曰：‘吾老且贱，自度终无益于张廷尉。廷尉方天下名臣，吾故聊使结袜，欲以重之。’诸公闻之，贤王生而重释之。”

〔一一〕我作水衡君作丞：《汉书·龚遂传》：“王生曰：‘天子即问君何以治渤海，君不可有所陈对，宜曰‘皆圣主之德，非小臣之力也’。遂受其言，既至前，上果问以治状，遂对如王生言。天子说其有让，笑曰：‘君安得长者之言而称之？’遂因前曰：“臣非知此，乃臣议曹戒臣也。’上以遂年不任公卿，拜为水衡都尉，议曹王生为水衡丞。”

泛 颍〔一〕
苏 轼

我性喜临水，得颍意甚奇。

到官十日来，九日河之湄〔二〕。

吏民笑相语，使君老而痴。

使君实不痴，流水有令姿〔三〕：

绕郡十余里，不驶亦不迟〔四〕。

上流直而清，下流曲而漪。

画船俯明镜〔五〕，笑问汝为谁？

忽然生鳞甲〔六〕，乱我须与眉〔七〕。

散为百东坡，顷刻复在兹〔八〕。

此岂水薄相〔九〕，与我相娱嬉？

声色与臭味，颠倒眩小儿。

等是儿戏物，水中少磷缁〔一〇〕。

赵陈两欧阳〔一一〕，同参天人师〔一二〕。

观妙各有得，共赋泛颍诗。

（卷三十四）

161

〔一〕元祐六年（1091），知颍州进作。颍，颍水，源出嵩山西南，在安徽寿县正阳关入淮河。前八句总写"喜临水"，中十六句具体描写泛水之乐，末四句以同游各得其妙作结，"游戏成篇，理趣具足，深于禅理，手敏心灵"。（查慎行《初白庵诗评》卷中）纪昀认为此诗风格"源出次山（元结），而运以本色机轴，遂成奇调"。（《纪评苏诗》卷三十四）

〔二〕湄：水草交接的岸边。《诗·秦风·蒹葭》："所谓伊人，在水之湄。"

〔三〕令姿：美姿。晋傅咸《赠何劭王济》："金珰缀惠文，煌煌发令姿。"

〔四〕不驶亦不迟：陶潜《和尚西曹》成句，谓不行驶亦不迟留，任船飘行。

〔五〕明镜：形容水面平静清澈如镜，韩愈《酬卢给事》："曲江千顷秋波净，平铺红蕖盖明镜。"

〔六〕鳞甲：喻水波。

〔七〕乱我须与眉：《庄子·天道》："水静则明烛须眉。"此反用其意。

〔八〕"散为百东坡"二句：纪昀《评苏文忠公诗》卷三十四："眼前语写成奇采，此为自在神通。"赵克宜《苏诗评注汇钞》卷十五："情事极琐，拈出却成妙语，此翁长技。"

〔九〕薄相：亦作"亳相""白相"，游玩、玩笑。

〔一〇〕"声色与臭味"四句：王十朋《苏诗集注》引次公曰："因言临水，乃论玩水之好，贤于声色臭味之好也。"

〔一一〕赵陈两欧阳：赵，指赵令畤，字德麟，宗室子，时为颍州签书判官。陈，指陈师道，苏门四学士之一，时为颍州教授。两欧阳，指欧阳修之子欧阳棐、欧阳辩，时居于颍。苏轼知颍州半年，与此三人唱和甚多。

〔一二〕天人师：王十朋《苏诗集注》引次公曰："天人师，言佛也。"

感旧诗 并序〔一〕
苏 轼

嘉祐中，予与子由同举制策，寓居怀远驿，时年二十六，而子由二十三耳。一日秋风起，雨作，中夜翛然〔二〕，始有感慨离合之意。自尔宦游四方，不相见者十尝八九。每夏秋之交，风雨作，木落草衰，辄凄然有此感，盖三十年矣。元丰中谪居黄冈，而子由亦贬筠州，尝作诗以纪其事〔三〕。元祐六年予自杭州召还，寓居子由东府〔四〕，数月复出领汝阴，时年予五十六矣。乃作诗留别子由而去。

> 床头枕驰道〔五〕，双阙夜未央〔六〕。
>
> 车毂鸣枕中，客梦安得长？
>
> 新秋入梧叶，风雨惊洞房〔七〕。
>
> 独行残月影，怅焉感初凉。
>
> 筮仕记怀远〔八〕，谪居念黄冈。
>
> 一往三十年〔九〕，此怀未始忘。
>
> 扣门呼阿同〔一〇〕，安寝已太康〔一一〕。
>
> 青山映华发，归计三月粮〔一二〕。
>
> 我欲自汝阴，径上潼江章〔一三〕。
>
> 想见冰盘中，石蜜与柿霜〔一四〕。
>
> 怜子遇明主，忧患已再尝〔一五〕。
>
> 报国何时毕？我心久已降〔一六〕！

（卷三十三）

注 ————————————————————————————————

〔一〕元祐六年（1091），京城作。这年二月苏轼以翰林学士承旨自杭州召还，五月至京，八月因再次遭到洛党攻击出知颍州（治所在汝阴，今安徽阜阳）。此诗即作于赴颍州前。由于厌倦官场争斗，诗中集中抒发了一生的归隐之志。前八句写"寓居子由东府"，"筮仕记怀远"四句为忆旧，一生不忘归隐；"扣门呼阿同"八句写眼下归隐的打算；最后四句是与子由嘱别之词。纪昀称此诗为"真至之言，自然浑厚。"（《评苏文忠公诗》卷三十三）赵克宜也说："淡语能移人之情。"（《苏诗评注汇钞》卷十五）全诗如叙家常，却真挚感人。

〔二〕翛（xiāo）然：《庄子·大宗师》："翛然而往，翛然而来而已矣。"郭庆藩《庄子集释》引司马云："翛，疾貌。"

〔三〕尝作诗以纪其事：指《初秋寄子由》："忆在怀远驿，闭门秋暑中。"

〔四〕东府：据《宋史·职官志》二载，枢密院与中书省对持文武二柄，号为二府。东府掌文事，参政佐之；西府掌武事，副使佐之。时苏辙任尚书右丞，居东府。

〔五〕枕驰道：王十朋《苏诗集注》引次公曰："东府在驰道旁，故云'枕驰道'也。"

〔六〕阙：宫门望楼。夜未央：夜未尽。《诗·小雅·庭燎》："夜如何？其夜未央。"

〔七〕洞房：深邃之室。

〔八〕筮仕：初仕，占卦以卜吉凶。怀远：怀远驿。

〔九〕三十年：苏轼自嘉祐六年（1061）初仕凤翔至元祐六年（1091），整三十年。

〔一〇〕阿同：苏轼自注："子由，一字同叔。"

〔一一〕太康：甚太康。《诗·唐风·蟋蟀》："无已太康，职思其居。"

〔一二〕三月粮：《庄子·逍遥游》："适千里者三月聚粮。"

〔一三〕径上潼江章：苏轼自注："予欲请东川而归。"潼江：水名，属潼川府，府治在今四川三台，旧称东川。

〔一四〕石蜜与柿霜：苏轼自注："二物皆东川所出。"石蜜：《齐名要术·异物志》："交趾煎甘蔗汁，曝凝如冰，食之，入口消失，时人谓之石蜜。"即今之冰糖。柿霜：即柿饼。《果谱》："柿霜即柿饼所出霜也，乃柿中精液。"

〔一五〕"怜子遇明主"二句：王文浩《苏诗编注集成》卷三十三："遇明主，指宣仁（太后）擢居政地，非泛言累朝也。子由甫登右辖，即出待罪，继又有奸臣蛇豕之攻，故云'忧患再尝'也。"

〔一六〕"报国何时毕"二句：王文浩（同上）："公初以亲嫌请郡，子由亦累章避兄。及公出，仍以亲嫌为名。子由心所不安，复请罢政，故作此诗以慰之。在公之意，谓举朝嫉我者众，我已无意得政……故曰'报国何时毕，我心久已降'也。"

送运判朱朝奉入蜀〔一〕

苏 轼

霭霭青城云〔二〕，娟娟峨眉月〔三〕。

随我西北来，照我光不灭。

我在尘土中〔四〕，白云呼我归。

我游江湖上，明月湿我衣。

岷峨天一方，云月在我侧〔五〕。

谓是山中人，相望了不隔。

梦寻西南路，默数长短亭〔六〕。

似闻嘉陵江，跳波吹锦屏〔七〕。

送君无一物，清江饮君马。

路穿慈竹林〔八〕，父老拜马下。

不及惊走藏，使者我友生〔九〕。

听讼如家人，细说为汝评。

若逢山中友，问我归何日？

为话腰脚轻，犹堪踏泉石〔一〇〕。

（卷三十四）

注

〔一〕元祐六年（1091），知颍州时作。运判：转运使判官。朝奉：朝奉郎。朱朝奉：一本作《送朱世昌使蜀》，世昌事迹亦不详。此诗名为送朱入蜀，但"通幅自写己意"，前十六句围绕岷峨云月，自抒思乡之情；后十二句转入送朱，但"说朱处亦仍是说蜀"（纪昀《评苏文忠公诗》卷三十四），着重抒发了对家乡父老的思念。此诗四句一转运韵，汪师韩《苏诗选评笺释》卷五："五言换韵，体制最古，而后人少效之者，以其气象易断而情韵反减耳。此则累累如贯珠，清妙之音，读之百回不厌也。"赵克宜《苏诗评注汇钞》卷十五："五古转运体，蝉联断续，饶有古意。"

〔二〕霭霭：云密集貌。陶潜《停云》："霭霭停云，蒙蒙时雨。"青城：在四川灌县（今都江堰市）西南。杜甫《丈人山》："自为青城客，不唾青城地……丈人祠西佳气浓，绿云凝住最高峰。"

〔三〕娟娟：美好貌，杜甫《狂夫》："风含翠篠娟娟静。"峨眉：山名，在四川峨眉山

165

市西南。

〔四〕我在尘土中：谓自己风尘仆仆，在外做官。

〔五〕"岷峨天一方"二句：赵克宜《苏诗评注汇钞》卷十五："即'隔千里兮共明月'（谢希逸《月赋》）意。"岷峨：岷，指岷山，此指青城山。《青城山记》："蜀之山近江源者，通谓之岷山，连峰接岫，千里不绝，青城乃第一峰也。"峨，即峨眉山。

〔六〕长短亭：《白孔六帖》卷九："十里一长亭，五里一短亭。"

〔七〕锦屏："锦"一作"枕"。今四川阆中有锦屏山，当以"锦"为是。

〔八〕慈竹：竹之一种，蜀中盛产。赞宁《笋谱》："慈竹，笋四时生，其竹内实而节疏。"

〔九〕使者：指朱朝奉。

〔一〇〕"若逢山中友"四句：托朱捎的口信。纪昀《评苏文忠公诗》卷三十四："妙以本意（思蜀）作结，而仍不冷落朱一边。"

仆所藏仇池石，希代之宝也。王晋卿以小诗借观，意在于夺，仆不敢不借，然以此诗先之〔一〕

苏　轼

海石来珠浦〔二〕，秀色如蛾绿〔三〕。

坡陀尺寸间〔四〕，宛转陵峦足。

连娟二华顶〔五〕，空洞三茅腹〔八〕。

初疑仇池化〔七〕，又恐瀛州蹙〔八〕。

殷勤峤南使〔九〕，馈饷扬州牧。

得之喜无寐，与汝交不渎〔一〇〕。

盛以高丽盆，藉以文登玉〔一一〕。

幽光先五夜，冷气压三伏〔一二〕。

老人生如寄，茅舍久未卜。

一夫幸可致，千里常相逐〔一三〕。

风流贵公子，窜谪武当谷〔一四〕。

见山应已厌，何事夺所欲？

欲留嗟赵弱，宁许负秦曲。

传观慎勿许，间道归应速〔一五〕。

（卷三十六）

注

〔一〕元祐八年（1093）京城作。王士禛《秦蜀后记》（上）云："坡平生爱奇石，尝取文登弹子涡石，以诗遗垂慈堂老人；得齐安江石，作《怪石供》以遗佛印；又从程德孺得仇池石，以高丽大铜盆盛之；湖口李正臣蓄异石，九峰玲珑，坡欲以百金易之，名之曰壶中九华；又有石芝、沉香石，集中别有醉道士石、怪石石斛，要皆以坡传耳。"此诗集中反映了苏轼"爱奇石"及当年朋友间戏谑之情。前八句叙仇池石之状，中十二句叙石之来历及自己对它的珍藏；最后八句写王定国借石并促其及时归还。一件小事，确实被他写得来"委曲而疏畅"（《纪昀《评苏文忠公诗》卷三十六）。关于这场公案，苏轼还有二诗：《王晋卿示诗欲夺海石，钱穆父、王仲至、蒋颖叔皆次韵。穆、至二公以为不可许，独颖叔不然。今日颖叔见访，亲睹此石之妙，遂悔前语。仆以为晋卿岂可终闭不予者？若能以韩幹二散马易之者，盖可许也。复次前韵》、《轼欲以石易画，晋卿难之。穆父欲兼取二物，颖叔欲焚画碎石，乃复次前韵，并解二诗之意》。仅从诗题就可看出这群文人当年以收藏书画奇石为乐。

〔二〕珠浦：一作"珠宫"，王文诰《苏诗编注集成》卷三十六："珠江、珠浦并在岭南，以公自注证之，信珠浦无疑也。"

〔三〕蛾绿：据钱易《南部新书》载，青黛螺，光明鲜翠，每一螺值千金，当时名之曰蛾绿。

〔四〕坡陀：不平貌。韩愈《记梦》："石坛坡陀可坐卧。"

〔五〕二华：二山名，在陕西华阴县。张衡《西京赋》："缀以二华。"注："太华，少华也。"

〔六〕三茅：一名句曲山。《真诰》："句曲之山，为大茅君、中茅君、小茅君三山焉。"

〔七〕仇池：山名，在甘肃成县西。杜甫《秦州杂诗》有"万古仇池穴，潜通小洞天"句。

〔八〕瀛州：海上三仙山之一。张衡《西京赋》："列瀛州与方丈，夹蓬莱而骈罗。"蹙：促迫，狭隘。

〔九〕"殷勤峤南使"二句：苏轼自注："仆在扬州，程德孺自岭南解官还，以此石见遗。"峤南，即岭南。程之元，字德孺，苏轼的表弟，以父荫入官，官至两浙转运使。

〔一〇〕交不渎：《周易·系辞下》："君子上交不谄，下交不渎。"渎：污渎。

〔一一〕"盛以高丽盆"二句：苏轼自注："仆以高丽所饷大铜盆贮之，又以登州海石如碎玉者附其足。"高丽即今朝鲜。文登即登州，治所在今山东蓬莱。

〔一二〕"幽光先五夜"二句：谓仇池石光亮并给人以清凉之感。五夜：又叫五鼓、五更。《颜氏家颜·书证》："汉魏以来谓为甲夜、乙夜、丙夜、丁夜、戊夜。"三伏：即初伏、中伏、末伏，一年中最热的时候。

〔一三〕"一夫幸可致"二句：谓仇池石很小，一人即可带走，随时随地都可陪伴着自己。

〔一四〕"风流贵公子"二句：王诜（晋卿），为宋初名将王全斌之后，尚蜀国长公主，能诗善画，故称他为"风流贵公子"。苏轼贬黄州，王诜坐贬绛州。公主病，神宗复其官。公主薨，再贬均州（今湖北均县）。武当山即在均县境内。

〔一五〕"欲留嗟赵弱"四句：事见《史记·廉颇蔺相如列传》。赵惠文王时，得楚和氏璧。秦昭王闻之，使人遗赵王书，愿以十五城请易璧。赵王问蔺相如可予否，相如曰："秦强而赵弱，不可不许。"赵王曰："取吾璧，不予我城，奈何？"相如曰："秦以城求璧而赵不许，曲在赵；赵予璧而秦不予城，曲在秦。均之二策，宁许以负秦曲。"相如奉璧入秦，"秦王大喜，传以示美人及左右"。"传观慎勿许"句反用此典，纪昀以为王晋卿"多姬侍"，故苏轼有此语。相如见秦王不予城，遂归璧于赵，后对秦王曰："臣诚恐见欺于王而负赵，故令人持璧归，间至赵矣。""间道归应速"句本此。汪师韩《苏诗选评笺释》卷五："末用归璧事，低徊往复，如见其依依不舍，恋恋有情。"赵克宜《苏诗评注汇钞》卷十六："隶事精妙。此等处若直说，必不能佳。"

书晁说之《考牧图》后〔一〕

苏 轼

我昔在田间，但知羊与牛。

川平牛背稳，如驾百斛舟。

舟行无人岸自移，我卧读书牛不知[二]。

前有百尾羊，听我鞭声如鼓鼙[三]。

我鞭不妄发，视其后者而鞭之[四]。

泽中草木长，草长病牛羊。

寻山跨坑谷，腾趠筋力强[五]。

烟蓑雨笠长林下，老去而今空见画。

世间马耳射东风[六]，悔不长作多牛翁。

（卷三十六）

注

〔一〕元祐八年（1093）京城作。晁说之（1059—1129），字以道，号景迂，清丰（今属河北）人，博极群书，工诗善画，著有《景迂集》。《考牧图》乃据《诗·小雅·无羊》所写西周牧羊生活所作的画，《无羊》小序云："无羊，宣王考牧也。"赵克宜《苏诗评注汇钞》卷十六论此诗结构说："牛羊双起（指前二句），次二韵单说牛（指'川平牛背稳'四句），又次二韵单说羊（指'前有百尾羊'四句），然后二联双承（指'泽中草木长'四句），但见自然，不觉安排，其妙难言。'烟蓑'句总承上文，方好一笔拍题（指'老去而今空见画'）。才拍题即以咏叹作收，意味深长。"全诗"自在流行，曲折无不如志，长短无不中节，殆无复笔墨之痕"。（纪昀《评苏文忠公诗》卷三十六）

〔二〕我卧读书牛不知：《旧唐书·李密传》："乘一黄牛，被以蒲鞯，仍将《汉书》一帙挂于牛角上，一手捉牛靷，一手翻卷书读之。"

〔三〕鼙（pí）：古代军中所击小鼓。

〔四〕视其后者而鞭之：《庄子·达生》成句。

〔五〕腾趠：腾跃。韩愈《岳阳楼》："腾趠较健壮。"

〔六〕"老去而今空见画"二句：全诗写《考牧图》，仅"老去而今"一句。查慎行《初白庵诗评》卷中："陡然入题，不嫌其突，上下神气足矣。"纪昀《评苏文忠公诗》卷三十六："'而今'句一点，'世间'二句仍宕开，收缴前文。通篇只一句著本位，笔力横绝。"东风射马耳：李白《寒食独酌》成句，谓《无羊》之乐，世人都听不进去。

东府雨中别子由〔一〕

苏　轼

庭下梧桐树，三年三见汝。

前年适汝阴〔二〕，见汝鸣秋雨。

去年秋雨时，我自广陵归〔三〕。

今年中山去〔四〕，白首归无期。

客去莫叹息，主人亦是客〔五〕。

对床定悠悠，夜雨空萧瑟〔六〕。

起折梧桐枝，赠汝千里行。

归来知健否？莫忘此时情。

（卷三十七）

注

　　〔一〕元祐八年（1093）京城作。东府，见苏轼《感旧诗》注〔四〕。当时高太后刚去世，哲宗始亲政，政局即将发生巨大变化。苏轼被命出知定州（今河北定县），此诗即作于离京赴定州任时。前八句自叙几年来的动荡生活，后八句即"'客去莫叹息'以下，乃代子由口气，故有'赠汝千里行'句"。（赵克宜《苏诗评注汇钞》卷十七）全诗"清空如话而情味无穷，比较前《初秋寄子由》一章，尤入神品"。（汪师韩《苏诗选评笺释》卷五）

　　〔二〕前年适汝阴：指元祐六年八月因遭洛党攻击而出知汝州。适：往。

　　〔三〕我自广陵归：指元祐八年八月自扬州（即广陵）召还。

　　〔四〕中山：即定州，战国时为中山国，汉为中山郡。

　　〔五〕主人亦是客：赵克宜："盖已逆料子由不安于朝矣。"（《苏诗评注汇钞》卷十六）

　　〔六〕"对床定悠悠"二句：赵克宜："言对床之约无期也。"（《苏诗评注汇抄》卷十七）悠悠：长远、渺茫。苏轼兄弟有对床夜语之约，故云。

次韵滕大夫雪浪石[一]

苏 轼

太行西来万马屯[二]，势与岱岳争雄尊[三]。

飞狐上党天下脊[四]，半掩落日先黄昏[五]。

削成山东二百郡[六]，气压代北三家村[七]。

千峰右卷矗牙帐[八]，崩崖凿断开土门[九]。

竭来城下作飞石，一礮惊落天骄魂。

承平百年烽燧冷，此物僵卧枯榆根[一〇]。

画师争摹雪浪势，天工不见雷斧痕。

离堆四面绕江水[一一]，坐无蜀士谁与论？

老翁儿戏作飞雨，把酒坐看珠跳盆。

此身自幻孰非梦，故国山水聊心存[一二]。

（卷三十七）

注

〔一〕元祐八年（1093）知定州（今河北定县）时作。滕大夫，名兴公，字希靖，时为定州倅。苏轼《雪浪斋铭并序》："予于中山后圃得黑石，白脉，如蜀孙位、孙知微所画石间奔流，尽水之变。又得白石曲阳，为大盆以盛之，激水其上，名其室曰雪浪斋。"此诗前十二句写雪浪石之来历，以为是太行山石"一礮惊落"于此。"画师"二句写雪浪石"如蜀孙位、孙知微所画石"。"离堆"六句写"为大盆以盛之，激水其上"，并由此想到它像故乡"四面绕江水"的离堆。全诗气势磅礴，汪师韩说它"劲气不可断，来则山岭竞举，止则壁岸无阶"。（《苏诗选评笺释》卷五）赵克宜亦云："通篇不写石之正面，却详叙来历。大气鼓荡，语极奇快。"（《苏诗评注汇钞》卷十七）

〔二〕太行：山名，在山西、河北间，位于定州西。查慎行《初白庵诗评》卷中："从

定州形势说起，实兀撑空。"纪昀亦谓"语语挺拔"。(《评苏文忠公诗》卷三十七)

〔三〕岱岳：泰山的别称。

〔四〕飞狐：在河北涞源北，蔚县南，两崖峭立，一线微通，为北方边郡咽喉。上党：在今山西长治。《释名》："党，所也，在山上，其所最高，故曰上党。"

〔五〕半掩落日先黄昏：纪昀："晚行深山中，乃知此句之工。"(《评苏文忠公诗》卷三十七)

〔六〕山东：指太行山之东。王十朋《苏诗集注》引次公："古所谓山东，乃今之河北、晋地是也。"

〔七〕代北：代州（治所在今山西代县）之北。定州在代之北，故云。三家村：人烟稀少的偏僻乡村。

〔八〕千峰右卷蠹牙帐：谓太行诸峰有如军帐（牙帐）蠹立，军旗舒卷。

〔九〕土门：土门口，即井径口。

〔一○〕"曷来城下作飞石"四句：谓为什么太行山石变成了定州城下的一块飞石（指雪浪石），这是因为在同北方匈奴作战时，一炮轰落到此的。这就从太行山石自然过渡到吟雪浪石。查慎行《初白庵诗评》卷中："看他出落脱卸法，便捷如转丸。"赵克宜亦云："入题极其撒脱。"曷来：何来。天骄：匈奴自称天之骄子，见《汉书·匈奴传》。承平百年烽燧冷：苏轼定州所作《乞增修弓箭社条约状》说："臣窃见北虏久和，河朔无事，沿边群郡，军政少弛，将骄卒惰。"此虽在咏雪浪石之来历，但也暗含对北方边防之担心。

〔一一〕离堆：在四川乐山。《汉书·沟洫志》："蜀守李冰凿离堆，避沫水之害。"赵克宜《苏诗评注汇钞》卷十七："此从大处作比，即为结句埋根。"

〔一二〕"此身自幻熟非梦"二句：纪昀《评苏文忠公诗》卷三十七："势须宕开作结。"

南康望湖亭〔一〕

苏 轼

八月渡长湖〔二〕，萧条万象疏。

秋风片帆急，暮霭一山孤。

许国心犹在，康时术已虚。

岷峨家万里，投老得归无〔三〕？

（卷三十八）

注

〔一〕绍圣元年（1094）贬官岭南，途经南康（今江西庐山）时作。前四句写景而景中有情，萧条秋景正反映了他凄凉的心情；后四句抒慨，救国无术，归家不得。

〔二〕长湖：一作重湖，指鄱阳湖。

〔三〕投老：到老，《后汉书·仇览传》：“苦身投老。”

附录

纪昀：但存唐人声貌而无味可咀，此种最害事；而转相神圣，自命曰高，或訾謷辄曰俗，盖盛唐之说行而盛唐之真愈失矣。（《纪评苏诗》卷三十八）

十月二日初到惠州〔一〕

苏　轼

仿佛曾游岂梦中，欣然鸡犬识新丰〔二〕。

吏民惊怪坐何事〔三〕？父老相携迎此翁。

苏武岂知还漠北〔四〕，管宁自欲老辽东〔五〕。

岭南万户皆春色〔六〕，会有幽人客寓公〔七〕。

（卷三十八）

注

〔一〕绍圣元年（1094）初到惠州（今广东惠阳）时作。这首诗反映了当地父老对苏轼无罪远谪的深厚同情，苏轼也做好了长期远谪的思想准备。

〔二〕新丰：故城在陕西临潼县东北。刘歆《西京杂记》卷二载，刘邦之父居长安，思念故乡丰邑，刘邦为"作新丰，并移旧社、衢巷栋宇，物色惟旧，士女老幼相携路首，各知其室，放犬羊鸡鸭于通途，亦竞识其家"。首二句谓初到惠州有如旧地重游。

〔三〕坐：办罪的因由。

〔四〕苏武：字子卿，西汉杜陵（今陕西西安东南）人，出使匈奴，被扣留十九年。漠北：沙漠以北，指匈奴所居之地。还漠北：自漠北还。事见《汉书·苏武传》。

〔五〕管宁（158—241）：字幼安，三国时北海朱虚（今山东临朐东南）人。时天下大乱，避难辽东三十七年。魏文帝征他为太中大夫，明帝征他为光禄勋，都固辞不就。卒，年八十四。事见《三国志·魏志·管宁传》。

〔六〕岭南万户：苏轼自注："岭南万户酒。"

〔七〕幽人：闲居之人。寓公：寄居于此的人，苏轼自指。

十一月二十六日松风亭下梅花盛开〔一〕

苏　轼

春风岭上淮南村，昔年梅花曾断魂〔二〕。

岂知流落复相见，蛮风蜑雨愁黄昏〔三〕。

长条半落荔支浦，卧树独秀桄榔园〔四〕。

岂惟幽光留夜色，直恐冷艳排冬温。

松风亭下荆棘里，两株玉蕊明朝暾〔五〕。

海南仙云娇堕砌，月下缟衣来叩门。

酒醒梦觉起绕树，妙意有在终无言〔六〕。

先生独饮勿叹息，幸有落月窥清樽。

（卷三十八）

注 —————————————————————————————

〔一〕绍圣元年（1094）贬官惠州时作。松风亭：在惠州苏轼住地嘉祐寺附近。前四句

174

写两次贬官均见梅花，中八句正面描写"松风亭下梅花盛开"，末四句梅下独饮作结，抒发出一种孤寂之感。范正敏《遁斋闲览》："凡诗之咏物，虽平淡巧丽不同，要能以随意造语为工。东坡在岭南有暾字韵咏梅诗，韵险而语工，非大手笔不能到也。"汪师韩《苏诗选评笺释》卷六称此诗"秀色孤姿，涉笔如融风彩霭"。

〔二〕"春风岭上淮南村"二句：苏轼自注："予昔赴黄州，春风岭上见梅花，有两绝句。明年正月往岐亭，道上赋诗云：'去年今日关山路，细雨梅花正断魂。'"

〔三〕蛮风蜑（dàn）雨：《北史·蛮獠传》："南方曰蛮，其流曰蜑。"蛮、蜑皆旧时对少数民族之诬称。

〔四〕桄榔：常绿乔木，广南多有。苏轼后谪海南，曾作《桄榔庵铭》。

〔五〕玉蕊：指梅花。朝暾：初升的太阳。

〔六〕"海南仙云娇堕砌"四句：王铚（一说刘无言）托名柳宗元之《龙城录》："隋开皇中，赵师雄迁罗浮。一日，天寒日暮，在醉醒间，因憩仆车于松林间。酒肆旁舍见一女人，淡妆素服，出迓师雄。时已黄昏，残雪对月色微明。师雄喜之，与之语，但觉芳香袭人，语言极清丽。因与之叩酒家门，得数杯，相与饮。少顷有一绿衣童来，笑歌戏舞，亦自可观。顷醉寝，师雄亦懵然，但觉风寒相袭。久之，时东方已白，师雄起视，乃在大梅花树下。"汪师韩称此数"使事传神"。（《苏诗选评笺释》卷六）纪昀亦云："天人姿泽，非此笔不称此花。"（《评苏文忠公诗》卷三十八）妙意有在终无言。

附 录

纪昀：朱晦庵极恶东坡，独此诗屡和不已，岂晋人所谓"我见犹怜"也。（《纪评苏诗》卷三十八）

荔 支 叹〔一〕

苏 轼

十里一置飞尘灰，五里一堠兵火催。

颠坑仆谷相枕藉，知是荔支龙眼来〔二〕。

飞车跨山鹘横海，风枝露叶如新采。

宫中美人一破颜，惊尘溅血流千载〔三〕。

永元荔支来交州，天宝岁贡取之涪。

至今欲食林甫肉，无人举觞酹伯游〔四〕。

我愿天公怜赤子，莫生尤物为疮痏。

雨顺风调百谷登，民不饥寒为上瑞〔五〕。

君不见武夷溪边粟粒芽〔六〕，前丁后蔡相笼加〔七〕。

争新买宠各出意，今年斗品充官茶〔八〕。

吾君所乏岂此物，致养口体何陋耶〔九〕！

洛阳相君忠孝家〔一〇〕，可怜亦进姚黄花〔一一〕。

（卷三十九）

注

〔一〕绍圣二年（1095）贬官惠州（治所在今广东惠阳）时作。此诗前十六句揭露汉唐官僚争献荔支、龙眼的丑态，希望天公不要出产那些成为老百姓祸害的"尤物"。后八句揭露本朝官僚的"争新买宠"，并暗含对在位的哲宗的讥刺。正如汪师韩所说："'君不见'一段，百端交集，一篇之奇横在此。诗本为荔支发叹，忽说到茶，又说到牡丹，其胸中郁勃有不可以已者。惟不可以已而言，斯至文言也。"（《苏诗选评笺释》卷六）查慎行说："耳闻目见，无不供其挥霍，香山（白居易）讽谕诗作，不过以题还题耳，那得如许开拓。"（《初白庵诗评》卷中）纪昀说："貌不袭杜而神似之，出没开合，纯乎杜法。"（《评苏文忠公诗》卷六）方东树说："章法变化，笔势腾掷，波澜壮阔，真太史公之文！"（《昭昧詹言》卷十二）赵克宜说："悼古讽今，宾主相形，绁绎而出，极见其妙。"（《苏诗评注汇钞》卷十八）可见前人对此诗评价之高。

〔二〕"十里一置飞尘灰"四句：言汉和帝时交州贡荔支。赵克宜《苏诗评注汇钞》卷十八："按古事直起，却未点明，留与下段作筋节。"置：古代驿站，《汉书·刘屈氂传》："乘疾置以闻。"堠：里程堡，韩愈《路旁堠》："堆堆路旁堠，一双复一只。"枕籍：指尸体交横叠压。《汉书·酷吏传》："尹赏守长安，修治狱，为虎穴，百人为辈，皆相枕籍死。"荔支：《广州论》"荔支大如桂树，实如鸡子，甘而多汁。"龙眼：即桂圆，《交州记》："龙眼树高五六丈，似荔支而小。"

·诗 选·

〔三〕"飞车跨山鹘横海"四句：言唐明皇时涪州贡荔支。"飞车"句谓运荔支的车子翻山越岭如隼鸟飞越大海一般迅速。宫中美人：指杨贵妃，杜牧《过华清宫》："一骑红尘妃子笑，无人知是荔支来。"破颜：开颜而笑。唐彦谦《登兴元城观烽火》："褒姒冢前烽火起，不知泉下破颜无？"

〔四〕"永元荔支来交州"四句：永元：东汉和帝刘肇年号（89—105）。交州：《元和郡县图志》卷三十八《岭南道五》载，汉武帝元丰五年（前106）所置十三州之一，时名交趾，建安八年（203）"始称交州"，辖境为今两广南部及越南北部。天宝：唐玄宗李隆基年号（742—756）。岁贡：地方政权或属国每年向朝廷贡礼品，《国语·周语上》："时享岁贡。"涪：涪州（今四川涪陵）。林甫：李林甫（？—752），唐玄宗时宰相，为人口蜜腹剑，勾结宦官贵妃，迎合玄宗旨意。欲食林甫肉，言林甫为相，专事谄谀，无一言救弊，至今为人所恨。觞：酒器。酹：洒酒于地以示纪念。伯游：苏轼自注："唐羌，字伯游，为临武长，上书言状，和帝罢之。"《后汉书·和帝纪》注引谢承《后汉书》："唐羌，字伯游，辟公府，补临武长。县接交州，旧献龙眼、荔支。及生鲜献之，驿马昼夜传送之，至有遭虎狼毒害，顿仆死亡不绝。道经临武，羌乃上书谏……帝从之。"此句谓无人纪念谏阻进贡荔支的唐羌。以上四句，一四句点、结"十里一置"四句：二三句点、结"飞车跨山"四句，"用笔顺逆，皆极自然"。（赵克宜《苏诗评注汇钞》卷十八）

〔五〕"我愿天公怜赤子"四句：尤物：珍贵之物。疮痏：疮伤瘢痕，犹言为民祸害。登：丰登，丰收。上瑞：极好之征兆。韩愈《贺庆云表》："斯为上瑞，实应太平。"纪昀以为后二句"凡猥，宜从集本删之"（《评苏文忠公诗》卷三十九）。王文诰不以为然："题既曰叹，自就落到此二句。"（《苏诗编注集成》卷三十九）

〔六〕武夷溪：在福建崇安西南，其山绵亘百里，溪流缭绕其间，盛产茶，见《寰宇通志·建宁府·山川》。粟粒芽：初春芽茶。

〔七〕前丁：指丁谓（962—1032），字谓之，苏州长洲人。少与孙何友善，袖文谒王禹偁，王大称赏。真宗时排挤寇准而为相，以神仙事迎合真宗，封晋国公。仁宗时贬雷州，后卒于光州。事见《宋史》本传。后蔡：指蔡襄，见苏洵《上欧阳内翰第一书》注〔七〕。蔡工书法，精通茶事，著有《茶录》。事见《宋史》本传。苏轼自注："大小龙茶始于丁晋公，而成于蔡君谟。欧阳永叔闻君谟进小龙团，惊叹曰：'君谟，士人也，何至作此事！'"参苏轼《惠山谒钱道人，烹小龙团，登绝顶，望太湖》注〔一〕。

〔八〕今年斗品充官茶：苏轼自注："今年闽中监司，乞进斗茶，许之。"斗安、斗茶：参与品评、比赛之茶。充官茶：作官茶进贡。蔡襄《茶录》："建品斗茶以水痕先没者为负，俟久者为胜，故较胜负之说，曰相去一水两水。"

177

〔九〕致养口体何陋耶：专为口体之乐，何其鄙陋。

〔一○〕洛阳相君：指钱惟演，字希圣，吴越王钱俶之子，从俶归宋，博学工文词。真宗时附丁谓以逐寇准，继又挤谓以自解。后坐事出为崇信军节度使，卒。谥思公。《宋史》有传。忠孝家：其父钱俶归宋，卒谥忠懿，谥词有"以忠孝而保社稷"语，故称忠孝家。

〔一一〕姚黄花：牡丹珍品。苏轼自注："洛阳贡花自钱惟演始。"苏轼《仇池笔记》卷上《万花会》："万花（会）本洛阳故事，钱惟演作留守，始置驿贡花。有识鄙之，此宫妾爱君之意也。"

和陶贫士 并引（选二）〔一〕
苏 轼

余迁惠州一年，衣食渐窘。重九伊迩，樽俎萧然，乃和渊明《贫士》七篇，以寄许下、高安、宜兴诸子侄，并令过同作〔二〕。

长庚与残月〔三〕，耿耿如相依〔四〕。
以我旦暮心，惜此须臾晖〔五〕。
青天无今古，谁知织乌飞？
我欲作九原〔六〕，独与渊明归。
俗子不自悼，顾忧斯人饥。
堂堂谁有此，千驷良可悲〔七〕！

夷、齐耻周粟，高歌诵虞、轩〔八〕。
产、禄彼何人，能致绮与园〔九〕。
古来避世士，死灰或余烟。
末路益可羞，朱墨手自研〔一○〕。
渊明初亦仕，弦歌本诚言。
不乐乃径归，视世羞独贤〔一一〕。

注

　　〔一〕绍圣二年（1095）贬官惠州时作。苏辙《东坡先生墓志铭》说："公诗本似李、杜，晚喜陶渊明，追和之者几遍。"所谓"晚喜陶渊明"主要是指他晚年贬官惠州、儋州时期特别喜好陶诗。苏轼写和陶诗，是从元祐七年（1092）知扬州时开始的，曾和陶潜《饮酒》诗二十首。但大量写和陶诗，是到达惠州贬所以后。这里所选的是《和陶贫士七首》中的第一、二两首。前首表示自己与陶同调，而"俗子"根本不了解渊明，确实写得来"意深致而气浑成"。（纪昀《评苏文忠公诗》卷三十九）后一首并列了几位未能完全忘情世事的高士，抒发了苏轼对自己"半生出仕"的自怨自艾、自宽自解的复杂心情。

　　〔二〕"寄许下、高安、宜兴诸子侄"二句：时苏辙之子迟、适居许昌，苏远随苏辙在高安，苏轼之子迈、迨在宜兴，苏过随苏轼在惠州。

　　〔三〕长庚：即金星，黎明时现于东方。

　　〔四〕耿耿：光明貌。

　　〔五〕"以我旦暮心"二句：赵克宜《苏诗评注汇钞》卷十八："十字深警。"须臾：片刻。

　　〔六〕九原：春秋时晋国卿大夫的墓地，后泛指墓地。

　　〔七〕"俗子不自悼"四句：纪昀《评苏文忠公诗》卷三十九："后四句觉过亢，以借渊明说出，尚不甚露。"斯人：指陶渊明。堂堂：高大貌。《史记·齐世家》："景公三十二年慧星见。景公坐柏寝叹曰：'堂堂谁有此乎？'"《论语·季氏》："齐景公有马千驷，死之日民无德而称焉。"后四句谓俗子不知自己的可忧，反忧陶潜的贫困，其实那些富有千驷，有财无德的人，才真正可悲。

　　〔八〕"夷、齐耻周粟"二句：《史记·伯夷列传》："武王已平殷乱，天下宗周，而伯夷、叔齐耻之，义不食周粟，隐于首阳山，采薇而食之。及饿且死，作歌，其辞曰：'登彼西山兮，采其薇矣。以暴易暴兮，不知其非矣。神农虞夏忽焉没兮，我安适归矣？吁嗟徂矣，命之衰矣！'遂饿死于首阳山。"虞、轩：虞舜、轩辕。

　　〔九〕"产、禄彼何人"二句：产、禄指吕产、吕禄。绮指绮里季，园指东园公，商山四皓中的二人。据《史记·留侯世家》载，刘邦欲换太子，吕后听张良之谋，以卑辞厚礼迎四皓，刘邦大惊，遂不再易太子。

　　〔一〇〕"古来避世士"四句：谓古代隐士虽心如死灰，实际并未完全忘情世事，最后往往自己玷污自己。这是为四皓而发憾既，也是在为自己"出仕三十余年，为狱吏所折困"自解。

〔一一〕"渊明初亦仕"四句：《晋书·陶潜传》："以亲老家贫，起为州祭酒，不堪吏职，少日自解归……复为镇军、建威参军，谓亲朋曰：'聊欲弦歌，以为三经之资，可乎？'执事者闻之，以为彭泽令。"后因"不能为五斗米折腰"，遂解印归。纪昀《评苏文忠公诗》卷三十九："借渊明以自托，愈说得平易，愈见身分之高。"

吾谪海南，子由雷州，被命即行，了不相知，至梧乃闻其尚在藤也。日夕当追及，作此诗示之〔一〕

苏 轼

九疑联绵属衡湘〔二〕，苍梧独在天一方〔三〕。

孤城吹角烟树里，落日未落江苍茫。

幽人拊枕坐叹息〔四〕，我行忽至舜所藏〔五〕。

江边父老能说子："白须红颊如君长〔六〕。"

莫嫌琼雷隔云海，圣恩尚许遥相望〔七〕。

平生学道真实意〔八〕，岂与穷达俱存亡。

天其以我为箕子〔九〕，要使此意留要荒〔一〇〕。

他年谁作舆地志〔一一〕，海南万里真吾乡。

（卷四十一）

注

〔一〕绍圣四年（1097）赴儋州（今海南儋县）途中作。这年朝廷再次普遍加重对元祐党人的惩处，苏轼再贬儋州，苏辙也从筠州（今江西高安）再贬雷州（今广东海康）。苏轼至梧州（今属广西），得知苏辙还在藤州（今广西藤县），作此诗。前八句写"至梧乃闻其（子由）尚在藤"，后八句是对弟弟的安慰，抒发了表面达观而实际沉重的感情。汪师韩评诗说："水天景色，离合情怀，一种缠绵悱恻之情，极排解乃极沉痛。"（《苏诗选评笺释》卷六）

〔二〕九疑：山名，在湖南、广西交界处。

〔三〕苍梧：即梧州，下句"孤城"亦指此。

〔四〕幽人：幽囚之人，苏轼自指。

〔五〕舜所藏：《史记·五帝本纪》："（舜）南巡狩，崩于苍梧之野，葬于江南九疑。"

〔六〕"江边父老能说子"二句：子，指苏辙。君，指苏轼。如君长：身高与你差不多。纪昀："入得（转入写苏辙）飘忽，凡手定有数行转折。"（《评苏文忠公诗》卷四十一）赵克宜："浅语写得极真。"（《苏诗评注汇钞》卷十九）

〔七〕"莫嫌琼雷隔云海"二句：纪昀："东坡难得的如此平和。"（《评苏文忠公诗》卷四十一）其实平和中仍含讥刺。

〔八〕真实意：佛教术语，《大乘义章》二："绝情妄为真实。"

〔九〕箕子：殷纣王诸父，官太师，封于箕，故称箕子。曾劝谏纣王，纣王不听，并把他囚禁。周武王灭商，"封箕子于朝鲜，箕子教以礼义田蚕"。（《后汉书·东夷列传》）

〔一〇〕要荒：要服、荒服，极边远之地。

〔一一〕舆地志：地方志。

行琼、儋间，肩舆坐睡，梦中得句云："千山动鳞甲，万谷酣笙钟。"觉而遇清风急雨，戏作此数句〔一〕

苏　轼

四州环一岛〔二〕，百洞蟠其中。

我行西北隅，如度月半弓〔三〕。

登高望中原，但见积水空。

此生当安归，四顾真途穷〔四〕。

眇观大瀛海，坐咏谈天翁。

茫茫太仓中，一米谁雌雄〔五〕？

幽怀忽破散，永啸来天风。

千山动鳞甲，万谷酣笙钟〔六〕。

安知非群仙，钧天宴未终？

喜我归有期，举酒属青童〔七〕。

急雨岂无意，催诗走群龙〔八〕。

梦云忽变色，笑电亦改容〔九〕。

应怪东坡老，颜衰语徒工。

久矣此妙声，不闻蓬莱宫〔一〇〕。

（卷四十一）

注

〔一〕绍圣四年（1097）赴儋州贬所途中作。赵克宜《苏诗评注汇钞》卷十九："前路写实境（指前十六句），极其沉郁；后幅运幻想（指'安知非群仙'以后），极其酣畅。洵属得意之笔。"苏轼晚年诗以平淡为主流，但不少诗仍不失其豪放本色，这首就是代表。汪师韩《苏诗选评笺释》卷六："行荒远避陋之地，作骑龙弄凤之思，一气浩歌而出，天风浪浪，海山苍苍，足当司空图'豪放'二字。"纪昀《评苏文忠公诗》卷四十一："以杳冥诡异之词，抒雄阔奇伟之气，而不露圭角，不使粗豪，故为上乘。"又云："源出太白，而运以己法，不袭其貌，故能各有千古。"

〔二〕四州：王十朋《苏诗集注》引次公云："四州言琼、崖、儋、万也。"万指万安州，今万宁县。

〔三〕如度月半弓：谓登岸后先西行，再南行至儋州，绕了一个弯。

〔四〕"登高望中原"四句：朱弁《曲洧旧闻》卷五："东坡在儋耳，因试笔尝自书云：'吾始至南海，环视天水无际，凄然伤之曰：'何时得出此岛耶？'"纪昀《评苏文忠公诗》卷四十一："有此四句一顿挫，下半乃折宕有力。凡古诗长篇，第一要知顿挫之法。"

〔五〕"眇观大瀛海"四句：《曲洧旧闻》继上记东坡自书语："已而思之：天地在积水中，九州在大瀛海中，中国在少海中，有生孰不在岛者？覆盆水于地，芥浮于水，蚁附于芥，茫然不知所济。少焉水涸，蚁即径去，见其类出涕曰：'几不复与子相见，岂知俯仰之间有方轨八达之路乎？'念此可以一笑。"谈天翁，指邹衍，战国末阴阳家代表人物，提出大九州之说，论证赤县神州只不过是其中一小州，时人称之为谈天衍。《史记·孟子荀卿列传》载邹衍大九州说云："中国名曰赤县神州，赤县神州内自有九州，禹之序九州是也，不得为州数。中国外如赤县神州者九，乃所谓九州也。于是有裨海环之，人民禽兽莫能相通者，如一区中者乃为一州。如此者九，乃有大瀛海环其外。"太仓一米：《庄子·秋水》："计中国之在海内，不似稊米之在太仓乎？"

〔六〕"幽怀忽破散"四句："四周环一岛"四句写"行琼、儋间","登高望中原"八句皆抒写"幽怀",此四句写"觉而遇清风急雨","幽怀"结上,"忽破散"启下,即为风雨所"破散","千山""万谷"二句皆夸张描写风雨之势。

〔七〕"安知非群仙"四句:幻想清风急雨之声乃神仙在举行宴会,庆贺苏轼北归有日。钧天:天之中央,《吕氏春秋·有始》:"天有九野……中央曰钧天。"《史记·赵世家》:"简子寤,语大夫曰:'我之帝所甚乐,与百神游于钧天,广乐九奏万舞,不类三代之乐,其声动心。'"举酒属青童:青童举酒相劝。青童:神仙名。属:属酒,劝酒。纪昀《评苏文忠公诗》卷四十一:"此一层又烘托得好,长篇须如此展拓,方不单薄。"王文诰《苏诗编注集成》卷四十一:"(纪昀)所论非是。此乃失看'此生当安归'句,故下无着落也。此节首转出'安知非群仙'句,乃欲跌出下意之故,特于真途穷时,落'喜我归有期'句,答还首节之'此生当安归'也。若以顿挫烘托论,则全篇气局皆散摊也。"

〔八〕"急雨岂无意"二句:杜甫《陪诸贵公子丈八沟携妓纳凉晚际遇雨》:"片云头上黑,应是雨催诗。"

〔九〕"梦云忽变色"二句:钱锺书《管锥编·拟云于梦》:"苏轼上句用字出宋玉《高唐赋》,以状云之如梦;下句用字出东方朔《神异经》:'天为之笑。'张华注:'言笑者,天口落火烙灼,今天不雨而有电光。'以状电之如笑。"

〔一〇〕"应怪东坡老"四句:此是揣测"群仙"想法:苏轼颜衰语工,仙宫久不闻此好诗了。蓬莱宫:东海仙山之宫。纪昀《评苏文忠公诗》卷四十一:"结处兀傲得好,一路来势既大,非此则收裹不住。"王文诰《苏诗编注集成》卷四十一:"找足群仙诸语,实乃自为评赏,赞叹欲绝也。"

汲江煎茶〔一〕

苏　轼

活水还须活火烹,自临钓石汲深清〔二〕。

大瓢贮月归春瓮,小杓分江入夜瓶〔三〕。

雪乳已翻煎处脚,松风忽作泻时声〔四〕。

枯肠未易禁三碗,坐听荒城长短更〔五〕。

（卷四十三）

注

〔一〕元符三年（1100）贬官儋州时作。前四句写为煎茶而汲水，五、六句写煎茶，末二句写品茶。胡仔以为"此诗奇甚，道尽烹茶之要。且茶非活水则不能发其鲜馥，东坡深知此理矣"（《苕溪渔隐丛话》后集卷十一）。纪昀以为此诗"细腻而出于脱洒。细腻诗易于沾滞，如此脱洒为难"（《评苏文忠公诗》卷四十三）。

〔二〕"活水还须活火烹"二句：活火，旺火，唐赵璘《因话录》卷二："活火，谓炭火之焰者也。"杨万里《诚斋诗话》："第二句七字而具五意：水清，一也；深处取清者，二也；石下之水，非有泥土，三也；石乃钓石，非寻常之石，四也；东坡自汲，非遣卒奴，五也。"后人有赞成杨万里这样解诗的，如方回亦谓"一句含数意，三四尤奇"（《瀛奎律髓》卷十八）。但多数人对这样琐碎分解，不以为然。如汪师韩说："舒促雅舍，若风涌云飞。杨万里辈曲为疏解，似反失其趣诣。"（《苏诗选评笺释》卷六）翁方纲《苏诗补注》亦云：《汲江煎茶》七律，自是清新俊逸之作，而杨诚斋赏之，则谓一篇之中句句皆奇，一句之中字字皆奇。此等语，诚令人不解。"

〔三〕"大瓢贮月归春瓮"二句：《诚斋诗话》："其状水之清美极矣，'分江'二字，此尤难下。"查慎行《初白庵诗评》卷下："贮月分江，小中见大。"

〔四〕"雪乳已翻煎处脚"二句：为"煎处已翻雪乳脚，泻时忽作松风声"之倒文，前句写煎茶貌，后句写倒茶声。《诚斋诗话》："此倒语也，尤为诗家妙法，即杜少陵'红稻啄余鹦鹉粒，碧梧栖老凤凰枝'也。"赵克宜亦云："松风句传神。"（《苏诗评注汇钞》卷二十）

〔五〕"枯肠未易禁三碗"二句：《诚斋诗话》："文翻却卢仝公案。仝吃到七碗，坡不禁三碗。山城更漏无定，'长短'二字有无穷之味。"卢仝《谢孟谏议寄新茶诗》："一碗润喉间。二碗破孤闷。三碗搜枯肠，惟有文字五千卷。四碗发轻汗，平生不平事，尽向毛孔散。五碗肌骨清。六碗通仙灵。七碗吃不得也，惟觉两腋习习清风生。"长短公：王十朋《苏诗集注》引次公曰："挝数之寡者为短，多者为长也。"与杨万里所解"山城更漏无定"不同。

澄迈驿通潮阁二首〔一〕

苏 轼

倦客愁闻归路遥，眼明飞阁俯长桥。

贪看白鹭横秋浦，不觉青林没晚潮〔二〕。

余生欲老海南村，帝遣巫阳招我魂〔三〕。

杳杳天低鹘没处，青山一发是中原〔四〕。

（卷四十三）

注

〔一〕元符三年（1100）渡海北归时作。澄迈驿：今海地岛北濒海处，以县有澄江、迈山而得名。通潮阁：唐胄《正德琼台志》卷二十五："通潮阁，一名通明阁，在县西，乃宋澄迈驿阁。"前诗写登阁所见晚景，大有"夕阳无限好，只是近黄昏"之感；后首写遥望中原，前途渺茫。但均未点明，意在言外。汪师韩："羁望深情，含蕴无尽。"（《苏诗选评笺释》卷六）施补华："气韵两到，语带沉雄，不可及也。"（《岘佣说诗》）赵克宜："意极悲痛，佳在但作指点，不与说尽。"（《苏诗评注汇钞》卷二十）

〔二〕"贪看白鹭横秋浦"二句：翁方纲《石洲诗话》卷三："真唐贤语也。"

〔三〕帝遣巫阳招我魂：宋玉《招魂》："帝告巫阳。"王逸《章句》："帝谓天帝也，女曰巫，阳其名也。"此以天帝指徽宗，招魂指北迁廉州。

〔四〕"杳杳天低鹘没处"二句：抒发盼望北归中原之情及北归杳茫之感，谓极目远望，天低鹘没之处，中原青山有如发细，看不分明。纪昀称此为"神来之句"。（《评苏文忠公诗》卷四十三）《诗林广记》后集卷三引胡仔评此二句云："其语倔奇。"

六月二十日夜渡海[一]

苏 轼

参横斗转欲三更[二]，苦雨终风也解晴[三]！
云散月明谁点缀，天容海色本澄清[四]。
空余鲁叟乘桴意[五]，粗识轩辕奏乐声[六]。
九死南荒吾不恨，兹游奇绝冠平生。

（卷四十三）

注

〔一〕元符三年（1100）北归渡海时作。当时哲宗去世，徽宗继位，短时间内政局发生了有利于元祐党人的变化。哲宗当政期间被贬的官吏，已死的追复原官，未死的逐渐内迁，苏轼也在其中。这首诗就反映了苏轼当时的心情。汪师韩以为此诗"高阔空明，非实身有仙骨，莫能有其只字"。（《苏诗选评笺释》卷六）

〔二〕参、斗：均星名，即参星横陈，斗柄低转之意，此是海南六月下旬深夜星象。《宋史·乐志·鼓吹下》引《奉裡歌》："斗转参横将旦。"

〔三〕苦雨：《左传·昭公四年》："秋无苦雨。"杜预注："霖雨为人所患苦。"终风：《诗·邶风·终风》："终风且暴。"所解不一，一作终日之风解，一作西风解。此处以苦雨、终风隐喻哲宗时的朝政。

〔四〕"云散月明谁点缀"二句：《晋书·谢重传》载，月夜明净，王道子以为佳，谢重以为"不如微云点缀"。王道子戏重曰："卿居心不净，乃复强欲滓秽太清耶?"二句谓自己本清白，政敌之诬陷如"微云点缀"，"滓秽太清"，不过暂时现象，风住雨晴，仍云散月明，海天澄清。查慎行《初白庵诗评》卷下："前半四句俱用四字作叠而不觉其板滞，由于气充力厚，足以陶铸熔冶故也。"纪昀《瀛奎律髓刊误》卷四十三："前半纯是比体，如此措词，自无痕迹。"

〔五〕空余鲁叟乘桴意：鲁叟指孔子。《论语·弓冶长》："子曰：道不行，乘桴浮于海。"谓随着时局好转,自己"道不行,乘桴浮于海"之叹已成过去,故云"空余"。

〔六〕粗识轩辕奏乐声:轩辕即黄帝。《庄子·天运》载,黄帝张《咸池》之乐于洞庭之野,北门成"始闻之惧,复闻之怠(悚惧之情怠),卒闻之而惑(一种心无分别的得道境界)"。此句谓自己贬谪海南以来,对黄帝的忘情得失、荣辱的至道,已略有领悟。

过岭二首(选一)〔一〕

苏 轼

七年来往我何堪〔二〕,又试曹溪一勺甘〔三〕。

梦里似曾迁海外,醉中不觉到江南〔四〕。

波生濯足鸣空涧,雾绕征衣滴翠岚。

谁遣山鸡忽惊起,半岩花雨落氄氄〔五〕。

(卷四十五)

注

〔一〕元符三年(1100)北归途经大庾岭时作,抒发了不以贬谪为意的宽阔胸怀。汪师韩《苏诗选评笺释》卷六:"《过岭二首》,视迁谪犹醉梦中,知其胸中别有澄定者在。"

〔二〕七年来往:苏轼自绍圣元年(1094)谪岭南过此,至北归经此已七年。

〔三〕曹溪:禅宗六祖慧能传道处,源出广东曲江县东南,西流入溱水。冯应榴《苏诗合注》引《传灯录》:"梁时有天竺僧自西来,泛泊曹溪口,闻异乡,曰:'上流必有胜地。'寻之,遂开山立石。"

〔四〕"梦里似曾迁海外"二句:方回《瀛奎律髓》卷四十三:"此联甚佳,殊不以迁谪为意也。"江南:江南西路,大庾岭位于南雄州与南安军交界处,过岭即为南安,南安军属江西路,故云。

〔五〕"谁遣山鸡忽惊起"二句:刘禹锡《题甘露寺》:"山鸡忽惊起,冲落半岩花。"苏轼语本此。纪昀:"此言机心已尽,不必相猜之意,非写景也。"(《评苏文忠公诗》卷四十五)氄氄:毛细长貌,此状落花飞舞。

郭 纶[一]

苏 辙

郭纶本蕃种[二]，骑斗雄西戎[三]。

流落初无罪[四]，因循遂龙钟[五]。

嘉州已经岁，见我涕无穷。

自言"将家子，少小学弯弓。

长遇西鄙乱[六]，走马救边烽[七]。

手挑丈八矛，所往如投空[八]。

平生事苦战，数与大寇逢。

昔在定川寨[九]，贼来如群蜂。

万骑拥酋帅[一〇]，自谓白相公[一一]。

挥兵取其元[一二]，模糊腥血红。

战胜士气振，赴敌如旋风。

蚩蚩毡裘将[一三]，不信勇且忠。

遥语相劝诱，一矢摧厥胸[一四]。

短兵接死地[一五]，日落沙尘蒙。

驰归不敢息，马口衔折锋。

谁知八尺躯，脱命万死中[一六]。

忽闻南蛮叛[一七]，羽檄行匆匆。

将兵赴危难，瘴雾不辞冲。

行经贺州城[一八]，寂寞无人踪。

攀堞莽不见[一九]，入据为筑墉[二〇]。

一旦贼兵下，百计烧且攻。

三月不能陷，救至遂得通。

崎岖有成绩[二一]，元帅多异同[二二]。

有功不见赏，憔悴落巴寶[二三]。

已矣谁复信，言之气惆惆[二四]"。

予不识郭纶，闻此为敛容[二五]。

一夫何足言，窃恐悲群雄。

此非介予推[二六]，安肯不计功！

郭纶未尝败，用之可前锋[二七]。

（《栾城集》卷一，以下只注卷次）

注

〔一〕郭纶及此诗写作时间，参见苏轼同题诗注〔一〕。题下原有小注，内容与苏轼同题诗的题下小注同，兹不录。前六句写嘉州见郭纶。中间一大段皆记郭纶自述。其中"自言将家子"至"脱命万死中"，自述在同西夏战争中之功绩；自"忽闻南蛮叛"至"憔悴落巴寶"，自述在平定侬智高之叛中的功绩及有功不赏的遭遇。最后八句是作者的感叹，对郭纶充满同情，对朝廷不能论功行赏、重用人才，表示了不满。苏辙此诗比苏轼的同题诗具有更高的史料价值，但苏轼诗却具有更高的艺术概括力。查慎行《苏诗补注》卷一："子由作，叙述郭纶生平最详，足与东坡诗相发明。"辙诗以娓娓叙事，行文曲折见长，轼诗却以大开大合之笔刻画出"英雄失意之概"。《郭纶》诗表明，苏辙兄弟从青年时代起，就具有不同诗风。参见苏轼同题诗附录的王文诰评。

〔二〕蕃种：出生少数民族。蕃，通"番"，古代对少数民族的通称。《周礼·秋官·大行人》："九州之外，谓之蕃国。"

〔三〕西戎：对中国西北戎族的总称。《尚书·禹贡》："织皮昆仑、析支、渠搜，西戎即叙。"孔安国传："西戎，国名。"宋蔡沈《集解》："西方戎落。"此指西夏。

〔四〕初：本来。

〔五〕因循：沿袭，照旧。《汉书·百官公卿表上》："汉因循而不革。"遂：就。龙钟：衰老貌。李端《赠薛戴》："龙钟似老翁。"

〔六〕西鄙：西部边鄙。《左传·隐公元年》："既而大叔命西鄙、北鄙贰于己。"西鄙乱指宝元元年（1038）西夏主赵元昊反，称帝，改元天授，国号夏。诏"陕西、河东沿边旧与元昊界互市处，皆禁绝之"。事见《续资治通鉴》卷四十一。

〔七〕烽：边防报警的烽火。《墨子·号令》："昼则举烽，夜则举火。"边烽，此指边患。

〔八〕如投空：如入无人之境。

〔九〕昔在定川寨：《续资治通鉴长编》卷一百二十八，康定元年（1040）九月载，"西贼寇三川寨"，"三班借职郭纶固守定州堡，得不陷"。

〔一〇〕酋帅：部族之长。《北史·万安国传》："安国，代人也，世为酋帅。"

〔一一〕白相公：未详。《汉书·李广传》："广上马，与十余骑奔射杀白马将。"或化用此典。

〔一二〕元：人头。《左传》僖公三十三年："（先轸）免胄入狄师，死焉，狄人归其元。"

〔一三〕蚩蚩：无知貌。《诗·卫风·氓》："氓之蚩蚩。"毡裘：兽毛制的衣服，为西北少数民族所服。《后汉书·郑兴传》附《郑众传》："臣诚不忍持大汉节对毡将独拜。"毡裘将，此指西夏将领。

〔一四〕厥：其。

〔一五〕短兵：兵器之短者。屈原《九歌·国殇》："操吴戈兮被犀甲，车错毂兮短兵接。"

〔一六〕脱命：逃命。

〔一七〕南蛮叛：指广南侬智高之叛。《续资治通鉴》卷五十：皇祐元年九月"乙巳，广南西路转运司言广源州蛮寇邕州，诏江南、福建等路发兵备之"。

〔一八〕贺州：宋属广南东路，见《宋史·地理志六》，今广西贺州市。

〔一九〕攀堞：攀登女墙（城上矮墙），《隋书·宇文庆传》："从武帝攻河阴，先登，攀堞，与贼短兵接战。"

〔二〇〕入据为筑墉：占领贺州城并修筑城墙。筑墉：《开元遗事》载宋璟《致仕表》："求归耕养，筑墉岩穴。"

〔二一〕崎岖有成绩：克服了重重困难才取得成绩。崎岖，本指地面不平，此状困难重重。《汉书·扬震传》附《杨彪传》："崎岖危难之间，几不免于害。"

〔二二〕元帅多异同：军中主将对郭纶战绩有不同看法。《左传》僖公二十七年："晋作三军，谋元帅。"

〔二三〕巴賨：巴，古国名，位于今四川东部一带。《华阳国志》卷一《巴志》："楚主夏盟，秦擅西土，巴国分远，故于盟会希。"自秦至南北朝，巴亦称賨，或合称巴賨。扬雄《蜀都赋》："东有巴賨，绵亘百濮。"

〔二四〕怊怊：忧烦貌。

〔二五〕敛容：正容以示肃敬。白居易《琵琶行》："整顿衣裳起敛容。"

〔二六〕介子推：春秋时晋人，曾随晋文公流亡。文公回国后，他隐居绵上（今山西介休东南）。文公放火烧山逼其出仕，被焚死。事见《左传》僖公二十四年。

〔二七〕前锋：冲锋在前。《史记·黥布传》："为楚军前锋。"

戎　州〔一〕

苏　辙

江水通三峡〔二〕，州城控百蛮〔三〕。

沙昏行旅倦，边静禁军闲〔四〕。

汉虏更成市，罗纨靳不还〔五〕。

投毡拣精密，换马瘦孱颜〔六〕。

兀兀头垂髻，团团耳带镮〔七〕。

夷声不可会，争利苦间关〔八〕。

（卷一）

注

〔一〕戎州：见苏轼同题诗注〔一〕。嘉祐四年（1059）冬南行途中经戎州时作。前四句写戎州地理位置与和平景象，中四句写"汉虏"互市，末四句写当地少数民族习俗，而通篇都是"行旅"所见，是一首形象的少数民族风俗画。

〔二〕江水通三峡：谓岷江、金沙江于戎州（治今四川宜宾）会合而为长江，下通瞿塘峡、巫峡、西陵峡。

〔三〕百蛮：各个少数民族。班固《东都赋》："内抚诸夏，外绥百蛮。"戎州以南多为少数民族聚居之地，故云。

〔四〕禁军：《宋史·兵志一》："天子之卫兵，以守京师，备征戍，曰禁军……太祖起戎行，有天下，收四方劲兵，列营京畿，以备宿卫，分番屯戍，以捍边圉。"参见苏轼同题诗注〔六〕〔七〕。

〔五〕罗纨靳不还：谓少数民族喜爱汉人的罗纨，都买走了。靳（jìn）：爱惜。参见苏轼同题诗注〔八〕。

〔六〕"投毡拣精密"二句：谓少数民族以精密的毛织品换取又瘦又高的马。屠颜：《史记·司马相如传》载《大人赋》"骧以屠颜"。司马贞《索引》："服虔曰：马仰头、其口开，正屠颜也。"

〔七〕"兀兀头垂髻"二句：斜垂着高高的发髻，戴着圆圆的耳镮。兀兀：高耸貌。参见苏轼同题诗注〔九〕。

〔八〕"夷声不可会"二句：说着听不懂的本民族语言，历尽艰苦来争利于市。会：领会，理解。间关：《后汉书·邓骘传》："间关诣阙。"李贤注："间关，犹崎岖也。"

白 鹇〔一〕

苏 辙

白鹇形似鹤，摇曳尾能长〔二〕。
寂寞怀溪水，低回爱稻粱〔三〕。
田家比鸡鹜〔四〕，野食荐杯觞〔五〕。
肯信朱门里〔六〕，徘徊占玉塘〔七〕！

（卷一）

注 ─────────────────────────────

〔一〕白鹇：鸟名，出江南，白色而背有黑细文，可畜养。嘉祐四年（1059）南行赴京途中所得，作此诗。前四句写白鹇外貌和生活习性，后四句写它在田家和朱门的不同境遇，而白鹇却怀恋溪水，不相信朱门生活的美好。全诗写得清新淡雅，有弦外之音。

〔二〕摇曳：逍遥、自由自在的样子。

〔三〕低回：流连，依依不舍。

〔四〕田家比鸡鹜：种田人把它当做鸡鸭来吃。比：比拟，当做。鹜：家鸭，亦泛指野鸭。

〔五〕野食荐杯觞：作为野味进献于杯盘之中。荐：进献。觞：酒杯。

〔六〕肯：岂肯。朱门：指官僚贵族的府宅。

〔七〕徘徊：来回行走。玉塘：有如玉石一般晶莹清澈的池塘。

竹枝歌忠州作〔一〕

苏 辙

舟行千里不至楚，忽闻《竹枝》皆楚语〔二〕。

楚语啁哳安可分〔三〕，江中明月多风露。

扁舟日落驻平沙〔四〕，茅屋竹篱三四家。

连春并汲各无语〔一〕，齐唱《竹枝》如有嗟〔六〕。

可怜楚人足悲诉〔七〕，岁乐年丰尔何苦？

钓鱼长江江水深，耕田种麦畏狼虎。

俚人风俗非中原〔八〕，处子不嫁如等闲〔九〕。

双鬟垂顶发已白〔一〇〕，负水采薪常苦艰〔一一〕。

上山采薪多荆棘，负水入溪波浪黑。

天寒斫木手如龟〔一二〕，水重还家足无力。

山深瘴暖风露干，夜长无衣犹苦寒。

平生有似麋与鹿，一旦发白已百年。

江上乘舟何处客，列肆喧哗占平碛〔一三〕。

远来忽去不记州〔一四〕，罢市归船不相识。

去家千里未能归，忽听长歌皆惨凄。

空船独宿无与语，月满长江归路迷。

路迷乡思渺何极〔一五〕，长怨歌声苦凄急。

不知歌者乐与悲，远客乍闻皆掩泣〔一六〕。

（卷一）

注

〔一〕嘉祐四年（1059）冬南行赴京，途经忠州（今重庆忠县）时作。《竹枝歌》又名
《竹枝词》，乐府《近代曲》名。本巴、渝（今重庆市一带）一带的民歌。唐代诗人刘禹锡
根据民歌改写新词，歌咏三峡风物和男女恋情。此后各代诗人多有仿作，内容也大体相近，
形式都是七言绝句。苏轼《竹枝歌引》说他"为一篇九章"，苏辙这篇实际也是一篇九章。
首章写夜宿忠州所闻《竹枝歌》的嘈杂和凄凉。二至六章回叙"日落"时初到忠州的所见
所闻。其中二至四章总写忠州人民的"勤苦"，五至六章集中描写忠州妇女的悲惨境遇。七
至九章写远客（包括作者在内）的思乡之情。全诗结构严谨，语言平淡，哀婉动人。

〔二〕"舟行千里不至楚"二句：忠州，北宋属夔州路（见《宋史·地理志五》），故说：
"不至楚"；但"南宾（即忠州）旧属楚"（苏轼《屈原庙》），故已闻楚语《竹枝歌》。

〔三〕啁哳：亦作"嘲哳"，形容声音杂乱、繁碎。白居易《琵琶行》："岂无山歌与村
笛，呕哑嘲哳难为听。"

〔四〕扁舟：指作者所乘小舟。驻：本指车马停留，亦泛指停留。平沙：广漠的沙岸。

〔五〕连舂并汲各无语：他们默默无语地不断舂粮汲水。舂：以杵臼捣去谷物皮壳。

〔六〕嗟：嗟叹。

〔七〕足：太多。

〔八〕俚人：本为少数民族，此指边远地方的人，与中原相对而言。

〔九〕处子：未出嫁的女子。杜甫《负薪行》："夔州处女发半华，四十五十无夫家。更
遭丧乱嫁不售，一生抱恨长咨嗟。"

〔一〇〕双鬟垂顶：当地未嫁女子的发式。杜甫《负薪行》："至老双鬟只垂颈，野花山
叶银钗并。"陆游《入蜀记》第六："未嫁者率为同心髻，高二尺，插银钗至六只，后插大
象牙梳，如手大。"

〔一一〕负水采薪：杜甫《负薪行》："土风坐男使女立，男当门户女出入。十有八九负
薪归，卖薪得钱应供给。"陆游《入蜀记》第六："妇人汲水，皆背负一全木盎，长二尺，
下有三足。至泉旁，以杓挹水，及八分，即倒坐旁石，束盎背上而去。大抵峡中负物率着
背，又多妇人，不独水也。有妇人负酒卖，亦如负水状。呼买之，长跪以献。"

〔一二〕龟（jūn）：通"皲"，手上皮肤因受冻而开裂。

〔一三〕列肆喧哗占平碛：在商铺前或沙岸上的旅客十分喧哗。肆：商铺。碛（qì）：
浅水中的沙石，此指沙岸。

〔一四〕不记州：不记得这是什么地方。

〔一五〕何极：哪有尽头。

〔一六〕乍闻：突然听到。掩泣：掩面哭泣。

昭 君 村^{〔一〕}

苏 辙

峡女王嫱继屈须^{〔二〕}，入宫曾不愧秦姝^{〔三〕}。

一朝远逐呼韩去^{〔四〕}，遥忆江头捕鲤鱼。

江上大鱼安敢钓，转柂横江筋力小。

深边积雪厚埋牛，两处辛勤何处好？

去家离俗慕荣华，富贵终身独可嗟。

不及故乡山上女，夜从东舍嫁西家。

（卷一）

注

〔一〕嘉祐四年（1059）南行赴京途中作。昭君：王嫱，字昭君，西汉南郡秭归（今属湖北）人，汉元帝宫人，后与匈奴单于呼韩邪，以结和亲，卒葬匈奴。昭君村：在秭归香溪。前四句简叙昭君入宫、出塞、思乡本事，后八句皆出入议论。中四句提出"两处辛勤何处好"，末四句是作者的结论，"不及故乡"。这虽是一首咏怀古迹的诗，但却反映了苏辙离乡出仕途中的矛盾心情。

〔二〕屈须：屈原之姊。须，亦作"嬃"。屈原有《离骚》："女嬃之婵媛兮，申申其詈予。"此句谓王嫱是继屈须之后的峡中又一著名女子。

〔三〕不愧秦姝：秦姝：《陌上桑》："使君遣吏问，问是谁家姝？秦氏有好女，自名为罗敷。"姝：美女。《后汉书·南匈奴传》："昭君丰容靓饰，光明汉宫，顾影徘徊，竦动左右。"

〔四〕呼韩：即呼韩邪，匈奴单于名号，为兄郅支单于所败，谋归汉，先后入汉谒见宣帝、元帝。《后汉书·南匈奴传》："时呼韩邪来朝，帝敕以宫女五人赐之。昭君入宫数岁，不得见御，积悲怨，乃请掖庭令求行。呼朝邪临辞大会，帝召五女以示之……帝见大惊，意欲留之，而难于失信，遂与匈奴。"

怀渑池寄子瞻兄〔一〕

苏 辙

相携话别郑原上〔二〕，共道长途怕雪泥。
归骑还寻大梁陌〔三〕，行人已渡古崤西〔四〕。
曾为县吏民知否〔一〕？旧宿僧房壁共题〔六〕。
遥想独游佳味少，无言骓马但鸣嘶〔七〕。

（卷一）

注

〔一〕渑池：见苏轼《和子由渑池怀旧》注〔一〕。嘉祐六年（1061）冬，苏轼兄弟别于"郑州西门"后，苏辙归京，遥想苏轼将重过昔日同游的渑池，故作此诗寄轼。前四句写"话别郑原"，五、六句为"怀渑池"，末以设想苏轼独游乏味作结，充分抒发了思念兄长之情。

〔二〕郑原：指郑州西门外原野上。

〔三〕大梁：指北宋京城开封。开封，战国时为魏国国都，名大梁。《史记·秦始皇本纪》："二十二年王贲攻魏，引河沟灌大梁。"

〔四〕行人已渡古崤西：谓苏轼已过渑池。崤，指崤山，在河南渑池县西。

〔五〕曾为县吏民知否：苏辙自注："辙尝为此县簿，未赴而中第。"指嘉祐五年（1061）苏辙被命为渑池县主簿，因举制策，未赴任。

〔六〕旧宿僧房壁共题：苏辙自注："辙昔与子瞻应举，过宿县中寺舍，题其老僧奉闲之壁。"此为嘉祐元年（1056）夏赴京过渑池时事。

196

〔七〕骓马：毛色苍白相杂的马。《诗·鲁颂·駉》："有骓有駓。"毛传："苍白杂毛曰骓。"此以但闻骓马嘶鸣反衬苏轼无人与语，极写其"独游佳味少"。

辛丑除日寄子瞻〔一〕

苏　辙

一岁不复居，一日安足惜！

人心畏增年，对酒语终夕。

夜长书室幽，灯烛明照席。

盘飧杂梁楚，羊炙错鱼腊。

庖人馔鸡兔，家味宛如昔〔二〕。

有怀岐山下〔三〕，展转不能释。

念同去闾里，此节三已失〔四〕。

初来寄荆渚，鱼雁贱宜客。

楚人重岁时，爆竹鸣磔磔〔五〕。

新春始涉五〔六〕，田冻未生麦。

相携历唐、许〔七〕，花柳渐牙拆。

居梁不耐贫，投杞避糠麧〔八〕。

城南庠斋静，终岁守坟籍〔九〕。

酒酸未尝饮，牛美每共炙。

谓言从明年，此会可悬射〔一〇〕。

同为洛中吏，相去不盈尺〔一一〕。

浊醪幸分季，新笋可饷伯〔一二〕。

巍巍嵩山美〔一三〕，漾漾洛水碧〔一四〕。

官闲得相从，春野玩朝日〔一五〕。

安知书阁下，群子并遭斥。

偶成一朝荣，遂使千里隔〔一六〕。

何年相会欢？逢节勿轻掷！

（卷一）

注

〔一〕嘉祐六年（1061）居京时作。辛丑即嘉祐六年。除日，一年的最后一天。当时苏轼任凤翔签判，他们兄弟第一次未在一起过节，故写下了这首思念兄长，感伤离别的诗。前十句写京城除日；"有怀岐山下"以后皆是怀兄之词，最后仅以两句盼望"相会"作结。

〔二〕"盘飧杂梁楚"四句：写除日盘飧之盛。"杂梁楚"谓席上本"家味"，但又杂有梁楚之味。错：错杂。鱼腊见《礼记·礼器》："三牲鱼腊，四海九州之美味也。"腊：腌炙的肉。

〔三〕岐山：在凤翔东，此代凤翔。怀岐山即怀苏轼。

〔四〕此节三已失：谓已过三个除夕。三苏父子于嘉祐四年离家沿江东下，在江陵（今属湖北）度除夕。嘉祐五年入京杞县（今属河南）过除夕。加上嘉祐六年除夕，故谓"三已失"。此下即分述"三已失"。

〔五〕"初来寄荆渚"四句：此忆嘉祐四年江陵度除夕。荆：荆州，即江陵。渚：渚宫，在江陵城内。爆竹：古人于除夕爆竹以驱邪。王安石《元日》："爆竹声中一岁除。"礋礋：象声词，此状爆裂声，苏轼《除夕》亦有"爆竹声礋礋"语。苏轼《荆门十首》第七："残腊多风雪，荆人重岁时……爆竹惊邻鬼，驱傩聚小儿。"所咏与苏辙所忆同。

〔六〕新春始涉五：谓正月初五日又从江陵北行赴京。苏轼《荆州十首》第十："柳门京国道，驱马及春阳。"

〔七〕唐、许：唐：唐州，治所在今河南唐河。许：许州，治所在今河南许昌。

〔八〕"居梁不耐贫"二句：梁指京城开封，杞指京城附近之杞县。苏洵《谢赵司谏启》："寓居雍邱，无故不至京师。"雍邱即杞县。又《贺欧阳枢密启》："阻以在外，阙于至门。"亦证明苏洵父子入京不久即移居杞县。麨：通"粆""麨"，米、麦的粗屑。《汉·书陈平传》："亦食糠麨耳。"

〔九〕坟籍：典籍，书籍。《后汉书·李固传》："究览坟籍，结交英贤。"

〔一〇〕悬射：预计一定可达到。悬：预计、揣测。射：追求。

〔一一〕"同为洛中吏"二句：嘉祐五年苏辙兄弟初入京，苏轼授河南福昌县主簿，苏辙授渑池县主簿，两地相近，皆距洛阳不远。

〔一二〕"浊醪幸分季"二句：古代以伯、仲、叔、季为兄弟排行次第。季：苏辙自指。伯：指苏轼。

〔一三〕嶻嶻：山高峻貌。嵩山：在河南登封县北。

〔一四〕漾漾：水波动荡貌。洛水：即河南洛河，源出陕西华山南麓，在河南巩县洛口以北汇入黄河。

〔一五〕"新春始涉五"至"春野玩朝日"：皆写苏辙兄弟居杞县，被命为河南二县主簿事，俱为嘉祐五年除夕前、后事。

〔一六〕"安知书阁下"四句：写嘉祐六年苏辙兄弟应制科试，秘阁试六论俱入等，但也因此而弟兄分离了。馘：割耳以记战功。"群子并遭馘"谓其他应试士子都失利了。

次韵子瞻闻不赴商幕三首〔一〕

苏 辙

怪我辞官免入商，才疏深畏忝周行〔二〕。
学从社稷非源本，近读诗书识短长〔三〕。
东舍久居如旧宅，春蔬新种似吾乡〔四〕。
闭门已学龟头缩〔五〕，避谤仍兼雉尾藏〔六〕。

南商西洛曾虚署〔七〕，长吏居民怪不来〔八〕。
妄语自知当见弃〔九〕，远人未信本非才。
厌从贫李嘲东阁〔一〇〕，懒学谀张缓两腮〔一一〕。
知有四翁遗迹在，山中岂信少人哉〔一二〕！

埙动篪鸣只自知〔一三〕，忧轻责少幸官卑。
声名谩作耳中填〔一四〕，科第空收颔底髭。
西鄙猖狂犹将将〔一五〕，中朝闲暇自师师〔一六〕。
近成《新论》无人语〔一七〕，仰羡飞鸿两翅差〔一八〕。

（卷一）

注

〔一〕商：商州，治所在今陕西商县。不赴商幕指嘉祐七年（1062）苏辙被命为商州军事推官，未赴任事。苏辙《颍滨遗老传》说："（年）二十三举直言（直言极谏科），仁宗亲策之于廷。时上春秋高，始倦于勤，辙因所问，极言得失……策入，辙自谓必见黜，然考官司马君实（光）第以三等……惟胡武平（宿）以为不逊，力请黜之。上不许，曰：'以直言召人，而以直弃之，天下谓我何！'宰相不得已，置之下第（即第四等下）。除商州军事推官，知制诰王介甫意其右宰相，专攻人主，比之谷永，不肯撰词……是时先君被命修礼书，而兄子瞻出签书凤翔判官，傍无侍子，辙乃奏乞养亲三年。"这就是苏辙"不赴商幕"的背景。苏轼在凤翔得知其情后，作《病中闻子由得告不赴商州三首》。此为苏辙和诗，第一首言不赴商幕的原因，是为了"闭门""避谤"；第二首表示虽"见弃"但决不改变其直言极谏的态度；第三首写苏轼出仕亦不得志，感叹无由会面。

〔二〕忝周行：有辱于仕宦行列。忝：辱，有愧于，常用作自谦之词。《书·尧典》："否德忝帝位。"周行（háng）：仕宦行列。陈子昂《为王美畅谢兄官表》："在于周行，颇蒙推荐。"

〔三〕"学从社稷非源本"二句：写"辞官"后在京读书，谓以前为应试从政读书，不识诗书源本；现在自由读书，才懂书中短长。

〔四〕"东舍久居如旧宅"二句：谓已习惯在京的闲适生活。东舍指在京的住宅："辙昔时侍先人于京师，与希声邻，在太学前。"（《次韵子瞻寄眉守黎希声》自注）旧宅，指眉山老家。苏辙另有《种菜》《赋园中所有十首》，可知其园中种有萱草、竹、芦、石榴、蒲桃、簪草、果蠃、牵牛、双柏、葵花等。

〔五〕龟头缩：喻畏事，不敢出头，苏轼《陈季常见过》亦有"人言君畏事，欲作龟头缩"语。

〔六〕雉：野鸡。苏辙自注："雉藏不能尽尾，乡人以为谚。"

〔七〕南商：指商州，因在渭水之南，故称南商。西洛指渑池，因在洛水之西，故称西洛。苏辙先后被命为渑池主簿、商州军事推官，均未到任，故云虚署。

〔八〕长吏居民怪不来：苏轼原唱有"近从章子（章惇，时为商洛令）闻渠说，苦道商人望汝来"句，苏辙此句即对此而言。

〔九〕妄语：指所作《御试制科策》，指责仁宗"有忧惧之言""无忧惧之诚""无事则不忧，有事则大惧"；"宫中贵姬至以千数，歌舞饮酒，欢乐失节，坐朝不闻咨谟，便殿无所顾问";"陛下择吏不精，百姓受害于下"，"赋敛繁重，百姓日以贫困"，"宫中无益之用不为限极，所欲则给，不问无有"，等等。

〔一○〕贫李：指唐代诗人李商隐，他早年任令狐楚的从事，深受礼遇。楚殁，其子令狐绹为相，因党争关系而不满李商隐，有意疏远他。重阳节，李商隐谒令狐绹，不得见，题《九日》诗于壁，有"郎君官贵施行马，东阁无因再得突窥"。苏辙表示自己虽"见弃"，但不会像李商隐那样自嘲"东阁无因再得窥"。

〔一一〕诶张：指唐代宰相张说。缓两腮，即缓颊，指不再批评时政。张说早年直言敢谏，被唐玄宗誉为"言则不诶，自得谋猷之体"。但后因"承平岁久，志在粉饰盛时"，"首建封禅之议"。（《旧唐书·张说传》）苏辙表示虽"见弃"，但决不会放弃直言，以"粉饰盛时"为事。

〔一二〕"知有四翁遗迹在"二句：四翁：指汉初商山（商州州治东）。四皓：东园公、佣里先生、绮里季、夏黄公。年皆八十有余，须发皆白，故称四皓。因不满刘邦轻士好骂，逃匿山中，义不为汉臣。吕后用张良计，迎四皓出辅太子。事见《史记·留侯世家》。苏轼原唱"逋翁（亦指四皓）久没厌凡才"句，故苏辙说商州出现过四皓这样的人物，不会因自己未赴商州而缺少人才。

〔一三〕埙动篪鸣：埙（xūn）、篪（chí）皆古乐器。埙为陶制吹奏乐器，篪为竹制管乐器。《诗·大雅·板》："如埙如篪。"毛传："言相和也。"后多用以喻兄弟和睦，此喻他们兄弟常常共鸣，他完全理解苏轼原唱中的"从宦无功漫去乡"，故以"忧轻责少幸官卑"慰之。时苏轼初仕亦不得志，常有"冷官无事屋庐深"（《九月二十日微雪》）之类的慨叹。

〔一四〕声名漫作耳中瑱：意谓枉自声名满耳。漫，通"漫"，枉自，徒然。瑱（tiàn），塞耳之玉。《诗·鄘风·君子偕老》："玉之瑱也。"毛传："瑱，塞耳有也。"

〔一五〕西鄙：西部边鄙，此指西夏。将将（qiāng）：强大貌。苏轼《和子由苦寒见寄》说："庙谋虽不战，虏意久欺天。"可作此句注脚。苏轼在凤翔，其职责之一是"飞刍挽粟，西赴边陲"（《凤翔到任谢执政启》），保证前方军需供给。

〔一六〕中朝：即朝中，朝廷。师师：端整貌。贾谊《新书·容经》："朝廷之容，师师然翼翼然整以敬。"此就自己所在的京城而言。苏辙《次韵子瞻减决诸县囚徒事毕登览》说："魏京饶士女，春服聚浮游。雷动车争陌，花摇树系楸。游人纷荡漾，野鸟自嘤呦。"此可作"中朝闲暇"的注脚。

〔一七〕《新论》：见苏辙《新论上》注〔一〕。

〔一八〕差：差池，参差不齐，状飞鸿之翅。羡鸿能飞即感叹自己不能飞到苏轼身旁，共同讨论其《新论》。

踏 青[一]

苏 辙

江上冰消岸草青，三三五五踏青行。

浮桥没水不胜重，野店压糟无复清[二]。

松下寒花初破萼，谷中幽鸟渐嘤鸣。

洞门泉脉龙睛动，观里丹池鸭舌生[三]。

山下瓶罂沾稚孺[四]，峰头鼓乐聚簪缨[一]。

缟裙红袂临江影[六]，青盖骅骝踏石声[七]。

晓去争先心荡漾，暮归夸后醉纵横。

最怜人散西轩静，暖暖斜阳著树明[八]。

（卷一）

注

〔一〕嘉祐八年（1063）岁首留京侍父时作。头年岁暮，苏轼作《馈岁》《别岁》《守岁》三首，记"蜀之风俗"寄苏辙。苏辙除作《次韵子瞻记岁暮乡俗三首》外，又作《记岁首乡俗寄子瞻二首》，《踏青》为其中第一首。苏辙《踏青诗叙》云："眉之东门十数里，有山曰蟆颐，山上有亭树松竹，山下临大江。每正月人日，士女相与游嬉饮于其上，谓之踏青也。"（《栾城集》佚此叙，见王十朋《苏诗集注·和子由踏青》注引次公注）此诗前四句点题，写人日（正月七日）出游踏青；"松下寒花"四句，写踏青所见之景；"山下瓶罂"四句，写踏青之人。最后四句写踏青归来。全诗描写了北宋蜀中春游踏青的热闹场面，是一幅形象生动的蜀中风俗画。

〔二〕压糟：即压酒，米酒酿制将熟，压榨取酒。罗隐《江南行》："水国多愁又有情，夜槽压酒银船满。"

〔三〕观：道观，道教庙宇。丹池：炼丹池。《灵宝经》："上有桐柏合生，下有丹池赤水。"鸭舌：草名，叶成舌形。李时珍《本草纲目》："鸭舌，因其形似也。"

〔四〕罂（yīng）：盛酒器。此句谓连小孩亦可饮酒。

〔五〕簪缨：达官贵人固定冠饰的簪子和缨带，借指达官贵人。

〔六〕缟：白色。袂：衣袖。缟裙红袂指士女服装，借指士女。

〔七〕青盖：青色车盖，代指车。骍骝：赤色骏马。

〔八〕暧暧：昏暗貌。陶潜《归田园居》："暧暧远人村。"

种　菜〔一〕

苏　辙

久种春蔬旱不生，园中汲水乱瓶罂。

菘葵经火未出土〔二〕，僮仆何朝饱食羹？

强有人功趋节令，怅无甘雨因耘耕。

家居闲暇厌长日，欲看年华上菜茎。

（卷二）

注

〔一〕嘉祐末、治平初居京侍亲时作。苏轼有《次韵子由种菜久旱不生》，旧注多系于治平元年（1064）春，但无确证。此诗前四句写园中种菜久旱不生，五、六句是久旱不生的原因，末以感叹光阴虚度作结。此诗显然不只是在咏种菜，而是在感叹自己被迫辞官的不幸境遇。苏辙原唱意在言外，含蓄不露。苏轼次韵诗却点明了原唱主题："园无雨润河须叹，身与时违合退耕。欲看年华自有处：鬓间秋色两三茎。"所谓"身与时违合退耕"即苏轼《病中闻子由得告不赴商州三首》诗中所说的"答策（指苏辙《御试制科策》）不堪宜落此（不赴商州军事推官任）"。

〔二〕菘葵：皆蔬菜名。柄厚而色青的菘叫青菜，柄薄而色白的菘叫白菜。葵指冬葵，我国古代重要蔬菜之一，《齐民要术》卷三蔬类第一篇即为《种葵》："临种时必燥曝葵子。"注云："葵子虽经岁不渴，然湿种者疠而不肥。"

王维吴道子画（在普门及开元寺）[一]

苏 辙

吾观天地间，万事同一理。

扁也工斫轮，乃知读文字[二]。

我非画中师，偶亦识画旨。

勇怯不必同，要以各善耳。

壮马脱衔放平陆[三]，步骤风雨百夫靡[四]。

美人婉娩守闲独[五]，不出庭户修容止[六]。

女能嫣然笑倾国[七]，马能一蹴致千里[八]。

优柔自好勇自强，各自胜绝无彼此。

谁言王摩诘，乃过吴道子？

试谓道子来，置汝所挟从软美[九]。

道子掉头不肯应，刚杰我已足自恃。

雄奔不失驰，精妙实无比。

老僧寂灭生虑微[一〇]，侍女闲洁非复婢[一一]。

丁宁勿相违[一二]，幸使二子齿[一三]。

二子遗迹今岂多，岐阳可贵能独备[一四]。

但使古壁常坚完，尘土虽积光艳长不毁。

（卷二）

注

　　〔一〕这是《和子瞻凤翔八观八首》之一，嘉祐八年（1063）侍亲京师时作。王维、吴道子，见苏轼同题诗注〔一〕。苏轼原唱推崇文人画，扬王抑吴。苏辙此诗表示不同意苏轼的观点，前半部分一般论述"优柔自好勇自强"，刚美、软美皆美；后半部分直接主张王、吴并重，反对扬王抑吴。翁方纲说："子由诗云'谁言王摩诘，乃过吴道子？'与东坡结意正相反。"（《苏诗补注》卷四）其实，苏轼并不排斥美的多样性，他所说"短长肥瘠各有态，玉环飞燕谁敢憎"（《孙莘老求墨妙亭诗》），即与苏辙此诗观点相同。只是他在比较画工画和文人画时，更推崇文人画而已。

〔二〕"扁也工斫轮"二句：参苏轼《文与可画〈筼筜谷偃竹〉记》注〔一五〕。苏辙以轮扁懂读书说明己非画师而识画旨，以明"万事同一理"。

〔三〕衔：横在马口中以备抽勒的铁，即马嚼子。

〔四〕步骤风雨百夫靡：跑得很快，有如暴风骤雨，所向披靡。缓行为步，急走为骤。步骤，此为偏义词，取快跑之意。靡：披靡，倒下。

〔五〕婉娩：仪容柔顺。闲独：悠闲孤寂。

〔六〕修容止：仪容举止美好。修：美好。

〔七〕嫣然：美好的样子，常形容笑。倾国：《汉书·孝武李夫人传》："北方有佳人，绝世而独立。一顾倾人城，再顾倾人国。"后常以"倾城倾国"形容绝色女子。

〔八〕趹：通"蹶"，踢，踩。致：达到。一趹致千里，即轻而易举就可跑千里路。

〔九〕置汝所挟从软美：放弃你所有的刚杰来追随软美。置：弃置，抛开。挟：怀藏，吴道子"所挟"指下文的"刚杰"之美。从：追随。

〔一〇〕寂灭：佛家语，指消除人世一切烦恼，而达到不生不灭之境。《无量寿经》上："诚谛以虚，超出世间，深乐寂灭。"生虑微：没有人生思虑。微：无。谢灵运《邻里相送至方山》："积疴谢生虑，寡欲罕所阙。"

〔一一〕闲洁：娴雅高洁。

〔一二〕丁宁：即"叮咛"，一再嘱咐。

〔一三〕幸：希望。二子：指王维、吴道子。齿：并列，平起平坐。

〔一四〕岐阳：陕西凤翔。

和子瞻调水符〔一〕

苏 辙

子瞻令人取玉女洞水，恐其欺见，破竹为契，使寺僧藏其一，以为往来之信，故云。

多防出多欲，欲少防自简。

君看山中人，老死竟谁谩？

渴饮吾井水，饥食瓯中饭。

何用费辛徒，取水负瓢罐？

置符未免欺，反复虑多变。

授君无忧符，阶下泉可咽。

（卷二）

注

〔一〕治平元年（1064）侍亲京师时作。苏轼原唱为《爱玉女洞中水……戏谓之调水符》，前已选。纪昀评苏轼原唱，以为语浅意深。苏辙和诗，语更浅而意更深，其"无忧符"简直可作为人们的座右铭。

中秋夜八绝〔一〕（选三）
苏 辙

谁遣常时月，偏从此夜明？
暗添珠百倍，潜感兔多生〔二〕。

明入庭阴白，寒侵酒气微。
夜深看更好，楼上渐人稀。

巧转上人衣，徐行度楼角〔三〕。
河汉冷无云〔四〕，冥冥独飞鹊〔五〕。

（卷三）

注

〔一〕治平二年（1065）中秋大名任上作。杨升庵说："宋诗信不及唐，然其中岂无可匹体者？在选者之眼力耳。"其下所举就有苏辙《中秋夕》（"巧转上人衣"）、《旅行》二诗，谓其"有王维辋川遗意，谁谓宋无诗乎！"（《升庵诗话》卷四）此所选第一首以中秋月明，潜感年华易逝，第二首写深夜赏月更美，第三首写中秋月转渐西沉，都能给人以明净、清淡、孤寂之感，诗风确实酷似王维。

〔二〕潜感兔多生：传说月中有白兔捣药。此处语意双关，既咏月中白兔，又指鬓发多白。

〔三〕"巧转上人衣"二句：写月光移动，与苏轼"转朱阁，低绮户，照无眠"（《水调歌头·丙辰中秋》）意思相近。

〔四〕河汉：即银河，《古诗十九首》："河汉清且浅，相去复几许！"

〔五〕冥冥：高远空旷。扬雄《法言·问明》："鸿飞冥冥。"

次韵姚孝孙判官见还《岐梁唱和诗集》〔一〕

苏 辙

伯氏文章岂敢知〔二〕，岐梁偶有往还诗。
自怜兄力能兼弟，谁肯埙终不听篪〔三〕，
西虢春游池百顷〔四〕，南溪秋入竹千枝〔五〕。
恨君曾是关中吏〔六〕，属和追陪失此时。

（卷三）

注

〔一〕治平二年（1065）任大名府（治所在今河北大名）推官时作。姚孝孙，未详其人。判官，宋代三司各部、左右军巡院，各州府皆设此官，姚孝孙很可能任大名府签书判官厅公事。《岐梁唱和诗集》是苏轼兄弟亲自编纂的第一部也是唯一一部唱和诗集，专收嘉祐六年（1061）冬至治平二年春的唱和诗，其时他们一在凤翔（岐），一在京城（梁），诗赋往还，唱和甚多。此诗前四句写岐梁唱和，赞美苏轼的诗文才力非自己所能相比；五、六句写苏轼在凤翔的行踪；末二句感叹姚孝孙当时也在关中做官，可惜未能与苏轼同游唱和。

〔二〕伯氏：指苏轼。

〔三〕谁肯埙终不听篪：意谓谁肯读了哥哥的诗而不读自己的诗呢？埙、篪，见苏辙《次韵子瞻闻不赴商幕三首》注〔一三〕。

〔四〕西虢：指凤翔府所辖虢县，位于"府南三十五里。三乡、阳平一镇。有楚山、渭水、磻溪。"（《元丰九域志》卷三《秦凤路》）苏轼在凤翔，多次巡游西虢，如《壬寅二月有诏令郡吏分往属县减决囚禁，自十三日受命出府，至宝鸡、虢、郿、盩厔四县……》："回趋西虢道，却渡小河洲。闻道磻溪石，犹存渭水头。"

〔五〕南溪：在终南山下。苏轼在凤翔咏及南溪的诗甚多，如《南溪有会景亭……》《往南溪小酌》《南溪之南竹林中新构……避世堂》等等。《题南溪竹上》云："谁谓江湖居，而为虎豹宅？焚山岂不能，爱此千竿碧。"可见南溪之竹甚多。

〔六〕关中：古地区名，所指范围大小不一，一般以函关以西、秦岭以北地区为关中。时姚孝孙作吏于关中何地，亦不详。

送陈安期都官出城马上〔一〕

苏 辙

城中二月不知春，唯有东风满面尘。
归意已随行客去，流年惊见柳条新。
簿书填委休何日〔二〕？学问榛芜愧古人。
一顷稻田三亩竹，故园何负不收身？

（卷三）

注

　　〔一〕治平三年（1066）大名任上作。陈安期，未详其人。都官，即判都官事，属刑部，见《宋史·职官志三》。此诗首联点送陈时间；次联因送陈而思归，因出城见新柳而感年华易逝；颈联感叹忙于处理文书而旧学荒芜；故尾联以不该离乡出仕作结。全诗表现了他对"簿书"生活的厌倦。

　　〔二〕簿书：官署中的文书。填委：堆积。《南史·朱异传》："四方表疏，当局簿领，咨详请断，填委于前。"休何日：即何日休，何时了结。

南　窗〔一〕

苏　辙

　　京师三日雪，雪尽泥方深。

　　闭门谢还往，不闻车马音。

　　西斋书帙乱，南窗初日升。

　　展转守床榻，欲起复不能。

　　开户失琼玉〔二〕，满阶松竹阴。

　　客从远方来，疑我何苦心。

　　疏拙自当尔，有酒聊共斟。

（卷三）

注

　　〔一〕熙宁二年（1069）冬闲居京城时作。这年二月苏辙服父丧期满回到京城，三月上书神宗，力主为国当以治财为先。神宗即日召见苏辙于延和殿，并命他担任制置三司条例司检详文字。时王安石已开始推行新法，而苏辙的治财主张，实际上与王安石根本不同，

"议论每不合"。八月苏辙上《制置三司条例司论事状》，全面批评新法，并请补外，结果"诏依所乞"。但苏辙于次年春才离京，这首诗即写于罢职后，离京前。当时他闭门谢客，读书自娱，夜不能寐，晨不能起，心情十分抑郁。苏轼非常喜欢这首诗，多次书写，"以为人间当有数百本，盖闲淡简远，得味外之味"（洪迈《容斋随笔》卷十五）。此诗以淡远之笔抒愁苦之情，怨而不怒，哀而不伤，颇能代表苏辙的特有诗风。

〔二〕琼玉：指雪。"开户失琼玉"即"雪尽泥方深"意，指"南窗初日升"后雪已融化。

初到陈州二首〔一〕

苏 辙

谋拙身无向，归田久未成〔二〕。
来陈为懒计，传道愧虚名〔三〕。
俎豆终难合，诗书强欲明〔四〕。
斯文吾已试〔五〕，深恐误诸生。

久爱闲居乐，兹行恐遂不〔六〕？
上官容碌碌〔七〕，饱食更悠悠〔八〕。
枕畔书成癖，湖边柳散愁〔九〕。
疏慵愧韩子，文字化潮州〔一〇〕。

（卷三）

注 ─────────────────────────────

〔一〕熙宁三年（1070）春初至陈州（今河南淮阳）任州学教授时作。苏辙《颍滨遗老传》说："辙知力不能救（无力阻止推行新法），以书抵介甫（王安石）、阳叔（陈旭），指陈其决不可者，且请补外。介甫大怒，将见加以罪，阳叔止之，奏除河南推官。会张文定（方平）知淮阳，以学官见辟，从之三年。"这是两首充满牢骚的诗篇。第一首说读书已经

210

害己，现在却要以书教人，故深恐误人。第二首说自己来陈是为偷闲，故有愧于韩愈以诗书化民。话虽如此，但苏辙任陈州教授期间仍是忠于职守的，培养出了像张耒这样的著名文人。

〔二〕"谋拙身无向"二句：谓拙于谋划，故弄得无路可走；久想归隐田园，亦未成功。

〔三〕传道：传授圣贤之道，指教书。韩愈《师说》："师者，所以传道、授业、解惑也。"

〔四〕"俎豆终难合"二句：俎豆：古代祭祀用的祭器。时王安石推行新法，在文化上也推行新学，故苏辙说他很能同他们一致，勉强按他们的意见来解释诗书。他在《和顿主簿起见赠》中也说："声病消磨只古文，诸儒经述斗纷纭。不知旧学都无用，犹把新书强欲分。"

〔五〕斯文：见苏轼《祭欧阳文忠公文》注〔四〕。

〔六〕兹行恐遂不：这次去陈州不知是否能达到闲居目的。兹：此。遂：成功，顺利。不：通"否"。

〔七〕上官：上级官吏，即上司，此指张方平，见苏洵《上张侍郎第二书》注〔一〕。碌碌：平庸无能貌，《史记·酷吏列传》："九卿碌碌奉其官。"

〔八〕悠悠：悠闲自在。

〔九〕湖：指陈州柳湖。苏辙《次韵孙户曹朴柳湖》："疏慵非敢独违时，野性颠狂不爱羁。犹有曲湖容笑傲，谁言与物苦参差。水干生草曾非恶，鹤舞因风忽自怡。最爱柳阴迟日暖，幅巾轻履肯相随。"此诗可作此句注脚。

〔一〇〕韩子：指韩愈（768—820），字退之，河南河阳（今河南孟县）人，唐代著名文学家。因阻谏宪宗迎佛骨，贬官潮州（今广东潮安）。在潮州作《请置乡校牒》，大力传播文化。

柳湖感物〔一〕

苏 辙

柳湖万柳作云屯〔二〕，种时乱插不须根〔三〕。

根如卧蛇身合抱，仰视不见蜩蝉喧〔四〕。

开花三月乱飞雪〔五〕，过墙度水无复还。

穷高极远风力尽，弃坠泥土颜色昏。

偶然直堕湖中水，化为浮萍轻且繁〔六〕。

随波上下去无定，物性不改天使然。

南山老松长百尺〔七〕，根入石底蛟龙蟠。

秋深叶上露如雨，倾流入土明珠圆〔八〕。

乘春发生叶短短，根大如指长而坚。

神农尝药最上品〔九〕，气力直压钟乳温〔一〇〕。

物生禀受久已异〔一一〕，世俗何始分愚贤？

（卷三）

注

〔一〕熙宁三年（1070）任陈州教授时作。柳湖，在陈州城北。此诗前十二句咏柳，中间八句咏松，末二句合咏，感叹世俗之人不能分别松柳的"愚贤"。诗写得很含蓄，不细加品味，容易当成一般咏物诗读过。但诗中所咏根底甚浅，枝叶徒茂，穷高极远，随波逐流的柳树，实际是对变的初期那些新进勇锐之士的无情讽刺。苏轼的《次韵子由柳湖感物》点明了苏辙诗的主题："子今憔悴众所弃，驱马独出无往还。惟有柳湖万株柳，清阴与子共朝昏。胡为讥评不少借，生意凌挫难为繁。柳虽无言不解愠，世俗乍见应怃然。"柳既"不解愠"而关世俗何事？世俗为之怃然，说明对柳的讥评正是对世俗的讥评。苏轼接着说，世人是只会爱柳而不会爱松的，因为柳树"四时盛衰各有态"，而"南山孤松积雪底，抱冻不死谁复贤！"

〔二〕云屯：像云一样密集。《旧唐书·魏玄同传》："官有常员，人无定限。选集之始，雾积云屯。"伍缉之《柳花赋》："垂绿叶而云布。"

〔三〕种时乱插不须根：谓柳树颇贱，可插栽，所谓"无心插柳柳成荫"是也。

〔四〕蜩（tiáo）：蝉的别名。《诗·豳风·七月》："五月鸣蜩。"

〔五〕开花三月乱飞雪：伍缉之《柳花赋》："飐零花而雪飞。"

〔六〕化为浮萍轻且繁：《本草》："浮萍，季春始生，或云杨花所生。一叶经宿，即生数叶。"苏辙自注："尝见野人言，柳花入水为浮萍。"

〔七〕南山：指陈州城南的宛丘。《元和郡县图志》卷八："宛丘，县南三里。"《尔雅》："陈有宛丘，丘上有丘为宛丘。"

〔八〕"秋深叶上露如雨"二句：苏辙自注："松上露堕地为仙茅，阴干服之，益人。"

212

又苏辙《服茯苓赋·叙》："古书言，松脂流入地下为茯苓，茯苓又千岁则为琥珀。虽非金石，而其能自完也亦久矣……庶几可以固形养气，延年而却老者。"

〔九〕神农尝药：《通鉴辑览》卷一《神龙氏》："民有疾病，未知药石，始味草木之滋，察其寒温平热之性，辨其君臣佐使之义，神而化之，遂作方书，以疗民疾，而医道立矣。"

〔一○〕苏辙自注："古方云：十斤钟乳不如一斤仙茅。"

〔一一〕禀受：承受，指受于自然的体性、气质。韩愈《秋怀》："禀受气各异。"

次韵李简夫秋园〔一〕

苏 辙

秋色岂相负，小园仍有花〔二〕。
绕栏吟落日，拾径得残葩。
菊细初藏蝶，桐疏不庇鸦。
游观须作意，霜雪仅留楂〔三〕。

（卷三）

注

〔一〕熙宁三年（1070）陈州教授任上作。李简夫，陈州人，官太常少卿。所与游多庆历名卿，晏殊深知其人。嘉祐初，未老而疾，弃官家居，出入乡党十五年。苏辙为陈州教授，多与唱和，见苏辙《李简夫少卿诗集引》。此诗一作《次赠李简夫春园》，从诗的内容可知，当以"秋园"为是。

〔二〕小园仍有花：苏辙《李简夫少卿诗集引》："陈人喜种花，比于洛阳。每岁春夏，游者相属弥月。君携壶命侣，无一日不在其间，口未尝问家事。"

〔三〕"游观虽作意"二句：谓趁秋菊疏桐尚存，决意游赏，冬天霜雪降临，就只有枯楂了。作意：决意，起意，张籍《寄昭应王中丞》："春风石瓮寺，作意共君游。"

虞姬墓〔一〕

苏　辙

布叛增亡国已空〔二〕，摧残羽翮自令穷。
艰难独与虞姬共，谁使西来敌沛公〔三〕？

（卷三）

注

〔一〕熙宁四年（1071）《和子瞻濠州七绝》中的一首。虞姬：项羽之姬。《史记·项羽本纪》："有美人名虞（《集解》引徐广曰："一云姓虞氏"），常幸从。"项羽于垓下为汉军所围，慷慨悲歌，虞姬和之，其词曰："汉兵已掠地，四方楚歌声。大王意气尽，贱妾何由生！"虞姬墓：张守节《史记正义》引《括地志》云："虞姬墓在濠州定远县（今属安徽）东六十里，长老传云项羽美人冢也。"这是一首咏史诗，对项羽不能信用谋臣武将，招致败亡，进行了辛辣的讽刺。

〔二〕布：黥布，见苏洵《高祖》注〔一七〕。增：范增，项羽谋士，屡劝项羽杀刘邦，项羽不听。羽又中刘邦反间计，"疑范增与汉有私，稍夺之权。范增大怒，曰：'天下事大定矣，君王自为之。愿赐骸骨归卒伍。'项王许之。行未至彭城，疽发背而死。"见《史记·项羽本纪》。

〔三〕沛公：即刘邦。据《史记·高祖本纪》，陈胜起义，沛令恐，欲以沛应陈胜，乃令樊哙召刘邦。刘邦至，沛令后悔，闭城不纳。沛父老子弟共杀沛令，立刘邦为沛公。

次韵子瞻见寄〔一〕

苏 辙

我将西归老故丘，长江欲济无行舟〔二〕。

宦游已如马受轭〔三〕，衰病拟学龟藏头〔四〕。

三年学舍百不与〔五〕，糜费廪粟常渐羞。

矫时自信力不足，从政敢谓学已优〔六〕？

闭门却扫谁与语，昼梦时作钧天游〔七〕。

自从四方多法律〔八〕，深山更深逃无术〔九〕。

众人奔走我独闲，何异端居割蜂蜜〔一○〕。

怀安已久心自知，弹劾未至理先屈〔一一〕。

余杭军府百事劳，经年未见持干旄〔一二〕。

贾生作傅无封事〔一三〕，屈平忧世多《离骚》〔一四〕。

烦刑弊法非公耻，怒马奔车忌鞭箠〔一五〕。

藐藐何自听谆谆〔一六〕，谔谔未必贤唯唯〔一七〕。

求田问舍古所非〔一八〕，荒畦弊宅今余几？

出从王事当有程〔一九〕，去须腊肉嫌无名〔二○〕。

扫除百忧惟有酒〔二一〕，未退聊取身心轻。

（卷四）

注 ————

〔一〕熙宁五年（1072）陈州任上为次韵苏轼《戏子由》作。此诗前半部分为自述，抒发自己既无力改变时局，又不能弃官归隐的苦闷。"余杭军府百事劳"八句写苏轼，这里有安慰，也有劝勉。最后六句为合写，归乡不得，只好以酒浇愁。

〔二〕长江欲济无行舟：喻归乡不得。孟浩然《临洞庭湖赠张丞相》："欲济无舟楫。"

〔三〕轭：套在马颈上的人字形马具。此句喻做官深受束缚。

〔四〕龟藏头：见苏辙《次韵子瞻闻不赴商幕》注〔五〕。

〔五〕百不与：即百事不与，谓学官清闲。苏辙《送张公安道南都留台》："庠斋幸无事，樽俎奉清适。"苏轼《戏子由》亦有"门前万事不挂眼"语。

〔六〕从政敢谓学已优：《论语·子张》："学而优则仕。"

〔七〕钧天：天之中央。《吕氏春秋·有始》："天有九野，中央曰钧天。"钧天游：《史记·赵世家》："简子寤，语大夫曰：'我之帝所甚乐，与百神游于钧天。'"

〔八〕四方多法律：指王安石推行新法。自熙宁二年（1069）以来，先后颁行免役法、市易法、方田均税法、青苗法等。

〔九〕深山更深逃无术：杜荀鹤《山中寡妇》："任是深山更深处，也应无计避征徭。"

〔一〇〕端居：犹言平居，《梁书·傅昭传》："终日端居，以书记为乐，虽老不衰。"孟浩然《过洞庭湖赠张丞相》："端居耻圣明。"

〔一一〕弹劾：核举官吏罪过。《北齐书·魏收传》："南台将加弹劾，赖尚书辛雄为言于中尉綦俊，乃解。"

〔一二〕干旄：旗之一种，用牦牛尾装饰旗杆树于车后的仪仗。《诗·鄘风·干旄》："孑孑干旄，在浚之郊。"

〔一三〕贾生：贾谊。贾生作傅指贾谊先后任长沙王太傅、梁怀王太傅。封事：上书奏事，虑有所泄，囊封以进，谓之封事。《汉书·贾谊传》："谊数上疏言，多所欲匡建。"又《汉书·司马相如传》载，相如死，天子使人索其书，其妻曰："长卿未死时，为一卷书，曰有使来求书，奏之。"其遗书乃言封禅事。此句谓贾谊没有这类言封禅的封事。

〔一四〕屈平：《史记·屈原列传》："屈原者名平，楚之同姓也……屈平疾王听之不聪也，谗谄之蔽明也，邪曲之害公也，方正之不容也，故忧愁幽思而作《离骚》。离骚者，犹离忧也。"

〔一五〕"烦刑弊法非公耻"二句：苏轼《戏子由》有"平生所惭今不耻，坐对疲民更鞭箠"，故苏辙有此语。

〔一六〕藐藐何自听谆谆：《诗·大雅·抑》："诲尔谆谆，听我藐藐。"郑笺："我教告王口语谆谆然，王听聆之藐藐然，忽略不用我所言为政令，反谓之有妨害于事，不受忠言。"

〔一七〕谔谔未必贤唯唯：《史记·商君传》："千人之诺诺，不如一士之谔谔。"此反用其意，谓直言无用。谔谔：直言貌。唯唯：唯唯诺诺，卑恭顺从之意。

〔一八〕求田问舍：《三国志·魏志·陈登传》："（刘）备曰：'君（许汜）有国士之名，今天下大乱，帝王失所，望君忧国忘家，有救世之意；而君求田问舍，言无可采。'"

〔一九〕程：期限。

〔二〇〕去须膰肉嫌无名：《史记·孔子世家》："孔子曰：'鲁今且郊，如致膰乎大夫，则吾犹可以止。'桓子卒受齐女乐，三日不听政；郊，又不致膰于大夫。孔子遂行。"膰肉：祭肉。此句谓想去职而无借口。

〔二一〕扫除百忧惟有酒：曹操《短歌行》："何以解忧，惟有杜康。"杜康：相传为开始酿酒的人，此代指酒。

和顿主簿起见赠二首〔一〕（选一）

苏 辙

声病消磨只古文，诸儒经术斗纷纭〔二〕。
不知旧学都无用，犹把新书强欲分〔三〕。
老病心情愁见敌，少年词气动干云〔四〕。
搜贤报国吾何敢？欲补空疏但有勤〔五〕。

（卷四）

注 ─────────────────────────────

〔一〕熙宁五年（1072）陈州任上作。是年八月苏辙与洛阳主簿顿起于洛阳妙觉寺考试举人，及还，同游嵩山，有《少林寺赠顿起》诗；同至许州访石淙庄，有《许州留别顿主簿》诗。三年后顿起任青州教授，有《和青州教授顿起九日见寄》诗。时正以王安石的新学考试举人，故有旧学无用之叹。

〔二〕"声病消磨只古文"二句：声病不符合词赋取士的标准。《新唐书·选举志》："按其声病，可以为有司之责，舍是则汗漫无所守。"诸儒经术：指诸儒对儒家典籍所作的不同解释。《韩非子·显学》："自孔子之后，儒分为八"，"皆自谓之真孔"，孔子"不可复生，将谁使定后世之学乎！"二句谓自己过去为参加科举考试，所熟悉的只有儒家典籍。

〔三〕"不知旧学都无用"二句：旧学即指前二句所说的古文、经术。新书指王安石的著述。苏辙《和子瞻监试举人》："登科岁云徂，旧学日将落……朝廷发新令，长短弃前雠。缘饰小学家，睥睨前王作。声形一分解，道义因附托。"此即具体指王安石《字说》。

〔四〕"老病心情愁见敌"二句：前句谓自己不愿同政敌较量，后句是对锐进士子的讽刺。《和子瞻监试举人》又云："新科劝多士，从者尽高爵。徘徊始未信，衔诱终难却……敢言折锋芒，但自保城郭。"此可作这两句的注脚。

〔五〕"搜贤报国吾何敢"二句：《和子瞻监试举人》又云："有司顾未知，选试谬西洛。群儒谁号令，新语竞投削。虽云心所安，恐异时量度。"可见在这次"西洛"考试中，苏辙虽担心"异时量度"，但仍"新语竞投削"，对那些为"高爵"而追随"新语"者皆弃而不取。

和子瞻开汤村运盐河，雨中督役〔一〕

苏　辙

兴事常苦易，成事常苦难。

不督雨中役，安知民力殚？

年来上功勋〔二〕，智者争雕钻〔三〕。

山河不自保，疏凿非一端〔四〕。

讥诃西门豹，仁智未得完〔五〕。

方以勇自许，未恤众口叹〔六〕。

天心闵劬劳，雨涕为泛澜。

不知泥淖中，更益手足寒。

谁谓邑中黔〔七〕，鞭箠亦不宽。

王事未可回〔八〕，后土何由干〔九〕？

（卷四）

注

〔一〕熙宁五年（1072）陈州任上作。汤村：杭州仁和县所属四镇之一，见《元和郡县志》卷五。时苏轼通判杭州，卢秉提举盐事开运河，苏轼被派往仁和汤村督役，以为"其河只为般盐，既非农事，而役农民，秋田未了，有妨农事"（《乌台诗案》），故作《汤村开运盐河，雨中督役》诗以讥之。此为苏辙和诗，前四句感叹兴事易而成事难；中八句讥变法派好大喜功，不恤人言；最后八句写雨中开河，鞭笞相加，对民间疾苦寄予了深切同情。苏辙并不反对兴修水利，但他主张要"因民之佚而用国之富以兴水利"，反对"因民之劳而用国之贫以兴水利"。（《制置三司条例司论事状》）

〔二〕上：通尚，崇尚。《管子·立政》："上完利。"

〔三〕雕钻：雕刻穿钻，苏轼《甘露寺》亦有"挟策事雕钻"语。

〔四〕疏凿非一端：《宋史·王安石传》："自是四方争言农田水利，古陂废堰，悉务兴复……由是赋敛愈重而天下骚然矣。"

〔五〕"讥河西门豹"二句：谓变法派连以治水闻名的西门豹也看不起，认为他还算不得仁智。《史记·滑稽列传》："魏文侯时，西门豹为邺令……发民凿十二渠，引河水灌民田，田皆溉……至今皆得水利，民人以给富足。"

〔六〕"方以勇自许"二句：《宋史·王安石传》："开封民避保甲，有截指断腕者。"神宗以问安石，安石曰："今士大夫睹新政，尚或纷然惊异。况于二十万户百姓，固有蠢愚为人所惑动者。岂应为此，遂不敢一有所为耶！"

〔七〕邑中黔：指子罕。《左传·襄公十七年》："平公筑台，妨于农功。子罕请俟农之毕，公弗许。筑者讴曰：'泽门之皙，实兴我狱；邑中之黔，实慰我心。'"注谓"子罕黑色而居邑中"，故称邑中黔。其事与苏轼反对开运盐河相似，故以邑中黔喻苏轼。

〔八〕王事：为君王服务的事，即公事。此指开河事。

〔九〕后土：与皇天相对，指大地。《楚词·九辩》："皇天淫溢而秋霖兮，后土何时而得干？"

自陈适齐戏题〔一〕

苏 辙

庠斋三岁最无功〔二〕，羞愧宣王禄万钟〔三〕。

犹欲谈经谁复信？相招执篲便须从〔四〕。

陈风清净眠真足，齐俗强梁懒不容〔五〕。

久尔安闲长自怪，此行磨折信天工〔六〕。

（卷五）

注

〔一〕熙宁六年（1073）苏辙自陈州教授改任齐州（今山东济南）掌书记，此诗即初到齐州时作。学官是闲职，不管地方政务，而掌书记则要"裨赞郡政，总理诸案文移，斟酌可否，以白于其长而罢行之。"（《宋史·职官志七》）故此诗以陈州安闲同齐州忙碌对比，是一首自嘲诗。

〔二〕庠斋：即学斋。苏辙自熙宁三年（1070）追封任陈州教授至此时离任，已三年有余。

〔三〕宣王：文宣王，唐开元二十七年（739）追封孔子的谥号。

〔四〕执篇：《诗·邶风·简兮》："有力如虎，执辔如组。左手执篇，右手秉翟。"孔颖达疏："言硕人既有武力，比如虎可以能御乱矣；又有文德，能治民如御马之执辔；使之有文章，如织组矣……硕人即有御众御乱之德，又有多才多艺之伎，能左手执管篇，右手秉翟羽。"此以"执篇"喻"裨赞郡政"的掌书记职务。

〔五〕"陈风清净眠真足"二句：苏辙《寄孙朴》："忆昔补官太皞墟（在陈州），泮宫萧条人事疏。日高鼾睡声嘘嘘，往还废绝门无车。君为户曹畏简书，放怀疏懒亦似余。相逢语笑夜踌躇，烹煮梨栗羞肴蔬。官居一去真蘧庐（旅舍），东来失计悔厥初。夜闻桴鼓惊阊阗，事如牛毛费耘锄。"又《送排保甲陈佑辅》："我生本西南，为学慕齐鲁。从事东诸侯，结绶济南府。谁言到官舍，旱气裂后土。饥馑费困仓，剥夺惊桴鼓。缅焉礼义邦，忧作流亡聚。"皆可作这两句的注脚。

〔六〕信天工：确实是老天爷决定的。天工：自然造成的。

送青州签判俞退翁致仕还湖州〔一〕
苏　辙

不作清时言事官〔二〕，海邦那复久盘桓〔三〕。

早依莲社尘缘少〔四〕，新就革堂归计安。

220

富贵暂时朝露过〔五〕，江山故国水精寒〔六〕。

宦游从此知多事，收取《楞伽》静处看〔七〕。

（卷五）

注

〔一〕青州：治所在今山东益都。签判：官名，签书判官厅公事之简称，掌裨赞郡政，总理诸案文移。俞退翁：名汝尚，字仁廓，号退翁，湖州乌程人，擢进士第，曾知导江县，签书剑南西川判官，赵抃知青州，为其签判。方回说："吴兴俞汝尚以御史召，力辞不允，竟归。子由为齐州记室，作此送之。"（《瀛奎律髓汇评》卷二十四）此诗前二句点题，写俞汝尚"致仕还湖州"；后六句申说致仕原因，从"宦游从此知多事"可知，也与不满新法有关。

〔二〕不作清时言事官：《宋史·俞汝尚传》："王安石当国，患一时故老不同己，或言汝尚清望，可置之御史，使以次弹击，驿召诣京师，既知所以荐用意，力辞，章再上得免。"

〔三〕海邦：指青州。盘桓：徘徊、逗留。

〔四〕莲社：即白莲社，东晋僧悲慧远等十八人结社于庐山东林寺，同修净土之法，中有白莲池，故名。见陈舜俞《庐山记》卷二。此句赞俞汝尚自来"淡于势利"。（《宋史》本传）

〔五〕富贵暂时朝露过：谓富贵有如朝露，只能暂时保持。《汉书·苏武传》："人生如朝露。"

〔六〕江山故国水精寒：谓湖州四面皆水，极其清凉。水精，亦作"水晶"，唐杨汉公《九月十五日夜绝句》："江南地暖少严风，九月炎凉正得中。溪上玉楼楼上月，清光合在水晶宫。"湖州人赵孟頫即自号水晶宫道人，方回认为："第五句来虚说，第六句乃实事，自然高妙。"纪昀亦云："六句自好。"（《瀛奎律髓汇评》卷二十四）

〔七〕《楞伽》：佛经名，《楞伽阿跋多罗宝经》的简称。

岳　下[一]

苏　辙

东来亦何求？聊欲观海岱[二]。

海西尚千里[三]，将行勇还退。

岱阴即齐疆[四]，南往曾历块[五]。

春深草木长，山暖冰雪溃。

中巷无居人，南亩释耕耒[六]。

车徒八方至，尘坌百里内[七]。

牛马汗淋漓，绮纨声綷縩[八]。

喧阗六师合[九]，汹涌众流汇。

无复问谁何，但自舍耽爱。

龙鸾画车服，贝玉饰冠佩[一〇]。

骅骝趹腾骞[一一]，幡旆尺晻暧[一二]。

腥膻及鱼鳖，琐细或蒲菜。

游堕愧无赀[一三]，技巧穷殊态。

纵观脟未已，精意殚一酹[一四]。

出门青山屯，绕廓遗迹昧。

登封尚坛壝[一五]，古观写旗队[一六]。

戈予认毫末，舒卷分向背。

雍容太平业，磊落丰碑在。

往事半蓬蒿，遗氓但悲慨。

回瞻最高峰，远谢徂徕对[一七]。

欲将有限力，一放目所迨[一八]。

天门四十里[一九]，预恐双足废。

三宿遂徘徊，归来欲谁怼[二〇]？

前年道辕辕〔二一〕，直上蒿岭背。

中休强饮食，莫宿时盥额〔二二〕。

稍知天宇宽，不觉人寰秒。

岁时未云久，筋骸老难再。

山林无不容，疲薾坐自碍〔二三〕。

自知俗缘深，毕老宁閲閲〔二四〕。

何当御清风〔二五〕，不用车马载。

（卷五）

注 ————————————————————————————————————

〔一〕熙宁八年（1075）齐州任上游泰山作。苏辙由于公务繁忙，很少出游，连离齐州很近的东岳泰山也是在到任一年多以后才得登览。他在《次韵韩宗弼太祝送游太山》中说："羡君官局最优游，笑我区区学问囚。今日登临成独往。终年勤苦相相酬。"这次泰山之作《游太山四首》，这是其中最后一首。前六句说东来齐州做官是为"观海岱"，海太远，只能游泰山。"春深草木长"至"精意殚一酹"，写春末夏初很多游人来泰山献斋，从中可看出宋代泰山之游的盛况。"出门青山屯"至"归来欲谁恁"，写泰山山峦起伏，名胜古迹甚多。"前年道辕辕"以下是回忆熙宁五年游嵩山感叹时隔不久，筋力已衰，不能登上泰山最高峰了。

〔二〕海岱：海指东海，岱指泰山。《书·禹贡》："海岱惟青州。"注："东北据海，西南距岱。"

〔三〕海西尚千里：谓齐州在东海之西，离海尚远。

〔四〕岱阴即齐疆：谓泰山之北即齐州边境，距离很近。阴，山北为阴，水北为阳。

〔五〕历块：王褒《圣主得贤臣颂》："过都越国，蹶如历块。"颜师古注："如经历一块（一小块土地），言其速疾之甚。"

〔六〕"中巷无居人"二句：谓城市、乡村的人都游泰山去了。中巷，即巷中。南亩，农田，《诗·小雅·大田》："俶载南亩。"

〔七〕坌（bèn）：分坌亦尘。

〔八〕綷縩：衣服摩擦声，潘岳《籍田赋》："绡纨綷縩。"

〔九〕喧阗：哄闹声，王维《同比部员外十五夜游》："香车宝马共喧阗。"六师：即六军，军队的统称。《诗·大雅·常武》：“整我六师，以修我戎。”

〔一〇〕“龙鸾画车服”二句：谓车服上画有龙鸾，冠佩上饰有贝玉。

〔一一〕骅骝：《荀子·性恶》：“骅骝……古之良马也。”腾骧：飞腾。

〔一二〕幡斾：旗上状如燕尾的垂旒。晻暖：昏暗。

〔一三〕游堕：指游堕之人。赍（jī）：旅行人所带的衣食等物。

〔一四〕精意：精诚之意。殚：尽。酹：洒酒于地以表祭奠。

〔一五〕登封：登山封禅，《史记·封禅书》：“遂登封太山。”尚：崇尚。坛壝：祭祀场所，土筑的高台叫坛，坛周的短墙叫壝。《周礼·天官·掌官舍》：“为坛壝宫。”注：“平地筑坛，又委壝土起堳埒以为宫。”

〔一六〕古观写旗队：谓宫观里画有壁画。以下两句即赞画面的清晰生动。

〔一七〕徂徕：徂徕山，在泰安东南，与泰山遥遥相对。

〔一八〕迨：及。

〔一九〕天门：指泰山南天门，上即泰山绝顶。

〔二〇〕“三宿遂徘徊”二句：谓未能登上绝顶。怼，怨恨。苏轼《和子由韩太祝送游太山》亦云：“恨君未上东封顶，夜看金轮出九幽。”

〔二一〕轘辕：山名，在河南偃师东南，因山路有十二曲，盘旋往复而得名，为自洛阳登嵩山必经之地。下句嵩岭即指嵩山。

〔二二〕盥颒（huì）：盥洗。盥，洗手，颒，洗脸。

〔二三〕疲薾薾：困极貌。谢灵运《过始宁墅》：“疲薾惭贞坚。”

〔二四〕阛阓：王念孙《广雅·释宫》注：“阛为市垣，阓为市门，而市道即在垣与门之内。故亦得阛阓之名。”

〔二五〕御清风：《庄子·逍遥游》：“列子御风而行，泠然善也。”

东方书生行〔一〕

苏　辙

东方书生多愚鲁，闭门诵书口生土。

窗中白首抱遗编，自信此书传父祖。

辟雍新说从上公〔二〕，册除仆射酬元功〔三〕。

太常子弟不知数，日夜吟讽如寒虫。

四方窥觇不能得，一卷百金犹复惜。

康成颖达弃尘灰〔四〕，老聃瞿昙更出入〔五〕。

旧书句句传先师，中途欲弃还自疑。

东邻小儿识机会，半年外舍无不知〔六〕。

乘轻策肥正年少〔七〕。齿疏唇腐真堪笑。

是非得失付它年，眼前且买先腾踔〔八〕。

（卷五）

注

〔一〕熙宁八年（1075）齐州作。这年六月王安石上《三经新义》，神宗对王安石说："今谈经者言人人殊，何以一道德？卿所撰《经义》，其以颁行，使学者归一。"遂颁于学宫，并加王安石尚书左仆射兼门下侍郎。（《续资治通鉴》卷七十一）苏辙对此进行了辛辣的讽刺。前四句以嘲作颂，看似嘲笑东方书生抱着遗编不放，实际正是歌颂他们不肯趋时；"辟雍"八句直刺王安石，说他抛弃了郑康成、孔颖达对儒家经典的解释，以佛老之说释儒家典籍，并因此"册除仆射"；最后八句以"东邻小儿"同"东方书生"作对比，生动描写了那些只顾眼前飞黄腾达的锐进之士的丑恶嘴脸。苏辙讥时之作远比苏轼少，这可算其中最尖锐的一篇。

〔二〕辟雍：即太学，《礼记·王制》："太学在郊，天子曰辟雍，诸侯曰泮宫。"上公指王安石。此句谓太学都以王安石的《三经新义》为标准。

〔三〕删除仆射酬元功：《续资治通鉴》卷七十一：熙宁八年六月"己酉，王安石进所撰《诗》《书》《周礼义》……遂颁于学官，号曰《三经新义》。（辛亥）加王安石尚书左仆射兼门下侍郎"。

〔四〕康成：郑玄（127—200），字康成，东汉高密人，经学大师，遍注五经，世称郑学，事见《后汉书》本传。颖达：孔颖达（574—648），字冲远，冀州衡水（今属河北）人，唐代经学大师，著有《五经正义》，新、旧《唐书》皆有传。

〔五〕老聃：老子，道家创始人。瞿昙：释迦牟尼，佛教创始人。《续资治通鉴》卷七十一："安石《新义》行，士子以经试于有司，必宗其说。少异，辄不中程。晚岁又为《字说》二十四卷，多穿凿附会，其流入于佛老，天下争传习之，而先儒之传注悉废。"

〔六〕外舍：神宗熙宁四年太学生员分为外舍、内舍、上舍三等，《宋史·选举志三》："生员厘为三等：始入学为外舍，初不限员，后定额七百人；外舍升内舍，员二百；内舍升上舍，员百。"仅在始入学的外舍半年就"无不知"，讥其轻佻躁进。

〔七〕乘轻策肥：《汉书·食货志》："千里游遨，冠盖相望，乘坚策肥，履丝曳缟。"谓乘坚车，策肥马，此改坚为轻，即指"履丝曳缟"，皆状生活奢侈的纨绔子弟。

〔八〕腾踔：腾空跳跃，此即飞黄腾达之意。

和文与可洋州园亭三十韵 _{（选四）}〔一〕

苏 辙

望云楼〔二〕

云生如涌泉，云散如翻水。
百变一凭栏，悠悠定谁使？

溪光亭

溪亭新雨余，秋色明渺漾。
鸟渡夕阳中，鱼行白石上。

菡萏轩〔三〕

开花浊水中，抱性一何洁！
朱槛月明时，清香为谁发？

筼筜谷〔四〕

谁言使君贫，已用谷量竹。
盈谷万万竿，何曾一竿曲？

（卷六）

注 ——

〔一〕熙宁九州（1076）齐州作。文同于熙宁八年知洋州（治所在今陕西洋县），作《洋州园亭》诗，苏辙兄弟皆有和诗，轼诗石刻后署"熙宁九年三月四日东武西斋"，辙诗亦作于同时。这些诗或以写景胜，或以议论胜，但一般都清新雅淡，多弦外之音，言外之意，耐人寻味。

〔二〕望云楼：《名胜志》："洋州郡圃内有望云楼，极高峻。唐德宗游幸，题字于梁上，及还京，凿取以归。"

〔三〕菡萏：即荷花。《诗·陈风·泽陂》："彼泽之陂，有蒲菡萏。"李璟《浣溪沙》："菡萏香销翠叶残。"

〔四〕筼筜谷：见苏轼《文与可画〈筼筜谷偃竹〉记》注〔一〕。

逍遥堂会宿二首〔一〕 并引

苏 辙

辙幼从子瞻读书，未尝一日相舍。既壮，将游宦四方，读韦苏州诗至"宁知风雨夜，复此对床眠"〔二〕，恻然感之。乃相约早退，为闲居之乐。故子瞻始为凤翔幕府，留诗为别曰："夜雨何时听萧瑟？"其后子瞻通守余杭，复移守胶西，而辙滞留于淮阳、济南，不见者七年〔三〕。熙宁十年二月始复会于澶濮之间〔四〕，相从来徐，留百余日，时宿于逍遥堂。追感前约，为二小诗记之。

逍遥堂后千寻木，长送中宵风雨声。
误喜对床寻旧约〔五〕，不知漂泊在彭城〔六〕。

秋来东阁凉如水，客去山公醉似泥〔七〕。
困卧北窗呼不起，风吹松竹雨凄凄。

（卷七）

注 ──────────────────────────────────

〔一〕逍遥堂：在徐州。会宿：在一起住宿。熙宁十年（1077）四月苏辙送苏轼赴徐州任，八月十六日赴南京签判任，这两首诗作于七月。第一首是触景伤情，写逍遥堂的萧萧风雨引起他对旧约的追感；第二首是想象自己离开徐州之后苏轼的孤独苦闷，全诗表现了深厚的兄弟情谊。

〔二〕韦苏州：指唐代诗人韦应物（737—786），京兆长安（今属陕西）人，曾为滁州、江州、苏州刺史，故称韦江州或韦苏州。其诗以写田园风物著称，有《韦苏州集》。所引诗见《示全真元常》："余辞郡符去，尔为外事牵。宁知风雨夜，复此对床眠。始话南池饮，更咏西楼篇。无将一会易，岁月坐推迁。"

〔三〕七年：自熙宁四年（1071）颍州与苏轼相别至熙宁十年（1077）会于澶濮之间，正好七年。

〔四〕澶濮：澶，澶州，今河南濮阳；濮，濮州，今山东鄄州北。

〔五〕寻旧约：苏辙兄弟"相约早退，为闲居之乐"是在嘉祐六年（1061）应制科试寓居怀远驿的一个风雨之夜，故眼前逍遥堂的风雨引起他对往事的回忆。苏轼《感旧诗》叙说："嘉祐中予与子由同举制策，寓居怀远驿，时年二十六，而子由二十三耳。一日秋风起，雨作，中夜翛然（急速貌），始有感慨离合之意。自尔宦游四方，不相见者十常八七。每夏秋之交，风雨作，木落草衰，辄凄然有此感。"逍遥堂的"追感"只不过是其中一次而已。

〔六〕彭城：即徐州。

〔七〕山公：即山简（253—312），字季伦，晋河内怀县（今河南武陟西）人，官至尚书左仆射。镇襄阳山，四方寇乱，山简惟酒是耽，优游卒岁。常游习氏池，置酒辄醉。这里苏辙以客自指，以山公喻苏轼，谓自己去后，苏轼只有以酒浇愁。

初发彭城有感寄子瞻〔一〕

苏　辙

秋晴卷流潦，古汴日向干〔二〕。

扁舟久不解，畏此行路难。

此行亦不远，世故方如山〔三〕。

我持一寸刃，巉绝何由刊〔四〕？

念昔各年少，松筠闷南轩〔五〕。

闭门书史丛，开口治乱根。

文章风云起，胸胆渤澥宽〔六〕。

不知身安危，俯仰道所存。

横渡一倾溃，万类争崩奔。

孔融汉儒者，本身轻曹瞒〔七〕。

誓将贫贱身，一悟世俗昏。

岂意十年内，日夜增涛澜。

生民竟颠顿，游宦岂复安！

水深火益热，人知蹈忧患。

甄丰且自叛〔八〕，刘歆苟盘桓〔九〕。

而况我与兄，饱食顾依然。

上愿天地仁，止此祸乱源。

岁月一徂逝，尚能返丘园。

（卷七）

注 ————————————————————————————————

〔一〕熙宁十年（1077）由徐州赴南京（今河南商丘南）签判任时作。苏轼《与刘贡甫书》："子由已赴南都，（八月）十六日行矣。"辙诗即作于此时。前八句写初发彭城（即徐州），表面说河干山峻，行路艰难，实际上暗寓对时局的担忧；"念昔"十四句回忆少年时代他们兄弟的雄心壮志；"岂意"十句忆入仕以来壮志不酬；最后四句提出了自己的希望：停止变法，早返故乡。全诗表现了他对王安石变法的不满；抒发了仕途失意的苦闷。

〔二〕古汴：古汴渠，由徐州赴南京需逆水而上。

〔三〕世故：世间事物，嵇康《与山巨源绝交书》："机物缠其心，世故繁其虑。"如山指如山之艰险，即下文的"巉绝。"

〔四〕巉绝：山势高峻刻削；刊：砍削。

〔五〕筠：竹的青皮，此代指竹。闵：掩闭。南轩：即来风轩，在眉山故居纱縠行。苏轼《梦南轩记》："将朝，尚早，假寐，梦归縠行宅，遍历蔬园中。已而坐于南轩。……既觉，惘然怀思久之。南轩，先君名之曰'来风'者也。"

〔六〕胸胆渤澥宽：心胸宽阔如海。渤澥，即渤海。司马相如《子虚赋》："浮渤澥，游孟诸。"

〔七〕"孔融汉儒者"二句：《后汉书·孔融传》"孔融字文举，鲁国人，孔子二十世孙也。……时年饥兵兴，（曹）操表制禁酒，融频书争之，多侮慢之词。"曹瞒即曹操。

〔八〕甄丰：汉人，依附王莽。汉平帝初以定策功拜少傅。及莽称帝，按金匮拜更始将军、广新公。后其子以作符命诛，丰亦自杀。事见《汉书·王莽传》。

〔九〕刘歆：字子骏，刘向之子。提倡古文经学，遭今文博士反对。王莽篡汉，立古文博士，以歆为国师。后谋诛王莽，事泄被杀。事见《汉书·刘歆传》及《王莽传》。盘桓，谓刘歆动摇于刘氏宗室及王莽之间。以上两句谓在变法期间，很多人或自叛，或动摇。故下二句谓他们兄弟却"依然"未变。

谢张安道惠马〔一〕

苏　辙

从事年来鬒似蓬〔二〕，破车倦仆众人中。

作诗仅比穷张籍，得马还从老晋公〔三〕。

夜起趋朝非所事〔四〕，晓骑行乐定谁同？

惯乘款段游田里〔五〕，怯听骎骎两耳风〔六〕。

（卷八）

注

〔一〕元丰元年（1078）签判南京时作。张安道即张方平，时知应天府，请老，初以东太一宫使致仕。此诗首联写自己任南京签书判官，颔联谢张惠马，后两联谓好马于自己无用，抒发了郁郁不得志之情。

〔二〕从事：苏辙自指。汉以后三公及地方长官所辟僚属多称从事，此指签书判官。

〔三〕"作诗仅比穷张籍"二句：苏辙自注："《张水部集》有《谢裴晋公惠马》诗。"张籍：《旧唐书·张籍传》："张籍者，贞元中登进士第。性诡激，能为古体诗，有警策之句，传于时。调补太常寺太祝，转国子助教、秘书郎。以诗名当代，公卿裴度、令狐楚，才名如白居易、元稹，皆与之游，而韩愈尤重之。累授国子博士、水部员外郎，转水部郎中，卒，世谓之张水部云。"晋公指晋国公裴度。裴度字中立，贞元初进士及第。宪宗时，淮蔡不奉朝命，裴度以门下侍郎平章事讨平之，以功封晋国公。事见新旧《唐书》本传。这里，苏辙自比张籍，以裴度比张方平。

〔四〕趋朝：上朝，《旧唐书·韦处厚传》："盛服趋朝，朱紫填拥。"

〔五〕款段：马缓行貌，此作名词，指劣马。

〔六〕骎骎：马急行貌，此指骏马。

次韵张恕春暮〔一〕

苏 辙

只言城市无佳处，亦有南湖几度游。

好雨晴时三月尽，啼莺到后百花休。

老猿好饮常连臂〔二〕，野马依人自络头〔三〕。

不肯低回池上醉〔四〕，试看生灭水中沤〔五〕。

（卷八）

注 ——————————————————————————

〔一〕元丰元年（1078）南京签判任上作。张恕，字忠甫，一字厚之，应天府宋城（今河南商丘）人，张方平季子。苏轼《张厚之忠甫字说》："张厚之忠甫，乐全（张方平）先生子也。美才而好学，信道而笃志。先生名之曰恕，而其客苏轼子瞻和仲推先生之意，字之曰厚之。"此诗八句皆对，首联点游南湖，后三联皆写暮春景色。纪昀以为"三、四

（句）意深，后半太尽。"（《瀛奎律髓汇评》卷十）

〔二〕老猿好饮常连臂：梁宣帝《游七山寺赋》："猿连臂而下饮，鸟比翼而群飞。"

〔三〕野马：《尔雅注疏》卷十一注："如马而小，出塞外。"杜甫《骢马行》："青丝络头为君老。"

〔四〕低回：流连、徘徊。

〔五〕沤：水泡。韩琦《观鱼轩》："静潜波下起圆沤。"

春日耕者〔一〕

苏　辙

阳气先从土脉知〔二〕，老农夜起饲牛饥。

雨深一尺春耕利，日出三竿晓饷迟〔三〕。

妇子同来相妩媚〔四〕，乌鸢飞下巧追随〔五〕。

纷纭政令曾何补〔六〕，要取终年风雨时。

（卷九）

注

〔一〕元丰二年（1079）签判南京时作。此诗写大地回春，风调雨顺，农村一片喜悦景象，确实写出了"耕夫人情物态"。（方回语，《瀛奎律髓汇评》卷十）

〔二〕阳气：万物蓬勃生长之气。《史记·天官书》："岁始或冬至日，产气始萌，发阳气。"

〔三〕"雨深一尺春耕利"二句：谓春雨充足，农民忙于春耕，连吃饭都顾不上。方回认为："利字迟字尤妙。"查慎行说："利字峭，迟字亦老。惟上六字能醒之，故佳。"（《瀛奎律髓汇评》卷十）

〔四〕妇子同来相妩媚：谓妇女、小孩亦参加春耕。纪昀："五句从'思媚其妇'化来。"（《瀛奎律髓汇评卷十》"思媚其妇"，语出《诗·周颂·载芟》："有嗿（众貌）其馌（馈饟），思媚其妇，有依（爱）其士（子）。"郑笺："妇子来馈饟，共农人于田野，乃逆而媚爱之，言劝其事劳不自苦。"

〔五〕乌鸢飞下巧追随：纪昀："六句用储光羲意"（《田家即事》）。储光羲《田家即事》："田乌随我飞。"

〔六〕纷纭政令：指王安石变法。时正推行青苗法、农田水利法、方田均税法等，并派遣劝农使者。苏辙认为这都无益于农事。他的《次韵子瞻山村五绝》亦云："塍间白水细无声，日暖泥融草不生。似恐田家忘帝力，多差使者出催耕。"

和子瞻自徐移湖，将过宋都，途中见寄五首（选二）〔一〕

苏 辙

千金筑黄楼，落成费百金。

谁言史君侈，聊慰楚人心〔二〕。

高秋吐明月，白壁悬青岑。

晃荡河汉高，恍恍窗户深〔三〕。

邀我三日饮，不去如笯禽〔四〕。

史君今吴越〔五〕，虽往将谁寻？

梁园久芜没，何以奉君游？

故城已耕稼，台观皆荒丘。

池塘尘没没，雁鹜空迟留。

俗衰宾客尽，不见枚与邹〔六〕。

轻舟舍我南，吴越多清流。

（卷九）

注

〔一〕元丰二年（1079）签判南京时作。这年二月苏轼罢徐州任，改知湖州，往南京见苏辙，途中寄诗。所选为苏辙和作第三、第五首。前首感慨自己未能往徐州一睹苏轼所建黄楼，后首感叹商丘梁园久已芜没，没有什么可供苏轼游览。

〔二〕"千金筑黄楼"四句：苏辙《黄楼赋·叙》："水既去而民益亲，于是即城之东门为大楼焉，垩以黄土，曰'土实胜水'。徐人相劝成之。"苏轼《书子由黄楼赋后》："元丰元年八月癸丑楼成，九日庚辰大合乐以落之。"

〔三〕"高秋吐明月"四句：写月夜登楼所见。苏辙《黄楼赋》："送夕阳之西尽，导明月之东出。金钲涌于青嶂，阴氛为之辟易。"金钲、白璧皆喻月。河汉，银河。恍恨，恍忽惆怅。

〔四〕"邀我三日饮"二句：苏辙《黄楼赋·叙》："辙方从事于宋，将登黄楼览观山川，吊水之遗迹。"可见苏辙初拟参加黄楼落成庆典。又《送王巩之徐州》："黄楼适已就，白酒亦已熟。……恨我闭笼樊，无由托君毂。"

〔五〕史君：即使君，对地方长官的尊称，此指苏轼。

〔六〕"梁园久芜没"八句：梁园：故址在今河南商丘东，梁孝王所建。梁孝王好宾客，当时著名辞赋家枚乘、邹衍均被延居园中。李白《梁园吟》："梁王宫阙今安在？枚马先归不相待。舞影歌声散绿池，空余汴水东流海。"

次韵子瞻赠张憨子〔一〕

苏　辙

得罪南来正坐言，道人闭口意深全。

天游本自有真乐，羿彀谁知定不贤〔二〕？

枯火暾暾初吐日，飞流衮衮旋成川〔三〕。

此心此去如灰冷，肯更逢人问复然〔四〕？

（卷九）

注 ————————————————————————————————

〔一〕元丰三年（1080）赴筠州（今江西高安）途中作。苏轼《张先生并叙》："先生，不知其名，黄州故县人。本姓卢，为张氏所养。阳狂垢污，寒暑不能侵。常独行市中，夜或不知其所止。往来者欲见之，多不能致。余试使人召之，欣然而来。既至，立而不言。与之言，不应。使之坐，不可。但俯仰熟视传舍堂中，久之而去。”苏辙此诗即为解张憨子之“不言”而作。

〔二〕“天游本自有真乐”二句：谓心游物外才有真正的快乐，追求某种目的肯定是不好的。天游：心游天外，超然物外。《庄子·外物》：“心有天游，室无空虚，则妇姑勃豀（争斗）。心无天游，则六凿（六情）相攘。”羿彀：《庄子·德充符》：“游于羿之彀中。”郭庆藩《庄子集释》卷二下：“羿，古之善射者。弓矢所及为彀中。夫利害相攻，则天下皆羿也。自不遗身忘知，与物同波者，皆游于羿之彀中耳。”

〔三〕“构火暾暾初吐日”二句：喻事物转瞬万变，黑夜变成了白日，飞流变成了大河。暾暾：明亮温暖貌。袞袞，同滚滚，水流连续不断。

〔四〕肯更逢人问复然：谓不肯再追究“得罪”原因，即苏轼“此灾何必深追咎”（《蒙恩责授黄州团练副使二首》）意。

次韵王适细鱼〔一〕

苏 辙

群鱼一何微，仅比毛发大。

嬉游极草草〔二〕，须鬣自个个〔三〕。

造物赋群形，偶然如一唾。

吞舟虽云巨〔四〕，其乐不相过。

若言无性灵〔五〕，还知避船柁。

（卷九）

注

〔一〕元丰三年（1080）赴筠州贬所途中作。王适字子立，赵州临城（今属河北）人，从苏轼学，后为苏辙之婿。诗谓细鱼嬉游水中，其乐，不亚于吞舟大鱼，须鬣分明，“知避船柁"。言外之意是细鱼尚知避祸，而自己却不知避网罟。

〔二〕草草：迅速、随便的样子。

〔三〕个个：分明貌。

〔四〕吞舟：指吞舟大鱼。《庄子·庚桑楚》："吞舟之鱼砀而失水，则蚁能苦之。"

〔五〕性灵：此指聪明才智。

次韵毛君见督和诗〔一〕

苏　辙

新诗落纸一城传，顾我疏芜岂足编，

他日杜陵诗集里，韦迢略见两三篇〔二〕。

（卷十）

注

〔一〕元丰三年（1080）贬官筠州时作。毛君：毛维瞻，字国镇，衢州江山（今属浙江）人。天圣二年（1024）进士，与赵抃相友善。元丰三年三月知筠州，与苏辙颇多唱和，往往"夜吟清句晓相投"（《次韵毛君见赠》），"时见诗简去又来"。（《次韵毛君山房即事十首》）苏辙和诗稍晚，毛即督促，这首诗就是明证。

〔二〕"他日杜陵诗集里"二句：杜陵指杜甫。韦迢，京兆人，为都官郎，岭南节度行军司马。杜甫晚年流落湖湘，与之游。今存诗两首，见仇兆鳌《杜诗详注》卷二十二：《潭州留别杜员外院长》《早发湘潭寄杜员外院长》。这里以杜甫比毛维瞻，以韦迢自喻。但历史的发展却恰恰相反，毛诗流传甚少（《宋诗纪事》卷十五录其《筠州山房》一首，实际还是误录苏辙《再和十首》之九），所谓"新诗落纸一城传"的盛况，我们倒是从苏辙诗中得知的。

雨中宿酒务[一]

苏 辙

微官终日守糟缸，风雨凄凉夜渡江[二]。

早岁谬知儒术贵，安眠近喜壮心降。

夜深唧唧醅鸣瓮[三]，睡起萧萧叶打窗。

阮籍作官都为酒[四]，不须分别恨南邦。

(卷十)

注 ————————————————————————————————

〔一〕元丰三年（1080）贬官筠州时作。宋代官办的贸易机构和场所叫务。时苏辙谪监筠州盐酒税，酒务繁忙，写下了很多牢骚满腹，感慨甚深的诗篇，这是其中的一首。

〔二〕"微官终日守糟缸"二句：苏辙《东轩记》："盐酒税旧以三吏共事，余至，其二人者适皆罢去，事委于一。昼则坐市区鬻盐、沽酒、税猪鱼，与市人争寻尺以自效；暮归筋力疲废，辄昏然就睡，不知夜之既旦。"又《余居高安三年，每晨入暮出，辄过圣寿访聪长老，谒方子明，浴头笑语，移刻而归。岁月既久，作一诗记之》："朝来卖酒江南市，日暮归为江北人。禅老未嫌参请数，渔舟空怪往来频。"

〔三〕醅：未滤的酒。杜甫《客至》："樽酒家贫只旧醅。"

〔四〕阮籍：见苏轼《放鹤亭记》注〔一七〕。最后两句大意是阮籍为酒而求作步兵校尉，自己现在能终日守着糟缸，又何必区分南北，为贬官南国而生怨恨呢？

茶花二首〔一〕

苏 辙

黄蘖春芽大麦粗〔二〕，倾山倒谷采无余。

只疑残枿阳和尽〔三〕，尚有幽花霰雪初。

耿耿清香崖菊淡，依依秀色岭梅如〔四〕。

经冬结子犹堪种，一亩荒园试为锄。

细嚼花须味亦长，新芽一粟叶间藏。

稍经腊雪侵肌瘦，旋得春雷发地狂。

开落空山谁比数，烝烹来岁最先尝。

枝枯叶硬天真在〔五〕，踏遍牛羊未改香。

（卷十）

注

〔一〕元丰三、四年（1080、1081）冬春之交作。前一首写出了茶树顽强的生命力，尽管被"采无余"，似乎阳气已尽，但仍能开花结子。后一首写出了茶树由"新芽一粟"到蓬勃生长的全过程，无论腊雪摧残还是牛羊践踏，它都不改其香。这两首吟物诗分明是苏辙的自我写照。

〔二〕黄蘖：山名，亦名小庐山，在筠西境。苏辙有《雪中洞山、黄蘖二禅师相访》《次韵姜应明黄蘖山中见寄》诗。

〔三〕枿：树木的根株。阳和：和暖的阳气。《史记·秦始皇本纪》："时在中春，阳和方起。"此句谓只怕茶叶采尽，残根再没有生气力。

〔四〕岭梅如：像岭上梅花一样。如，助词，用同"然"字。《论语·述而》："子之燕居，申申如也，夭夭如也。"

〔五〕天真：天然本色。

牛 尾 狸〔一〕

苏 辙

首如狸，尾如牛，攀条捷崄如猱猴。

橘柚为浆粟为餸，筋肉不足惟膏油。

深居简出善自谋，寻踪发窟并执囚。

蓄租分散身为羞〔二〕，松薪瓦甑烝浮浮。

压入槽盎肥欲流，熊肪羊酪真比侔〔三〕。

引箸将举讯何由，无功窃食人所仇。

（卷十）

注

〔一〕元丰三年（1080）贬官筠州时作《筠州二咏》之一。《说文·豸》："狸，伏兽，似貙。"段玉裁注："谓善伏之兽，即俗所谓野猫。"以鸟类、果实为食，并常盗食家禽。这首诗的前五句写牛尾狸的外形和它的贪婪盗食；中六句写牛尾狸虽然狡诈，但仍被执、被蒸、被人所食；最后两句点明的全诗主旨，而"深居简出"的狡诈的"无功窃食"的贪婪正是对社会上某些人的绝妙写照。

〔二〕蓄租：蓄积。《诗·豳风·鸱鸮》："予所蓄租。"羞：美食。

〔三〕比侔：比拟、匹敌。

次韵王适梅花〔一〕

苏 辙

江梅似欲竞新年，照水窥林态愈妍。

霜重清香浑欲滴，月明素质自生烟。

未成细实酸犹薄，半落南枝意可怜。

谁写江西风物样，徐家旧有数枝传〔二〕。

（卷十一）

注

〔一〕元丰四年（1081）贬官筠州时作。苏辙《王子立秀才文集引》："始予自南都谪居江南，凡六年而归，适未尝一日不从也。既与予同忧患，至于涵咏图史，驰骛浮图、《老子》之说，亦未尝不同之。故其闻道益深，为文益高，而予观之亦益久。"

〔二〕徐家：指五代宋初画家徐熙，世仕南唐，善写生，凡花木、林竹、蔬果、禽虫之类，皆极夺造化之妙。其孙徐崇矩、崇嗣、崇勋亦善画，有祖风。

官居即事〔一〕

苏 辙

官局纷纭簿领迷〔二〕，生缘琐细老农齐〔三〕。

偷安旋种十年木〔四〕，肉食还须五母鸡〔五〕。

对酒不尝怜酤榷〔六〕，钓鱼无术漫临溪。

此身已分长贫贱〔七〕，执爨缝裳愧老妻。

（卷十一）

注

〔一〕元丰四年（1081）贬官筠州时作，反映了他当时官务繁忙，生活贫困，精神抑郁的状况。

240

〔二〕簿领。登记簿。刘桢《杂诗》："沈迷簿领书。"李善注："簿领，谓文簿而记录之。"

〔三〕生缘：生活的缘分。顾况《送少微上人还鹿门》："少微不向吴中隐，为个生缘到鹿门。"

〔四〕十年木：《管子·权修》："一年之计，莫如树谷；十年之计，莫如树木；终身之计，莫如树人。"

〔五〕肉食还须五母鸡：《孟子·尽心上》："五母鸡，二母彘，无失其时，老者足以无失肉也。"

〔六〕对酒不尝怜酤榷：谓自己卖酒却不尝酒，是因为同情那些受酤榷之害的人。酤榷，官府专卖酒类。

〔七〕分（fèn）：应分，料想，《汉书·李广苏建传》："自分已死久矣。"

次韵子瞻与安节夜坐三首（选一）〔一〕

苏 辙

少年高论苦峥嵘〔二〕，老学寒蝉不复声〔三〕。
目断家山空记路〔四〕，手披禅册渐忘情〔五〕。
功名久已知前错，婚嫁犹须毕此生〔六〕。
家世读书难便废，漫留案上铁灯檠〔七〕。

（卷十一）

注

〔一〕元丰四年（1081）贬官筠州时作。安节为苏辙伯父苏涣之孙、苏不疑（子明）之子。时安节赴举入京报罢，绕道黄州看望苏轼，苏轼作《佽安节远来夜坐三首》，此为苏辙和诗中的第二首。这首诗总结了他前半生的痛苦教训，提出了今后的处世方针，可说是对自己在贬官筠州期间的思想和生活的总结。

〔二〕少年高论苦峥嵘：这是苏辙一直沉沦下僚的原因。他应制科试因激烈批评时政而几乎榜上无名；熙宁初又因反对新法而退出了制置三司条例司，断送了自己的锦绣前程。

〔三〕老学寒蝉不复声：这是从"得罪南来正坐言"得出的必然结论。《后汉书·杜密传》："刘胜位为大夫而知善不荐，闻恶无言，隐情惜己，自同寒蝉。"

〔四〕目断家山空记路：极目远望家乡，只记得还乡之路而不能返乡。目断，极眼力所能眺望之处。宋之问《送赵六贞固》："目断南浦云。"

〔五〕披：分开、打开。禅册：佛书。忘情：忘记世情，指不为荣辱得失所动。

〔六〕婚嫁犹须毕此生：后悔出仕而又不辞官就是因未办完儿女婚嫁之事。《次韵孔平仲著作见寄四首》："治生非所长，儿女惊满屋。……因缘罣罪罟，未许即潜伏。"

〔七〕檠：灯架。

留滞高安四年有余，忽得信闻当除官真、扬间，偶成小诗，书于屋壁〔一〕

苏　辙

数间茅屋久蹉跎〔二〕，四见秋风入薜萝〔三〕。
北棹偶然追雁羽，南公谁复伴渔蓑〔四〕。
三年贾傅惊吾老，九岁刘郎愧尔多〔五〕。
此去仍家江海上，不妨一叶弄清波。

（卷十三）

注

〔一〕元丰七年（1084）贬官筠州时作。真：真州，今江苏仪征。扬：扬州，今属江苏。除官真、扬间事，后未果。此诗抒发了长期谪居筠州的抑郁心情，对除官真、扬间也并不太兴奋。

〔二〕蹉跎：指光阴虚度。《晋书·周处传》："欲自修而年已蹉跎。"

〔三〕四见秋风：苏辙于元丰三年六月到筠州，四见秋风当指元丰三、四、五、六年，此诗当作于元丰七年入秋前。薜萝：薜荔、女萝，《楚词·九歌·山鬼》："被薜荔兮带女萝。"

〔四〕"北棹偶然追雁羽"二句：皆设想之词，谓自己除官真、扬间，将随雁北行；自己走后，有谁再陪伴南公呢？南公，战国末隐士。《史记·项羽本纪》："故楚南公曰：'楚虽三户，亡秦必楚'。"《集解》引文颖曰："南方老人也。"

〔五〕"三年贾傅惊吾老"二句：谓自己谪居筠州的时间比贾谊长，比刘禹锡短。贾傅指汉代贾谊，汉文帝欲以贾谊为公卿，为人所谗，乃以贾谊为长沙王太傅："贾生为长沙王太傅三年。"（《史记·屈原贾生列传》）刘郎指唐代刘禹锡，因附王叔文，"叔文败，坐贬连州刺史，在道，贬朗州司马。地居西南夷，土风僻陋，举目殊俗，无可与言者。禹锡在朗州十年，唯以文章吟咏，陶冶情性。"（《旧唐书·刘禹锡传》）此言九岁。乃实岁虚岁之别。

除夜泊彭蠡湖遇大风雪〔一〕

苏 辙

莫发鄡阳市〔二〕，晓搒彭蠡口〔三〕。

微风吹人衣，雾绕庐山首〔四〕。

舟人释篙笑，此是风伯候〔五〕。

杙舟未及深〔六〕，飞沙忽狂走。

暗空转车毂，渌水起冈阜。

众帆落高涨，断缆已不救。

我舟旧如山，此日亦何有？

老心畏波澜，归卧塞窗牖。

土囊一已发〔七〕，万窍无不奏〔八〕。

初疑兵山裂，复恐蛟螭斗〔九〕。

鼓钟相轰隆〔一〇〕，戈甲互磨叩。

云霓黑旗展，林木万弩彀〔一一〕。

曳柴眩人心〔一二〕，振旅拥军后〔一三〕。

或为羁雌吟〔一四〕，或作仓庚吼〔一五〕。

众音杂呼吸，异出殊圈臼〔一六〕。

中霄变凝冽〔一七〕，飞霰集粉糅。

萧骚蓬响干，晃荡窗光透。

坚凝忽成积，澎湃殊未究。

纨缟铺前洲〔一八〕，琼瑰琢遥岫〔一九〕。

山川莽同色，高下齐一覆。

渊深窜鱼鳖，野旷绝鸣雊。

孤舟四邻断，余食数升糗〔二○〕。

寒斋仅盈盎〔二一〕，腊肉不满豆〔二二〕。

弊裘拥衾眠，微火拾薪构。

可怜道路穷，坐使妻子诟〔二三〕。

幽奇虽云极，岑寂顷未觏〔二四〕。

一年行将除〔二五〕，兹岁真浪受〔二六〕。

朝来阴云剥，林表红日漏。

风棱恬已收〔二七〕，江练平不皱〔二八〕。

两桨舞夷犹〔二九〕，连峰吐奇秀。

同行贺安稳，所识问癯瘦。

惊余空自怜，梦觉定真否。

春阳著城邑，屋瓦冻初溜。

艰难当有偿，烂漫醉醇酎〔三○〕。

（卷十三）

注

〔一〕元丰七年（1084）赴绩溪（今属安徽）令途中作。彭蠡湖即今江西鄱阳湖。这年九月苏辙被命移知歙州绩溪令，十二月离高安，除夕泊鄱阳湖口，作此诗。这首诗生动形象地描写了除夕大风雪。前六句写泊彭蠡，总写风雪征兆，"杕舟"二十四句写大风，"中霄"二十四句写大雪，"朝来"以下写风雪之后的晴朝景象，写出了这场风雪的全过程。苏轼诗长于比喻，尤长博喻，但苏辙诗像这样连珠炮般运用各种比喻形容风雪却不多见。

〔二〕莫：通暮。鄡阳：古县名，治所在今江西都昌东南鄱阳湖。

〔三〕彭蠡口：今江西鄱阳湖口。苏轼《石钟山记》："《水经》云：彭蠡之口，有石钟山焉。……元丰七年六丁丑，余自齐安舟行适临汝，而长子迈将赴饶之德兴尉，送之至湖口，因得观所谓石钟者。"

〔四〕庐山：在今江西鄱阳湖、长江之滨，江湖水气郁结，云雾弥漫。

〔五〕风伯：能兴风的风神。《风俗通义·风伯》："飞廉风伯也。"蔡邕《独断》："风伯神，箕星也，其象在天，能兴风。"

〔六〕杙舟：系舟于木柱。

〔七〕土囊：大穴，宋玉《风赋》："夫风生于地，起于青苹之末，侵淫溪谷，盛怒于土囊之口。"

〔八〕万窍无不奏：《庄子·齐物论》："夫大块噫气，其名为风。是唯无作，作则万窍怒呺。"

〔九〕蛟蜃斗：白居易《涧中鱼》："鲸吞蛟斗波成血。"蜃，大蛤。

〔一〇〕轰豗：形容声音喧闹。韩愈《元和圣德诗》："众乐惊作，轰豗融冶。"

〔一一〕彀：张满弓弩。《汉书·周亚夫传》："彀弓弩。"

〔一二〕曳柴：《左传·僖公二十八年》："栾枝使舆曳柴而伪遁。"杜预注："曳柴起尘诈为众走。"

〔一三〕振旅：即整军，《左传·隐公五年》："三年而治兵，入而振旅。"杜预注："振，整也；旅，众也。"

〔一四〕羁雌：羁系之母鸟，沈约《高松赋》："朝吐轻烟薄雾，夜宿迷鸟羁雌。"

〔一五〕仓兕：又作苍兕，水中之兽，善覆人船。杜甫《复阴》："云雪埋山苍兕吼。"

〔一六〕异出殊圈臼：如从圈臼中发出不同声响。

〔一七〕中霄变凝冽：空中变得极其寒冷。《素问》："其变凝冽。"注："寒甚，故致是。"

〔一八〕纻缟：白色纻麻及生绢，此指雪。

〔一九〕琼瑰：美玉，亦喻雪。

〔二〇〕糗：炒熟的谷物。

〔二一〕齑：切碎的腌菜、酱菜。盉：盛器。

〔二二〕豆：古代重量单位。《说苑·辨物》："十六黍为一豆，六豆为一铢。"

〔二三〕诟：诟骂。

〔二四〕觌：觌见。

〔二五〕除：去。《诗·唐风·蟋蟀》："日月其除。"

〔二六〕兹岁真浪受：谓这一年过得没有价值。浪，滥。

〔二七〕风棱恬已收：风的锋芒已经收敛，非常恬静。

〔二八〕江练平不皱：江水有如白练，平静而无皱纹。

〔二九〕夷犹：从容不迫貌。

〔三〇〕醇酎：经过复酿的醇酒。

初到绩溪，视事三日，出城南谒二祠，游石照，偶成四小诗，呈诸同官〔一〕（选一）

苏 辙

行年五十治丘民〔二〕，初学催科愧庙神〔三〕。

无限青山不容隐，却看黄卷自怜贫〔四〕。

雨余岭上云披絮，石浅溪头水蹙鳞。

指点县城如手大，门前五柳正摇春〔五〕。

（卷十三）

注

〔一〕元丰八年（1085）知绩溪（今属安徽）时作。这是一首感慨很深的诗。他从进士及第到现在已二十八年，从制科入等到现在已二十四年，从第一次出任大名府推官到现在已二十年。同一时期，苏轼虽不得志，但已三典名郡（密州、徐州、湖州）。而苏辙却一直担任慕僚，现在才第一次担任县令，而且仅仅是"县城如手大"的山区小邑的县令。所谓"结发学问，今始为邑"（《谒孔子庙文》），够不得志了。此为四首中的第一首《梓橦庙》。

〔二〕行年五十：苏辙当时为四十七岁，年将半百。丘民：庶民百姓。《孟子·尽心下》："得乎丘民而为天子。"焦循《正义》："丘民犹言邑民、乡民、国民也。"

〔三〕催科：催征税收田赋。宋郑文宝《江南余载》（上）："夜半闻声若獐麂号叫，及晓问之，乃县司催科耳。"

〔四〕黄卷：书籍。《新唐书·狄仁杰传》："黄卷中方与圣贤对，何暇偶俗吏语耶？"

〔五〕五柳正摇春：既写景，又暗指可供隐居。陶渊明《五柳先生传》："先生不知何许人也，亦不详其姓字，宅边有五柳树，因以为号焉。"

官舍小池有鸂鶒遗二小雏二首（选一）〔一〕

苏 辙

清池定谁主？鸂鶒自来驯。

知我无伤意，怜渠解托身〔二〕。

桥阴栖息稳，岛外往来频。

勿食游鱼子，从交长细鳞〔三〕。

（卷十三）

注 ———————————————————————————————

〔一〕元丰八年（1085）知绩溪时作。鸂鶒即紫鸳鸯，比鸳鸯大而多为紫色。此诗以清新的笔调写出了鸂鶒驯顺的神态，抒发了对鸂鶒的爱怜，特别是第二联寓意颇深。

〔二〕怜渠：喜爱它。渠，代指鸂鶒。

〔三〕从交长细鳞：与之相交的都是游鱼。细鳞，代指游鱼。

病后白发〔一〕

苏 辙

枯木自少叶，不堪经晓霜。

病添衰发白，梳落细丝长。

筋力从凋朽，肝心罢激昂。

势如秋后雨，一度一凄凉。

（卷十四）

〔一〕元丰八年（1085）知绩溪时作。苏辙到绩溪不久，全家生了一场大病："寒热为虐，下逮儿女。更相播染，卧者过半。"（《祭灵惠汪公文》）特别是他自己，知绩溪仅半年，就有将近两个月在生病，绩溪任上存诗三十四首，就有十三首专写或言及生病，而且病得很厉害，他已经在立遗嘱了："老妻但坐哭，遗语未肯听。"（《答王定国问疾》）这首诗即写他病后的虚弱和悲凉的心情。

初闻得校书郎示同官三绝[一]

苏　辙

读书犹记少年狂，万卷纵横晒腹囊。
奔走半生头欲白，今年始得校书郎[二]。

百家小邑万重山，惭愧斯民爱长官。
粳稻如云梨枣熟，暂留聊复为加餐。

病后浊醪都少味，老来欢意苦无多。
临行寂寞空相对，不作新诗奈客何[三]！

（卷十四）

〔一〕元丰八年（1085）知绩溪时作。这年三月神宗病逝，哲宗继位，高太后听政，开始起用当年因反对王安石变法而被逐出朝的人。八月，苏辙被命为秘书省校书郎，此诗即作于此时。第一首感叹自己少有壮志却长期沉沦下僚；第二首写绩溪风调雨顺，五谷丰登，感谢绩溪人民对自己的爱戴；最后一首谢"同官"为其饯行，抒发病后的寂寞之情。

〔二〕校书郎：《宋史·职官志四》：秘书省设"校书郎四人，正字二人，掌校雠典籍，判正讹谬。"故苏辙《辞灵惠庙，过新兴院，书其屋壁》云："东观校雠非老事，眼昏那复竞铅朱。"

〔三〕客：指以"浊醪"为他饯行的"同官"。

歙县岁寒堂〔一〕

苏 辙

槛外甘棠锦绣屏，长松何者擅亭名〔二〕？
浮花过眼无多日〔三〕，劲节凌寒尽此生。
暗长茯苓根自大，旋收金粉气尤清〔四〕。
长官不用求琴谱，但听风声作弄声〔五〕。

（卷十四）

注

〔一〕元丰八年（1085）赴秘书郎任，经歙县（今属安徽）时作。此诗首联为设问，后三联皆自答，歌颂了"长松"的高贵品格，也是以"岁寒"名堂的原因。

〔二〕"槛外甘棠锦绣屏"二句：甘棠，即棠梨。《诗·召南·甘棠》朱熹《集传》："召伯循行南国，以布文王之政，或舍甘棠之下，其后人思其德，故爱其树而不忍伤也。"后世多以甘棠称美地方长官。首联谓栏槛外的甘棠有如锦绣屏，为何独以岁寒（松为岁寒三友之一）名堂？

〔三〕浮花过眼无多日：韩愈《杏花》："浮花浪蕊镇长有，才开还落瘴雾中。"此用其意，以反衬下句的长松劲节永存。

〔四〕"暗长茯苓根自大"二句：茯苓，又名松腴，寄生于松根，可入药。《淮南子·说山训》："千年之松，下有茯苓，上有兔丝。"注："茯苓，千岁松脂也。"金粉，此指金丹。二句谓茯苓可收金丹之功效，他在《服茯苓赋》序中说："古神仙真人皆服金丹，以为草木之性，埋之则腐，煮之则烂，烧之则焦，不能自生，而况能生人乎？余既汩没世俗，意金丹不可得也，则试求之草木之类寒暑不能移，岁月不能败者，惟松柏为然。古书言松脂流入地下为茯苓，茯苓又千岁则为琥珀，虽非金石而其能自完也亦久矣。"

〔五〕"长官不用求琴谱"二句：谓风吹松林的声音比琴声还美。琴谱，琴的曲谱。

沂潮二首〔一〕（选一）
苏 辙

潮来海若一长呼〔二〕，潮去萧条一吸余。
初见千艘委泥土，忽浮万斛沂空虚〔三〕。
映山少避曾非久，借势前行却自如。
天地尚遭人意料，乘时使气定粗疏〔四〕。

（卷十四）

注

〔一〕元丰八年（1085）赴校书郎任途中作。此诗首联写一呼一吸之间即潮来潮去，中二联写人们利用潮水行舟，尾联由此悟出耐人深省的哲理，颇富余味。

〔二〕海若：《楚词·远游》："使湘灵鼓瑟兮，令海若舞冯夷。"王逸注："海若，海神名也。"

〔三〕万斛：万斛之舟，大船。空虚：指水面。苏轼《鱼蛮子》亦有"驾浪浮空虚"语。

〔四〕"天地尚遭人意料"二句：谓大自然的潮水涨落都被人利用，乘时使气地蛮干肯定是粗疏的人。

赠王复处士〔一〕
苏 辙

候潮门外王居士〔二〕，平昔交游遍海涯。

本种杉松为老计，晚将亭榭付邻家〔三〕。

为生有道终安稳，好事来游空叹嗟。

犹有东坡旧诗卷，忻然对客展龙蛇〔四〕。

（卷十四）

注 —————————————————————————————

〔一〕元丰八年（1085）赴校书郎任，途经杭州时作。苏辙《寄龙井辩才法师三绝并叙》："辙自绩溪蒙恩召还，将自宣城沿大江以归。家兄子瞻以书告曰：'不知道歙溪，过钱塘，一观老兄遗迹。'辙用其言。"此诗即作于"过钱塘"时。王复，见苏轼《王复秀才所居双桧二首》注〔一〕，诗中有"根到九泉无曲处，世间惟有蛰龙知"句，成为乌台诗案主要罪状之一。此诗的前四句写王复及其种德亭之易主，后四句写自己访王复，"一观老兄遗迹"。

〔二〕候潮门：田汝成《西湖游览志》卷十三："候潮门在城东而近南。"

〔三〕晚将亭榭付邻家：苏辙自注："王君旧有园亭，子瞻兄名之曰种德。其亭顷以贫故鬻之矣。"

〔四〕龙蛇：指书法笔势如龙蛇般蜿蜒盘曲，李白《草书歌行》："时时只见龙蛇走，左盘右蹙如惊电。"

后省初成直宿呈子瞻二首〔一〕（选一）

苏 辙

披垣初罢斧斤响〔二〕，栋宇犹闻松桂香。

江海暂来俱野客，云霄并直愧华堂〔三〕。

月明似与人烟远，风细微闻禁漏长〔四〕。

谏草未成眠未稳〔五〕，始知天上极清凉。

（卷十四）

〔一〕元祐元年（1086）京城作。后省指中书省，《宋史·职官志一》："尚书、门下并列于外，又别置中书禁中。"时经修建，故云："初成"，首联亦有"斧斤响""松桂香"语。此诗首联写"后省初成"；颔联写他们兄弟刚从江海归来，同在中书省供职；后两联写"直宿"，晚上当直，写出了禁中清寂和自己为匡扶时政而苦苦思索。

〔二〕掖垣：《汉官仪》："中书在右，因谓中书右曹，又称西掖垣。"

〔三〕"江海暂来俱野客"二句：时苏轼自登州以礼部郎中召还，到官半月升为起居舍人。苏辙自绩溪以秘书省召还，未及国门，改右司谏。起居舍人和右司谏均为中书省校书郎所设官，故云"并直"。

〔四〕禁漏：宫禁中计时的漏壶。郑谷《南宫寓直》："风和禁漏声。"

〔五〕谏草未成眠未稳：苏辙于元祐元年二月至十一月任右司谏期间共上奏章七十四篇，几乎涉及当时所有重大政治问题，多数均被采纳。为草奏章而不能眠，完全是写实。

韩幹三马〔一〕

苏　辙

老马侧立鬃尾垂，御者高拱持青丝〔二〕。

心知后马有争意，两耳微起如立锥。

中马直视翘右足，眼光未动心先驰。

仆夫旋作奔佚想〔三〕，右手正控黄金羁〔四〕。

雄姿骏发最后马〔五〕，回身奋鬣真权奇〔六〕。

圉人顿辔屹山立〔七〕，未听决骤争雄雌〔八〕。

物生先后亦偶尔，有心何者能忘之？

画师韩幹岂知道？画马不独画马皮。

画出三马腹中事，似欲讥世人莫知〔九〕。

伯时一见笑不语〔一〇〕，告我韩幹非画师。

（卷十五）

注

〔一〕元祐二年（1087）京城作。元祐年间由于大批文人、画家、书法家荟萃京城，苏辙兄弟这一时期所作题画诗特别多，这是其中较著名的一首。韩幹，见苏轼《书韩幹牧马图》注〔一〕。这里，苏辙用形象的语言描绘了三匹马（老马、中马、最后马）和三位徇马的人（御者、仆夫、圉人）的不同神态，表现了苏辙画贵写意，要画出"腹中事"的美学思想。

〔二〕御者高拱持青丝：驭马的人高拱双手持着缰绳。

〔三〕旋作奔佚想：立刻认为马要奔驰了。旋，不久。佚，通逸。奔佚，疾驰。

〔四〕黄金羁：金黄色的马辔头。

〔五〕骏发：迅疾奋发。

〔六〕奋鬣真权奇：马颈上毛直立，真是奇特极了。奋，振起。鬣，马颈上的长毛。权奇，《汉书·礼乐志二》载《天马歌》："志俶傥，精权奇。"王先谦《补注》："权奇者，奇谲非常之意。"

〔七〕圉人：掌养马的人。顿辔：整理缰绳。

〔八〕未听决骤争雌雄：没有让马奔驰以争胜负。听，听任。决骤，急速奔驰。雄雌，又作雌雄，指胜负、高下。

〔九〕"物生先后亦偶尔"至"似欲讥世人莫知"：大意是说：万物的或先或后，或胜或负都有它的偶然性，有心机的人什么都不能忘怀。韩幹难道懂道吗？他画出这三匹马的争斗神情好像是要讥刺世人，可惜世人却不理解。

〔一〇〕伯时：即李公麟，见苏轼《次韵子由书李伯时所藏韩幹马》注〔一〕。末二句表明李伯时也不同意苏辙对韩幹所画马的评价，参见苏轼次韵诗注〔一二〕。

书郭熙横卷〔一〕

苏　辙

凤阁鸾台十二屏，屏上郭熙题姓名〔二〕。

崩崖断壑人不到，枯松野葛相欹倾。

黄散给舍多肉食〔三〕，食罢起爱飞泉清。

皆言古人不复见，不知北门待诏白发垂冠缨〔四〕。

袖中短轴才半幅，惨淡百里山川横。

岩头古寺拥云木，沙尾渔舟浮晚晴。

遥山可见不知处，落霞断雁俱微明。

十年江海兴不浅，满帆风雨通宵行。

投篙栌杙便止宿，买鱼沽酒相逢迎。

归来朝中亦何有？包裹观阙围重城。

日高困睡心有适，梦中时作东南征〔五〕。

眼前欲拟要真物，拂拭东绢付与汾阳生〔六〕。

（卷十五）

注

〔一〕元祐二年（1087）京城作。郭熙，字敦夫，河阳温县（今属河南）人，与苏辙同时的著名画家。工画山水寒林，论者谓独步一时。著有《林泉高致》，为山水画论中杰作。此诗前半写"郭熙横卷"，"十年"八句写郭熙从江海归京，时时都梦游东南山水；末以郭熙之画难得作结，颇有风趣。方东树《昭昧詹言》卷十二评此诗说："起句老气，二句点（题），三句画，'黄散'以下有情韵。"

〔二〕"凤阁鸾台十二屏"二句：凤阁鸾台，指中书和门下省，唐武则天光宅元年（684）改中书省为凤阁，改门下省为鸾台，故以此代称。《蔡宽夫诗话·玉堂壁画》："玉堂两壁，有巨然画山，董羽（画）水。……元丰末既修两后省，遂移院于今枢密院之后。两壁既没，屏亦莫知所在。今玉堂中屏，乃待诏郭熙所作《春江晓景》。禁中官局多熙笔迹。"

〔三〕黄散给舍：皆官名。《晋书·陈寿传》："杜预荐寿于帝，宜补黄散。"《旧唐书·张九龄传》："不历县令，虽有善政，不得任台卿给舍。"

〔四〕北门待诏：指郭熙，他曾任御书院艺学，翰林待诏。北门，此指翰林院，唐高宗时，武则天常召文学之士于北门候进止，时人谓之北门学士，为翰林学士之始。

〔五〕"十年江海兴不浅"至"梦中时作东南征"：谓郭熙山水之所以画得好，是因为他曾遍游江南，回到京城，亦时时梦游江南。苏辙《次韵子瞻题郭熙平远二绝》亦有"行遍江南识天巧"句。

〔六〕汾阳生：汾阳本指郭子仪（封汾阳王），此指郭熙之子郭思，王明清《挥麈前录》卷四《郭熙画山水有名》："郭熙画山水，名盛昭陵（仁宗陵名）时，尝为翰林院待诏。熙宁初，其子思登进士第，至龙图阁直学士，更帅三路。既贵，广以金帛收赎熙之遗笔，以藏于家，繇是熙之画人间绝少。"刘克注《郭熙山水障子》亦云："吾闻汾阳子贵购父画，一笔不许他人藏。"

题王生画三蚕、蜻蜓二首

苏 辙

饥蚕未得食，宛转不自持〔二〕；
食蚕声如雨，但食无复知；
老蚕不复食，矫首有所思〔三〕。
君画三蚕意，还知使者谁〔四〕？

蜻蜓飞环环〔五〕，向空无所著。
忽然逢飞蚊，验尔饥火作〔六〕。
一饱困竹梢，凝然反冥寞〔七〕。
若无饥渴患，何贵一箪乐〔八〕？

（卷十五）

注 ────────────────────────────────

〔一〕元祐二年（1087）京城作。王生，不详其人。前首写饥蚕、食蚕、老蚕的不同神态，后首写蜻蜓由饥飞寻食到饱卧竹梢的过程。画贵写意，既指要画出所画对象的意态神情，又指画家所寄托的思想感情，从这两道诗的最后两句即可看出。

〔二〕宛转不自持：辗转反侧而不能自我克制。

〔三〕矫首有所思：抬起头好像在想什么。矫，举。

〔四〕还知使者谁：懂得造成这种饥馋饱懒的主使者是谁吗？

〔五〕飞环环：团团转地飞。

〔六〕验尔饥火作：以你来证明我确实饥饿难忍了，意谓一口吞下。尔，指飞蚊。饥火，饥饿难熬，如火中烧。

〔七〕凝然反冥寞：回到一种无思无欲的昏睡冥寂状态。凝然，专一的无思无欲的样子。

〔八〕何贵一箪乐：哪里会珍贵一篮子饮食的快乐呢？箪，竹制或苇制的盛饭器物。《论语·雍也》："一箪食，一瓢饮，在陋巷，人不堪其忧，回（颜回）也不改其乐。"

秦虢夫人走马图二绝〔一〕

苏 辙

秦虢风流本一家，丰枝秾叶映双花。

欲分妍丑都无处，夹道游人空叹嗟。

朱幩玉勒控飞龙〔二〕，笑语喧哗步骤同〔三〕。

驰入九重人不见〔四〕，金钿翠羽落泥中。

（卷十五）

注 ────────────────────────────────

〔一〕元祐三年（1088）京城作。秦指秦国夫人，虢指虢国夫人，皆杨贵妃之姊。《旧唐书·杨贵妃传》："有姊三人，皆有才貌，玄宗并封国夫人之号。长曰大姨，封韩国；三姨，封虢国；八姨，封秦国。并承恩泽，出入宫掖，势倾天下。"图为唐人张萱所作，内侍刘有方所蓄。苏轼馆北使于都亭驿，有方请轼跋其后，见李之仪《姑溪后集》卷三《内侍刘有方蓄名画……》诗。苏辙诗亦吟此画，前首着重写秦、虢风流，后首着重写其走马。前首是虚写，除"丰枝秾叶映双花"的比喻外，仅用无处"分妍丑"，"游人空叹嗟"来烘托其"风流"。后首为实写，虚实相映，具有强烈的艺术效果。

〔二〕朱幩：《诗·卫风·硕人》："朱幩镳镳。"徐锴《说文解字系传》卷十四："谓以帛缠马口旁铁，扇汗，使不汗也。"玉勒：精致的马笼头。飞龙：指马，李白《答杜秀才五松山见赠》："敕赐飞龙二天马。"

〔三〕步骤同：快慢相同，步指缓行，骤为急走。贾谊《新书·辅佐》："步骤徐疾之节。"

〔四〕九重：《楚词·九辩》："君之门以九重。"指帝王所居之地。

绝句二首[一]

苏 辙

乱山环合疑无路，小径萦回长傍溪。

仿佛梦中寻蜀道，兴州东谷凤州西[二]。

日色映山才到地，雪花铺草不曾消。

晴寒不及阴寒重，揽箧犹存未著貂[三]。

（卷十六）

注

〔一〕元祐四年（1089）冬奉使契丹时作《奉使契丹二十八首》之一，前首言途中景色有如蜀道，后首言气候不如预料的那样寒冷。

〔二〕兴州：治所在今陕西略阳。凤州：治所在今陕西凤县。皆苏辙北行赶京所经之地。

〔三〕箧：小箱子。貂：此指貂裘。

过杨无敌庙〔一〕

苏　辙

行祠寂寞寄关门，野草犹知避血痕。

一败可怜非战罪，太刚嗟独畏人言〔二〕。

驰驱本为中原用，尝享能令异域尊。

我欲比君周子隐，诛肜聊足慰忠魂〔三〕。

（卷十六）

注

〔一〕元祐四年（1089）冬出使契丹，作《奉使契丹二十八首》，此为其中之一。杨无敌指宋初名将杨业。杨业（？—986），并州（今山西太原）人，弱冠事刘崇，以骁勇闻，所向克捷，号为无敌。宋太宗征太原得之，以为右领军卫大将军，授郑州刺史，复迁代州刺史，大败契丹。雍熙三年（986）北征，以援兵失约，力竭被擒，不食而死。契丹人敬慕其节，立庙祀之。事见《宋史》本传。此诗热情歌颂了杨业的忠烈，而对误国的潘美表现了应的愤恨。

〔二〕"一败可怜非战罪"二句：《宋史·杨业传》载，雍熙三年以潘美、杨业、王侁、刘文裕等北征，出师不利，杨业谓潘美等曰："今辽兵益盛，不可与战。"王侁曰："君侯素号无敌，今见敌逗挠不战，得非有他志乎？"业曰："业非避死，盖时有未利，徒令杀伤士卒而功不立。今君责业以不死，当为诸公先。"将行，泣谓潘美曰："此行必不利。"因指陈家谷口曰："诸君于此张步兵强弩，为左右翼以援，俟业转战至此，即以步兵夹击救之；不然，无遗类矣。"潘美、王侁陈兵谷口，侁为争功，领兵离谷口，潘美不能制。俄闻业败，即麾兵而退。业败至谷口，望见无人，再率帐下士力战，身被数十创，遂为契丹所擒，不食三日而死。杨业先主张"不可与战"，既约陈家谷救援，潘美、王侁若听其言，不致惨败，故云"一败可怜非战罪"。杨业明知"此行必不利"，但因"诸君""责业以不死"，故决心"先死于敌"，"太刚嗟独畏人言"即指此。

〔三〕"我欲比君周子隐"二句：周子隐即周处，见苏轼《与叶淳老、侯敦夫、张秉道同视……》注〔二〕。肜，即司马肜，字子微，封梁王。《晋书·周处传》载，氐人齐万年反，朝廷不满周处强直，令其西征，并以梁王肜为征西大将军。将战，周处之军未食，肜即促令速进，并绝其后继。处自旦至暮，斩首万计，为竭而殁。杨业、潘美之事，确与周处、梁王肜事相类，故末二句以周处比杨业，以肜比潘美。

神水馆寄子瞻兄四绝[一]（选一）
苏　辙

谁将家集过幽都[二]，逢见胡人问大苏[三]。
莫把文章动蛮貊，恐妨谈笑卧江湖[四]。

（卷十六）

注

〔一〕元祐四年（1089）冬奉使契丹途中作。神水馆在涿州（今河北涿县），苏轼次韵诗题作《次韵子由使契丹至涿州见寄四首》可证。此诗表明苏轼文名已远扬契丹，表达了苏轼兄弟渴望早日归隐的思想。

〔二〕幽都：《辽史·地理志四》："南京析津府，古本幽州之地。"治所在今蓟县（北京西南），契丹会同元年改为幽都府，建号南京。苏辙《论北朝所见于朝廷不便事札子》（卷四十二）："臣等初至燕京，副留守邢希古相接送，令引接殿侍元辛传语臣辙云：'令兄内翰（谓臣兄轼）《眉山集》已到此多时，内翰何不印行文集，亦使留传至此？'"

〔三〕大苏：指苏轼。王辟之《渑水燕谈录》卷四《才识》："苏氏文章擅天下，目其文曰三苏，盖洵为老苏，轼为大苏，辙为小苏也。"苏轼《次韵子由使契丹至涿州见寄四首》："毡毳年来亦甚都，时时鴂舌问三苏。"自注："余与子由入京时（指元祐初），北使已问所在。后余馆伴，北使屡诵三苏文。"又《记虏使诵诗》："昔予与北使刘霄会食，霄诵仆诗云：'痛饮从今有几日，西轩月色夜来新。公岂不饮者耶？'虏亦喜吾诗，可怪也！"

〔四〕"莫把文章动蛮貊"二句：蛮貊，指少数民族。《尚书·武成》："华夏蛮貊，罔不率俾。"苏轼《送子由使契丹》："单于若问君家世，莫道中朝第一人。"与此同意，皆怕声名远播，有碍归隐。

附录

王辟之：张芸叟奉使大辽，宿幽州馆中，有题子瞻《老人行》于壁者。闻范阳书肆亦刻子瞻诗数十篇，谓《大苏小集》。子瞻才名重当代，外至夷房，亦爱服如此。芸叟题其后曰："谁题佳句到幽都，逢着胡儿问大苏。"（《渑水燕谈录》卷七《歌咏》）按：此谓为张芸叟诗，误。

吴聿：《渑水燕谈》记……乃子由与坡诗。"佳句"二字，本云"家集"，坡亦有和篇，所谓"欲问君王乞鉴湖"是也。（《观林诗话》）

木叶山〔一〕
苏 辙

奚田可耕凿〔二〕，辽土直沙漠。

蓬棘不复生，条干何由作〔三〕？

兹山亦沙阜，短短见丛薄〔四〕。

冰霜叶堕尽，鸟兽纷无托。

乾坤信广大，一气均美恶。

胡为独穷陋，意似鄙夷落。

民生亦复尔，垢污不知怍〔五〕。

君看齐鲁间，桑柘皆沃若〔六〕。

麦秋载万箱，蚕老簇千箔。

余粱及狗彘，衣被遍城郭。

天公本何心？地力不能博。

遂令尧舜仁，独不施礼乐！

（卷十六）

注

〔一〕元祐四年（1089）冬奉使契丹途中作。木叶山：《辽史·地理志·永州永昌军》："有木叶山，上建契丹始祖庙。"此诗以对比手法写辽土的荒凉，民生的穷陋，赞中原的富庶，感慨天公不能博施仁义，均美恶。

〔二〕奚：北方少数民族，多数居于中京地区，渐与契丹人融合。苏辙奉使契丹途中另有《奚君》诗："奚君五亩宅，封户一成田。故垒开都邑，遗民杂汉编。不知臣仆贱，漫喜杀生权。燕欲嗟犹在，婚姻未许连。"

〔三〕条干：泛指乔木，相对于前句的蓬棘而言。作：生长。

〔四〕丛薄：即丛草。《楚辞·招隐士》洪兴祖补注："深草曰薄。"

〔五〕"民生亦复尔"二句：苏辙另有《虏帐》诗，记辽人生活习俗说："虏帐冬住沙陀中，索羊织苇称行宫。从官星散依冢阜，毡芦窟室欺霜风。春梁煮雪安得饱？击兔射鹿夸强雄。……礼成即日卷庐帐，钓鱼射鹅沧海东。秋山既罢复来此，往返岁岁如旋逢。弯弓射猎本天性，拱手朝会愁心胸。"

〔六〕沃若：茂盛貌。《诗·卫风·氓》："桑之未落，其叶沃若。"

次韵子瞻感旧〔一〕

苏 辙

还朝正三伏〔二〕，一再趋未央〔三〕。

久从江海游，苦此剑佩长。

梦中惊和璞，起坐怜老房〔四〕。

为我忝丞辖，置身愿并凉〔五〕。

此心一自许，何暇忧陟冈〔六〕。

早岁发归念，老来未尝忘。

渊明不久仕，黔娄足为康〔七〕。

家有二顷田，岁办十口粮。

教敕诸子弟，编排旧文章〔八〕。

辛勤养松竹，迟暮多风霜。

常恐先著鞭，独引社酒尝〔九〕。

火急报君恩，会合心则降〔一〇〕。

（《栾城后集》卷一）

注

〔一〕元祐六年（1091）京城作。这年五月二十六日苏轼自杭州被召还京，八月因洛党的攻击，出知颍州，作《感旧诗》，此为苏辙次韵。前十句写苏轼回朝立即复出，后十四句表示自己也有与哥哥同样的愿望，要尽早归隐。

〔二〕三伏：《初学记》卷四引《阴阳书》："从夏至后第三庚为初伏，第四庚为中伏，立秋后初庚为末伏，谓之三伏。"这是一年中最热的时候。

〔三〕未央：未央宫，汉宫名，在长安。此指汴京皇宫。

〔四〕"梦中惊和璞"二句：和璞指唐代道士邢和璞，老房指唐相房琯。苏辙自注："子瞻梦中见人诵诗云：'度数形名本偶然，破琴今有十三弦。此生若遇邢和璞，始信秦筝是响泉。'因作《破琴诗》以记之。"苏轼《破琴诗》叙："旧说，房琯开元中尝宰卢氏，与道士邢和璞出游，过夏口村，入废佛寺，坐古松下。和璞使人凿地，得瓮中所藏娄师德与永禅师书，笑谓琯曰：'颇忆此耶？'琯因怅然，悟前生之为永师也。""梦中惊和璞"即指此。《破琴诗》云："破琴虽未修，中有琴意足"；"新琴空高张……动与世好逐"；"陋矣房次律（即房琯），因循堕流俗。悬知董庭兰（琴师，利用与房关系密切，大受贿赂，房因此得罪），不识无弦曲。"苏轼以唐相房琯比当时的宰相刘挚，以破琴自喻，以新琴喻刘。刘挚与苏轼当年同因反对王安石变法而离朝，会于广陵，有《广陵会三同舍》诗；现在刘为相，却招纳洛党排斥苏轼兄弟，故讥他"逐世好"，"堕流俗"。"起坐怜老房"即指此。

〔五〕"为我忝丞辖"二句：忝，谦词，有愧于。忝丞辖指苏辙这年二月被擢为尚书右丞，为六执政之一。并，并州，治所在今山西太原。凉，凉州，治所在今甘肃武威。此代指边郡。苏轼《杭州召还乞郡状》："衰老之余，耻复与群小计较短长曲直，为世间高人长者所笑。伏望圣慈察臣至诚，特赐指挥执政检会累奏，只作亲嫌回避……若朝廷不以臣不才，犹欲驱使，或除一重难边郡，臣敢辞避。"又《辞免翰林学士承旨状》："臣弟辙已除尚书右丞，兄居禁林，弟为执政。在公朝既合回避，于私门实惧满盈。"

〔六〕陟冈：登高爬山。《诗·周南·卷耳》："陟彼高冈。"

〔七〕黔娄：战国时齐国贫士，齐鲁国郡聘赐，俱不受。其妻亦"乐贫行道。"事见皇甫谧《高士传》）。康：康乐。

〔八〕"教敕诸子弟"二句：教敕，教育、告诫。教子弟，编旧文的愿望直至十年以后从岭南贬所回到颍昌才实现，眼下不但未能归隐，不久又升任门下侍郎。

〔九〕社酒：社日祭祀所用之酒。这两句谓怕苏轼先归隐。

〔一〇〕会合心则降：曹植《七哀诗》："浮沉各异势，会合何时谐？"此用其意。

送侄迈赴河间令〔一〕

苏 辙

老去那堪用？恩深未敢归。
谁能告民病，一一指吾非？
尔赴河间治，无嫌野老讥。
仍将尺书报〔二〕，勿复问从违〔三〕。

（后集·卷一）

注 ——————

〔一〕元祐六年（1091）京城作。苏迈，字伯达，苏轼长子，前妻王弗所生。苏轼自黄州迁汝州，迈出为饶州德兴尉。元祐中苏辙屡揭吕惠卿之奸，其弟吕和卿时知饶州，为防其报复，苏辙奏罢迈之职，旋以雄州防御推官知河间（今属河北）令。时苏辙为尚书右丞。全诗如叙家常，表现了他对民间疾苦的关心。

〔二〕尺书：书信。骆宾王《从军中行路难》："雁门迢递尺书稀。"

〔三〕从违：听从、不听从。

阻　风〔一〕

苏　辙

自汝迁筠，八月过真州，江涨倍常岁，而风不顺。

大水蓑洲浦〔二〕，牵挽无复施。
我舟恃长风，风止将安为！
塌然委积水，坐被弱缆维〔三〕。
市井隔峰岭，食尽行将饥。
长啸呼风伯〔四〕，厄穷岂不知？
蓬蓬起东南，旗尾西北驰。
所望乃大谬，开门讯舟师。
舟师掉头笑："沿泝要有时〔五〕。
泝者不少息，沿者长嗟咨。
飘风不终日〔六〕，急雨常相随。
雨止风亦止，条条弄清漪。
我言未见信，君行自见之。"

（后集·卷一）

注

〔一〕绍圣元年（1094）南迁途中作。元祐八年（1093）九月高太后去世，哲宗亲政，时局大变。绍圣元年三月廷策进士，李清臣（邦直）撰试题，历诋元祐之政。苏辙上章驳李，哲宗不悦，诏以本官出知汝州，六月再贬袁州，未到任，三贬筠州。八月，行至真州，作此诗。前十二句写舟行阻风，后二十句通过同舟师的对话，借舟师之口表明了自己对"岁更三黜"的态度。

264

〔二〕蔑：灭，淹没。

〔三〕"塌然委积水"二句：像坍塌了的样子，委弃于茫茫积水中，一动不动，全靠不大的缆绳维系着。

〔四〕风伯：风神。司马相如《大人赋》："诛风伯，刑雨师。"

〔五〕沿：顺流而下。溯：逆流而上。

〔六〕飘风不终日：语出《老子》。飘风指暴风。

次韵子瞻江西〔一〕

苏 辙

许君马老共一邦〔二〕，西山断处流蜀江〔三〕。

谁令十载重渡泷〔四〕，滩头旧寺晨钟撞。

乱流赤脚记淙淙〔五〕，道俗自谓丹霞庞〔六〕。

便令筑室修畦矼〔七〕，往还二老筇一双〔八〕。

（后集·卷一）

注

〔一〕绍圣元年（1094）赴筠州贬所途中作。江西指江南西道，《名胜志》："晋元康中分扬州十郡，立江州，治豫章郡。唐初隶江南道，开元分江南西道，江西之名始此。"苏轼这年赴岭南贬所途中作《江西一首》。苏辙再贬筠州完全是旧地重游，次韵诗的前六句即写地是当年之地，后二句说人是当年之人，抒发了他对江西山水和老友的热爱。

〔二〕许君：指晋代道士许逊，他曾在江西南昌西山学道，据传全家四十二口飞升。马老：指唐代禅宗高僧马祖，曾在江西南康龚公山传授禅法，故说他们"共一邦"。苏辙《筠州圣寿院法堂记》："昔东晋太宁之间，道士许逊与其徒十有二人散居山中，能以术救民疾苦。民尊而化之，至今道士比他州为多。至于妇人孺子亦喜为道士服。唐仪凤中，六祖以佛法化岭南，再传而马祖兴于江西……诸方游谈之僧接迹于其地，至于以禅名精舍者二十有四。"

〔三〕蜀江：筠州有蜀水，又名锦江，酷似蜀中山水。正如苏轼原唱所说："江西山水真吾邦，白沙翠竹石底江。

〔四〕十载：自苏辙于元丰七年（1084）离开筠州贬所至绍圣元年再贬筠州已整整十年。泷：湍急的河流。

〔五〕淙淙：流水声，白居易《草堂前新开一池》："淙淙三峡水。"

〔六〕道：兼指佛、道，俗指世俗。丹霞庞谓丹霞满天。

〔七〕畦：田畦。《汉书·食货志上》："菜茹有畦。"颜师古注："畦，区也。矼：石桥，皮日休《忆洞庭观步十韵》："登村度石矼。"

〔八〕二老：苏辙自注："予与筠州聪长老有十年之旧。"聪长老本王氏子，绵竹（今属四川）人。幼师剑门慈云寺海亮禅师，后至吴越得法于净慈寺大本禅师，在筠州先后住持真如、开善、圣寿三寺。圣寿寺距筠州盐酒务很近，苏辙与之来往甚频繁。筇：筇竹所作的手杖。

雨中游小云居〔一〕

苏 辙

卖酒高安市，早岁逢五秋〔二〕。

常怀简书畏〔三〕，未暇云居游。

十载还上都〔四〕，再谪仍此州。

废斥免羁束，登临散幽忧。

乡党二三子，结束同一舟〔五〕。

雨余江涨高，林薄烦撑钩〔六〕。

积阴荐雷作〔七〕，两山乱云浮。

雨点落飞镞，江光溅轻沤。

笑语曾未毕，风云遽谁收〔八〕？

舟人指松桧，古刹依林丘〔九〕。

老僧昔还住，晚饭迎淹留〔一○〕。

食菜吾自饱，馈肉烦贤侯〔一一〕。

严城迫吹角〔一二〕，归棹随轻鸥。

联翩阅村坞，灯火明谯楼〔一三〕。

肩舆践积筊，涂潦分潜沟〔一四〕。

居处方自适，未知厌拘囚。

（后集·卷一）

注

〔一〕绍圣元年（1094）再贬筠州时作。小云居，高安一寺庙。此诗前八句比较了两次谪居筠州的不同，前次忙，这次闲："乡党二三子"八句写冒雨泛舟；"笑语未曾毕"八句写雨后游小云居，受到老僧和知州的招待；"严城迫吹角"八句写鼓角声起，乘舟返城。全诗集中表现了他再贬筠州期间的闲适生活，抒发了不以贬谪为怀的自适心情。

〔二〕"卖酒高安市"二句：指元丰三年（1080）至七年谪监筠州盐酒税共五年，即《将移绩溪令》所说的"坐看酒垆今五年"。

〔三〕常怀简书畏：《诗·小雅·出车》："王事多难，不遑启居。岂不怀归，畏此简书。"简书即文书。

〔四〕十载还上都：苏辙自元丰八年（1085）以秘书省校书郎被召还朝至绍圣元年再贬筠州，正好十年。上都，京都、京城。

〔五〕结束：整装。杜甫《最能行》："大儿结束随商旅。"

〔六〕薄：迫近。撑钩：指划船动作，时而撑离林木，时而钩住林木。

〔七〕荐雷：接连不断的雷声。

〔八〕遽：骤然。

〔九〕古刹：指小云居。

〔一〇〕淹留：停留。

〔一一〕贤侯：指筠州知州，姓名不详。

〔一二〕严城：纪律整饬的城，此指高安。《抱朴子》："人君恐奸衅之不时，故严城以备之。"杜甫《水宿遣兴奉呈诸公》："严城叠鼓鼙。"迫吹角：迫近吹角闭城门，即苏轼所谓"山城欲闭闻鼓鼙。"（《秧马歌》）

〔一三〕谯楼：城门上的瞭望楼。周祈《名义考》卷三："门上为高楼以望曰谯。"

〔一四〕"肩舆践积甃"二句：乘着轿子走在积满水的井垣上，路上积水分别流入了阴沟。肩舆，轿子。甃，井垣。这是写雨后回城景象。

次韵子瞻连雨江涨二首（选一）〔一〕

苏　辙

南过庾岭更千山〔二〕，烝润由来共一天〔三〕。

云塞虚空雨翻瓮，江浸城市屋浮船。

东效晚稻须重插，西舍原蚕未及眠。

独棹扁舟趁申卯，米盐奔走笑当年〔四〕。

（后集·卷二）

注 ────────────────────────────

〔一〕绍圣二年（1095）再贬筠州时作。苏轼作《连雨江涨》，描写惠州大水。苏辙次韵诗告知兄长在惠州大雨的同时筠州亦大雨，以及自己所过的闲适生活。

〔二〕庾岭：大庾岭，五岭之一，在今江西大余、广东南雄交界处。

〔三〕烝润：热气上升、潮湿。

〔四〕"独棹扁舟趁申卯"二句：前句写现在的闲适，后句笑前次的忙碌。趁申卯，追随时辰，即今所谓混时间。申卯，十二时辰中的两个，此泛指时辰。

寓居六咏〔一〕（选二）

苏　辙

邻家三亩竹，萧散倚东墙。

谁谓非吾有？时能惠我凉。

雪深闻毁折，风作任披猖。

事过还依旧，相看意愈长。

西邻分半井，十口无渴忧。

岁旱百泉竭，日供八家求。

艰难念生理〔二〕，沾足愧寒流。

比闻山田妇，出汲争群牛〔三〕。

（后集·卷二）

注 ——————————————————————————

〔一〕绍圣三年（1096）再贬筠州时作。所选为六首中的第三、第六两首，反映了他同邻里的亲密关系。特别是前一首颇富哲理，可说是他自己的写照。

〔二〕生理：谋生之道。杜甫《北征》："新归且慰意，生理焉得说？"

〔三〕"比闻山田妇"二句：苏辙自注："山中涧谷枯竭，汲者每苦牛夺其水。一人�汲，辄数人持杖护之。"

所寓堂后月季再生，与远同赋〔一〕
苏 辙

客背有芳丛〔二〕，开花不遗月〔三〕。

何人纵寻斧〔四〕，害意肯留枿〔五〕？

偶乘秋雨滋，冒土见微苗。

猗猗抽条颖〔六〕，颇欲傲寒冽。

势穷虽云病，根大未容拔。

我行天涯远，幸此城南芳〔七〕。

小堂劣容卧，幽阁粗可蹑〔八〕。

269

中无一寻空〔九〕，外有四邻匝〔一〇〕。

窥墙数柚实，隔屋看椰叶。

葱蒨独兹苗〔一一〕，慭慭侍其活〔一二〕。

及春见开敷〔一三〕，三嗅何忍折〔一四〕！

（后集·卷二）

<hr>

注

〔一〕绍圣四年（1097）贬官雷州时作。月季：花名，每月开花。远：苏远，苏辙幼子。前四句写月季花为斤斧所害，"偶乘"六句写月季花再生，"我行"八句写"所寓堂"，最后四句以月季将蓬勃开花作结。这首诗歌颂月季花顽强的生命力，实际是自抒其"颇欲傲寒冽"的精神。

〔二〕客背：客舍背面。

〔三〕不遗月：每月开花，月月不遗漏。

〔四〕寻斧：长斧。《左传·文公七年》："葛藟犹能庇其本根，故君子以为比，况国君乎？此谚所谓庇焉。而纵寻斧焉者也，必不可，君其图之。"

〔五〕肯：岂肯。栝：树木根株，《水经注·沅水》："今州上犹有陈根余栝，盖其遗也。"

〔六〕猗猗：美茂貌。《诗·卫风·淇奥》："绿竹猗猗。"颖：植物苞片，此指月季花再生的嫩芽。

〔七〕芨：在草间住宿。《诗·召南·甘棠》："召伯所芨。"

〔八〕蹑：轻步行走。

〔九〕寻：八尺。此句形容"所寓堂"很小。

〔一〇〕匝：围绕。

〔一一〕葱蒨：葱绿茂盛貌。

〔一二〕慭慭：怜惜貌。侍：等候。

〔一三〕开敷：开发铺张，形容月季花枝繁叶茂。

〔一四〕嗅：闻。《论语·乡党》："三嗅而作（起）。"苏轼《荆州十首》："三嗅若为珍。"

次韵子瞻夜坐[一]

苏 辙

月入虚窗疑欲旦，香凝幽室久犹薰。

清风巧为吹余瘴，疏雨时来报断云。

南海炎凉身已惯，北方毁誉耳谁闻[二]！

遥知挂壁瓢无酒，归舶还将一酌分。

（后集·卷二）

注

〔一〕绍圣四年（1097）贬居雷州时作。苏轼原唱为《十二月十七日夜坐达晓寄子由》。苏辙次韵诗的前四句即写"夜坐达晓"，五、六句集中表现了他对远谪无所畏惧的精神。苏轼在海南常有无酒之叹，原唱虽无此意，但寄诗时可能言及，故结尾二句言及分酌。

〔二〕北方毁誉：苏辙贬官雷州期间，朝廷仍在继续搜集苏辙"罪证"。《续资治通鉴长编》绍圣四年十一月载，广西路经略安抚司走马承受段讽言，知雷州张逢照管苏辙及苏轼，与之同行至雷州相聚。诏提举荆湖南路常平董必往被体量诣实以闻。元符元年（1098）三月载，董必奏张逢同本州官吏至门首接见苏轼、苏辙，次日为会，召轼、辙在监司行衙安泊。又僦进吴国鉴宅，张逢每月一两次移厨管待。邵博《邵氏闻见后录》卷二十二亦云："苏子由谪雷州，不许占官舍，遂僦民屋。章子厚以为强占民田，下本州追民穷究，以僦券甚明乃已。"

闰九月重九与父老小饮四绝 （选一）[一]

苏　辙

获罪清时世共憎，龙川父老尚相寻。
直须便作乡关看，莫起天涯万里心。

（后集·卷二）

注

〔一〕元符元年（1098）复迁循州（治所在今广东龙川）时作。苏辙《书白乐天集后二首》："元符二年夏六月，予自海康再谪龙川，冒大暑，水陆行数千里……秋八月而至。"又《龙川略志引》："既之龙川，虽僧庐道室，法皆不许入。衰囊中之余五十千以易民居，大小十间，补苴弊漏，粗避风雨。"这首诗即反映了朝廷对他的迫害和龙川父老对的深厚情谊。

卜　居[一]

苏　辙

我归万里初无宅[二]，凤去千年尚有台[三]。
谁为绕池先种竹？可怜当砌已栽梅。
囊资只数腰金在[四]，归计长遭鬓雪催。
欲就草堂终岁事，落成邻舍许衔杯[五]。

（后集·卷二）

注 —————————————————————————————————

〔一〕建中靖国元年（1101）颍昌作。苏辙《颍滨遗老传》："今上即位，大臣犹不悦，徙居永州。皇子生后徙岳州，已乃复旧官，提举凤翔上清太平宫。有田在颍川，乃即居焉。"此诗即作于初回颍昌时。

〔二〕无宅：苏辙在朝时就在颍昌购有田宅，所谓无宅是指住宅不宽裕。他三子六女，寡居的女儿也带着外孙同他住在一起，所谓"嵩阳百口住"（《次前韵示杨明》）；"百口共一灶，终年事烹煎"（《新火》）。

〔三〕凤去千年尚有台：苏辙颍昌府宅北临凤凰台，《遗老斋绝句》："北临凤凰台，凤去台亦圮。"这是以凤去有台与我归无宅作对比。

〔四〕腰金：腰带金印的官服，谓积蓄已无。白居易诗有"瘦觉腰金重，老怜鬓雪繁"语。

〔五〕落成邻舍许衔杯：杜甫《客至》："肯与邻翁相对饮，隔篱呼取尽余杯。"此化用其意。

索居三首〔一〕（选一）

苏 辙

索居非谪地，垂老更穷途。
去住看人意，幽忧赖我无。
小园花草秽，陋巷犬羊俱。
近觉根尘离〔二〕，忘言日益愚。

（后集·卷三）

注 —————————————————————————————————

〔一〕崇宁二年（1103）只身迁居汝南（今属河南）作。徽宗初即位想调停新旧两党，调停未成，又开始迫害元祐党人，崇宁元年五月追贬司马光等四十四人官。苏辙亦削三官。为了避祸，苏辙由离京城较近的颍昌移居离京城较远的汝南，即所谓"亟逃颍川籍，来贯汝南户"（《迁居汝南》）此诗前四句即写迁居汝南的原因，后四句写汝南居所的简陋和自己早已忘怀时事。

〔二〕根尘：佛语，指六根六尘。眼、耳、鼻、舌、身、意为六根，色、声、香、味、触、法为六尘，《止观·一下》："根尘相对，一念心起。"根尘离即摆脱了世事。

思归二首〔一〕（选一）

苏　辙

汝南百日留，走遍三男子〔二〕。

思归非吾计，聊亦为尔耳〔三〕。

行装理肩舆，客舍卷床第。

儿言"世情恶，平地风波起。

舟行或易摇，舟静姑且已。

匏系虽非愿〔四〕，蠖屈当有竢〔五〕。"

老人思虑拙，小子言有理。

晨炊廪粟红，晓市淮鱼美。

索居庖无人，归去迎伯姊〔六〕。

终岁得安闲，幽居无彼此。

（后集·卷三）

注

〔一〕崇宁二年（1103）迁居汝南时作。前六句写自己整装欲归颍昌；中六句写儿子劝其暂不要动，其言富有哲理；归后八句写自己听从了儿子的劝告，决定继续避居汝南。

〔二〕三男子：指苏辙的三子迟、适、逊。苏迟，字伯充，后官至大中大夫、工部侍郎、徽猷阁待制，绍兴二十五年卒。苏适，字仲南，后官至承议郎、通判广信军，宣和四年卒。苏逊，字叔宽，后官奉议郎、通判泸州潼川府，靖康元年卒。

〔三〕"思归非吾计"二句：谓回颍昌并不是自己的主意，为了不使三子往返奔波，姑且如此罢了。

〔四〕匏系：《论语·阳货》："吾岂匏瓜也哉，焉能系而不食？"此以匏系喻不能发挥作用。

〔五〕蠖屈：蠖：昆虫名。《易·系辞下》："尺蠖之屈，以求信（伸）也。"谓尺蠖求伸当等待时机。

〔六〕"索居庖无人"二句：《思归二首》之二："我老不待言。有女年四十。念我客汝南，无与具朝食。翩然乘肩舆，西有风土色。……母老行役难，女来生理茸。"伯姊，苏辙长女，适文同之子文逸民者。逸民卒于元祐初，故与苏辙同居许昌。

春　尽〔一〕

苏　辙

春风过尽百花空，燕坐笙箫起灭中〔二〕。
树影连天开翠幕，鸟声入耳当歌童。
《楞严》十卷几回读〔三〕，法酒三升是客同〔四〕。
试问邻僧行乞在，何人闲暇似衰翁？

（后集·卷三）

注

〔一〕崇宁二年（1103）迁居汝南时作，题下自注："三月二十三日立夏。"此诗集中表现了他晚年所过的"闲暇"生活，清新淡雅，颇能代表苏辙的诗风。

〔二〕燕：通宴，安闲。燕坐即闲坐。

〔三〕《楞严》：佛经名，全称为《大佛顶如来密因修证了义诸菩萨万行首楞严经》，共十卷。苏辙《书楞严经后》："崇宁癸未（即崇宁二年）自许迁蔡，杜门幽坐，取《楞严经》

反复熟读。……三月二十五日志。”可知为记实。

〔四〕法酒：按法定规格酿的酒，又叫官酝。当时苏辙北归不久，还未完全断绝交游，故有此句。葛立方《韵语阳秋》卷四：“韦应物《奉谢处士诗》云：‘高斋乐宴罢，清夜道相存。’东坡《次韵王巩》：“那能废诗酒，亦未妨禅寂’。子由《春尽诗》云：‘《楞严》十卷几回读，法酒三升是客同。’道贵冲寂，宴主欢畅，二者恐不能相兼也。”

任氏阅世堂前大桧〔一〕

苏 辙

君家大桧长百尺，根如车轮身弦直。

壮夫连臂不能抱，孤鹤高飞直上立。

狂风动地舞枝干，大雪翻空洗颜色。

人言此桧三百年，未知昔是何人植。

君家大夫老不遇，一生使气未尝屈〔二〕。

没身不说归故里，遗爱自知怀旧邑〔三〕。

此翁此桧两相似，相与阅世何终极？

汝南山浅无良材，栎柱栋橡聊障日。

便令杀身起大厦，亦恐众林无匹敌。

且留枝叶挠云霓，犹得世人长叹息。

（后集·卷三）

注

〔一〕崇宁二年（1103）迁居汝南时作。任氏指任伋，与其兄任孜，号二任，文学气节与苏洵齐名。参苏洵《答二任》注〔一〕，任伋曾为蔡州（治所在汝南）新息令，民爱之，买田而居。阅世堂即在此。后曾通判黄州，知泸州，元丰四年卒。此诗前八句写大桧又直又大，不为风雪所动；“君家大夫”六句写任伋有如大桧一样，“一生使气未尝屈”；最后六

276

句语意双关，感慨独木难支，大桧难以发挥栋梁作用。

〔二〕"君家大夫老不遇"二句：秦观《泸州使君任公墓志铭》："任公讳伋字师中，眉州眉山人。少学读书，通其大义，不治章句，性任侠喜事。"熙宁某年其察访使荐伋知泸州。元丰二年纳溪砦夷人闹事，伋驰至境上晓以祸福，相与投兵请降。转运使诬奏伋，"朝廷疑之，乃先免，而下章于他部各穷竟，所考未具而公既没矣。"

〔三〕"没身不说归故里"二句：苏辙《黄州师中庵记》："始为新息令，知其民之爱之，买田而居。新息之人亦曰：'此吾故君也。'相与事之不替。……今师中生而家于新息，没而齐安（即黄州）之人为亭与庵以待之，使死而有知，师中其将往来于新息、齐安之间乎？"

寒食二首〔一〕（选一）

苏 辙

寄住汝南怀岭南，五年一醉久犹酣〔二〕。
身逃争地差云静〔三〕，名落尘寰终自惭〔四〕。
耳畔飞蝇看尚在〔五〕，鼻中醇酢近能甘。
今朝寒食唯当饮，买酒先防客欲谈。

（后集·卷三）

注

〔一〕崇宁二年（1103）迁居汝南时作。从这首诗不难看出徽宗朝对元祐党人迫害之严重以及苏辙晚年不愿再卷入是非之争的心情。

〔二〕五年：苏辙于绍圣四年（1097）贬雷州，元符元年（1098）迁循州，建中靖国元年（1101）还居颍昌，在岭南共五年。

〔三〕争地：指颍昌，亦兼指朝廷。

〔四〕名落尘寰：从青年时代起，苏辙即与苏轼齐名；元祐年间，苏辙官至副相，地位比苏轼还高；苏轼死后，"敌手一时无复在"（《读旧诗》），他更成了文坛泰斗。声名太高，目标太大，这就是他必须"身逃争地"的原因之一。

〔五〕耳畔飞蝇看尚在：谓政敌还未停止对他的迫害。不久，连苏辙提举太平宫的空衔亦罢免了，他在《罢提举太平宫，欲还居颍川》中写道："避世山林中，衣草食芋粟。奈何处朝市，日耗太仓积？中心久自笑，公议肯相释？终然幸宽政，尚许存寄秩。经年汝南居，久与茅茨隔。祠宫一扫空，避就两皆失。"所谓"飞蝇看尚在"，即"公议肯相释"。

喜　雨〔一〕

苏　辙

夺官分所甘，年来禄又绝〔二〕。

天公尚怜人，岁赉禾与麦。

经冬雪屡下，根须连地脉。

庖厨望饼饵，瓮盎思曲蘖。

一春百日旱，田作龟板拆。

老农泪欲堕，无麦真无食。

朱明候才兆〔三〕，风雷起通夕。

田中有人至，膏润已逾尺。

继来不违愿，饱食真可必。

民生亦何幸，天意每相恤。

我幸又已多，锄来坐不执。

同尔乐丰穰，异尔苦税役。

时闻吏号呼，手把县符赤。

岁赋行自办，横敛何时毕〔四〕！

（后集·卷四）

注

〔一〕崇宁四年（1105）颍昌作，题下自注："三月二十三日。"此诗前四句从自己的夺

278

官绝禄写到天公怜人，已暗点喜雨；中间十六句写出了冬雪、春旱、喜雨的全过程；后八句把自己同农民相比，揭露了徽宗朝的横征暴敛，对农民寄予了深切同情。苏辙晚年离开官场，居住乡间，对农村生活更加了解，对农民疾苦更加关心，写下了不少反映现实的诗篇，这是其中的一首。

〔二〕"夺官分所甘"二句：苏辙《颍滨遗老传》："居（颍昌）二年，朝廷易相，复降授朝请大夫，罢祠宫。"参见苏辙《寒食》注〔五〕。

〔三〕朱明：《尔雅·释天》："夏为朱明。"时已春末，故云"朱明候才兆"。

〔四〕"时闻吏号呼"四句：柳宗元《捕蛇者说》："吾斯役之不幸，未若复吾赋不幸之甚也。……悍吏之来吾乡，叫嚣乎东西，隳突乎南北，哗然而骇者，虽鸡狗不得宁焉。"昙符，催缴租税的符敕。岁赋，每年固定的租赋。横敛，临时的苛捐杂税。

九日独酌三首〔一〕（选一）

苏 辙

府县嫌吾旧党人〔二〕，乡邻畏我昔黄门〔三〕。

终年闭户已三岁〔四〕，九日无人共一樽。

白酒近令沽野店，黄花旋遣折篱根。

老妻也说无生活〔五〕，独酌油然对子孙〔六〕。

（后集·卷四）

注

〔一〕崇宁五年（1106）颍昌作。《宋史·苏辙传》："筑室于许，号颍滨遗老，自作传万余言，不复与人相见。终日默坐，如是者几十年。"这首诗就反映了苏辙晚年杜门闲居的孤寂生活及其原因。

〔二〕旧党：时称变法派为新党，称反变法派为旧党，又叫元祐党人。

〔三〕黄门：晋以后建门下省，唐开元中曾改为黄门省。苏辙于元祐间曾任门下侍郎，故人称苏黄门。

〔四〕三岁：指崇宁三年（1104）苏辙自汝南还居颍昌至作此诗时。建中靖国元年（1101）苏辙自岭南初归颍昌的一二年间并未杜门不出，《赠史文史奉议》（"君时共还往"）、《次前韵示杨明》（"欲邀东阁叟，烦子作效迎"）、《唐修撰义问挽词》（"酒盏开常数"）等诗皆可为证。

〔五〕说：通悦。无生活：指无事干。

〔六〕油然：自然而然的样子。

丙戌十月二十三日大雪〔一〕

苏　辙

秋成粟满仓，冬藏雪盈尺。

天意愍无辜，岁事了不逆〔二〕。

谁言丰年中，遭此大泉厄〔三〕！

肉好虽甚精，十百非其实。

田家有余粮，靳靳未肯出。

闾阎但坐视，愍愍不得食〔四〕。

朝饥愿充肠，三五本自足。

饱食就茗饮，竟亦安用十〔五〕？

奸豪得巧便，轻重窃相易。

邻邦谷如土，胡越两不及〔六〕。

闲民本无赖，翩然去井邑。

土著坐受穷〔七〕，忍饥待捐瘠。

彼哉陶钧手〔八〕，用此狂且愎〔九〕。

天且无奈何，我亦长太息。

（《栾城三集》卷一）

280

注 ————————————————————————————

〔一〕崇宁五年（1106）颍昌作，丙戌即崇宁五年。《宋史·食货志下二·钱币》："蔡京当政，将以利惑人主，托假绍述，肆为纷更。有许天启者，京之党也，时为陕西转运副使，迎合京意，请铸当十钱。"结果造成"钱币苦重，条序不一，私铸日甚"，"市易濡滞"，"百物争价"，"公私为害"。苏辙这首诗即揭露了蔡京铸当十钱的严重危害。

〔二〕"秋成粟满仓"四句：写大丰收以反衬下面所述皆为人祸。秋成，谷物经秋而有成，杜牧《八月十二日得替后移居云溪馆》："万家相庆喜秋成。"冬藏，冬天储藏粮食以备来年之需，《礼记·乐记》："春作夏长，仁也；秋敛冬藏，义也。"愍，怜悯。岁事，一年中应办的事，《礼记·王制》："成岁事，制国用。"岁事了不逆，谓一年中应办的事都很顺心，一点不违人意。

〔三〕大泉：即大钱。《国语·周语下》："景王二十一年将铸大钱。"韦昭注："钱者，金币之名，所以贸买物、通财用者也。古曰泉，后转曰钱。"此指蔡京当政时所铸当十钱。

〔四〕"田家有余粮"四句：谓田家有粮卖不出去，里巷市民却买不到粮。靳靳，吝惜不与貌。愍愍，忧病貌。

〔五〕"朝饥愿充肠"四句：谓朝餐、茗饮，三五文钱即足，不需当十大钱。

〔六〕胡越：胡在北，越在南，喻相距遥远。《史记·鲁仲连邹阳列传》："意合则胡越为兄弟。"

〔七〕土著：世居某地之人。韩愈《论变盐法事宜状》："浮寄奸滑者转富，土著守业者日贫。"

〔八〕陶钧：陶为陶冶，钧为制作陶器的范模。陶钧手指当权者蔡京等人。

〔九〕狂且愎：狂妄执拗之人，指"请为当十钱"的许天启等人。

梦中反古《菖蒲》 并引〔一〕

苏 辙

古诗云："石上生菖蒲，一寸十二节。仙人劝我食，令我好颜色。"十一月八日四鼓，梦中反之作四韵。见一愚公在侧借观〔二〕，示之。赧然有愧恨之色〔三〕。

石上生菖蒲，一寸十二节。

仙人劝我食，再三不忍折。

一人得饱满，余人皆不悦。

已矣勿复言，人人好颜色。

（三集·卷一）

注

〔一〕崇宁五年（1106）颍昌作。菖蒲：草名，根可入药。古《菖蒲》诗指张籍《寄菖蒲》，其中第四句为"令我头青面如雪"，其他三句与诗序所引相同。徽宗朝打着崇尚熙宁变法的幌子，大力搜刮民脂民膏，因此这首诗讽刺王安石变法是为了统治者"饱满"而不顾人民的死活。

〔二〕愚公：苏辙这里未点名，其孙苏籀《栾城遗言》说："崇宁丙戌十一月八日四鼓《梦中反古〈菖蒲〉》诗云：'一人得饱满，余人皆不悦'，之句，王介甫（安石）在侧借观，示之，赧然有愧恨之色。"可见是指王安石。

〔三〕赧然：因羞愧而脸红。赧然有愧恨之色，说明"一人得饱满"并不是王安石变法的本意，只是造成了这样的恶果而已。

初成遗老斋、待月轩、藏书室三首〔一〕

苏 辙

遗老斋〔一〕

老人身世两相遗，绿竹青松自蔽亏。

已喜形骸今我有〔二〕，枉将名字与人知。

往还但许邻家父，问讯才通说法师〔三〕。

燕坐萧然便终日〔四〕，客来不识我为谁。

待月轩〔五〕

轩前无物但长空，孤月忽来东海东。

圆满定从何处得？清明许与众人同。

怜渠生死未能免，顾我盈亏略已通〔六〕。

夜久客寒要一饮，油然细酌意无穷〔七〕。

藏书室〔八〕

读书旧破十年功，老病茫然万卷空。

插架都将付诸子〔九〕，闭关犹得养衰翁〔一〇〕。

案头萤火从干死〔一一〕，窗里飞蝇久未通〔一二〕。

自见老卢真面目〔一三〕，平生事业有无中。

(三集·卷一)

注

〔一〕大观元年（1107）颍昌作。苏辙《遗老斋记》："庚辰（1100）之冬，予蒙恩归自南荒，客于颍川，思归而不能。诸子忧之曰：'父母老矣，而居室未完，吾侪之责也。'则相与卜筑，五年而有成。其南修竹古柏，萧然如野人之家。乃辟其四楹，加明窗曲槛，为燕居之斋。斋成，求所以名之，予曰：'予颍滨遗老也，盍以遗老名之?'"这首诗写出了他身世两遗，不再与官府交往，只与邻居、僧人交往的闲适生活。

〔二〕形骸今我有：《庄子·知北游》："舜问乎丞曰：'道可得而有乎?'曰：'汝身非汝有也，汝何得有乎道?'"苏轼《临江仙·夜归临皋》："长恨此身非我有，何时忘却营营?"苏辙反用此典。

〔三〕说法：佛家以讲道为说法，《维摩经·方便品》："维摩诘因以身疾，广为说法。"说法师即指僧人。

〔四〕燕坐：佛语，即坐禅。《中阿含经》："入室燕坐。"

〔五〕待月轩：参所选苏辙《待月轩纪》。

〔六〕"怜渠生死未能免"二句：苏辙《待月轩记》：庐山隐者对苏辙讲"性犹日也，身犹月也"说"人始有性而已，性之所寓为身；天始有日而已，日之所寓为月。……日则未始变也，惟其所寓则有盈阙，一盈一阙者月也。惟性亦然，出生入死，出而生者未尝增也，入而死者未尝耗也，性一而已。惟其所寓则有死生，一生一死者身也。"可知"怜渠"之"渠"代指身，通盈亏即通月之一盈一阙之理。

〔七〕"夜久客寒要一饮"二句：苏辙《待月轩记》："一夕举酒延客，道隐者之语。客漫不喻曰：'吾尝治术矣，初不闻是说也。'予为之反复其理，客徐悟曰：'唯唯。'"要，邀，细酌，既指酌酒，又指细酌"性犹日"，"身犹月"，日、性不变，月、身才有盈阙、生死之理。

〔八〕藏书室：参所选苏辙《藏书室记》。

〔九〕插架：指插架之书。

〔一〇〕闭关：犹闭户。江淹《恨赋》："闭关却扫，塞门不仕。"

〔一一〕萤火：指萤火虫。从：任。

〔一二〕窗里飞蝇久未通：即飞蝇久未通窗里。飞蝇暗指攻击他的官场中人，用法与"耳畔飞蝇看尚在"（《寒食》）同。

〔一三〕老卢：未详其人，而苏辙晚年屡用之。《早昨》："老卢下种法，从古无此妙。"《十月二十九日雪》："珍重老卢留种子，养生不得问王江。"王江为苏辙任陈州教授时所认识的"善养生"者（见《龙川略志》卷二），疑老卢也是类似的人。

秋　稼〔一〕
苏　辙

雨晴秋稼如云屯，豆没鸡兔禾没人。

老农欢笑语行路，十年俭薄无今晨〔二〕。

无风无雨更一月，藜羹黍饭供四邻。

天公似许百姓足，人事未可一二论。

穷边逃卒到处满，烧场入室才逡巡〔三〕。

县符星火杂鞭箠，解衣乞与犹怒嗔。

我愿人心似天意，爱惜老弱怜孤贫。

古来尧舜知有否？诗书到此皆空文。

（三集·卷三）

注 ——————————————————————————————

〔一〕政和元年（1111）颖昌作。此诗前六句写丰收；中六句写人事，写逃卒和官府给人民带来的灾难，末四句是作者的愿望以及作者因现实的黑暗对古代是否存在尧舜之治所产生的怀疑。

〔二〕十年俭薄无今晨：谓十年来过着俭薄的生活，从没有像今天这样富裕。

〔三〕"穷边逃卒到处满"二句：时童贯为熙河兰湟秦凤路经略安抚制置使，连年对西羌用兵。苏辙《蚕麦》诗亦云："经过话关陕，贫病不堪闻。"

乐天集戏作五绝〔一〕

苏 辙

乐天梦得老相从〔二〕，洛下诗流得二雄〔三〕。
自笑索居朋友绝，偶然得句与谁同？

乐天得法老凝师〔四〕，后院犹存杨柳枝〔五〕。
春尽絮飞余一念，我今无累日无思。

乐天投老刺杭苏，溪石胎禽载舳舻〔六〕。
我昔不为二千石〔七〕，四方异物固应无。

乐天引洛注池塘，画舫飞桥映绿杨〔八〕。
溟水隔城来不得〔九〕，不辞策杖看湖光。

乐天种竹自成园，我亦墙阴数百竿。
不共伊家斗多少，也能不畏雪霜寒。

（后集·卷三）

注 ——————————————————————————————

〔一〕政和元年（1111）颍昌作。参所选苏辙《书白乐天集后》。苏辙晚年闲居颍昌，与白居易晚年居洛很相似，但处境比白居易差得多，这组五绝着重写其区别：白居易与刘梦得诗酒相从，自己却索居无友；白居易晚年还为歌儿舞伎操心，自己却无忧无累；白居易罢杭州、苏州任，得天竺、太湖石、华亭鹤而归，充实其园亭；而自己所建园宅仅够百口居住；白居易能引洛水入园池，供自己游赏，自己却只能策杖游颍昌西湖。苏辙觉得唯一可与白居易相比的是，园中之竹的数量或不如白，但其傲寒之姿完全可与之媲美，语意双关，富有韵味。

〔二〕梦得：《旧唐书·刘禹锡传》："刘禹锡字梦得，彭城人。……晚年与少傅白居易友善，诗笔文章，时无在其右者，常与禹锡唱和往来。"

〔三〕洛下诗流：白居易在洛阳，与胡杲、吉皎、刘真、郑据、卢真、张浑、李元爽、僧如满结成九老会，各赋诗纪事，见白居易《九老图诗序》。二雄指白居易和刘禹锡。

〔四〕老凝师：白居易《白渐偈并序》："唐贞元十九年秋八月，有大师曰凝公迁化于东都圣寿寺塔院。……初居易常求心要于师，师赐我八言焉，曰观，曰觉，曰定，曰慧，曰明，曰通，曰济，曰舍。由是入于耳，贯于心，达于性，于兹三四年矣。"

〔五〕杨柳枝：指白居易家伎樊素，善唱《杨柳枝词》。苏轼《朝云诗》："不似杨枝别乐天。"杨枝，指樊素。

〔六〕"乐天投老刺苏杭"二句：白居易《池上篇》："乐天罢杭州刺史，得天竺石一、华亭鹤二以归。始作西平桥，开环池路。罢苏州刺史时，得太湖石五、白莲、折腰菱、青板舫以归，又作中高桥，通三岛径。"

〔七〕二千石：汉代内自九卿郎将，外至郡守尉的俸禄等级，后因称郎将、郡守、知府为二千石。苏辙一生仅绍元年（1094）四月贬知汝州，六月再贬袁州，未到任贬居筠州，即除作过两个月的知州外，一生未做过州府一级的地方长官。

〔八〕"乐天引洛注池塘"二句：《旧唐书·白居易传》："居易罢杭州，归洛阳，于履道里得故散骑常侍杨凭宅，竹木池馆，有林泉之致。"白居易《池上篇》："十亩之宅，五亩之园，有水一池，有竹千竿。勿谓土狭，勿谓地偏，足以容膝，足以息肩。有堂有亭，有桥有船，有书有酒，有歌有弦。"

〔九〕潩水：《水经注》卷二十二："潩水出河南密县大騩山。"经长葛、颍昌，入蔡河。

游西湖[一]

苏 辙

闭门不出十年久[二]，湖上重游一梦回。

行过闾阎争问讯[三]，忽逢鱼鸟亦惊猜。

可怜举目非吾党，谁与开樽共一杯！

归去无言掩屏卧，古人时向梦中来[四]。

（三集·卷三）

注

〔一〕政和二年（1112）颍昌作。叶梦得《石林诗话》卷上："许昌西湖与子城密相附，缘城而下，可策杖往来，不涉城市。云是曲环作镇时，取土筑城，因以其地道潩水潴之。略广百余亩，中为横堤。"这首诗写出了颍川父老对他重游西湖的反应和他自己重游西湖的观感。

〔二〕十年：自崇宁三年（1104）从汝南还居颍昌至作此诗时为十年。

〔三〕闾阎：本指里巷，此指里巷平民。《汉书·诸侯五表》："適（谪）戍强于五伯，闾阎逼于戎狄。"

〔四〕"归去无言掩屏卧"二句：谓他现在的同调只有书中古人，故只好默默无言，回去掩屏读书。

泛潩水[一]

苏 辙

早岁南迁恨舳舻，归来平地忆江湖。

半篙春水花千片，八尺轻船酒一壶。

徐转城阴平野阔〔二〕，稍通竹径小亭孤。

前朝宰相终难得，父老咨嗟今亦无〔三〕。

（三集·卷三）

注 ——

〔一〕政和二年（1112）颍昌作。潩水：见前《读乐天集戏作五绝》注〔九〕。这年是苏辙去世之年，他一反"不踏门前路"的决定，不但游了西湖，而且泛舟潩水。首联以"南迁恨舳舻"反衬十年来的"忆江湖"，这一"忆"字充分说明他的"闭门不出"完全是为形势所迫；中间两联写泛舟潩水的快乐，尾联是对时局的感慨。

〔二〕城阴：即城北。

〔三〕"前朝宰相终难得"二句：苏辙自注："自潩沟泛舟至曲水园，本文潞公旧物，潞公以遗贾魏公，今为贾氏园矣。"文潞公，即文彦博（1006—1097），字宽夫，汾州介休（今属山西）人，累官同中书门下平章事，封潞国公。贾魏公，即贾昌朝（998—1065）字子明，获鹿（今属河北）人。仁宗时拜同中书门下平章事，英宗时封魏国公。无论苏辙写这首诗时，还是苏辙杜门颍昌的十年中，担任宰相的主要是蔡京，这无异于直斥蔡京非贤相。

词选

南歌子（海上乘槎侣）

八月十八日观潮[一]

苏 轼

海上乘槎侣[二]，仙人萼绿华[三]。飞升元不用丹砂[四]，住在潮头来处渺天涯。　　雷辊夫差国[五]，云翻海若家[六]。坐中安得弄琴牙[七]，写取余声归向《水仙》夸？

（《东坡乐府笺》卷一。以下只注卷次）

注

〔一〕熙宁五年（1072）通判杭州时作。可以系年的东坡词始于通判杭州时，这是其中最早的一首（还有一首《浪淘沙》，龙榆生《东坡乐府笺》系于这年正月）。但正如王文浩《苏诗总案》卷七所说："此倅杭作而年无所考。"已显露出豪放词的特征，想象丰富，气势磅礴，且喜用典。上阕因观潮而想象仙人正乘潮来去，下阕因潮声如雷而希望有琴师来谱写潮声。

〔二〕乘槎：《博物志》卷三载，天河与海通，有居海上者每年八月见海槎上来，不违时。遂备粮乘之至天河。李商隐《海客》有"海客乘槎上紫氛"句。

〔三〕萼绿华：陶弘景《真诰·远象》："萼绿华者，女仙也。年可二十许，上下青衣，颜色绝整。以晋穆帝升平三年己未十一月十日夜降于羊权家，自云是南山人。不知何仙也。自此一月辄六过其家。"

〔四〕飞升：《黄帝内景经》："飞升十天。"《南史·陶弘景传》："弘景既得神符秘诀，以为神丹可成而苦无药物。帝给黄金、朱砂、曾青、雄黄等。后合飞丹，色如霜雪，服之体轻。"

〔五〕雷辊夫磋国：傅幹《注坡词》："今余杭，乃吴王夫差之故国。雷辊，言其潮声如

291

雷。"辗，滚动。

〔六〕云翻：傅幹《注坡词》："言其潮势如云。"海若：北海若。《庄子·秋水》："北海若曰：'井蛙不可以语于海者，拘于虚也。'"郭庆藩《庄子集释》卷六下："若，海神也。"

〔七〕弄琴牙：傅幹《注坡词》："弄琴牙，伯牙也，而善抚琴。古者抚琴亦谓之弄。"《乐府解题》："伯牙学琴于成连，三年不成。成连云：'吾师方子春今在东海中，能移人情。'乃与伯牙俱往。至蓬莱山，留伯牙曰：'子居习之，吾将迎子。'刺船而去，旬日不返。伯牙延望无人，但闻海涛汹涌，山林窅冥。怆然叹曰：'先生移我情矣！'乃援琴而歌，作《水仙操》。曲终，成连回，刺船迎之而还。"下句《水仙》即指《水仙操》。

江城子（凤凰山下雨初晴）

湖上与张先同赋，时闻弹筝〔一〕

苏 轼

凤凰山下雨初晴〔二〕，水风清，晚霞明，一朵芙蕖〔三〕，开过尚盈盈〔四〕。何处飞来双白鹭，如有意，慕娉婷〔五〕。　　忽闻江上弄哀筝，苦含情，遣谁听？烟敛云收，依约是湘灵〔六〕。欲待曲终寻问取，人不见，数峰青〔七〕。

（卷一）

注 ————————————————————————————————

〔一〕熙宁中通判杭州时作。熙宁五年（1072）苏轼有《和致仕张郎中春昼》诗，此词当作于其前后不久。张先（990—1078），字子野，乌程（今浙江吴兴）人，天圣八年进士，官至都官郎中。诗格清丽，尤工于词。苏轼通判杭州时，张先已八十余，但视听精强，与苏轼颇多唱和。关于此词背景有两说，一为袁文《瓮牖闲评》："坡倅杭日，与刘贡父兄弟游西湖。忽有一女子驾小舟而来，自叙景慕公名，无由得见，今已嫁为民妻。闻公游湖，不惮呈身以遂景慕之忱，愿献一曲。公乃为赋《江城子》。"一为张邦基《墨庄漫录》卷一："东坡在杭州，一日游西湖，坐孤山竹阁前临湖亭上。时二客皆有服预焉。久之，湖心有一彩舟渐近亭前，靓妆数人。中有一人尤丽，方鼓筝，年且三十余，风韵娴雅，绰有态度。

二客竟目送之。曲未终，翩然而逝。公戏作长短句。"此词上阕写景，下阕记事，根据词的内容，似以后说为是。

〔二〕凤凰山：在杭州南。田汝成《西湖游览志》卷七《南山胜迹》："凤凰山，两翅轩翥，左薄（近）湖畔，右掠江滨，形若飞凤，一郡王气，皆借此山。"

〔三〕芙蕖：即荷花。《诗·郑风·山有扶苏》："隰有荷华。"郑玄笺："未开曰菡萏，已发曰芙蕖。"

〔四〕盈盈：仪态美好貌。

〔五〕"何处飞来双白鹭"三句：双白鹭，指"有服"（穿有居丧孝服）的二客。娉婷，仪态娴雅的美女，此指"方鼓筝"的女子。杜牧《晚晴赋》："白鹭潜来兮，邀风标之公子；窥此美人兮，如慕悦其容媚。"此化用其意。

〔六〕湘灵：舜帝二妃娥皇、女英，从舜南征不返，道死沅湘之间，后世谓之湘灵。此亦借指弹筝者。

〔七〕"欲待曲终寻问取"三句：钱起《湘灵鼓瑟》："曲终人不见，江上数峰青。"此指弹筝者"曲未终，翩然而逝"。

瑞鹧鸪（城头月落尚啼乌）

寒食未明至湖上，太守未来，两县令先在〔一〕

苏 轼

城头月落尚啼乌，朱舰红船早满湖〔二〕。鼓吹未容迎五马〔三〕，水云先已漾双凫〔四〕。　映山黄帽蜻头舫〔五〕，夹岸青烟鹊尾炉〔六〕。老病逢春只思睡，独求僧榻寄须臾〔七〕。

（卷一）

注 ───────────────────────────────────────

〔一〕熙宁六年（1073）通判杭州时作。太守指杭州知州陈襄，两县令指钱塘令周邠，仁和令徐畴，苏轼有《立秋日祷雨，宿灵隐寺，同周、徐二令》诗。此词上阕写天未明至湖上，下阕写游湖及倦意。东坡倅杭日，府僚常于西湖聚会，此词颇能反映当时盛况。此词又收入诗集，但正如王文诰所说："此二句（指开头两句）定是词体，必非诗体。宋人有谓公词似诗者，当由此词牵误。"（《苏诗编注集成》卷九）

〔二〕"城头月落尚啼乌"二句：写天未明至湖上。张继《枫桥夜泊》："月落乌啼霜满天。"

〔三〕鼓吹未容迎五马：指"太守未来。"鼓吹，鼓吹乐，一种合奏器乐。五马，《汉官仪》："四马载车，此常礼也。惟太守出则增一马，故曰五马。"

〔四〕水云先已漾双凫：写"两县令先在"。王十朋《苏诗集注》引厚曰："双凫，谓二县令也。"《后汉书·方术传》："王乔者，河东人也，显宗世为叶令。乔有神术，每月朔望，常自县诣台朝。帝怪其来数而不见车骑，密令太史伺望之。言其临至，辄有双凫从东南飞来。"

〔五〕黄帽：指船夫。《汉书·邓通传》："邓通，蜀郡安南人也，以濯船为黄头郎。文帝尝梦欲上去，不能，有一黄头郎推上天，顾见其衣尻带后穿。觉而之渐台，以梦中阴目求推者郎，见邓通，其衣后穿，梦中所见也。"颜师古注："刺船之郎皆著黄帽，因号曰黄头郎。"螭：《说文·虫部》："螭，若龙而黄。"螭头舫：饰以螭头的船。

〔六〕鹊尾炉：长柄香炉。《冥祥记》："费崇先少信佛法，常以鹊尾炉置漆前。"此句谓夹岸寺庙香烟袅袅，故下接僧榻。

〔七〕"老病逢春只思睡"二句：老病，时苏轼仅三十八岁。王文诰《苏诗编注集成》卷九："一结平淡，公往往不脱此意，故能晚年肆力于陶。"

南乡子（回首乱山横）

送述古〔一〕

苏 轼

回首乱山横，不见居人只见城〔二〕。谁似临平山上塔，亭亭，迎客西来送客行〔三〕。　　归路晚风清，一枕初寒梦不成。今夜残灯斜照处，荧荧，秋雨晴时泪不晴〔四〕。

（卷一）

注 ————————————————————————————————

　　〔一〕王文诰《苏诗总案》卷十二：熙宁七年（1074）七月，"追送陈襄移守南都，别于临平，舟中作《南乡子》。"陈襄字述古，福建侯官人。进士及第，先后任浦城主簿，知河阳县，知常州等职。神宗立，同修起居注，知谏院，改侍御史知杂事。他反对王安石变法，指责青苗法是"称贷以为利"，要求"贬斥王安石、吕惠卿以谢天下"。神宗曾向陈襄访问可用之人，襄举司马光、苏轼以对。这引起王安石的不满，被命出知陈州，熙宁五年（1072）改知杭州。时苏轼任杭州通判，二人多所唱和。熙宁七年七月改官南都，苏轼作了六首词送陈襄，此为其中最后一首。此词上阕写别后于归舟中回望告别之地临平，下阕写归舟中因思念友人而夜不能寐，泪满衣襟，全词抒发了他对陈襄深厚真挚的感情。

　　〔二〕"回首乱山横"二句山即第三句所说的临平山，城指临平镇，"回首"、"不见"的主语是作者自己。有人说："城指杭州"，那么"回首"者就不是苏轼而是陈襄了；临平在杭州东北百余里处，若是陈襄回首杭州，不但"不见居人"，恐怕连"只见城"也不可能。苏轼《辛丑十一月十九日既与子由别于郑州西门之外，马上赋诗一篇寄之》有"登高回首坡垅隔，但见乌帽出复没"语，也是作者回望对方，词的写法与诗的相同，都是抒发"行人已远而故人不复可见"的"惜别之意"。（陈岩肖《庚溪诗话》卷下）

　　〔三〕"谁似临平山上塔"三句：临平山，《元丰九域志》卷五：杭州"仁和，九乡，临平、范浦、江涨桥、汤村四镇，一盐场。有临平山、浙江"。可知临平镇和临平山在杭州仁和县，下临运河，为舟行北上必经之地。亭亭，高耸貌。正因一二句是作者回望临平而"故人不复可见"，故这三句才羡慕"临平山上塔"高高耸立，居高眺远，既可"迎客西来"，又可"送客"东行北上。

　　〔四〕"今夜残灯斜照处"三句：与柳永《雨霖铃》"今宵酒醒何处，杨柳岸，晓风残月"的写法相似，皆设想之词。荧荧，灯光昏暗貌。

阮郎归（一年三度过苏台）

苏 轼

　　一年三过苏，最后赴密州时，有问"这回来不来"，其色凄然。太守王规父嘉之，令作此词[一]。

一年三度过苏台[二]，清樽长是开。佳人相问苦相猜：这回来不来？情未尽，老先催，人生真可咍[三]！他年桃李阿谁栽？刘郎双鬓衰[四]！

（卷一）

注

〔一〕熙宁七年（1074）罢杭州任，赴密州（治所在今山东诸城）任，途经苏州时作。王诲字规父，真定（今河北正定）人，参知政事王举正之子，熙宁中知苏州，与苏轼往来密切。熙宁六年十一月苏轼赴常、润赈饥，过苏州，王诲出示仁宗赐其父之飞白，苏轼为作《仁宗皇帝飞白记》；熙宁七年五月苏轼再过苏州，王诲移厨宴轼于虎邱，自以斋素未至；十月苏轼赴密州，三过苏州，王诲宴请轼，令歌者向轼乞词，苏轼为作此词。上阕写歌伎依依惜别之情，问语虽质朴，感情却很真挚；下阕是苏轼的答词，他感叹人生短促，似乎答非所问，但后会难期之感已溢于言外。苏轼的艳情词多含强烈的身世之感，这首和下首都是如此。

〔二〕苏台：姑苏台，在苏州。《史记·吴世家》："吴王夫差破越，越进西施请退军，吴王许之。既得西施，甚宠之，为筑姑苏台，高三百丈，游宴其上。"

〔三〕咍（hāi）：嗤笑。

〔四〕"他年桃李阿谁栽"二句：刘郎指刘禹锡。贞元十一年刘自屯田员外郎贬郎州司马，居十年，诏至京师，作《赠看花诸君子》诗："紫陌红尘拂面来，无人不道看花回。玄都观里桃千树，尽是刘郎去后栽。"

醉落魄（苍颜华发）

苏州阊门留别[一]

苏 轼

苍颜华发，故山归计何时决！旧交新贵音书绝[二]，惟有佳人，犹作殷勤别[三]。　离亭欲去歌声咽，萧萧细雨凉吹颊。泪珠不用罗巾浥[四]，弹在罗衫，图得见时说。

（卷一）

注 ──

〔一〕熙宁七年（1074）罢杭州任，赴密州任，途经苏州时作。阊门：苏州西门。此词上阕一二句写他厌倦官场，盼归故山；后三句把"旧交新贵"的薄情同"佳人"的"殷勤"作对比；下阕一二句进一步补写"佳人""殷勤"的形象；最后三句是作者对"佳人"的安慰之词，留下泪痕以便将来重话旧情，寄予对方以还有重见的希望。

〔二〕旧交新贵音书绝：《史记·汲郑列传》："一死一生，乃知交情；一贫一富，乃知交态；一贵一贱，交情乃见。"皆言世态炎凉，人情冷暖。杜甫《狂夫》："厚禄故人书断绝。"

〔三〕殷勤：情意肯切。

〔四〕浥：沾湿，不用罗巾浥，即不用擦泪以免沾湿罗布。

沁园春（孤馆灯青）

赴密州早行，马上寄子由〔一〕

苏 轼

孤馆灯青，野店鸡号〔二〕，旅枕梦残。渐月华收练〔三〕，晨霜耿耿〔四〕，云山摛锦〔五〕，朝露团团〔六〕。世路无穷，劳生有限〔七〕，似此区区长鲜欢〔八〕。微吟罢，凭征鞍无语，往事千端。　　当时共客长安，似二陆初来俱少年〔九〕。有笔头千字，胸中万卷，致君尧舜，此事何难〔一〇〕！用舍由时，行藏在我〔一一〕，袖手何妨闲处看！身长健，但优游卒岁，且斗樽前〔一二〕。

（卷一）

注 ──

〔一〕熙宁七年（1074）赴密州任途中作。上阕写他秋晨离开旅舍，踏上征途的凄凉寂

297

寞心情，下阕抒发产生这种凄冷心情的原因，这就是壮志不酬。元好问以为"'野店鸡号'一篇极害义理，不知谁所作，世人误为东坡"。认为下阕"鄙俚浅近，叫呼炫鬻，殆市驵之雄，醉饱而后发之，虽鲁直（黄庭坚）家婢仆且羞道，而谓东坡作者，误矣。"（《东坡乐府笺》卷一引）此词是较直露，但这正是苏轼诗词的共同特点，不能因此而否定其为东坡所作。

〔二〕野店鸡号：温庭筠《商山早行》："鸡声茅店月，人迹板桥霜。"此化用其意。

〔三〕月华：月光。练：洁白的熟绢，喻月光。收练谓随着天明，月光逐渐暗淡。

〔四〕耿耿：微明貌。

〔五〕摛（chī）锦：铺锦，形容朝阳照耀云雾缭绕的山峦，五彩缤纷。

〔六〕团团：同溥溥，露多貌，《诗·郑风·野有蔓草》："零露溥兮。"

〔七〕"世路无穷"二句：谓人世的路途是无穷无尽的，而辛劳的人生是短促的。杜甫《绝句漫兴》："莫思身外无穷事，且尽生前有限杯。"

〔八〕区区：渺小，指有限的人生。鲜：少。

〔九〕"当时共客长安"二句：长安：今陕西西安，借指宋都汴京。二陆：晋陆机、陆云。吴灭，二陆入洛，陆机年二十，陆云年十六。此借二陆喻苏轼兄弟于嘉祐元年入京应试事，时苏轼二十二岁，苏辙十八岁。

〔一〇〕"有笔头千字"四句：杜甫《奉赠韦左丞丈二十二韵》："读书破万卷，下笔如有神。……自谓颇挺出，立登要路津。致君尧舜上，再使风欲淳。"

〔一一〕"用舍由时"《论语·述而》："用之则行，舍之则藏。"

〔一二〕"身长健"三句：《孔子家语》："优哉游哉，聊以卒岁。"朱僧孺《席上赠刘梦得》："休论世上升沉事，且斗樽前见在身。"此合用其意。

蝶恋花（灯火钱塘三五夜）

密州上元〔一〕

苏 轼

灯火钱塘三五夜〔二〕，明月如霜，照见人如画。帐底吹笙香吐麝〔三〕，更无一点尘随马〔四〕。　　寂寞山城人老也，击鼓吹箫，却入农桑社〔五〕。火冷灯稀霜露下，昏昏雪意云垂野。

（卷一）

注 ——

〔一〕熙宁八年（1075）知密州时作。上元即元宵节，时间在正月十五日。此词用对比手法，以杭州上元的繁华反衬密州上元的清寂，反映了由杭至密，生活环境发生的巨大变化。

〔二〕三五夜：即正月十五日夜。

〔三〕帐底：帐中。香吐麝：《说文》："麝如小麋，脐有香，一旬射父。"汉刘遵《繁华应令诗》："腕动飘香麝。"

〔四〕尘随马：苏味道《正月十五夜》："暗尘随马去，明月逐人来。"

〔五〕"击鼓吹箫"二句：写社祭。《周礼·地官司徒·鼓人》："以灵鼓鼓社祭。"

江城子（十年生死两茫茫）

乙卯正月二十日记梦〔一〕

苏 轼

十年生死两茫茫〔二〕，不思量，自难忘。千里孤坟〔三〕，无处话凄凉。纵使相逢应不识，尘满面，鬓如霜。　　夜来幽梦忽还乡，小轩窗，正梳妆。相顾无言，惟有泪千行。料得年年肠断处，明月夜，短松冈〔四〕。

（卷一）

注 ——

〔一〕熙宁八年（1075）知密州时作。乙卯即熙宁八年。这是一首怀念亡妻之作。苏轼前妻王弗，眉州青神（今属四川）人，年十六适苏轼，生子苏迈，二十七岁卒于京师。此词上阕直抒对亡妻的怀念和自己仕途失意之情；下阕前五句是记梦，重现了当年久别重逢的情景，后三句通过设想亡妻的孤苦进一步抒发对亡妻的怀念。

〔二〕十年，苏轼《亡妻王氏墓志铭》："治平二年（1065）五月丁亥，赵郡苏轼之妻王氏卒于京师。"治平二年至熙宁八年写此词时恰为十年。

〔三〕千里孤坟:《亡妻王氏墓志铭》:"六月甲午殡于京城之西,其明年六月壬午葬于眉之东北彭山县安镇乡可龙里先君先夫人墓之西北八步。"

〔四〕"料得年年肠断处"三句:孟棨《本事诗·征异》引张某妻孔氏诗:"欲知肠断处,明月照孤坟。"仲长统《昌言》:"古之葬,松柏梧桐以识其坟。"

江城子(老夫聊发少年狂)

密州出猎〔一〕

苏 轼

老夫聊发少年狂,左牵黄,右擎苍〔二〕。锦帽貂裘〔三〕,千骑卷平冈。为报倾城随太守〔四〕,亲射虎,看孙郎〔五〕。　　酒酣胸胆尚开张,鬓微霜,又何妨!持节云中,何日遣冯唐〔六〕?会挽雕弓如满月,西北望,射天狼〔七〕。

(卷一)

注 ─────────────────────────────────

〔一〕熙宁八年(1075)知密州时作。这年十月苏轼祭常山回,归途中与梅户曹会猎于铁沟,作此词。苏轼《祭常山回小猎》诗云:"青盖前头点皂旗,黄茅冈下出长围。弄风骄马跑空立,趁兔苍鹰掠地飞。回望白云生翠巘,归来红叶满征衣。圣明若用西凉簿,白羽犹能效一挥。"诗、词所写为同一件事,主旨亦相同,可并读。词的上阕描写了威武雄壮、风驰电掣般地出猎盛况,下阕抒发了希望立功边疆的豪情。苏轼《与鲜于子骏书》说:"近却颇作小词,虽无柳七郎(永)风味,亦自是一家。呵呵!数日前猎于郊外,所获颇多。作得一阕,令东州壮士抵掌顿足而歌之,吹笛击鼓以为节,颇壮观也。"如前所述,苏轼在杭州所作词如《南歌子·观潮》,已与词的传统写法颇不相同,而以此词为代表的密州词,"无柳七郎风味""自是一家""颇壮观",标志着苏轼豪放词的形成。

〔二〕"左牵黄"二句:黄指黄犬,苍指苍鹰。《梁书·张充传》:"充出猎,左手臂鹰,右手牵狗。"

〔三〕锦帽貂裘：锦蒙帽，貂鼠裘。

〔四〕报：答谢。倾城：全城的人。

〔五〕"亲射虎"二句：孙郎，指三国时吴主孙权。《三国志·吴书·吴主传》载，建安二十三年十月，权将入吴，亲乘马射虎于庱亭（今江苏丹阳东）此以孙权自喻。

〔六〕"持节云中"二句：节，符节。云中，古郡名，治所在今内蒙古托克托东北。《汉书·冯唐传》载，魏尚为云中太守，因多报了六个杀敌人数，被下吏削爵。冯唐劝谏汉文帝，文帝悦，是日令冯唐持节赦魏尚，复以为云中守。此以魏尚自喻，望朝廷起用自己，立功边郡。

〔七〕天狼：《楚词·九歌·东君》："举长矢兮射天狼。"王逸注："天狼，星名，以喻贪残。"此以天狼星喻辽和西夏。

望江南（春未老）

超然台作〔一〕

苏 轼

春未老，风细柳斜斜，试上超然台上看，半壕春水一城花〔二〕，烟雨暗千家。　　寒食后〔三〕，酒醒都咨嗟。休对故人思故国〔四〕，且将新火试新茶〔五〕，诗酒趁年华。

（卷一）

注 ————————————————————————————————

〔一〕熙宁九年（1076）知密州时作。超然台：见苏轼《再过超然台赠太守霍翔》注〔一〕。此词上阕写景，写出了烟雨茫茫中的密州春景；下阕抒慨，抒发了思归不得，只好以品茶、吟诗、饮酒自娱的心情。

〔二〕壕：护城河。

〔三〕寒食：宗懔《荆楚岁时记》："去冬节一百五日，即有疾风甚雨，谓之寒食，禁火三日。"

〔四〕故国：此指故乡。杜甫《上白帝城》："取醉他乡客，相逢故国人。"

〔五〕新火：寒食后新举之火，古代清明日赐百官新火。韩翃《寒食》："春城无处不飞花，寒食东风御柳斜。日暮汉宫传蜡烛，轻烟散入五侯家。"苏轼《徐使君分新火》："三见清明改新火。"

水调歌头（明月几时有）

苏 轼

丙辰中秋欢饮达旦，大醉，作此篇，兼怀子由〔一〕。

明月几时有！把酒问青天〔二〕。不知天上宫阙，今夕是何年〔三〕。我欲乘风归去，又恐琼楼玉宇，高处不胜寒〔四〕。起舞弄清影，何似在人间〔五〕！　　转朱阁，低绮户，照无眠〔六〕。不应有恨，何事长向别时圆〔七〕！人有悲欢离合，月有阴晴圆缺，此事古难全〔八〕。但愿人长久，千里共婵娟〔九〕。

（卷一）

注

〔一〕熙宁九年（1076）知密州时作。丙辰即熙宁九年。上阕写把酒问月，幻想乘风进入月宫而又怕月宫寒寂，表现了他盼望回朝而又怕朝廷难处的心情。下阕写倚枕望月，抒发兄弟离合之情。全词清旷超逸，飘飘欲仙，充满哲理，寄概遥深，表现理想同现实的矛盾，反映了作者长期郁结的有志难酬的苦闷。

〔二〕"明月几时有"二句：李白《把酒问月》："青天有月来几时，我今停杯一问之。"苏轼用其词面，意思不尽相同。从全词看，当晚月光皎洁，故不是疑问语气，而是赞美语气，意谓像今晚这样的明月何时有过！

〔三〕"不知天上宫阙"二句：牛僧孺《周秦行记》："香风引到大罗天，月地云阶拜洞仙。共道人间惆怅事，不知今夕是何年。"此化用其意。

302

〔四〕"我欲乘风归去"三句：乘风，语出《列子·黄帝》："列子师老商氏，友伯高子，进二子之道，乘风而归。"琼楼玉宇，指月宫。段成式《酉阳杂俎》前集卷二载：翟天师与弟子玩月，弟子问："此中竟何有？"翟笑曰："可随吾指观。"弟子"见月规半天，琼楼金阙满焉"。不胜寒，经受不住月宫的寒冷。《明皇杂录》："八月十五日夜，叶静能邀上游月宫。将行，请上衣裘而往。及至月宫，寒凛特异，上不能禁。"《坡仙集外记》："神宗读至'琼楼玉宇'二句，乃叹曰：'苏轼终是爱君。'即（自黄州）量移汝州。"李治《敬斋古今注》卷八："东坡《水调歌头》（下引"我欲乘风归去"五句，此略），一时词手多用此椎。如（黄）鲁直云：'我欲穿花寻路，直至白云深处，浩气展虹霓。只恐花深里，红露湿人衣。'盖效坡语也。近世闲闲老人（赵箫文）亦云：'我欲骑鲸归去，只恐神仙官府，嫌我醉时真。'"刘熙载《艺概·词曲概》："词以不犯本位为高，东坡《满庭芳》'老去君恩未报，空回首，弹铗悲歌'，语诚慷慨。然不若《水调歌头》'我欲乘风归去，又恐琼楼玉宇，高处不胜寒'，尤觉空灵蕴藉。"

〔五〕"起舞弄清影"二句：是同上三句比较，谓月宫高寒，不如人间月下起舞，清影随人更美妙。李白《月下独酌》："我歌月徘徊，我舞影零乱。""起舞弄清影"句本此。

〔六〕"转朱阁"三句：写夜已深，月渐西沉而作者仍不能入睡。低绮户，即指西沉的月光照进了雕花的门窗。

〔七〕"不应有恨"二句：谓月与人没有仇怨，为什么总在人们离别的时候成为满月呢？

〔八〕"人有悲欢离合"三句：王闿运《湘绮楼词选》："'人有'三句，大开大阖之笔，他人所不能。"

〔九〕千里共婵娟：谢庄《月赋》："隔千里兮共明月。"

附录

胡仔：中秋词，自东坡《水调歌头》一出，余词尽废。（《苕溪渔隐丛话》后集卷三十九）

张炎：清空中有意趣，无笔力者未易到。（《词源》卷下）

卓人月：画家大斧皴，书家擘窠体也。（《古今词统》卷十二）

先著：凡兴象高即不为字面碍。此词前半自是天仙化人之笔，惟后半"悲欢离合""阴晴圆缺"等字，苟求者未免指此为累。然再三读去，抟捖运动，何损其佳？（《词洁》卷三）

郑文焯：发端从太白仙心脱化，顿成奇逸之笔。（龙榆生《东坡乐府笺》卷一引）

水调歌头（安石在东海）

苏　轼

余去岁在东武，作《水调歌头》以寄子由。今年子由相从彭门百余日，过中秋而去，作此曲以别。余以其语过悲，乃为和之，其意以不早退为戒，以退而相从之乐为慰云〔一〕。

安石在东海，从事鬓惊秋〔二〕。中年亲友难别，丝竹缓离愁〔三〕。一旦功成名遂，准拟东还海道，扶病入西州。雅志困轩冕，遗恨寄沧州〔四〕。　　岁云暮，须早计，要褐裘〔五〕。故乡归去千里，佳处辄迟留〔六〕。我醉歌时君和，醉倒须君扶我，惟酒可忘忧。一任刘玄德，相对卧高楼〔七〕。

（卷一）

注

〔一〕熙宁十年（1077）知徐州时作。头年冬，苏辙罢齐州掌书记，苏轼罢知密州，同居京郊范镇东园。十年春，苏辙被命为南京签判，苏轼被命知徐州。四月苏辙送兄赴徐州，中秋后才赴南京签判任。头年苏轼曾作《水调歌头》（"明月几时有"）抒发兄弟离别之情，苏辙离徐州前遂作《水调歌头》（"离别一何久"）以别，苏轼复作此词。上阕即以谢安"不早退为戒"，下阕"以退而相从之乐为慰"。

〔二〕"安石在东海"二句：谓谢安隐居东土，外出做官时发已花白。《晋书·谢安传》载，谢安字安石，少有重名，栖迟东土，放情丘壑，屡征不起。其弟谢万为西中郎将，总藩任之重，安名犹在万上。"及万黜废，安始有仕进志，时年已四十余矣。"

〔三〕"中年亲友难别"二句：《晋书·王羲之传》："谢安尝谓羲之曰：'中年以来伤于哀乐，与亲友别，辄作数日恶。'羲之曰：'年在桑榆，自然至此。顷正赖丝竹陶写，恒恐儿辈觉，损其欢乐之趣。'"

〔四〕"一旦功成名遂"至"遗恨寄沧洲"：《晋书·谢安传》："安虽受朝寄，然东山之志始末不渝，每形于颜色。及镇新城，尽室而行，造泛海之装，欲须经略粗定，自江道还东。雅志未就，遂遇疾笃。上疏请量宜旋旆。……诏遣侍中慰劳，遂还都。闻当舆入西州门，自以本志不遂，深自慨失。"一旦功成名遂"即指"经略初定"，"准拟东还海道"即指"自江道还东"，"扶病入西州"即指"疾笃"，"舆入西州门"。"雅志"指"东山之志"，"困轩冕"指因做官而未能实现（官员车服叫轩冕），沧洲即滨水之地，指隐居地。

〔五〕"岁云暮"三句：《诗·豳风·七月》："无衣无褐，何以卒岁？"此引申其意，谓年岁已晚，须早点准备辞官，换上粗布衣服。

〔六〕迟留：逗留，《后汉书·李南传》："问其迟留之状。"

〔七〕"一任刘玄德"二句：《三国志·魏书·陈登传》载：许汜曰："陈元龙（即陈登）湖海之士，豪气不除。"刘备问汜曰："君言豪，宁有事耶？"汜曰："遭乱过下邳，见元龙。元龙无客主之意，久不相与语，自上大床卧，使客卧下床。"备曰："君有国士之名，今天下大乱，帝主失所，望君忧国忘家，有救世之意，而君求田问舍，言无可采，是元龙所讳也，何缘当与君语？如小人，欲卧百尺楼上，卧君于地，何但上下床之间耶！"此以许汜自喻，谓自己的归隐思想将被有志之士看不起，也只好听之任之了。任，听任，不管。刘玄德，即刘备。

浣溪沙（徐门石潭谢雨道上作五首）

苏 轼

徐门石潭谢雨道上作五首。潭在城东二十里，常与泗水增减，清浊相应〔一〕。

照日深红暖见鱼，连村绿暗晚藏乌。黄童白叟聚睢盱〔二〕。　　麋鹿逢人虽未惯，猿猱闻鼓不须呼。归来说与采桑姑〔三〕。

旋抹红妆看使君，三三五五棘篱门。相排踏破蒨罗裙〔四〕。　　老幼扶携收麦社，乌鸢翔舞赛神村，道逢醉叟卧黄昏〔五〕。

麻叶层层苘叶光〔六〕，谁家煮茧一村香？隔篱娇语络丝娘〔七〕。　　垂白杖藜抬醉眼，捋青捣䴬软饥肠。问言豆叶几时黄〔八〕？

簌簌衣巾落枣花〔九〕，村南村北响缫车。牛依古柳卖黄瓜〔一〇〕。　酒困路长惟欲睡，日高人渴漫思茶。敲门试问野人家。

软草平莎过雨新〔一一〕，轻沙走马路无尘。何时收拾耦耕身〔一二〕？　日暖桑麻光似泼〔一三〕，风来蒿艾气如薰。使君元是此中人〔一四〕。

（卷一）

注

〔一〕元丰元年（1078）知徐州时作。徐门指徐州。石潭：苏轼《起伏龙行》诗前小序云："徐州城东二十里有石潭，父老云：与泗水通，增损清浊，相应不差，时有河鱼出焉。"是年春旱，苏轼曾祷雨石潭；既应，又赴石潭谢雨，作此词。这是一组风俗画，生动描绘了春末夏初的徐州农村风光和淳朴的农村生活。以诗歌形式描写农村生活已屡见不鲜，而以词形式描绘农村生活，这以前还是少见的。这组词开拓了词的领域。

〔二〕黄童白叟聚睢盱：韩愈《元和圣德诗》："黄童白叟，踊跃欢呀。"聚睢盱，欢悦地聚在一起。《易·豫》孔颖达疏："睢盱者，喜悦之貌。"

〔三〕"麋鹿逢人虽未惯"三句：这是通过麋鹿、猿猱对苏轼一行的反应来烘托黄童白叟的反应，即"虽未惯"，听到鼓声仍围拢来看热闹（"不须呼"），故才有下句"归来说与采桑姑"，即告知未见到苏轼一行的采桑妇女。

〔四〕"旋抹红妆看使君"三句：写家中妇女立即打扮争相出门看苏轼，以至于把罗裙都挤破了。旋，临时赶急。使君，对州郡长官的尊称。蒨，茜草。《尔雅·释草》"茹藘"郭璞注："今之蒨也，可以染绛。"引申为绛色。

〔五〕"老幼扶携收麦社"三句：写春社盛况。为了庆祝麦子丰收，大家扶老携幼来参加社日活动，乌鸦翔舞于低空（寻食供品），老头醉卧于道旁。

〔六〕苘：苘麻，麻的一种。《尔雅·翼》："苘高四五尺，或六七尺，叶似苧而薄，实如大麻子，今人绩为布。"

〔七〕络丝娘：昆虫名。《尔雅·翼》："莎鸡以六月振羽作声，连夜札札不止，其声如纺丝之声，故一名梭鸡，一名络纬，今俗人谓之络丝娘。"此指缫丝的农妇。

〔八〕"垂白杖藜抬醉眼"三句：谓垂着白发，拄着藜杖的老人吃饱新收的麦子，又关心豆子的收成。捋青：捋下麦子。捣麨：炒熟后捣成干粮。傅幹《注坡词》："麨，干粮已，以麦为之，野人所食。"软：饱。苏轼《发广州》："三杯软饱后，一枕黑甜余。"

〔九〕籁籁：象声词，段成式《酉阳杂俎·支诺皋上》："闻垣土动籁籁。"

〔一○〕牛依：一作半衣，曾季狸《艇斋诗话》："今印本作'牛衣古柳卖黄瓜'，非是，予尝见东坡墨迹作'半依'，乃知'牛'字误也。"

〔一一〕莎：莎草，其根即香附子，可入药。

〔一二〕耦耕：两人持耒而耕。《论语·微子》："长沮、桀溺耦而耕。"

〔一三〕光似泼：谓犹如泼过水一般闪闪发光。

〔一四〕使君元是此中人：谓自己出身农家，亦有志于归耕。苏轼《题渊明诗》："陶靖节云：'平畴交远风，良苗亦怀新。'非古人耦耕植杖者不能道此语，非余之世农亦不能识此语之妙也。"

永遇乐（明月如霜）

苏 轼

彭城夜宿燕子楼，梦盼盼，因作此词〔一〕。

明月如霜，好风如水，清景无限〔二〕。曲港跳鱼，圆荷泻露，寂寞无人见〔三〕。紞如三鼓，铿然一叶，黯黯梦云惊断〔四〕。夜茫茫，重寻无处，觉来小园行遍〔五〕。　　天涯倦客，山中归路，望断故园心眼〔六〕。燕子楼空，佳人何在，空锁楼中燕。古今如梦，何曾梦觉，但有旧欢新怨〔七〕。异时对、黄楼夜景，为余浩叹〔八〕。

（卷一）

注 ————————————————————————————

〔一〕彭城：今江苏徐州。燕子楼：蔡條《西清诗话》卷中："徐州燕子楼直郡舍后，乃唐节度使张建封为侍儿盼盼者建，白乐天赠诗，自誓而死者也。陈彦升尝留诗，辞致清绝：'仆射荒阡狐兔游，侍儿犹住水西楼。风清玉簟慵欹枕，月好珠帘懒上钩。寒梦觉来沧海阔，新愁吟罢紫兰秋。乐天才似春深雨，断送残花一夕休。'后东坡守徐，移书彦升曰：'《彭城八咏》如《燕子楼》篇，直使鲍、谢敛手，温、李变色也。'"盼盼：白居易《燕子楼序》："徐州故尚书有爱妓曰盼盼，善歌舞，雅多风态。予为校书郎时，游徐泗间，张尚书宴予，酒酣，出盼盼以佐欢。欢甚，予因赠诗云：'醉娇胜不得，风嫋牡丹花。'尽欢而去。……尚书既没，归葬东洛，而彭城有张氏旧第，第中有小楼名燕子，盼盼念旧爱而不嫁，居是楼十余年。"白居易所谓"张尚书"，蔡絛、晁无咎等皆谓指张建封，但白居易于贞元二十年始授校书郎，而张建封死于贞元十六年，当然不可能宴校书郎白居易，并"出盼盼以佐欢"。故"张尚书"当为张建封之子张愔，建封死后，愔袭其职，据王文诰《苏诗总案》卷十七载，这首词作于元丰元年（1078）十月，时苏轼任徐州知州。这是一首怀古词，但没有花多少笔墨来写古，而是偏重于写景抒慨，但却充满了怀古伤今之情。

〔二〕"明月如霜"三句：写秋天月夜的明朗清凉。前二句为形象的具体描写，后一句为含蕴丰富的概括，这就为读者留下了充分的想象余地。

〔三〕"曲港跳鱼"三句：写月夜的寂静。"跳鱼""泻露"，其声甚微，这是以有声反衬无声。"寂寞无人见"反衬出"有人见"，这就是作者被"跳鱼""泻露"之声所惊醒。

〔四〕"纮如三鼓"三句：纮，击鼓声；如，助词。语出《晋书·邓牧传》"纮如打五鼓"，此状"曲港跳鱼"之声。铿然，金石声，此状"圆荷泻露"之声。黯黯，黯然心伤貌。梦云，借宋玉《高唐赋》言楚王梦巫山神女自称"旦为朝云，暮为行雨"事，喻自己"梦盼盼"事。妙在根本未写梦的内容，而以"惊断"二字一笔带过，让读者去想象。

〔五〕"夜茫茫"三句："夜茫茫"照应"清景无艰"，但前者清朗，后者暗淡，充满感伤色彩，并预示了"重寻无处"。"觉来小园行遍"，"行遍"二字说明他渴望寻到梦中的盼盼，但却"重寻无处"，补足了黯然心伤的原因。

〔六〕"天涯倦客"三句：谓对官游生活深感厌倦，很想归隐，但故乡渺渺，枉自望眼欲穿。这里显然包含了对时局的不满。苏轼《送安惇秀才失解西归》："偈来东游慕人爵，弃去旧学从儿嬉。狂谋谬算百不遂，惟有霜鬓来如期。故山松柏皆手种，行且拱矣归何时？"在王安石变法期间，苏轼诗文充满了这类思想。

〔七〕"燕子楼空"至"但有旧欢新怨"：这是由触景（燕子楼）而引起的伤情，怀古而引起的伤今，谓燕子楼空空如也，当年的美人盼盼再也不见踪影，真是物是人非。古往今来有如梦幻一般，总是梦不醒，只是留下一些旧欢新怨的遗迹罢了。

〔八〕"异时对黄楼夜景"二句：这是由"燕子楼空"联想到他在徐州所建的黄楼（参

苏轼《九日黄楼作》），将来也有同样的命运。就在苏轼写这首词前一个月的重阳节，有三十多位名士聚宴黄楼，庆其落成，堪称一时盛事。但万物有盛必有衰，现在自己为"燕子楼空"而兴叹，将来谁又对着黄楼为我长叹呢？苏轼《送郑户曹》诗与词意正同："荡荡清河壖，黄楼我所开。……他年君倦游，白首赋归来。登楼一长啸，使君（自指）安在哉！"

附录

蔡絛：东坡又问（秦观）别作何词，少游举"小楼连苑横空，下窥绣毂雕鞍骤。"东坡曰："十三个字，只说得一个人骑马楼前过。"少游问公近作，乃举"燕子楼空，佳人何在？空锁楼中燕。"晁无咎曰："只三句，便说尽张建封事。"（《高斋诗话》）

曾敏行：东坡守徐州，作《燕子楼》乐章，方具稿，人未知之，一日忽哄传于城中。东坡讶焉，诘其所从来，乃谓发端于逻卒。东坡召而问之，对曰："某稍知音律，尝夜宿张建封庙，闻有歌声，细听乃此词也。记而传之，初不知何谓。"东坡笑而遣之。（《独醒杂志》卷三）

张炎：词，用事最难，要体认着题，融化不涩。如东坡《永遇乐》云："燕子楼空，佳人何在？空锁楼中燕"，用张建封事。……此皆用事不为事所使。（《词源》卷下）

沈天羽：园（指"觉来小园行遍"）、楼（指"燕子楼空"）、梦（指"梦云惊断""古今如梦"）、觉（指"觉来""何曾梦觉"），犯重。"燕子"三句，见称晁无咎，可不睹全篇。（佚名者批：只此数句，便可千古，睹其全篇，未免不逮）（《草堂诗余别集》卷四）

刘体仁：词是古诗同妙者。……如"燕子楼空，佳人何在，空锁楼中燕"，即平生少年之篇也。（《七颂堂词绎》）

先著："野云孤飞，去来无迹"，石帚之词也。此词亦当不愧此品目，仅叹赏"燕子楼空"十三字者，犹属附会浅夫。（《词洁》卷五）

沈祥龙：词当意余于辞，不可辞余于意。东坡谓少游"连苑横空，下窥绣毂雕鞍骤"二句，只说得车马楼下过耳，以其辞余于意也。若意余于辞，如东坡"燕子楼空，佳人何在？空锁楼中燕"，用张建封事；白石"犹记深宫旧事，那人正睡里，飞近蛾绿"，用寿阳事，皆为玉田所称，盖词简而余意悠然不尽也。（《论

郑文焯：公以"燕子楼空"三句语秦淮海，殆以示咏古之超宕，贵神情不贵迹象也。余尝深味是言，若发奥悟。（《手批东坡乐府》）

西江月（三过平山堂下）

平山堂〔一〕

苏　轼

三过平山堂下〔二〕，半生弹指声中〔三〕。十年不见老仙翁，壁上龙蛇飞动〔四〕。欲吊文章太守，仍歌杨柳春风〔五〕。休言"万事转头空"，未转头时是梦〔六〕。

（卷一）

注

〔一〕元丰二年（1079）扬州作。这年三月苏轼由知徐州改知湖州，先往南都看望苏辙，再赴湖州任，途经扬州，与张嘉父同游平山堂，作此词。平山堂在扬州大明寺侧，欧阳修守扬州时建。负堂而望，江南诸山，拱列檐下，颇得观览之胜。释德洪《石门题跋》卷二《跋东坡平山堂词》："东坡登平山堂，怀醉翁，作此词。张嘉父谓余曰：'时红装成轮，名士堵立，看其落笔置笔，目送万里，殆欲仙去耳。'余衰退，得观此于祐上座处，便觉烟雨孤鸿在目中矣。"

〔二〕三过平山堂下：熙宁四年通判杭州，熙宁七年自杭移知密州及这次赴湖州任皆经过扬州平山堂。

〔三〕弹指：转瞬之间，《翻译名义集·时分》："二十瞬为一弹指。"

〔四〕"十年不见老仙翁"二句：傅幹《注坡词》："老仙翁谓文忠公（欧阳修）也。文忠公墨妙多著于平山堂。龙蛇飞动，言其笔势之腾扬如此。"苏轼熙宁四年赴杭州通判任，拜谒欧阳修于颍州，第二年欧阳修即病逝了。从熙宁四年至元丰二年为九年，此言十年乃举成数。

〔五〕"欲吊文章太守"二句：欧阳修《朝中措·送刘仲原甫出守维扬》："平山阑槛倚晴空，山色有无中。手种堂前垂柳，别来几度春风。文章太守，挥毫万字，一饮千钟。行乐直须年少，尊前看取衰翁。"可知"文章太守"指欧阳修，"杨柳春风"亦本欧词中语。

〔六〕"休言'万事转头空'"二句：傅幹《注坡词》："白居易诗：百年随手过，万事转头空。"苏词比白诗更进一层，谓未转头时已空，如幻如梦。

南歌子（山雨萧萧过）

送行甫赴作姚〔一〕

苏 轼

山雨萧萧过，溪风浏浏清〔二〕。小园幽榭枕蘋汀〔三〕，门外月华如水采舟横。 　　茗岸霜花尽〔四〕，江湖雪陈平。两山遥指海门青〔五〕，回首水云何处觅孤城〔六〕？

（卷一）

注

〔一〕元丰二年（1079）知湖州时作。刘扞，字行甫，湖州人。余姚：县名，今属浙江。此词原题为"湖州作"，《施注苏诗》以为有误："公守湖州，行甫自长兴道郡城，赴余姚。公既赋此诗（《送刘寺丞赴余姚》），又即席作《南歌子》词为饯，首句云'山雨萧萧过'者是也。后题元丰二年五月十三日吴兴钱氏园作。今集中乃指他词（指《南歌子·日出西山雨》）为送行甫，而此词但云'湖州作'，误也。"从全词内容看，当以施注为是。上阕写钱氏园为刘扞饯行，下阕是想象刘扞途中情景。

〔二〕浏浏：水流清澈貌。

〔三〕小园幽榭：指吴兴钱氏园。蘋汀：长有蘋草的沙州。

〔四〕茗：茗溪，湖州有东西二茗溪汇合流入太湖，以两岸多芦苇得名。

〔五〕海门：指钱塘江海门。刘扞由湖州赴余姚将经过杭州，故有此语。

〔六〕孤城：指湖州，这是设想刘扞经过杭州时会想起故人而回望湖州。苏轼通判杭州时，刘扞及其弟刘谊亦在杭，从轼游。

卜算子（缺月挂疏桐）

黄州定惠院寓居作〔一〕

苏 轼

缺月挂疏桐，漏断人初静〔二〕。谁见幽人独往来，缥缈孤鸿影〔三〕。　　惊起却回头，有恨无人省〔四〕。拣尽寒枝不肯栖，寂寞沙洲冷〔五〕。

（卷二）

注

〔一〕王文诰《苏诗总案》元丰五年（1082）十二月条："作《卜算子》词。"下引此词。按：此词既为"定惠院寓居作"，而据《苏诗总案》卷二十载，苏轼于元丰三年（1080）二月一日到黄州，寓居定惠院，五月二十九日迁居临皋亭，可见此词当作于元丰三年春。关于此词主旨有所谓言情说和考槃说（见附录），实际是苏轼以物拟人，借孤鸿自况，抒发了他贬官黄州，无人理解自己的苦闷的心情，表现了他孤高自赏，坚持不与世俗同流的精神。

〔二〕"缺月挂疏桐"二句：写月夜寂静。通过缺月、疏桐、漏断、人静，烘托出朦胧、清寂、凄冷的气氛，为写孤鸿作好铺垫。漏，滴水计时之器。漏断，水已滴尽，表示夜深。

〔三〕"谁见幽人独往来"二句：自设问答，写孤鸿见幽人。幽人，幽居之人。孔稚珪《北山移文》："或叹幽人长往，或怨王孙不游。"缥缈，若隐若现的样子。白居易《长恨歌》："忽闻海上有仙山，山在虚无缥缈间。"

〔四〕"惊起却回头"二句：下阕写幽人所见的孤鸿，这两句是说孤鸿因受惊而起飞，却不断回头频顾，恋恋不舍，充满幽恨而无人理解。省，了解。

〔五〕"拣尽寒枝不肯栖"二句：写孤鸿择地而居，在寒枝上飞来飞去，不肯栖宿，最后栖宿在寂寞凄冷的沙洲上的芦苇丛中。胡仔说："拣尽寒枝不肯栖'之句，或云鸿雁未尝栖宿树枝，唯在田野苇丛间，此亦语病也。"（《苕溪渔隐丛话前集》卷三十九）王楙反驳说："仆谓人读书不多，不可妄议前辈诗句。观隋李元操《鸣雁行》曰：'夕宿寒枝上，朝飞空井旁'，坡语岂无自耶？"（《野客丛书》卷二十四）其实苏轼正是写鸿不肯栖树枝，胡仔既错解词意，王楙亦作无谓反驳。正如王若虚所说："东坡雁词云：'拣尽寒枝不肯栖'，以其不栖木，故云尔。盖激诡之致，词人正贵其如此。而或者以为语病，是尚可与言哉！"（《滹南诗话》卷二）

附录

吴曾：东坡先生谪居黄州，作《卜算子》云……其属意盖为王氏女子也，读者不能解。张右史文潜继贬黄州，访潘邠老，尝得其详，题诗以志之："空江月明鱼龙眠，月中孤鸿影翩翩。有人清吟立江边，葛巾藜杖眼窥天。夜冷月坠幽虫泣，鸿影翘沙衣露湿。仙人采诗作步虚，玉皇饮之碧琳腴。"（《能改斋漫录》卷十六）

袁文：苏东坡谪黄州，邻家一女子甚贤，每夕只在窗下听东坡读书。后其家欲议亲，女子云："须得读书如东坡者乃可。"竟无所谐而死，故东坡作《卜算子》以记之。（《瓮牖闲评》卷五）

《古今词话·词话》卷上引《梅墩词话》："惠州温氏女超超，年及笄，不肯字人，东坡至，喜曰：'吾婿也。'日徘徊窗外，听公吟咏，觉则亟去。东坡曰：'吾呼王郎与子为姻。'未几，坡公渡海归，超超已卒，葬于沙际。因作《卜算子》。"

鮦阳居士：缺月，刺明微也。漏断，暗时也。幽人，不得志也。独往来，无助也。惊鸿，贤人不安也。回头，爱君不忘也。无人省，君不察也。拣尽寒枝不肯栖，不偷安于高位也。寂寞沙洲冷，非所安也。此词与《考槃》（《诗·卫风》篇名，旧说为刺卫庄公之作）诗极相似。（《唐宋诸贤绝妙词选》卷二引）

黄蓼园：此词乃东坡自写在黄州之寂寞耳。初从人说起，言如孤鸿之冷落；第二阕专就鸿说，语语双关，格奇而语隽，斯为超诣神品。（《蓼园词选》）

黄庭坚：语意高妙，似非吃烟火食人语，非胸中有数万卷书，笔下无一点尘俗气，孰能至此。（《苕溪渔隐丛话前集》卷三十九引）

胡仔：此词本咏夜景，至换头但只说鸿，正如《贺新郎》词"乳燕飞华屋"，本咏夏景，至换头但只说榴花。盖其文章之妙，语意到处即为之，不可限以绳墨也。（《苕溪渔隐丛话前集》卷三十九）

水龙吟（似花还似非花）

次韵章质夫杨花词〔一〕

苏　轼

似花还似非花，也无人惜丛教坠〔二〕。抛家傍路，思量却是，无情有思〔三〕。萦损柔肠，困酣娇眼，欲开还闭。梦随风万里，寻郎去处，又还被，莺呼起〔四〕。　　不恨此花飞尽，恨西园、落红难缀〔五〕。晓来雨过，遗踪何在，一池萍碎〔六〕。春色三分，二分尘土，一分流水〔七〕。细看来不是杨花，点点是离人泪〔八〕。

（卷二）

注

〔一〕元丰四年（1081）作。章质夫（1027—1105），名楶，建州浦城（今属福建）人。试礼部第一，官至同知枢密院事，谥"庄简"，《宋史》卷三百二八十有传。章质夫杨花词见附录。朱彊村《东坡乐府》卷二："是词和章楶作，仍依王（文诰）说，编丁卯。"丁卯即元祐二年（1087），其后各选家均依朱说。按：王文诰《苏诗总案》元祐二年四月条并未为此词系年，仅说苏轼《水调歌头》（"昵昵儿女语"）"无年月可考，据《续资治通鉴长编》，元祐二年正月章楶为吏部郎中，四月出知越州，时楶正在京也，因附载于此。"朱彊村仅依王文诰认为"无年月可考"而"附载于此"的《水调歌头》，又把《水龙吟》"编丁卯"，是根据不足的。苏轼《与章质夫书》曾言及此词唱和经过和写作意图："某启：承喻慎静以处忧患，非心爱我之深，何以及此！谨置之座右也。柳花词绝妙，使来者何以措辞！本不敢继作，又思公杨花飞时出巡按，坐想四子闭门愁断，故写其意，次韵一首寄去，亦告不以示人也。"从"处忧患"，"不以示人"及信末提及黄州守徐君猷，均证明此信此词作于苏轼贬官黄州时。"公正柳花时出巡按"，而据《续资治通鉴长编》卷三百一十二载，章楶为荆湖北路提点刑狱在元丰四年（1081）四月，可见此词当作于这年的夏初。"坐想四子闭门愁断，故写其意"，说明此词是借杨花的"萦损柔肠"写章质夫家的离别之意；"亦告不以示人"，说明苏轼亦借杨花的"也无人惜从教坠"，抒发自己贬谪黄州的漂泊之感，否则就无须特别嘱咐了。

〔二〕"似花还似非花"二句：杨花雌雄异株，片边常有剪碎状裂片，无花被，有怀状花盘。古人有承认杨花为花的，如庾信《春赋》："二月杨花满路飞。"也有不承认杨花为花的，如梁元帝《咏阳云楼檐柳》："杨花非花树。"从，任凭。杜甫《屏迹》："失学从儿懒，长贫任妇愁。"起句突兀，活画出了漫天杨花纷纷飘坠，无人怜惜的凄苦景象。

〔三〕"抛家傍路"三句：进一步写杨花的"也无人惜从教坠。"韩愈《晚春》："杨花榆荚无情思，惟解漫天作雪飞。"这里反用其意，意思是说杨花脱离树枝，流落路旁，仔细想来，即使杨花是无情的草木，但如杜甫所谓"落絮游丝亦有情"（《白丝行》），也是有情思的呵！

〔四〕"萦损柔肠"至"莺呼起"：进一步申说"无情有思"。为什么说杨花有情思呢？——那柔软的杨枝正像被愁思萦绕坏了的柔肠（魏文帝《柳赋》"柔条阿娜而拖绅"）；那嫩绿的柳叶正像美人困极时欲开还闭的娇眼（唐太宗《春池柳》："半翠几眉开"）；随风飘荡的杨花，正像那梦中万里寻夫的思妇（金昌绪《春怨》："打起黄莺儿，莫教枝上啼。啼时惊妾梦，不得到辽西。"）这六句既是在描写杨花，又是在写章质夫家人"闭门愁断"。

〔五〕"不恨此花飞尽"三句：承上启下，首句结上阕的无人惜杨花，次二句领起下阕作者的惜杨花。重点在"恨"字，"不恨"是反衬"恨"的。"不恨"也是"恨"，因为杨花飞尽意味着百花凋残。"西园"语出曹植《公燕诗》"清夜游西园，飞盖相追随"，那是写友朋欢聚的盛况；苏轼反用其意，抒发"流水落花春去也"的伤春之情。落红即落花。难缀，难以收拾。

〔六〕"晓来雨过"三句：承"此花飞尽"，写零落的杨花变成破碎的浮萍。苏轼自注："杨花落水为浮萍，验之信然。"

〔七〕"春色三分"三句：承"落红难缀"，"春色"即"落红"。陆龟蒙《惜花》："人寿期满百，花开惟一春。其间风雨至，旦夕旋为尘。"李煜《浪淘沙令》："流水落花春去也。"此化用其意，言落花多数委弃尘土，小部分随水漂流。

〔八〕"细看来不是杨花"二句：遥接起句"似花还似非花"，意谓杨花确实不是花，而是离人之泪。以"不是"衬"是"，大大加强了抒情气氛。曾季狸《艇斋诗话》认为这两句即从唐人诗"君看陌上梅花红，尽是离人眼中血"化也，是"夺胎换骨"之笔。

附录

章楶《水龙吟》：燕忙莺懒花残，正堤上，柳花飘坠。轻飞点画青林，谁道全无才思。闲趁游丝，静临深院，日长门闭。傍珠帘散漫，垂垂欲下，依前被，风扶起。　　兰帐玉人睡觉，怪春衣、雪霑琼缀。绣床渐满，香毬无数，才圆却碎。时见蜂儿，仰粘轻粉，鱼吞池水。望章台路杳，金鞍游荡，有盈盈泪。（《唐宋诸贤绝妙词选》卷五）

张炎：东坡次章质夫杨花《水龙吟》韵，机锋相摩，起句便合让东坡出一头地，后片愈出愈奇，真是压倒今古。（《词源·杂论》）

朱弁：章楶质夫作《水龙吟·咏杨花》，其命意用事，清丽可喜。东坡和之，若豪放不入律吕。徐而视之，声韵谐婉，便觉质夫词有织绣工夫。（《曲洧旧闻》卷五）

魏庆之：章质夫咏杨花词，东坡和之。晁叔用以为"东坡如毛嫱、西施，净洗却面，与天下上妇人斗好，质夫岂可比！"是则然矣。余以为章质夫词中所谓"傍珠帘散漫，垂垂欲下，依前被，风扶起，"亦可谓曲尽杨花妙处。东坡所和虽高，恐未能及，诗人议论不公如此耳。（《诗人玉屑》卷二十一）

沈谦：东坡"似花还似非花"一篇，幽怨缠绵，直是言情，非复赋物。（《填词杂说》）

沈际飞：随风万里寻郎，悉杨花神魂。　　读他文字，精灵尚在文字里面。坡老只见精灵，不见文字。（《草堂诗余正集》）

许昂霄：与原作均是绝唱，不容妄为轩轾。（《词综偶评》）

沈雄：东坡杨花词于"细看来不是杨花"为句，"点点是离人泪"为句，颇觉其顺。从阅诸作如章质夫、陆放翁等词，应作三句，乃知"细看来不是"为句，"杨花点点"为句，"是离人泪"为句。（《古今词话·词辨》卷下）

先著：《水龙吟》末后十三字，多作五、四、四，此作七、六，有何不可？近见论谱者于"细看来不是"及"杨花点点"下分句，以就五、四、四之印板死格，遂令坡公绝妙好词，不成文理。（《词洁》卷五）

刘熙载：东坡《水龙吟》起云："似花还似非花"，此句可作全词评语，盖不离不即也。（《艺概》卷四《词曲概》）

郑文焯：煞拍画龙点睛，此亦词中一格。（手批《东坡乐府》）

王国维：东坡《水龙吟》咏杨花，和韵而似原唱；章质夫词，原唱而似和韵，才之不可强也如是。（《人间词话》卷上）

念奴娇（大江东去）

赤壁怀古[一]

苏 轼

大江东去，浪淘尽，千古风流人物[二]。故垒西边，人道是，三国周郎赤壁[三]。乱石崩云，惊涛裂岸，卷起千堆雪[四]。江山如画，一时多少豪杰[五]。

遥想公瑾当年，小乔初嫁了，雄姿英发[六]。羽扇纶布[七]，谈笑间、樯橹灰飞烟灭[八]。故国神游，多情应知笑我，早生华发[九]。人生如梦，一尊还酹江月[一○]。

(卷二)

注

〔一〕元丰四年（1081）十月贬官黄州时作（此从王文诰说）。三国赤壁之战的赤壁，历来众说纷纭，但绝非黄冈城西北的赤壁矶。苏轼《赤壁洞穴》："黄州守居之数百步为赤壁，或言即周瑜破曹公处，不知果是否？"（《东坡志林》卷四）胡仔《苕溪渔隐丛话》卷二十八引东坡语："黄州西山麓，斗入江中，石色如丹。传云曹公败处，所谓赤壁者，或曰非也。……今赤壁少西，对岸即华容镇，庶几是也。然岳州复有华容县，竟不知孰是？"可见苏轼并未肯定黄州赤壁矶为三国赤壁之战的赤壁，词中"人道是"三字亦含此意，他不过借此抒怀而已，正如清人朱日濬《赤壁怀古》所说："过壁何须问出处，东坡本是借山川。"词的上阕主要写赤壁，引出怀古；下阕主要是怀古，归结到伤感。全词歌颂祖国山河，仰慕古代英雄，抒发自己理想同现实的矛盾，慷慨激昂，苍凉悲壮，气势磅礴，一泻千里，最足以代表词的豪放风格。

〔二〕"大江东去"三句：总领全词，江山如画，英雄可慕，而"淘尽"二字已暗含自己功业无成的感慨。大江，长江。淘，淘汰，冲掉。白居易《浪淘沙词》："白浪茫茫与海连，平沙浩浩四无边。暮去朝来淘不住，遂令东海变桑田。"风流人物，杰出的英雄人物。

〔三〕"故垒西边"三句：点赤壁。故垒，旧时营垒。苏轼《东坡八首》："废垒无人顾，颓颜满蓬蒿。"或即指此。周郎，即周瑜（175—210），字公瑾，庐江舒（今安徽舒县）人，长壮有姿貌。少与孙策为友，后归策，授建威中郎将，时年二十四，吴中皆呼为周郎。策死，辅孙权，建安十三年（208），亲率吴军大破曹操于赤壁，赤壁因以闻名，故称周郎赤壁。事见《三国志·吴志·周瑜传》。

〔四〕"乱石崩云"三句：写赤壁景色。陡峭零乱的岩石直插云霄，惊险的浪涛冲裂了江岸，并卷起如山的雪浪。诸葛亮《黄陵庙记》："趋蜀道，履黄中，因睹江山之胜：乱石排空，惊涛拍岸，敛巨石于江中。"张德瀛："苏文忠《赤壁怀古》词'乱石排空，惊涛拍岸'，盖用诸葛武侯《黄陵庙记》说。"（《词徵》卷五）

〔五〕"江山如画"二句：前句结上，后句启下，转入怀古。

〔六〕"遥想公瑾当年"三句：以"遥想"二字领起，集中抒发对周瑜少年得志的仰慕。小乔，一作小桥。《三国志·吴志·周瑜传》："（孙）策欲取荆州，以瑜为中护军，领江夏太守，从攻皖，拔之。时得桥公两女，皆国色也。策自纳大桥，瑜纳小桥。"裴松之注引《江表传》："策从容戏瑜曰：'桥公二女虽流离（光采焕发的样子），得吾二人作婿，亦足为欢。'"雄姿英发，姿态威武，才气横溢。《三国志·吴志·吕蒙传》载孙权评论周瑜、吕蒙等人说："公瑾雄烈，胆略兼人"；吕蒙"筹略奇至，可以次于公瑾，但言议英发，不及之耳"。

〔七〕羽扇纶（guān）巾：羽毛扇和系青丝带的头巾，本为诸葛亮的装束，同上书《蜀书·诸葛亮传》："武侯乘素车，葛巾毛扇，指麾三军。"后多用来形容儒将装束，此亦形容周瑜的儒将风度。有人以为"羽扇纶巾"写诸葛亮，似未必如此。"遥想公瑾当年"六句，以"遥想"二字领起，皆抒发对周瑜少年得志的仰慕。"小乔初嫁"言其婚姻如意，"雄姿英发"写其英俊，"羽扇纶巾"写其潇洒，"谈笑间"言其临战从容，"强虏灰飞烟灭"言其战功卓著。这是一个完整的形象，不像分写两人。

〔八〕"强虏灰飞烟灭"：强虏：指曹军。《三国志·吴志·周瑜传》："瑜部将黄盖……乃取蒙冲斗舰数十艘，实以薪草，膏油灌其中，裹以帷幕，上建牙旗。先书报曹公，欺以欲降。又预备走舸，各系大船后，因引次俱前。曹公军吏士皆延颈观望，指言盖降。盖放诸船，同时发火。时风盛猛，悉延烧岸上营落。顷之，烟火张天，人马烧溺，死者甚众，军遂败退。"邵博《邵氏闻见后录》卷十："东坡赤壁词'灰飞烟灭'之句，《圆觉经》中佛语也。"

〔九〕"故国神游"三句："故国神游"是"神游故国"的倒文，"多情应笑我"是"应笑我多情"的倒文，"华发"即花发，头发花白。大意是说，神游故国（三国）战场，应笑自己对周瑜充满仰慕之情；而自己头发都花白了，却一事无成。

〔一〇〕"人间如梦"二句：人世间有如梦幻一般，还是举杯浇愁，并邀明月共酌吧。

这是苏轼因壮志不酬而发出的沉重哀叹。酹（lèi），洒酒祭奠。

附录

洪迈：向巨源云："元不伐家有鲁直所书东坡《念奴娇》，与今人歌不同者数处。如'浪淘尽'为'浪声沉'，'周郎赤壁'为'孙吴赤壁'，'乱穿穿空'为'崩云'，'惊涛拍岸'为'掠岸'，'多情应笑我，早生华发'为'多情应是，笑我生华发'，'人生如梦'为'如寄'"。不知此本今何在也？（《容斋续笔》卷八）

胡仔：东坡"大江东去"赤壁词，语意高妙，真古今绝唱。（《苕溪渔隐丛话》前集卷五十九）

俞文豹：东坡在玉堂日，有幕士善歌，因问"我词何如耆卿（柳永）？"对曰："郎中（柳永）词，只好十七八女子执红牙板，歌'杨柳岸，晓风残月'；学士词，须关西大汉，唱'大江东去'"，"大江东去"词，三"江"、三"人"、二"国"、二"生"、二"故"、二"如"、二"千"字，以东坡则可，他人固不可。然语意到处，他字不可代，虽重无害也。今人看人文字，未论其大体何，先且指点重字。（《吹剑录》）

元好问：夏口之战，古今喜称道之。东坡赤壁词，殆戏以周郎自况也。词才百许字，而江山人物，无复余蕴，宜其为乐府绝唱。（《遗山先生文集》卷四十《题闲闲老人书〈赤壁赋〉后》）

王世贞：学士此词，亦自雄壮，感慨千古。果令铜将军于大江奏之，必能使江波鼎沸。（《弇州山人词评》）

沈谦：词不在大小深浅，贵于移情。"晓风残月"，"大江东去"，体制虽殊，读之皆若身历其境，惝恍迷离，不能自主，文之至也。（填词杂说》）

陈翼：歌赤壁之词，使人抵掌激昂，而有学楫中流之心。（张德瀛《词徵》卷五引）

满江红（江汉西来）

寄鄂州朱使君寿昌[一]

苏 轼

江汉西来[二]，高楼下[三]，蒲萄深碧[四]。犹自带岷峨雪浪，锦江青色。君是南山遗爱守〔五〕，我为剑外思归客〔六〕。对此间风物岂无情，殷勤说。

《江表传》〔七〕，君休读。狂处士〔八〕，真堪惜。空洲对鹦鹉〔九〕，苇花萧瑟。独笑书生争底事〔一〇〕，曹公黄祖俱飘忽〔一一〕。愿使君还赋谪仙诗，追黄鹤〔一二〕。

（卷一）

注

〔一〕元丰中贬官黄州时作，具体写于何年未详。朱寿昌，字康叔，扬州天长（在今安徽东北部、高邮湖西岸）人。因寻母，以孝闻于时，苏轼曾作《朱寿昌郎中少不知母所在，刺血写经，求之五十年，去岁得之蜀中，以诗贺之》。时知鄂州（今湖北武汉），故称朱鄂州。上阕因鄂州位于长江、汉水交汇处，而长江上游即西蜀，故生发出思乡之情；下阕因鄂州的名胜古迹生发出对被害文士的同情和对迫害文士者的愤慨，实际是借他人酒杯抒发自己因言得罪的块垒。

〔二〕江：长江。汉：汉水。二江于武汉汇合。

〔三〕高楼：指黄鹤楼，在武汉蛇山黄鹤矶上。

〔四〕蒲萄深碧：苏轼《南乡子》亦云："认得岷峨春雪浪，初来，万顷蒲萄涨绿醅。"傅幹注："李太白：遥看汉水鸭头绿，恰似葡萄初酦醅。"

〔五〕南山：终南山。遗爱：《左传·昭公二十年》："及子产卒，孔子闻之，出涕曰：'古之遗爱也'。"杜预注："子产见爱，有古人之遗风。"朱寿昌曾知阆州，故称之为南山遗爱守。

〔六〕剑外：唐人称剑阁以南的蜀中为剑外，杜甫《闻官军收河南河北》："剑外忽传收蓟北。"剑外思归客即思归蜀中客。

〔七〕《江表传》：载江左吴国事，多见汉末群雄争逐概况，《三国志》注常引以为证，已佚。

〔八〕狂处士：指祢衡，字正平，有才辩，矫时傲物。因大骂曹操，操送衡与刘表；表亦忌其侮慢，复送与黄祖，为祖所杀。事见《后汉书·祢衡传》。

〔九〕空洲对鹦鹉：祢衡死后埋在汉阳沙洲上，因其生前写有著名的《鹦鹉赋》，遂称其洲为鹦鹉洲。

〔一〇〕争底事：为何事而争。

〔一一〕俱飘忽：谓杀害文士的人也很快都消逝了。

〔一二〕"愿使君还赋谪仙诗"二句：使君，指朱寿昌。谪仙诗，指李白诗。《旧唐书·李白传》："贺知章见白，赏之曰：此天上谪仙人也。"追黄鹤，指赶上崔颢的《黄鹤楼》诗（"昔人已乘黄鹤去"）。李白登黄鹤楼，读崔颢诗，既感叹不可及，又作了《登金陵凤凰台》《鹦鹉洲》等模仿之作。

水龙吟（小舟横截春江）
苏 轼

闲丘大夫孝终公显，尝守黄州，作栖霞楼，为郡中绝胜。元丰五年余谪居黄。正月十七日梦扁舟渡江，中流回望，楼中歌乐杂作。舟中人言，公显方会客也。觉而异之，乃作此曲，盖越调鼓笛慢。公显时已致仕，在苏州[一]。

小舟横截春江，卧看翠壁红楼起[二]。云间笑语，使君高会，佳人半醉[三]。危柱哀弦，艳歌余响，绕云萦水[四]。念故人老大[五]，风流未减，空回首，烟波里。　　推枕惘然不见[六]，但空江月明千里[七]。五湖闻道，扁舟归去，仍携西子[八]。云梦南州，武昌东岸，昔游应记[九]。料多情梦里，端来见我，也参差是[一〇]。

（卷二）

注

〔一〕元丰五年（1082）贬官黄州时作。闲丘孝终字公显，湖州人，尝知黄州，作栖霞楼。罢官后，家居，与诸名人耆艾为九老会。东坡经过湖州，必访之，饮酒赋诗为乐。此词上阕为记梦，写闲丘孝终当年知黄州歌乐杂作的盛况；下阕为醒后语，想象归隐湖州的孝终也许正在思念黄州，思念自己。郑文焯《手批东坡乐府》："上阕全写梦境，空灵中杂以凄丽；过片始言情，有沧波浩渺之致，真高格也。"越调鼓笛慢为水龙吟词牌的异名，《康熙钦定词谱》卷三十："水龙吟，姜夔词注无射商，俗名越调……吕渭老词名鼓笛慢.'

〔二〕"小舟横截春江"二句：郑文焯《手批东坡乐府》："突兀而起，仙乎仙乎！'翠壁'句，奇崭不露雕琢痕。"翠壁，指黄冈赤壁，红楼，指栖霞楼。

〔三〕"云间笑语"三句：写"公显方会客"，使君指闾丘公显。

〔四〕"危柱哀弦"三句：写"楼中歌乐杂作"。危柱，拧得很紧的弦柱。

〔五〕故人老大：《齐东野语》卷二十《耆英诸会》："吴中则元丰有十老之集……闾丘孝终，朝议大夫，七十三。"

〔六〕推枕惘然不见：谓醒后不见梦中之景，心中若有所失。

〔七〕但：只有。

〔八〕"五湖闻道"三句：此以范蠡喻闾丘孝终。范蠡相越，平吴之后，遂携西施乘扁舟泛五湖而去。据《吴中纪闻》卷三载，西子指闾丘孝终后懿卿。

〔九〕"云梦南州"三句：谓闾丘孝终应记得当年游黄州的情况。云梦，云梦泽，黄州在云梦泽之南。武昌，今湖北鄂城，黄冈在鄂城之东，隔江相望。郑文焯《手批东坡乐府》："'云梦'二句，妙能写闲中情景。"

〔一〇〕"料多情梦里"三句：郑文焯《手批东坡乐府》："煞拍不说梦，偏说梦来见我，正词笔高浑，不犹人处。"料，料想。端来，一定来。参差，差不多，近似。谓闾丘孝终梦见自己与自己梦见他近似。

江城子（梦中了了醉中醒）
苏 轼

陶渊明以正月五日游斜川，临流班坐，顾瞻南阜，爱曾城之独秀，乃作斜川诗。至今使人想见其处。元丰壬戌之春，余躬耕于东坡，筑雪堂居之。南挹四望亭之后丘，西控北山之微泉。慨然而叹，此亦斜川之游也。乃作长短句，以江城子歌之〔一〕。

梦中了了醉中醒，只渊明，是前生，走遍人间依旧却躬耕〔二〕。昨夜东坡春雨足，乌鹊喜，报新晴〔三〕。　　雪堂西畔暗泉鸣，北山倾，小溪横。南望亭丘，孤秀耸曾城。都是斜川当日境，吾老矣，寄余龄。

（卷二）

注

〔一〕元丰五年（1082）贬官黄州时作。陶潜《游斜川》序："辛丑正月五日，天气澄和，风物闲美，与二三邻曲，同游斜川。临长流，望曾城，鲂鲤跃鳞于将夕，水鸥乘和以飞翻。彼南阜者，名实旧矣，不复来为嗟叹。若夫曾城，傍无依据，独秀中皋，遥望灵山，有爱嘉名，欣对不足，率尔赋诗。"苏轼词叙前数句即本此。班坐：依次而作。南阜：南山，指庐山。曾城：即层城，昆仑山的最高一级，此指庐山北、彭蠡泽西的郡山。晋庐山道人《游石门序》："石门在精舍南十余里，一名郡山，基连大岭，体绝众阜，此虽庐山之一隅，实斯地之奇观。"元丰壬戌即元丰五年。东坡见《东坡八首》注〔一〕。雪堂在东坡，因是大雪中所建，四壁皆绘雪，故名雪堂。四望亭在雪堂南。此词上阕前写自己的思想和经历都与陶潜相似；上阕后半与下阕前半写东坡、雪堂景色；煞拍三句点明东坡之境即斜川之景，准备在此度过余生，轻松、跳荡的词句掩盖着的是贬官黄州的抑郁之情。

〔二〕"梦中了了醉中醒"三句：傅幹《注坡词》："世人于梦中颠倒，醉中昏迷，而能在梦而了，在醉而醒者，非公与渊明之徒，其谁能哉！"了了，清清楚楚。

〔三〕"乌鹊喜"二句：傅幹《注坡词》："乌鹊，阳乌，先事而动，先物而应。汉武帝时，天新雨止，闻鹊声，帝以问东方朔。方朔曰：'必在殿后柏木枯枝上，东向而鸣也。'验之，果然。"

定风波（莫听穿林打叶声）
苏　轼

三月七日沙湖道中遇雨，雨具先去，同行皆狼狈，余独不觉。已而遂晴，故作此〔一〕。

莫听穿林打叶声，何妨吟啸且徐行。竹杖芒鞋轻胜马，谁怕？一蓑烟雨任平生〔二〕。　　料峭春风吹酒醒〔三〕，微冷，山头斜照却相迎。回首向来萧瑟处〔四〕，归去，也无风雨也无晴。

（卷二）

〔一〕元丰五年（1082）贬官黄州时作。苏轼《游沙湖》："黄州东南三十里为沙湖，亦曰螺师店，予买田其间，因往相田。"词即作于此时。上阕写他面对"穿林打叶"的风雨，从容不迫，无所畏惧；下阕写不畏风雨的原因，"飘风不终朝，骤雨不终日"，很快风雨消失，斜照相迎，表现了他对逆境的乐观态度。郑文焯《手批东坡乐府》："此足征是翁坦荡之怀，任天而动，琢句亦瘦逸，能道眼前景。以曲笔直写胸臆，倚声能事尽之矣。"

〔二〕"谁怕"二句：谓一生任凭风吹雨打，披着蓑衣行走，一点不怕。

〔三〕料峭：寒风刺肌战慄貌。《五灯会元·法泰禅师》："春风料峭，冻杀年少。"

〔四〕萧瑟：风雨声。萧瑟处：指遇雨之地。

浣溪沙（山下兰芽短浸溪）

苏　轼

游蕲水清泉寺，寺临兰溪，溪水西流〔一〕。

山下兰芽短浸溪，松间沙路净无泥〔二〕。萧萧暮雨子规啼〔三〕。　　谁道人生无再少，门前流水尚能西。休将白发唱黄鸡〔四〕。

（卷二）

〔一〕元丰五年（1082）三月苏轼贬官黄州期间游清泉寺作。蕲水：今湖北浠水，在黄冈东。清泉寺在蕲水郭门外二里许。兰溪：出箬竹山，其侧多兰，故名。苏轼《游沙湖》："黄州东南三十里为沙湖，亦曰螺师店，予将买田其间，因往相田，得疾。闻麻桥人庞安时善医而聋，遂往求疗。安时虽聋而颖悟绝人，以指画字，书不数字，辄深了人意。余戏之曰：'余以手为口，君以眼为耳，皆一时异人也。'疾愈，与之同游清泉寺，作歌……是日剧饮而归。"此词上阕写暮春三月兰溪雨后景色，雅淡凄婉，景色如画；下阕即景抒慨，富有哲理，身受挫折而对前途仍充满信心。

〔二〕沙路净无泥：脱胎于白居易《三月三日祓禊洛滨》："沙路润无泥。"曾敏行《独醒杂志》卷二："'润''净'两字，当有能辨之者。"白诗用"润"字是为与上句"柳桥晴有絮"相对。苏词易"润"为"净"，是为突出雨后兰溪的洁净，一尘不起。

〔三〕萧萧：雨声。李商隐《明日》："池阔雨萧萧。"子规：杜鹃鸟，又名杜宇，传为古代蜀帝杜宇所化。

〔四〕白发唱黄鸡：白居易《醉歌》："谁道使君不解歌，听唱黄鸡与白日。黄鸡催晓丑时鸣，白日催年酉前没。腰间红绶系未稳，镜里朱颜看已失。"苏轼反其意而用之，谓不应像白居易那样哀叹黄鸡催晓，年华易逝。

附录

先著：坡公韵高，故浅浅语亦觉不凡。（《词洁》卷一）

西江月（照野弥弥浅浪）
苏 轼

顷在黄州，春夜行蕲水中，过酒家，饮酒醉。乘月至一溪桥上，解鞍，曲肱醉卧少休。及觉已晓，乱山攒拥，流水铿然，疑非尘世也。书此语桥柱上〔一〕。

照野弥弥浅浪〔二〕，横空隐隐层霄〔三〕。障泥未解玉骢骄〔四〕，我欲醉眠芳草。　　可惜一溪风月〔五〕，莫教踏碎琼瑶〔六〕。解鞍倚枕绿杨桥〔七〕，杜宇一声春晓〔八〕。

（卷二）

注

〔一〕元丰五年（1085）贬官黄州时作。肱（gōng）：手臂从肘到腕部分。《论语·述而》："曲肱而枕之。"攒拥：聚集围裹在一起。此词背景与前两首同，从夜行蕲水，醉卧溪桥写到清晨醒来，词中之景确实"疑非尘世"之景，词中之人更不像尘世之人。苏辙说，苏轼"逍遥泉石之上，撷林卉，拾涧实，酌水而饮之，见者以为仙也"。（《武昌九曲亭记》）读此词确实有此同感。

〔二〕弥弥：水流貌。《诗·邶风·新台》："新台有泚，河水弥弥。"

〔三〕层霄：即重霄，指高空，谓白云隐隐约约横于空中。

〔四〕障泥：垫在马鞍下，垂于马腹两旁，用以遮尘土的马荐。《晋书·王济传》："（济）善解马性，尝乘一马，着连干障泥，前有水，终不肯渡。济曰：'此必是惜障泥。'使人解去，便渡。"玉骢：指马。

〔五〕可惜：可爱。

〔六〕琼瑶：即指"一溪风月"。

〔七〕绿杨桥：王文诰《苏诗总案》卷二十一："《舆地记》云：'绿杨桥在蕲水。'是此桥竟以公词得名矣。"

〔八〕杜宇：即杜鹃。

附录

杨慎：苏公词"照野弥弥浅浪，横空暖暖微霄"，乃用陶渊明"山涤余霭，宇暖微霄"之语也。填词虽于文为末，而非自选诗、乐府来，亦不能入妙。（《词品》卷一）

卓人月：山谷词"走马章台，踏碎满街月"，公偏不忍踏碎，都妙。（《古今词统》卷六）

洞仙歌（冰肌玉骨）
苏　轼

余七岁时见眉山老尼，姓朱，忘其名，年九十余。自言尝随其师入蜀主孟昶宫中。一日大热，蜀主与花蕊夫人纳凉摩诃池上，作一词，朱具能记之。今四十年，朱已死久矣，人无知此词者，但记其首两句。暇日寻味，岂《洞仙歌令》乎？乃为足之云〔一〕。

冰肌玉骨〔二〕，自清凉无汗。水殿风来暗香满，绣帘开，一点明月窥人，人未寝，欹枕钗横鬓乱〔三〕。　　起来携素手，庭户无声，时见疏星流河汉。试问夜如何？夜已三更，金波淡，玉绳低转〔四〕。但屈指西风几时来，又不道流年，暗中偷换。

（卷二）

注

〔一〕元丰五年（1082）贬官黄州时作。孟昶（919—965），初名仁贵，字保元，五代时后蜀主。宋兵攻入成都，降，封秦国公。花蕊夫人，一说姓费，陈师道《后山诗话》："费氏，蜀之青城人，以才色入蜀宫，后主嬖之，号花蕊夫人，效王建作《宫词》百首。"一说姓徐，吴曾《能改斋漫录》卷十六《花蕊夫人词》："伪蜀主孟昶，徐匡璋纳女于昶，拜贵妃，别号花蕊夫人。……陈无已以夫人姓费，误也。"摩诃池：《蜀中名胜记》卷四《成都府四》："《方舆胜览》云：隋蜀王秀取士筑广子城，因为池。有胡僧见之曰：'摩诃宫毗罗。'盖梵语呼摩诃为大宫，毗罗为龙。谓此池广大有龙尔。"关于苏词和孟昶词的关系，历来众说纷纭。朱彝尊《词综》卷二谓系苏轼隐括孟昶《玉楼春·夜起避暑摩诃池上作》（"冰肌玉骨清无汗，水殿风来暗香暖。帘开明月独窥人，欹枕钗横云鬓乱。起来琼户启无声，时见疏星渡河汉。屈指西风几时来，只恐流年暗中唤。"）浦江清《花蕊夫人宫词考证》："摩诃池词出苏轼之《洞仙歌序》。惟轼明言除首二句外，皆彼所自作，好事者隐括东坡词以为《玉楼春》一调，以归之于孟昶，其事妄也。倘东坡知此《玉楼春》全词，何必更作《洞仙歌》？倘不知之，何能暗合古词如此乎？"所言极是。所为孟昶《玉楼春》词乃好事者此"隐括东坡词……以归之于孟昶。'此词上阕写花蕊夫人，寥寥数语就刻画出一幅贵妇人形象；下阕写她同孟昶"纳凉摩诃池上"，抒发出一种流光易逝的淡淡哀愁。此词历来为词评家所激赏，张炎《词源》（卷下）认为它"清空中有意趣"，《草堂诗余正集》（卷三）谓："清越之音，解烦涤苛"；郑文焯《手批东坡乐府》谓"诚觉气象万千，其声亦如空山鸣泉，琴筑竞奏。"

〔二〕冰肌玉骨：《庄子·逍遥游》："藐姑射之山，有神人居焉，肌肤若冰雪，绰约若处子。"宋玉《神女赋》："温乎如莹。"沈祥龙《论词随笔》："词韶丽处不在涂脂抹粉也。诵东坡'冰肌玉骨，自清凉无汗，水殿风来暗香满'句，自觉口吻俱香。"

〔三〕欹枕钗横鬓乱：欧阳修《临江仙》："水晶双枕，傍有堕钗横。"欹枕：斜靠着枕头。

〔四〕"金波淡"二句：金波，月光。玉绳，星名，即北斗七星中的天乙、太乙两小星，代指北斗。《春秋元命苞》："玉衡北两星为玉绳。"谢朓《赠西府同僚》诗："金波丽鳷鹊，玉绳低建章。"玉绳低转，谓夜已深。

临江仙（夜饮东坡醒复醉）

夜归临皋〔一〕

苏 轼

夜饮东坡醒复醉，归来仿佛三更。家童鼻息已雷鸣〔二〕，敲门都不应，倚杖听江声。　　长恨此身非我有，何时忘却营营〔三〕。夜阑风静縠纹平〔四〕，小舟从此逝，江海寄余生。

（卷二）

注

〔一〕元丰五年（1082）贬官黄州时作。临皋：在黄冈城南，濒临长江。苏轼于元丰三年五月自定惠院迁居于此。元丰五年春东坡雪堂建成，苏轼仍居临皋，雪堂只是宴客之所。此词上阕即写他自雪堂夜饮归来的醉态，下阕抒慨，渴望摆脱忙忙碌碌的生活，能于"江海寄余生"。叶梦得《避暑录话》（卷上）："（苏轼）与数客饮江上，夜归，江面际天，风露浩然，有当其意，乃作歌辞……与客大歌数过而散。翌日喧传子瞻夜作此辞，挂冠服江边，挐舟长啸去矣。郡守徐君猷闻之，惊且惧，以为州失罪人，急命驾往谒，则子瞻鼻鼾如雷，犹未兴也。"

〔二〕鼻息已雷鸣：写打鼾声，谓已熟睡。韩愈《石鼎联句序》："即倚墙睡，鼻息如雷鸣。"

〔三〕此身非我有：谓不能自己主宰自己的命运。《庄子·知北游》："汝身非汝有也，汝何得有乎道！"

〔四〕营营：忙忙碌碌的样子。《诗·小雅·青蝇》："营营青蝇。"毛传："营营，往来貌。"

〔五〕縠：绉纱一类丝织品。縠纹：形容水波波纹。刘禹锡《竹枝词》："瀼西春水縠纹生。"

满庭芳（三十三年）

苏 轼

　　有王长官者弃官黄州，三十三年，黄人谓之王先生。因送陈慥来过余，因为赋此〔一〕。

　　三十三年，今谁存者，算只君与长江。凛然苍桧，霜干苦难双〔二〕。闻道司州古县，云溪上，竹坞松窗〔三〕。江南岸，不因送子〔四〕，宁肯过吾邦！拟拟，疏雨过，风林舞破，烟盖云幢〔五〕。愿持此邀君，一饮空缸。居士先生老矣〔六〕。真梦里相对残缸〔七〕。歌声断，行人未起，船鼓已逢逢〔八〕。

（卷二）

注

　　〔一〕元丰六年（1083）贬官黄州时作。王长官，不详。陈慥，见《陈季常所蓄朱陈村嫁娶图》注〔一〕。此词上阕写王、陈来访、盛赞王长官长期弃官隐居的孤高品格；下阕写王来去匆匆，伤相聚太短，表现了对这位新识之人的深厚情谊。郑文焯《手批东坡乐府》："健句入词，更奇峰特出，此境非稼轩所能梦到。不事雕凿，字字苍寒，如空岩霜干，天风吹堕颇黎地上。铿然作碎玉声。"

　　〔二〕"凛然苍桧"二句：以苍桧霜干赞王长官的孤高傲寒品格，谓世上找不到第二人。

　　〔三〕"闻道司州古县"三句：写王的居所。司州古县，指黄陂（今属湖北）。傅幹《注坡词》："按《唐书·地理志》：武德三年，以黄陂县置南司州。七年州废。"

　　〔四〕"江南岸"三句："江南岸，不因送子"为"不因送子江南岸"之倒文，"子"指陈慥，时王长官从黄陂送陈慥去江南，经黄冈访苏轼。

　　〔五〕"拟拟"四句：写王、陈冒着风雨来访。拟拟，撞击声，此形容雨点声。盖，车盖。幢，车帘。

　　〔六〕居士先生：作者自指。

〔七〕残釭：残灯。

〔八〕逢逢（péng）：鼓声，开船信号。《诗·大雅·灵台》："鼍鼓逢逢。"

水调歌头（落日绣帘卷）

黄州快哉亭赠张偓佺〔一〕

苏　轼

　　落日绣帘卷，亭下水连空〔二〕。知君为我新作，窗户湿青红〔三〕。长记平山堂上，欹枕江南烟雨，渺渺没孤鸿。认得醉翁语，山色有无中〔四〕。　　一千顷，都镜净，倒碧峰〔五〕。忽然浪起，掀舞一叶白头翁〔六〕。堪笑兰台公子，未解庄生天籁，刚道有雌雄〔七〕。一点浩然气，千里快哉风〔八〕。

（卷二）

注

　　〔一〕元丰六年（1083）贬官黄州时作。苏辙《黄州快哉亭记》："清河张君梦得，谪居齐安，即其庐之西南为亭，以览观江流之胜，而余兄子瞻名之曰快哉。"可见张偓佺又字梦得。苏轼《记承天寺夜游》有"至承天寺寻张怀民"语，疑亦为同一人。此词上阕谓快哉亭所见之景有如欧阳修的平山堂，下阕前半继续写景，写江面由平静而至浪起的不同景色。后半出之以议论，说明以快哉名亭的原因。黄蓼园《蓼园词选》："前阕从'快'字之意入，次阕起三语承上阕写景，'忽然'二句一跌，以顿出末二句来，结处一振'快'字之意方足。"郑文焯《手批东坡乐府》："此等句法，使作者稍稍矜才使气，便流入粗豪一派。妙能写景中人，用生出无限情思。"

　　〔二〕"落日绣帘卷"二句：此写亭上所见。苏辙《黄州快哉亭记》："亭之所见南北百里，东西一舍，涛澜汹涌，风云开阖，昼则舟楫出没于其前，夜则鱼龙悲啸于其下。"

　　〔三〕"知君为我新作"二句：点快哉亭，"湿"承新作，青红指油漆颜色。

　　〔四〕"长记平山堂上"至"山色有无中"：平山堂在江苏扬州，欧阳修所建，其《朝中措》云："平山栏槛倚晴空，山色有无中。"末句即用欧词成句。醉翁，即欧阳修。

330

〔五〕"一千顷"三句：写长江江面风平浪静时的景色。徐铉《徐孺子亭记》："平湖千亩，凝碧乎其下；西山万叠，倒影乎其中。"

〔六〕"忽然浪起"二句：写风浪起时的江面景色。白头翁，郑谷《淮上渔者》："白头波上白头翁，家逐船移浦浦风。"苏词亦指"渔者"，前者"一叶"（指船，扁舟一叶）可证。

〔七〕"堪笑兰台公子"三句：兰台公子，指兰台令宋玉。庄生，指庄子。天籁，发于自然的声音，即风声，语见《庄子·齐物论》。刚道，硬说。宋玉《风赋》把风分为"大王之雄风"和"庶人之雌风"，故谓其"刚道有雌雄"。

〔八〕"一点浩然气"二句：《孟子·公孙丑》："我知言，我善养吾浩然之气。""其为气也，至大至刚，以直养而无害，则塞于天地之间。"苏辙《黄州快哉亭记》："夫风无雌雄之异，而人有遇不遇之变。楚王之所以为乐与庶人之所以为忧，此则人之变也，而风何与焉！士生于世，使其中不自得，将何往而非病！使其中坦然，不以物伤性，将何适而非快！"

满庭芳（归去来兮）

苏 轼

元丰七年四月一日，余将去黄移汝，留别雪堂邻里二三君子。会李仲览自江东来别，遂书以遗之〔一〕。

归去来兮，吾归何处？万里家在岷峨〔二〕。百年强半，来日苦无多〔三〕，坐见黄州再闰。儿童尽、楚语吴歌〔四〕。山中友，鸡豚社酒，相劝老东坡〔五〕。

云何？当此去〔六〕，人生底事，来往如梭〔七〕；待闲看秋风，洛水清波〔八〕。好在堂前细柳，应念我、莫剪柔柯。仍传语、江南父老，时与晒渔蓑〔九〕。

（卷二）

注 ————————————————————————————————

〔一〕元丰七年：1084 年。黄：黄州，今湖北黄冈。汝：汝州，今河南临汝。雪堂：苏轼《雪堂问潘邠老》："苏子得废圃于东坡之胁，筑而垣之，作堂焉，号其正曰雪堂。堂以大雪中为。因绘雪于四壁之间，无容隙也。起居偃仰，环顾睥睨，无非雪者。苏子居之，真得其所居者也。"李仲览，即李翔，王质《东坡先生祠堂记》："杨元素起为富川，闻先生自黄移汝，欲顺大江，逆西江，适筠见子由，令富川弟子员李翔要先生道富川。《满庭芳序》所谓'会李仲览自江南来'者是。"遗（wèi）：赠。这是一首告别黄州父老的词，表现了他同黄州人民的深厚情谊，抒发临别依依不舍之情。

〔二〕"归去来兮"三句：叹有家难归。陶渊明有《归去来兮辞》，写辞官归隐。苏轼也盼归隐，故以此四字开头。岷峨，岷江、峨眉。苏轼故乡眉山在岷江之滨，离峨眉山很近。

〔三〕"百年强半"二句：叹老。强半，过半。韩愈《除官赴阙至江州寄鄂岳李大夫》："年皆过半百，来日苦无多。"时韩愈年五十三，故云"过半百"；苏轼离黄时，年四十九，此云"百年强半"，乃约数。

〔四〕"坐见黄州再闰"二句：叹贬官黄州的时间太长，孩子们的口音都改变了。苏轼于元丰三年（1080）二月到达黄州贬所，七年四月离黄，其间元丰三年闰九月，元丰六年（1083）闰六月，故云"再闰"。以上皆"将去"抒慨。

〔五〕"山中友"三句：写黄州父老以酒肉为他饯行，并劝他不要离开黄州，终老于东坡。社酒，社日之酒。韩愈《南溪始泛》："愿为同社人，鸡豚燕春秋。"

〔六〕"云何，当此去"："当此去云何"的倒装句，意思是，在此离别之际，（我们之间）说了些什么？

〔七〕"人生底事"二句：是"山中友"的问话，也是苏轼借"山中友"之口而自抒感慨。底事，何事，为什么。自"山中友"至此，写黄州父老挽留苏轼，以下为苏轼的答词。

〔八〕待闲看秋风，洛水清波：这是回答为什么要"来往如梭"，他要去欣赏汝州附近洛水的秋风、清波。回答得很轻松，言外之意是由贬官黄州改贬汝州，他是不得不去的。苏轼《与王文甫书》："前蒙恩量移汝州，比欲乞依旧黄州住，细思罪大责轻，君恩至厚，不可不奔赴。……本意终老江湖，与公扁舟往来，而事与心违，何胜慨叹！计公闻之亦凄然也。"可见"去黄移汝"完全是被迫。在苏轼心目中，汝州也决非那样美好，汝人多长瘿（颈部囊状瘤子），"阔领先裁盖瘿衣"（《别黄州》），这才是他对汝州的真实看法。

〔九〕"好在堂前细柳"至"时与晒渔蓑"：这是对黄州父老的嘱托，要他们照管好他的"堂前细柳"，莫让人伤了它柔软的枝条；并转告江南父老，时时为他晒晒打鱼的蓑衣。也就是说他一定要回雪堂居住，到江边打鱼。柯，树枝。仍，还，并。传语，传话，转告。江南，指长江南岸的武昌（今湖北鄂城）西山、寒溪等地，这是苏轼贬官黄州时的常游之地，"相过殆百数"。（《赠别王文甫》）

八声甘州（有情风万里卷潮来）

寄参寥子[一]

苏 轼

　　有情风万里卷潮来，无情送潮归[二]。问钱塘江上，西兴浦口，几度斜晖[三]。不用思量今古，俯仰昔人非[四]。谁似东坡老，白首忘机[五]。　　记取西湖西畔，正春山好处，空翠烟霏[六]。算诗人相得，如我与君稀[七]。约他年东还海道，愿谢公雅志莫相违[八]。西州路，不应回首，为我沾衣[九]。

（卷二）

注

　　〔一〕参寥子姓何，初名昙潜，后更名道潜，於潜（今浙江临安）人，生于庆历二年（1042）（见苏过《送参寥南归叙》），卒于崇宁年间。北宋诗僧，与苏轼交谊甚深，著有《参寥子集》。南宋傅幹《注坡词》，题下有"时有巽亭"四字。《咸淳临安志》："南园巽亭，在凤凰山旧府治内，以在郡城东南，故名。"元祐四年（1089）苏轼知杭州，有《次韵詹适宣德小饮巽亭》诗，此词当作于同时。时参寥住西湖孤山，与巽亭有一段距离，故云"寄"。《苕溪渔隐丛话后集》卷三十九："其词石刻后，东坡自题云：元祐六年三月六日。余以《东坡先生年谱》考之，元祐四年知杭州，六年召为翰林学士承旨，则长短句盖此时作也。"其实，"元祐六年三月六日"只是此词刻石时间。这首词，上阕写在巽亭观钱塘江潮，感叹神宗去世后的大好形势为旧党所断送；下阕寄西湖孤山的参寥子，表示自己决不违背早退之约。从词的内容看，当作于自京城初到杭州时，而于离杭时刻石留念。

　　〔二〕"有情风万里卷潮来"二句：写巽亭观钱塘江来潮和退潮。苏舜钦《杭州巽亭》有"凉翻帘幌潮声过"句，苏轼《次韵詹适宣德小饮巽亭》有"涛雷殷白昼"句，可见巽亭能观潮，与词的起句合。此以"有情"和"无情"，来潮和退潮作对比，寄予了无限感慨。神宗去世，本为纠正新法的某些弊端提供了机会。但司马光不分青红皂白地"尽废新法"，不仅给新党以口实，而且在旧党内部引起激烈争吵，苏轼在新旧两党的夹击中被迫迫离开朝廷。开头二句以江潮为比兴，实际描绘了元祐初年的整个政治形势。

〔三〕"问钱塘江上"三句：钱塘江，旧称浙江，源于浙、皖、赣边境的莲花尖，在杭州闸口以下入杭州湾。西兴浦口，即西兴渡，在杭州对岸萧山县西十二里。三句谓在钱塘江上，西兴渡口，不知见过多少落日景象，实际抒发了"夕阳无限好，只是近黄昏"（李商隐《登乐游园》）的深沉感慨。

〔四〕"不用思量今古"二句：化用王羲之《兰亭集序》意："俯仰之间，已为陈迹。"两句紧承"几度斜晖"，表明他不只是咏落日，也是在感叹人事。

〔五〕"谁似东坡老"二句：忘机，消除机心，不以为怀。这是苏轼表明对潮来潮去，日起日落以及宦海浮沉的态度。

〔六〕"记取西湖西畔"三句：回忆熙宁年间苏轼任杭州通判时与参寥同游西湖的情况。惠洪《冷斋夜话》卷六："东吴僧道潜有标致，尝自姑熟归湖上，经临平，作诗云：'风蒲猎猎弄轻柔，欲立蜻蜓不自由。五月临平山下路，藕花无数满汀洲。'坡一见如旧。"接着有"及坡移守东徐"语，可知"一见如旧"在苏轼任杭州通判时。周紫芝《竹坡诗话》："东坡倅钱塘时，聪（闻复）方为行童试经。坡谓坐客言：'此子虽少，善作诗。近参寥子作昏字韵诗，可令和之。'"这也证明苏轼、参寥间的交游始于"东坡倅钱塘"时。有人谓参寥"在徐州同苏轼相识"，误。

〔七〕"算诗人相得"二句：苏轼与参寥友谊甚深。苏轼知徐州，参寥往访，轼有《次韵僧潜见赠》，《次韵潜师放鱼》《送参寥师》等诗；苏轼自徐州改知湖，过高邮，秦观、参寥同行，有《游惠山》《与秦太虚、参寥会于淞江》《次韵答参寥》等诗；苏轼贬官黄州，"参寥子不远数千里从予于东坡，留期年，尝与同游武昌西山。……其后七年，予出守钱塘，参寥子在焉，明年卜智果精舍居之"。（苏轼《参寥泉铭》）以后苏轼贬官海南，参寥欲渡海相访，苏轼以书力戒，参寥亦以诗得罪，才未果行；苏轼卒，葬郏城（今河南郏县），参寥亦往吊。此虽后事，但亦证明其"相得"之深。

〔八〕"约他年东还海道"二句：谢公指谢安，《晋书·谢安传》："安虽受朝寄，然东山之志，始末不渝，每形于颜色。及镇新城，尽室而行，造泛海之装，欲须经略初定，自江道还东。雅志未就，遂遇疾笃。上疏请量宜旋旆，诏遣侍中慰劳。遂还都。舆入西州门，自以本志不遂，深自慨失。"此以谢安自况，谓谢安以不遂东山之志而死，希望自己不要违背归隐之志。

〔九〕"西州路"三句：《晋书·谢安传》："羊昙者，泰山人，知名士也。为（谢）安所爱重。安薨后，辍乐弥年，行不由西州路。尝因石头大醉，扶路唱乐，不觉至州门。左右白曰：'此西州门。'昙悲感不已，以马策扣扇，诵曹子建诗曰：'生存华屋处，零落归山丘。'恸哭而去。"此以羊昙喻参寥，谓我一定会遂东山之志，不会让你像羊昙为谢安不遂志而恸哭那样为我沾衣。

附录

郑文焯：突兀雪山，卷地而来，真似泉（钱）塘江上看潮时，添得此老胸中数万甲兵，是何气象雄且杰。妙在无一字豪宕，无一语险怪，又出以闲逸感喟之情，所谓骨重神寒，不食不间烟火气者。词境至此，观止矣！云锦成章，天衣无缝，是作从至情流出，不假熨帖之工。（《手批东坡乐府》）结数语……寄伊郁于豪宕，坡老所为高。（《白雨斋词话》卷八）

蝶恋花（花褪残红青杏小）〔一〕

苏 轼

花褪残红青杏小〔二〕，燕子飞时，绿水人家绕〔三〕。枝上柳绵吹又少，天涯何处无芳草〔四〕。　　墙里秋行墙外道，墙外行人，墙里佳人笑。笑渐不闻声渐悄，多情却被无情恼〔五〕。

（卷三）

注

〔一〕此词作年不可考，只知苏轼贬官惠州（今广东惠阳）曾命侍妾朝云唱此词："子瞻在惠州，与朝云闲坐。时青女（霜神）初至，落木萧萧，凄然有悲秋之意。命朝云把大白，唱'花褪残红'。朝云歌喉将转，泪满衣襟。子瞻诘其故，答曰：'奴所不能歌，是枝上柳绵吹又少，天涯何处无芳草也。'子瞻翻然大笑曰：'是吾政（正）悲秋，而汝又伤春矣。'遂罢。朝云不久抱疾而亡，子瞻终身不复听此词。"（《词林纪事》卷五引《林下词谈》）《冷斋夜话》亦云："东坡渡海（当为渡岭之误），惟朝云王氏随行。日诵'枝上柳绵'二句，为之流泪，病极，犹不释口。"此词上阕伤春，有"流水落花春去也"之感；下阕写"墙外行人"的单相思，为"佳人难再得"而烦恼。初读，上下阕似不甚协调，故先著《词洁》卷二有"后半手滑"，有"笔走不守之憾"。其实上阕叹春光易逝正是为写下阕佳人难再见，上阕的"人家"已为下阕写"墙里佳人"做好了铺垫。可见作者是经过精心构思和布置的，不存在手滑笔走的问题。

〔二〕花褪残红青杏小：此以写景点时令，红花凋谢，青杏初结，正是春末夏初景色。

〔三〕"燕子飞时"二句：此以写景交代地点。"绕"一作"晓"。《诗人玉屑》卷二十一引《词话》云："予得真本于友人处，'绿水人家绕'作'绿水人家晓'。……而'绕'与'晓'自天壤也。"《词语》作者显然以为"晓"优于"绕"。但也有人认为"绕"优于"晓"："有'燕子'句，合用'绕'字。若'晓'字，少着落"（《草堂诗余》正集卷二）："'绕'字虽平，然是实境。'晓'字无饭着，试通吟全章便见。"（俞彦《爱园词话》）通吟全章似应以"绕"为字胜，燕子绕舍而飞，绿水绕舍而流，行人绕墙而走，而通篇无"晓"景，确实"合用'绕'字"。即使《词活》作者所见为东坡手迹，又焉知"绕"字非苏轼后来所改定呢？

〔四〕"枝上柳绵吹又少"二句：柳絮将尽，芳草无际，进一步感叹"春去也"。王士禛《花草蒙拾》："'枝上柳绵'，恐屯田（柳永）缘情绮靡，未必能过。孰谓坡但解作'大江东去'耶！毳直是轶伦绝群。"

〔五〕"墙里秋千墙外道"至"多情却被无情恼'：黄蓼园《词选》："'柳绵'自是佳句，而次阕尤为奇情四溢也。"《诗人玉屑》卷二十一引《诗话》："盖行人多情，佳人无情耳，此二字（指有、无二字）极有理趣。"男女场中一方多情，恋恋不舍，一方却毫无所察，本是常事，不足为奇。奇就奇在作者把这种司空见惯的事作了高度的集中，得出了"多情却被无情恼"的结论。小词最忌词语重复，这里"墙里"、"墙外"的往复循环却妙趣横生。

水调歌头（离别一何久）

徐州中秋[一]

苏 辙

离别一何久，七度过中秋[二]！去年东武今夕，明月不胜愁[三]。岂意彭城山下，同泛清河古汴，船上载《凉州》。鼓吹助清赏，鸿雁起汀洲[四]。

坐中客，翠羽帔，紫绮裘[五]。素娥无赖西去[六]，曾不为人留！今夜清樽对客，明夜孤帆水驿[七]，依旧照离忧。但恐同王粲，相对永登楼[八]！

（《全宋词》第一册，三五五页）

注

〔一〕熙宁十年（1077）徐州作。此词背景，见苏轼和词注〔一〕。苏轼和词序称苏辙此词"其语过悲"，《中秋月寄子由》亦云："歌君别时曲，满座为凄咽。……欲和去年曲，复恐心断绝。"此词上阕从长年离别写到今朝欢聚，下阕由今朝欢聚想到明朝离别，发出一片悲凉之音。难怪当时"满座为凄咽"，就是今天读到它，也有催人泪下之感。苏辙一生作词甚少，据《全宋词》，苏轼存词三百五十余首，苏辙仅存词四首。从此词可知，苏辙并非不能作词，只是不喜作词而已。

〔二〕"离别一何久"二句：从熙宁四年苏辙兄弟颍州之别到熙宁十年已有七年未在一起欢度中秋。

〔三〕"去年东武今夕"二句：指熙宁九年苏轼所作的《水调歌头·丙辰中秋欢饮达旦，大醉，作此词，兼怀子由》。东武，即密州。

〔四〕"岂意彭城山下"至"鸿雁起汀州"：写徐州欢度中秋。彭城，即徐州。古汴，古汴渠，自开封流经徐州转入泗水。《凉州》，指《凉州词》，乐府近代曲名，此代指唱曲的歌伎。他们一面泛舟，一面欣赏歌伎唱曲，惊起群群汀洲鸿雁。

〔五〕"翠羽帔"二句：写坐中客的装束。帔，披肩。

337

〔六〕素娥无赖西去：谓月已西沉。素娥，月中嫦娥的别称。谢庄《月赋》："集素娥于后庭。"李周翰注："常娥窃药奔月，因以为名。月色白，故云素娥。"

〔七〕"今夜清樽对客"二句：柳永《雨霖铃》："今宵酒醒何处？杨柳岸，晓风残月。"此化用其意。

〔八〕"但恐同王粲"二句：王粲，字仲宣，山阳人。汉献帝西迁，粲从至长安。以西京扰乱，往荆州依刘表，不为表所重视，偶登当阳城楼，作《登楼赋》，感叹荆州"虽信美而非吾土兮，曾何足以少留"；有家难归："悲旧乡之壅隔兮，涕横坠而弗禁。"苏辙用此典，亦有归乡不得之意，故苏轼和词以"故乡归去千里，佳处辄迟留"相慰。

文选

仲兄字文甫说〔一〕

苏　洵

　　洵读《易》至《涣》之六四曰："涣其群，元吉。"〔二〕曰："嗟呼，群者，圣人所欲涣以混一天下者也。盖余仲兄名涣，而字公群，则是以圣人之所欲解散涤荡者以自命也，而可乎？"他日以告，兄曰："子可无为我易之？"〔三〕洵曰："唯。"〔四〕既而曰："请以文甫易之，如何？"

　　且兄尝见夫水之与风乎？油然而行〔五〕，渊然而留〔六〕，渟洄汪洋〔七〕，满而上浮者，是水也，而风实起之〔八〕。蓬蓬然而发乎太空〔九〕，不终日而行乎四方，荡乎其无形，飘乎其远来，既往而不知其迹之所存者，是风也，而水实形之〔一〇〕。今夫风水之相遭乎大泽之陂也〔一一〕。纡余委蛇〔一二〕，蜿蜒沦涟〔一三〕，安而相推，怒而相凌〔一四〕，舒而如云，蹙而如鳞〔一五〕，疾而如驰，徐而如徊〔一六〕，揖让旋辟〔一七〕，相顾而不前，其繁如縠〔一八〕，其乱如雾，纷纭郁扰，百里若一，汨乎顺流〔一九〕，至乎沧海之滨，磅礴汹涌，号怒相轧，交横绸缪，放乎空虚，掉乎无垠〔二〇〕，横流逆折，溃旋倾侧，宛转胶戾〔二一〕，回者如轮，萦者如带，直者如燧〔二二〕，奔者如焰，跳者如鹭，跃者如鲤，殊状异态，而风水之极观备矣！故曰："风行水上涣。"〔二三〕此亦天下之至文也。

　　然而此二物者岂有求乎文哉？无意乎相求，不期而相遭，而文生焉。是其为文也，非水之文也，非风之文也，二物者非能为文，而不能不为文也。物之相使而文出于其间也。故曰：此天下之至文也。

　　今夫玉非不温然美矣〔二四〕，而不得以为文；刻镂组绣，非不文矣，而不可与论乎自然。故夫天下之无营而文生之者〔二五〕，惟水与风而已。

　　昔者君子之处于世，不求有功，不得已而功成，则天下以为贤；不求有言，不得已而言出，则天下以为口实。呜呼，此不可与他人道之，惟吾兄可也。

（《苏洵集笺注》）卷十五，以下只注卷次）

注

〔一〕仲兄：旧时兄弟排行常以伯、仲、叔、季为序，仲兄即次兄。苏轼《苏廷评行状》："（苏序）生三子：长曰澹，不仕，亦先公卒。次曰涣，以进士得官，所至有美称。……季则轼之先人讳洵。"苏辙《伯父墓表》："公讳涣，始字公群，晚字文甫。"此文写作时间不详，庆历末到皇祐初（1047—1049）苏洵兄弟同居父丧在家，可能作于这个时候。文章首段为叙事，建议其兄改字文甫；中间三段皆申说改字文甫的理由，尤其是第二段形容风水相遭，自然成文，非常形象生动，历来为人们所激赏。全文旨在说明苏涣改字文甫的理由，但却表现了苏洵重要的文艺思想：纯自然的东西虽美不得以为文，刻镂组绣虽文而不自然，只有风水相遭，自然成文，才堪称天下之至文。

〔二〕"洵读《易》"至"元吉"：《易》，《周易》，亦称《易经》，儒家经典。内容包括经、传两部分。经主要是六十四卦和三百八十四爻，传包括解释卦辞、爻辞的七种文辞共十篇。《涣》，卦名；六四，爻名。孔颖达《周易正义》："涣者，散释之名。""能为群物散其险害，故曰'涣其群'也。""能散群险，则大有功，故曰元吉。"元吉即大吉。

〔三〕子可无为我易之：你是否替我换一个"字"。可无，是否。

〔四〕唯：应答声。《论语·里仁》："子曰：'参乎，吾道一以贯之。'曾子曰：'唯'。"

〔五〕油然：水流貌。《庄子·知北游》："油然漻然，莫不入焉。"

〔六〕渊然：深聚貌。《庄子·知北游》："渊渊乎其若海。"

〔七〕淳洄汪洋：水聚积洄漩，无边无际。

〔八〕风实起之：谓水的留行聚荡由风引起。

〔九〕蓬蓬然：风起貌。《庄子·秋水》："蓬蓬然起于北海。"

〔一〇〕水实形之：谓风无形，从水形可见风形。

〔一一〕陂：圩岸。《诗·陈风·泽陂》："彼泽之陂，有蒲与荷。"

〔一二〕纡余委蛇：曲折貌。

〔一三〕沦涟：沦，微波。涟，水面风吹而成的波纹。

〔一四〕"安而相推"二句：言平静时后浪推前浪，怒涛汹涌则一浪盖过一浪。

〔一五〕"舒而如云"二句：舒展时像空中稀疏的白云，蹙促时像密密麻麻的鱼鳞。

〔一六〕"疾而如驰"二句：快如骏马飞驰，慢如轻丝萦徊。

〔一七〕揖让：作揖、谦让。旋辟：旋转回避。辟，通"避"。

〔一八〕縠：丝织品。

〔一九〕汩乎顺流：在顺水中迅速流动。汩，水流迅急。

〔二〇〕掉乎无垠：在无边无际的大海中摇荡。掉，摇动。

〔二一〕宛转胶戾：回旋曲折。

〔二二〕燧：烽火。

〔二三〕风形水上涣：语见《周易·涣》。孔颖达疏："风行水上，激动波涛，故曰风行水上涣。"

〔二四〕温然：温润貌。

〔二五〕无营：无所经营，不专意追求。

附录

汤汉《妙绝古今》：老泉《仲兄文甫字说》，本论文而以功言并论，两者相形，词愈健而意愈明。一篇之旨，收拾只此数句。其放之也有万斛之奇，其收之也有万钧之重。呜呼，此亦天下之至文也已！（《三苏文范》卷四）

杨慎：毛苌《诗》传云："涟，风行水成文也。"苏老泉演之为《字说》一篇。（同上）

林希元：风水相遭，形态千变，不求文而文生焉，诚天下之至文也。然非老泉之胸襟笔力，孰能形容到此！至以立功立言结果，此尤高世之论，非止文章之工也。（同上）

茅坤：风水之形，人皆见之，老泉便描出许多变态来，令人目眩。（《苏文公文钞》卷十）

袁宏道：状物最妙，所谓"大能使之小，远能使之近"。此等文字，古今自有数。（《三苏文范》卷四）

储欣：体物之工，辞赋家当有惭色。（《苏老泉全集录》卷十，又见《评注苏老泉集》卷五）

名二子说〔一〕

苏 洵

轮、辐、盖、轸〔二〕，皆有职乎车〔三〕，而轼独若无所为者〔四〕。虽然〔五〕，去轼，则吾未见其为完车也。轼乎，吾惧汝之不外饰也。

天下之车莫不由辙〔六〕，而言车之功者，辙不与焉〔七〕。虽然，车仆马毙〔八〕，而患亦不及辙。是辙者，善处乎祸福之间也。辙乎，吾知免矣〔九〕。

（卷十五）

注

〔一〕名二子：为二子取名。王文诰《苏诗总案》系此文于庆历七年（1047），时苏轼十二岁，苏辙九岁。本文说明了他的两个儿子取名轼、辙的原因，表现了苏轼兄弟的不同性格以及苏洵对二子的担心和希望。前段"深忧长公不合世俗，恐得祸重"；后段"逆知少公得祸必轻。"（袁宏道语，《三苏文范》卷四）

〔二〕轮：车轮。辐（fú）：凑集于车轮中心毂上的直木，《老子》："三十辐，共一毂。"盖：车盖。轸（zhěn）：《考工记·总序》："车轸四尺"郑玄注："轸，舆后横者也。"

〔三〕皆有职乎车：对车来说皆各有职能。

〔四〕轼：车前用作扶手的横木。《释名·释车》："轼，式也，所伏以式敬者也。"

〔五〕虽然，即使如此。下同。

〔六〕辙：车子辗过的印迹，此指轨道。

〔七〕不与：不在其中。与（yù），参与，《左传·僖公二十三年》："秦伯纳女五人，怀嬴与焉。"

〔八〕车仆：翻车。仆，向前跌倒。

〔九〕吾知免矣：我知道你是能免除灾患的。《左传·桓公十八年》："祭仲以知免。"杜预注："知音智，又如字。"《晋书·郭璞传论》："初惭知免。"

附录

杨慎：字数不多而婉转折旋，有无限意思。此文字之妙观，此老泉之所以逆料二子之终身不差毫厘，可谓深知二子矣。与《木假山记》相出入。（《三苏文范》卷四）

唐顺之：此老泉所以逆探两公之终身也。卒也长公再以斥废，仅而能免；而少公终得以遗老自解脱，攸攸卒岁，亦奇矣。（《苏文公文钞》卷十，又见《苏老泉全集录》卷五）

茅坤：字仅百而无限宛转。（《苏文公文钞》卷十）

袁宏道：借形抑扬，以论二子优劣。（《三苏文范》卷四）

储欣：敢问何以知之（按：指逆料二子）？曰："惟天下之静者乃能见微而知著。"（《苏老泉全集》卷五）

审　势[一]

苏　洵

治天下者定所尚[二]。所尚一定，至于万千年而不变，使民之耳目纯于一[三]，而子孙有所守，易以为治。故三代圣人，其后世远者至七八百年[四]。夫岂惟其民之不忘其功，以至于是，盖其子孙得其祖宗之法而为据依，可以永久。夏之尚忠，商之尚质，周之尚文[五]，视天下之所宜尚而固执之，以此而始，以此而终，不朝文而暮质，以自溃乱。故圣人者也，必先定一代之所尚。周之世，盖有周公为之制礼[六]，而天下遂上文。后世有贾谊者说汉文帝[七]，亦欲先定制度，而其说不果用。今者天下幸方治安，子孙万世帝王之计，不可不预定于此时。然万世帝王之计，常先定尚，使其子孙可以安坐而守其旧。至于政弊，然后变其小节，而其大体卒不可革易[八]。故享世长远，而民不苟简。

今也考之于朝野之间，以观国家之所尚者，而愚犹有惑也。何则？天下之势有强弱，圣人审其势而应之以权〔九〕。势强矣，强甚而不已则折〔一〇〕；势弱矣，弱甚而不已则屈。圣人权之，而使其甚不到于折与屈者，威与惠也〔一一〕。夫强甚者，威竭而不振；弱甚者，惠亵而下不以为德〔一二〕。故处弱者利用威，而处强者利用惠。乘强之威以行惠，则惠尊；乘弱之惠以养威，则威发而天下振慄。故威与惠者，所以裁节天下强弱之势也。

然而不知强弱之势者，有杀人之威而下不惧，有生人之惠而下不喜。何者？威竭而惠亵故也。故有天下者，必先审知天下之势，而后可与言用威惠。不先审知其势，而徒曰我能用威，我能用惠者，末也。故有强而益之以威，弱而益之以惠，以至于折与屈者，是可悼也。譬之一人之身，将欲乳药饵石以养其生〔一三〕，必先审观其性之为阴，其性之为阳〔一四〕，而投之以药石。药石之阳而投之阴，药石之阴而投之阳，故阴不至于涸，而阳不到于亢。苟不能先审观已之为阴，与已之为阳，而以阴攻阴，以阳攻阳，则阴者固死于阴，而阳者固死于阳，不可救也。是以善养身者，先审其阴阳；而善制天下者，先审其强弱以为之谋。

昔者周有天下，诸侯太盛。当其盛时，大者已有地五百里，而畿内反不过千里〔一五〕，其势为弱。秦有天下，散为郡县〔一六〕，聚为京师，守令无大权柄，伸缩进退，无不在我，其势为强。然方其成、康在上〔一七〕，诸侯无小大，莫不臣伏，弱之势未见于外。及其后世失德，而诸侯禽奔兽遁，各固其国以相侵攘〔一八〕，而其上之人卒不悟，区区守姑息之道，而望其能以制服强国。是谓以弱政济弱势，故周之天下卒毙于弱。秦自孝公〔一九〕，其势固已骎骎焉日趋于强大〔二〇〕。及其子孙已并天下，而亦不悟，专任法制以斩挞平民。是谓以强政济强势，故秦之天下卒毙于强。周拘于惠而不知权，秦勇于威而不知本〔二一〕，二者皆不审天下之势也。

吾宋制治，有县令，有郡守，有转运使〔二二〕，以大系小，丝牵绳联，总合于上。虽其地在万里外，方数千里，拥兵百万，而天子一呼于殿陛间，三尺竖子，驰传捧诏〔二三〕，召而归之京师，则解印趋走，惟恐不及。如此之势，秦之所恃以强之势也。势强矣，然天下之病，常病于弱。噫，有可强之势如秦，而反陷于弱者，何也？习于惠而怯于威也，惠太甚而威不胜也。夫其所以习于惠而太甚者，赏数而加于无功也〔二四〕；怯于威而威不胜者，刑驰而兵不振也。由赏与刑与兵之不得其道，是以有弱之实著于外焉。何谓弱之实？曰官吏旷惰，职废不举，而败官之罚不加严也；多赎数赦，不问有罪，而典刑之禁〔二五〕，不能行也；冗兵骄狂，负力幸赏，而维持姑息之恩不敢节也；将帅覆军，匹马不返，而败军之责不加重也；羌胡强盛〔二六〕，陵压中国，而邀金缯，增币帛之耻不为怒也。若此类者，大弱之实也。久而不治，则又将有大于此，而遂浸微浸消〔二七〕，释然而溃〔二八〕，以至于不可救止者乘之矣。然愚以为弱在于政，不在于势，是谓以弱政败强势。今夫一舆薪之火，众人之所惮而不敢犯者也。举而投之河，则何热之能为！是以负强秦之势，而溺于弱周之弊，而天下不知其强焉者以此也。

虽然，政之弱，非若势弱之难治也。借如弱周之势，必变易其诸侯，而后强可能也。天下之诸侯，固未易变易，此又非一日之故也。若夫弱政，则用威而已矣，可以朝改而夕定也。夫齐，古之强国也；而威王，又齐之贤王也。当其即位，委政不治，诸侯并侵，而人不知其国之为强国也。一旦发怒，裂万家，封即墨大夫，召烹阿大夫与常誉阿大夫者，而发兵击赵、魏、卫，赵、魏、卫尽走请和，而齐国人人震惧，不敢饰非者〔二九〕，彼诚知其政之弱，而能用其威以济其弱也。况今以天子之尊，藉郡县之势，言脱于口而四方响应，其所以用威之资，固已完具。且有天下者患不为，焉有欲为而不可者？今诚能一留意于用威〔三○〕，一赏罚，一号令，一举动，无不一切出于威，严用刑罚而不赦有罪，力行果断而不牵于众人之是非，用不测之刑，用不测之赏，而使天下之人，视之如风雨雷电，遽然而至，截然而下，不知其所从发而不可逃遁。朝廷如此，然后平民益务检慎，而奸民滑吏亦常恐恐然惧刑罚之及其身而敛其手足，不敢辄犯法。此之谓强政。政强矣，为之数年，而天下之势可以复强。愚故曰：乘弱之惠以养威，由威发而天下震慄。然则以当今之势，求所谓万世为帝王，而其大体卒不可革易者，其尚威而已矣。

或曰：当今之势，事诚无便于尚威者。然孰知夫万世之间其政之不变，而必曰威耶？愚应之曰：威者，君之所恃以为君者也。一日而无威，是无君也。久而政弊，变其小节，而参之以惠，使不至若秦之甚，可也。举而弃之，过矣。

或者又曰：王者任德不任刑[三一]。任刑，霸者之事，非所宜言。此又非所谓知理者也。夫汤、武皆王也[三二]，桓、文皆霸也[三三]。武王乘纣之暴，出民于炮烙斩刖之地，苟又遂多杀人，多刑人以为治，则民之心去矣。故其治一出于礼义[三四]。彼汤则不然。桀之德固无以异纣[三五]，然其刑不若纣暴之甚也，而天下之民化其风，淫惰不事法度。《书》曰："有众率怠弗协。"[三六]而又诸侯昆吾氏首为乱[三七]。于是诛锄其强梗、怠惰、不法之人，以定纷乱。故《记》曰："商人先罚而后赏[三八]。"至于桓、文之事，则又非皆任刑也。桓公用管仲，仲之书好言刑[三九]，故桓公之治常任刑；文公长者，其佐狐、赵、先、魏皆不说以刑法[四〇]，其治亦未尝以刑为本，而号亦为霸。而谓汤非王而文非霸也，得乎？故用刑不必霸，而用德不必王，各观其势之何所宜用而已。然则今之势，何为不可用刑？用刑何为不曰王道？彼不先审天下之势，而欲应天下之务，难矣！

（上卷一）

注

〔一〕此文与《审敌》，同属《几策》，当为同时所作。《审敌》说："方今匈奴之君有内难，新立。"这里的"匈奴"指辽国。据《续资治通鉴》卷五十五载，至和二年（1055）八月"辽主殂……皇子燕赵国王洪基，奉遣诏即位枢前。"可知此文必作于至和二年八月后。又雷简夫上书韩琦推荐苏洵说："《审势》《审敌》《审备》（此文已佚）三篇，皇皇有忧天下心。……会今春将二子入都谋就秋试，幸其东去，简夫因约其暇日，令自袖所业求见节下。"（邵博《邵氏闻见后录》卷十五）苏洵"将二子入都谋就秋试"，在嘉祐元年三月，《审势》当作于此前，很可能作于至和二年冬。本文首论治天下当定所尚，次论定所尚须先审时度势，根据势之强弱，定政之威惠。而宋之特点在于势强政弱，故苏洵力主"尚威"，要"一留意于用威，一赏罚，一号令，一举动，无不一切出于威"，并对"王者任德不任刑"等异议作了有力反驳。

〔二〕尚：崇尚。《汉书·杨王孙传》："圣王生易尚，死易葬也。"颜师古注："尚，崇

也。"吕祖谦评:"立一篇大意起。"(《古文关键》卷二)

〔三〕纯于一:即纯一、专一。儒法两家皆主张纯一,《书·大禹谟》:"惟精惟一,允执厥中";《韩非子·五蠹》:"法莫如一而固。"只是儒家主张一于德,法家主张一于法。

〔四〕"故三代圣人"二句:三代指夏、商、周。据《史记·夏本纪》集解,从夏禹王至夏桀王,十七君,十四世,共四百七十一年;《殷本纪》集解,从汤灭夏至殷纣王,共二十九王,四百九二六年;《周本纪》集解,周凡三十七王,八百六十七年。

〔五〕"夏之尚忠"三句:《史记·高祖本纪》:"夏之政忠。忠之敝,小人以野,故殷人承之以敬;敬之敝,小人以鬼,故周人承之以文。"《汉书·杜钦传》:"殷因于夏,尚质;周因于殷,尚文。今汉家承周、秦之敝,宜抑文尚质。"

〔六〕周公为之制礼:周公,周初政治家,姬姓,名旦,周武王之弟。《礼记·明堂位》:"武王崩,成王幼弱,周公践天子之位以治天下。六年朝诸侯于明堂,制礼作乐,颁度量,而天下大服。"

〔七〕贾谊(前200—前168):洛阳(今属河南)人,文帝召为博士,超迁至太中大夫。谊"以为汉兴二十余年,天下和洽,宜当改正朔,易服色制度,定官名,兴礼乐,乃草具其仪法。"为大臣所嫉,出为长沙王太傅,后为梁怀王太傅,王坠马死,谊自伤,岁余亦死。事见《汉书·贾谊传》。

〔八〕变其小节,而其大体卒不可革易:小节即细节,大体指大的带根本性的原则。《后汉书·冯衍传》有"论于大体,不守小节"语。小节可变而大体不可变的思想源于《周易》。《系辞上》说:"天尊地卑,乾坤定矣。卑高以陈,贵贱位矣。"此即"大体卒不可革易"所本。《系辞下》说:"变动不居,周流六虚,上下无常,刚柔相易,不可为典要,唯变所适。"此即"变其小节"所本。又说:"刚柔者,立本者也。变通者。趋时者也。"后世所谓万变不离其宗,以不变应万变,均是这一思想的发挥。

〔九〕"天下之势有强弱"二句:吕祖谦称此句为一篇"主意"。权:权变,权宜。古代权与经(常规、常道)常相对,以虽有违于经而却有效者为权。《公羊传·桓公十一年》:"权者何?权者反于经然后有善者也。"

〔一○〕强甚而不已则折:《文子》:"木强则折。"

〔一一〕威与惠:吕祖谦称威惠二字为全篇"纲目"(《古文关键》卷二)。陆贽《收河中后请罢兵状》:"夫君之大柄在威与惠,二者兼行,废一不可。惠而无威则不畏,威而不惠则不怀。"

〔一二〕亵:亲狎,不庄重。

〔一三〕乳药饵石:服食药物。乳药,服药。饵,食。石,古时用以砭刺之石针,此泛指药物。

〔一四〕"必先审观其性之为阴"二名：中医以为人体由阴阳二气构成，阴阳失调则病。《史记·扁鹊仓公列传》："闻病之阳，论得其阴；闻病之阴，论得其阳。"

〔一五〕畿内：京都所辖之地。《周礼·大行人》："邦畿方千里，其外方五百里，谓之侯服，岁一见，其贡祀物。"

〔一六〕"秦有天下"二句：《史记·秦始皇本纪》载，秦初并天下，李斯等皆曰："昔者五帝地方千里，其外侯服夷服，诸侯或朝或否，天子不能制。今陛下兴义兵，诛残贼，平定天下，海内为郡县，法令由一统，自上古以来未尝有，五帝所不及。"时秦"分天下以为三十六郡，郡置守、尉、监。"

〔一七〕成、康：指继周武王后的周成王、周康王。《史记·周本纪》："成康之际，天下安宁，刑错四十余年不用。"

〔一八〕"及其后世失德"三句：据《史记·周本纪》载，自周懿王后，王室渐衰，后申侯与缯侯引西夷犬戎攻杀周幽王，平王东迁，是为东周。从此诸侯兼并，政由方伯。

〔一九〕（秦）孝公（前381—前338）：名渠梁，用商鞅变法图强，内务耕稼，外劝战死，十余年间，秦遂称霸。事见《史记·秦本纪》。

〔二〇〕骎骎：《诗·小雅·四牡》："载骤骎骎。"毛传："骎骎，骤貌。"本指马骤行貌，此作迅速讲。

〔二一〕本：与权相对，指治国之根本。儒家以礼治仁政为治国之本。《礼记·经解》引孔子语："为政先礼，礼，其政之本欤！"《孟子·梁惠王上》："王欲行之，则盍（何不）反其本矣。"下即举"五亩之宅，树之以桑"等仁政措施。

〔二二〕转运使：《宋史·职官志七》："都转运使、转运使、副使、判官，掌经度一路财赋，而察其登耗有无，以足上供及郡县之费。岁行所部，检查储积，稽考帐籍。凡吏蠹民瘼，悉条以上达，及专举刺官吏之事。"

〔二三〕驰传捧诏：带着诏书，乘驾传车急行。传，传车，驿站专用之车。《史记·孟尝君列传》："使人驰传逐之。"

〔二四〕赏数：赏赐太频繁。数（shuò），频繁。

〔二五〕典刑：常刑。《书·舜典》："象（示人）以典刑。"《尔雅·释诂》："典，常也。"

〔二六〕羌胡：羌指西夏，胡指契丹。宋真宗景德元年（1004），契丹大举入侵，宋与之订立澶渊之盟，岁遗绢二十万匹，银十万两。宋仁宗庆历二年（1042），西夏赵元昊寇边，契丹乘机要挟，宋许契丹岁增绢十万匹，银十万两。西夏亦邀宋岁遗绢银而后议和。

〔二七〕浸微浸消：即渐微渐消。《易·遯》："浸而长也。"孔颖达疏："浸者，渐进之名。"

〔二八〕释然：消融溃散貌。《老子》："涣兮若冰之将释。"

〔二九〕"夫齐"至"不敢饰非者"：《史记·田敬仲完世家》："威王初即位以来，不治，委政卿大夫，九年之间，诸侯并伐，国人不治。于是威王召即墨大夫……封之万家。……烹阿大夫，及左右尝誉（阿大夫）者，皆并烹之。遂起兵西击赵、卫，败魏于浊泽而围惠王。惠王请献观以和解，赵人归我长城。于是齐国震惧，人人不敢饰非，务尽其诚。齐国大治。"

〔三〇〕今诚能一留意于用威：《韩非子·五蠹》："父母之爱不足以教子，必待州部之刑者，民固骄于爱，听于威矣。……是以赏莫如厚而信，使民利之；罚莫如重而必，使民畏之；法莫如一而固，使民知之。故主施赏不迁，行诛无赦，誉辅其赏，毁随其罚，则贤不肖俱尽其力矣。"又《韩非子·劫奸弑臣》："善任势者国安，不知因其势者国危。……故其治国也，正明法，陈严刑。"苏洵"用威"思想即本于此。

〔三一〕任德不任刑：语见董仲舒《对策》。

〔三二〕汤、武：指商汤、周武王。

〔三三〕桓、文：指齐桓公、晋文公。

〔三四〕"武王乘纣之暴"至"一出于礼义"：据《史记·周本纪》载，武王灭商，"革殷"暴政，封殷之余民，释箕子之囚，封比干之墓，散鹿台之财，发钜桥之粟，以振贫弱。所谓"一出于礼义"即指此。炮烙斩刖，泛指纣之酷刑。炮烙，《殷本纪》作炮格："百姓怨望而诸侯有叛者，于是纣乃重刑辟，有炮格之法。"《集解》引《列女传》："膏铜柱，下加之炭，令有罪者行焉，辄堕炭中。妲己笑，名曰炮格之刑。"斩，斩杀。刖，断足。

〔三五〕桀之德固无以异纣：桀，夏桀王。纣，殷纣王。《史记·夏本纪》："帝发崩，子帝履癸立，是为桀。……桀不务德而武伤百生，百姓弗堪。"《集解》引《谥法》："贼人多杀曰桀。"德通行本作恶，此从明王执礼本。《书·汤誓》："夏德若兹，今朕必往。""夏德"即"桀之德"，此指桀之凶德。

〔三六〕有众率怠弗协：见《书·汤誓》。《史记·殷本记》"弗协"作"不和"，《集解》引马融曰："众民相率怠惰，不和同。"

〔三七〕昆吾氏：夏、商间部落名，为商汤所灭。《史记·殷本纪》："夏桀为虐政淫荒，而诸侯昆吾氏为乱。汤乃兴师率诸侯，伊尹从汤，汤自把钺以伐昆吾，遂伐桀。"

〔三八〕商人先罚而后赏：《礼记·表记》引孔子曰："殷人尊神，率民以事神。先鬼而后礼，先罚而后赏。"

〔三九〕仲之书好言刑：仲，管仲（？—前645），名夷吾，字仲，春秋初政治家，为齐桓公所重用，在齐推行改革，使齐成为春秋时第一个霸主。今存《管子》七十六篇，多记管仲言行，系后人伪托。

〔四〇〕"文公长者"二句：《史记·晋世家》载，晋文公"好士"，以狐偃、赵衰、先轸、魏绛诸人为佐，流亡多年，返国后"修政施惠百姓"，文公虽不任刑，却成为继齐之后的又一霸主。

附录

楼钥：看他笔势名法，回护转换，救首救尾之妙。纵横之习，亦见于此。（《三苏文范》卷三）

邵宝：老泉自负其才如贾生，故先正亦谓此策如贾生，而文采过之。（同上）

李东阳：论治体，论时弊，警切可诵。（同上）

唐顺之：文势一步紧一步。（同上）

王慎中（一作汪玄豹）：老泉此论，于宋煞是对病之药，惜乎当时之不能用也。（《苏文公文钞》卷六）

茅坤：宋以忠厚立国，似失之弱，而苏氏父子往往汪议于此，以矫当世。（同上）

穆文熙：一气呵成文字，其字法布置，句法错综处，有万草千花之胜，不觉夺目。（《三苏文范》卷三）

袁宏道：起句立一篇大意，中间以威、惠、强、弱四字作骨，议论反复而整严，气脉错综而贯串，文之最有精神者。（同上）

储欣：《审势》《审敌》，贾生以来，一人而已。赏滥刑驰而兵不振，虽尧舜不能平治天下。此篇为宋策治内，其归宿在尚威，第一段先挈尚字起。（《评注苏老泉集》卷一）

心 术〔一〕

苏 洵

为将之道，当先治心〔二〕。泰山崩于前而色不变，麋鹿兴于左而目不瞬〔三〕。然后可以制利害，可以待敌。

凡兵上义〔四〕，不义，虽利勿动。非一动之为害，而他日将有所不可措手足也〔五〕。夫惟义可以怒士。士以义怒，可与百战。

凡战之道，未战养其财〔六〕，将战养其力〔七〕，既战养其气〔八〕，既胜养其心〔九〕。谨烽燧，严斥堠〔一○〕，使耕者无所顾忌，所以养其财；丰犒而优游之〔一一〕，所以养其力；小胜益急，小挫益厉，所以养其气；用人不尽其所欲为，所以养其心。故士常蓄其怒，怀其欲而不尽。怒不尽则不余勇，欲不尽则有余贪，故虽并天下而士不厌兵。此黄帝之所以七十战而兵不殆也〔一二〕。不养其心，一战而胜，不可用矣。

凡将欲智而严〔一三〕，凡士欲愚〔一四〕。智则不可测，严则不可犯。故士皆委已而听命，夫安得不愚？夫惟士愚，而后可与之皆死。

凡兵之动，知敌之主，知敌之将，而后可以动于险〔一五〕。邓艾缒兵于穴中〔一六〕，非刘禅之庸，则百万之师，可以坐缚。彼固有所侮而动也。故古之贤将，能以兵尝敌〔一七〕，而又敌自尝，故去就可以决。

凡主将之道，知理而后可以举兵〔一八〕，知势而后可以加兵〔一九〕，知节而后可以用兵〔二○〕。知理则不屈，知势则不沮，知节则不穷。见小利不动，见小患不避。小利小患不足以辱吾技也，夫然后可以支大利大患。夫惟养技而自爱者，无敌于天下。故一忍可以支百勇，一静可以制百动。

兵有长短，敌我一也。敢问吾之所长，吾出而用之，彼将不与吾校〔二一〕；吾之所短，吾蔽而置之，彼将强与吾角，奈何？曰：吾之所短，吾抗而暴之，使之疑而却；吾之所长，吾阴而养之，使之狎而堕其中〔二二〕。此用长短之术也。

善用兵者，使之无所顾，有所恃。无所顾，则知死之不足惜；有所恃，则知不至于必败。尺箠当猛虎，奋呼而操击；徒手遇蜥蜴〔二三〕，变色而却步，人之情也。知此者可以将矣。袒裼而按剑〔二四〕，则乌获不敢逼〔二五〕；冠胄衣甲，据兵而寝，则童子弯弓杀之矣。故善用兵者以形固〔二六〕。夫能以形固，则力有余矣。

（卷二）

注 ————————————————————————————————

〔一〕 心术：这是《权书》十篇中的第一篇。欧阳修《赵郡苏明允墓志铭》言及苏洵"举茂材异等不中"后说："悉取所为文数百篇焚之，益闭户读书，绝笔不为文辞者五、六年。"（《欧阳文忠全集》卷三十四）苏洵"举茂材异等不中"在庆历六年（1046），其后五、六年为皇祐三、四年（1051、1052），此为《权书》写作时间的上限。又张方平《文安先生墓表》言及至和二年（1055）与苏洵初见时已言及《权书》《衡论》，此为《权书》写作时间的下限。苏洵《〈权书〉序》说："《权书》，兵书也。"其中，前五篇论为将用兵之道，"用仁济义之术"；后五篇论古代战争及其指挥者的得失。因"为将之道，当先治心"，故《心术》为十篇之首。文章首论"治心"之重要，其下分论七事，看似"互不连属"，实际都是围绕着治心说的。姜宝认为"此篇绝似《孙子·谋攻篇》，而文采过之。老泉自谓'孙吴之简切，无不如意'。非夸词也。"（《三苏文选》）

〔二〕 当先治心：《管子·心术》："心之在体，君之位也。""心安是国安也，心治是国治也。治也者心也，安也者心也。"这段话说明了治心之重要，亦为苏洵所本。

〔三〕 "泰山崩于前而色不变"二句：此言心不为外物所动。《孟子·公孙丑上》："不动心有道乎？曰：有，北宫黝之养勇也，不肤挠，不目逃。"

〔四〕 凡兵上义：上通尚，崇尚。《孙膑兵法·将义》："义者，兵之首也。"又《见威王》："卒寡而兵强者，有义也。"

〔五〕 措：安放。《论语·子路》："刑罚不中，则民无所措手足。"

〔六〕 未战养其财：《孙子·军争》："军无辎重则亡，无粮食则亡，无委积则亡。"故未战当养其财。

〔七〕 将战养其力：《孙子·军事》："以近待远，以佚待劳，以饱待饥，此治力者也。"

〔八〕 既战养其气：《孙子·军事争》："朝气锐，昼气惰，暮气归，善用兵者，避其锐气，击其惰、归，此治气者也。"孙子所言为避敌锐气，苏洵所言相反，是要养己之锐气。

〔九〕 既胜养其心：《孙子·军争》："以治待乱，以静待哗，此治心者也。"苏洵所说"养其心"也与孙子所言"治心"不同，是指下文所说"用人不尽其所欲为"，以继续保持斗志，类似《吴子·论将》所说的"虽克如始战"。

〔一〇〕 "谨烽燧"二句：加强戒备。烽燧，《后汉书·光武帝纪下》："修烽燧。"李贤注："边方备警急，作高土台……有寇即燃火，举之以相告，曰烽；又多积薪，寇至即燔之，望其烟，曰燧。昼则燔燧，夜乃举烽。"斥堠，亦作斥候，侦察候望。《史记·李将军列传》：“然亦远斥候，未尝遇害。”司马贞索隐引许慎注《淮南子》：“斥，度也；候，视也。”堠，侦察敌情的土堡。

〔一一〕丰犒而优游之：给以丰厚的犒赏并让其悠闲自得。宋刘几说：“夫椎牛酾酒，丰犒而休养之，非欲以醉饱为德，所以增士气也。”（《宋史·刘几传》）

〔一二〕黄帝之所以七十战而兵不殆也：黄帝，《史记·五帝本纪》：“黄帝者，少典之子，姓公孙，名曰轩辕。……轩辕之时，神农氏世衰，诸侯相侵伐，暴虐百姓，而神农氏弗能征。于是轩辕乃习用干戈，以征不享（不朝享者），诸侯咸来宾从。”黄帝“七十战”事见兵书《六韬》。殆，危险。《论语·为政》：“思而不学则殆。”

〔一三〕凡将欲智而严：《孙子·始计》：“将者，智、信、仁、勇、严也。”

〔一四〕凡士欲愚：《孙子·九地》：“将军之事，静以幽，正以治，能愚士卒之耳目，使之无知；易其事，革其谋，使人无识；易其居，迂其途，使人不得虑。”

〔一五〕“知敌之主”三句：《孙子·谋攻》：“知彼知己，百战不殆。”

〔一六〕邓艾（197—264）：字士载，义阳棘阳（今河南新野境内）人，三国时仕魏，官至镇西将军。魏景元四年（263），司马昭遣邓艾伐蜀，艾知蜀后主刘禅暗弱，遂出奇兵自阳平行无人之地七百余里，“艾以毡自裹，推转而下。将士皆攀木缘崖，鱼贯而进”，直抵江由，降蜀将马邈，长驱直入，大破蜀军，刘禅降。事见《三国志·魏书·邓艾传》缒，系绳而下。

〔一七〕尝敌：试敌。《左传·襄公十八年》：“臣请尝之。”杜预注：“尝，试其难易也”。

〔一八〕知理而后可以举兵：理指道义，理直则不屈。《孙子·军形》：“善用兵者修道而保法，故能为胜败之政。”

〔一九〕知势而后可以加兵：势指战势，兵势，势强故不沮（沮丧、败坏）。《孙子·兵势》：“激水之疾，至于漂石者，势也”；“如转圆石于千仞之山者，势也”；“勇怯，势也”。

〔二〇〕知节而后可以用兵：节指节律，节律求快，须速战速决，故下文云：“知节则不穷。”《孙子·兵势》：“善战者其势险，其节短。势如弩努（张满弓弩），节如发机。”机，弩箭上的发动机关。《孙子·作战》：“夫兵久而国利者，未之有也。故不尽知用兵之害者，则不能尽知用兵之利也。”

〔二一〕校（jiào）：较量。《晋书·江逌传》：“难与校力，吾当以计破之。”

〔二二〕“吾之所短”至“堕其中”：《孙子·始计》：“兵者，诡道也。故能而示之不能，用而示之不用。”苏洵反其意，言亦可暴露己之所短，使敌疑有伏而退。

〔二三〕蜥蜴：四足蛇，又叫壁虎。《史记·司马相如传》“神龟蛟鼍”注：“鼍，似蜥蝎而大。"

〔二四〕祖裼：袒开或脱去外衣。《孟子·公孙丑上》："虽袒裼裸裎于我侧，尔焉能浼我哉！"

〔二五〕乌获：战国时秦国力士，为秦武王所宠用。

〔二六〕以形固：谓恃己之力以自固，即上文所说"尺箠当猛虎"，"袒裼而按剑"。《孙子·军形》："者之善战者，先为不可胜，以待敌之可胜。"

附录

宋濂：老于孙武子，一句一理，如串八宝珍瑰，间错而不断。文字极难学，惟苏老泉数篇近之，《心术》篇之类是也。（《三苏文范》卷二）

杨慎：篇中凡七段，各不相属，然先后不紊。由治心而养士，由养士则审势，由审势而出奇，由出奇而守备，段落鲜明，井井有序，文之善变化者。（同上）

茅坤：此文中多名言，但一段段自为支节，盖按古兵法与传记而杂出之者，非通篇起伏开合之文也。（《苏文公文钞》卷七）

储欣：段段说去，自有次第。（《苏老泉全集录》卷一。又见《评注苏老泉集》卷一）

吴楚材、吴调侯：此篇逐节自为段落，非一片起伏首尾议论也。然先后不紊。由治心而养士，由养士而审势，由审势而出奇，由出奇而守备，段落鲜明，井井有序，文之善变化也。（《古文观止》卷十）

攻　守〔一〕

苏　洵

古之善攻者，不尽兵以攻坚城；善守者，不尽兵以守敌冲。夫尽兵以攻坚城，则钝兵费粮而缓于成功〔二〕；尽兵以守敌冲，则兵不分，而彼间行袭我无备〔三〕。故攻敌所不守，守敌所不攻〔四〕。

攻者有三道焉，守者有三道焉。三道：一曰正，二曰奇，三曰伏。坦坦之路，车毂击，人肩摩，出亦此，入亦此，我所必攻，彼所必守者，曰正道〔五〕。大兵攻其南，锐兵出其北，大兵攻其东，锐兵出其西者，曰奇道〔六〕。大山峻谷，中盘绝径，潜师其间，不鸣金，不挝鼓，突出乎平川，以冲敌人腹心者，曰伏道〔七〕。故兵出于正道，胜败未可知也；出于奇道，十出而五胜矣；出于伏道，十出而十胜矣〔八〕。何则？正道之城，坚城也；正道之兵，精兵也。奇道之城，不必坚也；奇道之兵，不必精也。伏道则无城也，无兵也。攻正道而不知奇道与伏道焉者，其将木偶人是也。守正道而不知奇道与伏道焉者，其将亦木偶人是也。

今夫盗之于人，抉门斩关而入者有焉，他户不扃健而入者有焉，乘坏垣坎墙趾而入者有焉。抉门斩关而主人不知察，几希矣；他户之不扃健而主人不知察，太半矣；乘坏垣坎墙趾而主人不知察，皆是矣。为主人者宜无曰门之固，而他户、墙隙之不恤焉〔九〕。夫正道之兵，抉门之盗也；奇道之兵，他户之盗也；伏道之兵，乘垣之盗也。

所谓正道者，若秦之函谷、吴之长江、蜀之剑阁是也。昔者六国尝攻函谷矣，而秦将败之〔一〇〕；曹操尝攻长江矣，而周瑜走之〔一一〕；钟会尝攻剑阁矣，而姜维拒之〔一二〕。何则？其为之守备者素矣。刘濞反攻大梁，田禄伯请以五万人别循江淮，收淮南、长沙，以与濞会武关〔一三〕。岑彭攻公孙述，自江州泝都江，破侯丹兵，径拔武阳，绕出延岑军后，疾以精骑赴广都，距成都不数十里〔一四〕。李愬攻蔡，蔡悉精卒以抗李光颜而不备愬，愬自文成破张柴，疾驰二百里，夜半到蔡，黎明擒元济〔一五〕此用奇道也。汉武攻南越，唐蒙请发夜郎兵，浮船牂牁江，道番禺城下，以出越人不意〔一六〕。邓艾攻蜀，自阴平由景谷攀木缘磴，鱼贯而进，至江油而降马邈，至绵竹而斩诸葛瞻，遂降刘禅〔一七〕。田令孜守潼关，关之左有谷曰禁，而不知之备，林言、尚让入之，夹攻关而关兵溃〔一八〕。此用伏道也。

吾观古之善用兵者，一阵之间，尚犹有正兵、奇兵、伏兵三者以取胜，况守一国，攻一国，而社稷之安危系焉者，其可以不知此三道而欲使之将耶？

（同上）

注 ————————————————————————————————

〔一〕攻守：《权书》十篇之一。本文力主不攻坚城，不守敌冲，而要避实击虚，以奇兵，尤其是伏兵取胜。作者首先摆出中心论点，然后以功、守三道论之，以防盗喻之，引史证之，反复论证了避实击虚，以奇制胜的必要。

〔二〕"夫尽兵以攻坚城"二句：《孙子·谋攻》："攻城之法为不得已。修橹（大楯）轒辒（四轮车，攻城之具），具器械，三月而后成；距堙（城下垒土），又三月而后已。将不胜其忿而蚁附之（使士卒缘城而上如蚁之缘墙），杀士卒三分之一而城不拔者，此攻之灾也。"《作战》说："凡用兵之法，驰车千驷，革车千乘，带甲十万，千里馈粮，内外之费，宾客之用，胶漆之材，车甲之奉，日费千金，然后十万之师举矣。其用战也，胜久则钝兵挫锐，攻城则力屈，久暴师则国用不足。夫钝兵挫锐，屈力殚货，则诸侯乘其弊而起，虽有智者不能善其后矣。"此言"尽兵以攻坚城"之害。

〔三〕"尽兵以守敌冲"三句：《孙子·虚实》说："善守者，敌不知其所攻。……我不欲战，虽画地而守之，敌不得与我战者，乖其所之也。"乖其所之"即不守敌冲。杜牧《战论》说："尽宿厚兵，以塞虏冲，是六郡之师，严饬护疆，不可他使。"此即苏洵所说"守敌冲，则兵不分。"间，空隙。间行，乘隙而行。"兵不分"，乘隙而"袭我无备"，皆言"尽兵以守敌冲"之害。

〔四〕"故攻敌所不守"二句：《孙子·虚实》："攻而必取者，攻其所不守也；守而必固者，守其所不攻也。"

〔五〕"坦坦之路"至"曰正道"：坦坦，平坦貌。《周易·履》："履道坦坦。""车毂击，人肩摩"，语出《战国策·齐策》，言人车众多，来往拥挤。毂，车轮中心的圆木，此指车轮。苏洵所谓攻、守的正道，指正面作战。《孙膑兵法·奇正》说："刑（形）以应刑（形），正也。"所谓形以应形，指用有形对付有形，即正面作战。

〔六〕"大兵攻其南"至"曰奇道"：《孙子·始计》："兵者，诡道也。故能而示之不能，用而示之不用，近而示之远，远而示之近。……攻其无备，出其不意。"《虚实》："兵形象水，水之形避高而趋下，兵之形避实而击虚。"《孙膑兵法·奇正》："无刑（形）而裂（制）刑（形），奇也。"苏洵所谓奇道，即孙武所谓避实击虚，攻其无备，孙膑所谓以无形制服有形。

〔七〕"大山峻谷"至"曰伏道"：苏洵所谓伏道指偷袭。《孙子·军争》："军争之难者，以迂为直，以患为利。故迂其途而诱之以利，后人发，先人至……卷甲而趋，日夜不处，倍道兼行。"杜牧注："言欲争夺，先以迂远为近，以患为利，诳给敌人，使其慢易，然后急趋也。"又云："以迂为直，是示敌人以迂远。敌意已怠，后诱敌以利，使敌心不专。然后倍道兼行，出其不意，故能后发先至，使得所争之要害也。"鸣金挝鼓是用来统一军队行动的。挝（zhuā），击，打。《军争》："言不相闻，故为之金鼓；视不相见，故为之旌旗。夫金鼓旌旗者，所以一人之耳目也。人既专一，则勇者不得独进，怯者不得独退。"《吴子·治兵》："金之不止，鼓之不进，虽有百万，何益于用?"不鸣金，不挝鼓，乃为"潜师"而行。

〔八〕"故兵出于正道"至"十出而十胜矣"：《孙子·兵势》："三军之众，可使必受敌而无败者，奇正是也。兵之所加，如以碫投卵者，虚实是也。凡战者以正合，以奇胜。故善出奇者，无穷如天地，不竭如江海。"

〔九〕"今夫盗之于人"至"他户墙隙之不恤焉"：抉，撬开。关，门闩。抉门斩关即撬门斩闩。他户，别的门。扃（jiōng）健，门窗、箱柜上的插关，此作动词用，关锁之意。趾，脚，此亦作动词用，踮脚而行。趾而入，踮脚潜入主人之宅。恤，《战国策·秦策》："不恤楚交。"注："恤。顾。"《庄子·胠箧》："将为胠箧、探囊、发匮之盗而为守备，则必摄缄縢、固扃鐍，此世俗之所谓知（智）也。然而巨盗至，则负匮、揭箧、担囊而趋，唯恐缄縢、扃鐍之不固也。然则向之所谓知者，不乃为大盗积者耶?"韩愈《守戒》："宅于都者，知穿窬之为盗，则必峻其墙垣而内固扃鐍以防之。"苏洵化用其意。"主人不知察"，"知"，他本作"之"，亦通。

〔一〇〕"昔者六国尝攻函谷矣"二句：六国，齐、楚、燕、魏、韩、赵。函谷，在今河南灵宝东北。《史记·楚世家》："（楚怀王）十一年（前318），苏秦约纵山东六国共攻秦，楚怀王为纵长，至函谷关，秦出兵击六国，六国兵皆引而归。"

〔一一〕"曹操尝攻长江矣"二句：指赤壁之战。据《三国志·吴志·周瑜传》，汉献帝建安十三年（208），曹操入荆州，得其水军，顺江东下攻吴。孙权以周瑜、程普为左右督，恃长江天险，联合刘备共破曹操于赤壁。

〔一二〕"钟会尝攻剑阁矣"二句：剑阁，在今四川北部。魏元帝景元四年（263），钟会、邓艾合攻蜀，钟会破关口，蜀将姜维退至剑阁，列营守险，钟会不能克。事见《三国志·蜀志·姜维传》。

〔一三〕"刘濞反攻大梁"四句：汉孝景帝三年（前154），吴王濞约刘姓七王反，攻大梁（今河南开封西北）。"吴王之初发也，吴臣田禄伯为大将军。田禄伯曰：'兵屯聚而西，无他奇道，难以就功，臣愿得五万人，别循江淮而上，收淮南、长沙、入武关，与大王会，此亦一奇也。'"事见《史记·吴王濞列传》。

〔一四〕"岑彭攻公孙述"至"距成都不数十里"：据《后汉书·岑彭列传》，彭字君然，南阳棘阳人。初附更始帝，后归光武。公孙述据蜀称帝，光武十一年（35），遣岑彭讨公孙述，破荆门，下江州（今四川江北县），直指垫江（今四川忠县）。既破平曲，乃使辅威将军臧宫拒公孙述将延岑，自分兵还江州，溯都江（今岷江）而上，袭破侯丹兵，晨夜兼行二千余里，径拔武阳（今四川彭山县东），使精骑驰卜广都（今四川双流县西南），绕出延岑军后。公孙述大惊，"以杖击地曰：'是何神也！'"

〔一五〕"李愬攻蔡"至"黎明擒元济"：据《旧唐书·李愬传》，愬字元直，李晟之子。唐元和中，为唐邓节度使。吴元济反，倚蔡州刺使董重质为焚剽，诏擢李光颜为忠武军节度使讨贼，元济悉以锐士当光颜。李愬乘其无备，直袭蔡州。初发文成栅，众请所向，愬曰："东六十里止。"至张柴砦，尽杀其士卒，令军士少息复出。是夜，风雪甚大，急驰入蔡州，擒元济，斩于长安。

〔一六〕"汉武攻南越"至"以出越人不意"：汉武帝建元六年（前135），大行王恢击东越，因兵威使鄱阳令唐蒙风指晓南越。蒙上书说："南越王黄屋左纛，地东西万余里，名为外臣，实一州主也。今以长沙、豫章往，水道多绝，难行。窃闻夜郎所有精兵，可得十余万，浮船牂柯江，出其不意，此制越一奇也。"见《史记·西南夷列传》。

〔一七〕"邓艾攻蜀"至"遂降刘禅"：参《心术》注〔一六〕。

〔一八〕"田令孜守潼关"至"关兵溃"：唐广明元年（880），黄巢起义军攻潼关，唐将田令孜悉以神策兵和关内诸节度兵十五万守关。潼关左有大谷，禁行人，号禁谷。田令孜屯关而未守谷，黄巢大将林言、尚让引众趋谷，与黄巢夹攻关，田令孜军遂溃。事见《旧唐书·黄巢传》。

附录

陈献章：前虚叙以兵家之要，后引证以实之，整整有律，是熟韬钤者。（《三苏文范》卷二）

林俊：大凡文字缓证固难，迭迭缓证尤难。盖迭迭缓证，惧伤于枯谈无味。此篇中考证凡几，言错而辩，文宕而严，妆点得精彩焕发，非若今之剿袭旧文者。（同上）

茅坤：攻守之革，无逾此篇，读者不可草草放过。（同上）按古传记论奇道伏道外，古今名言也。（《苏文公文钞》卷七）

袁宏道：风骨甚高，可与孙武子、荀卿驱骋。老泉熟于世故，故其譬喻曲尽人情，字字可法。老苏酷嗜《孟子》，有批点《孟子》行于世。今看其议论譬喻处，皆未经人道之语，孟子以后一人。

储欣：言兵者多知此三道，而证据详明，如画图之易晓。（《评注苏老泉集》卷一）

六国论〔一〕

苏 洵

六国破灭，非兵不利〔二〕，战不善，弊在赂秦。赂秦而力亏，破灭之道也。或曰：六国互丧，率赂秦耶〔三〕？曰：不赂者以赂者丧。盖失强援，不能独完。故曰：弊在赂秦也。

秦以攻取之外，小则获邑，大则得城〔四〕。较秦之所得，与战胜而得者，其实百倍；诸侯之所亡，与战败而亡者，其实亦百倍。则秦之所大欲，诸侯之所大患，固不在战矣。思厥先祖父，暴霜露〔五〕，斩荆棘，以有尺寸之地。子孙视之不甚惜，举以予人，如弃草芥，今日割五城，明日割十城，然后得一夕安寝。起视四境，而秦兵又至矣。然则诸侯之地有限，暴秦之欲无厌〔六〕，奉之弥繁，侵之愈急，故不战而强弱胜负已判矣。至于颠覆，理固宜然。古人云："以地事秦，犹抱薪救火，薪不尽，火不灭。"〔七〕此言得之。

齐人未尝赂秦，终继五国迁灭，何哉？与嬴而不助五国也〔八〕。五国既丧，齐亦不免矣〔九〕。燕、赵之君，始有远略，能守其土，义不赂秦。是故燕虽小国而后亡〔一〇〕，斯用兵之效也。至丹以荆卿为计，始速祸焉〔一一〕。赵尝五战于秦，二败而三胜〔一二〕。后秦击赵者再，李牧连却之〔一三〕。洎牧以谗诛，邯郸为郡〔一四〕，惜其用武而不终也。且燕赵处秦革灭殆尽之际，可谓智力孤危，战败而亡，诚不得已。向使三国各爱其地〔一五〕，齐人勿附于秦，刺客不行，良将犹在〔一六〕，则胜负之数，存亡之理，当与秦相较，或未易量。

呜呼，以赂秦之地封天下之谋臣，以事秦之心礼天下之奇才，并力西向，则吾恐秦人食之不得下咽也〔一七〕。悲夫，有如此之势，而为秦人积威之所劫，日削月割，以趋于亡。为国者无使为积威之所劫哉！

夫六国与秦皆诸侯，其势弱于秦，而犹有可以不赂而胜之之势。苟以天下之大，下而从六国破亡之故事，是又在六国下矣〔一八〕。

（卷三）

注

〔一〕六国论：本文为《权书》十篇之一。六国，战国末先后为秦所灭的韩、赵、魏、楚、燕、齐。本文首先提出六国破灭之因，二三两段分论赂秦必亡，不赂者亦以赂者亡，最后两段乃从六国灭亡之教训，以刺朝廷厚赂契丹和西夏。正如何仲默所说："老泉论六国赂秦，其实借论宋赂契丹之事，而卒此亡，可谓深谋先见之识矣。"（《唐宋文举要》甲编卷八）

〔二〕兵：兵器，贾谊《过秦论上》："收天下之兵，聚之咸阳。"

〔三〕率：都，一概，韩愈《进学解》："占小善者率以录，名一艺者无不庸。"

〔四〕"秦以攻取之外"三句：指秦除攻取得地外，主要靠贿赂赂得地。以魏为例，秦惠文王六年（前332），"魏纳阴晋"；八年（前330），"纳河西地"；十年（前328），"纳上郡十五县"；秦昭王二十一年（前286），"伐魏，魏入南阳以和"；五十三年（前254），秦又伐魏，"魏委国听命"。事见《史记·秦本纪》。

〔五〕思：发语词，《诗·鲁颂·泮水》："思乐泮水。"厥：其，《书·禹贡》："厥土惟白壤。"

〔六〕"然则诸侯之地有限"二句：《史记·虞卿列传》：虞卿对曰："且王之地有尽，而秦之求无已。"厌：满足。

〔七〕"古人云"至"火不灭"：《史记·魏世家》：苏代对魏（安釐）王说："夫以地事秦，譬犹抱薪救火，薪不尽，火不灭。"又《战国策·魏策》，孙臣与魏（安釐）王语，也有类似的话。

〔八〕与嬴而不助五国也：与：亲附，交好。嬴：秦之先伯翳佐舜调驯鸟兽，舜赐嬴氏，此代指秦。《史记·田敬仲完世家》："后胜相齐，多受秦间金，多使宾客入秦，秦又多与金。客皆为反间，劝王去从朝秦，不修攻战之备，不助五国攻秦。秦以故得灭五国。"

〔九〕"五国既丧"二句:《史记·田敬仲完世家》:"五国已亡,秦兵卒入临淄,民莫敢格者。王建遂降,迁于共,故齐人怨王建不蚤(早)与诸侯合从攻秦。"

〔一○〕"燕赵之君"至"燕虽小国而后亡":据《史记·燕召公世家》和《赵世家》载,燕、秦相距遥远,未尝交兵,燕亦未赂秦。相反,"(文公)二十八年(前334),苏秦始来见,说文公。文公予车马金帛以至赵,赵肃侯用之。因约六国,为从长。"《史记·燕召公世家》)共与秦对抗。赵国武灵王时,胡服骑射,成为北方强国,多次与秦交兵。《史记·燕召公世家》:"太史公曰:……燕外迫蛮貉,内措齐、晋,崎岖强国之间,最为弱小,几灭者数矣。然社稷血食者八九百岁,于姬姓独后亡。"

〔一一〕"至丹以荆卿为计"二句:丹,燕太子丹。荆卿,即荆轲。《史记·燕召公世家》:"太子丹阴养壮士二十人,使荆轲献督亢地图于秦,因袭刺秦王。秦王觉,杀轲,使将军王翦击燕。(燕王喜)二十九年(前226),秦攻拔我蓟,燕王亡,徙居辽东,斩丹以献秦。……三十三年(前222),秦拔辽东,虏燕王喜,卒灭燕。"

〔一二〕"赵尝五战于秦"二句:《史记·苏秦列传》,苏秦说燕文侯语:"秦、赵五战,秦再胜而赵三胜。"又见《战国策·燕策》,鲍彪注:"设辞也。"考之史实,确非实指。

〔一三〕"后秦击赵者再"二句:李牧,赵末名将。《史记·赵世家》:"(幽缪王迁)三年(前233),李牧率师与(秦)战肥下,却之。封牧为武安君。四年,秦攻番(pó)吾,李牧与之战,却之。"

〔一四〕"洎牧以谗诛"二句:洎,及。《史记·廉颇蔺相如列传》:"赵王迁七年(前229),秦使王翦攻赵,赵使李牧、司马尚御之。秦多与赵王宠臣郭开金,为反间,言李牧、司马尚欲反。赵王乃使赵葱及齐将颜聚代李牧。李牧不受命,赵使人微捕得李牧,斩之。废司马尚。后三日,王翦因急击赵,大破杀赵葱,虏赵王迁及其将颜聚,遂灭赵。"邯郸为郡,谓赵亡后,秦以赵都邯郸(今河北邯郸市)为秦郡。

〔一五〕三国:指楚、魏、韩。

〔一六〕"刺客不行"二句:刺客指荆轲,良将指廉颇、李牧。廉颇,赵国良将,屡立战功。秦、赵长平之战,颇坚壁固守三年。赵信秦之间,以赵括代颇,大败,数十万之众降秦,并为秦坑杀。

〔一七〕吾恐秦人食之不得下咽也:谓秦将为六国所灭。《史记·秦始皇本纪》附班固论曰:"(赵)高死之后,宾婚未得尽相劳,餐未及下咽,酒未及濡唇,楚兵已屠关中。"

〔一八〕"苟以天下之大"三名:高步瀛《唐宋文举要》甲编卷八:"宋真宗景德元年(1004),与契丹主(圣宗)为澶渊之盟,宋输辽岁币银十万两,绢二十万匹。仁宗庆历二年(1042),契丹遣萧英、刘六符至宋求关南十县地。富弼再使契丹,卒定盟加岁币银绢各十万两匹，且欲改称献或纳。弼皆不可。仁宗用晏殊议，竟以纳字许之。此宋赂契丹之事也。至于西夏，亦复有赂。庆历三年（1043），元昊上书请和，赐岁币绢十万匹，茶三万斤。见《宋史》真宗、仁宗《本纪》，寇准、曹利用、富弼等《传》，及《续资治通鉴长编》。此虽非割地，然几与割地无异。故明允概乎其言之也。"

附录

茅坤：一篇议论，由《战国策》纵横之说来，却能与《战国策》相伯仲，当与子由《六国论》并看。（《苏文公文钞》卷七）

袁宏道：此篇论六国之所以亡，乃六国之成案。其考证处，开合处，为六国筹画处，皆确然正议。末影宋事，尤妙。（《三苏文范》卷二）

陶望龄：老泉曰：封谋臣，礼贤才，以并力西向，则恐秦人食之不得下咽也，可谓至论。（同上）

储欣：谓此悲六国乎？非也。刘六符一来求地，岁弊顿增，五城十城之割，如水就下，直易易耳。借古伤今，淋漓深痛。（《评注苏老泉集》卷一）

高　祖[一]

苏　洵

汉高祖挟数用术，以制一时之利害，不如陈平[二]；揣摩天下之势，举指摇目以劫制项羽，不如张良[三]。微此二人[四]，则天下不归汉，而高帝乃木彊之人而止耳[五]。然天下已定，后世子孙之计[六]，陈平、张良智之所不及，则高帝常先为之规画处置，以中后世之所为，晓然如目见其事而为之者。盖高帝之智，明于大而暗于小，至于此而后见也。

帝尝语吕后曰："周勃厚重少文[七]，然安刘氏必勃也。可令为太尉。"方是时，刘氏既安矣，勃又将谁安邪？故吾之意曰：高帝之以太尉属勃也，知有吕氏之祸也[八]。

虽然，其不去吕后，何也？势不可也。昔者武王没，成王幼，而三监叛〔九〕。帝意百岁后，将相大臣及诸侯王有武庚禄父者，而无有以制之也。独计以为家有主母，而豪奴悍婢不敢与弱子抗。吕后佐帝定天下，为大臣素所畏服〔一〇〕，独此可以镇压其邪心，以待嗣子之壮〔一一〕。故不去吕后者，为惠帝计也。

吕后既不可去，故削其党以损其权，使虽有变而天下不摇。是故以樊哙之功，一旦遂欲斩之而无疑〔一二〕。呜呼，彼岂独于哙不仁耶？且哙与帝偕起，拔城陷阵，功不为少矣。方亚父啖项庄时，微哙诮让羽〔一三〕，则汉之为汉，未可知也。一旦人有恶哙欲灭戚氏者，时哙出伐燕，立命平、勃即斩之。夫哙之罪未形也，恶之者诚伪未必也。且高帝之不以一女子斩天下之功臣，亦明矣。彼其娶于吕氏，吕氏之族，若产、禄辈，皆庸才不足恤。独哙豪健，诸将所不能制。后世之患，无大于此矣。夫高帝之视吕后也，犹医者之视堇也〔一四〕，使其毒可以治病，而无至于杀人而已矣。樊哙死，则吕氏之毒将不至于杀人，高帝以为是足以死而无忧矣。彼平、勃者，遗其忧者也。哙之死于惠之六年也〔一五〕，天也。使其尚在，则吕禄不可绐，太尉不得入北军矣〔一六〕。

或谓哙于帝最亲，使之尚在，未必与产、禄叛。夫韩信、黥布、卢绾皆南面称孤，而绾又最为亲幸，然及高祖之未崩也，皆相继以逆诛〔一七〕。谁谓百岁之后，椎埋屠狗之人〔一八〕，见其亲戚乘势为帝王，而不欣然从之邪？吾故曰：彼平、勃者，遗其忧者也。

（卷三）

注 ——————

〔一〕本文为《权书》十篇之一。高祖即刘邦（前256—前195），字季，沛县（今属江苏）人，汉王朝的建立者。本文论刘邦"明于大而暗于小"，"挟数用术"虽不及人，且却善于为"后世子孙之计"，其"以太尉属勃"，"不去吕后"，欲斩樊哙三事，皆为防后患，而"先为之规画处置"。

〔二〕"汉高祖挟数用术"三句：数犹术，技能，《孟子·告子上》："奕之为数，小数也。"陈平（？—前178），汉初阳武（今河南原阳东南）人，初从项羽，后归汉，以反间计使项羽去其谋士范增，封曲逆侯，位至丞相。《史记·陈丞相世家》："常出奇计，救纷纠之难，振国家之患。……以荣名终，称贤相，岂不善始善终哉！非知谋，孰能当此者乎？"

〔三〕"揣摩天下之势"三句：举指摇目喻轻而易举。劫制，劫持控制。张良（？—前186），字子房，传为城父（今安徽亳县）人。封于留（今江苏徐州），又称留侯。父祖辈相韩五世。曾暗杀秦始皇，未遂。陈胜起兵，良聚众归刘邦，成为刘邦谋士，是帮助刘邦反秦灭项（羽），建立汉朝的关键人物。刘邦曾说："夫运筹策帷帐之中，决胜于千里之外，吾不如子房。"（《史记·高祖本纪》）

〔四〕微：无。《论语·宪问》："微管仲，吾其被发左衽矣。"

〔五〕木彊之人：《史记·张丞相列传》："周昌，木彊人也。"张守节《正义》："（木彊），言其质直倔强如木石焉"。

〔六〕后世子孙之计：指下文"以太尉属勃"，"不去吕后"，欲斩樊哙等事。又《史记·高祖本纪》："吕后问：'陛下百岁后，萧相国（何）即死，令谁代之？'上曰：'曹参可。'问其次，上曰：'王陵可。然陵少戆，陈平可以助之。陈平智有余，然难以独任。周勃厚重少文，然安刘氏者必勃也。可令为太尉。'吕后复问其次，上曰：'此后亦非而所知也。'"

〔七〕周勃（前？—前169），沛县（今属江苏）人，秦末从刘邦起义，以军功为将军，封绛侯。汉初又从刘邦平定韩王信、陈豨、卢绾之乱。吕后时，任太尉。吕后死，诛吕禄、吕产、迎立汉文帝，任右丞相。

〔八〕吕氏之祸：刘邦死后，其妻吕雉（字娥姁）当权，囚刘邦宠姬戚夫人，酖赵王如意，封诸吕为王。后吕后病甚，虑大臣不平为变，乃令赵王吕禄掌北军。吕产居南军，太尉周勃不得入军中主军。吕后死，诸吕欲为乱，周勃用陈平计，诛诸吕。

〔九〕"昔者武王没"三句：武王，姬姓，名发，文王之子，周王朝的建立者。成王名诵，武王之子。三监之说有二：《汉书·地理志》谓周灭殷，分其畿内为三：邶以封纣王之子武庚禄父，鄘以管叔尹之，卫以蔡叔尹之，以监殷民。《帝王世纪》谓管叔监卫，蔡叔监鄘，霍叔监邶。《史记》无三监之说，但说"武王为殷初定未集，乃使其弟管叔鲜、蔡叔度相禄父（即武庚）治殷。"（《史记·周本纪》）武王崩，成王年幼，周公摄政。管、蔡疑周公，与武庚作乱，叛周。周公讨平之。

〔一○〕"吕后佐帝定天下"二句：《史记·吕太后本纪》："吕后为人刚毅，佐高祖定天下，所诛大臣，多吕后力。"又《卢绾传》载绾语："往年春，汉族淮阴；夏，诛彭越，皆吕后计。今上病，属任吕后。吕后妇人，专欲以事诛异姓王者及大功臣。"

· 文 选 ·

〔一一〕嗣子：当继位的嫡长子，此指汉惠帝刘盈。《汉书·惠帝纪》："孝惠皇帝，高祖太子也，帝年五岁，高祖初为汉王。二年，立为太子。十二年四月，高祖崩。五月丙寅，太子即皇帝位。"惠帝继位，年仅十七。

〔一二〕"是故以樊哙之功"二句：樊哙（？—前189），沛县（今属江苏）人，随刘邦起义，以军功封，号贤成君。汉初，随刘邦击破陈豨、臧荼、韩王信之判乱，任左丞相，封武阳侯。其妻吕须为吕后妹，被视为吕党。"卢绾反，高帝使哙以相国击燕。是时高帝病甚，人有恶哙党于吕氏，即上一日宫车晏驾，则哙欲以兵尽诛灭戚氏、赵王如意之属。高帝闻之大怒，乃使陈平载绛侯（周勃）代将，而即军中斩哙。陈平畏吕后，执哙诣长安。至则高祖已崩，吕后释哙，使复爵邑。"（《史记·樊郦滕灌列传》）

〔一三〕"方亚父嗾项庄时"二句：亚父即范增（前277—前204），居鄛（今安徽桐城）人。嗾，使狗声，嗾使。诮让，谴责。范增随项梁起兵，后为项羽谋士，被尊为亚父。汉元年（前206），项羽率军四十万进驻鸿门（今陕西临潼东），与范增定计请刘邦赴宴。范增于宴中令项庄舞剑，欲击刘邦。樊哙闻事急，乃撞入营，责项羽，使邦得入厕，走归灞上军。"是日微樊哙奔入营诮让项羽，沛公事几殆。"（《史记·樊郦滕灌列传》）

〔一四〕堇：药草，有毒，可治病。《吕氏春秋·劝学》："是救病而饮之以堇也。"高诱注："堇，毒药也，能毒杀人。"

〔一五〕"哙之死于惠之六年也"：《史记·樊郦滕灌列传》："孝惠六年（前189），樊哙卒，谥为武侯。"

〔一六〕"则吕禄不可绐"二句：绐，欺骗，《穀梁传·僖公元年》："恶公子之绐。"据《史记·吕太后本纪》，吕后崩，诸吕不自安，欲乱关中。太尉周勃与丞相陈平谋，使郦寄、刘揭绐说吕禄急归将印，以兵属太尉。陈平乃得入北军，灭诸吕。

〔一七〕"夫韩信"至"皆相继以逆诛。"韩信（？—前196），指韩王信，非淮阴侯韩信，故韩襄王庶孙。刘邦经略下韩故地，任为韩将，从邦入武关。及邦还定三秦，拜信为韩太尉，将兵略韩地，击败项羽所封韩王昌，立信为韩王。汉六年（前201），诏徙信王太原以御胡。数派使入匈奴求和解，高祖使人责让之。信恐诛，叛，兵败，亡走匈奴，为汉柴将军所斩。黥布（？—前195）即英布，六县（今安徽六安东北）人。秦末率骊山刑徒起义，尝为项羽前锋，封九江王。汉三年（前204），归汉，封淮南王。后举兵反，败，为长沙王所诱杀。卢绾（前247—前193），与刘邦同里，同日生，壮又相爱。秦末随刘邦起义，入汉中为将军、常侍中，出入卧内，衣被饮食赏赐，群臣莫敢望。汉五年（前202）封燕王。高祖东击黥布，召卢绾不至，又闻绾通匈奴，于是使樊哙击绾，绾亡入匈奴，死胡中，见《史记·韩信卢绾列传》《黥布列传》。

〔一八〕椎埋屠狗之人：指樊哙。椎埋，杀人埋尸，《汉书·酷吏传》："王温舒，阳陵人也，少时椎埋为奸。"颜师古注："椎杀人而埋之。"屠狗，《史记·樊郦滕灌列传》："舞阳侯樊哙者，沛人也，以屠狗为事。"张守节《正义》："时人食狗亦与羊豕同，故哙专屠以卖之。"

附录

曾巩：老泉之文侈能使之约，远能使之近，大能使之微，小能使之著，烦能不乱，肆能不流。作《高祖论》，其雄壮俊伟，若决江河而下也；其辉光明白，若引星辰而上也。（《三苏文范》卷二）

李鸁：文字要驾空立意。苏明允《春秋论》，揣摩以天子之权与鲁之意，作一段议论；《高祖论》，揣摩不去吕后之意，作一段议论。当时夫子与高祖之意未必如此。皆驾空自出新意，文法最高，熟之必长于论。（同上）

吕祖廉：此篇须看抑扬、反复、过接处，将无作有，以虚为实。（《静观堂三苏文选》）

谢枋得：此论高祖命平、勃即军中斩樊哙事，有所见，遂作一段文字。知有吕后之祸，而用周勃，不去吕后二事，皆是穷思极虑，刻苦作文。非臆可到，必熟读暗记，方知其妙。（同上）

唐顺之：用吕氏以制天下，用周勃以制吕氏之祸而安刘，揣摩高帝之智，可八九中矣。规画区处，莫若用勃，而以平佐之。公却不循成说，实以斩哙一节，此犹高帝所或然者。独谓哙必与禄、产叛，为已甚耳。扬之而在云，抑之而在渊，文人胸中之奇，不可禁御如此！（《评注苏老泉集》卷二）

茅坤：虽非当汉成败确论，而行文却自纵横可爱。愚谓高帝死而吕后独任陈平，未必不由不斩哙一。且哙不死，其助禄、产之叛亦未必。观其谯羽鸿门与排闼而谏，哙亦似有气岸而能守正者，岂可以屠狗之雄而遽逆其诈哉！苏氏父子兄弟往往以事后成败摭拾人得失，类如此。（《苏文公文钞》卷七）

御 将〔一〕
苏 洵

人君御臣，相易而将难。将有二：有贤将，有才将。而御才将尤难。御相以礼，御将以术。御贤将之术以信，御才将之术以智。不以礼，不以信，是不为也。不以术，不以智，是不能也。故曰：御将难，而御才将尤难。

六畜[二]，其初皆兽也。彼虎豹能搏能噬[三]，而马亦能蹄，牛亦能触。先王知能搏能噬者，不可以人力制，故杀之；杀之不能，驱之而后已。蹄者可驭以羁绁[四]，触者可拘以楅衡[五]，故先王不忍弃其材而废天下之用。如曰是能蹄，是能触，当与虎豹并杀而同驱，则是天下无骐骥[六]，终无以服乘邪[七]？

先王之选才也，自非大奸剧恶如虎豹之不可以变其搏噬者，未有不欲制之以术，而全其才以适于用。况为将者，又不可责以廉隅细谨[八]，顾其才何如耳[九]。汉之卫[一○]、霍[一一]、赵充国[一二]，唐之李靖[一三]、李勣[一四]，贤将也；汉之韩信[一五]、黥布[一六]、彭越[一七]、唐之薛万彻[一八]、侯君集[一九]、盛彦师[二○]，才将也。贤将既不多有，得才者而任之可也。苟又曰是难御，则是不肖者而后可也。结以重恩，示以赤心，美田宅，丰饮馔，歌童舞女，以极其口腹耳目之欲，而折之以威，此先王之所以御才将也。

近之论者或曰：将之所以毕智竭虑，犯霜露，蹈白刃而不辞者，冀赏耳。为国家者不如勿先赏以邀其成功。或曰：赏所以使人，不先赏，人不为我用。是皆一隅之说[二一]，非通论也[二二]。将之才固有小大，杰然于庸将之中者，才小者也。杰然于才将之中者，才大者也。才小志亦小，才大志亦大。人君当观其才之大小，而为之制御之术以称其志。一隅之说，不可用也。

夫养骐骥者，丰其刍粒，洁其羁络，居之新闲，浴之清泉，而后责之千里。彼骐骥者，其志常在千里也，夫岂以一饱而废其志哉[二三]！至于养鹰则不然，获一雉，饲以一雀；获一兔，饲以一鼠。彼知不尽力于击搏，则其势无所得食，故然后为我用[二四]。才大者，骐骥也，不先赏之，是养骐骥者饥之而责其千里，不可得也。才小者，鹰也，先赏之，是养鹰者饱之而求其击搏，亦不可得也。是故先赏之说，可施之才大者；不先赏之说，可施之才小者：兼而用之可也。

昔者汉高祖一见韩信而授以上将，解衣衣之，推食哺之[二五]；一见黥布，而以为淮南王，供具饮食如王者[二六]；一见彭越，而以为相国[二七]。当是时，三人者未有功于汉也。厥后追项籍垓下，与信约期而不至，捐数千里之地以畀之，如弃敝屣[二八]。项氏未灭，天下未定，而三人者已极富贵矣。何则？高帝知三人者之志大，不极于富贵，则不为我用。虽极于富贵而不灭项氏，不定天下，则其志不已也。至于樊哙[二九]、滕公[三〇]、灌婴[三一]之徒则不然，拔一城，陷一阵，而后增数级之爵；否则，终岁不迁也。项氏已灭，天下已定，樊哙、滕公、灌婴之徒，计百战之功，而后爵之通侯。夫岂高帝至此而啬哉[三二]？知其才小而志小，虽不先赏，不怨；而先赏之，则彼将泰然自满[三三]，而不复以立功为事故也。

噫，方韩信之立于齐，蒯通、武涉之说未去也。当此之时而夺之王，汉其殆哉！夫人岂不欲三分天下而自立者？而彼则曰：汉王不夺我齐也[三四]。故齐不捐[三五]，则韩信不怀[三六]；韩信不怀，则天下非汉之有。呜呼，高帝可谓知大计矣。

（卷四）

注 ——————————————————————————————————

〔一〕《御将》为《衡论》十篇之一。王充著有《论衡》，其《自纪》说："《论衡》者，论之平也。"苏洵《衡论》亦为衡情酌理，权衡国家得失之书。《衡论叙》有"始吾作《权书》"，"于是又作《衡论》"语，可知《衡论》作于《权书》后不久。《权书》言兵，《衡论》言政，乃姊妹篇。张方平《文安先生墓表》言及至和二年（1055）初见苏洵时，已有"既而得其所著《权书》《衡论》"语，可知《衡论》亦完成于至和二年前。宋王朝鉴于晚唐五代藩镇割据的教训，不敢信用武将。本文详尽论述了御相和御将，御贤将和御才将，御大才和御小才的不同之术，强调要敢于信用才将，文章具有强烈的现实针对性。

〔二〕六畜：马、牛、羊、鸡、犬、豕。

〔三〕搏：搏击。《史记·魏其武安侯列传》："夫醉，搏（窦）甫。"司马贞《索引》："搏，音博，谓击也。"噬：咬，《战国策·楚策一》："狗恶之，当门而噬之。"

〔四〕羁绁：络系犬马之具。《国语·晋语四》："从者为羁绁之仆。"韦昭注："马曰羁，犬曰绁。"

〔五〕楅衡：缚于牛角、牛鼻防其触人、便于牵引的横木。《诗·鲁颂·閟宫》："夏而楅衡。"郑玄笺："楅衡其牛角，为其触觚人也。"

〔六〕骐骥：良马名，《商君书·画策》："骐骥騄駬，每一日走千里。"下文"骐骥"亦指良马，《庄子·秋水》："骐骥骅骝，一日而驰千里。"

〔七〕服乘：古代一车驾四马，居中二马称服，《诗·郑风·大叔于田》："两服上襄，两骖雁行。"乘：车辆，《诗·小雅·六月》："元戎十乘。"无以服乘即无马可骑。

〔八〕廉隅细谨：品行端方，谨小慎微。《汉书·扬雄传》："不修廉隅以徼名当世。"《史记·项羽本纪》："大行不顾细谨。"

〔九〕顾：看。

〔一〇〕卫：卫青（？—前106），字仲卿，河东平阳（今山西临汾西南）人，以军功至大将军，封长平侯。七次出击匈奴，捕斩虏首五万余级。元朔六年（前123）卫青出定襄击匈奴，右将军苏建尽亡其军，议郎周霸请斩建以明威，青不敢自擅专诛，遂囚建归天子自裁，可见其行之检慎。事见《史记·卫将军骠骑列传》。

〔一一〕霍：霍去病（前104—前117），河东平阳人，以军功至骠骑将军，封冠军侯。凡六次出击匈奴，斩捕虏首十一万余级，颇富边功。天子为霍修治府第，令其视之，霍曰："匈奴未灭，无以家为。"亦堪称德才兼备之将。事见《史记·卫将军骠骑列传》。

〔一二〕赵充国（前137—前52）：字翁孙，陇西上邽（今甘肃天水市西南）人，后徙金城令居。武帝时出击匈奴，勇敢善战，拜为中郎，迁车骑将军长史。昭帝时以大将军护国都尉击定武都氐人反，迁中郎将；击匈奴，获西祁王，擢为后将军。宣帝时封营平侯，将四万骑屯缘边九郡，屯田就食，以安国家。事见《汉书·赵充国传》。

〔一三〕李靖（571—649）：唐初军事家。本名药师，京兆三原（今属陕西）人。唐高祖时任行军总管，太宗时历任兵部尚书、尚书右仆射，先后击败东突厥、吐谷浑，封卫国公。著有《李卫公兵法》（已佚）。事见《唐书》本传。

〔一四〕李勣（594—669）：字懋功，本姓徐，名世勣，曹州离狐（今山东东明县东南）人。隋末，附李密，以奇计破王世充。后归唐，授黎阳总管，从秦王平窦建德，降王世充，又从破刘黑闼、徐园郎，累迁左监门大将军。太宗即位，拜并州都督，迁光禄大夫。事见《唐书》本传。

〔一五〕韩信（？—前196），秦末淮阴（今江苏清江）人，初从项羽，后投刘邦，拜为大将。助刘定齐地，败项羽，封楚王，后被告谋反，降为淮阴侯，为吕后所杀。事见《史记·淮阴侯列传》。

〔一六〕黥布：见《高祖》注〔一七〕。

〔一七〕彭越（？—前196），昌邑（今山东金乡县西北）人，字仲。秦末，聚众起兵，无所属。汉元年，齐王田荣叛项羽，赐彭越将军印，越大破楚军。汉二年归刘邦，拜魏相国，下昌邑旁二十余城。会兵垓下，灭项羽，封梁王。后以谋反罪为刘邦所诛。事见《史记·魏豹彭越列传》。

〔一八〕薛万彻：本燉煌人，后徙雍州咸阳。归唐高祖，授车骑将军。从李靖讨突厥颉利可汗，以功授统军，进爵郡公。累迁左卫将军，尚丹阳公主，拜驸马都尉。后以谋立荆王元景罪被诛。事见《唐书》本传。

〔一九〕侯君集：豳州三水人，初从秦王征讨，累迁至东骑将军。太宗即位，以功进封潞国公。历任右卫大将军、兵部尚书、交河道行军大总管。后亦以谋逆伏诛。事见《唐书》本传。

〔二〇〕盛彦师：宋州虞城人，以行军总管击斩李密，追擒王伯当，封葛国公。拜武卫将军。会徐圆朗反，彦师为安抚大使与战，没于贼。后以罪赐死。事见《唐书》本传。

〔二一〕一隅之说：一种片面的见解。《荀子·解蔽》：“此数具有者，皆道之一隅也。”

〔二二〕通论：通达之论，语见杜预《春秋左氏传序》。

〔二三〕“夫养骐骥者”至“废其志哉”：韩愈《杂说四》：“马之千里者，一食或尽粟一石。食马者，不知其能千里而食也。是马也，虽有千里之能，食不饱，力不足，才美不外见，且欲与常马等不可得，安求其能千里也！”苏洵之意本此。刍粒：喂马的草料。羁络：马络头。闲：马厩。《周礼·夏官·校人》：“天子十有二闲，马六种。”

〔二四〕“至于养鹰则不然”至“然后为我用”：《后汉书·刘焉袁术吕布列传》：陈登诣曹操返徐州语吕布曰：“登见曹公，言养将军譬如虎，当饱其肉，不饱则将噬人。公曰：‘不如卿言。譬如养鹰，饥即为用，饱则飏去。’”

〔二五〕“昔者汉高祖”三句：《史记·淮阴侯列传》：项羽使武涉说韩信“反汉与楚”，韩信谢曰：“汉王授我上将军印，予我数万众，解衣衣我，推食食我，言听计用，故吾得以至于此。夫人深亲信我，我倍之不祥，虽死不易。幸为信谢项王。”

〔二六〕“一见黥布”三句：《史记·黥布列传》：刘邦使随何说布叛楚归汉，“淮南王至，上方踞床洗，召布入见。布大怒，悔来，欲自杀。出就舍，帐御饮食从官如汉王居，布又大喜过望。……四年七月，立布为淮南王，与击项籍。”

〔二七〕“一见彭越”二句：《史记·魏豹彭越列传》：“汉王二年春，与魏王豹及诸侯东击楚，彭越将其兵三万余人归汉于外黄。汉王……乃彭越为魏相国，擅将其兵，略定梁地。”

〔二八〕“厥后追项籍垓下”四句：《史记·项羽本纪》：汉五年（前202），汉王追项王至阳夏南，与韩信、彭越期会击楚军。至固陵，而信、越之兵不会。与楚军战，败。汉王乃用张良计，发使者告韩信、彭越曰："并力击楚，楚破，自陈以东傅海与齐王（韩信），睢阳北至穀城与彭相国。"厥：其。畀：给予。

〔二九〕樊哙：参《高祖》注〔一二〕。

〔三〇〕滕公：即夏侯婴（？—前 172），沛（今属江苏）人，随刘邦起兵，屡立战功，任太仆，封汝阴侯。吕后死，与陈平等共立文帝。曾任滕令，楚人称令为公，故称滕公。见《史记·樊郦滕灌列传》。

〔三一〕灌婴（？—前 176）：睢阳（今河南商丘）人，少以贩缯为业，从刘邦起义，封颍阴侯。吕后死，与陈平等共立文帝。官至太尉、亚相。

〔三二〕啬：吝惜。

〔三三〕泰然：自安貌。

〔三四〕"方韩信之立于齐"至"汉王不夺我齐也"：据《史记·淮阴侯列传》，刘邦立韩信为齐王，项羽恐，使武涉往说韩信反汉，参分天下而王之。齐人蒯通亦言当时权在韩信，为汉则汉胜，为楚则楚胜，莫如两利而俱存之，参分天下，鼎足而居。但韩信犹豫不忍倍（背）汉，自以为功多，"汉终不夺我齐"。参本文注〔二五〕。

〔三五〕捐：舍弃，韩愈《进学解》："细大不捐。"

〔三六〕怀：归向，《尚书·皋陶谟》："黎民怀之。"此指归向刘邦。

附录

陈献章：此篇议论弘博，笔调清扬，引喻处尤其风逸。末以韩信事结束，有咏叹，亦有趣味。（《三苏文范》卷二）

陆简：通篇言御将之难……是老泉善读史处。看破汉高驭英雄之术，故立此论。（同上）

杨慎：此篇有格局，一步进一步，不似他篇，各为片段。（同上）

茅坤：老苏论驭才将以智，而引汉高祖待韩、彭一着，似痛切矣。独不思宋祖御诸将，更有处分。智之一字，决非至理。又：三转（指此文最后一段），譬诸悬千里之江汉而注之海，更作一番波澜湍急外。（《苏文公文钞》卷八）

广 士^{〔一〕}

苏 洵

古之取士，取于盗贼，取于夷狄。古之人非以盗贼、夷狄之事可为也，以贤之所在而已矣。夫贤之所在，贵而贵取焉，贱而贱取焉。是以盗贼下人，夷狄异类，虽奴隶之所耻，而往往登之朝廷，坐之郡国，而不以为怍^{〔二〕}。而绳趋尺步，华言华服者，往往反摈弃不用^{〔三〕}。何则？天下之能绳趋而尺步，华言而华服者众也，朝迁之政，郡国之事，非特如此而可治也。彼虽不能绳趋而尺步，华言而华服，然而其才果可用于此，则居此位可也。

古者天下之国大而多士大夫者，不过曰齐与秦也。而管夷吾相齐，贤也，而举二盗焉^{〔四〕}；穆公霸秦，贤也，而举由余焉^{〔五〕}。是其能果于是非而不牵于众人之议也，未闻有以用盗贼、夷狄而鄙之者也。今有人非盗贼，非夷狄，而犹不获用，吾不知其何故也。

夫古之用人，无择于势。布衣寒士而贤则用之，公卿之子弟而贤则用之，武夫健卒而贤则用之，巫医方技而贤则用之^{〔六〕}，胥史贱吏而贤则用之^{〔七〕}。今也布衣寒士持方尺之纸，书声病剽窃之文^{〔八〕}，而至享万钟之禄^{〔九〕}；卿大夫之子弟饱食于家，一出而驱高车，驾大马，以为民上；武夫健卒有洒扫之力，奔走之旧，久乃领藩郡，执兵柄；巫医方技一言之中，大臣且举以为吏。若此者，皆非贤者，皆非功也，是今之所以进之之途多于古也。而胥史贱吏，独弃而不录。使老死于敲榜趋走，而贤与功者不获一施。吾甚惑也。不知胥吏之贤，优而养之，则儒生武士或所不若^{〔一〇〕}。

昔者汉有天下，平津侯^{〔一一〕}、乐安侯^{〔一二〕}辈皆号为儒宗，而卒不能为汉立不世大功。而其卓绝隽伟，震耀四海者，乃其贤人之出于吏胥中者耳。夫赵广汉^{〔一三〕}，河间之郡吏也；尹翁归^{〔一四〕}，河东之狱吏也；张敞^{〔一五〕}，太守之卒史也；王尊^{〔一六〕}涿郡之书佐也：是皆雄隽明博，出之可以为将，而内之可以为相者也，而皆出于吏胥中者，有以也[一七]。夫吏胥之人，少而习法律，长而习狱讼，老奸大豪畏惮慑伏，吏之情状、变化、出入，夫不谙究，因而官之，则豪民猾吏之弊，表里毫末毕见于外，无所逃遁，而又上之人择之以才，遇之以礼，而其志复自知得自奋于公卿，故终不肯自弃于恶以贾罪戾[一八]，而败其终身之利。故当此时，士君子皆优为之，而其间自纵于大恶者，大约亦不过几人；而其尤贤者，乃至成功如是。

今之吏胥则不然，始而入之不择也，终而遇之以犬彘也。长吏一怒，不问罪否，袒而笞之；喜而接之，乃反与交手为市[一九]。其人常曰：长吏待我以犬彘，我何望而不为犬彘哉！是以平民不能自弃为犬彘之行，不肯为吏矣，况士君子而肯俯首为之乎！然欲使之谨饰可用如两汉[二〇]，亦不过择之以才，待之以礼，怒其小过，而弃绝其大恶之不可贳忍者[二一]，而后察其贤、有功而爵之，禄之，贵之，勿弃之于冗流之间[二二]。则彼有冀于功名[二三]，自尊其身，不敢匄夺[二四]，而奇才绝智出矣。

夫人固有才智奇绝而不能为章句、名数、声律之学者[二五]，又有不幸而不为者。苟一之以进士、制策[二六]，是使奇才绝智有时而穷也。使吏胥之人，得出为长史[二七]，是使一介之才无所逃也[二八]。进士、制策网之于上，此又网之下，而曰天下有遗才者，吾不信也。

（卷四）

注 —————————————————————————

〔一〕《广士》为《衡论》十篇之一，参见《御将》注〔一〕。本文力主用人应不拘一格，唯贤是用。苏洵所谓贤主要是指才，是能治国安邦的实才，而非"绳趋尺步，华言华服者"。正是从重视治国安天下的实才出发，苏洵才强调要从"胥史贱吏"中选拔人才。因为北宋取士制度既滥且隘。所谓滥，是指通过科举考试和荫补等，造成冗吏充斥，即苏洵所谓"今之所以进之之途多于古"。所谓隘，是指宋王朝几乎完全断绝了"胥史贱吏"的缙升之阶。正如清人储欣所说："入仕之途，宋隘于唐，明又隘于宋。老苏先生《广士》篇，所以救其隘也。"（《评注苏老泉集》卷二）

〔二〕"古之取士"至"而不以为作"：《韩非子·说疑》："圣王明君则不然，内举不避亲，外举不避雠。……观其所举，或在山林薮泽岩穴之间，或在囹圄缧绁缠索之中，或在割烹刍牧饭牛之事。然而明主不羞其卑贱也，以其能可以明法，便国利民，从而举之，身安名尊。"《汉书·武帝纪》："诏曰：盖有非常之功，必待非常之人。故马或奔踶而致千里，士或有负俗之累而立功名。夫泛驾（不循轨辙）之马，跅弛（废逐）之士，亦在御之而已。"《三国志·魏书·武帝纪》："若必廉士而后可用，则齐桓其何以霸世！今天下得无有被褐怀玉而钓于渭滨者乎？又得无盗嫂受金而未遇无知者乎？二三子其佐我明扬仄陋，唯才是举，吾得而用之。"杨慎："求才及于不善，汉武、魏武业已行之。老泉此议，袭其故智耳。"（《三苏文范》卷二）

〔三〕"而绳趋尺步"三句：绳、尺，工匠所用的墨绳和尺子，引申为法度。绳趋尺步指循规蹈矩，行为合法度的人，即《论语·乡党》所谓"立不中门，行不履阈（门坎）"之人，或贾谊《新书·容经》所谓"居有法则，动有文章"，"步中规，折中矩""言动以纪度"者。华言华服，指那些夸夸其谈，徒具其表之人，即《韩非子·五蠹》所谓"盛容服而饰辩说"者。摈弃：摈斥弃绝。《南史·范缜传》："摈弃在家"。

〔四〕"而管夷吾相齐"三句：管夷吾即管仲，见《审势》注（三九）。其举盗事见《礼记·杂记下》引孔子语"管仲遇盗，取二人焉，上以为公臣（向齐桓公推荐为臣），曰：'其所与游辟也（所与交游者乃辟邪之人），可人也（有长处可取的人）'"。

〔五〕"穆公霸秦"三句：（秦）穆公（？—前621）。春秋时秦国国君，名任好，任用由余为谋臣，称霸西戎。由余，其先为晋人，逃亡入戎，在等任职，后转入秦，为穆公所重用，任上卿，助穆公伐西戎，灭十二国。事见《史记·秦本纪》。

〔六〕巫医方技：指从事医、卜、星、相等技艺的人。《逸周书·大聚》："武王既胜殷，乡立巫医，具百药以备疾灾。"《汉书·艺文志》："方技者，皆生生之具，王官之一守也。太古有岐伯、俞拊，中世有扁鹊、秦和……汉兴有仓公。"

〔七〕胥史：办理文书的小吏。陆垂《拜吏部郎表》："何以区分管库，式鉴胥史。"

〔八〕声病剽窃之文：指不合声律或抄袭他人的应试文章。《宋史·选举志一》载宋祁等奏："有司束以声病，学者专于记诵，则不足尽人材。"

〔九〕万钟：钟，古量名，《左传·昭公三年》："釜十则钟。"杜预注："（钟）六斛四斗。"万钟指优厚的俸禄，《孟子·告子上》："万钟于我何加哉！"

〔一○〕不若：不如。

〔一一〕平津侯：指公孙弘（前200—前121），字季，西汉菑川（今山东寿光南）人。弘贫，年六十征以贤良为博士。后迁内史、御史大夫，终至丞相，封平津侯。《史记·平津侯主父列传》："太史公曰"公孙弘行义虽修，然亦遇时。汉兴八十余年矣，上方乡文学，招俊乂，以广儒、墨，弘为举首。"

〔一二〕乐安侯：指匡衡，字稚圭，东海承（今山东苍山兰陵镇）人。宣帝时，射策甲科。元帝时，位至丞相，封乐安侯。时石显以中书令用事，衡畏显，不敢失其意。后以自益封地免为庶人。《汉书·匡张孔马传》赞云："自孝武兴学，公孙弘以儒相，其后蔡义、韦贤、玄成、匡衡……咸以儒宗居宰相位，服儒衣冠，传先王语，其醖藉可也，然皆持禄保位，被阿谀之讥。"

〔一三〕赵广汉（？—前65）：字子都，古汉涿郡蠡吾（旧属河间，今河北博野西南）人。少为郡吏，州从事。宣帝时任颍川太守，诛豪强原氏、褚氏等。迁京兆尹，执法不避权贵。后被杀害。事见《汉书·赵尹韩张两王传》。

〔一四〕尹翁归：字子兄（况），河东平阳（今山西临汾）人，徙杜陵。少孤，为狱小吏，晓习文法。宣帝时任东海太守，收取黠吏豪民，案致其罪，东海大治。入守右扶风，京师畏其威严。死后家无余财。见同上。

〔一五〕张敞：字子高，西汉河东平阳人，徙茂陵，以乡有秩补太守卒史。宣帝时仕天中大夫，后得罪霍光，出为函谷关都尉。旋为京兆尹，因与杨恽善，罢职。不久起用，任冀州刺史，直言敢谏，所至有治绩。见同上。

〔一六〕王尊：字子赣，涿郡高阳人。年十三，求为狱小吏。数岁，给事太守府，除补书佐。累官至京兆尹，迁东都太守。以刚直著闻。见同上。

〔一七〕以：原因。

〔一八〕贾：招致。《左传·定公六年》："以杨楯贾祸，弗可为也已。"罪戾：罪过，戾亦作罪解。《三国志·吴书·诸葛瑾传》："孤负恩惠，自陷罪戾。"

〔一九〕交手为市：携手于市，屈原《九歌·河伯》："子交手兮东行。"洪兴祖注："交手者，古人将别，则相执手，以见不忍相远之意。"王引之《经传释词》："为，犹于也。"

〔二〇〕谨饬：谨慎而能约束自己。《南史·程文季传》："临事谨饬。"

〔二一〕贳忍：赦免容忍。贳，通赦，《汉书·赵尹韩张两王传》："因贳其罪。"

〔二二〕冗流：庸劣之辈。冗：愚冗。流：流辈。

〔二三〕冀：望。

〔二四〕匄夺：匄同丐，丐求。《左传·昭公十六年》："毋或匄夺。"孔颖达疏："匄是乞也"，"乞，夺取也"，此言毋或匄夺，亦谓不得强匄。

〔二五〕章句：分章析句以解古书的学问。名数：名物数理之学。声律：诗歌声韵格律之学。

〔二六〕进士、制策：科举考试科目。制策又称制科、制举。《宋史·选举志一》："宋之科目，有进士，有诸科，有武举。常选之外，又有制科，有童子举。"《选举志二》："制举无常科，所以待天下之才杰，天子每亲策之。然宋之得才，多由进士，而以是科变诏者少。"

〔二七〕长史：官名，秦置，李斯曾为长史。西汉丞相，后汉三公各设长史，职任颇重，为三公辅佐。见《通志·职官六》。

〔二八〕一介之才：即一人之才。介，通"个"，《书·秦誓》："如有一介臣。"《礼记·大学》作"若有一个臣。"

附录

茅坤：韩子"不幸而出于胥商之族"一段议论，与此略同。（《苏文公文钞》卷九）

袁宏道：此篇大意欲择吏胥之贤者而用之，盗贼夷狄中含胥史贱吏。文气疏达可喜，句新。（《三苏文范》卷二）

钱丰寰：老泉平日镌肾镂骨，以求其至者，在《战国策》。故《权书》《衡论》诸篇，多似《战国策》。然其行文出没变化，错综吞吐处，自不同。试取苏、张、陈、楼、虞、范诸人之文参对之，自当了了。（同上）

养　才〔一〕

苏　洵

夫人之所为，有可勉强者，有不可勉强者。煦煦然而为仁，孑孑然而为义，不食片言以为信，不见小利以为廉，虽古之所谓仁与义、与信、与廉者，不止若是〔二〕。而天下之人亦不曰是非仁人，是非义人，是非信人，是非廉人。此则无诸巳而可勉强以到者也〔三〕。在朝延而百官肃，在边鄙而四夷惧〔四〕，坐之于繁剧纷优之中而不乱，投之于羽檄奔走之地而不惑〔五〕，为吏而吏，为将而将〔六〕：若是者，非天之所与，性之所有，不可勉强而能也。道与德可勉以进也，才不可强摇以进也〔七〕。今有二人焉，一人善揖让〔八〕，一人善骑射，则人未有不以揖让于骑射矣。然而揖让者未必善骑射，而骑射者舍其弓以揖让于其间，则未必失容〔九〕。何哉？才难强而道易勉也。吾观世之用人，好以可勉强之道与德，而加之不可勉强之才之上，而曰我贵贤贱能。是以道与德未足以化人，而才有遗焉。

然而为此者亦有由矣，有才者而不能为众人所勉强者耳。何则？奇杰之士常好自负〔一〇〕，疏隽傲诞〔一一〕，不事绳检〔一二〕，往往冒法律〔一三〕，触刑禁〔一四〕，叫号欢呼，以发其一时之乐而不顾其祸，嗜利酗酒，使气傲物〔一五〕，志气一发，则偶然远去〔一六〕，不可羁束以礼法。然及其一旦翻然而悟〔一七〕，折节而不为此〔一八〕，以留意于向所谓道与德可勉强者，则何病不至〔一九〕？奈何以朴樕小道加诸其上哉〔二〇〕！

夫其不肯规规以事礼法〔二一〕，而必自纵以为此者，乃上之人之过也。古之养奇杰也，任之以权，尊之以爵，厚之以禄，重之以恩，责之以措置天下之务，而易其平居自纵之心〔二二〕，而声色耳目之欲又已极于外，故不待放恣而后为乐。今则不然，奇杰无尺寸之柄，位一命之爵〔二三〕，食斗升之禄者过半，彼又安得不越法踰礼而自快耶？我又安可急之以法，使不得泰然自纵耶？今我绳之以法亦已急矣，急之而不已，而随之以刑，则彼有北走胡，南走越耳〔二四〕。

噫，无事之时既不能养，及其不幸，一旦有边境之患，繁乱难治之事，而后优诏以召之，丰爵重禄以结之，则彼已憾矣。夫彼固非纯忠者也，又安肯默然于穷困无用之地而已邪？

周公之时，天下号为至治，四夷已臣服，卿大夫士已称职。当是时，岂有奇杰无所复用，而其礼法风俗尤复细密，举朝廷与四海之人无不遵蹈，而其八议之中犹有曰议能者〔二五〕；况当今天下未甚至治，四夷未尽臣服，卿大夫士未皆称职，礼法风俗又非细密如周之盛时，而奇杰之士复有困于簿书米盐间者〔二六〕，则反可不议其能而恕之乎？所宜哀其才而赦其过〔二七〕，无使为刀笔吏所困〔二八〕。则庶乎尽其才矣〔二九〕。

或曰：奇杰之士有过得以免，则天下之人孰不自谓奇杰而欲免其过者，是终亦溃法乱教耳。曰：是则然矣。然而奇杰之所为，必挺然出于众人之上。苟指其已成之功以晓天下，俾得以赎其过〔二○〕；而其未有功者，则委之以难治之事而责其成绩：则天下之人不敢自谓奇杰，而真奇杰者出矣。

（卷五）

注

〔一〕《养才》为《衡论》十篇之一，与《广士》可谓姊妹篇。《广士》强调用人要不拘一格，本文主张要敢于使用"奇杰之士"，认为"道易勉"而"才难强"，"奇杰之士""不肯规规以事礼法"，不可"以朴樕小道"责之。

〔二〕"煦煦然而为仁"至"不止若是"：煦煦然，和乐貌，《孔丛子·论势》："燕雀处屋，子母相哺，煦煦然，共相乐也。"孑孑然，小谨貌，《关尹子·极》："所谓圣人之道者，胡然孑孑尔。"不食片言，一点也不违背诺言，《书·汤誓》："朕不食言。"不见小利，《论语·子路》："见小利则大事不成。"这段话化用韩愈《原道》之意："彼（老子）以煦煦为仁，孑孑为义，其小之也则宜。其所谓道，道其所道，非吾所谓道也，其所谓德，德其所德，非吾所谓德也。"

〔三〕此则无诸己而可勉强以到者也：意谓煦煦为仁，孑孑为义，不食言，不见小利，即使不是自己本有的，也可勉强达到。

〔四〕四夷：指东夷、西戎、南蛮、北狄，对华夏以外各族的统称。《书·大禹谟》："四夷来王。"

〔五〕羽檄：征调军队的文书。《汉书·高帝纪下》："吾以羽檄征天下兵。"颜师古注："檄者，以木简为书，长尺二寸，用征召也。其有急事，则加以鸟羽插之，示速疾也。"

〔六〕"为吏而吏"二句：意谓为吏就能尽吏职，为将就能尽将职。

〔七〕揠：拔起，《孟子·公孙丑上》："宋人有闵其苗之不长而揠之者。"

〔八〕揖让：宾主相见的礼仪，《周礼·秋官·司仪》："揖让之节。"

〔九〕失容：仪容不合礼节，《诗·小雅·北山》："或王事鞅掌。"毛亨传："鞅掌，失容也。"

〔一○〕自负：自恃，自以为是。

〔一一〕疏隽傲诞：粗疏隽拔，傲慢怪诞。

〔一二〕不事绳检：不受约束，此指不遵守世俗礼法。

〔一三〕冒：冒犯。

〔一四〕触：触犯。

〔一五〕使气傲物：意气用事，轻视他人。

〔一六〕倜然：高举远离貌。

〔一七〕翻然：一反原状。

〔一八〕折节：改变平日志向。

〔一九〕病：忧，《论语·卫灵公》："君子病无能焉，不病人不已知也。"

〔二〇〕朴樕：小木，此喻浅陋平庸，杜牧《贺平党项表》："朴樕散材。"

〔二一〕规规：拘泥貌，《庄子·秋水》："子乃规规然而求之以察。"

〔二二〕易：轻视，《左传·僖公二十二年》，"国无小，不可易也。"

〔二三〕位一命之爵：爵，爵位。命，官阶。周代官阶从一命到九命，一命为最低一级。《周礼·地官·党正》："一命齿于乡里。"

〔二四〕北走胡，南走越：《史记·季布栾布列传》："季布之贤而汉求之急如此，此不北走胡即南走越耳。"

〔二五〕八议之中犹有曰议能者：八议即八辟，周代减刑的八种条件。《周礼·小司寇》："以八辟丽邦法，附刑罚：一曰议亲之辟，二曰议故之辟，三曰议贤之辟，四曰议能之辟，五曰议功之辟，六曰议贵之辟，七曰议勤之辟，八曰议宾之辟。"贾公彦疏议能："若能者，惟有道艺，未必兼有德也。"

〔二六〕簿书米盐：指掌管财物出纳簿籍的小吏。

〔二七〕赀：见《广士》注〔二一〕。

〔二八〕刀笔吏：主办文书的小吏，亦指讼师狱吏。《史记·李将军列传》：李广随大将军卫青出击匈奴，失道，卫青使长史责李广之幕府对簿，广曰："广年六十余矣，终不能复对刀笔之吏。"遂自刭。

〔二九〕庶：表希望之词。《诗·大雅·生民》："庶无罪悔。"

〔三〇〕俾：使。

附录

茅坤：养奇杰之才而特挈出古者议能一节，以感悟当世，直是刺骨。（《苏文公文钞》卷八）

储欣：破庸人之论。马或奔踶而致千里，跅驰之士，国家固不当以常法困之。（《评注苏老泉集》卷二）

申 法〔一〕

苏 洵

古之法简，今之法繁。简者不便于今，而繁者不便于古。非今之法不若古之法，而今之时不若古之时也。

先王之作法也，莫不欲服民之心。服民之心，必得其情〔二〕。情然耶，而罪亦然，则固入吾法矣。而民之情又不皆如其罪之轻重大小〔三〕，是以先王忿其罪而哀其无辜，故法举其略，而吏制其详。杀人者死，伤人者刑〔四〕，则以著于法，使民知天子之不欲我杀人伤人耳。若其轻重出入，求其情而服其心者，则以属吏。任吏而不任法，故其法简。今则不然，吏奸矣，不若古之良；民谕矣〔五〕，不若古之淳。吏奸则以喜怒制其轻重而出入之，或至于诬执；民谕则吏虽以情出入，而彼得执其罪之大小以为辞。故今之法纤悉委备〔六〕，不执于一〔七〕，左右前后，四顾而不可逃。是以轻重其罪，出入其情，皆可以求之法，吏不奉法辄以举劾。任法而不任吏，故其法繁。古之法若方书〔八〕，论其大概，而增损剂量则以属医者，使之视人之疾，而参以己意。今之法若鬻屦〔九〕，既为其大者，又为其次者，又为其小者，以求合天下之足。故其繁简则殊，而求民之情以服其心则一也。

然则，今之法不劣于古矣，而用法者尚不能无弊。何则？律令之所禁，画一明备〔一〇〕，虽妇人孺子皆知畏避，而其间有习于犯禁而遂不改者，举天下皆知之而未尝怪也。先王欲杜天下之欺也，为之度，以一天下之长短；为之量，以齐天下之多寡；为之权衡，以信天下之轻重。故度、量、权衡，法必资之官，资之官而后天下同〔一一〕。今也，庶民之家刻木比竹、绳丝缒石以为之〔一二〕，富商豪贾内以大，出以小〔一三〕，齐人适楚，不知其孰为斗，孰为斛〔一四〕；持东家之尺而校之西邻，则若十指然〔一五〕。此举天下皆知之，而未尝怪者一也。先王恶奇货之荡民〔一六〕，且哀夫微物之不能遂其生也〔一七〕，故禁民采珠贝[一八]；恶夫物之伪而假真[一九]，且重费也[二〇]，故禁民糜金以为涂饰[二一]。今也采珠贝之民溢于海滨，糜金之工肩摩于列肆[二二]。此又举天下皆知之，而未尝怪者二也。先王患贱之凌贵，而下之僭上也，故冠服器皿皆以爵列为等差，长短大小莫不有制[二三]。今也，工商之家曳纨锦[二四]，服珠玉[二五]，一人之身循其首以至足[二六]，而犯法者十九[二七]。此又举天下皆知之，而未尝怪者三也。先王惧天下之吏负县官之势以侵夺齐民也[二八]，故使市之坐贾[二九]，视时百物之贵贱而录之，旬辄以上。百以百闻，千以千闻，以待官吏之私籴[三〇]；十则损三，三则损一以闻，以备县官之公籴[三一]。今也吏之私籴而从县官公籴之法，民曰公家之取于民也固如是，是吏与县官敛怨于下。此又举天下皆知之，而未尝怪者四也。先王不欲人之擅天下之利也[三二]，故仕则不商，商则有罚；不仕而商，商则有征[三三]。是民之商不免征，而吏之商又加以罚。今也，吏之商既幸而不罚，又从而不征，资之以县官公籴之法，负之以县官之徒，载之以县官之舟，关防不讥，津梁不呵。然则，为吏而商，诚可乐也，民将安所措手[三四]？此又举天下皆知之，而未尝怪者五也。若此之类，不可悉数，天下之人耳习目熟，以为当然；宪官法吏，目击其事，亦恬而不问[三五]。

夫法者，天子之法也。法明禁之，而人明犯之，是不有天子之法也，衰世之事也[三六]。而议者皆以为今之弊，不过吏胥骫法以为奸[三七]，而吾以为吏胥之奸由此五者始。今有盗白昼持梃入室[三八]，而主人不知之禁，则踰垣穿穴之徒，必且相告而恣行于其家。其必先治此五者，而后诘吏胥之奸可也[三九]。

（卷五）

注

〔一〕《申法》是《衡论》十篇之一，首先论述古今法之异同，古之法简，今之法繁，繁简虽殊，服民则一。接着详尽论述今之法之所以不足以服民，就在于有法不行，"法明禁之而人明犯之"的种种表现，其中不少都是切中时弊之言，引人深思。

〔二〕"先王之作法也"四句：《周礼·小司寇》："以五刑听万民之狱讼，附于刑，用情讯之。"郑玄注："附犹著也，故《书》附作付。讯，言也，用情理言之，冀有可以出之者。"《小司寇》又有"以五声听狱讼，求民情"语，皆为苏洵所本。

〔三〕民之情又不皆如其罪之轻重大小：谓犯罪情节和罪行大小往往不一，即罪虽重而情有可原。

〔四〕"杀人者死"二句：《汉书·高帝纪上》：刘邦至霸上，召诸县豪杰曰："与父老约法三章耳：杀人者死，伤人及盗抵罪。"

〔五〕婾：同偷，指民风浇薄，不厚道，《国语·晋语》："其下偷以幸。"

〔六〕委备：委积完备。

〔七〕不执于一：不是按照一人标准执法。

〔八〕方书：关于医药方剂的书。

〔九〕鬻屦：卖鞋。

〔一〇〕画一明备：统一、明确、完备。《史记·曹相国世家》："萧何为法，颟若画一。"《索引》："言法明直若画一也。"

〔一一〕"先王欲杜天下之欺也"至"资之官而后天下同"：杜，杜绝、堵塞。度：计算长短的标准。量：计算多少的标准。权衡：计算轻重的器物，权为秤锤，衡为秤杆。资：凭借。《书·舜典》："同律度量衡。"孔颖达疏："度之丈尺，量之斛斗，衡之斤两，皆使齐同，无轻重大小。"《周礼·质人》：质人"掌稽市之书契，同其度量，壹其淳制，巡而考之，犯禁者举而罚之。"可见在先秦已有专管度量衡的官员。

〔一二〕刻木比竹、绳丝缰石：指私造度、量、衡。比，比量。缰，系。

〔一三〕内以大，出以小：即今所谓大斗进，小斗出。内，通"纳"。

〔一四〕斛：十斗为斛。

〔一五〕"持东家之尺而校之西邻"二句：谓以两家的尺子相比较，像十指一样长短不齐。

〔一六〕奇货之荡民：《老子》第三章："不贵难得之货，使民不为盗。不见可欲，使民心不乱。"荡：动摇。荡民，使民心动乱。

〔一七〕微物：指出产珍珠的贝类动物。遂其生：顺利生长。

〔一八〕禁民采珠贝：《周礼·地官·泽虞》："掌国泽之政令，为之厉禁，使其地之人，守其财物，以时入之于玉府，颁其余于万民。"郑玄注："其地之人占取泽物者，因以部分使守之以时，入之于玉府，谓皮角珠贝也，入之以当邦赋，然后得取其余以自为也。"

〔一九〕假真：以假乱真。

〔二〇〕重费：花费大。

〔二一〕糜金：研金成粉以作涂饰之用。

〔二二〕肩摩：肩挨肩，状人多拥挤。桓谭《新论》："楚之郢都，车挂毂，民摩肩。"列肆：开设商铺，此指街市。

〔二三〕"先王患贱之凌贵"四句：凌，侵犯。僭，僭越，下冒上之名。《左传·隐公三年》："且夫贱妨贵，少凌长……所谓六逆也。"《史记·礼书》："君臣朝廷尊卑贵贱之序，下及黎庶车舆衣服宫室饮食嫁娶丧祭之分，事有宜适，物有节文。"

〔二四〕曳：拖着。

〔二五〕服：佩。

〔二六〕循其首以至足：从头到足。循：沿着。

〔二七〕十九：十之九。

〔二八〕县官：此指天子、国家。《史记·绛侯周勃世家》："庸知其盗买县官器。"司马贞《索引》："县官谓天子也。所以谓国家为县官者。"

〔二九〕坐贾：别于行商而定居一地的商人。

〔三〇〕"百以百闻"三句：谓官吏私人按市价购买。儥（yù）：此作买解。

〔三一〕"十者损三"三句：谓国家降价三分之一收购。公糴，公家收购。

〔三二〕擅：独揽。《史记·货殖列传》："擅其利数世。"

〔三三〕"故仕则不商"四句：《史记·平准书》："天下已定，高祖乃令贾人不得衣丝乘车，重租税以困辱之。孝惠、高后时，为天下初定，复弛商贾之律，然市井之子孙亦不得仕宦为吏。"

〔三四〕"今也"至"民将安所措手"：宋代并无官吏经商不征不罚之令，但由于宋代法纪松弛，对官吏经商多不予追究。苏洵《上文丞相书》亦云："国家法令甚严，洵从蜀来，见凡吏商者皆不征，非迫胥调发，皆得役天子之夫，是以知天下之吏犯法者甚众。"徒，徒役之人。"负之以县官之徒"即"役天子之夫"。关防，要塞。津梁，桥梁。此谓水路、陆路关卡皆不讥呵，任其通行无阻。

〔三五〕恬：无动于衷。

〔三六〕"法明禁之"四句：《管子·法法》："君有三欲于民，三欲不节，则上位危。三欲者何也？一曰求，二曰禁，三曰令。必求欲得，禁必欲止，令必欲行。……求而不得，则威日损；禁而不止，则刑罚侮；令而不行，则下凌上。"又《重令》："凡君国之重器莫重于令。令重则君尊，群尊则国安；令轻则君卑，君卑则国危。故安国在乎尊君，尊君在乎行令，行令在乎严罚。"

〔三七〕骫（wěi）：本指骨曲，此谓枉曲。骫法即枉法。《新唐书·李憕传》："肖炅内倚权，骫法殖私。"

〔三八〕梃：棍棒，《孟子·梁惠王上》："杀人以梃与刃，有以异乎？"

〔三九〕诘：追究、查办。聂夷中《公子行》："走马踏杀人，街吏不敢诘。"

附录

茅坤：（唐）荆川谓体如《盐铁（论）》中古今之异一段，良是。情曲而事庞杂，而文则曾。（《苏文公文钞》卷九）

储欣：任吏任法，烛照古今之变。（《评注苏老泉集》卷二）

乐　论 [一]

苏　洵

礼之始作也，难而易行；既行也，易而难久。

天下未知君之为君，父之为父，兄之为兄，而圣人为之君父兄；天下未有以异其君父兄，而圣人为之拜起坐立；天下未肯靡然以从我拜起坐立 [二]，而圣人身先之以耻。呜呼！其亦难矣。天下恶夫死也久矣，圣人招之曰：来，吾生尔 [三]。既而其法果可以生天下之人，天下之人视其向也如此之危，而今也如此之安 [四]，则宜何从？故当其时，虽难而易行。

既行也，天下之人视君父兄，如头足之不待别白而后识 [五]，视拜起坐立如寝食之不待告语而后从事。虽然，百人从之，一人不从，则其势不得遽至乎此 [六]。天下之人不知其初之无礼而死，而见其今之无礼而不至乎死也，则曰圣人欺我。故当其时，虽易而难久。

呜呼，圣人之所恃以胜天下之劳逸者，独有死生之说耳 [七]。死生之说不信于天下 [八]，则劳逸之说将出而胜之。劳逸之说胜，则圣人之权去矣 [九]。酒有鸩，肉其堇 [一〇]，然后人不敢饮食；药可以生死 [一一]，然后人不以苦口为讳 [一二]。去其鸩，彻其堇，则酒肉之权固胜于药。圣人之始作礼也，其亦逆

386

知其势之将必如此也，曰：告人以诚，而后人信之。幸今之时，吾之所以告人者，其理诚然，而其事亦然，故人以为信。吾知其理，而天下之人知其事；事有不必然者，则吾之理不足以折天下之口〔一三〕。此告语之所不及也。告语之所不及，必有以阴趋而潜率之〔一四〕。于是观之天地之间，得其至神之机〔一五〕，而窃之以为乐。

雨，吾见其所以湿万物也；日，吾见其所以燥万物也；风，吾见其所以动万物也〔一六〕，隐隐铉铉而谓之雷者〔一七〕，彼何用也？阴凝而不散，物蹙而不遂〔一八〕，雨之所不能湿，日之所不能燥，风之所不能动，雷一震焉，而凝者散，蹙者遂。曰雨者，曰日者，曰风者，以形用；曰雷者，以神用。用莫神于声，故圣人因声以为乐〔一九〕。为之君臣、父子、兄弟者，礼也。礼之所不及，而乐及焉。正声入乎耳，而人皆有事君、事父、事兄之心，则礼者固吾心之所有也，而圣人之说又何从而不信乎？

（卷六）

注

〔一〕《乐论》为苏洵《六经论》中的一篇。六经，指儒家的六部经典，即《诗》《书》《易》《礼》（已佚）《乐》《春秋》。《六经论》是论述这六部经典的。苏洵认为贪生怕死，好逸恶劳是人之常情，无法禁止，只能加以引导，使之不越轨。以人情说解释六经，可说是《六经论》的特点，与北宋理学"兴天理，灭人欲"的思想形成鲜明对比，在北宋理学之外别树一帜，因此，一直为宋明正统理学家、古文家所讥。在《乐论》中，苏洵从人之常情出发，论述了礼难作而易行，易行而难久，因此需要乐对人们进行潜移默化的引导，"阴驱而潜率之"。苏洵把乐看成个别圣人受到雷声启发而"窃之以为乐"，这当然是错误的，是"风俗之变，圣人为之"这一唯心的文化史观的表现。但他看到了礼法不能完全战胜人情，肯定了乐对人的潜移默化的教育作用，却是很有见地的。此文写作时间的上限为皇祐三、四年（1051、1052），参见《心术》注〔一〕。雷简夫至和二年《上欧阳内翰书》已推荐《六经论》，此为写作时间下限。

〔二〕靡然：倒貌，形容跟着一起跪拜。

〔三〕吾生尔：我能使你活。

〔四〕向也如此之危，而今也如此之安：《礼记·曲礼上》："人有礼则安，无礼则危。"

〔五〕别白：辨别告语。

〔六〕遽：遂，就。

〔七〕"圣人之所恃以胜天下之劳逸者"二句：此承《易论》之说，苏洵认为"民之苦劳而乐易也，若水之走下"；人们之所以愿意弃乐即苦，弃逸即劳而守礼，是因为不守礼，人与人间即相杀无已；"人之好生也甚于逸，而恶死也甚于劳，圣人夺其逸死而与之劳生，此虽三尺竖子知所趋避矣。"也就是说，圣人利用贪生怕死的人之常情来战胜好逸恶劳的人之常情。

〔八〕死生之说不信于天下：此承前段，即一人不从（礼），不至于死，则说"圣人欺我"，故天下人不相信圣人"死生之说"。

〔九〕权：权术，圣人使人守礼之术。苏洵《易论》说："圣人惧其道之废，而天下复于乱也，然后作《易》。观天地之象以为爻，通阴阳之变以为卦，考鬼神之情以为辞，探之茫茫，索之冥冥，童而习之，白首而不得其源，故天下视圣人如神之幽，如天之高，尊其人而其教亦随而尊……《易》为之幽也。……此圣人用其机权，以持天下之心，而济其道于无穷也。"这无异于把儒家视为神圣的经书看作神道设教，运用"机权"使天下之人把圣人之道当作宗教来信奉。朱熹指责苏洵说："看老苏《六经论》，则是圣人全是以术欺天下。"（《朱子大全·杂著十》）近人王文濡也说："'机权'两字，诬圣人矣。"这从反面说明了苏洵观点的实质和意义。

〔一〇〕"酒有鸩"二句：鸩，鸟名，《汉书·齐悼惠王传》颜注引应劭曰："鸩鸟黑身赤目，食蝮蛇野葛，以其羽画酒中，饮之立死。"堇，见《高祖》注〔一四〕。鸩、堇皆代指毒。

〔一一〕生死：使将死之人复活，即所谓起死回生。

〔一二〕不以苦口为讳：《孔子家语》："良药苦口而利于病。"讳，忌讳。

〔一三〕折：折服。

〔一四〕阴趋而潜率之：谓使人潜移默化。《荀子·乐论》："夫声乐之入人也深，其化人也速，故先王谨为之文。乐中平则民和而不流，乐肃庄则民齐而不乱。"

〔一五〕得其至神之机：谓得天地精神之几妙，即下文"因（雷）声以为乐"。机通几，《列子·天瑞》："万物皆出于机，皆入于机。"

〔一六〕"雨"至"所以动万物也"：《易·说卦·传》："风以散之，雨以润之，日以烜之。"又云："挠万物者，莫疾乎风；燥万物者，莫熯乎火；说万物者，莫说乎泽，润万物者，莫润于水。"

〔一七〕隐隐辒（háng）辒：象声词，《法言·问道》：“或问大声，曰：非雷非霆，隐隐辒辒。”

〔一八〕蹙而不遂：局促而不通达。

〔一九〕“曰雷者”至“故圣人因声以为乐”：《易·豫》：“雷出地奋，豫，先王以作乐崇德。”此为“因（雷）声以作乐”所本。

附录

杨慎：礼非穷而后有乐，然一段议论，一篇章法，圆转健逸，熟之最利场屋。（《三苏文范》卷一）

茅坤：论乐之旨非是，而文特袅娜百折，无限烟波。苏氏父子兄弟于经术甚疏，故论《六经》处大都渺茫不根。特其行文纵横，往往空中布景，绝处逢生，令人有凌虚御风之态。（《苏文公文钞》卷四）

袁宏道：笔势如龙幻不可测。笔意空群。末结以中段死生劳逸之说，有关键，有意味。（《三苏文范》卷一）

刘大櫆：后半风驰雨骤，极挥斥之致，而机势圆转如辘轳。（《唐宋文举要》甲编卷八）

王畿：转折开阖，已见妙手。至其文势澎洴湃，尤若长万里。且论乐以辅礼之不及，却又精凿不磨。（《三苏文范》卷一）

史 论 下〔一〕

苏 洵

或问：子之论史，钩抉仲尼、迁、固潜法隐义〔二〕，善矣。仲尼则非吾所可评〔三〕，吾惟意迁、固非圣人，其能如仲尼无一可指之失乎？曰：迁喜杂说，不顾道所可否〔四〕；固贵谀伪，贱死义〔五〕。大者此既陈议矣，又欲寸量铢称以摘其失，则烦不可举〔六〕。今姑告尔其尤大彰明者焉。

迁之辞淳健简直，足称一家〔七〕。而乃裂取六经、传、记杂于其间，以破碎汨乱其体。《五帝》《三代》纪，多《尚书》之文；《齐》《鲁》《晋》《楚》《朱》《卫》《陈》《郑》《吴》《越》世家，多《左传》《国语》之文〔八〕；《孔子世家》《仲尼弟子传》，多《论语》之文。夫《尚书》《左传》《国语》《论语》之文非不善也，杂之则不善也。今夫绣绘绵縠，衣服之穷美者也。尺寸而割之，错而纫之以为服，则绨缯之不若。迁之书无乃类是乎？其《自叙》曰："谈为太史公。"又曰："太史公遭李陵之祸。"〔九〕是与父无异称也。先儒反谓固没彪之名〔一〇〕，不若迁让美于谈。吾不知迁于《纪》，于《表》、于《书》、于《世家》、于《列传》〔一一〕，所谓太史公者，果其父耶，抑其身耶？此迁之失也。

固赞汉自创业至麟趾之间，袭蹈迁论以足其书者过半〔一二〕。且褒贤贬不肖，诚己意也，尽己意而已。今又剽他人之言以足之，彼既言矣，申言之何益？及其传迁、扬雄，皆取其《自叙》，屑屑然曲记其世系〔一三〕。固于他载，岂若是之备哉〔一四〕？彼迁、扬自叙可也，已因之〔一五〕，非也。此固之失也。

或曰：迁、固之失既尔〔一六〕，迁、固之后为史多矣，范晔、陈寿实臣擘焉〔一七〕，然亦有失乎？曰：乌免哉！

晔之史之传，若《酷史》《宦者》《列女》《独行》，多失其人。间尤甚者，董宣以忠义，概之《酷吏》〔一八〕；郑众、吕强以廉明直谅，概之《宦者》〔一九〕；蔡琰以忍耻妻胡，概之《列子》〔二〇〕；李善、王忳以深仁厚义，概之《独行》〔二一〕。与夫《前书》张汤不载于《酷吏》〔二二〕，《史记》姚、杜、仇、赵之徒不载于《游侠》远矣〔二三〕。又其是非颇与圣人异。论窦武、何进，则戒以宋襄之违天〔二四〕；论西域，则惜张骞、班勇之遗佛书〔二五〕。是欲相将苟免以为顺天乎？中国叛圣人以奉戎神乎？此晔之失也。

寿之志三国也，纪魏而传吴、蜀〔二六〕。夫三国鼎立称帝，魏之不能有吴、蜀，犹吴、蜀之不能有魏也。寿独以帝当魏，而以臣视吴、蜀。吴、蜀于魏，何有而然哉？此寿之失也。

噫，固讥迁失，而固亦未为得；晔讥固失，而晔益甚；至寿复尔。史之才诚难矣〔二七〕！史之才诚难矣〔二七〕！后之史宜以是为监〔二八〕，无徒讥之也。

（卷九）

注 ————————————————————————————————————

〔一〕《史论》分上、中、下三篇，前有《引》，皇祐三、四年至嘉祐元年春以前作。《引》叹作史之难，认为魏晋以后没有像左丘明、司马迁、班固、范晔、陈寿之类的史才。《史论上》论经、史之异同，认为二者体不相沿而用实相资，"经不得史无以证其褒贬，史不得经无以酌其轻重"，盛赞《春秋》为"忧小人"而作。《史论中》称美《史记》《汉书》"时得仲尼遗意"，"能为《春秋》继，而使后之史无及焉者"。《史论下》则论《史记》《汉书》《后汉书》《三国志》之失。所论各点未必全能为今人所首肯，如谓"仲尼则非吾所可评"，指责《史记》"裂取六经、传、记"，"迁喜杂说，不顾道所可否"等等。但苏洵的多数观点，均可谓切中前四史的要害。苏洵说："夫知其（作史）难，故思之深；思之深，固有得。"（《史论引》）雷简夫说："《史论》，真良史才也"，"得（司马）迁史笔。"（邵博《邵氏闻见后录》卷十五）读读《史论下》，就可知道确非自夸、虚美之词。

〔二〕钩抉仲尼、迁、固潜法隐义：钩抉，钩取抉择。仲尼，孔子。迁，司马迁。固，班固。潜法隐义，指他们作史的深微法则和意义。《史论上》称美孔子为惩劝小人而作《春秋》，使"乱臣贼子惧"。《史论中》称美司马迁、班固之史"隐而章（彰）""直而宽""简而明""微而切"。所谓"潜法隐义"即指此。

〔三〕仲尼则非吾所可评：自董仲舒提倡独尊儒术之后，孔子的言论逐渐成为不可品评的经典。刘知几《史通·六家》称美《春秋》"为不刊之言"。宋代理学渐兴，孔子地位更高。苏洵虽不乏离叛道之言（如《六经论》等），但也不敢公开评论孔子的得失。

〔四〕"迁喜杂说"二句：即下文所谓《史记》"乃裂取六经、传、记，杂于其间，以破碎汨乱其体"。司马迁据《左传》《国语》《世本》《战国策》《楚汉春秋》，旁采诸子以成《史记》。班固《汉书·司马迁传》讥其"甚多疏略，或有牴牾"，"又其是非颇谬于圣人"。刘知几《史通·六家》："所载多聚旧记，时采杂言，故使览之者事罕异闻，而语饶重出，此撰录之烦者也。"

〔五〕"固贵谀伪"二句：范晔《后汉书·班彪列传下》："（班）彪、固讥迁，以为是非颇谬于圣人。然其论议常排死节，否正直，而不叙杀身成仁之为美，则轻仁义，贱守节愈（更甚）矣。"

〔六〕"大者此既陈议矣"三句：大者即指"迁喜杂说"，"固贵谀伪"等。与，"寸量铢称"对举。陈，陈述。铢，重量单位。《汉书·历律志上》："二十四铢为两，十六两为斤。"

〔七〕"迁之词淳健简直"二句：裴骃《史记集解序》引班固之言说："自刘向、扬雄，博极群书，皆称迁有良史之才，服其善序事理，辩而不华，质而不俚，其文直，其事核，不虚美，不隐恶，故谓之实录。'驷以为固之所言，世称其当。虽时有纰缪，实勒成一家。"

〔八〕"《五帝》至《国语》之文"：《五帝》，指《史记·五帝本纪》，蒙后省。《三代》纪，指《史记》的夏、殷、周三代本纪。《齐》《鲁》等亦指《史记·齐太公世家》《鲁周公世家》等，同为蒙后省。

〔九〕"其《自叙》曰"至"太史公遭李陵之祸"：《自叙》指《史记·太史公自序》，因避其父苏序之讳，苏洵及其二子诗文中皆改"序"为"叙"，或为"引"。《史论引》即其一证。谈指司马迁之父司马谈，《自序》说，"喜生谈，谈为太史公"，"太史公执迁乎而泣曰"，此太史公指司马谈。又说："七年而太史公遭李陵之祸，幽于缧绁"，此太史公乃司马迁自谓。

〔一〇〕固没彪之名：彪指班彪，班固之父。《汉书·叙传》："彪字叔度，幼与从兄（班）嗣游学"，"著《王命论》以救时难"。范晔《后汉书·班彪列传上》："彪既才高而好述作，遂专心史籍之间。武帝时，司马迁著《史记》，自太初以后，阙而不录。后好事者颇或缀集时事，然多鄙俗，不足以踵继其书。彪乃继采前史遗事，傍贯异闻，作《后传》数十篇。"刘知几《史通·六家》也说："司马迁撰《史记》，终于今上，自太初以下阙而不录。班彪因之，演成《后记》，以续前篇。至于固乃断自高祖，尽于王莽……勒成一史，目为《汉书》。"可知班固《汉书》乃在其父《后传》（或《后记》）基础上写成。而其《叙传》却未言及其父著史事，并称其父"述而不作"。

〔一一〕"于《纪》"至"于《列传》"：据《史记·太史公自叙》，《史记》分为十二《本纪》、十《表》、八《书》、三十《世家》、七十《列传》。

〔一二〕"固赞汉自创业到麟趾之间"二句：赞指论赞，文体之一种。《文心雕龙·颂赞》："至相如属笔，始赞荆轲；及迁史固书，托赞褒贬。"此指班固《汉书》篇末"赞曰"部分。《太史公自序》言"述陶唐以来，至于麟止，自黄帝始。"司马贞《索引》引服虔云："武帝至雍获白麟，而铸金作麟足形，故云'麟止'。迁作《史记》止于此，犹《春秋》终于获麟然也。"趾与止通，麟趾即麟止。武帝获麟为太始二年（前95）。《汉书》为我国第一部断代史，起于高祖创业，讫于王莽篡汉。然自创业至太始二年一段，《汉书》论赞多抄袭《史记》。今举《史记·张耳陈余列传》以见一斑："太史公曰：张耳、陈余，世传所称贤者，其宾客厮役，莫非天下俊杰，所居国无不取卿相者。然张耳、陈余始居约时，相然信以死，岂顾问哉？及据国争权，卒相灭亡。何乡者相慕用之诚，后相倍之戾也！岂非以势利交哉？名誉虽高，宾客虽盛，所由殆与太伯、延陵季子异矣。"《汉书》"赞曰"，仅改"世传所称贤者"为"世所称贤"，改"莫非"为"皆"，改"然张耳、陈余"为"然耳、余"。改"相然信以死"为"相然信死",改"相慕用"为"慕用",改"岂非以势利交哉"以下为"势利之交,古人羞之,盖谓是矣。"可见除文字上略作删节外,从观点到语言,全是抄袭,难怪苏洵讥其"剽他人之言"。

〔一三〕"及其传迁、扬雄"三句:指《汉书·司马迁传》《扬雄传》均自其始祖大段抄袭迁、雄自序,以致乖其体例。屑屑然,烦细貌。《左传·昭公五年》:"屑屑焉习仪以亟。"曲记,婉转详尽地记载。

〔一四〕备:完备详尽。

〔一五〕因:沿袭。

〔一六〕尔:如此。

〔一七〕范晔、陈寿实巨擘焉:范晔(398—445),字蔚宗,顺阳(今河南淅川东)人,南朝宋史学家,著有《后汉书》。陈寿(233—297),字承祚,安汉(今四川南充北)人,西晋史学家,著有《三国志》。巨擘,大拇指,喻特出人物。《孟子·滕文公下》:"吾必以仲子为巨擘焉。"

〔一八〕"董宣以忠义"二句:《后汉书·酷吏列传》载,董宣为洛阳令,据法诛湖阳公主苍头(家奴)。公主还宫诉于光武帝,帝大怒,欲箠杀董宣。宣据理责帝,帝令宣叩头谢主,宣亦不从。帝为之赏饭赐钱。"由是博击豪强,莫不震慄,京师号为卧虎。"

〔一九〕"郑众、吕强以廉明直谅"二句:据《后汉书·宦者列传》载,郑众为人谨敏有心机,时窦宪擅权,"朝臣上下莫不附之,而众独一心王室,不事豪党,帝亲信焉。及宪兄弟图作不轨,众遂首谋诛之。"吕强"为人清忠奉公",多次上书言事,"中平元年(184),黄巾贼起,帝问强所宜施行。强欲先诛左右贪浊者,大赦党人。"结果为诸常待所谮,"遂自杀"。

〔二〇〕"蔡琰以忍耻妻胡"二句:《后汉书·列女传》:"陈留董祀妻者,同郡蔡邕之女也。名琰,字文姬,博学有才辩,又妙于音律。适河东卫仲道,夫亡无子,归宁于家。兴平中,天下丧乱,文姬为胡骑所获,没于南匈奴左贤王,在胡中十二年,生二子。曹操素与邕善,痛其无嗣,乃遣使者以金璧赎之,而重嫁于祀。"苏洵以蔡琰"忍耻妻胡",反对把她"概之《列女》",颇为迂腐。

〔二一〕"李善、王忳以深仁厚义"二句:《后汉书·独行列传》载,李善本李元苍头(家奴),"建武(光武帝年号)中疫疾,元家相继死没,唯孤儿续始生而数旬,而赀财千万,诸奴婢私共计议,欲谋杀续,分其财产。善深伤李氏而力不能制,乃潜负续逃去。……续年十岁,善与归本县,修理旧业,告奴婢于长吏,悉收杀之。"王忳,新都人,尝诣京师,于空舍中见一书生疾困,命在须臾。书生愿以腰下金十斤相赠,乞葬其骸骨,未及问姓名而绝。怅即鬻金一斤营其殡葬，余金九斤悉置诸棺下。

〔二二〕《前书》张汤不载于《酷吏》：《前书》即《汉书》，以别于《后汉书》。张汤曾任太中大夫、廷尉、御史大夫等职，治狱严峻，造五铢钱、专卖盐铁以限制富商大贾，出告缗令以摧抑豪富兼并之家。后为朱买臣等陷害，自杀。《史记》以张汤入《酷吏列传》。《汉书》为之单独立传，其《酷吏传》赞曰："（张）汤、（杜）周子孙贵盛，故别传。"

〔二三〕《史记》姚、杜、仇、赵之徒不载于《游侠》：《史记·游侠列传》："至若北道姚氏、西道诸杜、南道仇景、东道赵他羽公子（姓赵，名他羽，字公子），南阳赵调之徒，此盗跖居民间者耳，曷足道哉！此乃乡者朱家之羞也。"朱家，汉初大侠。

〔二四〕"论窦武、何进"二句：《后汉书·窦何列传》载，窦武长女为桓帝后，何进异母妹为灵帝后，时宦官专权，谋诛宦官未成遇害。"论曰：窦武、何进藉元舅之资，据辅政之权，内倚太后临朝之威，外迎群英乘风之势，卒而事败阉竖，身死功颓，为世所悲。岂智不足而权有余乎？《传》曰：'天之废商久矣，君将兴之。'斯宋襄公所以败于泓也。"宋襄公，春秋时宋国国君。宋襄公十三年（前639）伐郑，与救郑的楚军战于泓水（今河南柘城西北），大败并受伤，次年因伤重而死。

〔二五〕"论西域"二句：张骞，西汉时曾两次出使西域；班勇，东汉时曾任西域长史，均建奇功。《后汉书·西域传》："佛道神化，兴自身毒（印度），而二汉方志莫有称焉。张骞但著地多暑湿，乘象而战。班勇虽列其奉浮图，不杀伐；而精文善法，导达之功，靡所传述。"

〔二六〕"寿之志三国也"二句：曹丕于汉延康元年（220）即皇帝位，改元黄初。刘备于魏黄初二年（221）即皇帝位，改元章武。孙权于魏太和三年（229）即皇帝位，改元黄龙。三国互不臣属。《隋书·经籍志二》正史类叙："晋时巴西陈寿删集三国之事，唯魏帝为纪，其功臣及吴、蜀之主并皆为传，仍各依其国，部类相从，谓之《三国志》。"南宋晁公武《郡斋读书志》："魏四纪、二十六列传，蜀十五列传，吴二十列传。"今通行本《三国志·魏书》已无本纪、列传之别，疑为南宋以后所删改。

〔二七〕史之才诚难：《史论引》："史之难其人久矣。魏、晋、宋、齐、梁、隋间，观其文亦固当然也。所可怪者，唐三百年，文章非三代、两汉无敌，史之才宜有如（左）丘明、迁、固辈，而卒无一人可与范晔、陈寿比肩。"

〔二八〕监：通鉴，借鉴。《书·酒诰》："当于民监。"

附录

茅坤：评隋诸家如酷吏断狱。（《苏文公文钞》卷五）

储欣：真是堂上人裁决如流。（《老泉先生全集录》卷三）

上张侍郎第二书〔一〕

苏 洵

省主侍郎执事：洵始至京师时〔二〕，平生亲旧，往往在此，不见者盖十年矣〔三〕。惜其老而无成，问所以来者。既而皆曰："子欲有求，无事他人，须张益州来乃济。"且云："公不惜数千里走表为子求官〔四〕，苟归，立便殿上，与天子相唯诺〔五〕，顾不肯耶〔六〕？"

退自思公之所与我者，盖不为浅。所不可知者，惟其力不足而势不便；不然，公于我无爱也。闻之古人："日中必彗，操刀必割。〔七〕"当此时也，天子虚席而待公，其言宜无不听用。洵也与公有如此之旧，适在京师，且未甚老，而犹足以有为也。此时而无成，亦足以见他人之无足求，而他日之无及也已。

昨闻车马至此有日，西出百余里迎见。雪后苦风，晨至郑州，唇黑面烈，僮仆无人色。从逆旅主人得束薪缊火〔八〕，良久，乃能以见。出郑州十里许，有导骑从东来，惊愕下马立道周。云宋端明且至〔九〕，从者数百人，足声如雷。已过，乃敢上马徐去。私自伤至此，伏惟明公所谓洁廉而有文，可以比汉之司马子长者〔一〇〕，盖穷困如此，岂不为之动心，而待其多言耶！

（卷十二）

注

〔一〕张侍郎：即张方平（1007—1091），字安道，号乐全居士。其先宋（今河南商丘市南）人。后徙扬州。官至参知政事，著有《乐全集》。至和元年（1054）以户部侍郎知益州，故称张侍郎或张益州。访知苏洵，洵有《上张益州书》。嘉祐元年（1056），张劝洵入京，并致书欧阳修推荐苏洵。洵决定送二子入京应试，有《上张侍郎第一书》。同年八月

"召端明殿学士知益州张方平为三司使"（见《续资治通鉴》卷五十六）。三司使是北宋主管财政的最高机构的长官，故称省主。从本文"雪后苦风"可知，张方平返京已在隆冬。时欧阳修虽已荐苏洵于朝，苏洵的文章虽已名动京师，但求官仍未遂。故苏洵再次上书张方平，求其荐举。其词凄切，哀婉动人。

〔二〕洵始至京师：苏洵父子于嘉祐元年（1056）五月到达京师，苏洵《上韩枢密书》："比来京师，游阡陌间……盖时五、六月矣。"

〔三〕不见者盖十年矣：苏洵于庆历七年（1047）因举制策不中离京，至嘉祐元年（1056）来京，正好十年。参见《上欧阳内翰书》注〔一二〕。

〔四〕公不惜数千里走表为子求官：据张方平《文安先生墓表》载，张方平对苏洵说："'远方不足君名，盍（何不）游京师乎？'因以书先之于欧阳永叔。"走表为洵求官，当指向仁宗推荐苏洵，其事不详。

〔五〕唯诺：应答。《礼记·曲礼上》："必慎唯诺。"

〔六〕顾：岂，难道。《汉书·季布传》："顾不美乎？"

〔七〕"日中必熭"二句：语见贾谊《新书·宗首》。熭（wèi），晒。

〔八〕逆旅：客舍。《庄子·山木》："宿于逆旅。"束薪缊火：保暖之物。缊，旧絮。《汉书·蒯通传》："束缊请火于亡肉家。"

〔九〕宋端明：即宋祁（998—1061），字子京，安陆（今属湖北）人，官至工部尚书，与兄宋庠皆以文名，时称二宋。嘉祐元年（1056）八月张方平罢知益州任，宋祁以端明殿学士、特迁工部侍郎知益州，故称宋端明。事见吴廷燮《北宋经抚年表》卷五和《宋史·宋祁传》。

〔一〇〕"伏惟明公所谓洁廉而有文"二句：张方平《文安先生墓表》："久之，苏君果至。即之，穆如也。听其言，知其博物洽闻矣。既而得其所著《权书》《衡论》，阅之，如大山之云出于山，忽布无方，倏散无余；如大川之滔滔，东至于海源也。因谓苏君：'左丘明《国语》、司马迁善叙事，贾谊之明王道，君兼之矣，'雷简夫《上欧阳内翰书》："张益州一见其文，叹曰：司马迁死矣，非子吾谁与！"（见邵博《邵氏闻见后录》卷十五）司马子长即司马迁。

附录

茅坤：告知己者之言，情词可涕。（《苏文公文钞》卷三）

储欣：就目前感动知己，妙绝。其模写亦直造司马子长。（《评注苏老泉集》卷四）

送石昌言使北引〔一〕

苏 洵

昌言举进士时，吾始数岁〔二〕，未学也。忆与群儿戏先府君侧〔三〕，昌言从旁取枣栗啖我〔四〕。家居相近，又以亲戚故〔五〕，甚狎〔六〕。昌言举进士，日有名。吾后渐长，亦稍知读书，学句读、属对、声律，未成而废〔七〕。昌言闻吾废学，虽不言，察其意甚恨。后十余年，昌言及第第四人〔八〕，守官四方〔九〕，不相闻。吾以壮大，乃能感悔，摧折复学〔一○〕。又数年，游京师，见昌言长安〔一一〕，相与劳苦如平生欢〔一二〕。出文十数首，昌言甚喜，称善。吾晚学无师，虽日为文，中甚自惭〔一三〕。及闻昌言说，乃颇自喜。今十余年，又来京师〔一四〕，而昌言官两制〔一五〕，乃为天子出使万里外强悍不屈之虏庭〔一六〕，建大旆〔一七〕，从骑数百〔一八〕，送车千乘，出都门，意气慨然〔一九〕。自思为儿时，见昌言先府君旁，安知其至此！

富贵不足怪，吾于昌言独有感也。丈夫生不为将，得为使折冲口舌之间足矣〔二○〕。往年彭任从富公使还〔二一〕，为我言：“既出境，宿驿亭，闻介马数万骑驰过〔二二〕，剑槊相摩〔二三〕，终夜有声，从者怛然失色〔二四〕。及明，视道上马迹，尚心掉不自禁〔二五〕。”凡虏所以夸耀中国者多此类〔二六〕，中国之人不测也，故或至于震惧而失辞，以为夷狄笑。呜呼，何其不思之甚也！昔者奉春君使冒顿，壮士、大马皆匿不见，是以有平城之役〔二七〕。今之匈奴〔二八〕，吾知其无能为也。孟子曰：“说大人者，藐之〔二九〕。”况于夷狄！请以为赠。

（卷十五）

注 —————————————————————————————————

〔一〕 石昌言（995—1057）：名扬休。其先江都人，七世祖藏用徙家眉山。少孤力学，年十八举进士，宝元元年（1038）四十三岁才进士及第。累官至刑部员外郎、知制诰。嘉祐元年（1056）秋，奉命出使契丹，感疾，嘉祐二年卒，年六十三。（见《宋蜀文辑存》卷十《石工部墓志铭》）此《引》作于嘉祐元年，苏轼《跋送石昌言引》："右嘉祐元年九月十九日先君《送石昌言北使文》一首，其字则轼年二十一时所书与昌言本也。"

〔二〕"昌言举进士时"二句：司马光《石昌言哀辞》："眉山石昌言，年十八举进士，伦辈数百人，昌言为之首，声震西蜀。"据《石二部墓志铭》推算，石昌言生于宋太宗至道元年（995），"年十八举进士"，当在太中祥符五年（1012）；苏洵生于大中祥符二年（1009），石举进士时，洵年五岁。

〔三〕先府君：苏洵《族谱后录下篇》："先子讳序，字仲先，生于开宝六年（972），而殁于庆历七年（1047）。……先子少孤，喜为善而不好读书。晚乃为诗，能白道，敏捷立成。凡数十年得数千篇，上自朝廷郡邑之事，下至乡闾子孙畋渔治生之意，皆见于诗。"

〔四〕啖（dàn）：《汉书·王吉传》："吉妇取枣以啖吉。"颜师古注："啖，谓使食之。"

〔五〕亲戚：苏轼《苏廷评（序）行状》："女二人，长适杜垂裕，幼适石扬言。"石扬言、石扬休为兄弟，故苏、石两家有亲。

〔六〕狎：亲近。《左传·襄公六年》："宋华弱与乐辔少相狎。"杜预注："狎，亲习也。"

〔七〕"学句读、属对、声律"二句：语意已尽为句，语意未尽而须停顿为读（亦作逗）。何休《春秋公羊传解诂序》："援引他经，失其句读。"属对，撰写对句。《旧唐书·元稹传》："属对无差，而风情宛然。"声律，声韵格律。权德舆《裴公神道碑铭》："比兴属和，声律铿然。"苏洵《祭亡妻文》："昔予少年，游荡不学。子虽不言，耿耿不乐。我知子心，忧我泯没。"

〔八〕"后十余年"二句：司马光《石昌言哀辞》："四十三乃及第，及第十八年知制诰，又三年以疾终。光为儿（时），始执卷知昌言名，已而同登进士第，与昌言游凡二十二年。"石昌言生于至道元年（995），四十三岁时为宝元元年（1038）；查《司马文正公年谱》，司马光即宝元元年进士及第，故为"同登进士第。"时苏洵已二十九岁，同科亦应进士试，不中。

〔九〕守官四方：《宋史·石扬休传》："扬休少孤力学，进士高第，为同州观察推官，迁著作佐郎，知中牟县。……改秘书丞，为秘阁校理、开封府推官，累迁尚书祠部员外郎，历三司度支、盐铁判官。坐前在开封尝失盗，出知宿州。"

〔一〇〕"吾以壮大"三句：司马光《程夫人墓志铭》："府君（苏洵）年二十七犹不学，一日慨然谓夫人曰：'吾自视，今犹可学。然家待我而生，学且废生。奈何？'夫人曰：'我欲言之久矣，恶使子为因我而学者。子苟有志，以生累我可也。'即罄出服玩鬻之以治生，不数年，遂为富户。府君由是得专志于学，卒成大儒。"

〔一一〕"又数年"三句：此指庆历五年（1045），苏洵年三十七，因举制策入京，途经长安。苏辙《东坡先生墓志铭》："公生十年（苏轼生于景祐三年，即 1036 年）而先君宦学四方。"

〔一二〕相与劳苦如平生欢：《史记·张耳陈余列传》："泄公劳苦如平生欢。"劳苦，慰劳。

〔一三〕中：此指心里。

〔一四〕"今十余年"二句：指嘉祐元年（1056）苏送二子入京应试，距庆历五年（1045）"见昌言长安"已十二年。

〔一五〕昌言官两制：洪迈《容斋三笔》卷十二："翰林学士、中书舍人为两制，言其掌行内外制也。舍人官未至者，则云'知制诰'。"时石昌言"以刑部员外郎知制诰"，故称两制。

〔一六〕虏庭：此指契丹。梅圣俞《送石昌言舍人使匈奴》："燕然山北大单于，汉家皇帝与玺书。持书大夫腰金鱼，飞龙借马出国都。"

〔一七〕旆：《左传·僖公二十八年》："狐毛设二旆而退之。"杜预注："旆，大旗也。"

〔一八〕从骑：骑马随从的人。《史记·信陵君列传》："从骑皆窃骂侯生。"

〔一九〕慨然：慷慨激昂貌，《后汉书·范滂传》："慨然有澄清天下之志。"

〔二〇〕折冲：本指折退敌方的战车（冲，冲车），引申为以外交谈判制胜。《战国策·齐策五》："百尺之冲，折之衽席之上。"

〔二一〕往年彭任从富公使还：富公，指富弼（1004—1083），字彦国。《宋史·仁宗纪》："庆历二年（1042）夏四月庚辰，知制诰富弼报使契丹。"苏轼《跋送石昌言引》："彭任字有道，亦蜀人，从富彦国使虏还，得灵河县主簿以死。石守道称之曰：'有道长七尺，而胆过其身。'一日坐酒肆，与其徒饮且酣，闻彦国当使不测之虏，愤愤椎酒床，拳皮裂，遂自请行，盖欲以死捍彦国者也。"

〔二二〕介马：《左传·成公二年》："不介马而驰之。"杜预注："介，甲也。"

〔二三〕剑槊相摩：剑和长矛相撞击。

〔二四〕怛然：《列子·黄帝篇》："怛然内热。"《广雅·释诂》："怛，惊也。"

〔二五〕尚心掉不自禁：还心跳，不能自我控制。掉，动荡。

〔二六〕中国：《史记·吴太伯世家》："武王克殷，封其后为二：其一虞，在中国；其一吴，在蛮夷。"此中国相对于蛮夷而言，指宋王朝辖区。

〔二七〕昔者奉春君使冒顿"三句：奉春君即汉初娄敬，赐姓刘。《汉书·刘敬传》："汉七年，韩王信反，高帝（刘邦）自往击之。至晋阳，闻信与匈奴欲击汉。上大怒，使人使匈奴。匈奴匿其壮士、肥牛马，徒见其老弱及羸畜。使者十辈来，皆言匈奴易击。上使刘敬复往使匈奴，还报曰：'两国相击，此宜夸矜见所长。今臣往，徒见羸瘠老弱，此必欲见短，伏奇兵以争利。愚以为匈奴不可击也。'……上怒，骂敬曰：'齐虏！以舌得官，乃今妄言沮吾军。'械系敬广武，遂往，至平城，匈奴果出奇兵围高帝白登，七日然后得解。"冒顿（mò dú），汉时匈奴主。平城，在今山西大同东北。

〔二八〕今之匈奴：指契丹。《旧五代史·外国传》："契丹者，匈奴之种也。"

〔二九〕说大人者，藐之：见《孟子·尽心下》，原文为："说大人，则藐之。"说（shuì）：游说。藐：小，藐视，小看。

附录

楼钥：议论好，笔力顿挫而雄伟，曲尽事物情状。（《静观堂三苏文选》）

吕祖谦：王氏之文，如海外奇香，风水啮蚀，已千余禩，树质将尽，独真液凝结，断然而犹存。余谓老泉之作，足以当之。（《三苏文范》卷四）

杨鼎：此作叙与昌言相遇本末，而离合悲欢俱见。……又见其自负不小。立意既高，文字复黝倔顿挫而苍古，真巨手也。（同上）

茅坤：文有生色，直当与韩昌黎《送殷员外（等）序》相伯仲。（《苏文公文钞》卷十）

上欧阳内翰第一书〔一〕

苏 洵

内翰执事〔二〕：洵布衣穷居〔三〕，尝窃有叹。以为天下之人，不能皆贤，不能皆不肖。故贤人君子之处于世，合必离，离必合。往者天子方有意于治〔四〕，而范公在相府〔五〕，富公为枢密副使〔六〕，执事与余公、蔡公为谏官〔七〕，尹公驰骋上下，用力于兵革之地〔八〕。方是之时，天下之人，毛发丝粟之才，纷纷然而起，合而为一。而洵也，自度其愚鲁无用之身，不足以自奋于其间。退而养其心，幸其道之将成，而可以复见于当世之贤人君子。不幸道未成，而范公西，富公北，执事与余公、蔡公分散四出，而尹公亦失势，奔走于小官〔九〕。洵时在京师〔一〇〕，亲见其事，忽忽仰天叹息〔一一〕，以为斯人之去，而道虽成，不复足以为荣矣。既复自思，念往者众君子之进于朝，其始也，必有善人焉揆之；今也，亦必有小人焉推之〔一二〕。今之世无复有善人也，则已矣；如其不然也，吾何忧焉！姑养其心，使其道大有成而待之，何伤！退而处十年〔一三〕，虽未敢自谓其道有成矣，然浩浩乎〔一四〕，其胸中若与曩者异〔一五〕。而余公适亦有成功于南方〔一六〕，执事与蔡公复相继登于朝〔一七〕，富公复自外入为宰相〔一八〕，其势将复合为一。喜且自贺，以为道既已粗成，而果将有以发之也。既又反而思其向之所慕望爱悦之而不得见之者，盖有六人，今将往见之矣。而六人者已有范公、尹公二人亡焉〔一九〕，则又为之潸然出涕以悲。呜呼，二人者不可复见矣！而所恃以慰此心者，犹有四人也，则又以自解。思其止于四人也，则又汲汲欲一识其面，以发其心之所欲言。而富公又为天子之宰相，远方寒士未可遽以言通于其前〔二〇〕；余公、蔡公远者又在万里外〔二一〕；独执事在朝廷间，而其位差不甚贵，可以叫呼扳援而闻之以言。而饥寒衰老之病，又锢而留之，使不克自至于执事之庭〔二二〕。夫以慕望爱悦其人之心，十年而为得见，而其人已死，如范公、尹公二人者，则四人之中，非其势不可遽以言通者，何可以不能自往而遽已也？

执事之文章，天下之人莫不知之；然窃自以为洵之知之特深，愈于天下之人。何者？孟子之文，语约而意尽〔二三〕，不为巉刻斩绝之言〔二四〕，而其锋不可犯。韩子之文〔二五〕，如长江大河，浑浩流转，鱼鼋蛟龙，万怪惶惑，而抑遏蔽掩，不使自露，而人自见其渊然之光〔二六〕，苍然之色，亦自畏避，不敢迫视。执事之文，纡余委备〔二七〕，往复百折，而条达疏畅，无所间断；气尽语极，急言竭论，而容与闲易〔二八〕，无艰难劳苦之态。此三者，皆断然自为一家之文也。惟李翱之文〔二九〕，其味黯然而长〔三〇〕，其光油然而幽〔三一〕，俯仰揖让，有执事之态。陆贽之文〔三二〕，遣言措意，切近的当，有执事之实。而执事之才，又自有过人者。盖执事之文，非孟子、韩之文，而欧阳子之文也。

夫乐道人之善而不为谄者，以其人诚足以当之也。彼不知者，则以为誉人以求其悦已也。夫誉人以求其悦已，洵亦不为也。而其所以道执事光明盛大之德，而不自知止者，亦欲执事之知其知我也。

虽然，执事之名满于天下，虽不见其文，而固已知有欧阳子矣。而洵也，不幸堕在草野泥涂之中〔三三〕，而其知道之心，又近而粗成，而欲徒手奉咫尺之书〔三四〕，自托于执事，将使执事何从而知之，何从而信之哉？洵少年不学，生二十五岁，始知读书，从士君子游〔三五〕。年既已晚，而又不遂刻意厉行，以古人自期。而视与同列者，皆不胜已，则遂以为可矣。其后困益甚〔三六〕，然后取古人之文而读之，始觉其出言用意，与已大异。时复内顾，自思其才，则又似夫不遂止于是而已者。由是尽烧曩时所为文数百篇〔三七〕，取《论语》《孟子》、韩子及其他圣人贤人之文，而兀然端坐〔三八〕，终日以读之者七八年。方其始也，入其中而惶然；博观于其外，而骇然以惊〔三九〕。及其久也，读之益精，而其胸中豁然以明，若人之言固当然者。然犹未敢自出其言也。时既久，胸中之言日益多，不能自制，试出而书之，已而再三读之，浑浑乎觉其来之易矣〔四〇〕。然犹未敢以为是也。近所为《洪范论》《史论》凡七篇〔四一〕，执事观其如何？嘻，区区而自言，不知者又将以为自誉，以求人之知已也。惟执事思其十年之心，如是之不偶然也而察之！

（卷十二）

注

〔一〕欧阳内翰：指欧阳修，见《欧阳永叔白兔》注〔一〕。内翰，即翰林学士，以掌内制，故称内翰。书中言及献书事，曾巩《苏明允哀词》说："嘉祐初，（洵）始与其二子轼、辙复去蜀，游京师。今参知政事欧阳公修为翰林学士，得其文而异之，以献于上。"可知此书作于嘉祐元年（1056）。

〔二〕执事：书信中对对方的敬称，表示不敢直称对方，而称其周围供役使的人。唐人赵璘《因话录》卷五："与宰相大僚书，往往呼执事，言阁下之执事人耳。"

〔三〕布衣：无官职的平民。《吕氏春秋·行论》："人主之行与布衣异。"

〔四〕往者天子方有意于治：往者指庆历三年，天子指宋仁宗赵祯。《续资治通鉴》卷四十六：庆历三年九月丁卯，"帝既擢任范仲淹、韩琦、富弼等，每进见，必以太平责之，数令条奏当时世务。仲淹语人曰：'上用我至矣。然事有后先，且革弊于久安，非朝夕可能也。'帝再赐手诏督促，既又开天章阁召对，赐坐，给笔札，使疏于前。"

〔五〕而范公在相府：范公指范仲淹（989—1052），字希文，吴县（今江苏苏州市）人，宋初著名政治家。宋真宗大中祥符八年（1015）进士及第，宋仁宗时守卫西北边疆，遏止西夏侵扰，政治上力主革新朝政。庆历三年四月任枢密副使，八月除参知政事，推行庆历新政。文章诗词都有名篇传世。

〔六〕富公为枢密副使：富公指富弼，庆历三年（1043）出使契丹，八月为枢密副使。见《续资治通鉴》卷四十五。

〔七〕执事：指欧阳修，于庆历三年三月知谏院。余公：指余靖（1000—1064），字安道，宋韶州曲江（今广东韶关）人，于庆历三年三月为右正言。蔡公：指蔡襄（1012—1067），字君谟，宋兴化仙游（今属福建）人，于庆历三年四月为秘书丞、知谏院。均见《续资治通鉴》卷四十五。

〔八〕"尹公驰骋上下"二句：尹公指尹洙（1001—1046），字师鲁，宋河南府（今河南洛阳）人。庆历初以太常丞知泾州（治所在今甘肃省泾川县），又以右司谏知渭州（治所在今甘肃省陇西县西南），兼领泾原路经略公事，参与抵抗西夏侵扰。事见《宋史·尹洙传》。

〔九〕"不幸道未成"至"奔走于小官"：指庆历新政失败，主持新政的人皆被逐出朝。庆历四年（1044）六月，以范仲淹为陕西、河东宣抚使，庆历五年（1045）正月出知邠州；富弼于庆历四年七月为河北宣抚使，五年正月知郓州（治所在今山东郓城县东）；欧阳修于庆历四年九月为河北都转运使，五年八月知滁州（今安徽滁县）；余靖以出使契丹作蕃语诗被劾，于庆历五年五月出知吉州（今江西吉安）；蔡襄于庆历四年十月出知福州（今属福建）；尹洙因与边臣意见不合，徙知庆州、晋州、潞州，又以自贷公使钱贬崇宁军节度副使，徙监均州（治所在今湖北光化县西北）酒税，不久病死。以上均见《续资治通鉴》卷四十六、四十七及《宋史》各本传。

〔一〇〕洵时在京师：苏辙《东坡先生墓志铭》："公生十年而先君宦学四方。"苏轼生于景祐三年（1036），至庆历五年（1045），正好十年。可知苏轼当时正"宦学"在京。

〔一一〕忽忽：失意貌。司马迁《报任安书》："忽忽若有亡。"

〔一二〕搂：扶助。推：推挤，排斥。"搂之""推之"，有的本子作"推之""间之"。

〔一三〕退而处十年：苏洵自庆历七年（1047）因父丧返蜀后，直至嘉祐元年（1056），未再出蜀。苏洵《忆山送人》："到家不再出，一顿俄十年。"

〔一四〕浩浩：广大貌。

〔一五〕曩者：以往，先前。

〔一六〕而余公适亦有成功于南方：指皇祐四年（1052）余靖以广西路安抚使平定侬智高之乱。《宋史·余靖传》："侬智高反邕州，乘胜掠九郡，以兵围广州。朝廷方顾海事，就丧次起靖为秘书监、知潭州，改桂州，诏以广南西路委靖经制。……遣人入特磨道擒智高母、子、弟三，生致之阙下。"

〔一七〕执事与蔡公复相继登于朝：至和元年（1054）九月，欧阳修还朝任翰林学士（见《欧阳文忠公年谱》）。皇祐四年（1052）蔡襄迁起居舍人，至和元年（1054）迁龙图阁学士，知开封府（见欧阳修《端明殿学士蔡公墓志铭》）。

〔一八〕富公复自外入为宰相：《宋史·宰辅表二》：至和二年（1055）六月，"富弼自宣徽南院使、检校太保、判并州加户部侍郎、同平章事、集贤殿大学士。"

〔一九〕范公、尹公二人亡焉：范仲淹于皇祐四年（1052）五月卒于徐州，见《续资治通鉴》卷五十二。庆历六年（1046），尹洙贬监均州酒税，得疾无医而卒，见欧阳修《尹师鲁墓志铭》。

〔二〇〕遽：骤然。下文"而遽已也"的"遽"作遂、就解。

〔二一〕余公、蔡公远者又在万里外：嘉祐元年苏洵作此书时，余靖知桂州，见吴廷燮《北宋经抚年表》卷五；蔡襄由知泉州移知福州，见同上书卷四。

〔二二〕克：能够。

〔二三〕语约而意尽：文字简要而意思表达得很充分。

〔二四〕巉刻斩绝：谓文词锐利险峭。

〔二五〕韩子：指韩愈（768—824），字退之，河内河阳（今河南孟州市南）人，唐代文学家、思想家，著有《韩昌黎集》。

〔二六〕渊然：深邃貌。

〔二七〕纡余委备：谓文辞曲折详密。

〔二八〕容与闲易：谓文章从容不迫，舒缓有致。

〔二九〕李翱（772—841）：字习之，陇西成纪（今甘肃秦安）人。进士及第，历任礼部郎中、谏议大夫、中书舍人、工部尚书等职。为文学韩愈，以严谨平实胜。作《复性书》，开宋代理学之先河。

〔三〇〕黯然：暗黑貌。

〔三一〕油然：《礼记·祭义》郑玄注："油然，物始生好美貌。"

〔三二〕陆贽（754—805）：字敬舆，唐苏州嘉兴（今属浙江）人，进士及第，历任翰林学士、中书侍郎、同平章事等职，后因谗罢相，贬忠州（今重庆忠县）别驾。长于奏议，敢于揭露时弊。

〔三三〕草野泥涂：指平民所居之地。《左传·襄公三十年》："赵孟曰：'使吾子辱在泥涂久矣'。"

〔三四〕咫尺之书：《汉书·韩信传》："奉咫尺之书。"颜师古注："八寸曰咫，咫尺者，言其简牍或长咫，或长尺，喻轻率也。"

〔三五〕"洵少年不学"四句：苏洵《祭亡妻文》："昔予少年，游荡不学。子虽不言，耿耿不乐。我知子心，忧我泯没。感叹折节，以至今日。"欧阳修《苏明允墓志铭》："君少独不喜学，年已壮犹不知书。职方君（洵父苏序）纵而不问，乡间亲族皆怪之。或问其故，职方君笑而不答，君亦自如也。年二十七始大发愤。""生二十五岁始知读书"与"年二十七始大发愤"并不矛盾，二者有程度之别。

〔三六〕其后困益甚：指"举进士再不中，又举茂材异等不中。"（欧阳修《苏明允墓志铭》）

〔三七〕尽烧曩时所为文数百篇：欧阳修《苏明允墓志铭》："悉取所为文数百篇焚之，益闭户读书，绝笔不为文辞者五六年，乃大究六经百家之说。"

〔三八〕兀然：不动貌。

〔三九〕"入其中而惶然"三句：《经进苏老泉文集事略》，"惶然"下有"以"字，则当读为"入其中而惶然以博，观于其外而骇然以惊。"《考异》："陈曰：他本无'以'字。案此句与下'骇然以惊'乃对举，'以'字不可少。惟'博'字难解，恐有误。后人因删去'以'字，而以'博'字属下句，作'博观于其外'，不知下句'以惊'二字与此句对举也。"可备一说。

〔四〇〕浑浑：泉水涌出貌。《荀子·富国》："财货浑浑如泉源。"

〔四一〕《洪范论》《史论》凡七篇：指《洪范论》上、中、下、《洪范后序》《史论》上、中、下，共七篇，见《嘉祐集》卷九。

附录

姜宝：老泉此书所以求知于欧文忠者，只是文章一脉相得，故叙其平日学文之既成，又适当数君子合而离、离而合之际，正见用之时也，其所抱负不在韩、欧下。（《三苏文范》卷四）

黄省曾：前半感慨悲哀，后关委曲纡徐，熟之可无艰涩之弊。（同上）

茅坤：此书凡三段，一段历叙诸君子之离合，见已慕望之切；二段称欧阳公之文，见己知公之深；三段自叙平生经历，欲欧阳公之知之也。而情事婉曲周折，何等意气，何等风神。《"李翱之文"一段》突又入二子，以形容欧阳子之文，何等风态。（"时既久，胸中之言"一段）生平辛苦如此，然后得造其室，乃知为文之不易易也。（《苏文公文钞》卷三）

袁宏道：离合二句是一篇把柄，通篇所言要不出此。读此书可见老苏胸中有许大抱负在。（《三苏文范》卷四）

清高宗：其论韩、欧、李、陆文字，不爽铢两。交必如洵之与修，乃可面誉而不为谄，自述所得而不为夸。（《御选唐宋文醇》卷三十五）

汪玄杓：茅（坤）评固然，然尤妙在第一段中，历数诸君子离合，即将自己于道之成、未成夹叙。既为第一段之线，又为第三段之根。则十年慕望爱悦诸君子之心，即十年求道之心，首尾融洽，打成一片矣。（《唐宋文举要》甲编卷八）

张益州画像记〔一〕

苏 洵

至和元年秋，蜀人传言有寇至，边军夜呼，野无居人，妖言流闻，京师震惊〔二〕。方命择帅，天子曰："毋养乱，勿助变。众言朋兴，朕志自定。外乱不作，变且中起。不可以文令，又不可以武竞。惟朕一二大吏，孰为能处兹文武之间，其命往抚朕师〔三〕？"乃推曰："张公方平其人。"天子曰："然。"公以亲辞，不可，遂行。冬十一月至蜀。至之日，归屯军。撤守备，使谓郡县："寇来在吾，无尔劳苦〔四〕。"明年正月朔旦，蜀人相庆如他日，遂以无事〔五〕。

又明年正月，相告留公像于净众寺〔六〕，公不能禁。眉阳苏洵言于众曰〔七〕：未乱，易治也；既乱，易治也。有乱之萌，无乱之形，是谓将乱。将乱难治，不可以有乱急，亦不可以无乱弛。是惟元年之秋，如器之欹〔八〕，未坠于地。惟尔张公，安坐于其旁，颜色不变，徐起而正之。既正，油然而退〔九〕，无矜容〔一〇〕。为天子牧小民不倦，惟尔张公。尔繄以生〔一一〕，惟尔父母。且公尝为我言："民无常性，惟上所待。人皆曰蜀人多变〔一二〕，于是待之以待盗贼之意，而绳之以绳盗贼之法〔一三〕。重足屏息之民，而以砧斧令〔一四〕。于是民始忍以其父母妻子之所仰赖之身而弃之于盗贼，故每每大乱。夫约之以礼，驱之以法，惟蜀人为易。至于急之而生变，虽齐、鲁亦然〔一五〕。吾以齐、鲁待蜀人，而蜀人亦自以齐、鲁之人待其身。若夫肆意于法律之外〔一六〕，以威劫其民，吾不忍为也。'呜呼，爱蜀人之深，待蜀人之厚，自公而前，吾未始见也。"皆再拜稽首曰〔一七〕："然。"

苏洵又曰："公之恩在尔心，尔死在尔子孙，其功业在史官，无以像为也。且公意不欲，如何？"皆曰："公则何事于斯〔一八〕？虽然，于我心有不释焉〔一九〕。今夫平居闻一善，必问其人之姓名与乡里之所在，以至于其长短、大小、美恶之状，甚者或诘其平生所嗜好〔二〇〕。以想见其为人，而史官亦书之于其传。意使天下之人，思之于心，则存之于目；存之于目，故其思之于心也固。由此观之，像亦不为无助。"苏洵无以诘，遂为之记。

公南京人〔二一〕，为人慷慨有大节，以度量容天下。天下有大事，公可属。系之以诗曰：

天子在祚〔二二〕，岁在甲午〔二三〕。西人传言，有寇在垣〔二四〕。庭有武臣，谋夫如云。天子曰嘻，命我张公。公来自东，旗纛舒舒〔二五〕。西人聚观，于巷于途。谓公暨暨〔二六〕，公来于于〔二七〕。公谓西人："安尔室家，无敢或讹。讹言不祥，往即尔常。春尔条桑〔二八〕，秋尔涤场"〔二九〕西人稽首，公我父兄。公在西圃，草木骈骈〔三〇〕。公宴其僚，伐鼓渊渊〔三一〕。西人来观，祝公万年。有女娟娟〔三二〕，闺闼闲闲〔三三〕。有童哇哇〔三四〕，亦既能言。昔公未来，期汝弃捐〔三五〕。禾麻芃芃〔三六〕，仓庾崇崇〔三七〕。嗟我父子，乐此岁丰。公在朝廷，天子股肱〔三八〕。天子曰归，公敢不承〔三九〕？作堂严严〔四〇〕，有庑有庭〔四一〕。公像在中，朝服冠缨〔四二〕。西人相告，无敢逸荒。公归京师，公像在堂。

（卷十五）

注

〔一〕张益州：即张方平，见苏洵《上张侍郎第二书》注〔一〕。益州即成都，《宋史·地理志五》："成都府，本益州。"时张方平知益州，故称张益州。本文说，张于至和元年（1054）冬十一月至蜀，明年（1055）正月朔旦蜀人相庆如他日，又明年（嘉祐元年，1056年）留公像于净众寺，可知此文作于嘉祐元年正月。本文既未详写张之生平，也未详写张在蜀之政绩，而着重突出他静以镇蜀，表现了张的大臣风度。宋楼昉评此文说："辞气严正有法度，说不必有像，亦不可以无像，此三四转甚奇。最好处是善回护蜀人，公蜀人也，所以尤难。"（《静观堂三苏文选》）

〔二〕"至和元年秋"至"京师震惊"：至和元年，1054年。苏轼《张文定公墓志铭》："转运使摄守事，西南夷有邛部川首领者，妄言蛮贼侬智高在南诏，欲来寇蜀。摄守，妄人也，闻之大惊，移兵屯边郡，益调额外弓手，发民筑城，日夜不得休息。民大惊扰，争迁居城中。男女婚会，不复以年。贱粜（籴，卖）谷帛市金银，埋之地中。朝廷闻之，发陕西步卒戍蜀，兵仗络绎，相望于道。"

〔三〕"天子曰"至"其命往抚朕师"：天子指宋仁宗，这是模拟仁宗语气，林希元说："代天子言，就是天子气魄。"（《静观堂三苏文选》）朋兴，群起。朕，皇帝的自称。

〔四〕"归屯军"至"无尔劳苦"：苏轼《张文定公墓志铭》："诏促公行，且许以便宜从事。公言：'南诏去蜀二千余里，道险不通，其间皆杂种，不相役属，安能举大兵为智高寇我哉！此必妄也。臣当以静镇之。'道遇戍卒兵仗，辄遣还。入境，下令邛部川曰：'寇来吾自当之，妄言者斩。'悉归屯边兵，散遣弓手，罢筑城之役。"无尔劳苦，不用你们劳苦。

〔五〕"明年正月朔旦"三句：苏轼《张文定公墓志铭》："会上元观灯，城门皆通夕不闭，蜀遂大安。"

〔六〕净众寺：《蜀中名胜记》卷二《成都府二》："西门之胜：张仪楼、石笋街、笮桥、琴台、浣花溪、青羊宫、净众寺、少陵草堂。……僧无相，新罗国人，开元十六年至成都募化，檀越（施主）造净众寺。"

〔七〕眉阳：四川眉山。水北为阳，眉山因在岷江北岸，故称眉阳。

〔八〕欹：倾斜。《荀子·宥坐》："宥（同右）坐之器者（可置坐右以为戒之器），虚则欹，中则正，满则覆。"

〔九〕油然：舒缓从容貌。《孔子家语·五仪》："油然若将可越而终不可及者，君子也。"

〔一〇〕矜：自以为是，《尚书·大禹谟》："汝惟不矜，天下莫与汝争能。"

〔一一〕繄：是。繄以：是以。尔繄以生：谓你们以此得生。

〔一二〕蜀人多变：宋初，蜀人不堪压榨，多次起义，如乾德三年（965），"蜀兵愤怨，行至绵州，遂作乱"（《续资治通鉴》卷四）；淳化五年（994），"王小波起为盗"（同上卷十七）；咸平三年（1000），"益州戍卒赵延顺等为乱。"（同上卷二十一）

〔一三〕"于是待之以待盗贼之意"二句：如淳化四年（993）吴元载守成都，"颇尚苛察，民有犯法者，虽细罪不能容，又禁民游宴行乐，人用胥怨。"（《续资治通鉴》卷十七）

〔一四〕"重足屏息之民"二句：谓以武力对付怨愤之民。重足，叠足而立，不敢移动。《史记·汲郑列传》："今天下重足而立，侧目而视矣。"屏息，不敢出声。《列子·黄帝》："屏息良久，不敢复言。"砧斧，砧板与斧钺，古代杀人刑具。韩愈《元和圣德诗》："解脱挛索，夹以砧斧。"

〔一五〕虽齐、鲁亦然：谓即使礼仪之邦的齐国、鲁国之民，逼"急了"，也会"大乱"的。

〔一六〕肆意：任意，无所顾忌。《列子·周穆王》："肆意远游。"

〔一七〕稽首：叩头，古代九拜礼中最恭敬者。《周官·春官·大祝》贾公彦疏："头至地多时，则为稽首也。"

〔一八〕斯：此，代画像。

〔一九〕释：放下。心有不释，即放不下心，于心未安。

〔二〇〕诘：问。《新五代史·裴迪传》："乃屏人密诘之。"下文"苏洵无以诘"之"诘"，作责问、反问解。《老子》："视之不见名曰夷，听之不闻名曰希，博之不得名曰微，此三者不可致诘。"

〔二一〕南京：《宋史·地理志一》："应天府，河南郡，归德军节度。本唐宋州，至道中为京东路，景德三年升为应天府，大中祥符七年建为南京。"即今河南商丘。苏轼《张文定公墓志铭》："公姓张氏，讳方平，字安道，其先宋人也。后徙扬州。"可知"公南京人"乃指其祖籍。

〔二二〕祚：皇位。《史记·秦楚之际月表》："卒践帝祚。"

〔二三〕甲午：即至和元年（1054）。

〔二四〕垣：星位，我国古代将天体恒星分为紫微垣、太微垣、天市垣，称为三垣。《宋史·天文志二》：天市垣有二十二星，即东蕃十一星和西蕃十一星。西番十一星，"四曰巴，五曰蜀"。

〔二五〕纛：大旗。旗纛即旗帜。舒舒：徐缓貌。韩愈《复志赋》："慨余行之舒舒。"

〔二六〕暨暨：果敢坚决貌。《礼记·玉藻》："戎容暨暨。"

〔二七〕于于：行动舒缓貌。《庄子·应帝王》："其卧徐徐，其觉于于。"

〔二八〕条桑：《诗·豳风·七月》："蚕月条桑。"郑玄笺："条桑枝落，采其叶也。"

〔二九〕涤场：扫尽场上谷物。《诗·豳风·七月》："九月肃霜，十月涤场。"毛传："涤场，功毕也。"

〔三〇〕骈骈：茂盛貌。

〔三一〕伐鼓渊渊：语见《诗·小雅·采芑》，毛传："渊渊，鼓声也。"

〔三二〕娟娟：美好貌。杜甫《狂夫》："风含翠筱娟娟静。"

〔三三〕闺阒：闺门。闲闲：从容自得貌。《诗·魏风·十亩之间》："桑者闲闲兮。"

〔三四〕哇哇：小儿哭声。欧阳修《茶歌》："小儿助噪声哇哇。"

〔三五〕期汝弃捐：以为这些女、童必定会被抛弃。期，必定。

〔三六〕芄芄：茂密貌。《诗·鄘风·载驰》："我行其野，芄芄其麦。"

〔三七〕崇崇：高耸貌。扬雄《甘泉赋》："崇崇圜丘。"

〔三八〕股肱：比喻帝王左右的得力大臣。《左传·昭公九年》："君之卿佐，是谓股肱。"

〔三九〕公敢不承：张方平岂敢不顺承。

〔四〇〕严严：严肃庄重貌。

〔四一〕庑：大屋。《管子·国蓄》："夫以室庑籍。"尹知章注："小曰室，大曰庑。"

〔四二〕朝服：朝会时所穿礼服。司马相如《上林赋》："袭（披）朝服，乘法驾。"冠：帽。缨：冠带。

附录

茅坤：（张）益州常称老苏似司马子长，此记自子长之后殆不多得。（《苏文公文钞》卷十）

袁宏道：老苏《张益州画像记》，其文劲悍浑深，有西汉人笔力，诗衍文气，有干有叶。（《三苏文范》卷四）

李贽：这等文字，从《虞典》《商谟》中脱化来，而气概春容，词调老苍，类圣世君臣都俞气象，非后来学操觚者所能仿佛也。（同上）

许国：此段前叙事，后议论。叙事古劲，而议论许多斡旋回护尤高。（同上）

储欣：持重若挽百钧之弓，不遗余力，诗亦朴雅入情。（《评注苏老泉集》卷

五〕

吴楚材、吴调侯：末一段，写像处说不必有像，而亦不可无像。三、四转折，殊为深妙。系诗一结，更风《风》《雅》遗音。（《古文观止》卷十）

清高宗：不屑屑述益州治状，措词高浑而精彩光芒溢于豪楮。（《御选唐宋文醇》卷三十六）

上韩舍人书〔一〕

苏　洵

舍人执事：方今天下虽号无事，而政化未清〔二〕，狱讼未衰息，赋敛日重，府库空竭，而大者又有二虏之不臣〔三〕。天子震怒，大臣忧恐。自两制以上〔四〕，宜皆苦心焦思，日夜思念，求所以解吾君之忧者。

洵自惟闲人，于国家无丝毫之责，得以优游终岁，咏歌先王之道以自乐。时或作为文章，亦不求人知。以为天下方事事〔五〕，而王公大人岂暇见我哉！是以逾年在京师，而其平生所愿见如君侯者，未尝一至其门。有来告洵以所欲见之之意，洵不敢不见。然不知君侯见之而何也？天子求治如此之急，君侯为两制大臣，岂欲见一闲布衣，与之论闲事耶？此洵所以不敢遽见也。

自闲居十年，人事荒废，渐不喜承迎将逢，拜伏拳踞〔六〕。王公大人苟能无以此求之，使得从容坐隅，时出其所学，或亦有足观者。今君侯辱先求之，此其必有所异乎世俗者矣。

孟子曰："段干木逾垣而避之，泄柳闭门而不纳，是皆已甚。迫，斯可以见矣。"〔七〕呜呼，吾岂斯人之徒欤！欲见我而见之，不欲见而徐去之，何伤？况如君侯，平生所愿见者，又何辞焉？不宣〔八〕。洵再拜。

（卷十二）

注 ———————————————————————————————

〔一〕韩舍人：即韩绛（1012—1088），字子华，雍丘（今河南杞县）人，官至同中书门下平章事，封康国公。此书作于嘉祐二年（1057）春（从"逾年在京师"语可知），时韩绛与欧阳修同权知礼部贡举。苏轼进士及第后，有《谢韩舍人启》。王文诰《苏诗总案》卷一说，考《东都事略》和《宋史》本传，"不载（韩绛）除起居、中书舍人等官，疑其略去；但据公诗自注'知制诰缀舍人班'，似当日非翰林之知制诰，皆得称舍人也。"这里提出了两种可能，一是韩绛时为舍人而史失载，一为称知制诰为舍人。书中有"君侯为两制大臣"语，可知韩绛时为中书舍人而史失载。从韩绛主动求见，可看出苏洵当时"名动京师"之一斑；洵以不"论闲事"，不拘"世俗"之礼为条件，看似倨傲，实亦求重用，全文仍表现了苏洵渴望为国效力的急切之情，茅坤所谓"告知己者之言，情词可涕"（《唐宋八大家文钞》），即指此。

〔二〕政化：政令孝化。

〔三〕二虏：指辽和西夏。臣：臣服。

〔四〕两制：见苏洵《送石昌言使北引》注〔一五〕。

〔五〕事事：办事，前一事为动词。《史记·曹相国世家》："（曹）参不事事。"

〔六〕承迎将逢，拜伏拳跽：奉承迎候，顺从逢迎，伏身下拜，屈曲下跪。泛指繁文缛节。

〔七〕"段干木逾垣而避之"至"斯可以见矣"：语见《孟子·滕文公下》。赵岐注："孟子言魏文侯、鲁缪公有好善之心，而此二人距之太甚。迫窄，则可以见之。"段干木，战国魏人，"魏文侯欲见，造其门，干木逾墙避之。"（皇甫谧《高士传》）泄柳，春秋鲁国人，鲁缪公闻其贤，往见之，泄柳初闭门不纳，后为缪公臣。又见《孟子·公孙丑下》。

〔八〕不宣：书信末常用语，言不一一细说。

附录

茅坤：老苏强项如此，正与前篇（《上张侍郎第二书》）词旨不同。（《苏文公文钞》卷三）

储欣：欲韩公加礼而与论议天下之事。（《评注苏老泉集》卷四）

木假山记〔一〕

苏 洵

木之生，或蘖而殇〔二〕，或拱而夭〔三〕；幸而至于任为栋梁，则伐；不幸而为风之所拔，水之所漂，或破折，或腐；幸而得不破折，不腐，则为人之所材〔四〕，而有斧斤之患〔五〕。其最幸者，漂沉汩没于湍沙之间〔六〕，不知其几百年，而其激射啮食之余〔七〕，或仿佛于山者，则为好事者取去，强之以为山，然后可以脱泥沙而远斧斤。而荒江之濆〔八〕，如此者几何！不为好事者所见，而为樵夫野人所薪者，何可胜数！则其最幸者之中，又有不幸者焉。

予家有三峰〔九〕，予每思之，则疑其有数存乎其间〔一〇〕。且其蘖而不殇，拱而不夭，任为栋梁而不伐，风拔水漂而不破折，不腐。不破折，不腐，而不为人所材，以及于斧斤；出于湍沙之间，而不为樵夫野人之所薪，而后得至乎此，则其理似不偶然也。

然予之爱之，则非徒爱其似山〔一一〕，而又有所感焉；非徒爱之，而又有所敬焉。予见中峰魁岸踞肆〔一二〕，意气端重，若有以服其旁之二峰〔一三〕。二峰者庄栗刻削〔一四〕，凛乎不可犯〔一五〕，虽其势服于中峰，而岌然无阿附意〔一六〕。吁，其可敬也夫，其可以有所感也夫！

（卷十五）

注 ———————————————————————————————

〔一〕 木假山：木经水蚀风化，状若小山，故称木假山。梅圣俞《苏明允木山》："空山枯楠大蔽牛，霹雳夜落鱼凫洲。鱼凫水射千秋蠹，肌烂随沙荡漾流。唯存坚骨蛟龙锼，形如三山中雄酋。左右两峰相挟翊，尊奉君长无慢尤。苏夫子见之惊且异，买于溪叟凭貂裘。因嗟大不为栋梁，又叹残不为薪樗。雨浸藓涩得石瘦，宜与夫子归隐丘。"诗的内容、主旨，并与记同。苏轼《木山并叙》："吾先君子尝蓄木山三峰，且为之记与诗（诗已佚）。诗人梅二丈圣俞见而赋之，今三十年矣。"苏轼此诗作于元祐二年（1087），逆数三十年，则苏洵此记作于嘉祐二年（1057）。当时苏洵因欧阳修奖拔，虽名动京师，却求官未遂，因妻子病逝而匆匆返蜀，心情十分抑郁。故借树木的种种不幸遭遇以抒发留名青史之艰难；并借木山的"魁岸踞肆"，"凛乎不可犯"，以抒自己不肯屈己从人的气概。

〔二〕或蘖而殇：或，有的，下同。蘖，树木的嫩芽。《孟子·告子上》："雨露之所润，非无萌蘖之生焉。"殇，未成年而死。《逸周书·谥法》："短折不成曰殇。"

〔三〕拱：两手合抱。《国语·晋语八》："拱木不生危（高险之地）。"

〔四〕为人之所材：被人认为是有用之材。

〔五〕斧斤：斧头。斤，斧之一种。《淮南子·说林》："林木茂而斧斤人。"

〔六〕汨没：沉沦埋没，罗隐《大梁见乔诩》："迹卑甘汨没。"湍沙：急流、泥沙。

〔七〕激射啮食：水波冲击，昆虫蛀食。啮，咬。苏轼《木山》："蓬婆雪岭巧雕镂，蚕虫行蚁为豪酋。"

〔八〕渍：沿河高地。《诗·大雅·常武》："铺敦淮渍。"

〔九〕予家有三峰：此指眉山老家的木山三峰，即苏洵《答二任》所说："庭前三小山，本为山中楂。当前凿方池，寒泉照豁谽。玩此可竟日，胡为踏朝衙?"嘉祐四年冬苏洵父子南行赴京，此木山并未运入京，苏洵《寄杨纬》说："家居对山木，谓是无言伴。去乡不能致。回顾颇自短。"以后他们在京城也蓄有木山，那是杨纬送的："谁知有杨子，磊落收百段。拣赠最奇峰，慰我苦长叹。"而眉山老家的木山，正如梅圣俞所说，是苏洵从溪叟那里换来的（"买于溪叟凭貂裘"）。前人不察，多把苏洵眉山老家的木山与京城所蓄木山混为一谈。

〔一○〕数：气数、命运。

〔一一〕非徒：不只是。

〔一二〕魁岸踞肆：魁伟高大，倨傲放恣。踞，通倨。

〔一三〕若：好像。服：顺服，使二峰顺服。

〔一四〕庄栗刻削：庄肃戒惧，峻峭挺拔。庄，庄肃，严肃。栗，同慄，戒惧。刻削，如刻如削，状木山峭拔。

〔一五〕凛：通懔，懔栗，敬畏。

〔一六〕岌然：高耸貌。阿附：曲从附合。《汉书·王尊传》："御史大夫张谭皆阿附畏事（石）显。"

附录

黄庭坚：往尝观明允《木假山记》，以为文章气旨似庄周、韩非，恨不得趋拜其履舄间，请问作文关键。（《跋子瞻木山诗》）

方孝孺：首尾不过四百以下字，而起伏开合，有无限曲折。此老可谓妙于文字者矣。其终盖以三峰比父子三人。（《三苏文范》卷四）

林希元：说一木假山，必经历许多磨折跌宕……文字严急峻整，无一句懈怠，愈读愈不厌。（同上）

杨慎：大意言天之生材甚难，而公父子乃天之所与。如此切磋琢磨，自为师友，此公之所以自重，不偶然也。（同上）

茅坤：即木假山看出许多幸不幸来，有感慨，在态度。凡六转入山，末又一转，有百尺竿头之意。（《苏文公文钞》卷十）

袁宏道：以幸、不幸字反复立说，笔力变化，文字古茂。文势如累棋。（《三苏文范》卷四）

储欣：身世间幸不幸俱作如是观。（《评注苏老泉集》卷五）

与梅圣俞书〔一〕

苏　洵

圣俞足下〔二〕：揆间忽复岁晚〔三〕，昨九月中尝发书，计已达左右。洵闲居经岁，益知无事之乐，旧病渐复散去。独恨沦废山林，不得圣俞、永叔相与谈笑〔四〕，深以嗟惋。

自离京师，行已二年〔五〕，不意朝廷尚未见遗，以其不肖之文犹有可者〔六〕，前月承本州发遣赴阙就试。圣俞自思，仆岂欲试者〔七〕？惟其平生不能区区附合有司之尺度〔八〕，是以至此穷困。今乃以五十衰病之身，奔走万里以就试，不亦为山林之士所轻笑哉？自思少年尝举茂材〔九〕，中夜起坐，裹饭携饼，待晓东华门外〔一〇〕，逐队而入，屈膝就席，俯首据案。其后每思至此，即为寒心。今齿日益老〔一一〕，尚安能使达官贵人复弄其文墨，以穷其所不知耶？

且以永叔之言与夫三书之所云〔一二〕，皆世之所见。今千里召仆而试之，盖其心尚有所未信，此尤不可苟进，以求其荣利也。昨适有病，遂以此辞。然恐无以答朝廷之恩。因为《上皇帝书》一通以进〔一三〕，盖以自解其不至之罪而已。不知圣俞当见之否？冬寒，千万加爱。

（卷十三）

注

〔一〕梅圣俞（1002—1060）：名尧臣，字圣俞，宣城（今属安徽）人，北宋诗人，官至尚书都官员外郎。他同欧阳修友谊甚深，颇多唱和。嘉祐二年（1057），欧阳修知贡举，他被辟为属官，曾向修推荐苏轼试卷。苏洵《上皇帝书》说："嘉祐三年（1058）十二月一日，眉州布衣臣苏洵谨顿首再拜，冒万死上书皇帝阙下。臣前月五日，蒙本州录到中书札子……召臣试策论舍人院。"本文有"为《上皇帝书》一通"，"冬寒"等语，可知作于其后不久。嘉祐元年（1056）秋欧阳修荐苏洵于朝，嘉祐三年十一月才召苏洵试策论于舍人院。苏洵上书仁宗，称病不赴试。这封信谈了他不赴试的真实原因，淋漓尽致地揭露了科举考试制度的摧残人才。

〔二〕足下：称呼对方的敬辞。乐毅《报燕惠王》："有害足下之义。"

〔三〕揆：测度，《诗·鄘风·定之方中》："揆之以日。"间：顷刻。《孟子·滕文公上》："抚然为间。"朱熹《集注》："为间者，有顷之间也。"

〔四〕永叔：即欧阳修，见《欧阳永叔白兔》注〔一〕。

〔五〕"自离京师"二句：苏洵于嘉祐二年（1057）五月因其妻程氏卒于家而匆匆离京，至嘉祐三年（1058）十二月将近两年。

〔六〕不肖之文：指苏洵所著、欧阳修上奏朝廷的《几策》《权书》《衡论》。苏洵《上皇帝书》："翰林学士欧阳修奏臣所著《权书》《衡论》《几策》二十篇（实为二十二篇）。"

〔七〕仆岂欲试者：苏洵《上韩丞相书》："洵少时自处不甚卑，以为遇时得位当不卤莽。及长，知取士之难，遂绝意于功名而自托于学术。"《上文丞相书》也说："不复以考举为意。"

〔八〕区区：专心一意。有司：官吏，古代设官分职，各有专司，故称有司。苏洵《广士》说："人固有才智奇绝而不能为章句、名数、声律之学者，又有不幸而不为者。苟一之以进士、制策，是使奇才绝智有时而穷矣。""不能为"，不长于此道；"不幸而不为"，不屑于此道"苏洵兼此二者，故屡试不第。

〔九〕尝举茂材：苏轼《记史经臣兄弟》："先友史经臣与先君同举制策，有名蜀中。"欧阳修《苏明允墓志铭》："举进士再不中，又举茂材异等不中。"

〔一○〕东华门：据《宋史·地理志一》载，东京宫城"东西面门曰东华、西华"，宫内有集英殿。顾炎武《历代宅京记》卷十六："集英殿，旧大明殿也。……太祖尝御策制科举人，故后为进士殿试之所。"

〔一一〕齿：年齿，年龄。《礼记·祭义》："有虞氏贵德而尚齿。"

〔一二〕永叔之言：指欧阳修《荐布衣苏洵状》。三书：指苏洵所著《权书》《衡论》《几策》。欧阳修《荐布衣苏洵状》说："眉州布衣苏洵，履行淳固，性识明达，亦尝一举有司，不中，遂退而力学。其论议精于物理，而善识变权，文章不为空言而期于有用。其所撰《权书》《衡论》《几策》二十篇，辞辩闳伟，博于古而宜于今，实有用之言，非特能文之士也。"

〔一三〕《上皇帝书》：苏洵在此书中提出了"十通"革新措施，其中多数是革新吏治的措施，与同年王安石《上仁宗皇帝书》所提出的变法主张颇不相同。

附录

储欣：屈膝俯首，已为寒心，若近世举场之法，又当何如！可叹可叹！（《评注苏老泉集》卷五）

上韩昭文论山陵书〔一〕
苏 洵

四月二十日将仕郎、守霸州文安县主簿、礼院编纂苏洵〔二〕，惶恐再拜，上书昭文相公执事：洵本布衣书生，才无所长，相公不察而辱收之，使与百执事之末，平居思所以仰报盛德而不获其所。今者先帝新弃万国，天子始亲政事，当海内倾耳侧目之秋〔三〕，而相公实为社稷柱石莫先之臣〔四〕，有百世不磨之功，伏惟相公将何以处之？

古者天子即位，天下之政必有所不及安席而先行之者。盖汉昭即位，休息百役，与天下更始，故其为天子曾未逾月，而恩泽下布于海内〔五〕。窃惟当今之事，天下之所谓最急，而天子之所宜先行者，辄敢以告于左右。

窃见先帝以俭德临天下，在位四十余年，而宫室游观无所增加，帏薄器皿弊陋而不易，天下称颂〔六〕，以为文、景之所不若〔七〕。今一旦奄弃臣下〔八〕，而有司乃欲以末世葬送无益之费〔九〕，侵削先帝休息长养之民，掇取厚葬之名而遗之，以累其盛明。故洵以为当今之议，莫若薄葬。窃闻顷者癸酉赦书既出〔一〇〕，郡县无以赏兵，例皆贷钱于民。民之有钱者皆莫肯自输，于是有威之以刀剑，驱之以笞箠，为国结怨，仅而得之者。小民无知，不知与国同忧，方且狼顾而不宁〔一一〕。而山陵一切配率之科又以复下〔一二〕，计今不过秋冬之间，海内必将骚然，有不自聊赖之人〔一三〕。窃惟先帝平昔之所以爱惜百姓者如此其深，而其所以检身节俭者如此其至也，推其平生之心而计其既殁之意，则其不欲以山陵重困天下，亦已明矣。而臣下乃独为此过当逾礼之费，以拂戾其平生之意，窃所不取也。且使今府库之中财用有余，一物不取于民，尽公力而为之，以称遂臣子不忍之心，犹且获讥于圣人；况夫空虚无有，一金以上非取于民则不获，而冒行不顾以徇近世失中之礼，亦已惑矣。

然议者必将以为，古者"君子不以天下俭其亲"〔一四〕。以天下之大，而不足于先帝之葬，于人情有所不顺。洵亦以为不然。使今俭葬而用墨子之说〔一五〕，则是过矣；不废先王之礼，而去近世无益之费，是不过矣。子思曰："三日而殡，凡附于身者必诚必信，勿之有悔焉耳矣；三月而葬，凡附于棺者必诚必信，勿之有悔焉耳矣。"〔一六〕古之人所由以尽其诚信者，不敢有略也，而外是者则略之。昔者华元厚葬其君，君子以为不臣〔一七〕；汉文葬于霸陵，木不改列，藏无金玉，天下以为圣明，而后世安于太山〔一八〕。故曰：莫若建薄葬之议，上以遂先帝恭俭之诚，下纾百姓目前之患〔一九〕，内以解华元不臣之议，而万世之后以固山陵不拔之安。

洵窃观古者厚葬之由，未有非其时君之不达，欲以金玉厚其亲于地下，

418

而其臣下不能禁止，俛偊而从之者〔二〇〕；未有如今日之事，太后至明，天子至圣，而有司信近世之礼，而遂为之者：是可深惜也。且夫相公既已立不世之功矣，而何爱一时之劳而无所建明？洵恐世之清议，将有任其责者。

如曰诏敕已行，制度已定，虽知不便，而不可复改，则此又过矣。盖唐太宗之葬高祖也，欲为九丈之坟，而用汉世长陵之制，百事务从丰厚；及群臣建议，以为不可，于是改从光武之陵，高不过六丈，而每事俭约〔二一〕。夫君子之为政，与其坐视百姓之艰难而重改令之非，孰若改令以救百姓之急？

不胜区区之心〔二二〕，敢辄以告。惟恕其狂狷之诛〔二三〕，幸甚幸甚！不宣。洵惶恐再拜。

（卷十三）

注

〔一〕韩昭文，即韩琦，见《九日和韩魏公》注〔一〕。《宋史·宰辅表》二：嘉祐六年（1061）"闰八月庚子，韩琦自工部尚书、同平章事加昭文馆大学士。"故称之为韩昭文或昭文相公。山陵：帝王坟墓，《水经注》十九《渭水下》："秦名天子冢曰山，汉曰陵，故通曰山陵矣。"嘉祐八年（1063）三月仁宗去世，英宗即位，以韩琦为山陵使，厚葬仁宗，苏洵上此书。张方平《文安先生墓表》："初作昭陵（仁宗陵），凶礼废阙，琦为大礼使事，从其厚。调发辄办，州县骚动。先生以书谏琦，且再三至，引华元不臣以责之。琦为变色，然顾大义，为稍省其过甚者。"苏洵当时虽为从九品小官，但却直言敢谏，且亦善谏，"反复论辩，皆归于至理"。（《静观堂三苏文选》文登甫语）

〔二〕将仕郎、守霸州文安县主簿、礼院编纂苏洵：将仕郎，文散官官阶。据《宋史·职官志九》，属从九品。守，同上载："凡除职事官，以寄禄官品之高下为准：高一品以上为行，下一品为守，下二品以下为试。""以其阶卑，则谓之守。"霸州文安县，宋属河北路，见《宋史·地理志二》；今属河北省。主簿，宋千户以上县置主簿；位在县令、县丞之下、县尉之上，见《宋史·职官志七》。礼院，指太常礼院。《宋史·职官志四》："别置太常礼院，虽隶本寺（太常寺），其实专达。有判院、同知院四人，寺与礼院事不相兼。康定元年（1040）置判寺、同判寺，始并兼礼院事。"宋初编纂礼书不常，北宋末始"令本寺因革礼，五年一检举，接续编修。"据《续资治通鉴长编》，苏洵任此职在嘉祐六年（1061）

七月。欧阳修《苏明允墓志铭》："会太常（寺）修纂建隆以来礼书，乃以（洵）为霸州文安县主簿，使食其禄，与陈州项城县令姚辟同修礼书。"

〔三〕倾耳侧目：谓注意听取、观察。《战国策·秦策》一："（苏秦）妻侧目而视，倾耳而听。"

〔四〕相公实为社稷柱石莫先之臣：谓没有比韩琦更重要的承担国家重任的臣子了。社稷，本指土、谷神，后作为国家政权的代称。《孟子·尽心下》："民为贵，社稷次之，君为轻。"柱石，《汉书·霍光传》："（田）延年曰：'将军为国柱石。'"谓其如柱支梁，如石承柱，承担重任。《宋史·韩琦传》："琦早有盛名，识量英伟，临事喜愠不见于色。论者以重厚比周勃，政事比姚崇。……嘉祐、治平间再决大策，以安社稷。当是时，朝廷多故，琦处危疑之际，知无不为。"

〔五〕"盖汉昭即位"至"而恩泽下布于海内"：汉昭帝刘弗陵（前94—前74），汉武帝子，年幼即位，则霍光等辅政。《汉书·昭帝纪》赞说："承武帝奢侈余敝师旅之后，海内虚耗，户口减半，（霍）光知时务之要，轻徭薄赋，与民休息。"

〔六〕"窃见先帝"至"天下称颂"：宋仁宗赵祯于1022—1063年在位，凡四十二年。《宋史·仁宗纪》赞说："仁宗恭俭仁恕，出于天性，一遇水旱，或密祷禁廷，或跣立殿下。有司请以玉清旧地为御苑，帝曰：'吾奉先帝苑囿，犹以为广，何以是为！'燕私常服澣濯，帷帟衾裯，多用缯絁。宫中夜饥，思膳烧羊，戒勿宣索，恐膳夫自此戕贼物命，以备不时之须。"

〔七〕文、景：汉文帝、汉景帝。经汉初数十年休养生息，至文帝、景帝时，经济繁荣，政治安定，史称"文景之治"。《汉书·景帝纪》赞："汉兴，扫除烦苛，与民休息。至于孝文，加之以恭俭。孝景遵业，五六十载之间，至于移风易俗，黎民淳厚。周云成、康，汉言文、景，美矣。"

〔八〕奄：忽然。任昉《齐竟陵文宣王行状》："奄见薨落。"

〔九〕有司：见《与梅圣俞书》注〔八〕。

〔一〇〕癸酉赦书：指嘉祐八年（1063）四月"癸酉大赦，优赏诸军"。知谏院司马光说："国家用度数窘，复遭大丧，累世所藏，几乎扫地。传闻外州，军官库无钱之处，或借贷民钱以供赏给。一朝取办，逼以捶楚。"（均见《续资治通鉴》卷六十一）

〔一一〕狼顾：狼行进时，常反顾，以防被袭。此喻人心不宁。《汉书·食货志》："失时不雨，民且狼顾。"

〔一二〕配率之科：《五代史·卢质传》："三司史王玫请率民财以佐用，乃使质与玫共议配率，而贫富不均，怨讼并起。"配，分派。率，计算。《汉书·高帝纪》下："郡各以其

420

口数率，人岁六十三钱，以给献费。”

〔一三〕聊赖：依托。蔡琰《悲愤诗》：“虽生何聊赖。”

〔一四〕君子不以天下俭其亲：语见《孟子·公孙丑下》。

〔一五〕墨之之说：墨子名翟，相传原为宋国人，后居鲁国，是春秋战国之际的思想家，墨家学派创始人，其学说见于《墨子》一书。《墨子·节葬下》说：“棺三寸，足以朽骨；衣三领，足以朽肉；掘地之深，下无菹漏，气无发泄于上，垄足以期（期会）其所，则止矣。”

〔一六〕“子思曰”至“勿之有悔焉耳矣’：子思姓孔名伋，孔子之孙，战国初年的思想家。语见《礼记·檀弓上》，郑玄注：“言其日月，欲以尽心修备之。附于身谓衣衾，附于棺谓明器之属。”

〔一七〕“昔者华元厚葬其君”二句：华元，春秋时宋国大夫。《史记·宋微子世家》：“文公卒，子共公瑕立，始厚葬，君子讥华元不臣矣。”

〔一八〕“汉文葬于霸陵”至“后世安于太山”：《汉书·文帝纪》载，汉文帝崩，遗诏曰：“当今之世，咸嘉生而恶死，厚葬以破业，重服以伤生，吾甚不取。……其令天下吏民，令到出临三日，皆释服。无禁取妇、嫁女、祠祀、饮酒、食肉。……霸陵山川因其故，无有所改。”霸陵，文帝陵墓，在今陕西西安市东北。太山，即泰山。

〔一九〕纾：解除。《左传·庄公三十年》：“以纾楚国之难。”

〔二〇〕僶俛：努力，贾谊《新书·劝学》：“舜僶俛而加志。”

〔二一〕“盖唐太宗之葬高祖也”至“每事俭约”：《资治通鉴》卷一九四载，贞观九年五月唐高祖李渊崩，七月。丁巳，诏：‘山陵依汉长陵（汉高祖陵）故事，务存隆厚。”期限既促，功不能及。’秘书监虞世南上疏，谓“陛下圣德度越唐、虞，而厚葬其亲乃以秦汉为法，臣窃为陛下不取。……伏愿陛下依《白虎通》，为三仞之坟，器物制度率皆节损，仍刻石立之陵旁，别书一通，藏之宗庙，用为子孙永久之法。”房玄龄等以为“汉长陵高九丈，原陵（光武帝陵）高六丈。今九丈则太崇，三仞则太卑，请依原陵之制。”从之。

〔二二〕区区：犹拳拳，忠爱专一。《古诗十九首》：“一心抱区区。”

〔二三〕狂狷：《论语·子路》：“不得中行而与之，必也狂狷乎？狂者进取，狷者有所不为也。”进取、不为，皆各执一端，故泛指偏激。《汉书·刘辅传》：“不罪狂狷之言。”

附录

茅坤：论葬礼甚透，当与刘向《昌陵疏》参看。（《苏文公文钞》卷二）

唐顺之：一事反复议论。（同上）

储欣：此书急欲救山陵配率之科，与前人谏厚葬者指归有别，其原本先帝处最动人。（《老泉先生全集录》卷五）

管 仲 论 [一]

苏 洵

  管仲相桓公，霸诸侯，攘戎狄，终其身齐国富强，诸侯不叛 [二]。管仲死，竖刁、易牙、开方用，桓公薨于乱，五公子争立，其祸蔓延，讫简公，齐无宁岁 [三]。

  夫功之成，非成于成之日，盖必有所由起；祸之作，不作于作之日，亦必有所由兆。则齐之治也，吾不曰管仲，而曰鲍叔 [四]；及其乱也，吾不曰竖刁、易牙、开方，而曰管仲。何则？竖刁、易牙、开方三子，彼固乱人国者，顾其用之者，桓公也。夫有舜而后知放四凶 [五]，有仲尼而后知去少正卯 [六]。彼桓公何人也？顾其使桓公得用三子者，管仲也。

  仲之疾也，公问之相。当是时也，吾以仲且举天下之贤者以对。而其言乃不过曰竖刁、易牙、开方三子，非人情，不可近而已 [七]。呜呼，仲以为桓公果能不用三子矣乎？仲与桓公处几年矣，亦知桓公之为人矣乎？桓公声不绝乎耳，色不绝乎目，而非三子者则无以遂其欲。彼其初之所以不用者，徒以有仲焉耳。一日无仲，则三子者可以弹冠相庆矣 [八]。仲以为将死之言，可以絷桓公之手足耶 [九]？夫齐国不患有三子，而患无仲。有仲，则三子者，三匹夫耳。不然，天下岂少三子之徒？虽桓公幸而听仲，诛此三人，而其余者，仲能悉数而去耶？呜呼，仲可谓不知本者矣！因桓公之问，举天下之贤者以自代，则仲虽死，而齐国未为无仲也，夫何患？三子者，不言可也。

  五霸莫盛于桓、文 [一〇]。文公之才不过桓公，其臣又皆不及仲 [一一]。灵公之虐不如孝公之宽厚 [一二]。文公死，诸侯不敢叛晋，晋袭文公之余威，得为诸侯之盟主者百有余年 [一三]。何者？其君虽不肖，而尚有老成人焉 [一四]。桓公之薨也，一乱涂地，无惑也。彼独恃一管仲，而仲则死矣。夫天下未尝无贤者，盖有有臣而无君者矣。桓公在焉，而曰天下不复有管仲者，吾不信也。仲之书，有记其将死论鲍叔、宾胥无之为人，且各疏其短，是其心以为是数子者皆不足以托国，而又逆知其将死，则其书诞谩不足信也〔一五〕。

吾观史䲡以不能进遽伯玉而退弥子瑕，故有身后之谏〔一六〕；萧何且死，举曹参以自代〔一七〕。大臣之用心，固宜如此也。夫国以一人兴，以一人亡，贤者不悲其身之死，而忧其国之衰，故必复有贤者而后可以死。彼管仲者，何以死哉！

（卷九）

注

〔一〕 管仲：见苏洵《审势》注〔三九〕。本文既肯定管仲之功，又责管仲不能临殁荐贤，以致身死齐即乱。立论新颖，笔力纵横，富有说服力。

〔二〕 "管仲相桓公"至"诸侯不叛"：《管子·内言》："桓公用管仲，合诸侯，伐山戎，攘白狄之地，遂至西河，故中国诸侯莫不宾服。"此言管仲之功。

〔三〕 "管仲死"至"齐无宁岁"：竖刁、易牙、开方，皆桓公宠臣。参见本文注〔七〕。五公子，《史记·齐太公世家》："桓公好内，多内宠，如夫人者六人：长卫姬，生无诡；少卫姬，生惠公元；郑姬，生孝公昭；葛嬴，生昭公潘；密姬，生懿公商人；宋华子，生公子雍。"时昭立为孝公，故称五公子。"管仲死，而桓公不用管仲言，卒近用三子（竖刁、易牙、开方），三子专权。""桓公病，五公子各树党争立。及桓公卒，遂相攻，以故宫中空，莫敢棺。桓公尸在床上六十七日，尸虫出于户。"（同上书）宋襄公助孝公立。孝公卒，公子潘杀孝公子而自立，是为昭公。昭公卒，公子商人杀昭公子舍而自立，是为懿公。其后直至简公，内忧外患相继。

〔四〕 "则齐之治也"三句：《史记·管晏列传》："管仲夷吾者，颍上人也。少时常与鲍叔牙游，鲍叔知其贤。管仲贫困，常欺鲍叔，鲍叔终善遇之，不以为言。已而鲍叔事齐公子小白，管仲事公子纠。及小白立，为桓公，公子纠死，管仲囚焉。鲍叔遂进管仲。管仲既用，任政于齐。齐桓公以霸，九合诸侯，一匡天下，管仲之谋也。……天下不多管仲之贤，而多鲍叔能知人也。"

〔五〕 有舜而后知放四凶：《尚书·舜典》："流共工于幽洲，放驩兜于崇山，窜三苗于三危，殛鲧于羽山，四罪而天下咸服（天下皆服舜用刑当其罪）。"

〔六〕有仲尼而后知去少正卯：《孔子家语·始诛》："孔子为鲁司寇，摄行相事……朝政七日而诛乱政大夫少正卯，戮之于两观之下，尸于朝三日。"

〔七〕"仲之疾也"至"不可近而已"：《史记·齐太公世家》："管仲病，桓公问曰：'群臣谁可相者？'管仲曰：'知臣莫如君。'公曰：'易牙如何？'对曰：'杀子以适君，非人情，不可。'公曰：'开方如何？'对曰：'倍（背）亲以适君，非人情，难近。'公曰：'竖刁如何？'对曰：'自宫以适君，非人情，难亲。'"

〔八〕弹冠相庆：《汉书·王吉传》："吉与贡禹为友，世称'王阳在位，贡公弹冠'，言其取舍同也。"王吉字子阳，故称王阳。

〔九〕絷：拴住。《诗·小雅·白驹》："絷之维之。"

〔一〇〕五霸莫盛于桓、文：霸，又作"五伯"，指齐桓公、宋襄公、晋文公、秦穆公、楚庄公（一说指齐桓、晋文、楚庄、吴王阖闾、越王勾践）。《孟子·告子下》："五霸，桓公为盛。"

〔一一〕其臣又皆不及仲：指佐晋文公的狐偃、赵衰、先轸等人皆不及管仲。

〔一二〕灵公之虐不如孝公之宽厚：灵公指晋灵公，文公之孙，襄公之子。《史记·晋世家》："灵公壮，侈，厚敛以雕（画）墙，从台上弹人，观其避丸也。宰夫胹（煮）熊蹯（熊掌）不熟，灵公怒，杀宰夫。"孝公指齐孝公，齐桓公子。孝公宽厚事，史载不详。《左传·僖公二十六年》载，齐孝公伐鲁北鄙，问"鲁人恐乎"？展喜回答说，桓公纠合诸侯，匡救王室，及君即位，诸侯望其"率桓之功"，"恃此以不恐"。孝公于是还师。此可为宽厚之一例。

〔一三〕"文公死"四句：据《史记·晋世家》载。文公九年（前628）冬文公死后，襄公曾"败秦师于殽"；灵公时，"赵盾为将，往击秦，败之令狐"；"成公与楚庄王争强"，"败楚师"；景公败齐师，齐"欲上尊晋景公为王"；厉公先后败秦楚，"晋由此威诸侯"；悼公率诸侯伐秦军，"大败秦军"；直至晋平公末年（前531），晋"政在私门"，始衰，入"季世"。袭，承。《史记·乐书》："三王异世，不相袭礼。"

〔一四〕"其君虽不肖"二句：谓晋文公死后，灵公、厉公等多不肖，而先后有赵盾、随会、韩厥、赵武、魏绛等为辅，故能维持霸业。老成人，阅历丰富，练达世事之人。《诗·大雅·荡》："虽无老成人，尚有典刑。"

〔一五〕"仲之书"至"不足信也"："仲之书"指《管子·内言》。"各疏其短"指《内言》如下一段话："鲍叔之为人，好直而不能以国诎；宾胥无之为人也，好善而不能以国诎；宁戚之为人，能事而不能以足息；孙在之为人，善言而不能以信默。"管仲独称隰朋，以为"朋之为人也，动必量力，举必量技"，但又喟然叹曰："天之生朋以为夷吾舌也，其身（自指）死，舌（指朋）焉得生哉！"所谓"逆知其将死"即指此。诞谩，荒诞。

〔一六〕"吾观史鳅以不能进"二句：据《孙子家语·困誓》，卫蘧伯玉贤，而卫灵公不用，弥子瑕不肖而用之。史鳅（史鱼）谏，不从。史鳅病将卒，命其子曰："是吾为臣不能正其君也。生而不能正其君，则死无以成礼。我死，汝置尸牖下，于我毕矣。"其子从之。灵公往吊，见而怪之，其子以父言告。灵公于是用蘧伯玉，退弥子瑕。

〔一七〕"萧何且死"二句：《史记·萧相国世家》载，萧何病，汉惠帝临视，问："君即百岁后，谁可代君者？"对曰："知臣莫如主。"惠帝问："曹参何如？"何顿首曰："帝得之矣，臣死不恨矣！"

附录

吕祖谦：老苏大率多是权书，惟此文句句的当。前亦可学，后不可到。此篇义理的当，抑扬反复及警策处多。（《古文关键》卷二）

谢枋得：议论精明而断制，文势圆活而婉曲，有抑扬，有顿挫，有擒纵。（《文章轨范》卷三）

丘濬：有许多笔法，许多光景，学者须熟读暗记，方尽其妙。（《三苏文范》卷一）

茅坤：通篇只罪管仲不能临殁荐贤，起起伏伏，光景不穷。（《苏文公文钞》卷六）

陆粲：韩非子言管仲荐隰朋，而桓公不能用，则仲亦不可深罪。（《三苏文范》卷一）

方应选：老泉诸论中，惟此论尽纯正开合抑扬之妙，责管最深切处，意在言外。（同上）

储欣：议论正而行阵甚坚。（《评注苏老泉集》卷三）

吴楚材、吴调侯：通篇总是责管仲不能临殁荐贤。起伏照应，开合抑扬。立论一层深一层，引证一段紧一段。似此卓识雄文，方能令古人心服。（《古文观止》卷十）

辨 奸 论 [一]

苏 洵

事有必至，理有固然，惟天下之静者乃能见微而知著[二]。月晕而风，础润而雨，人人知之。人事之推移，理势之相因[三]，其疏阔而难知，变化而不可测者，孰与天地阴阳之事？而贤者有不知，其故何也？好恶乱其中，而利害夺其外也。

昔者山巨源见王衍曰："误天下苍生者，必此人也。"[四]郭汾阳见卢杞曰："此人得志，吾子孙无遗类矣。"[五]自今而言之，其理固有可见者。以吾观之，王衍之为人，容貌言语固有以欺世而盗名者。然不忮不求[六]，与物浮沉，使晋无惠帝，仅得中主，虽衍百千，何从而乱天下乎[七]？卢杞之奸固足以败国，然而不学无文，容貌不足以动人，言语不足以眩世，非德宗之鄙暗，亦何从而用之[八]？由是言之，二公之料二子，亦容有未必然也。

今有人口诵孔、老之言，身履夷、齐之行，收召好名之士，不得志之人，相与造作言语，私立名字，以为颜渊、孟轲复出[九]。而阴贼险狠，与人异趣，是王衍、卢杞合而为一人也，其祸岂可胜言哉？夫面垢不忘洗，衣垢不忘浣[一〇]，此人之至情也。今也不然，衣臣虏之衣，食犬彘之食，囚首丧面而谈诗书[一一]，此其情也哉？凡事之不近人情者，鲜不为大奸慝，竖刁、易牙、开方是也[一二]。以盖世之名，而济其未形之患，虽有愿治之主，好贤之相，犹将举而用之，则其为天下患，必然而无疑者，非特二子之比也。

孙子曰："善用兵者无赫赫之功。"[一三]使斯人而不用也，则吾言为过，而斯人有不遇之叹，孰知其祸至于此哉？不然，天下将被其祸，而吾获知言之名，悲夫！

（卷九）

注 ——

〔一〕此文为刺王安石而作。第一段总论"见微而知著"的可能性，第二段引史以证其说，第三段不指名地指责王安石为"大奸慝"，必为"天下患"，末段盼其言不中以免天下"被其祸"。苏洵、王安石早在见面之前，其政治主张就很不同，而苏洵的友人如张方平，鲜于侁等皆不满王安石。嘉祐元年（1056）苏、王初见面时，即相互指责，互不交往；嘉祐三年（1058）苏、王各有上皇帝书一通，苏洵力主改革吏治，王安石力主变法；嘉祐六年（1061）苏轼兄弟应制科试，王安石对其应试文章"尤嫉之"，苏辙为商州军事推官，安石"不肯撰词"，苏、王矛盾进一步尖锐化；故嘉祐八年（1063），"（王）安石之母死，士大夫皆吊之，先生（苏洵）独不往，作《辨奸论》一篇。"（张方平《文安先生墓表》）关于此文的真伪和写作时间，学术界颇有分歧。宋、元、明三朝无人怀疑此文为苏洵所作。清人李绂、蔡上翔断言为邵伯温伪作，信者颇多。但从此文的写作背景。苏、王交恶的由来和发展，此文同苏洵其他文章的观点和用语的类似以及宋、明绝大多数版本的苏洵集皆收此文看，李、蔡之说是不可信的。苏洵对王安石的指责不够公正是事实，但说此文非苏洵作则不符合实际。关于此文的写作时间还有嘉祐元年说、嘉祐五年说两种。张方平与苏洵为同时代人，他首先推荐苏洵于朝，并与苏轼兄弟结为忘年之交，他的记载当是可信的。

〔二〕静者：默观静思的人。杜甫《寄张彪》："静者心多妙。"见微而知著：从微小的苗头就可看清明显的趋势和实质。班固等《白虎通义·情性节》："智者知也，独见前闻，不惑于事，见微而知著也。"

〔三〕相因：相互沿袭。《史记·酷吏列传》："杜周为廷尉，二千石系者，新故相因。"

〔四〕"昔者山巨源见王衍曰"三句：山巨源（205—283），名涛，西晋河内怀县（今河南武涉西）人，好老庄学说，与嵇康、阮籍等交游，为竹林七贤之一。仕魏至吏部员外郎，入晋任吏部尚书、尚书右仆射等职。因欲引嵇康仕晋，康遂与之绝交。事见《晋书·山涛传》。王衍（256—311），字夷甫，琅邪临沂（今属山东）人，尚清谈，历任中书令、尚书令、太尉等要职，后为石勒所杀。《晋书·王衍传》："（王衍）神情明秀，风姿详雅。总角尝造山涛，涛嗟叹良久，既去，目而送之曰：'何物老妪，生宁馨儿！然误天下苍生者，未必非此人也。'"

〔五〕"郭汾阳见卢杞曰"三句：郭汾，即郭子仪（697—781），华州郑县（今陕西华县）人。安史之乱时，任朔方节度使击败史思明；又任关内河东副元帅，配合回纥兵，收复长安、洛阳。以功升任中书令，进封汾阳郡王。代宗时，联合回纥兵平定仆固怀恩之乱。

事见《旧唐书·郭子仪传》。卢杞，字子良，唐大臣，滑州灵昌（今河南滑县西南）人，官至门下侍郎、同中书门下平章事，为人阴贼险狠，迫害忠良，大肆搜刮民财，怨声载道，后贬死于沣州。《旧唐书·卢杞传》："尚父（郭）子仪病，百官造问，皆不屏姬侍。及闻杞至，子仪悉令屏去，独隐几以待之。杞去。家人问其故，子仪曰：'杞形陋而心险，左右见之必笑。若此人得权，即吾族无类矣。'"

〔六〕不忮不求：不嫉妒不贪求。《诗·邶风·雄雉》："不忮不求，何用不臧？"

〔七〕"使晋无惠帝"四句：晋惠帝司马衷（259—306），昏庸愚暗，听任贾后专权，酿成八王之乱，相传为东海王司马越毒死。事见《晋书·惠帝纪》。

〔八〕"非德宗之鄙暗"二句：唐德宗李适，初政清明而性猜忌，信用卢杞，因为乱阶，姚令犯京，朱泚僭号。事见《旧唐书·德宗纪》。又《旧唐书·卢杞传》："上曰：'众人论杞奸邪，朕何不知？'（李）勉曰："卢杞奸邪，天下人皆知，唯陛下不知，此所以为奸邪也！"

〔九〕"今有人口诵"至"孟轲复出"：老，指《老子》，孔，指六经、《论语》等。夷、齐，指伯夷、叔齐，商孤竹君之二子，因相互让位而逃至周。周武王灭纣，义不食周粟，饿死于首阳山。曾巩《再与欧阳舍人书》："巩之友有王安石者，文甚古，行称其文。……此人古今不常有。如今时所急，虽无常人千万，不害也；顾如安石，此不可失也。"陈襄《与两浙安抚陈舍人荐士书》："有舒州通判王安石者，才性贤明，笃于古学，文辞政事，已著闻于时。"程俱《麟台故事》载文彦博言："安石恬然自守，未易多得。"张方平《文安先生墓表》："嘉祐初，王安石名始盛，党友倾一时。……造作言语，至以为几于圣人。"

〔一〇〕浣：洗濯。《诗·周南·葛覃》："薄浣我衣。"

〔一一〕"衣臣虏之衣"三句：前一衣（yì）为动词，作穿解。《邵氏闻见录》："魏公知扬州，王荆公（王安石）初及第为签判，每读书至达旦，略假寐，日已高，急上府，多不及盥漱。"

〔一二〕竖刁、易牙、开方：皆齐桓公幸臣。见苏洵《管仲论》注〔三〕〔七〕。

〔一三〕"孙子曰"二句：《孙子·军形》："善战者之胜也，无智名，无勇功。"曹操注："敌兵形未成，胜之，无赫赫之功也。"

附录

方勺：温公在翰苑时，尝饭客，客去，独老苏少留，谓公曰："适坐有囚首丧面者何人？"公曰："王介甫也，文行之士。子不闻之乎？"洵曰："以某观之，此人异时必乱天下，使其得志立朝，虽聪明之主，亦将为其诳惑。内翰何为与之游

乎?"洵退，于是作《辨奸论》行于世。是时介甫方作馆职，而明允犹布衣也。（《泊宅编》卷上）

叶梦得：苏明允本好言兵，见元昊叛，西方用事久无功，天下事有当改作。因挟其所著书，嘉祐初来京师，一时推其文章。王荆公为知制诰，方谈经术，独不嘉之，屡诋于众。以故明允恶荆公甚于仇雠。会张安道亦为荆公所排，二人素相善，明允作《辨奸论》一篇密献安道，以荆公比王衍、卢杞，而不以示欧文忠。荆公后微闻之，因不乐子瞻兄弟，两家之隙遂不可解。《辨奸》久不出，元丰间子由从安道辟南京，请为《明允墓表》，特全载之。（《避暑录话》卷十）

舒芬：结处更发得有余不尽，令人一唱三叹。（《三苏文范》卷一）

王守仁：晏子一狐裘三十年，长孙道生一熊皮障泥数十年，盖贵而能俭。若渊明十年着一冠，则贫也。安有面垢不洗，衣垢不澣者乎？故老苏曰："凡事之不近人情者，鲜不为大奸慝。"盖至论也。（同上）

李东阳：知介甫于未用者，苏明允。（同上）

茅坤：荆川尝读韩非子《八奸篇》，谓是一面照妖镜，余于老泉此论亦云。（《苏文公文钞》卷五）

袁宏道：开端三句言安石必乱天下，但静以观之自见。及安石用事，人服其先见云。引两人（王衍、卢杞）比安石无丝毫走作。安石乃王衍、卢杞合而为一人，当时人不能识亦不能道（《三苏文范》卷一）

储欣：不近人情四字，遂为道学正传。其不近人情愈甚，则其为道学愈大矣。余读《论语》《家语》诸书，夫子生平无一不近人情之事，无一不近人情之言。而后之号为颜、孟复出，且驾颜、孟而上之者，若此何也？（《评注苏老泉集》卷三）

吴楚材、吴调侯：介甫名始盛时，老苏作《辨奸论》，讥其不近人情。厥后新法烦苛，流毒寰宇。见微知著，可为千古观人之法。（《古文观止》卷十）

谏 论 上〔一〕

苏 洵

古今论谏，常与讽而少直，其说盖出于仲尼〔二〕。吾以为讽、直一也，顾用之之术何如耳〔三〕。伍举进隐语，楚王淫益甚〔四〕；茅焦解衣危论，秦帝立悟〔五〕。讽固不可尽与，直亦未易少之。吾故曰：顾用之之术何如耳。

然则仲尼之说非乎？曰：仲尼之说，纯乎经者也；吾之说，参乎权而归乎经者也〔六〕。如得其术，则人君有少不为桀、纣者〔七〕，吾百谏而百不听矣，况虚己者乎？不得其术，则人君有少不若尧、舜者，吾百谏而百不听矣，况逆忠者乎？

然则奚术而可？曰：机智勇辩，如古游说之士而已。夫游说之士，以机智勇辩济其诈，吾欲谏者以机智勇辩济其忠。请备论其效：周衰，游说炽于列国，自是世有其人。吾独怪乎谏而从者百一，说而从者十九；谏而死者皆是，说而死者未尝闻。然而牴触忌讳，说或甚于谏。由是知不必乎讽，而必乎术也。

说之术可为谏法者五：理谕之，势禁之，利诱之，激怒之，隐讽之之谓也。

触龙以赵后爱女贤于爱子，未旋踵而长安君出质〔八〕；甘罗以杜邮之死诘张唐，而相燕之行有日〔九〕；赵卒以两贤王之意语燕，而立归武臣〔一〇〕：此理而谕之也。

子贡以内忧教田常，而齐不得伐〔一一〕；鲁武公以麋虎胁顷襄，而楚不敢图〔一二〕；周鲁连以烹醢惧垣衍，而魏不果帝秦〔一三〕：此势而禁之也。

田生以万户侯启张卿，而刘泽封〔一四〕；朱建以富贵饵阂孺，而辟阳赦〔一五〕；邹阳以爱幸悦长君，而梁王释〔一六〕：此利而诱之也。

苏秦以牛后羞韩，而惠王按剑太息〔一七〕；范雎以无王耻秦，而昭王长跪请教〔一八〕；郦生以助秦凌汉，而沛公辍洗听计〔一九〕：此激而怒之也。

苏代以土偶笑田文〔二〇〕，楚人以弓缴感襄王〔二一〕，蒯通以娶妇悟齐相〔二二〕：此隐而讽之也。

五者，相倾险诐之论〔二三〕。虽然，施之忠臣，足以成功。何则？理而谕之，主虽昏必悟；势而禁之，主虽骄必惧；利而诱之，主虽怠必奋；激而怒之，主虽懦必立；隐而讽之，主虽暴必容。悟则明，惧则恭，奋则勤，立则勇，容则宽。致君之道尽于此矣。吾观昔之臣言必从，理必济，莫如唐魏郑公〔二四〕。其初实学纵横之说，此所谓得其术者欤！

　　噫，龙逢、比干不获称良臣〔二五〕，无苏秦、张仪之术也；苏秦、张仪不免为游说〔二六〕，无龙逢、比干之心也。是以龙逢、比干，吾取其心，不取其术；苏秦、张仪，吾取其术，不取其心：以为谏法。

（卷九）

注

　　〔一〕《谏论》分上、下两篇，写作时间不详。下篇说："夫臣能谏，不能使君必纳谏，非真能谏之臣；君能纳谏，不能使臣必谏，非真能纳谏之君。"《谏论》上篇论臣"使君必纳谏"之术，下篇论君"使臣必谏"之术。本文力主以游说之术（理喻、势禁、利诱、激怒、隐讽）谏君，既要有忠君敢谏之心，更要有善谏之术。唐顺之说："老泉《谏论上》，可称千古绝调，道有道术，仁有仁术，术字善看亦无病。"（《三苏文范》卷一）

　　〔二〕"古今论谏"三句：与，赞许。少，轻视。《孔子家语·辨政》载孔子语："忠臣之谏君，有五义焉：一曰谲谏，二曰戆谏，三曰降谏，四曰直谏，五曰讽谏，唯度主而行之。吾从其讽谏乎？"王肃注："讽谏依违，远罪避害者也。"

　　〔三〕顾：看。《史记·儒林列传》："为治者不在多言，顾力行如何耳。"

　　〔四〕"伍举进隐语"二句：《史记·楚世家》："庄王即位三年，不出号令，日夜为乐，令国中曰：'有敢谏者无死赦。'伍举入谏，庄王左抱郑姬，右抱赵女，坐钟鼓之间。伍举曰：'愿有进。'隐曰：'有鸟在于阜，三年不蜚不鸣，是何鸟也？'庄王曰：'三年不蜚，蜚将冲天。三年不鸣，鸣将惊人。举退矣，吾知之矣。'居数月，淫益甚。"

　　〔五〕"茅焦解衣危论"二句：危论，《后汉书·党锢传》："危言深论，不隐豪强。"危言谓不畏危难而直言。危论犹危言。秦始皇母幸郎嫪毐，生两子。事闻，始皇车裂嫪毐，杀两弟，迁太后于萯阳宫，下令曰："敢以太后事谏者，戮而杀之。"齐客茅焦请谏，始皇大怒，按剑召之。茅焦曰："陛下车裂假父（嫪毐），有嫉妒之心；囊扑两弟，有不慈之名；迁母萯阳宫，有不孝之行；从蒺藜于谏士，有桀、纣之治。今天下闻之尽瓦解，无向秦者。"乃解衣伏质（同锧，刑具）。始皇亟赦之，立焦为仲父，迎太后归咸阳。事见刘向《说苑》卷九《正谏》。

　　〔六〕"仲尼之说"四句：经与权是一对相对立的概念，经指至当不变之道；《书·大禹谟》："与其杀不辜，宁失不经。"注："经：常。"权指权变，《春秋公羊传·桓公十一年》："权者何？权者反于经，然后有善者也。"

〔七〕少：稍，略微。《战国策·赵策四》："太后之色少解。"

〔八〕"触龙以赵后爱女贤于爱子"二句：据《战国策·赵策四》，赵孝成王三年（前263）。秦伐赵，赵求救于齐。齐要以赵长安君为质，赵后不肯。左师触龙以请为其少子舒祺补吏事为借口，进见太后，为说太后爱女甚于爱子，并说："今媪尊长安君之位……而不及今令有功于国。一旦山陵崩，长安君何以自托于赵？"赵后悟，乃以长安君出为质使齐。

〔九〕"甘罗以杜邮之死诘张唐"二句：据《史记·樗里子甘茂列传》，甘罗年十二事秦相文信侯吕不韦。秦使张唐往相燕，唐不欲行。甘罗对张唐说："应侯欲攻赵，武安君难之，去咸阳七里而立死于杜邮。今文信侯自请卿相燕而不肯行，臣不知卿所死处矣。"张唐遂行。有日，行期已定。

〔一○〕"赵卒以两贤王之意语燕"二句：据《史记·张耳陈馀列传》："在秦末农民起义中，武臣自立为赵王，以陈馀为大将军，张耳为右丞相，北略燕地。赵王为燕军所得，赵厮养卒走燕为说："夫武臣、张耳、陈馀杖马箠下赵数十城，此亦各欲南面而王，岂欲为卿相终已耶？夫臣与主岂可同日而道哉？顾其势初定，未敢参分而王，且以少长先立武臣为王，以持赵心。今赵地已服，此两人亦欲分赵而王，时未可耳。今君乃囚赵王。此两人名为求赵王，实欲燕杀之，此两人分赵自立。夫以一赵尚易（轻视）燕，况以两贤王左提右挈，而责杀王之罪，灭燕易矣。"燕将以为然，乃归赵王。

〔一一〕"子贡以内忧教田常"二句：《史记·仲尼弟子列传》："田常欲作乱于齐，惮高、国、鲍、晏（高照子、国惠子、鲍牧、晏圉，皆齐国大臣），故移其兵欲以伐鲁。"子贡往说田常："臣闻之，忧在内者攻强，忧在外者攻弱。今君忧在内。吾闻君三封而三不成者，大臣有不听者也。今君破鲁以广齐，战胜以骄主，破国以尊臣，而君之功不与焉，则交日疏于主。……如此，则君之立于齐危矣。"田常遂停伐鲁。

〔一二〕"鲁武公以麋虎胁顷襄"二句：《史记·楚世家》载，楚顷襄王欲与齐、韩联合伐秦图周，周王赧使武公对楚相昭子说："好事之君，喜攻之臣，发号用兵，未尝不以周为始终，是何也？见祭器在焉，欲器之至而忘弑君之乱。今韩以器之在楚，臣恐天下以器雠楚也。臣请譬之：夫虎肉臊，其兵利身，人犹攻之也。若使泽中之麋蒙虎之皮，人之攻之必万于虎矣。"于是楚计不行。

〔一三〕"周鲁连以烹醢惧垣衍"二句：据《史记·鲁仲连邹阳列传》，秦兵围赵之邯郸，魏安釐王使客辛垣衍说赵尊秦昭王为帝以求罢兵。鲁仲连对辛垣衍说："昔者九侯、鄂侯、文王、纣之三公也。九侯有子而好，献之于纣，纣以为恶，醢（把人剁成肉酱的酷刑）

九侯。鄂侯争之强，辩之疾，故脯（制成干肉）鄂侯。文王闻之，喟然而叹，故拘之牖里之库百日，欲令之死。曷为与人俱称王，卒就脯醢之地？"魏于是不敢复言帝秦。

〔一四〕"田生以万户侯启张卿"二句：《汉书·荆燕吴传》载，刘邦从父兄弟刘泽初封营陵侯，尝以金结田生。田生对吕后所幸谒者张卿说："太后欲立吕产为吕王……恐大臣不听。今卿最幸，大臣所敬，何不讽大臣以闻太后，太后必喜。诸吕以王，万户侯亦卿之有。"吕产为王后，田生又对张卿说："吕产王也，诸大臣未大服。今营陵侯泽，诸刘长。……今卿言太后裂十余县王之，彼得王喜，于诸吕王益固矣。"张卿言于吕后，遂立刘泽为琅琊王。

〔一五〕"朱建以富贵饵闳孺"二句：据《汉书·朱建传》载，辟阳侯审食其下狱，朱建对惠帝幸臣闳籍孺（《佞倖传》作闳孺）说："今辟阳侯幸太后而下吏，道路皆言君谗，欲杀之。今日辟阳侯诛，旦日太后含怒，亦诛君。君何不肉袒为辟阳侯言帝？帝听君出辟阳侯，太后大欢。两主俱幸君，君富贵益倍矣。"闳孺从其计，惠帝果赦辟阳侯。

〔一六〕"邹阳以爱幸悦长君"二句：《汉书·邹阳传》载，梁孝王令人刺爰盎事发，邹阳至长安对王美人兄长君说："窃闻长君弟得幸后宫，天下无有，而长君行迹多不循道理者。今爰盎事即穷竟，梁王恐诛，如此，则太后怫郁泣血，无所发怒，切齿侧目于贵臣矣。臣恐长君危于累卵，窃为足下忧之。"长君从邹阳之计，以亲亲之道说天子，事果得不治。

〔一七〕"苏秦以牛后羞韩"二句：《史记·苏秦列传》：苏秦对韩王说："臣闻鄙谚曰：'宁为鸡口，无为牛后。'今西面交臂而臣事秦，何异于牛后乎？夫以大王之贤，挟强韩之兵，而有牛后之名，臣窃为大王羞之。"韩王勃然作色，攘臂瞋目，按剑仰天太息，说："寡人虽不肖，必不能事秦。"张守节《正义》："鸡口虽小，犹进食；牛后虽大，乃出粪也。"故有"宁为鸡口，无为牛后"之语。

〔一八〕"范雎以无王耻秦"二句：《史记·范雎蔡泽列传》载，范雎初入秦，时宣太后擅权，宠用其弟穰侯。雎欲激怒秦昭王，故意对宦者说："秦安得王？秦独有（宣）太后、穰侯耳。"昭王闻言，屏左右，三次跪而请教，雎乃进言。

〔一九〕"郦生以助秦凌汉"二句：《史记·郦生陆贾列传》载，郦生谒刘邦（沛公），刘邦方倨床使两女子洗足，郦生说："足下欲助秦攻诸侯乎？且欲率诸侯破秦也？……必聚徒合义兵诛无道秦，不宜倨见长者。"于是刘邦辍洗，起摄衣，延郦生上坐。

〔二〇〕苏代以土偶笑田文：苏代，苏秦之弟。田文，即孟尝君。《史记·孟尝君列传》载，孟尝君将入秦，宾客谏阻，不听。苏代对孟尝君说："今旦代从外来，见木禺（偶）人与土禺人相与语。木禺人曰：'天雨，子将败矣。'土禺人曰：'我生于土，败则归土。今天雨，流子而行，未知止息也。'今秦，虎狼之国也，而君欲往，如有不得还，君得无为土禺人所笑乎?"孟尝君乃止。

〔二一〕楚人以弓缴感襄王:《史记·楚世家》载,楚有好射者,楚顷襄王闻,召而问之。楚人以为"小矢之发也,何足为大王道也?"并说"先王为秦所欺而客死于外,怨莫大焉",要顷襄王射秦这一"大鸟"。于是顷襄王遣使于诸侯,复为纵,欲以伐秦。

〔二二〕蒯通以娶妇悟齐相:齐相指齐悼惠王相曹参。齐有处士东郭先生、梁石君,蒯通向曹参推荐二人说:"妇人有夫死三日而嫁者,有幽居守寡不出门者。足下即欲求妇,何取?"参曰:"取不嫁者。"蒯通说:"然则求臣亦犹是也。彼东郭先生、梁石君,齐之俊士也,隐居不嫁,未尝卑节下意以求仕也。愿足下使人礼之。"曹参皆以为上宾。事见《汉书·蒯通传》。

〔二三〕相倾险诐之论:相互倾轧、狠毒(险)不正(诐)的言论。《荀子·成相》:"谗人罔极,险陂(诐)倾侧此之疑。"

〔二四〕魏郑公:《旧唐书·魏徵传》:"魏徵,字玄成,钜鹿曲城人也。……征少孤贫,落拓有大志,不事生业,出家为道士,好读书,多所通涉。见天下渐乱,尤属意纵横之说。"隋末参加瓦冈起义军,入唐,为太宗所重用,以直言敢谏著称。封郑国公。

〔二五〕龙逢、比干不获称良臣:据《帝王世纪》,诸侯叛桀,关龙逢引《皇图》谏桀,桀怒,焚《皇图》,杀龙逢,又据《史记·殷本纪》,纣淫乱不止,比干强谏,纣怒曰:"吾闻圣人心有七窍。"遂剖比干,观其心。《旧唐书·魏征传》:"征再拜曰:'愿陛下使臣为良臣,勿使臣为忠臣。'帝曰:'忠、良有异乎?'征曰:'良臣,稷、契、咎陶是也。忠臣,龙逢、比干是也。良臣使身获美名,君受显号,子孙传世,福禄无疆。忠臣身受诛夷,君陷大恶,家国并丧,空有其名。以此而言,相去远矣。'"

〔二六〕苏秦、张仪:皆战国时纵横家。苏秦字季子,初说秦惠王吞并天下不用,遂游说六国合纵抗秦,为合纵之长,佩六国相印。后在齐国车裂而死。张仪初与苏秦俱事鬼谷子,后入秦为相,行连衡之策,破坏六国合纵抗秦。后死于魏。

附录

邹守益:此篇议论精明,文势圆活,引喻典实,如老吏断狱,一字不可增减。后生熟此,下笔自惊世骇俗矣。(《三苏文范》卷一)

钱丰寰:议论的确,笔力精研,而疏越之气未尝不存,真国手也。(同上)

吕雅山:老泉习纵横家,故以纵横之术矫孔子之论,然其说亦不可废。(同上)

明刻《三苏文粹》卷三：此文平铺直叙，最尽事情。与《春秋论》别是一格。故知文之奇正，惟耳所用耳。

茅坤：贤君不时有，忠臣不时得，故作《谏论》。千古绝调。荆川（唐顺之）谓此等文字摹荀卿，良是。（《苏文公文钞》卷五）

储欣：上篇标一术字，下篇标一势字，是两篇关键处。（《评注苏老泉集》卷三）

省试刑赏忠厚之至论〔一〕

苏 轼

尧、舜、禹、汤、文、武、成、康之际〔二〕，何其爱民之深，忧民之切，而待天下之以君子长者之道也。有一善，从而赏之，又从而咏歌嗟叹之，所以乐其始而勉其终。有一不善，从而罚之，又从而哀矜惩创之〔三〕，所以弃其旧而开其新。故其吁俞之声〔四〕，欢休惨戚〔五〕，见于《虞》《夏》《商》《周》之书〔六〕。

成、康既没，穆王立，而周道始衰〔七〕。然犹命其臣吕侯，而告之以祥刑〔八〕。其言忧而不伤，威而不怒，慈爱而能断，恻然有哀怜无辜之心，故孔子犹取焉〔九〕。《传》曰："赏疑从与"，所以广恩也；"罚疑从去"，所以慎刑也。〔一〇〕

当尧之时，皋陶为士〔一一〕。将杀人，皋陶曰："杀之!"三。尧曰："宥之!"三〔一二〕。故天下畏皋陶执法之坚，而乐尧用刑之宽。四岳曰："鲧可用!"尧曰："不可! 鲧方命圮族。"既而曰："试之!"〔一八〕何尧之不听皋陶之杀人，而从四岳之用鲧也? 然则圣人之意，盖亦可见矣。《书》曰："罪疑惟轻，功疑惟重。与其杀不辜，宁失不经。"〔一四〕呜呼! 尽之矣!

可以赏，可以无赏，赏之过乎仁。可以罚，可以无罚，罚之过乎义〔一五〕。过乎仁，不失为君子；过乎义，则流而入于忍人〔一六〕。故仁可过也，义不可过也。古者赏不以爵禄，刑不以刀锯。赏以爵禄，是赏之道行于爵禄之所加〔一七〕，而不行于爵禄之所不加也。刑之以刀锯，是刑之威施于刀锯之所及，而不施于刀锯之所不及也。先王知天下之善不胜赏，而爵禄不足以劝也〔一八〕；知天下之恶不胜刑，而刀锯不足以裁也〔一九〕。是故疑则举而归之于仁，以君子长者之道待天下，使天下相率而归于君子长者之道，故曰：忠厚之至也!

《诗》曰："君子如祉，乱庶遄已。君子如怒，乱庶遄沮。"〔二〇〕夫君子之已乱〔二一〕，岂有异术哉？制其喜怒〔二二〕，而不失乎仁而已矣！《春秋》之义，立法贵严而责人贵宽。因其褒贬之义以制赏罚，亦忠厚之至也。

（《苏轼文集》卷二，下只注卷次）

注

〔一〕嘉祐二年（1057）应礼部考试试文。宋代各州县贡士到京，由尚书省的礼部主持考试，故称省试。《宋史·苏轼传》："嘉祐二年，试礼部。方时文磔裂诡异之弊胜，主司欧阳修思有以救之，得轼《刑赏忠厚论》，惊喜，欲擢冠多士，犹疑其客曾巩所为，但置第二；复以《春秋》对义居第一（即回答关于《春秋》一书的问题获第一），殿试中乙科。后以书见修，修语梅圣俞（尧臣）曰：'吾当避此人出一头地。'"该文初步阐明了苏轼一生所遵循的以仁治国，即"以君子长者之道待天下，使天下相率而归于君子长者之道"的思想，具体表现就是要赏罚分明，"立法贵严而责人贵宽"，"罪疑惟轻，功疑惟重"，"与其杀不辜，宁失不经"，这样才堪称"忠厚之至"，与欧阳修等人的政治主张一致。另一方面，宋初文坛深受"五代文弊"的影响，"风俗靡靡，日以涂地"；朝廷虽正致力于矫正"五代文弊"，"罢去浮巧轻媚丛错采绣之文"，而恢复两汉三代的朴实文风，但"余风未殄，新弊复作"，"求深者或至于迂，务奇者怪僻而不可读"（均见苏轼《谢欧阳内翰书》），在这种情况下，苏轼这篇"有孟轲之风"（梅尧臣语）的质朴文章，自然大受正在倡导古文革新的欧、梅二人的称赏和奖拔。

〔二〕尧、舜、禹、汤、文、武、成、康之际：谓从唐尧、虞舜，经夏（禹）、商（汤），到西周前期。际，彼此间。

〔三〕惩创：惩戒、警戒。《尚书·益稷》："予创若时。"孔安国传云："创，惩也。"

〔四〕吁俞：吁，表示不同意的叹声。《尚书·尧典》："帝曰：'吁！咈哉！'"俞，应允之声。同上书："帝曰：'俞'！"

〔五〕欢休惨戚：欢乐和悲哀。休，喜乐。戚，忧愁、悲伤。《诗·小雅·小明》："自诒伊戚。"

〔六〕《虞》《夏》《商》《周》之书：指《尚书》。《尚书》由此四部分组成。

〔七〕"成、康既没"三句：《史记·周本纪》："（周）康王卒……立昭王子满，是为穆王。穆王即位，春秋已五十年矣，王道衰微。"没，同"殁"。

〔八〕"然犹命其臣吕侯"二句：吕侯，即甫侯，周穆王时司寇（相）。《史记·周本纪》："诸侯有不睦者，甫侯言于王，作修刑辟。"王曰："吁，来！有国有土，告汝祥刑。"《集解》引《尚书》孔安国传云："告汝善用刑之道也。"一说《尚书·吕刑》篇（有关刑罚的文告）即因吕侯之请而颁。

〔九〕"其言忧而不伤"至"故孔子犹取焉"：这是周穆王对吕侯说的关于"祥刑"的一段话（见《尚书·吕刑》）的评价。取，取法，采择。"孔子犹取焉"指孔子删定六经时录入《尚书》。

〔一〇〕"《传》曰"至"所以慎刑也"：传，解说经义的文字。语出《尚书·大禹谟》："罪疑惟轻，功疑惟重。"孔安国传云："刑疑附轻，赏疑从重，忠厚之至。"意谓加罪之刑有怀疑当从轻处置，庆功之赏有怀疑当从重奖励，这样才是忠厚之至。与，给与。去，舍去。慎刑，审慎用刑。

〔一一〕皋陶：一作咎繇，被帝舜（作者误为尧）任为士，即掌管刑罚的狱吏。《尚书·舜典》："帝曰：'皋陶……汝作士，五刑有服。'"

〔一二〕杨万里《诚斋诗话》载欧阳修问苏轼："'皋陶曰：杀之'三，尧曰'宥之'，三，此见何书？'坡曰：'事在《三国志·孔融传》注。'欧退而阅之无有。他日再问坡，坡云：'曹操灭袁绍，以袁熙妻赐其子丕，孔融曰：昔武王伐纣，以妲己赐周公。操惊问何经见？融曰：以今日之事观之，意其如此。尧、皋陶之事，某亦意如此。'欧退而大惊曰：'此人可谓善读书，善用事，他日文章必独步天下。'"三，三次。宥，宽宥，赦罪。

〔一三〕"四岳曰"至"试之"：《尚书·尧典》："帝曰：'咨四岳，汤汤洪水方割（害），荡荡怀山襄陵，浩浩滔天。下民其咨（咨嗟忧愁），有能俾乂（使治）？'（四岳）佥（皆）曰：'於，鲧哉！'帝曰：'吁，咈（狠戾）哉，方命圮族'"。四岳：相传为尧舜时的四方部落首领。一说为四人，即羲和的四个儿子（皆为尧臣），分管四方诸侯。一说为官名。鲧：相传为帝禹之父，受四岳推举，奉尧命治水，九年未成而被舜处死。一说他与禹同为治水有功的人。方命，亦作"放命"，违命。圮族，残害同族。

〔一四〕"罪疑惟轻"四句：见《尚书·大禹谟》。参本文注〔一〇〕。经，常规、常道。

〔一五〕义：《释名·释言语》："义，宜也，裁制事物使合宜也。"仁与义，常作反义词。《说文·我部》段注引董子曰："仁者人也，义者我（羛）也。仁必及人，义必由中断制也。""过乎义"与前"过乎仁"对举，亦为反义。

〔一六〕忍人：残忍的人。

〔一七〕加：施及。《左传·哀公十五年》："吴人加敝邑以乱。"

〔一八〕劝：提倡，勉励。《史记·循吏列传》："秋冬则劝民山采。"

〔一九〕裁：制裁。

〔二〇〕"君子如祉"四句：语见《诗·小雅·巧言》，此处颠倒了句序。《毛传》："祉，福（喜）也。""遄，疾。沮，止也。"《郑笺》："福者，福贤者，谓爵禄之也如此，则乱亦庶几（或许）可疾止也。"意谓如果君子喜纳贤人，怒斥小人，那就可望消除祸乱了。

〔二一〕已乱：消除祸乱。已，停止。

〔二二〕制：控制。

附录

罗大经：庄子之文，以无为有，东坡平生极熟此书，故其为文驾空行危，惟意所到。其论刑赏也，曰"杀之，三"等议论，读者皆知其所欲出，推者莫知其所自来，将无作有，是古今议论之杰然者。（《三苏文范》卷五）

钱文登：东坡尝言："凡文章少小时须令气象峥嵘采绚。渐老渐熟，乃造平淡。不是平淡，乃绚烂之极。"观东坡此论，是何等气象，何等采色！初学读之，下笔自滂沛无窒塞之病。（同上）

茅坤：东坡试论文安，悠扬宛宕，于今场屋中极利者也。（《苏文忠公文钞》卷十七）

唐顺之：此文一意翻作数段。（同上）

沈德潜：以"罪疑惟轻，功疑惟重"二语作主，文势如川云岭月，其出不穷。以长公之高才，欧文忠之巨眼，而闱中遇合之文，圆熟流美如是，宜后世墨卷不矜高格也。为之三叹。（《唐宋八大家文读本》卷二十引）

储欣：风气将开，拔此大才，以奏扫荡廓清之烈，欧阳公力也。（《东坡先生全集录》卷一）

张伯行：东坡自谓文如行云流水，即应试论可见，学者读之，用笔自然圆畅。中间"赏不以爵禄，刑不以刀锯"一段，议论极有至理。（《唐宋八大家文钞》卷八）

吴楚材、吴调侯：此长公应试文也。只就本旨，从"疑"上全写其忠厚之至。每段述事，而断以婉言警语。天才灿然，自不可及。（《古文观止》卷十）

上梅直讲书〔一〕

苏　轼

　　某官执事〔二〕：轼每读《诗》至《鸱鸮》〔三〕，读《书》至《君奭》〔四〕，尝窃悲周公之不遇。及观《史》，见孔子厄于陈、蔡之间，而弦歌之声不绝〔五〕。颜渊、仲由之徒〔六〕，相与问答。夫子曰："'匪兕匪虎，率彼旷野〔七〕'，吾道非耶？吾何为于此？"颜渊曰："夫子之道至大，故天下莫能容；虽然，不容何病〔八〕？不容然后见君子"。夫子油然而笑曰〔九〕："回！使尔多财，吾为尔宰〔一○〕。"夫天下虽不能容，而其徒自足以相乐如此。乃今知周公之富贵，有不如夫子之贫贱。夫以召公之贤，以管、蔡之亲〔一一〕，而不知其心，则周公谁与乐其富贵？而夫子之所与共贫贱者，皆天下之贤才，则亦足与乐乎此矣！

　　轼七、八岁时，始知读书〔一二〕。闻今天下有欧阳公者〔一三〕，其为人如古孟轲、韩愈之徒；而又有梅公者，从之游，而与之上下其议论〔一四〕。其后益壮，始能读其文词，想见其为人，意其飘然脱去世俗之乐而自乐其乐也〔一五〕。方学为对偶声律之文〔一六〕，求斗升之禄〔一七〕，自度无以进见于诸公之间〔一八〕。来京师逾年〔一九〕，未尝窥其门〔二○〕。今年春〔二一〕，天下之士，群至于礼部〔二二〕，执事与欧阳公实亲试之〔二三〕。诚不自意，获在第二〔二四〕。既而闻之人，执事爱其文，以为有孟轲之风。而欧阳公亦以其能不为世俗之文也而取焉。是以在此，非左右为之先容〔二五〕，非亲旧为之请属〔二六〕，而向之十余年间闻其名而不得见者，一朝为知己。退而思之，人不可以苟富贵〔二七〕，亦不可以徒贫贱〔二八〕，有大贤焉而为其徒，则亦足恃矣！苟其侥一时之幸，从车骑数十人，使闾巷小民聚观而赞叹之，亦何以易此乐也！

　　《传》曰："不怨天，不尤人〔二九〕"，盖"优哉游哉，可以卒岁〔三○〕"。执事名满天下，而位不过五品，其容色温然而不怒，其文章宽厚敦朴而无怨言，此必有所乐乎斯道也。轼愿与闻焉！

（卷四十八）

440

注

〔一〕梅直讲，即梅尧臣（1002—1060），字圣俞，宋诗的开山祖师，与苏舜钦齐名，诗坛上并称"苏梅"，是北宋诗歌革新运动的推动者。因当时任国子监直讲，故称梅直讲。嘉祐二年（1057）正月苏轼参加礼部考试，梅尧臣为考官，负责编排评定等具体事务。他对苏轼的试文《刑赏忠厚之至论》十分赞赏，认为"有孟轲之风"，并向欧阳修推荐。此书即为苏轼中进士后写给梅尧臣的感谢信。全文洋溢着仕途得志和喜遇知己的快乐之情。

〔二〕某官执事：称梅尧臣。古人书信中常以"某官"代称对方官职。执事，见苏洵《上欧阳内翰第一书》注〔二〕。

〔三〕《鸱鸮》：《诗·豳风》中的一篇。《毛诗序》："《鸱鸮》，周公救乱也。成王未知周公之志，公乃为诗以遗王，名之曰《鸱鸮》焉。""救乱"指周公讨伐武庚、管权、蔡叔，周成王却怀疑周公另有图谋，所以周公托言鸱鸮表白自己。

〔四〕《君奭》：《尚书·周书》中的一篇。其《序》云："召公为保，周公为师，相成王为左右。召公不悦，周公作《君奭》。"召公名奭，周武王死后，他与周公共同辅佐成王。"不悦"指召公怀疑周公有篡夺王位的野心，于是周公作《君奭》为自己申辩。

〔五〕"及观《史》"三句：《史》指《史记》。《史记·孔子世家》载，陈、蔡大夫为阻止楚国人聘孔子，"于是乃相与发徒役围孔子于野。不得行，绝粮。从者病，莫能兴。孔子讲诵弦歌不衰。"陈、蔡，皆周王朝诸侯国。陈，在今河南开封县以东，在今安徽亳县以北一带。蔡，在今河南上蔡县和新蔡县一带。

〔六〕颜渊、仲由：皆孔子弟子。颜渊，名回，字子渊。仲由，字子路。

〔七〕"匪兕匪虎"二句：语出《诗·小雅·何草不黄》。匪，同"非"。兕，犀牛。率，沿着，引申为奔忙。

〔八〕病：担忧。《左传·襄公二十四年》："范宣子为政，诸侯之币重，郑人病之。"

〔九〕油然：一作"犹然"，温和貌。

〔一〇〕宰：家臣。以上孔子与其弟子的对话，见《史记·孔子世家》，文字上略有删简。

〔一一〕管、蔡：管叔和蔡叔。管叔名鲜，蔡叔名度，都是周公的弟弟。他们曾说周公想篡夺王位。

〔一二〕"轼七、八岁时"二句：苏轼《记陈太初尸解事》："吾八岁入小学，以道士张易简为师。"

〔一三〕欧阳公：指欧阳修，见苏洵《上欧阳内翰第一书》注〔一〕。

〔一四〕上下：增减，此谓讨论，商榷。《周礼·秋官·司仪》："从其爵而上下之。"郑玄注："上下，犹丰杀也。"

〔一五〕意：同"臆"，猜测，猜想。

〔一六〕对偶声律之文：指诗、赋等讲究对仗、押韵的文体。当时科举考试要考诗赋。参《日喻》注〔一〕。

〔一七〕斗升之禄：指小官俸禄微薄。

〔一八〕度：揣测。

〔一九〕来京师逾年：苏轼于嘉祐元年五月随父到达京师（今河南开封），九月参加举人考试获中。第二年正月参加礼部考试，三月苏轼兄弟同科进士及第。"逾年"指过了嘉祐元年，非指周年。

〔二〇〕窥其门：谓登门拜访。

〔二一〕今年春：即嘉祐二年正月。

〔二二〕礼部：掌管礼仪、祭享、贡举等职的官署，自北周至清末历代相沿。

〔二三〕执事与欧阳公实亲试之：欧阳修《归田录》："嘉祐二年，余与韩子华、王禹玉、范景仁、梅公仪知礼部贡举，辟梅圣俞为小试官，凡锁院五十日。"

〔二四〕获在第二：苏辙《东坡先生墓志铭》载欧阳修得苏轼文，"欲以冠多士，疑曾子固（巩）所为。子固，文忠（欧阳修）门下士也。乃置公第二。"榜首为章衡，见《宋史·章衡传》。

〔二五〕左右：指欧、梅二人身边的亲信。先容：先为推荐，疏通。

〔二六〕属：同"嘱"，嘱托，打招呼。

〔二七〕苟富贵：苟且于富贵，即为富贵而不循礼法，不走正道。

〔二八〕徒贫贱：徒然于贫贱，即因无所作为而处贫贱。

〔二九〕"不怨天"二句：语见《论语·宪问》。尤，责备。

〔三〇〕"优哉游哉"二句：语出《左传·襄公二十一年》引《诗经·小雅·采菽》（今本《诗经》仅有前一句）。优哉游哉，悠闲自得貌。

附录

杨慎：此书叙士遇知己之乐，遂首援周公有蔡、管之流言，召公之不悦，乃不能相知，以形容其乐，而自比于圣门之徒。（《三苏文范》卷十三）

《三苏文范》卷十三眉批（疑袁宏道语）：通篇不脱一乐字贯串，意高词健。

茅坤：文潇洒而入思少吃紧。（《苏文忠公文钞》卷九）

金圣叹：空中忽然纵臆而谈，劣周公，优孔子，岂不大奇？文态如天际白云，飘然从风，自成卷舒。人固不知其胡为而然，云亦不自知其所以然。（《天下才子必读书》卷十四）

沈德潜：见富贵不足重，而师友以道相乐，乃人间之至乐也。周公、孔、颜，凭空发论；以下层次照应，空灵飘洒。东坡文之以韵胜者。（《唐宋八家文读本》卷二十三）

吴楚材、吴调侯：长公之推尊梅公，与阴自负意，亦极高矣。细看此文，是何等气象，何等采色！其议论真足破千古来俗肠。绝妙。（《古文观止》卷十一）

储欣：见道之言。（《东坡先生全集录》卷八）先将圣贤师友相乐立案，因兑己遇知梅公之乐，且欲闻梅公之所以乐乎斯道者，最占地步，最有文情。（《唐宋八大家类选》卷九）

南行前集叙[一]

苏 轼

夫昔之为文者，非能为之为工，乃不能不为之为工也。山川之有云雾，草木之有华实[二]，充满勃郁而见于外[三]，夫虽欲无有，其可得耶？自少闻家君之论文[四]，以为古之圣人有所不能自已而作者。故轼与弟辙为文至多，而未尝敢有作文之意[五]。

己亥之岁[六]，侍行适楚[七]，身中无事，博弈饮酒[八]，非所以为闺门之欢[九]。而山川之秀美，风俗之朴陋，贤人君子之遗迹，与凡耳目之所接者，杂然有触于中[一〇]，而发于咏叹。盖家君之作与弟辙之文皆在，凡一百篇，谓之《南行集》。将以识一时之事[一一]，为他日之所寻绎[一二]，且以为得于谈笑之间，而非勉强所为之文也。

时十二月八日江陵驿书[一三]。

（卷十）

〔一〕嘉祐四年（1059）十月苏轼兄弟服母丧期满，沿江而下，随父入京，十二月抵江陵（今属湖北）。父子三人途中所作诗文汇为《南行集》，苏轼作叙。这篇叙文除发挥了苏洵文贵自然，反对为文而文的观点外（参苏洵《仲兄字文甫说》），还提出了"凡耳目之所接者，杂然有触于中，而发于咏叹"的见解。这句话揭示了文艺与现实的关系：文艺不是对现实的机械反映，而是现实触动作者的心弦而抒发出来的情感。离开"有触于中"，是谈不上文艺创作的。

〔二〕华：通"花"。

〔三〕勃郁：蕴积甚厚的样子。宋玉《风赋》："勃郁烦冤。"

〔四〕家君：指父亲苏洵。苏洵论文，参见《仲兄字文甫说》。

〔五〕作文：指为作文而作文。

〔六〕己亥之岁：即嘉祐四年。

〔七〕侍行：侍父旅行。适楚：往楚（今湖北一带）。苏轼《上王兵部书》："自蜀至于楚，舟行六十日。"

〔八〕博弈：下棋。

〔九〕闺门之欢：这次是全家赴京，除苏洵之妻程氏已去世外，苏轼之妻王氏，苏辙之妻史氏皆同行。苏洵《初发嘉州》"托家舟航千里速"可证。

〔一〇〕中：心中。

〔一一〕识：记。

〔一二〕寻绎：寻思推求，此谓回忆玩味。谢惠连《雪赋》："王乃寻绎玩味。"

〔一三〕江陵驿：在今湖北江陵。

决壅蔽〔一〕

苏 轼

所贵乎朝廷清明而天下治平者，何也？天下不诉而无冤，不谒而得其所欲〔二〕，此尧、舜之盛也。其次不能无诉，诉而必见察〔三〕；不能无谒，谒而必见省〔四〕；使远方之贱吏，不知朝廷之高；而一介之小民〔五〕，不识官府之难，而后天下治。

今夫一人之身，有一心两手而已。疾痛苛痒〔六〕，动于百体之中〔七〕，虽其甚微不足以为患，而手随至。夫手之至，岂其一一而听之心哉？心之所以素爱其身者深，而手之所以素听于心者熟，是故不待使令而卒然以自至〔八〕。圣人之治天下，亦如此而已。百官之众，四海之广，使其关节脉理，相通为一。叩之而必闻，触之而必应，夫是以天下可使为一身。天子之贵，士民之贱，可使相爱；忧患可使同，缓急可使救。

今也不然。天下有不幸而诉其冤，如诉之于天；有不得已而谒其所欲，如谒之于鬼神。公卿大臣不能究其详悉，而付之于胥吏〔九〕。故凡贿赂先至者，朝请而夕得；徒手而来者，终年而不获，至于故常之事〔一〇〕，人之所当得而无疑者，莫不务为留滞，以待请属〔一一〕。举天下一毫之事〔一二〕，非金钱无以行之。

昔者汉、唐之弊，患法不明，而用之不密，使吏得以空虚无据之法而绳天下〔一三〕，故小人以无法为奸。今也法令明具，而用之至密，举天下惟法之知。所欲排者，有小不如法，而可指以为瑕；所欲与者〔一四〕，虽有所乖戾〔一五〕，而可借法以为解〔一六〕，故小人以法为奸。今天下所为多事者，岂事之诚多耶？吏欲有所鬻而不得〔一七〕，则新故相仍〔一八〕，纷然而不决，此王化之所以壅遏而不行也〔一九〕。

昔桓、文之霸〔二〇〕，百官承职〔二一〕，不待教令而办；四方之宾至，不求有司〔二二〕。王猛之治秦，事至纤悉，莫不尽举，而人不以为烦。盖史之所记：麻思还冀州，请于猛。猛曰："速装，行矣；至暮而符下。"及出关，郡县皆已被符。其令行禁止，而无留事者，至于纤悉，莫不皆然〔二三〕。符坚以戎狄之种，至为霸王，兵强国富，垂及升平者，猛之所为，固宜其然也〔二四〕。

今天下治安，大吏奉法，不敢顾私；而府史之属〔二五〕，招权鬻法，长吏心知而不问〔二六〕，以为当然。此其弊有二而已：事繁而官不勤，故权在胥吏。欲去其弊也，莫如省事而厉精〔二七〕。省事，莫如任人；厉精，莫如自上率之。

今之所谓至繁，天下之事，关于其中〔二八〕，诉之者多而谒之者众，莫如中书与三司〔二九〕。天下之事，分于百官，而中书听其治要〔三〇〕；郡县之钱币，制于转运使〔三一〕，而三司受其会计〔三二〕，此宜若不至于繁多。然中书不待奏课以定其黜陟〔三三〕，而关预其事，则是不任有司也；三司之吏，推析赢虚〔三四〕，至于毫毛，以绳郡县〔三五〕，则是不任转运使也。故曰：省事，莫如任人。

古之圣王，爱日以求治〔三六〕，辨色而视朝〔三七〕。苟少安焉〔三八〕，而至于日出，则终日为之不给〔三九〕。以少而言之，一日而废一事，一月则可知也；一岁，则事之积者不可胜数矣。欲事之无繁，则必劳于始而逸于终，晨兴而晏罢〔四〇〕。天子未退，则宰相不敢归安于私第；宰相日昃而不退〔四一〕，则百官莫不震悚〔四二〕，尽力于王事，而不敢宴游。如此，则纤悉隐微莫不举矣。天子求治之勤，过于先王〔四三〕，而议者不称王季之晏朝〔四四〕，而称舜之无为〔四五〕；不论文王之日昃〔四六〕，而论始皇之量书〔四七〕：此何以率天下之怠耶？臣故曰：厉精，莫如自上率之，则壅蔽决矣。

（卷八）

注 ————————————————————————————

〔一〕嘉祐六年（1060），苏轼参加才识兼茂制科考试（皇帝特别下诏举行的考试）。试前献《进策》《进论》各二十五篇。《进策》中的《微略》五篇总论当时形势"有治平之名而无治平之实"；《策别》十七篇主要是针对当时日趋尖锐的阶级矛盾和民族矛盾而提出的政治、经济、军事等方面的具体革新措施；《策断》三篇是为抗击辽和西夏而提出的战略策略。本文为《策别·课百官》中的第三篇。文章前半部分提出了国家清明治平的标准，分析了现状，淋漓尽致地抨击了宋王朝贿赂公行，以法为奸的腐败状况。后半部分分析了造成这种状况的原因，提出了去弊的措施。

〔二〕谒：进见请求。

〔三〕见察：被详审。

〔四〕见省：被了解。

〔五〕介：通"芥"，纤芥，喻微贱。

〔六〕疾痛苛痒：语出《礼记·内则》。苛，通"疴"，郑玄注："苛，疥也。"

〔七〕百体：指身体的各个器官。

〔六〕卒：通"猝"，忽，急。

〔九〕胥吏：官府中办理文书的小官。

〔一〇〕故常之事：习见而寻常的事，此指按规矩该办的事。

〔一一〕请属：请求、属（嘱）托，指求情行贿。

〔一二〕举：整个。

〔一三〕绳：约束。

〔一四〕与：荐举，与"排（斥）"相对。《礼记·礼运》："选贤与能。"

〔一五〕乖戾：违背。

〔一六〕解：开脱。

〔一七〕鬻：卖，即下文的"鬻法"。

〔一八〕新故相仍：谓新案旧案接连不断。

〔一九〕王化：王道教化，具体指官府政令。壅遏：堵塞。

〔二〇〕桓、文：指齐桓公和晋文公，皆春秋霸主。

〔二一〕承职：奉职，即履行职责。

〔二二〕有司：古代设官分职，各有专司，因称官吏为"有司"。

〔二三〕"王猛之治秦"至"莫不皆然"：王猛（325—375），字景略，北海剧（今山东寿光）人，十六国时前秦大臣，苻坚谋士，治国果断力行。《晋书·王猛传》："广平（今河北鸡泽县）麻思流寄关右（函谷关以西），因母亡归葬，请还冀州（指广平）。猛谓思曰：'便可速装（赶快整理行装），是暮已符卿发遣。'及始出关，郡县已被符（接到官府的文告）管摄。其令行禁止，事无留滞，皆此类也。"

〔二四〕"苻坚以戎狄之种"至"固宜其然也"：苻坚（338—385），字永固，十六国时前秦皇帝，公元357—385在位，任用王猛，统一了北方大部分地区和东晋的益州，在淝水之战中为晋所败。他是氐族，故云"戎狄之种"。《晋书·王猛传》："猛宰政公平，流放尸素，拔幽滞，显贤才，外修兵革，内案儒学，劝课农桑，教以廉耻，无罪而不刑，无才而不任，庶绩咸熙，百揆时叙。于是兵强国富，垂及升平，猛之力也。"垂及，几乎达到。垂，接近。

〔二五〕府史：在官府办事的小官吏。

〔二六〕长吏，即大吏，地位较高的官吏。《汉书·景帝纪》："吏六百石以上，皆长吏也。"颜师古注引张晏曰："长，大也，六百石位大夫。"

〔二七〕厉：通"励"。厉精，即励精图治。

〔二八〕关于其中：谓总揽天下大事。《后汉书·张衡传》："施关设机。"关，枢机，引申为管理。

〔二九〕中书：即中书省，又名政事堂，掌管进拟庶务、宣奉命令、兴创改革、除授职官等。三司：宋代中央财政机关。通管盐铁、度支、户部，故称"三司"。

〔三〇〕听其治要：了解处理治国的大政要务。

〔三一〕制：管制。转运使：见苏洵《审势》注〔二二〕。

〔三二〕会计：指财政的计算和出纳方面的事。

〔三三〕奏课：申奏考课，即下级官吏向中书省说明情况。定其黜陟：决定官员的升降。

〔三四〕推析赢虚：推算分析盈亏。

〔三五〕绳：衡量，纠正。

〔三六〕爱日：珍惜时间。《大戴礼记·小辨》："社稷之主爱日。"

〔三七〕辨色：指天刚亮。视朝：临朝听政。《礼记·玉藻》："朝，辨色始入。"

〔二八〕少：通"稍"。

〔三九〕不给：谓时间不充足。

〔四〇〕晨兴：早起。晏罢：晚退（朝）。

〔四一〕昃：日过正午。

〔四二〕震悚：惊惧，谓小心翼翼。

〔四三〕"天子求治之勤"二句：天子指宋仁宗。这是在恭维仁宗。

〔四四〕王季之晏朝：王季，名季历，周文王的父亲。据说他"日中不暇食而待士。"（《史记·周本纪》）

〔四五〕舜之无为：《论语·卫灵公》："子曰：'无为而治者，其舜也与！夫何为哉？恭己正南面而已矣。'"何晏《集解》："言任官得其人，故无为而治。"

〔四六〕文王之日昃：《尚书·无逸》："文王……自朝至于日中昃，不遑暇食。"又皇甫谧《帝王世纪》："文王晏朝不食，以延四方之士。"（《太平御览》卷八十四引）

〔四七〕始皇之量书：《史记·秦始皇本纪》谓秦始皇统一天下后，"天下之事无小大皆决于上，上至以衡（秤）石（一百二十斤）量书，日夜有呈（标准），不中呈，不得休息。"

附录

杨慎：文势累累相贯，如走盘之珠。（《三苏文范》卷九）

茅坤：省事、励精二者亦切中今日之情。（《苏文忠公文钞》卷二十）

唐顺之：前半言壅蔽之当决，后言所以决之之道。（同上）

储欣：是亦非托之空言者。（《东坡先生全集录》卷三）

教战守策[一]

苏　轼

夫当今生民之患，果安在哉？在于知安而不知危，能逸而不能劳。此其患不见于今，将见于他日。今不为之计，其后将有所不可救者。

昔者先王知兵之不可去也[二]，是故天下虽平，不敢忘战。秋冬之隙，致民田猎以讲武[三]。教之以进退坐作之方，使其耳目习于钟鼓、旌旗之间而不乱，使其心志安于斩刈、杀伐之际而不慑[四]。是以虽有盗贼之变，而民不至于惊溃。及至后世，用迂儒之议，以去兵为王者之盛节[五]；天下既定，则卷甲而藏之[六]。数十年之后，甲兵顿弊[七]，而人民日以安于佚乐，卒有盗贼之警[八]，则相与恐惧讹言，不战而走。开元、天宝之际，天下岂不大治？惟其民安于太平之乐，酣豢于游戏、酒食之间[九]，其刚心勇气，消耗钝眊[一〇]，痿蹶而不复振[一一]。是以区区之禄山一出而乘之[一二]，四方之民兽奔鸟窜，乞为囚虏之不暇[一三]，天下分裂[一四]；而唐室因以微矣[一五]。

盖尝试论之：天下之势譬如一身。王公贵人，所以养其身者，岂不至哉[一六]？而其平居常苦于多疾[一七]。至于农夫小民，终岁劳苦，而未尝告疾。此其故何也？夫风雨、霜露、寒暑之变，此疾之所由生也。农夫小民，盛夏力作，而穷冬暴露[一八]，其筋骸之所冲犯，肌肤之所浸渍，轻霜露而狎风雨[一九]，是故寒暑不能为之毒。今王公贵人，处于重屋之下[二〇]，出则乘舆，风则袭裘[二一]，雨则御盖[二二]。凡所以虑患之具，莫不备至。畏之太甚，而养之太过，小不如意，则寒暑入之矣。是故善养身者，使之能逸而能劳，步趋动作，使其四体狃于寒暑之变[二三]；然后可以刚健强力，涉险而不伤。夫民亦然。今者治平之日久，天下之人，骄情脆弱，如妇人孺子，不出于闺门。论战斗之事，则缩颈而股栗；闻盗贼之名，则掩耳而不愿听。而士大夫亦未尝言兵，以为生事扰民，渐不可长〔二四〕。此不亦畏之太甚而养之太过欤！〔二五〕

且夫天下固有意外之患也。愚者见四方之无事，则以为变故无自而有，此亦不然矣。今国家所以奉西、北之虏者，岁以百万计〔二六〕。奉之者有限，而求之者无厌，此其势必至于战。战者，必然之势也。不先于我，则先于彼；不出于西，则出于北。所不可知者，有迟速远近，而要以不能免也。天下苟不免于用兵，而用之不以渐，使民于安乐无事之中，一旦出身而蹈死地〔二七〕，则其为患必有所不测。故曰：天下之民，知安而不知危，能逸而不能劳，此臣所谓大患也。

臣欲使士大夫尊尚武勇，讲习兵法；庶人之在官者〔二八〕，教以行阵之节；役民之司盗者〔二九〕，授以击刺之术。每岁终则聚之郡府，如古都试之法〔三〇〕，有胜负，有赏罚。而行之既久，则又以军法从事。然议者必以为无故而动民，又悚以军法，则民将不安。而臣以为此所以安民也。天下果未能去兵，则其一旦将以不教之民而驱之战。夫无故而动民，虽有小恐，然孰与夫一旦之危哉〔三一〕？

今天下屯聚之兵，骄豪而多怨，陵压百姓而邀其上者〔三二〕，何故？此其心以为天下之知战者，惟我而已。如使平民皆习于兵，彼知有所敌，则固已破其奸谋，而折其骄气。利害之际，岂不亦甚明欤！

（卷八）

注

〔一〕这是二十五篇《进策》之一，《策别·安万民》中的第五篇。本文清醒地认识到当时严峻的现实，认为与辽和西夏的战争不可避免，明确指出"知安而不知危，能逸而不能劳"是当时的最大祸患，这是全文的中心论点。文章劈头立论，然后用正反两方面的史实论证，再用个人养生之道比喻说明国家防御之策，接着根据形势阐明战争的必然性，最后提出教民战守的具体方案。《三苏文范》卷九引唐文献语："坡翁此策，说破宋室膏肓之病，其后靖康之祸，如逆睹其事者，信乎有用之言也。至其文闳衍浩大，尤不可及。"

〔二〕先王：指古代帝王。兵：军事，军备。《孙子·计》："兵者，国之大事。"

〔三〕"秋冬之隙"二句：古时秋冬农闲时节，召集百姓打猎习武。《周礼·夏官·大司马》："中秋，教治兵，如振旅之陈。""中冬，教大阅。"

〔四〕"教之以进退坐作之方"三句：《周礼·夏官·大司马》："以教坐（跪下）作（起立）、进退、疾徐、疏数之节。"郑玄注云："习战法。"习于钟鼓、旌旗，即习于战事，古人打仗用旗鼓指挥。心志，精神和意志。刈，割，引申为杀。《大戴礼记·用兵》："及后世贪者之用兵也，以刈百姓。"

〔五〕去兵：解除军备。盛节：隆盛的时节。《汉书·倪宽传》："昭姓考瑞，帝王之盛节也。"

〔六〕甲：铠甲，泛指武备。

〔七〕兵：兵器。顿：通"钝"。

〔八〕卒：通"猝"，突然。警：警报。

〔九〕豢：安养。

〔一〇〕钝眊：动作迟钝，精力衰竭。眊，通"耄"，衰老。

〔一一〕痿蹷：萎弱，僵仆。

〔一二〕禄山：即安禄山（？—757），唐营州柳城（今辽宁朝阳南）胡人。玄宗时深得信任，兼任平卢、范阳、河东三节度使，有众十五万。天宝十四年（755）冬在范阳起兵叛乱，史称"安史之乱"，前后历时七年多。

〔一三〕"四方之民"三句：《资治通鉴》卷二百十七载，天宝十四年（755），"海内久承平，百姓累世不识兵革，猝闻范阳兵起，远近震骇。河北皆禄山统内，所过州县，望风瓦解。守令或开门出迎，或弃城窜匿，或为所擒戮，无敢拒之者。"

〔一四〕天下分裂：指唐肃宗（756—761在位）以后形成的藩镇割据的形势。

〔一五〕唐室因以微矣：安史之乱内战延续七八年之久，唐王朝从此趋向衰落。

〔一六〕至：到了极点。

〔一七〕平居：即平常，平日。

〔一八〕穷冬：隆冬。穷，极。

〔一九〕狎：亲近。

〔二〇〕重屋：重檐之屋，指大屋。《周礼·冬官·考工记·匠人》："殷人重屋。"一说为层叠之屋，犹今之楼。

〔二一〕袭：衣上加衣。《礼记·内则》："寒不敢袭"。

〔二二〕御盖：犹言撑伞。

〔二三〕狃于：习惯于。《左传·桓公十三年》："莫敖狃于蒲骚之役。"

〔二四〕渐：事物发展刚露出的端倪。如"防微杜渐"。

〔二五〕"盖尝试论之"一段：《苏长公合作》卷五引李九我云："此段以养生喻治国，明悉婉至，神流词旺，如叠嶂层峦，种种争丽。"

〔二六〕"今国家所以奉西、北之虏者"二句：西，指西夏；北，指辽国（契丹）。据《宋史纪事本末》卷二十一和卷三十载，真宗景德元年（1004）北宋与契丹订立澶渊之盟后，岁输契丹十万两银、二十万匹绢。仁宗庆历二年（1042），又岁增银、绢各十万两、匹。庆历四年岁输西夏银、绮、绢、茶二十五万五千。"百万"是就成数而言。

〔二七〕出身：投身。死地：指战场。

〔二八〕庶人之在官者：在官府供职的普通百姓。《孟子·万章下》："下士与庶人在官者同禄，禄足以代其耕也。"赵岐注："庶人之在官者，未命为士者也。"

〔二九〕役民之司盗者：负有缉捕盗贼任务的服兵役的平民。《文献通考·职役一》载宋制："耆长、弓手、壮丁以逐捕盗贼。"

〔三〇〕古都试之法：都试，汇聚在郡府所在地演习武事。《汉书·韩延寿传》："及都试讲武，设斧钺旌旗，习射御之事。"汉都试本于春秋时期的乡射礼（见《仪礼·乡射礼》）。

〔三一〕一旦之危：指上文"一旦将以不教之民而驱之战"的危险。

〔三二〕邀：要挟。

附录

宗臣：此篇文字绝好，词意之玲珑，神髓之融液，势态之蹁跹，各臻其妙。（《三苏文范》卷九）

王维桢：通篇是大文字，一笔写成，不加点窜。（同上）

李贽：北狩之事，公已看见，时不用公，可奈之何？（《苏长公合作》卷五）

陈继儒：见析悬镜，机沛涌泉。至于兵弱必亡，暗指宋家时事。而语语警策，可垂不朽之文。（同上）

茅坤：宋之嘉祐间，海内狃于晏安而耻言兵，故子瞻特发此论。（《苏文忠公文钞》卷二十二）

留侯论〔一〕

苏 轼

古之所谓豪杰之士者，必有过人之节〔二〕。人情有所不以能忍者，匹夫见辱〔三〕，拔剑而起，挺身而斗，此不足为勇也。天下有大勇者，卒然临之而不惊〔四〕，无故加之而不怒，此其所挟持者甚大〔五〕，而其志甚远也。

夫子房受书于圯上之老人也〔六〕，其事甚怪〔七〕，然亦安知其非秦之世有隐君子者出而试之？观其所以微见其意者〔八〕，皆圣贤相与警戒之义。而世不察，以为鬼物〔九〕，变已过矣。且其意不在书〔一○〕。当韩之亡〔一一〕，秦之方盛也，以刀锯鼎镬待天下之士〔一二〕，其平居无罪夷灭者〔一三〕，不可胜数；虽有贲、育〔一四〕，无所复施。夫持法太急者，其锋不可犯，而其末可乘〔一五〕。子房不忍忿忿之心，以匹夫之力，而逞于一击之间〔一六〕。当此之时，子房之不死者，其间不能容发〔一七〕，盖亦已危矣！千金之子，不死于盗贼〔一八〕。何者？其身之可爱，而盗贼之不足以死也。子房以盖世之才，不为伊尹、太公之谋〔一九〕，而特出于荆轲、聂政之计〔二○〕，以侥幸于不死，此固圯上之老人所为深惜者也。是故倨傲鲜腆而深折之〔二一〕，彼其能有所忍也，然后可以就大事，故曰："孺子可教也。"

楚庄王伐郑，郑伯肉袒牵羊以逆。庄王曰："其君能下人，必能信用其民矣。"遂舍之〔二二〕。勾践之困于会稽，而归臣妾于吴者，三年而不倦〔二三〕。且夫有报人之志，而不能下人者〔二四〕，是匹夫之刚也。夫老人者，以为子房才有余而忧其度量之不足，故深折其少年刚锐之气，使之忍小忿而就大谋。何则？非有平生之素〔二五〕，卒然相遇于草野之间，而命以仆妾之役，油然而不怪者，此固秦皇之所不能惊〔二六〕，而项籍之所不能怒也〔二七〕。

观夫高祖之所以胜〔二八〕，而项籍之所以败者，在能忍与不能忍之间而已矣。项籍唯不能忍，是以百战百胜，而轻用其锋；高祖忍之，养其全锋而待其弊，此子房教之也。当淮阴破齐而欲自王，高祖发怒，见于词色，由此观之，犹有刚强不忍之气，非子房其谁全之〔二九〕？

太史公疑子房以为魁梧奇伟，而其状貌乃是妇人女子，不称其志气〔三〇〕。呜呼，此其所以为子房欤！

（卷四）

注

〔一〕嘉祐六年（1061）苏轼应制科试所献二十五篇《进论》之一。留侯即张良，见苏洵《高祖》注〔三〕。文章首先区别了豪杰之勇和匹夫之勇，接着以留侯受书圯上以证之，又杂引郑伯肉袒、勾践臣吴、刘邦封韩信为佐证，最后以张良之貌不称其志气作结。全文征引史实若即若离，忽放忽收，舒卷自如，议论风生。"能忍不能忍是一篇主意。"（谢枋得《文章轨范》卷三）但应当指出，作者把刘、项成败仅仅归因于张良是否能"忍小忿而就大谋"，是有失偏颇的。

〔二〕节：气节，操守。

〔三〕匹夫：凡人。

〔四〕卒：通"猝"。

〔五〕挟持者：拥有的东西。此谓抱负。

〔六〕圯上：桥上。圯上老人指黄石公。张良受书事，见《史记·留侯世家》："良尝闲从容步游下邳（今江苏睢宁）圯上。有一老父，衣褐，至良所，直坠其履圯下。顾谓良曰：'孺子，下取履！'良鄂（愕），欲殴之；为其老，强忍，下取履。父曰：'履我！'良业为取履，因长跪履之。父足以受，笑而去。良殊大惊，随目之。父去里所，复还，曰：'孺子可教矣！后五日平明，与我会此。'良因怪之，跪曰：'诺'。五日平明，良往，父已先在，怒曰：'与老人期，后，何也？'去，曰：'后五日早会。'五日鸡鸣，良往。父又先在，复怒曰：'后，何也？'去，曰：'后五日复早来。'五日，良夜未半往。有顷，父亦来。喜曰：'当如是。'出一编书，曰：'读此则为王者师矣。'"

〔七〕其事甚怪：《史记·留侯世家》记圯上老人对张良说："（后）十三年孺子见我济北，穀城山下黄石即我矣。"司马迁云："学者多言无鬼神，然言有物（精怪）。至如留侯所见老父予书，亦可怪也。"以下苏轼把这件人们"以为鬼物"的事，解释得合情合理，除去了这个传说的神秘色彩。

〔八〕微见其意：隐约表露用意。见，同"现"。

〔九〕以为鬼物：王充《论衡·自然》："张良游泗水之上，遇黄石公，授太公书。盖天佐汉诛秦，故命令神石为鬼书授人……黄石授书，亦汉且兴之象也。妖气为鬼，鬼象人形，自然之道，非或为之也。"

〔一○〕其意不在书：用意不在于授书。

〔一一〕韩之亡：秦国于公元前 230 年灭韩国。

〔一二〕刀锯鼎镬：皆古代刑具。鼎，用于烹煮的器物。镬，大锅，常用作刑具。

〔一三〕夷：铲平。夷灭：杀戮，特指灭族。

〔一四〕贲、育：孟贲和夏育，古代传说中两个力大过人的勇士。

〔一五〕而其末可乘：又作"而其势末可乘"。此句与上句"其锋不可犯"对举而义相反，若作"其势末可乘"，则句义重复。

〔一六〕"子房不忍忿忿之心"三句：《史记·留侯世家》载，张良原是韩国贵族，韩为秦灭后，张良"悉以家财求客刺秦王，为韩报仇。……得力士，为铁椎重百二十斤。秦皇帝东游，良与客狙击秦皇帝博浪沙中，误中副车。秦皇帝大怒，大索天下，求贼甚急，为张良故也。"张良从此开始了隐姓埋名的逃亡生活。

〔一七〕其间：生死之间。

〔一八〕"千金之子"二句：《史记·袁盎传》："千金之子，坐不垂堂（堂屋檐下）。"又《货殖列传》："千金之子，不死于市。"此袭用其意。

〔一九〕伊尹：商朝开国功臣。太公：吕尚，周朝开国功臣。

〔二○〕荆轲、聂政：皆战国时著名刺客。前者为燕太子丹刺杀秦王，失败亡身。后者为严仲子刺杀韩相侠累。事均见《史记·刺客列传》。

〔二一〕倨傲：骄傲轻慢。倨，傲慢。鲜腆：没有礼貌的样子。

〔二二〕"楚庄王伐郑"至"遂舍之"：《左传·宣公十二年》载楚庄王伐郑，"克之，入自皇门，至于逵路。郑伯（郑襄公）肉袒（袒衣露体以示屈从）牵羊以逆（迎），曰：'孤不天，不能事君，使君怀怒，以及敝邑，孤之罪也，敢不唯命是听！……'王曰：'其君能下人，必能信用其民矣，庸可几（冀）乎？'退三十里，而许之平。"

〔二三〕"勾践之困于会稽"三句：《左传·哀公元年》："吴王夫差败越于夫椒，报李檇（越曾于此败吴军）也。遂入越。越子（勾践）以甲楯五千，保于会稽（山），使大夫种因吴大宰嚭以行成。……越及吴平。"又《国语·越语下》载勾践"令大夫种守于国，与范蠡入宦于吴，三年而吴人遣之。"归臣妾于吴，谓归顺于吴而为其臣妾。《史记·越王勾践世家》载勾践派文种去吴国求和，"膝行顿首曰：'君王亡臣勾践使陪臣种敢告下执事：勾践请为臣，妻为妾。'"会稽：今浙江绍兴。

〔二四〕下人：处人之下。

〔二五〕素：向来，往常。非有平生之素：谓向来不熟悉。

〔二六〕秦皇：即秦始皇。

〔二七〕项籍：即项羽。

〔二八〕高祖：汉高祖刘邦。

〔二九〕"当淮阴破齐而欲自王"至"非子房其谁全之"：淮阴指淮阴侯韩信，见苏洵《御将》注〔一五〕。《史记·淮阴侯列传》："汉四年，遂皆降平齐。使人言汉王（刘邦）曰：'齐伪诈多变，反覆之国也，南边楚，不为假王以镇之，其势不定，愿为假王便。'当是时，楚方急围汉王于荥阳，韩信使者至，发书，汉王大怒，骂曰：'吾困于此，且暮望若来佐我，乃欲自立为王！'张良、陈平蹑汉王足，因附耳语曰：'汉方不利，宁能禁信之王乎？不如因而立，善遇之，使自为守；不然，变生。'汉王亦悟，因复骂曰：'大丈夫定诸侯，即为真王耳，何以假为！'乃遣张良往立信为齐王，征其兵击楚。"

〔三〇〕"太史公疑子房以为魁梧奇伟"三句：《史记·留侯世家》："太史公曰：'……余以为其人计魁梧奇伟，至见其图，状貌如妇人好女。盖孔子曰："以貌取人，失之子羽。"留侯亦云。'"太史公即司马迁。不称，不相称。

附录

吕祖谦：格制好。先说忍与不忍之规模，方说子房受书之事，其意在不忍，此老人所以深惜，命以仆妾之役，使之忍小耻就大谋，故其后辅佐高祖，亦使忍之有成。一篇纲目在"忍"字。（《古文关键》卷二）

杨慎：东坡文如长江大河，一泻千里，至其浑浩流转，曲折变化之妙，则无复可以名状，而尤长于陈述叙事。留侯一论，其立论超卓如此。（《三苏文范》卷七）

钱文登：一意反覆到底，中间生枝生叶，愈出愈奇。（《苏长公合作》卷六）

归有光：作文须寻大头脑，立得意定，然后遣词发挥，方是气象浑成。如……苏子瞻《留侯论》以"忍"字贯说是也。（《文章指南》）

茅坤：此文只是一意反覆，滚滚议论，然子瞻胸中见解亦本黄老来也。（《苏文忠公文钞》卷十四）

王慎中：此文若断若续，变幻不羁，曲尽文家操纵之妙。（同上）

金圣叹：此文得意在"且其意不在书"一句起，掀翻尽变，如广陵秋涛之排空而起也。（《天下才子必读书》卷十四）

吴楚材、吴调侯：淡语作收，含蓄多少！（《古文观止》卷十）

张伯行《唐宋八大家文钞》卷八：论子房生平以能忍为高，却从老人授书、桥下取履一节说入，乃是无中生有之法，其大旨则本于《老子》柔胜刚、弱胜强意思，非圣贤正经道理。但古来英雄才略之士，多用此术以制人。

储欣：博浪沙击秦，一事也；圯桥进履，又一事也。于绝不相蒙处连而合之，可以开拓万古之心胸。（《东坡先生全集录》卷二）

清圣祖玄烨：以"忍"字作骨，而出以快笔。岂子瞻胸中先有此一段议论，乃因留侯而发之耶？（《御选唐宋文醇》）

刘大櫆：忽出忽入，忽主忽宾，忽浅忽深，忽断忽接。而纳履一事，止随文势带出，更不正讲，尤为神妙。（《古文辞类纂评注》卷四）

沈德潜："其意不在书"一语，空际掀翻，如海上潮来，银山蹴起。（《唐宋八家文读本》卷二十一）

贾谊论〔一〕

苏　轼

非才之难，所以自用者实难〔二〕。惜乎！贾生王者之佐〔三〕，而不能自用其才也。〔四〕

夫君子之所取者远，则必有所待；所就者大，则必有所忍〔五〕。古之贤人，皆有可致之才〔六〕，而卒不能行其万一者，未必皆其时君之罪，或者其自取也〔七〕。

愚观贾生之论，如其所言，虽三代何以远过〔八〕？得君如汉文〔九〕，犹且以不用死。然则是天下无尧舜，终不可以有所为耶？仲尼圣人，历试于天下〔一〇〕，苟非大无道之国，皆欲勉强扶持，庶几一日得行其道。将之荆，先之以子夏，申之以冉有〔一一〕。君子之欲得其君，如此其勤也。孟子去齐，三宿而后出昼，犹曰："王其庶几召我。"〔一二〕君子之不忍弃其君，如此其厚也。公孙丑问曰："夫子何为不豫？"孟子曰："方今天下，舍我其谁哉？而吾何为不豫？"〔一三〕君子之爱其身，如此其至也。夫如此而不用，然后知天下之果不足与有为，而可以无憾矣。若贾生者，非汉文之不用生，生之不能用汉文也〔一四〕。

夫绛侯亲握天子玺授之文帝〔一五〕，灌婴连兵数十万，以决刘、吕之雄雌〔一六〕，又皆高帝之旧将，此其君臣相得之分，岂特父子骨肉手足哉〔一七〕？贾生，洛阳之少年。欲使其一朝之间，尽弃其旧而谋其新，亦已难矣〔一八〕。为贾生者，上得其君，下得其大臣，如绛、灌之属，优游浸渍而深交之〔一九〕，使天子不疑，大臣不忌，然后举天下而唯吾之所欲为，不过十年，可以得志。安有立谈之间，而遽为人"痛哭"哉〔二〇〕！观其过湘为赋以吊屈原，纡鬰愤闷，跃然有远举之志〔二一〕。其后卒以自伤哭泣，至于夭绝〔二二〕。是亦不善处穷者也。夫谋之一不见用，安知终不复用也？不知默默以待其变，而自残至此〔二三〕。呜呼！贾生志大而量小，才有余而识不足也。

古之人有高世之才，必有遗俗之累〔二四〕。是故非聪明睿哲不惑之主，则不能全其用。古今称符坚得王猛于草茅之中，一朝尽斥去其旧臣，而与之谋〔二五〕。彼其匹夫略有天下之半〔二六〕，其以此哉！愚深悲贾生之志，故备论之。亦使人君得如贾谊之臣，则知其有狷介之操〔二七〕，一不见用，则忧伤病沮，不能复振。而为贾生者，亦慎其所发哉！〔二八〕

（卷四）

注

〔一〕嘉祐六年（1061）应制科试所献二十五篇《进论》之一。贾谊：见苏洵《审势》注〔七〕。本文论述贾谊平生悲剧的根源在于他"不能自用其才"，不能"忍"和"待"，急于得到君主的赏识，一旦不行，就悲痛忧伤，一蹶不振。也不善处穷，志大量小，才有余而识不足，即不善于等待时机实现自己的抱负。苏轼把贾谊的悲剧归结为"性格悲剧"，有

458

一定道理；但完全忽视权贵旧臣排斥贾谊的决定作用，就略觉偏颇，起码不能完全服人。

〔二〕"非才之难"二句：不是才能难得，而是能够运用自己才能的人实在难得。

〔三〕贾生：即贾谊，汉代习惯称儒者为"生"。

〔四〕《古文观止》卷十评第一段："一起断尽，立一篇主意。"

〔五〕"夫君子之所取者远"四句：意同苏轼《留侯论》："所挟持者甚大，而其志甚远也。"

〔六〕可致之才：可以达到目的的才干。

〔七〕自取：《古文观止》卷十："以其不能待且忍，故云'自取'。申'不能自用其才'句。"

〔八〕三代：夏、商、周三代。

〔九〕汉文：汉文帝刘桓（前202—前157），前180—前157在位。吕后死后，周勃等平定诸吕之乱，他以代王入为皇帝，实行"以民为本"的政策，减轻赋役和刑罚，使农业生产有很大恢复和发展。历史上把他和汉景帝统治的时期相提并论，称为"文景之治"。

〔一○〕"仲尼圣人"二句：指孔子为了让各诸侯国实行自己的政治主张，不辞辛劳，带领门徒，游说列国。参《史记·孔子世家》。历试，一一尝试。

〔一一〕"将之荆"三句：《礼记·檀弓上》："昔者夫子失鲁司寇，将之荆，盖先之以子夏，又申之以冉有，以斯知不欲速贫也。"之，往。荆，即楚国。子夏、冉有皆孔子弟子。申，重申，一说作"继"解。

〔一二〕"孟子去齐"三句：《孟子·公孙丑下》载，孟子见齐王不行王道，便辞官准备离开齐国，但孟子希望齐王醒悟后能召他回去，所以在齐国边境昼（今山东临淄）逗留等待了三天，最后才离去。孟子说："予三宿而出昼，于予心犹以为速，王庶几改之！王如改诸，则必反予。夫出昼，而王不予追也。"

〔一三〕"公孙丑问曰"至"而吾何为不豫"：《孟子·公孙丑下》："孟子去齐，充虞路问曰：'夫子若有不豫（不高兴）色然……'孟子曰：'彼一时，此一时也。五百年必有王者兴，其间必有名世者。由周而来，七百有余岁矣。以其数，则过矣；以其时考之，则可矣。夫天未欲平治天下也；如欲平治天下，当今之世，舍我其谁也？吾何为不豫哉？"此处作者误将充虞记为公孙丑。二人皆孟子弟子。

〔一四〕"非汉文之不用生"二句：不是汉文帝不重用贾谊，而是贾谊不能为汉文帝重用。"此段说出得君勤、爱君厚、爱身至，必如是始可以无憾。摹写古圣贤用世之不苟，以责贾生。见得贾生欲得君甚勤，但爱君不厚，爱身不至耳。故曰'生之不能用汉文也'，甚有意味。"（《古文观止》卷十）

〔一五〕夫绛侯亲握天子玺而授之文帝：绛侯，即周勃，见苏洵《高祖》注〔七〕。《史记·孝文本纪》："代王（汉文帝）驰至渭桥，群臣拜谒称臣。代王下车拜。……太尉（周勃）乃跪上天子玺符。"玺，皇帝玉印。

〔一六〕"灌婴连兵数十万"二句：灌婴，见苏洵《御将》注〔三一〕。连兵数十万以决刘、吕之雌雄事，见《史记·灌婴列传》："太后崩，吕禄等以赵王自置为将军，军长安，为乱。齐哀王闻之，举兵西，且入诛不当为王者。上将军吕禄等闻之，乃遣婴为大将，将军往击之。婴行至荥阳（今河南荥阳），乃与绛侯等谋，因屯兵荥阳，风齐王以诛吕氏事，齐兵止不前。绛侯等既诛诸吕，齐王罢兵归，婴亦罢兵自荥阳归，与绛侯、陈平共立代王为孝文皇帝。"

〔一七〕特：只，仅仅。

〔一八〕"贾生"至"亦已难矣"：《史记·屈原贾生列传》载，贾谊向汉文帝上疏后，"于是天子（汉文帝）议以为贾生任公卿之位。绛、灌、东阳侯、冯敬之属尽害之，乃短贾生曰：'雒阳之人，年少初学，专欲擅权，纷乱诸事'。于是天子后亦疏之，不用其议，乃以贾生为长沙王太傅。"一朝之间，与下文"立谈之间"都是形容时间短暂。

〔一九〕优游：即优哉游哉，从容不迫的样子。浸渍：逐渐渗透。

〔二〇〕而遽为人"痛哭"哉：指贾谊《治安策》："臣窃惟事势，可为痛哭者一，可为流涕者二，可为长太息（叹息）者六。"

〔二一〕"观其过湘为赋以吊屈原"三句：《史记·屈原贾生列传》："贾生既辞往行，闻长沙卑湿，自以寿不得长，又以适去，意不自得。及渡湘水，为赋以吊原。"萦纡，缭绕。跃，跃然，跳跃起飞的样子。远举，高飞，一般多指远隐。此指《吊屈原赋》中"凤漂漂其高逝兮，固自隐而远去；袭九渊之神龙兮，沕深潜以自珍"一类的思想。

〔二二〕"其后卒以自伤哭泣"二句：《史记·屈原贾生列传》："居数年，（梁）怀王骑，坠马而死，无后。贾生自伤为傅无状，哭泣岁余，亦死。"夭绝，即夭折，早死。

〔二三〕自残：自己残害自己。

〔二四〕遗俗之累：被世俗之人遗弃的祸害。累，累赘。《史记·赵世家》："夫有离世之名，必有遗世之累。"

〔二五〕"古今称苻坚得王猛草茅之中"三句：苻坚、王猛，见苏轼《决壅蔽》注〔二四〕、〔二三〕。《晋书·载记·苻坚下》："苻坚将有大志，闻（王）猛名，遣吕婆楼招之，一见便若平生，语及废兴大事，异符同契，若玄德（刘备）之遇孔明也。及坚僭位，以猛为中书侍郎。"后又"迁尚书左丞、咸阳内史、京兆尹。未几，除吏部尚书、太子詹事，又迁尚书左仆射、辅国将军、司隶校尉、加骑都尉，居中宿卫。时猛年三十六，岁中五迁，权倾内外，宗戚旧臣皆害其宠。尚书仇腾、丞相长史席宝数潜毁之，坚大怒，黜腾为甘松护军，宝白衣领长史。尔后上下咸服，莫有敢言。"

〔二六〕匹夫：指苻坚。他在公元 370 年灭前燕，公元 376 年灭凉、代，统一了北方，与东晋抗衡。

〔二七〕狷介：狷急耿介。操：节操，此指性格。

〔二八〕慎：谨慎小心，引申为注意。发：指发挥自己的才能。

附录

茅坤：细观此文，子瞻高于贾生一格。（《苏文忠公文钞》卷十四）

唐顺之：不能深交绛、灌，不知默默自待，本是两柱子，而文字浑融，不见踪迹。（同上）

王慎中：谓贾生不能用汉文，直是说得贾生倒，而文字翻覆变幻，无限烟波。（同上）

储欣：子瞻于韩、富、欧阳周旋无失，得渐渍深交之道矣。绍圣以后，窜谪万里，仅仅一子自随，而读书养性，不弃其身，殆亦鉴前车而免于覆者。（《东坡先生全集录》卷二）

吴楚材、吴调侯：贾生有用世之才，卒废死于好贤之主。其病原欲疏间绛、灌旧臣，而为之痛哭，故自取疏废如此。所谓不能"谨其所发"也。末以苻坚用王猛责人君以全贾生之才，更有不尽之意。（《古文观止》卷十）

刘大櫆：长公笔有仙气，故文极纵荡变化，而落韵甚轻。（《古文辞类纂评注》卷四）

喜雨亭记〔一〕

苏 轼

亭以雨名，志喜也〔二〕。古者有喜则以名物，示不忘也。周公得禾，以名其书〔三〕；汉武得鼎，以名其年〔四〕；叔孙胜狄，以名其子〔五〕。其喜之大小不齐，其示不忘一也。

余至扶风之明年〔六〕，始治官舍，为亭于堂之北，而凿池其南，引流种树，以为休息之所。是岁之春，雨麦于岐山之阳〔七〕，其占为有年〔八〕。既而弥月不雨，民方以为忧。越三月乙卯乃雨〔九〕，甲子又雨〔一〇〕，民以为未足；丁卯大雨〔一一〕，三日乃止。官吏相与庆于庭，商贾相与歌于市，农夫相与忭于野〔一二〕。忧者以乐，病者以愈，而吾亭适成。

于是举酒于亭上以属客〔一三〕，而告之曰："五日不雨可乎？"曰："五日不雨则无麦。""十日不雨可乎？"曰："十日不雨则无禾。"无麦无禾，岁且荐饥〔一四〕，狱讼繁兴，而盗贼滋炽。则吾与二三子〔一五〕，虽欲优游以乐于此亭，其可得耶？今天不遗斯民，始旱而赐之以雨，使吾与二三子，得相与优游而乐于此亭者，皆雨之赐也。其又可忘邪？

既以名亭，又从而歌之，曰：使天而雨珠，寒者不得以为襦；使天而雨玉，饥者不得以为粟。一雨三日，繄谁之力〔一六〕？民曰太守〔一七〕，太守不有〔一八〕。归之天子，天子曰不然。归之造物，造物不自以为功〔一九〕。归之太空，太空冥冥〔二〇〕。不可得而名，吾以名吾亭。

（卷十一）

注

〔一〕嘉祐七年（1062）任凤翔府（治所在今陕西凤翔）签书判官时作。喜雨亭位于凤翔府城东北。文章从亭的命名着笔，先叙修亭，次记雨，渲染百姓久旱逢雨的欢乐，再通过对话说明雨水对百姓生活的重要，最后以对雨的赞歌收笔。文章处处体现出作者"民以食为天"的思想，与民同忧乐的感情。《三苏文范》卷十四引虞集云："此篇题小而语大，议论干涉国政民生大体，无一点尘俗气，自非具眼者未易知也。"

〔二〕志：记。

〔三〕"周公得禾"二句：《尚书·周书·微子之命》："唐叔（周成王的同母弟弟）得禾，异亩同颖（异株而合生一穗），献诸天子。王命唐叔，归周公于东，作《归禾》。周公既得命禾，旅（宣扬）天子之命，作《嘉禾》。"《归禾》《嘉禾》皆《尚书》篇名，原文

462

已佚。

〔四〕"汉武得鼎"二句：据《汉书·武帝纪》载，汉武帝于元狩七年夏六月在汾水上得一宝鼎，因而把这年年号改为"元鼎元年"（前116）。

〔五〕"叔孙胜狄"二句：《左传·文公十一年》载，狄人（北方少数民族）侵鲁，鲁文公使叔孙得臣击狄，大胜，并活捉狄人国君侨如，因"以命（名）宣伯。"《春秋左传诂》引服虔注："宣伯，叔孙得臣子侨如也。得臣获侨如以名其子，使后世识其功。"

〔六〕扶风：即凤翔府。苏轼于嘉祐六年到任，至扶风之明年即嘉祐七年。

〔七〕雨：动词，下雨。雨麦：即播麦。岐山：在凤翔东北。阳：山南。

〔八〕占：占卜。有年：丰收年成。

〔九〕越三月乙卯乃雨："越"当作"至"，因乙卯为三月八日。

〔一○〕甲子：三月十七日。

〔一一〕丁卯：三月二十日。

〔一二〕忭：喜乐。

〔一三〕属客：向客人劝酒。

〔一四〕且：将。荐饥：连年饥荒。荐：重至，屡次。

〔一五〕二三子：谓大家。

〔一六〕繄：语助词，无意义。

〔一七〕太守：州府行政长官。据王文诰《苏诗总案》卷四，当时凤翔府太守是宋选。

〔一八〕不有：不据为己有。《老子》第二章："生而不有，为而不恃。"

〔一九〕"归之造物"二句：造物，古人以为万物皆天所造，故称天为造物。《老子》第九章："功成身退，天之道。"第七十七章："功成而不处。"

〔二○〕太空：即天空。冥冥：高远、昏昧。

附录

楼昉：蝉蜕污浊之中，浮游尘埃之外，所谓以文为戏。（《三苏文范》卷十四）

林希元：说喜雨处，切当人情；末虽似戏，然自太守而归功天子、造化，亦是实理，非虚美也。文字通澈流动，如珠走盘而不离乎盘，他人虽有此意思，未必有此笔力，真大家也。（同上）

王世贞：读此歌可见苏公心肠尽是珠玉锦绣。（同上）

钱文登：一反一正，说尽喜雨之情。（《苏长公合作》卷一）

陈伯修：《喜雨亭记》，自非具眼目者，未易知也。（《古文集成》卷八）

王世贞：看来东坡此篇文字，胸次洒落，真是半点尘埃不到。（同上）

茅坤：公之文好为滑稽。（《苏文忠公文钞》卷二十五）

吴楚材、吴调侯：只就"喜雨亭"三字，分写、合写，倒写、顺写，虚写、实写，即小见大，以无化有。意思愈出而不穷，笔态轻举而荡漾，可谓极才人之雅致矣。（《古文观止》卷十一）

储欣：浅制耳。然数百年家弦户诵文字，不可不存。（《东坡先生全集录》卷五）从亭上看出喜雨意，掩映有情。（《唐宋八大家类选》卷十二）

凌虚台记〔一〕

苏 轼

国于南山之下〔二〕，宜若起居饮食，与山接也。四方之山，莫高于终南；而都邑之丽山者〔三〕，莫近于扶风。以至近求最高，其势必得。而太守之居，未尝知有山焉〔四〕。虽非事之所以损益〔五〕，而物理有不当然者〔六〕，此凌虚之所为筑也。

方其未筑也，太守陈公杖履逍遥于其下〔七〕，见山之出于林木之上者，累累如人之旅行于墙外而见其髻也，曰"是必有异"。使工凿其前为方池，以其土筑台，高出于屋之危而止〔八〕。然后人之至于其上者，恍然不知台之高〔九〕，而以为山之踊跃奋迅而出也。

公曰："是宜名凌虚。"以告其从事苏轼，而求文以为记。轼复于公曰："物之废兴成毁，不可得而知也。昔者荒草野田，霜露之所蒙翳〔一○〕，狐虺之所窜伏〔一一〕。方是时，岂知有凌虚台耶？废兴成毁，相寻于无穷〔一二〕；则台之复为荒草野田，皆不可知也。尝试与公登台而望，其东则秦穆之祈年、橐泉也〔一三〕，其南则汉武之长杨、五柞〔一四〕，而其北则隋之仁寿〔一五〕，唐之九成也〔一六〕。计其一时之盛，宏杰诡丽，坚固而不可动者，岂特百倍于台而已哉〔一七〕？然而数世之后，欲求其仿佛，而破瓦颓垣，无复存者。既已化为禾泰荆棘丘墟陇亩矣，而况于此台欤？夫台犹不足恃以长久，而况于人事之得丧，忽往而忽来者欤？而或者欲以夸世而自足，则过矣！盖世有足恃者，而不在乎台之存亡也〔一八〕！"既已言于公，退而为之记。

（卷十一）

注

〔一〕嘉祐八年（1063）任凤翔府签判时作。这年正月，陈希亮（字公弼）接替宋选知凤翔。陈"天资刚正"（《邵氏闻见后录》卷十五），待下甚严，威震帝郡，僚吏不敢仰视。苏轼《陈公弼传》云："轼官于凤翔，实从公二年。方是时，年少气盛，愚不更事，屡与公争议，至形于颜色，已而悔之。"所以有时他们的关系很紧张。凌虚台为陈希亮在凤翔所筑，并请苏轼作记，苏轼"因以讽之"（《苏诗总案》卷四）；官高位显并不足恃。《三苏文范》卷十四引杨慎云："《喜雨亭记》，全是赞太守；《凌虚台记》，全是讥太守。《喜雨亭》直以天子造化相形，见得有补于民；《凌虚台》则以秦汉隋唐相形，见得无补于民，而机局则一也。"这就是本文的主旨。全文"如有许多层节，却只是兴成废毁二段，一写再写耳。"（《天下才子必读书》卷十五）

〔二〕国：郡国，此指凤翔。南山：即下文的"终南（山）"，在今陕西西安市南，为秦岭主峰之一。

〔三〕丽：附丽，接近。

〔四〕未尝知有山：即看不到终南山。

〔五〕虽非事之所以损益：即于事无损之意。损益，此为偏义词。

〔六〕而物理有不当然者：按事物的常理不当如此。物理，情理，事物常理。《鹖冠子·度万》："愿闻其人情物理。"

〔七〕陈公：即陈希亮（1000—1065），字公弼，青神（今属四川）人，天圣八年进士，历知长沙县，房、宿、曹、庐等州，嘉祐八年知凤翔府。治平二年卒，年六十六。其子陈慥为苏轼好友。事详苏轼《陈公弼传》。

〔八〕危：屋脊，屋顶。《史记·魏世家》："（范）痤因上屋骑危。"裴骃《集解》："危，栋上也。"

〔九〕恍然：仿佛。

〔一〇〕蒙翳：覆盖，遮蔽。

〔一一〕虺：毒蛇。

〔一二〕相寻于无穷：谓由废而兴，由成而毁，循环往复，无穷无尽。

〔一三〕祈年、橐泉：二宫名，秦穆公墓在此。《汉书·地理志上》"右扶风·雍"下云："橐泉宫，孝公起；祈年宫，惠公起。"苏轼《凤翔八观·秦穆公墓》："橐泉在城东，墓在城中无百步。乃知昔未有此城，秦人以泉识公墓。"《凤翔八观·诅楚文》苏轼自注："秦穆公葬于雍橐泉、祈年观下。"

〔一四〕长杨：古宫名，旧址在今陕西周至县东南。《三辅黄图·秦宫》："长杨宫在今周至县东南三十里，本秦旧宫，至汉修饰之以备行幸。宫中有垂杨数亩，因为宫名。"五柞：汉宫名，亦在周至，为祀神处。

〔一五〕仁寿：宫名，杨素为隋文帝所建，见《隋书·杨素传》。

〔一六〕九成：宫名。《新唐书·地理志一》"凤翔府扶风郡·麟游"下云："西五里有九成宫，本隋仁寿宫。"

〔一七〕特：只，仅仅。

〔一八〕"盖世有足恃者"二句：李涂《文章精义》："子瞻《喜雨亭记》结云：'太空冥冥，不可得而名，吾以名吾亭'，是化无为有。《凌虚台记》结云：'盖世有足恃者，而不在乎台之存亡也'，是化有为无。"

附录

李贽：太难为太守矣。一篇骂太守文字耳。文亦好，亦可感。（《三苏文范》卷十四）

钟惺：后段说理，反不精神。（同上）

陈元植：登高感慨，写出杰士风气，卓老谓骂非也。（《苏长公合作》卷二）

郑之惠：台方成而所言皆颓废之景，别是世味外一种文字。（同上外编）

茅坤：苏公往往有此一段旷达处，却于陈太守少回护。（《苏文忠公文钞》卷二十五）

赖山阳：子瞻此时二十七八，而波澜老成如此，宜乎老欧畏之，所谓自今廿余年后人不复说老夫者，真矣。（《纂评唐宋八大家读本》卷七）

吴楚材、吴调侯：悲歌慷慨，使人不乐。然在我有足恃者，何不乐之有？盖其胸中实有旷观达识，故以至理出为高文。若认作一篇讥太守文字，恐非当日作

记本旨。(《古文观止》卷十一)

储欣：登高望远，人人具有此情。惟公能发诸语言文字耳。"世有足恃"云云，自是宋人习气，或云自负所有、揶揄陈太守者，非也。(《唐宋八大家类选》卷十二)

祭欧阳文忠公文[一]

苏 轼

呜呼哀哉！公之生于世，六十有六年。民有父母[二]，国有蓍龟[三]，斯文有传[四]，学者有师[五]，君子有所恃而不恐，小人有所畏而不为；譬如大川乔岳[六]，不见其运动，而功利之及于物者，盖不可以数计而周知。

今公之没也，赤子无所仰芘，朝廷无所稽疑，斯文化为异端，而学者至于用夷[七]，君子以为无为为善，而小人沛然自以为得时[八]；譬如深渊大泽，龙亡而虎逝，则变怪杂出，舞鳅鳝而号狐狸[九]。

昔其未用也[一〇]，天下以为病；而其既用也[一一]，则又以为迟；及其释位而去也[一二]，莫不冀其复用；至其请老而归也[一三]，莫不惆怅失望，而犹庶几于万一者，幸公之未衰，孰谓公无复有意于斯世也，奄一去而莫予追[一四]！岂厌世混浊，洁身而逝乎？将民之无禄，而天莫之遗[一五]？

昔我先君怀宝遁世[一六]，非公则莫能致，而不肖无状，因缘出入，受教于门下者，十有六年于兹[一七]。闻公之丧，义当匍匐往救，而怀禄不去[一八]，愧古人以忸怩[一九]，缄词千里[二〇]，以寓一哀而已矣！盖上以为天下恸，而下以哭其私[二一]。呜呼哀哉！

(卷六十三)

注 ——

〔一〕熙宁五年（1072）九月欧阳修病逝，时苏轼任杭州通判，公务在身，不能赴丧，作此文。文章"前二段见欧公之存亡，关系朝廷国家否泰消长之运。第三段倒说转来，自未用而既用，即释位而请老，直至于死。第四段知两世通家之好，却两句括世道之感，朋友之怀。"（《三苏文范》卷十六杨廷和语）

〔二〕民有父母：赞美欧阳修做官如民父母。《诗·小雅·南山有台》："乐只（哉）君子，民之父母。"

〔三〕国有蓍龟：谓有了欧阳修，就能预知和把握国家的命运。蓍龟，蓍草和龟甲，古时用来占卜吉凶。《史记·龟策列传》："五者决定诸疑，参以卜筮，断以蓍龟。"

〔四〕斯文有传：《论语·子罕》："天之将丧斯文也，后死者不得与于斯文也。"斯即此。斯文指孔子删定的六经。苏辙《欧阳文忠公神道碑》："公之于文……独步当世，求之古人，亦不可多得。公于六经，长《易》《诗》《春秋》，其所发明，多古人所未见。"

〔五〕学者有师：《宋史·欧阳修传》："乐引后进，如恐不及，赏识之下，卒为闻人。曾巩、王安石、苏洵、洵子轼、辙，布衣屏处，未为人知，游其声誉，谓必显于世。"

〔六〕乔岳：高山。

〔七〕"赤子无所仰芘"四句：与上"民有父母"四句对照而言。《晚村精选八大家古文》引楼昉云："欧阳之存亡，其关于否泰消长之运如此，非坡公笔力不能及也。"赤子，百姓。芘，同"庇"。稽疑，决断疑事。异端，指正统儒学之外的学说。用夷，谓用外来的佛教。苏轼《六一居士集叙》："欧阳子没十有余年，士始为新学，以佛老之似，乱周孔之实，识者忧之。"《晚村精选八大家古文》引楼昉批云："学者至于用夷""此说王介甫（安石）。"

〔八〕小人沛然自以为得时：《晚村精选八大家古文》引楼昉批："此说章子厚、吕惠卿辈。"沛然，充盛貌。

〔九〕"譬如深渊大泽"四句：《晚村精选八大家古文》引楼昉云："模写小人情状，极其底蕴，介甫门下观之，能无怒乎？"鳝，同"鳅"，泥鳅。鲜，同"鳝"，黄鳝。

〔一〇〕昔其未用也：指未任宰辅时。

〔一一〕而其既用也：指"（嘉祐）五年，以本官为枢密副使。明年，为参知政事"。（苏辙《欧阳文忠公神道碑》）

〔一二〕及其释位而去也：指治平四年"公亦坚求退，上（神宗）知不可夺，除观文殿学士，知亳州事。"（苏辙《欧阳文忠公神道碑》）

〔一三〕至其请老而归也：指"公在亳，已六请致仕。比至蔡逾年，复请。（熙宁）四年以观文殿学士、太子少师致仕。"（苏辙《欧阳文忠公神道碑》）

〔一四〕奄：忽，遽。

〔一五〕"将民之无禄"二句：还是百姓没有福禄，老天不肯留下他呢？"昔其未用也"至此：《苏长公合作》卷八："凡五转，波澜曲折，一转一泪。"

〔一六〕先君：指父苏洵。怀宝遁世指苏洵在嘉祐元年（1056）以前的十年间，隐居乡间，不肯求仕。苏辙《欧阳文忠公神道碑》："公之在翰林也，先君文安先生以布衣隐居乡间。闻天子复用正人，喜以书遗公。公一见其文，曰此孙卿子（荀子）之书也。"

〔一七〕"而不肖无状"四句：不肖，作者自指。无状，没有善状，没有长处。因缘出入：谓借此机会（机缘）进出欧阳修之门。苏轼于嘉祐二年因进士及第得识主考官欧阳修，至此时已十六年。

〔一八〕怀禄：谓公务在身。

〔一九〕忸怩：惭愧貌。《书·五子之歌》："颜厚有忸怩。"孔颖达疏："忸怩，羞不能言，心惭之状。"

〔二〇〕缄词：封寄祭文。

〔二一〕"盖上以为天下恸"二句：沈德潜《唐宋八家文读本》卷二十四："朝无君子，斯文失传，为天下恸也；叙两世见知于公，哭其私也。末语收拾通体，而情韵幽咽，自然恻恻感人。"

附录

楼昉：模写小人情状，极其底蕴，介甫门下观之，能无怒乎？然欧阳之存亡，其关于否泰消长如此，非坡公笔力不能及也。（《晚村精选八大家古文》引）

茅坤：欧阳文忠公知子瞻最深，而子瞻为此文以祭之，涕入九原矣。（《苏文忠公文钞》卷二十八）

王文濡：大处落墨，劲气直达，读之想见古大臣之概。（《古文辞类纂评注》卷七十四）

邵茂诚诗集叙〔一〕

苏　轼

贵贱寿夭，天也。贤者必贵，仁者必寿，人之所欲也。人之所欲，适与天相值〔二〕，实难。譬如匠庆之山，而得成虡〔三〕，岂可常也哉！因其适相值，而责之以常然〔四〕，此人之所以多怨而不通也〔五〕。

至于文人，其穷也固宜〔六〕。劳心以耗神，盛气以忤物〔七〕，未老而衰病，无恶而得罪，鲜不以文者〔八〕。天人之相值既难，而人又自贼如此〔九〕，虽欲不困，得乎！

茂诚讳迎〔一〇〕，姓邵氏，与余同年登进士第〔一一〕。十有五年而见之于吴兴孙莘老之座上〔一二〕，出其诗数百篇。余读之，弥月不厌〔一三〕。其文清和妙丽，如晋、宋间人。而诗尤可爱，咀嚼有味，杂以江左、唐人之风〔一四〕。其为人笃学强记，恭俭孝友；而贯穿法律，敏于吏事。其状若不胜衣，语言气息仅属〔一五〕。余固哀任其众难以瘁其身〔一六〕，且疑其将病也。逾年而茂诚卒。又明年，余过高邮〔一七〕，则其丧在焉。入哭之，败帏瓦灯，尘埃萧然〔一八〕，为之出涕太息〔一九〕。夫原宪之贫〔二〇〕，颜回之短命〔二一〕，扬雄之无子〔二二〕，冯衍之不遇〔二三〕，皇甫士安之笃疾〔二四〕，彼遇其一而人哀之至今。而茂诚兼之，岂非命也哉！余是以录其文，哀而不怨，亦茂诚之意也。

（卷十）

注 ——————————————————————————————

〔一〕熙宁七年（1074）通判杭州时作。邵茂诚简况已见文中。本文结合邵茂诚的身世遭遇，集中表达了"文人固穷"，"穷而后工"的思想。作者首先感慨人们的理想同现实的矛盾；而文人尤其如此，多因文章心劳神竭，未老先衰，盛气忤物，无罪遭罚；而邵茂诚更是如此，他集贫困、短命、无子、失意、多病于一身。苏轼虽是在为朋友的不幸悲伤叹息，但实际也包含着他自己的辛酸和不幸，特别是"盛气以忤物""无恶而得罪"二语，正好概括了苏轼自己的个性和命运。苏轼把这一切都归之"天命"，当然是唯心的；但"诗穷而后工"的观点，却深刻道出了生活实践对文艺创作的决定性作用，即没有真切的生活体验，是写不出好作品的。

〔二〕适：恰恰。相值：相当，一致。

〔三〕"譬如匠庆之山"二句：《庄子·达生》："梓庆削木为鐻。鐻成，见者惊犹鬼神。

鲁侯问焉，对曰：'臣将为镰，必斋以静心。斋七日，忘吾有四肢形体也，然后入山林，见成镰，然后加手焉。'"匠庆即梓庆。之：往。虡，通"镰"，悬挂钟磬的木架。苏轼举此说明如愿以偿的事情是不多的。

〔四〕责：要求。常然：经常如此。

〔五〕通：通达，顺畅。

〔六〕"至于文人"二句：韩愈《荆潭唱和诗序》："欢愉之辞难工，而穷苦之词易好。"欧阳修《梅圣俞诗集序》："予闻世谓诗人少达而多穷，夫岂然哉？盖世所传诗者，多出于古穷人之辞也。……内有忧思感愤之郁积，其兴于怨刺以道羁臣寡妇之叹，而写人情之难言，盖愈穷则愈工，然则非诗之穷人，殆穷者而后工也。"苏轼"诗穷而后工"的思想直接来自欧阳修，并且谈得更多："非诗能穷人，穷者诗乃工。此语信不妄，吾闻诸醉翁（欧阳修）。"（《僧惠勤初罢僧职》）"信知诗是穷人物，近觉王郎不作诗。"（《呈定国》）"诗能穷人，从来尚矣，而于轼特甚。"（《答陈师仲书》）等等。

〔七〕忤：违逆。

〔八〕鲜不以文：很少不是因为文章。

〔九〕自贼：自己残害自己。

〔一〇〕讳：古时为示尊敬，不直称其名叫讳。

〔一一〕同年：指嘉祐二年（1057）。

〔一二〕"十有五年而见之于"句：嘉祐二年过十五年当为熙宁五年（1072）。吴兴，今属浙江。孙莘老，名觉，早年与王安石相友善，后因反对新法，出任地方官。时知湖州，苏轼通判杭州，二人唱和甚多。

〔一三〕弥月：整月。

〔一四〕江左：旧时称江东为江左。东晋、南朝的宋、齐、梁、陈的统治地区都在长江东部，故称这五朝为江左。

〔一五〕语言气息仅属：谓说话上气不接下气。属，连接。

〔一六〕任众难以瘁其身：承担着各种艰难困苦而毁坏了自己的身体。瘁：毁坏。

〔一七〕高邮：今属江苏。

〔一八〕萧然：萧条冷落貌。

〔一九〕太息：叹息。

〔二〇〕原宪之贫：原宪字子思，孔子弟子。《史记·仲尼弟子列传》："孔子卒，原宪遂亡在草泽中。子贡相卫……宪摄敝衣冠见子贡。子贡耻之，曰：'夫子岂病夫？'原宪曰：'吾闻之，无财者谓之贫，学道而不能行者谓之病。若宪，贫也，非病也。'"

〔二一〕颜回之短命：颜回字子渊，又称颜渊，孔子弟子。《史记·仲尼弟子列传》："回年二十九，发尽白，蚤（早）死。孔子哭之恸，曰：'自吾有回，门人益亲。'鲁哀公问：'弟子孰为好学？'孔子对曰：'有颜回者好学，不迁怒，不贰过，不幸短命死矣。今也则亡。'"

〔二二〕扬雄之无子：《汉书·扬雄传》："自季至雄，五世而传一子，故雄亡它扬于蜀。"颜师古注："蜀诸扬者皆非雄族，故言雄无它扬。"

〔二三〕冯衍之不遇：冯衍字敬通，东汉人。王莽遣廉丹征山东，衍说丹弃莽兴汉，丹不能用；后与鲍永从更始帝，更始没，归光武帝，光武怨衍不时至，黜之；为曲阳令，有功当赏，因谗不行。衍不得志，曾作《显志赋》抒怀。事见《后汉书·冯衍传》。

〔二四〕皇甫士安之笃疾：皇甫谧字士安，晋人，家贫，躬自稼穑，以著书为务。"后得风痹疾，犹手不释卷。"晋武帝累征不起。事见《晋书·皇甫谧传》。

盐官大悲阁记〔一〕

苏 轼

羊豕以为羞，五味以为和〔二〕；秫稻以为酒，曲糵以作之〔三〕，天下之所同也。其材同，其水火之齐均，其寒暖燥湿之候一也，而二人为之，则美恶不齐。岂其所以美者，不可数取欤〔四〕？然古之为方者〔五〕，未尝遗数也〔六〕。能者即数以得其妙，不能者循数以得其略。其出一也，有能有不能，而精粗见焉。人见其二也，则求精于数外，而弃迹以逐妙，曰："我知酒食之所以美也。"而略其分齐，舍其度数〔七〕，以为不在是也，而一以意造，则其不为人之所呕弃者寡矣。

今吾学者之病亦然。天文、地理、音乐、律历、官庙、服器、冠昏、丧祭之法〔八〕，《春秋》之所去取，礼之所可，刑之所禁，历代之所以废兴，与其人之贤不肖〔九〕，此学者之所宜尽力也。曰是皆不足学，学其不可载于书而传于口者。子夏曰："日知其所亡，月无忘其所能，可谓好学也已〔一○〕。"古之学者，其所亡与其所能，皆可以一二数而日月见也。如今世之学，其所亡者果何物，而所能者果何事欤？孔已曰："吾尝终日不食，终夜不寝，以思，无益，不如学也〔一一〕。"由是观之，废学而徒思者，孔子之所禁，而今世之所上也〔一二〕。

岂惟吾学者，至于为佛者亦然。斋戒持律，讲诵其书，而崇饰塔庙，此佛之所以日夜教人者也。而其徒或者以为斋戒持律〔一三〕，不如无心〔一四〕；讲诵其书，不如无言；崇饰塔庙，不如无为。其中无心〔一五〕，其口无言，其身无为，则饱食游嬉而已，是为大以欺佛者也。

杭州盐官安国寺僧居则，自九岁出家，十年而得恶疾且死〔一六〕。自誓于佛，愿持律终身，且造千手眼观世音像〔一七〕，而诵其名千万遍。病已而力不给，则缩衣节口三十余年，铢积寸累〔一八〕，以迄于成，其高九仞〔一九〕，为大屋四重以居之，而求文以为记。余尝以斯言告东南之士矣，盖仅有从者。独喜则之勤苦从事于有为，笃志守节，老而不衰，异夫为大以欺佛者。故为记之，且以讽吾党之士云。

（卷十二）

注

〔一〕大悲阁在杭州盐官（今浙江海宁市西南）。《乌台诗话》云："熙宁八年（1075）轼知密州日，有杭州盐官县安国寺相识僧居则请轼作《大悲阁记》，意谓旧日科场以赋取人，赋题所出多关涉天文、地理、礼乐、律历，故学者不敢不留意于此等事。今来科场以大义取人，故学者只务大言高论，而无实学，以见朝廷更改科场法度不便也。"可见苏轼写这篇文章的目的，在于反对王安石对科举考试的改革（参苏轼《日喻说》注〔一〕），批评当时学者"废学而徒思"，僧徒"为大以欺佛"。但此文对今人的意义却大得多，它通过生动的比喻，说明了要做好任何一件事，"数（基本知识）"、基本技能都是缺一不可的。同时，也提出了美学上一个重要问题，美须以"数"取，离不开一定的比例，即苏轼所谓"得自然之数，不差毫厘。"（《书吴道子画后》）

〔二〕"羊豕以为羞"二句：以猪羊为美食，需要五味去调和它。豕，猪。羞，通"馐"美好的食品。五味，《礼记·礼运》郑玄注："五味，酸、苦、辛（辣）、咸、甘也。"

〔三〕"秫稻以为酒"二句：以高粱、稻谷酿酒，需要酒母发酵。秫，高粱。曲蘖，酒母。《尚书·说命下》："若作酒醴，尔惟曲蘖。"

〔四〕数：具体指所用材料的种类、数量及温度、湿度等条件。

〔五〕为方者：制定菜谱、酿酒之方的人。

〔六〕遗数：不顾材料的种类、数量及温度、湿度等。遗，舍弃。

〔七〕"而略其分齐"二句：意与"遗数"同。分，分量。齐，定限。

〔八〕冠昏：冠礼和婚礼。古代男子年二十加冠。昏，通"婚"，《诗·邶风·谷风》："宴尔新昏。"

〔九〕不肖：不贤。

〔一〇〕"日知其所亡"三句：语见《论语·子张》。意谓经常学习还没有掌握的知识，不要忘记已经掌握的知识。子夏，孔子弟子。亡，通"无"。

〔一一〕"吾尝终日不食"至"不如学也"：语见《论语·卫灵公》。

〔一二〕上：通"尚"，崇尚。

〔一三〕斋戒持律：不吃荤，不饮酒，严守戒律。

〔一四〕无心：无所用心。

〔一五〕中：心中。

〔一六〕且死：将死。

〔一七〕观世音：佛教大乘菩萨之一。

〔一八〕铢积寸累：谓一点一滴地积累。铢，古代重量单位，二十四分之一两。

〔一九〕仞：八尺。

附录

茅坤：无论学禅学圣贤，均从笃行上立脚。（《苏文忠公文钞》卷二十五）

超然台记〔一〕

苏 轼

凡物皆有可观。苟有可观，皆有可乐，非必怪奇玮丽者也。餔糟啜醨〔二〕，皆可以醉，果蔬草木，皆可以饱。推此类也，吾安往而不乐？

夫所为求福而辞祸者，以福可喜而祸可悲也。人之所欲无穷，而物之可以足吾欲者有尽。美恶之辨战乎中，而去取之择交乎前，则可乐者常少，而可悲者常多〔三〕，是谓求祸而辞福。夫求祸而辞福，岂人之情也哉！物有以盖之矣〔四〕。彼游于物之内，而不游于物之外〔五〕；物非有大小也，自其内而观之，未有不高且大者也〔六〕。彼挟其高大以临我，则我常眩乱反复，如隙中之观斗，又乌知胜负之所在？是以美恶横生，而忧乐出焉。可不大哀乎！

余自钱塘移守胶西〔七〕，释舟楫之安〔八〕，而服车马之劳〔九〕；去雕墙之美，而庇采椽之居〔一○〕；背湖山之观，而行桑麻之野〔一一〕。始至之日，岁比不登，盗贼满野，狱讼充斥；而斋厨索然，日食杞菊〔一二〕，人固疑余之不乐也。处之期年〔一三〕，而貌加丰，发之白者，日以反黑。余既乐其风俗之淳，而其吏民亦安予之拙也，于是治其园圃，洁其庭宇，伐安丘、高密之木〔一四〕，以修补破败，为苟完之计。而园之北，因城以为台者旧矣〔一五〕；稍葺而新之，时相与登览，放意肆志焉〔一六〕。南望马耳、常山〔一七〕，出没隐见，若近若远，庶几有隐君子乎！而其东则卢山，秦人卢敖之所从遁也〔一八〕。西望也穆陵，隐然如城郭，师尚父、齐桓公之遗烈，犹有存者〔一九〕。北俯潍水，慨然太息，思淮阴之功，而吊其不终〔二○〕。台高而安，深而明，夏凉而冬温。雨雪之朝，风月之夕，余未尝不在，客未尝不从。撷园蔬〔二一〕，取池鱼，酿秫酒〔二二〕，瀹脱粟而食之〔二三〕。曰：乐哉游乎！

方是时，余弟子由适在济南，闻而赋之，且名其台曰"超然"〔二四〕。以见余之无所往而不乐者，盖游于物之外也。

(卷十一)

注

〔一〕熙宁八年（1075）由杭州通判改知密州时作。超然台，故址在今山东诸城市（参注〔一七〕）。本文"前（指一、二段）发超然之意"（唐顺之《文编》卷五十六），即从正、反两面阐述凡物皆可观可乐，"吾安往而不乐"的思想。"后段（指第三段）叙事"（同上），叙述描写由杭到密生活环境的巨大变化，自己在艰难的环境中怎样悠然自处，以及增葺废台、登台眺远、台上游乐，从中抒发超然物外之情。末以寥寥数语点题。本文思想"皆本之庄生"（同上），"通篇含超然意"（《唐宋八家文读本》卷二十三）。作者以"极伟丽之文"写"极闲淡之意"（《纂评唐宋八大家文读本》卷七引赖山阳语），"文思温润有余，而说安遇顺性之理，极为透彻"（《三苏文范》卷十四引吕雅山语），令人读之不厌。

〔二〕铺糟啜醨：食酒糟饮淡酒。《楚辞·渔父》："众人皆醉，何不铺其糟而歠（饮）其醨。"

〔三〕"美恶之辨战乎中"四句：《老子》第十二章云："五色令人目盲，五音令人耳聋，五味令人口爽（差失），驰骋畋猎令人心发狂。"《庄子·至乐篇》论富贵云："夫富者，苦身疾作，多积财而不得尽用，共为形（保养身体）也亦外矣！夫贵也，夜以继日，思虑善否，其为形也亦疏矣。"此正是老、庄思想的发挥。中，心中。

〔四〕盖：蒙盖，蒙蔽。

〔五〕"彼游于物之内"二句：意谓那些求福辞祸的人为外物所囿，而不能超然物外。

〔六〕"物非有大小也"三句：本于庄子万物齐一的思想。《庄子·齐物论》："是亦彼也，彼亦是也。彼亦一是非，此亦一是非。"《德充符》："自其异者视之，肝胆楚越也；自其同者视之，万物皆一也。"《秋水》："以物观之，自贵而相贱；以道观之，物无贵贱。"

〔七〕钱塘：代指杭州。胶西：胶河（在今山东）以西，此指密州。

〔八〕释：放弃，舍弃。

〔九〕服：驾御。《易·系辞下》："服牛乘马。"

〔一〇〕庇：遮蔽，引申为躲进。采：同"採"，栎木。采椽之居：言房舍粗陋。

〔一一〕以上对比杭州和密州生活环境的巨大差别。参见苏轼《蝶恋花·密州上元》词。

〔一二〕"始至之日"至"日食杞菊"：苏轼《后杞菊赋》序云："余仕宦十有九年，家日益贫，衣食之奉，殆不如昔者。及移守胶西，意且一饱，而斋厨索然，不堪其忧，日与通守刘君廷式，循古墙废圃，求杞菊而食之。"岁比不登，连年收成不好。

〔一三〕期年：整整一年。

〔一四〕安丘、高密：二县名。分别在今山东潍县南和胶县西北。

〔一五〕因：沿。

〔一六〕放意肆志：纵意任情。《列子·杨朱》："放意所好。"《史记·韩世家》："肆志于秦。"

〔一七〕马耳、常山：张淏《云谷杂记》卷三："北台在密州之北，因城为台；马耳与常山在其南。东坡为守日，葺而新之，子由因请名之曰超然台。"

〔一八〕"而其东则卢山"二句：《淮南子·应道训》"卢敖游于北海"。许慎注云："卢敖，燕人，秦始皇召为博士，使求神仙，亡而不返也。"

〔一九〕"西望穆陵"四句：穆陵即穆陵关，故址在今山东临驹东南的大岘山上。师尚父即吕尚，俗称姜太公，曾辅佐周武王灭商，封于齐。齐桓公是春秋五霸之一。

〔二〇〕"北俯潍水"四句：潍水即今潍河，源于山东五莲县，流经诸城。太息：叹息。淮阴指淮阴侯韩信，曾在这一带作战。《史记·淮阴侯列传》："信因袭齐历下军，遂至临菑。齐王田广……走高密，使使之楚请救。韩信已定临菑，遂东追广至高密西。"韩信为刘邦建立了不朽功业，后被吕后以谋叛罪诛杀，不得善终。

〔二一〕撷：采摘。杜牧《将赴湖州留亭菊》："正是撷芳时。"

〔二二〕秫酒：秫，黏高粱，多用以酿酒。

〔二三〕瀹脱粟：煮糙米。

〔二四〕"方是时"四句：时苏辙任齐州（治所在今山东济南）掌书记。苏辙《超然台赋》序说，苏轼问他"将何以名之"，他回答说："老子曰：'虽有荣观，燕处超然。'尝试以'超然'命之可乎？"

附录

宗臣：东坡胸中本无轩冕，故其风神笔墨皆自潇洒。（《三苏文范》卷十四）

唐顺之：记内叙山川景象甚长，叙四时景象甚短。盖坡公才气豪迈，故操纵伸缩无不如意。（同上）

姜宝：此记有即其所居之位，乐其日用之常，脱出尘寰之外意，故名之曰超然。此东坡之所以为东坡也。（同上）

茅坤：子瞻本色。与《凌虚台记》并本之庄生。（《苏文忠公文钞》卷二十五）

焦竑：公时坐谪极困，台名超然，用以自遣。记中言安遇自得甚彻，真无聊中能达观者。（《三苏文范》卷十四）

吴楚材、吴调侯：是记先发超然之意，然后入事。其叙事处，忽及四方之形胜，忽入四时之佳景，俯仰情深，而总归之一乐。真能超然物外者矣。（《古文观止》卷十一）

方苞：子瞻记二台（凌虚台、超然台），皆以东西南北点缀，颇觉肤套。此类蹊径，乃欧（阳修）、王（安石）所不肯蹈。（《古文辞类纂评注》卷五十六）

吴汝纶：前辈议东南西北等为习俗常语，吾谓此但字句小疵，其精神意态实有寄于笔墨之外者，故自与前幅议论相称。（同上）

凫绎先生诗集叙[一]

苏　轼

孔子曰："吾犹及史之阙文也。有马者借人乘之，今亡矣夫[二]。"史之不阙文与马之不借人也，岂有损益于世也哉！然且识之，以为世之君子长者日以远矣，后生不复见其流风遗俗，是以日趋于智巧便佞而莫之止[三]。是二者虽不足以损益，而君子长者之泽在焉，则孔子识之，而况其足以损益于世者乎？

昔吾先君适京师[四]，与卿士大夫游，归以语轼曰[五]："自今以往，文章其日工，而道将散矣。士慕远而忽近，贵华而贱实，吾已见其兆矣[六]。"以鲁人凫绎先生之诗文十余篇示轼曰："小子识之，后数十年，天下无复为斯文者也。先生之诗文，皆有为而作，精悍确苦[七]，言必中当世之过，凿凿乎如五谷必可以疗饥[八]，断断乎如药石必可以伐病[九]。其游谈以为高[一〇]，枝词以为观美者[一一]，先生无一言焉。"

其后二十余年[一二]，先君既殁[一三]，而其言存。士之为文者，莫不超然出于形器之表[一四]，微言高论[一五]，既已鄙陋汉、唐；而其反复论难，正言不讳[一六]，如先生之文者，世莫之贵矣[一七]。轼是以悲于孔子之言而怀先君之遗训，益求先生之文，而得之于其子复[一八]，乃录而藏之。先生讳太初，字醇之，姓颜氏，先师兖公之四十七世孙云[一九]。

（卷十）

注

〔一〕熙宁十年（1077）知徐州时作。凫绎先生即颜太初，《宋史·颜太初传》："颜太初，字醇之，徐州彭城（今江苏徐州）人，颜子（颜回）四十七世孙。……喜为诗，多讥切时事。……所居在弇、绎两山之间，号弇绎处士。"《乌台诗话》载："熙宁七年轼知密州日，颜复寄书与轼，云先父自号弇绎先生，求作文集叙。轼意谓更改法度，使学者皆空言，不便。"可见此叙是为反对"空言"，即"超然出于形器之表"的所谓"微言高论"而作，故详记苏洵对当时文坛不良风气的批评，对颜太初诗文的推尊，反对"慕远而忽近，贵华而贱实"，主张"诗文皆有为而作"，"言必中当世之过"，如谷可充饥，药可治病。

〔二〕"吾犹及史之阙文也"三句：语见《论语·卫灵公》。阙文：脱漏的文句。"史之阙文"与"有马者借人乘之"二者有什么关系，很费解。前人有的把它们看成两件互不相关的事（如包咸《论语章句》），有的怀疑"有马"等七字为衍文（如叶梦得《石林燕语》）。杨伯峻《论语译注》的译文是："我还能够看到史书存疑的地方。有马的人，（自己不会训练），先给别人使用，这种精神，今天也没有了罢！"亦觉牵强。从苏轼行文看，他是把这二者作为不重要、也不相关的事看待的。

〔三〕便佞：花言巧语，善以言辞取媚于人。此就当时文风而言。

〔四〕昔吾先君适京师：指父亲苏洵于庆历五年（1045）三十七岁时因举制策入京。适，往。

〔五〕归以语轼：苏洵应制举不中后，南游庐山等地，于庆历七年（1047）因父亲苏序病逝才返蜀。

〔六〕兆：征兆。

〔七〕精悍：就颜文的风格而言。确苦：真确忧苦，就颜文的内容而言。

〔八〕凿凿：确凿无疑。

〔九〕断断：决然无疑，非常肯定。药石：治病的药物和砭石，泛指药物。伐病：治病。

〔一〇〕游谈：指虚浮不实之言。

〔一一〕枝词：指与题旨无关的话。

〔一二〕其后二十余年：庆历七年之后二十余年即熙宁年间（1068—1077），时王安石正推行新学。

〔一三〕先君既殁：苏洵去世于治平三年（1066）。殁，去世。

〔一四〕莫不超然出于形器之表：谓脱离现实具体问题。超然，高举远引貌。形器，指具体事物。《易·系辞》："形而上者谓之道，形而下者谓之器。"

〔一五〕微言高论：似乎很精微的高不可攀的言论。《汉书·艺文志》："仲尼没而微言绝。"《史记·张释之冯唐列传》："毋甚高论，令今可施行也。"

〔一六〕正言不讳：直说而无忌讳。

〔一七〕世莫之贵：即世莫贵之，世上没有人珍视它。

〔一八〕复：《宋史·颜复传》："颜复字长道，鲁人，颜子（颜回）四十八世孙也"，赐进士出身，官至中书舍人兼国子监直讲。

〔一九〕兖公：即颜回，唐张之宏撰有《兖公颂》，即颂颜回。

附录

茅坤：非公着意文，却亦淡宕而有深思云。（《苏文忠公文钞》卷二十三）

日　喻〔一〕
苏　轼

生而眇者不识日〔二〕，问之有目者。或告之曰："日之状如铜盘。"扣盘而得其声。他日闻钟，以为日也。或告之曰："日之光如烛。"扪烛而得其形〔三〕。他日揣籥〔四〕，以为日也。日之与钟、籥亦远矣，而眇者不知其异，以其未尝见而求之人也。

道之难见也甚于日〔五〕，而人之未达也〔六〕，无以异于眇。达者告之，虽有巧譬善导，亦无以过于盘与烛也。自盘而之钟〔七〕，自烛而之籥，转而相之〔八〕，岂有既乎〔九〕！故世之言道者，或即其所见而名之，或莫之见而意之〔一〇〕，皆求道之过也。

然则道卒不可求欤〔一一〕？苏子曰："道可致而不可求。"何谓"致"？孙武曰："善战者致人，不致于人〔一二〕。"子夏曰："百工居肆以成其事，君子学以致其道〔一三〕。"莫之求而自至，斯以为"致"也欤？

南方多没人〔一四〕，日与水居也，七岁而能涉〔一五〕，十岁而能浮，十五而能浮没矣。夫没者岂苟然哉！必将有得于水之道者〔一六〕。日与水居，则十五而得其道；生不识水，则虽壮〔一七〕，见舟而畏之。故北方之勇者，问于没人，而求其所以没，以其言试之河，未有不溺者也。故凡不学而务求道，皆北方之学没者也。

　　昔者以声律取士，士杂学而不志于道〔一八〕；今者以经术取士，士求道而不务学〔一九〕。渤海吴君彦律〔二〇〕，有志于学者也，方求举于礼部〔二一〕，作《日喻》以告之。

（卷六十四）

注

　　〔一〕《乌台诗案》："元丰元年（1078），轼知徐州。十月十三日，在本州监酒正字吴琯锁厅得解，赴省试。轼作文一篇，名为《日喻》，以讥讽近日科场之士，但务求进，不务积学，故皆空言而无所得。以讥讽朝廷更改科场新法不便也。"北宋前期，承袭唐代科举制，以考试诗赋取士，王安石变法后，改为考试经术取士，助长了当时学者空谈义理，不重实学的风气。本文的目的就在于指出以经术取士的这种弊端，但也同时指出了以诗赋取士的流弊，即只注重诗赋等"杂学"，而忽视了"明道"的更高要求。全文的基本观点是"道可致而不可求"，即客观事物的规律只能通过长期实践自然而然地达到，而不可能通过"达者告之"一下子就求得。作者所谈的"道"虽然基本上属于儒家之道的范畴，但文中阐述的"求道"的方法和过程，却有合理之处，能给人以启发。

　　〔二〕眇：一只眼睛。《易·履·六三》："眇能视。"此"眇者"指瞎子（双目失明）。

　　〔三〕扪：抚摸。《诗·大雅·抑》："莫扪朕舌。"

　　〔四〕揣：摸索。篇：古乐器，形如笛管。

　　〔五〕道：特指儒家传统的政治理想、学术思想以及道德规范等。

　　〔六〕未达：指不明白了解事理。下"达者"指通晓事理的人。

　　〔七〕之：动词，到。

　　〔八〕转而相之：辗转（一个接一个地）相比。相，形容，比拟。

　　〔九〕既：尽，完。以上眇者问日之喻，又见苏轼《易传》卷一："古之言性者如告瞽者，以其所不识也。瞽者未尝有见也，欲告之以是物；患其不识也，则又以一物状之。夫以一物状之，则又一物也，非是物矣。彼唯无见，故告之以一物而不识，又可以多物炫之乎？"

　　〔一〇〕"或即其所见而名之"二句：有的人就自己的一得之见来解释事物（这是讲认

识的片面性），有的人没有见到而作臆测（这是讲认识的主观性）。意，通"臆"，猜测。

〔一一〕卒：终究。

〔一二〕"善战者致人"二句：语出《孙子·虚实篇》："凡先处战地而待敌者佚，后处战地而趋战者劳。故善战者致人，而不致于人。"《集注》引杜牧云："致令敌来就我，我当蓄力待之，不就敌人，恐劳我也。"又引王晳云："致人者，以佚乘其势，致于人者，以劳乘其佚。"致：使……自至。

〔一三〕"子夏曰"三句：卜商字子夏，孔子弟子。引语出《论语·子张》。邢昺《正义》云："肆，谓官府造作之处也。致，至也。言百工处其肆，则能成其事；犹君子勤于学，则能至于道也。"

〔一四〕没人：能潜水的人。

〔一五〕涉：徒步渡水。

〔一六〕水之道：指水性。

〔一七〕壮：三十岁为壮，见《礼记·曲礼上》。

〔一八〕"昔者以声律取士"二句：指王安石变法前，宋代的科举多沿唐制，以诗赋取士。诗赋考试涉及内容广，故所学繁杂，士子不能有志于孔孟之道。声律：见苏轼《上梅直讲书》注〔一六〕。

〔一九〕"今者以经术取士"二句：《东都事略·本经八》载宋神宗熙宁四年（1071）王安石当政时，"罢贡举词赋科，以经术取士。"据《宋史·选举志一》载，王安石认为，"今以少壮时，正当讲求天下正理，乃闭门学作诗赋，乃其入官，世事皆所不习"，故主张废除诗赋考试。苏轼则认为："自唐至今，以诗赋为名臣者，不可胜数，何负于天下，而必欲废之？"

〔二〇〕渤海：郡名，在今山东省阳信县。吴君彦律：吴琯字彦律，苏轼知徐州时，吴任该州正字（负责校正书籍）。

〔二一〕礼部：见苏轼《上梅直讲书》注〔二二〕。

附录

杨慎：《日喻》与《稼说》二作，长公皆根极道理，确非漫然下笔。宋儒谓其文兼子厚之愤激、永叔之感慨，而发之以谐谑。如此等文，殆不然矣。（《三苏文范》卷十六）

陆贞山：此明学道也。起语设问日者，说明道不可过求；后设学没水一段

话，明道不可不学，有据之论。（同上）

张之象：妙道不可以告人而可以告人。以其不可以告人者告之，是真告人。此篇引而不发，可谓方便济人者也。（同上）

茅坤：公之以文点化人，如佛家参禅妙解。（《苏文忠公文钞》卷二十八）

储欣：今之取科第而不识威烈王为何代人者，盖有之矣。悗亦求道而不务学使然。与"道可致而不可求"，片言彻札。（《东坡先生全集录》卷九）

林纾：东坡雄杰，轶出凡近，吾读其《日喻》一篇，亦不无可疑处。入手以钟籥喻日，语妙天下。及归宿到言道处，宜有一番精实之言；乃曰"莫之求而自至"，则过于聪明，不必得道之纲要；大概类《庄子》所言"同乎无知，其德不离；同乎无欲，是谓素朴"者，非圣人之道也。朱子言坡文雄健有余，只下字亦有不贴实处。不贴实，正其聪明过人，故有此失。（《春觉斋论文·忌虚枵》）

李氏山房藏书记〔一〕

苏 轼

象犀珠玉怪珍之物〔二〕，有悦于人之耳目，而不适于用。金石草木丝麻五谷六材〔三〕，有适于用，而用之则弊，取之则竭。悦于人之耳目而适于用，用之而不弊，取之而不竭，贤不肖之所得，各因其才，仁智之所见，各随其分〔四〕，才分不同，而求无不获者，惟书乎！

自孔子圣人〔五〕，其学必始于观书。当是时，惟周之柱下史老聃为多书〔六〕。韩宣子适鲁，然后见《易象》与《鲁春秋》〔七〕。季札聘于上国，然后得闻《诗》之风、雅、颂〔八〕。而楚独有左史倚相，能读《三坟》《五典》《八索》《九丘》〔九〕。士之生于是时，得见《六经》者盖无几，其学可谓难矣。而皆习于礼乐，深于道德，非后世君子所及。自秦、汉以来，作者益众，纸与字画日趋于简便〔一〇〕，而书益多，士莫不有，然学者益以苟简〔一一〕，何哉？余犹及见老儒先生，自言其少时，欲求《史记》《汉书》而不可得，幸而得之，皆手自书，日夜诵读，惟恐不及。近岁市人转相摹刻诸子百家之书〔一二〕，日传万纸，学者之于书，多且易致如此，其文词学术，当倍蓰于昔人〔一三〕，而后生科举之士，皆束书不观，游谈无根，此又何也？

余友李公择，少时读书于庐山五老峰下白石庵之僧舍。公择既去，而山中之人思之，指其所居为李氏山房。藏书凡九千余卷。公择既已涉其流，探其源〔一四〕，采剥其华实，而咀嚼其膏味，以为己有，发于文词，见于行事，以闻名于当世矣。而书固自如也，未尝少损。将以遗来者，供其无穷之求，而各足其才分之所当得〔一五〕。是以不藏于家，而藏于其故所居之僧舍，此仁者之心也。

余既衰且病，无所用于世，惟得数年之闲，尽读其所未见之书，而庐山固所愿游而不得者，盖将老焉。尽发公择之藏，拾其余弃以自补，庶有益乎〔一六〕？而公择求余文以为记，乃为一言，使来者知昔之君子见书之难，而今之学者有书而不读为可惜也。

（卷十一）

注

〔一〕李氏：李常（1027—1090），字公择，宋南康军建昌（今江西南城）人，黄庭坚的舅父，苏轼通过他结识黄庭坚。李常少读书于庐山白石庵僧舍，苏轼有"先生生长匡庐山，山中读书三十年"的诗句（《与李公择饮》），既仕而藏书山中，后增至九千余卷，时人号为"李氏山房"。文章夹叙夹议，主要通过说明书籍的重要作用，追述古人得书之难而求学之勤，批评当时"科举之士，皆束书不观，游谈无根"，告诫人们要珍惜"倍蓰于昔"的读书条件，不要"有书而不读"。

〔二〕象犀：象牙和犀牛角。

〔三〕五谷：《孟子·滕文公上》："树艺五谷"。赵岐注："五谷，谓稻、黍、稷、麦、菽也。"六材：指干、角、筋、胶、丝、漆六种材料。

〔四〕"仁智之所见"二句：即仁者见仁，智者见智。

〔五〕孔子圣人：《史记·孔子世家》："孔丘，圣人之后。"《集解》引服虔云："圣人谓商汤。"

〔六〕惟周之柱下史老聃为多书：《史记·老子韩非列传》云：老子"姓李氏，名耳，字聃，周守藏室之史也。"《索隐》："藏室史，周藏书室之史也。又《张苍传》：'老子为柱下史。'盖即藏室之柱下，因以为官名。"

〔七〕"韩宣子适鲁"二句：《左传·昭公二年》："春，晋侯使韩宣子来聘，且告为政而来见，礼也。观书于太史（藏书官）氏，见《易象》与《鲁春秋》，曰：'周礼尽在鲁矣。'"韩宣子，晋国大夫。适，往。

〔八〕"季札聘于上国"二句：《左传·襄公二十九年》载，吴公子季札朝聘于鲁，"请观于周乐"，鲁国"使（乐）工为之歌"二南、国风、雅、颂，季札都一一作了评论。上国：春秋时称中原诸侯国为上国，此指鲁国。《左传·昭公二十七年》："使延州来季子聘于上国。"孔颖达疏引服虔云："上国，中国（中原地区）也。盖以吴辟东南，地势卑下，中国在其上流，故谓中国为上国也。"

〔九〕"而楚独有左史倚相"二句：《左传·昭公十二年》载楚灵王对子革说，左史倚相"是良史也，子善视之，是能读《三坟》《五典》《八索》《九丘》。"孔颖达疏云："孔安国《尚书序》云：伏羲、神农、黄帝之书谓之《三坟》，言大道也。少昊、颛顼、高辛、唐（尧）、虞（舜）之书谓之《五典》，言常道也。八卦之说谓之《八索》，求其义也。九州之志谓之《九丘》，丘，聚也，言九州所有土地所生风气所宜皆聚此书也。"左史，官名。周代史官分左史、右史，右史记言，左史记行。

〔一〇〕纸与字画日趋于简便：古代无纸，秦、汉以前文字主要刻写在甲骨、青铜器、石头、竹木条上。秦、汉以来竹木简册和帛书成为主要的书写材料。后汉时发明了纸。六朝隋唐演变成为手抄的帛书和纸书。五代时才开始发展成为印本。文字，战国前为古文（籀文、大篆），秦汉出现了小篆、隶书，三国时出现楷书，以后又有印刷体，文字的书写也日趋简便。

〔一一〕益以苟简：更加苟且简慢。

〔一二〕近岁市人转相摹刻：北宋刻书业不断发展，宋神宗时又取缔了不准擅刻图书的禁令，私刻、坊刻图书业更加发达。市人，指书商。

〔一三〕蓰：五倍。倍蓰：几倍。

〔一四〕涉其流，探其源：谓探讨学问源流。

〔一五〕各足其才分之所当得：即首段"才分不同，而求无不获"之意。

〔一六〕庶：或许。

附录

茅坤：题本小，而文旨特放而远之，才不鲜腴。（《苏文忠公文钞》卷二十四）

放鹤亭记〔一〕

苏 轼

熙宁十年秋，彭城大水〔二〕，云龙山人张君天骥之草堂〔三〕，水及其半扉。明年春，水落，迁于故居之东，东山之麓〔四〕。升高而望，得异境焉，作亭于其上。彭城之山，冈岭四合，隐然如大环，独缺其西十二〔五〕，而山人之亭适当其缺。春夏之交，草木际天〔六〕。秋冬雪月，千里一色。风雨晦明之间，俯仰百变。山人有二鹤，甚驯而善飞。旦则望西山之缺而放焉，纵其所如〔七〕，或立于陂田，或翔于云表，暮则傃东山而归〔八〕。故名之曰放鹤亭。

郡守苏轼，时从宾客僚吏往见山人，饮酒于斯亭而乐之〔九〕，揖山人而告之曰："子知隐居之乐乎？虽南面之君〔一〇〕，未可与易也。《易》曰：'鸣鹤在阴，其子和之〔一一〕'。《诗》曰：'鹤鸣于九皋，声闻于天〔一二〕。'盖其为物，清远闲放，超然于尘垢之外，故《易》《诗》人以比贤人君子隐德之士。狎而玩之〔一三〕，宜若有益而无损者，然卫懿公好鹤则亡其国〔一四〕。周公作《酒诰》〔一五〕，卫武公作《抑》戒〔一六〕，以为荒惑败乱无若酒者，而刘伶、阮籍之徒以此全其真而名后世〔一七〕。嗟夫！南面之君虽清远闲放如鹤者犹不得好，好之则亡其国，而山林遁世之士，虽荒惑败乱如酒者犹不能为害，而况于鹤乎〔一八〕！由此观之，其为乐未可以同日而语也。"山人听然而笑曰〔一九〕："有是哉。"乃作放鹤、招鹤之歌曰：

鹤飞去兮，西山之缺。高翔而下览兮，择所适。翻然敛翼，婉将集兮，忽何所见，矫然而复击〔二〇〕。独终日于涧谷之间兮，啄苍苔而履白石。鹤归来兮，东山之阴〔二一〕。其下有人兮，黄冠草履葛衣而鼓琴。躬耕而食兮，其余以汝饱〔二二〕。归来归来兮，西山不可以久留。

元丰元年十一月初八日记。

（卷十一）

486

·文选·

注 ——————————————————————————————

〔一〕元丰元年（1078）知徐州时作。第一段为记，简述放鹤亭修建的经过、位置、景色及二鹤的早放暮归。第二段为议，写隐居之乐超过君主之乐。末以二歌作结，一歌放鹤，二歌招鹤，首尾呼应而又不露痕迹。

〔二〕"熙宁十年秋"二句：熙宁十年即公元 1077 年。彭城即徐州。彭城大水事，详见苏轼《九日黄楼作》诗及苏辙《黄楼赋》。

〔三〕云龙山人张君天骥：张师厚，字天骥，居云龙山（在徐州西），号云龙山人。邵博《邵氏闻见后录》卷十五："或问东坡：'云龙山人张天骥者，一无知村夫耳。公为作《放鹤亭记》，以比古隐者；又遗以诗，有"脱身声利中，道德自濯澡"，过矣。'东坡笑曰：'装铺席耳。'东坡之门，稍上者不敢言，如琴聪、蜜殊之流，皆铺席中物也。"

〔四〕"明年春"四句：苏轼《访张山人得山中字二首》："鱼龙随水落，猿鹤喜君还。旧隐丘墟外，新堂紫翠间。"麓，山角。

〔五〕"彭城之山"四句：苏轼《徐州上皇帝书》："臣观其地，三面被山，独其西平川数百里。"西十二，西面的十分之二。

〔六〕际天：连天。

〔七〕纵其所如：任它到什么地方。如，往。

〔八〕傃：向。

〔九〕"郡守苏轼"三句：苏轼《过云龙山人张天骥》："病守（自指）亦欣然，肩舆白门道。……下有幽人居，闭门空雀噪。"《游张山人园》："惯与先生为酒伴，不嫌刺史亦颜开。"《云龙山观烧得云字》："偶从二三子，来访张隐居。"

〔一〇〕南面之君：《庄子·至乐》："死无君于上，无臣于下，亦无四时之事，纵然以天地为春秋，虽南面王乐不能过也。"

〔一一〕"鸣鹤在阴"二句：见《易·中孚·九二》。

〔一二〕"鹤鸣于九皋"二句：见《诗·小雅·鹤鸣》。《毛传》："皋，泽也。言身隐而名著也。"《郑笺》："皋，泽中水溢出所为坎，从外数至九，喻深远也。"

〔一三〕狎：亲近。

〔一四〕卫懿公好鹤则亡其国：《左传·闵公二年》："冬十二月，狄人伐卫，卫懿公好鹤，鹤有乘轩（大夫所乘之车）者。将战，国人受甲者皆曰：'使鹤，鹤实有禄位，余焉能战？'……及狄人，战于荥泽，卫师败绩，遂灭卫。"

487

〔一五〕《酒诰》：《尚书》篇名。该篇孔安国传云："康叔监殷民，殷民化纣嗜酒，故以戒酒诰。"

〔一六〕《抑》：《诗·大雅》篇名。《毛诗序》云："《抑》，卫武公刺厉王，亦以自警也。"其中有"颠覆厥德，荒湛于酒"的诗句。

〔一七〕刘伶：《晋书·刘伶传》："刘伶，字伯伦……初不以家产有无介意。常乘鹿车，携一壶酒，使人荷锸而随之，谓曰：'死便埋我。'其遗形骸如此。"阮籍：《晋书·阮籍传》："阮籍，字嗣宗……本有济世志，属魏晋之际，天下多故，名士少有全者，籍由是不与世事，遂酣饮为常。文帝初欲为武帝求婚于籍，籍醉六十日，不得言而止。……籍闻步兵厨营人善酿，有贮酒三百斛，乃求为步兵校尉。"

〔一八〕而况于鹤乎：沈德潜《唐宋八家文读本》卷二十三评此句："玲珑跳脱，宾主分明，极行文之能事。"

〔一九〕听然：张口笑貌。《史记·司马相如列传》："无是公听然而笑。"

〔二〇〕"翻然敛翼"四句：谓鹤似将飞回，而又突然飞走了。翻然：回飞貌。婉：好象。矫然：强健貌。

〔二一〕阴：山北为阴。

〔二二〕"其下有人兮"四句：描写张天骥的隐士形象。草履，草鞋。葛衣，用葛草制成的衣服。其余以汝饱，谓剩余的粮食就用来养鹤。

附录

李涂：文字请客对主极难，独子瞻此篇以酒对鹤，大意谓清闲者莫如鹤，然卫懿公好鹤则其国亡；乱德者莫如酒，然刘伶、阮籍之徒反以酒全其真而名后世，南面之乐，岂足以易隐居之乐哉？鹤是主，酒是客，请客对主，分外精神。又归得放鹤亭隐居之，意切，然须是前面陷"饮酒"二字，方入得来，亦是一格。（《三苏文范》卷十四）

崔仲凫：他人记此亭，拘于题目，必极其所以模写隐士之好鹤有何意思，公乃于题外酒上说入好鹤，隐然为天下第一快乐，固在言外矣。（同上）

杨循吉：东坡自海外归，移守彭城，而此记皆自《赤壁赋》后文字，而叠山谓坡公自《庄子》觉悟来，良是。（同上）

茅坤：疏旷爽然，特少沉深之思。（《苏文忠公文钞》卷二十四）

储欣：（歌词）清音幽韵，序亦不烦。（《东坡先生全集录》卷五）叙次议论并

超逸，歌亦清旷，文中之仙。（《唐宋八大家类选》卷十二）

吴楚材、吴调侯：记放鹤亭，却不实写隐士之好鹤。乃于题外寻出"酒"字，与"鹤"字作对。两两相较，真见得南面之乐无以易隐居之乐。其得心应手处，读之最能发人文机。（《古文观止》卷十一）

沈德潜：插入饮酒一段，见人君不可留意于物，而隐士之居，不妨轻世肆志，此南面之君未易隐居之乐也。（《唐宋八家文读本》卷二十三）

文与可画《筼筜谷偃竹》记〔一〕
苏　轼

竹之始生，一寸之萌耳〔二〕，而节叶具焉。自蜩腹蛇蚹以至于剑拔十寻者〔三〕，生而有之也〔四〕。今画者乃节节而为之，叶叶而累之〔五〕，岂复有竹乎〔六〕！故画竹必先得成竹于胸中，执笔熟视〔七〕，乃见其所欲画者，急起从之〔八〕，振笔直遂〔九〕，以追其所见，如兔起鹘落〔一〇〕；少纵〔一一〕，则逝矣。

与可之教予如此。予不能然也，而心识其所以然。夫既心识其所以然而不能然者，内外不一，心手不相应，不学之过也。故凡有见于中而操之不熟者〔一二〕，平居自视了然，而临事忽焉丧之，岂独竹乎！

予由为《墨竹赋》以遗与可〔一三〕，曰："庖丁，解牛者也，而养生者取之〔一四〕；轮扁，斫轮者也，而读书者与之〔一五〕。今夫夫子之托于斯竹也，而予以为有道者，则非邪〔一六〕？"子由未尝画也，故得其意而已；若予者，岂独得其意，并得其法。

与可画竹，初不自贵重〔一七〕。四方之人持缣素而请者〔一八〕，足相蹑于其门〔一九〕。与可厌之，投诸地而骂曰："吾将以为袜材！"士大夫传之，以为口实〔二〇〕。

及与可自洋州还，而余为徐州〔二一〕。与可以书遗余曰："近语士大夫：'吾墨竹一派近在彭城〔二二〕，可往求之。'袜材当萃于子矣〔二三〕。"书尾复写一诗，其略曰："拟将一段鹅溪绢〔二四〕，扫取寒梢万尺长〔二五〕。"予谓与可："竹长万尺，当用绢二百五十四〔二六〕。知公倦于笔砚，愿得此绢而已。"与可无以答，则曰："吾言妄矣！世岂有万尺竹也哉？"余因而实之〔二七〕，答其诗曰："世间亦有千寻竹，月落庭空影许长。"与可笑曰："苏子辩则辩矣〔二八〕！然二百五十四，吾将买田而归老焉。"因以所画《筼筜谷偃竹》遗予，曰："此竹数尺耳，而有万尺之势。"

筼筜谷在洋州，与可尝令予作《洋州三十咏》〔二九〕，《筼筜谷》其一也。予诗云："汉川修竹贱如蓬〔三〇〕，斤斧何曾赦箨龙〔三一〕。料得清贫馋太守〔三二〕，渭滨千亩在胸中〔三三〕。"与可是日与其妻游谷中，烧笋晚食；发函得诗，失笑喷饭满案〔三四〕。

元丰二年正月二十日，与可没于陈州〔三五〕。是岁七月七日，予在湖州曝书画〔三六〕，见此竹，废卷而哭失声〔三七〕。昔曹孟德祭桥公文有"车过""腹痛"之语〔三八〕；而予亦载与可畴昔戏笑之言者〔三九〕，以见与可于予亲厚无间如此也。

（卷十一）

注

〔一〕文同字与可，见苏洵《与可许惠所画舒景，以诗督之》注〔一〕。筼筜谷，在今陕西洋县西北，因谷中多产竿粗节长的筼筜竹得名。偃竹，倒伏而生的竹子。《筼筜谷偃竹》是文同送给苏轼的一幅墨竹写生。元丰二年（1079）正月文同病逝，同年七月苏轼在湖州（今浙江吴兴）曝晒书画时，看到文同这幅遗作，写下这篇怀念亡友的文章。苏轼在文中通过对他与文同的日常交往以及一些生活琐事的回忆，生动地再现了文同的音容笑貌；同时，总结了文同（也是作者自己的）关于绘画的艺术经验。其中，"胸有成竹"说涉及艺术构思，"少纵则逝"涉及灵感在创作中的作用，"手心相应"说强调实践在艺术创作中的重要性，而"咫尺万里"则涉及在有限的篇幅中创造无限的气势和意境。本文是苏轼文艺理论的重要篇章之一。

〔二〕萌：嫩芽。

〔三〕蜩：蝉子。蜩腹：指蝉子后腹上的横纹。蚹：蛇皮上的横鳞。竹笋表面紧包着一层一层的笋壳，与蝈腹蛇蚹形状相似，故以之比喻竹笋。剑拔：剑一样挺拔。寻：八尺。十寻，言其高。

〔四〕生而有之：指从笋到竹都有节有叶。

〔五〕"今画者乃节节而为之"二句：谓一节一节地画，一叶一叶地画。累，添加，堆砌。

〔六〕岂复有竹乎：米芾《画史》："子瞻作墨竹，从地一直起至顶。余问何不遂节分？曰：'竹生时何尝逐节生？'运思清拔，出于文同与可，自谓与文拈一瓣香（师承其法意）。"

〔七〕熟视：久视，谓认真观察。

〔八〕从：跟从，追随。

〔九〕振笔直遂：挥笔径直完成。

〔一○〕兔起鹘落：兔子起跑，鹘鸟落地。形容迅速。

〔一一〕少纵：稍稍放松。少，同"稍"。

〔一二〕有见于中：心中有所认识。

〔一三〕遗：赠送。

〔一四〕"庖丁"三句：见《庄子·养生主》。讲庖丁非常了解牛的筋骨脉络结构，宰牛快而不损刀，游刃自如。文惠王（即养生者）看了庖丁宰牛后，从中悟出了要顺应自然的养生之道。庖，厨工。丁，厨工的名字。

〔一五〕"轮扁"三句：见《庄子·天道》。讲齐桓公在堂上读书，轮扁从堂下经过，轮扁对齐桓公说他读的书不过是古人留下的糟粕。桓公听后很生气，轮扁便以自己造车轮为例，说明学习做一件事情要靠实践和经验，即使父子之间口授也没有用。桓公认为他说得有道理，十分赞赏。轮，指造车轮的匠人。扁，匠人的名字。读书者，指齐桓公。与，赞同。

〔一六〕"今夫夫子之托于斯竹也"三句：《墨竹赋》在这三句前还有"万物一理也，其所以为之者异耳。"夫子指文与可。谓文与可把精神寄托于竹子，是有道的表现，难道不是这样吗？

〔一七〕初：本来。

〔一八〕缣、素：丝织品，都叫绢。洁白的叫素，带黄色的叫缣。古人用来写字作画。

〔一九〕足相蹑：脚踩脚。形容人多。

〔二○〕口实：话柄，谈话资料。

〔二一〕"及与可自洋州还"二句：文同熙宁八年（1075）知洋州，十年（1077）冬回到京师。苏轼于熙宁十年四月知徐州，元丰二年（1079）三月离任。

〔二二〕彭城：即徐州。

〔二三〕袜材：指求画的缣、素。萃：聚集。

〔二四〕鹅溪：地名，在今四川省盐亭县西北，出产绢，十分珍贵，唐、宋时常用作贡品。

〔二五〕扫取：画出。寒梢：指竹梢。

〔二六〕二百五十匹：古时一匹（疋）为四十尺。一万尺合二百五十匹的长度。

〔二七〕实之：证实有。

〔二八〕辩：能说会辩。

〔二九〕《洋州三十咏》：即《和文与可洋州园池三十首》。下面所引《篔筜谷》为其中之一。

〔三〇〕汉川：汉水。此指洋州，汉水流经洋州。

〔三一〕箨龙：竹笋。

〔三二〕馋太守：指文与可。

〔三三〕渭滨千亩在胸中：此乃戏语，谓洋州的竹笋都被文与可吃了。《史记·货殖列传》有"渭川千亩竹"语，此借渭滨指洋州。

〔三四〕失笑：《苏长公合作》卷一："有此'失笑'，那得不'哭失声'（见下文）。"

〔三五〕陈州：今河南淮阳。

〔三六〕予在湖州：苏轼于元丰二年由徐州改知湖州，四月到任。

〔三七〕废卷：放下画卷。

〔三八〕"昔曹孟德祭桥公"句：桥公指桥玄，对青年时代的曹操多所奖助。建安七年（202）操遣使祭桥玄说："承从容约誓之言：'殂逝之后，路有经由，不以斗酒只鸡过相沃酹，车过三步，腹痛勿怪。'虽临时戏笑之言，非至亲之笃好，胡肯为此辞乎？"（《三国志·魏书·武帝纪》）

〔三九〕畴昔：往昔，从前。

附录

邱濬：自画法说起，而叙事错列，见与可竹法之妙；而公与与可之情，尤最厚也。笔端出没，却是仙品。（《三苏文范》卷十四）

赵宽：人言此记类《庄》，余谓有类司马子长体。（同上）

钟惺：前段便是《庄子》"庖丁解牛"全文，因后段添许多妙论，所以隔一

层。（同上）

茅坤：中多诙谐之言，而论画竹入解。（《苏文忠公文钞》卷二十四）

储欣：诙嘲游戏皆可书而诵之，此记其一斑也。须知此出天才，尤不易学，学之辄俚俗村鄙，令人欲呕矣。（《东坡先生全集录》卷五）

答李端叔书〔一〕

苏　轼

轼顿首再拜〔二〕。闻足下名久矣，又于相识处，往往见所作诗文，虽不多，亦足以仿佛其为人矣〔三〕。寻常不通书问，怠慢之罪，犹可阔略〔四〕，及足下斩然在疚〔五〕，亦不能以一字奉慰，舍弟子由至〔六〕，先蒙惠书，又复懒不即答，顽钝废礼〔七〕，一至于此，而足下终不弃绝，递中再辱手书〔八〕，待遇益隆，览之面热汗下也。足下才高识明，不应轻许与人〔九〕，得非用黄鲁直、秦太虚辈语〔一○〕，真以为然耶？不肖为人所憎，而二子独喜见誉〔一一〕，如人嗜昌歜、羊枣〔一二〕，未易诘其所以然者〔一三〕。以二子为妄则不可，遂欲以移之众口，又大不可也。

轼少年时，读书作文，专为应举而已。既及进士第〔一四〕，贪得不已，又举制策〔一五〕，其实何所有。而其科号为直言极谏，故每纷然诵说古今，考论是非，以应其名耳。人苦不自知，既以此得，因以为实能之，故说说至今，坐此得罪几死〔一六〕，所谓齐虏以口舌得官〔一七〕，真可笑也。然世人遂以轼为欲立异同，则过矣。妄论利害，搀说得失〔一八〕，此正制科人习气。譬之候虫时鸟〔一九〕，自鸣自已，何足为损益！轼每怪时人待轼过重，而足下又复称说如此，愈非其实。

得罪以来，深自闭塞，扁舟草履，放浪山水间，与樵渔杂处〔二○〕，往往为醉。人所推骂，辄自喜渐不为人识，平生亲友无一字见及，有书与之，亦不答，自幸庶几免矣〔二一〕。足下又复创相推与，甚非所望。

木有瘿〔二二〕，石有晕〔二三〕，犀有通〔二四〕，以取妍于人〔二五〕，皆物之病也。谪居无事，默自观省，回视三十年以来所为，多其病者。足下所见皆故我，非今我也。无乃闻其声不考其情，取其华而遗其实乎〔二六〕？抑将又有取于此也？此事非相见不能尽。自得罪后，不敢作文字。此书虽非文，然信笔书意，不觉累幅，亦不须示人。必喻此意。岁行尽，寒苦。惟万万节哀强食。不次。

（卷四十九）

注

〔一〕李之仪，字端叔，自号姑溪居士，沧州（今河北沧县）人，元丰间进士。元祐年间从苏轼于定州幕府，后因受苏轼辟和作范纯仁遗表而两次被贬官。著有《姑溪居士集》。此信作于元丰三年（1080）十二月贬官黄州时。在众人诽谤苏轼的时候，李端叔却对他称颂备至，多次写信问候。苏轼因不肯连累他人，一再推诿不答，而终因盛情难却，写了这封回信。全文抒发了他贬黄州期间对当年"妄论利害"的后悔，对世态炎凉的感叹，以及忧谗畏讥、放浪山水的感情。其中，对于三十多年来的"故我"的否定，不过是含蓄的牢骚而已。

〔二〕顿首：顿首即叩头。《周礼·春官·大祝》："辨九撵（拜），一曰稽首，二曰顿首。"再拜：拜两次。二者常用于书信的开头或末尾，示尊敬。

〔三〕仿佛：大致了解。

〔四〕阔略：宽恕。

〔五〕斩然在疚：《左传·昭公十年》："斩焉在衰绖之中。"王引之《经义述闻》卷十九："斩读为惭，惭焉者，哀痛忧伤之貌。"在疚，居丧。后文"节哀强食"也表明当时李端叔有亲人去世。

〔六〕舍弟子由至：苏轼《与秦太虚书》记元丰三年"五月末，舍弟来。"舍弟，在别人面前对弟弟的谦称。

〔七〕顽钝：愚顽钝拙。

〔八〕递：指驿递，古代传递书信的驿车。辱：谦辞，承蒙。

〔九〕许与：赞赏。与，赞同。

〔一〇〕黄鲁直：《宋史·黄庭坚传》："黄庭坚字鲁直，洪州分宁人。……与张耒、晁补之、秦观俱游苏轼门，天下称为四学士。"秦太虚：秦观字少游、太虚，高邮（今属江苏）人，北宋词人，"苏门四学士"之一。

〔一一〕见誉：加誉，给以赞美。

〔一二〕嗜昌歜、羊枣：昌歜，《左传·僖公三十年》："王使周公阅来聘，饗有昌歜。"杜预注："菖蒲菹也。"一种生在沼泽地中的植物，有香味。羊枣，《孟子·尽心下》："曾晳嗜羊枣。"《尔雅·释木》："遵羊枣。"郭璞注："羊枣，实小而圆，紫黑色，今俗呼之羊矢（屎）枣。"

〔一三〕诘：责问。

〔一四〕既及进士第：嘉祐二年（1057）事，参苏轼《省试刑赏忠厚之至论》注〔一〕。

〔一五〕又举制策：嘉祐六年事，参苏轼《决壅蔽》注〔一〕。

〔一六〕"故诐诐至今"二句：元丰二年（1079）三月苏轼由徐州改知湖州，四月二十九日到任。七月御史台李定等人摘苏轼《湖州谢上表》中语和这之前所作诗，以谤讪新政的罪名逮捕苏轼入狱。经多方营救，十二月二十九日结案，责授黄州团练副使，本州安置，不得签书公事。诐诐，喧闹嘈杂的争辩声。坐，特指办罪的因由。

〔一七〕齐虏以口舌得官：齐虏，指刘敬。《史记·刘敬叔孙通列传》："刘敬者，齐人也。"《索隐》："敬本姓娄，《汉书》作'娄敬'。高祖曰：'娄即刘也。'因姓刘耳。"同上书载："上（刘邦）使刘敬复往使匈奴，还报曰：'两国相击，此宜夸矜见所长。今臣往，徒见羸瘠老弱，此必欲见短，伏奇兵以争利。愚以为匈奴不可击也。'是时汉兵已踰句注，二十余万兵已业行。上怒，骂刘敬曰：'齐虏！以口舌得官，今乃妄言沮吾军。'械系敬广武。遂往，至平城，匈奴果出奇兵围高帝白登，七日然后得解"。这里苏轼自比刘敬，表面说自己以口舌得官，实际含有自己说了真话也被捕入狱的意思。

〔一八〕搀说：抢着说。

〔一九〕候虫时鸟：按气候时令活动的虫鸟。

〔二〇〕"扁舟草履"三句：苏辙《东坡先生墓志铭》记苏轼黄州生活云："公幅巾芒履，与田父野老，相从溪谷之间。"草履，草鞋。樵渔，樵夫（柴夫）渔父。

〔二一〕庶几免矣：或许能免除灾难了。

〔二二〕木有瘿：谢肇淛《五杂俎》："木之有瘿，乃木之病也，而后人乃取其瘿瘤砑礛者，截以为器，盖有瘿而后有旋文，磨而光之，亦自可观。"瘿，肉瘤。此指长在树上的木瘤。

〔二三〕晕：石头上光泽模糊的晕圈。

〔二四〕犀有通：段成式《西阳杂俎》卷十六："犀角通者是其病。"

〔二五〕取妍于人：谓以病态美取悦于人。

〔二六〕华：通"花"。

附录

茅坤：看此等书，长公攄几随手写出者，却自疏宕而深眇。（《苏文忠公文钞》卷十）

刘大櫆：本色语，自然工雅，然已开语录之渐。（《古文辞类纂评注》卷三十）

吴至父：此文可谓怨而不怒，养到之验，虽振笔直书，而气韵自然，非他家所及。（同上）

李光地：人以为牢骚玩世之语，实则自写平生实录也。文尤离奇可诵。（《御选唐宋文醇》卷四十）

储欣：谪黄情状略见于此。公知所过矣。能知其过，必有令图，所以异日卒有元祐之遇。（《东坡先生全集录》卷八）

书蒲永升画后〔一〕

苏 轼

古今画水多作平远细皱，其善者不过能为波头起伏，使人至以手扪之，谓有洼隆，以为至妙矣〔二〕。然其品格特与印板水纸争工拙于毫厘间耳。

唐广明中〔三〕，处士孙位始出新意〔四〕，画奔湍巨浪，与山石曲折，随物赋形，尽水之变，号称神逸。其后蜀人黄筌、孙知微皆得其笔法〔五〕。始知微欲于大慈寺寿宁院壁〔六〕，作湖滩水石四堵，营度经岁，终不肯下笔。一日仓皇入寺，索笔甚急，奋袂如风〔七〕，须臾而成，作输泻跳蹙之势〔八〕，汹汹欲崩屋也。知微既死，笔法中绝五十余年。

近岁成都人蒲永升，嗜酒放浪，性与画会，始作活水，得二孙本意。自黄居寀兄弟、李怀衮之流〔九〕，皆不及也。王公富人或以势力使之，永升辄嘻笑舍去。遇其欲画，不择贵贱，顷刻而成。尝与余临寿宁院水〔一〇〕，作二十四幅，每夏日挂之高堂素壁，即阴风袭人，毛发为立。永升今老矣，画亦难得，而世之识真者亦少。如往时董羽〔一一〕，近日常州戚氏画水〔一二〕，世或传宝之。如董、戚之流，可谓死水，未可与永升同年而语也。

元丰三年十二月十八日夜，黄州临皋亭西斋戏书〔一三〕。

（七集本《东坡集》·卷二十三）

注

〔一〕元丰三年（1080）作。蒲永升，北宋中叶成都人，善画水。本文历评孙位、黄筌、孙知微、黄居寀、黄居宝、李怀衮、董羽、戚文秀和蒲永升的画水，以"活水""死水"评画水优劣，表现了不贵形似而贵神似的艺术见解；同时，对创作灵感的爆发作了生动形象的描绘，对蒲永升的画作和"欲画不择贵贱"的高尚品格，给予了很高评价。

〔二〕"使人至以手扪之"三句：沈括《梦溪笔谈》卷十七《书画》："又有观画而以手摸之，相传以为色不隐指者（手指感觉得出颜色）为佳画。"至，甚至于。扪，触摸。洼，低。隆，高。

〔三〕广明：唐僖宗年号（880—881）。

〔四〕孙位：又名孙遇。（宋）黄休复《益州名画录》卷上"逸格"："孙位者，东越人也。僖宗皇帝车驾在蜀，自京入蜀，号'会稽山人'。性情疏野，襟抱超然……其有龙拏水汹，千状万态，势欲飞动。松石墨竹，笔精墨妙，雄壮气象，莫可记述。"

〔五〕黄筌（约903—965）：字要叔，五代后蜀画家，与江南徐熙并称"黄徐"。《益州名画录》卷上"妙格中品"："黄筌者，成都人也，幼有画性，长负奇能。刁处士（刁光胤）入蜀，授而教之竹石花雀，又学孙位画龙水松石墨竹，学李升画山水竹树，皆曲尽其妙。"孙知微：字太古，四川彭山人，宋初画家。《东斋记事》卷四："蜀有孙太古知微，善画山水、仙官、星辰、人物。其性高介，不娶，隐于大面山，时时往来导江、青城，故二邑人家至今多藏孙画，亦藏画于成都。今寿宁院《十一曜》绝精妙，有先君题记在焉。"

〔六〕大慈寺：《蜀中名胜记》卷二《成都府》："大慈寺，唐至德年建，旧有肃宗书'大圣慈寺'四字，盖敕赐也。"郭若虚《图画见闻志》卷三："孙知微……善道佛，画于成都寿宁院炽圣光九曜及诸墙壁，时辈称服。"

〔七〕袂：衣袖。

〔八〕跳趯：跳荡。

〔九〕黄居寀兄弟：《益州名画录》卷中"妙格下品"："（黄）居寀，字伯鸾，（黄）筌少子也，画艺敏赡，不让于父。""黄居宝，字辞玉，筌之次子也。画性最高，风姿俊爽。"李怀衮：北宋中叶蜀郡人，工画花竹翎毛，兼善山水（见《东斋记事》卷四）。

〔一〇〕尝与余临寿宁院水：《蜀中名胜记》卷二《成都府二》："大慈极乐院有至和丙申季春二十八日，眉阳苏轼与弟苏辙来观卢楞伽笔迹留题。"至和丙申季春即1056年三月，时苏轼兄弟因入京应试过成都。蒲永升为苏轼临水，可能就在此时。苏轼《与鞠持正书》："蜀人蒲永升临孙知微水图四面，颇为雄爽。杜子美所谓'白波吹素壁'者。愿挂公斋中，真可以一洗残暑也。"

〔一一〕董羽：字仲翔，常州人，善画龙水海鱼。初事南唐李后主，后归宋，为宋太宗绘端拱楼壁画（见《图画见闻志》卷四）

〔一二〕戚氏：戚文秀，"工画水，笔力调畅"（《图画见闻志》卷四）。

〔一三〕临皋亭：《名胜志》："临皋亭在黄州朝宗门外"。

附录

王圣俞：东坡善画，故知画；知画，故言入底里。按，此评画水，其劣者曰印板水、死水，其妙者曰画水之变，汹汹欲崩屋，如阴风袭人，毛发为立。两者妍媸相远，自非长公了然心口，未能摹写及此。（《苏长公合作》补卷下引）

活水死水，可悟行文之法。中苍黄人寺一段，尤能状出神来之候。盖古今妙文，无有不成于神来者，天机忽动，得之自然，人力不与也。（《唐宋八家文读本》卷二十四）

方山子传〔一〕

苏　轼

方山子，光、黄间隐人也〔二〕。少时慕朱家、郭解为人〔三〕，同里之侠皆宗之〔四〕。稍壮，折节读书〔五〕，欲以此驰骋当世，然终不遇。晚乃遁于光、黄间，曰岐亭〔六〕。庵居蔬食，不与世相闻。弃车马，毁冠服，徒步往来山中，人莫识也。见其所著帽，方屋而高〔七〕，曰："此岂古方山冠之遗像乎〔八〕？"因谓之方山子。

余谪居于黄，过岐亭，适见焉〔九〕。曰："呜呼！此吾故人陈慥季常也，何为而在此？"方山子亦矍然问余所以至此者〔一〇〕。余告之故，俯而不答，仰而笑，呼余宿其家。环堵萧然〔一一〕，而妻子奴婢皆有自得之意。余既耸然异之〔一二〕。

独念方山子少时，使酒好剑，用财如粪土。前十有九年，余在岐下〔一三〕，见方山子从两骑，挟二矢，游西山。鹊起于前，使骑逐而射之，不获。方山子怒马独出〔一四〕，一发得之。因与余马上论用兵及古今成败，自谓一世豪士。今几日耳，精悍之色，犹见于眉间，而岂山中之人哉！

然方山子世有勋阀，当得官〔一五〕，使从事于其间，今已显闻。而其家在洛阳，园宅壮丽，与公侯等。河北有田，岁得帛千匹，亦足以富乐。皆弃不取，独来穷山中，此岂无得而然哉？余闻光、黄间多异人，往往阳狂垢污〔一六〕，不可得而见，方山子傥见之欤〔一七〕？

（卷十三）

注

〔一〕元丰三年（1080）贬官黄州时作。方山子，即陈慥，字季常，见苏轼《陈季常所蓄朱陈村嫁娶图》注〔一〕。文章首先概述了陈慥少、壮、晚时的为人及取号方山子的原因；接着写他们的岐亭相遇，然后转入对陈的回忆。全文不到五百字，并未详记其生平事迹，仅散记了他早年游侠生活和晚年隐居生活的二三事，而陈的"异人"形象已跃然纸上。

〔二〕光、黄：光州和黄州。光州在今河南省潢川县，与黄州相邻。

〔三〕朱家、郭解：皆汉初著名侠客。朱家专门救人之急，曾藏匿营救豪士数百人。刘邦即位，追捕原项羽部将季布，他曾用计使季布脱险。郭解为人以德报怨，救人从不矜功，后为朝廷杀害。二人事迹见《史记·游侠列传》。

〔四〕闾里：犹言乡里。周代在国城城外设置六乡、六遂。《周礼·天官·小宰》："听闾里以版图。"孔颖达疏云："在六乡则二十五家为闾，在六遂则二十五家为里。"后即以之泛称民间乡里。

〔五〕折节：改变以往的志向和行为。《后汉书·段颎传》："长乃折节好古学。"

〔六〕岐亭：镇名，在今湖北麻城市西南。

〔七〕方屋：方形的帽顶。《晋书·舆服志》："江左时野人已着帽，但顶圆耳，后乃高其屋云。"

〔八〕方山冠：汉代祭祀时乐师舞女所戴的帽子。唐、宋时多为隐士所戴，用彩色丝织品做成。见《后汉书·舆服志下》。

〔九〕"余谪居于黄"三句：苏轼《岐亭》诗叙云："元丰三年正月，余始谪黄州，至岐亭北二十五里，山上有白马青盖来迎者，则余故人陈慥季常也。为留五日，赋诗一篇而去。"

〔一〇〕矍然：惊视貌。班固《东都赋》："主人之辞未终，西都宾矍然失容。"

〔一一〕环堵萧然：陶渊明《五柳先生传》："环堵萧然，不蔽风日。"

〔一二〕耸然：惊异貌。

〔一三〕"前十有九年"二句：指宋仁宗嘉祐八年（1063），苏轼任凤翔府签书判官时。苏轼《陈公亮传》："轼官于凤翔，实从公（陈希亮）二年。"岐下：岐山之下，此代指凤翔。

〔一四〕怒马：激怒马使其狂奔。

〔一五〕"然方山子世有勋阀"二句：苏轼《陈公弼（希亮字）传》说："（陈公弼）子四人……慥未仕。当荫补子弟，辄先其族人，卒不及其子慥。"

〔一六〕阳狂：即佯狂，假作疯癫。垢污：谓故意把身上弄脏。

〔一七〕方山子傥见之欤：谓方山子或许见过光、黄间的异人吧？人以类聚，实际是称颂方山子为异人。傥，倘或。

附录

杨慎：按方山始席眄为侠，后隐光、黄间零落。此传却叙其弃富贵而甘萧索，为有自得，（有）回护他处。然中述其少年使酒一段，结语云"光、黄人，每佯狂垢污"，自不可掩。（《三苏文范》卷十六）

茅坤：奇颇跌宕，似司马子长。此篇《三苏文粹》不载，余特爱其烟波生色处，往往能令人涕洟，故录入之。（《苏文忠公文钞》卷二十三）

袁宗道：方山子小有侠气耳，因子瞻用笔，隐见出没形容，遂似大侠。（同

上)

储欣：隐字、侠字一篇骨子。始侠而今隐，侠处写得豪迈，须眉生动，则隐处亦复感慨淋漓。传神手也。（《唐宋八大家类选》卷十三）

刘大樾：鹿门"烟波生色"四字，足尽此文之妙。（《唐宋文举要》甲编卷八引）

赤壁赋〔一〕
苏 轼

壬戌之秋〔二〕，七月既望〔三〕，苏子与客泛舟，游于赤壁之下。清风徐来，水波不兴。举酒属客，诵明月之诗〔四〕，歌窈窕之章〔五〕。少焉，月出于东山之上，徘徊于斗牛之间〔六〕。白露横江，水光接天。纵一苇之所如，凌万顷之茫然〔七〕。浩浩乎如冯虚御风〔八〕，而不知其所止；飘飘乎如遗世独立〔九〕，羽化而登仙〔一〇〕。

于是饮酒乐甚，扣舷而歌之。歌曰："桂棹兮兰桨，击空明兮溯流光〔一一〕。渺渺兮余怀，望美人兮天一方。"〔一二〕客有吹洞箫者〔一三〕，倚歌而和之。其声呜呜然，如怨，如慕；如泣，如诉。余音嫋嫋，不绝如缕。舞幽壑之潜蛟，泣孤舟之嫠妇〔一四〕。

苏子愀然〔一五〕，正襟危坐〔一六〕，而问客曰："何为其然也？"

客曰："'月明星稀，乌鹊南飞'〔一七〕，此非曹孟德之诗乎〔一八〕？西望夏口〔一九〕，东望武昌〔二〇〕，山川相缪〔二一〕，郁乎苍苍〔二二〕。此非孟德之困于周郎者乎〔二三〕？方其破荆州〔二四〕，下江陵〔二五〕，顺流而东也，舳舻千里〔二六〕，旌旗蔽空，酾酒临江〔二七〕，横槊赋诗〔二八〕，固一世之雄也，而今安在哉！况吾与子渔樵于江渚之上〔二九〕，侣鱼虾而友麋鹿〔三〇〕。驾一叶之扁舟，举匏樽以相属〔三一〕。寄蜉蝣于天地〔三二〕，渺沧海之一粟〔三三〕。哀吾生之须臾，羡长江之无穷，挟飞仙以遨游，抱明月而长终。知不可乎骤得，托遗响于悲风〔三四〕。"

苏子曰："客亦知夫水与月乎？逝者如斯〔三五〕，而未尝往也；盈虚者如彼〔三六〕，而卒莫消长也。盖将自其变者而观之，则天地曾不能以一瞬；自其不变者而观之，则物与我皆无尽也〔三七〕，而又何羡乎？且夫天地之间，物各有主。苟非吾之所有，虽一毫而莫取。惟江上之清风，与山间之明月，耳得之而为声，目遇之而成色，取之无禁，用之不竭：是造物者之无尽藏也，而吾与子之所共食〔三八〕。"

客喜而笑，洗盏更酌。肴核既尽，杯盘狼藉〔三九〕。相与枕藉乎舟中〔四〇〕，不知东方之既白。

（卷一）

注

〔一〕元丰五年（1082）贬官黄州时作。赤壁，见苏轼《念奴娇·赤壁怀古》注〔一〕。这篇赋先写月夜泛舟大江的美好景色和饮酒赋诗的舒畅心情。接着通过箫声自然转到主客间关于人生意义的辩论，而主客对话实际都是作者的自白，表现了他陷于深沉苦闷而又力求摆脱的矛盾心情。末以宾主狂饮，酣睡达旦作结，实际上仍掩藏着作者难以排解的苦闷。全文抒发了"凭吊江山，恨人生之如寄；流连风月，喜造物之无私"（张伯行《唐宋八大家文钞》卷八）两种矛盾的心情，也正是作者当时不得志的处境和旷达胸怀的写照。这是一篇文赋，保留了传统赋体的对话特点，同时又大量使用散句，挥洒自如，奔放豪迈；情、景、理水乳交融，景中含情，情中寓理；行文曲折起伏，由喜而悲，回悲为喜，喜中含悲，悲中见喜，确实堪称千古杰作。

〔二〕壬戌：即宋神宗元丰五年。

〔三〕既望：阴历每月十六日。既，尽，已过。望，十五日。

〔四〕明月之诗：指曹操《短歌行》，诗中有"明明如月，何时可掇"之句。

〔五〕窈窕之章：指《诗经·陈风·月出》，诗中有"月出皎兮，佼人僚兮，舒窈纠兮。"窈纠即窈窕。《诗经·周南·关雎》："窈窕淑女，君子好逑。"

〔六〕斗牛：斗宿和牛宿。《苏长公合作》卷一："斗牛，吴越分野，指（月）出东方言也。"

〔七〕"纵一苇之所如"二句：谓任凭小船在茫茫无际的江上飘荡。苇，形容小船。《诗·卫风·河广》："谁谓河广，一苇杭（同航）之。"如，入。凌，凌驾，越过。

〔八〕冯：同"凭"。冯虚：张衡《西京赋》："有凭虚公子者。"李善注："凭，依托也；虚，无也。"御风：乘风。《庄子·逍遥游》："列子御风而行。"

〔九〕遗世：离弃人世，超脱世俗。《抱朴子·博喻》："箕叟以遗世得意。"

〔一〇〕羽化：道家称飞升或成仙为羽化，认为成仙是"身生羽翼，变化飞行。"（《抱朴子·对俗》）

〔一一〕空明：指明澈的江水。溯：逆流而上。流光：船向前行，照在江面上的月光好像向后流去。

〔一二〕"渺渺兮予怀"二句：况周颐《惠风词话》载宋人刘将孙读此二句为："渺渺兮予怀望，美人兮天一方"，亦通。渺渺，悠远貌。美人，指自己思慕的人，一说有隐喻君王之意。

〔一三〕吹洞箫者：在黄州与苏轼游而善吹洞箫的有两人。一为李委，苏轼《与范子丰书》："李委秀才来相别，因以小舟载酒饮赤壁下。李善吹笛，酒酣作数弄，风起水涌，大鱼皆出，上有栖鹘。坐念孟德、公瑾，如昨日耳。"一为杨世昌，赵翼《陔余丛考》卷二十四："东坡《赤壁赋》'客有吹洞箫者'，不著姓字。吴匏庵有诗云：'西飞一鹘去何祥，有客吹箫杨世昌。当日赋成谁与注，数行石刻旧曾藏。'据此，则客乃杨世昌。按东坡《次孔毅甫韵》：'不如西川杨道士，万里随身只两膝。'又云：'杨生自言识音律，洞箫入手清且哀。'则世昌之善吹箫可知，匏庵藏帖信不妄也。按世昌，绵竹道士，字子京，见《王注苏诗》。"《赤壁赋》中的吹洞箫者，究竟为李为杨，历来有争论。

〔一四〕"舞幽壑之潜蛟"二句：写箫声的感染力，谓箫声使深谷里的蛟龙起舞，孤舟上的寡妇哭泣。嫠妇，寡妇。

〔一五〕愀然：忧愁沮丧貌。

〔一六〕正襟危坐：整理衣襟端坐。

〔一七〕"月明星稀"二句：语出曹操《短歌行》。

〔一八〕曹孟德：曹操，字孟德。

〔一九〕夏口：今湖北武昌。

〔二〇〕武昌：今湖北鄂城。

〔二一〕缪：通"缭"，缭绕、纠结。

〔二二〕郁乎苍苍：形容草木茂盛，葱郁苍翠。

〔二三〕周郎：指周瑜，见前《念奴娇·赤壁怀古》注〔三〕。

〔二四〕荆州：刘表时，治所在今湖北襄阳。据《资治通鉴》卷六十五载，汉献帝建安十三年（208）七月，曹操攻打荆州。八月，荆州牧刘表卒。九月，刘表次子刘琮降曹操。

〔二五〕江陵：今属湖北。同上书载，曹操破荆州后，又在当阳长坂坡败刘备，进占江陵。

〔二六〕舳舻千里：语出《汉书·武帝纪》。颜师古注引李斐曰："舳，船后持舵处也。舻，船前刺櫂处也。言其船多，前后相衔，千里不绝也。"

〔二七〕酾酒：斟酒。

〔二八〕横槊赋诗：元稹《唐故检校工部员外郎杜君（甫）墓系铭并序》："曹氏父子鞍马间为文，往往横槊赋诗。"槊，长矛。

〔二九〕渔樵：打鱼砍柴。渚：江中沙洲。

〔三〇〕麋：鹿的一种。

〔三一〕匏樽：葫芦作的酒器。

〔三二〕蜉蝣：朝生暮死的小虫。此句喻生命短促。

〔三三〕沧海：大海，因海水呈苍色，故名。沧海一粟喻人生渺小。

〔三四〕遗响：余音，指箫声。

〔三五〕逝者如斯：《论语·子罕》："子在川上曰：逝者如斯夫，不舍昼夜。"斯，这，代指水。

〔三六〕盈虚：指圆缺。彼：代指月。

〔三七〕"盖将自其变者而观之"四句：《庄子·德充符》："自其异者视之，肝胆楚越也；自其同者视之，万物皆一也。"均为万物齐一的观点。

〔三八〕食：享用。一作"适"，适意，畅快。

〔三九〕狼藉：散乱貌。

〔四〇〕枕藉：相互靠着睡。

附录

晁补之：《赤壁》前后赋者，苏公之所作也。……公谪黄冈，数游赤壁下，盖亡意于世矣。观江涛汹涌，慨然怀古，犹壮（周）瑜事而赋之。（《经进东坡文集事略》卷一引）

史绳祖：《前赤壁赋》尾段一节，自"惟江上之清风，与山间之明月"至"相与枕藉乎舟中，不知东方之既白"，却只是用李白"清风明月不用一钱买，玉山自倒非人推"一联十六字，演成七十九字，愈奇妙也。（《学斋占笔》卷二）

唐庚：东坡《赤壁》二赋，一洗万古，欲仿佛其一语，毕世不可得也。（《唐

子西文录》)

谢枋得：此赋学《庄》《骚》文法，无一句与《庄》《骚》相似，非超然之才，绝伦之识，不能为也。潇洒神奇，出尘绝俗，如乘云御风而立乎九霄之上，俯视六合，何物茫茫，非惟不挂之齿牙，亦不足入其灵台丹府也。（《文章轨范》卷七）

茅坤：余尝谓东坡文章仙也。读此二赋，令人有遗世之想。（《苏文忠公文钞》卷二十八）

方储欣：行歌笑傲，愤世嫉邪。（《东坡先生全集录》卷一）

方苞：所见无绝殊者，而文境邈不可攀，良由身闲地旷，胸无杂物，触处流露，斟酌饱满，不知其所以然而然。岂惟他人不能摹效，即使子瞻更为之，亦不能如此调适而鬯遂也。（《古文辞类纂》卷七十一引）

吴汝纶：此所谓文章天成，偶然得之者。是知奇妙之作，通于造化，非人力也。胸襟既高，识解亦复绝非常，不得如方氏（苞）之说，谓"所见无绝殊"乜。（同上）

后赤壁赋〔一〕

苏　轼

是岁十月之望〔二〕，步自雪堂〔三〕，将归于临皋〔四〕。二客从予，过黄泥之坂〔五〕。霜露既降，木叶尽脱，人影在地，仰见明月。顾而乐之〔六〕，行歌相答。已而叹曰："有客无酒，有酒无肴，月白风清，如此良夜何？"客曰："今者薄暮〔七〕，举网得鱼，巨口细鳞，状似松江之鲈〔八〕，顾安所得酒乎？"归而谋诸妇。妇曰："我有斗酒，藏之久矣，以待子不时之须。"

于是携酒与鱼，复游于赤壁之下。江流有声，断岸千尺〔九〕。山高月小，水落石出〔一〇〕。曾日月之几何，而江山不可复识矣！予乃摄衣而上〔一一〕，履巉岩〔一二〕，披蒙茸〔一三〕。踞虎豹〔一四〕，登虬龙〔一五〕。攀栖鹘之危巢〔一六〕，俯冯夷之幽宫〔一七〕。盖二客不能从焉。划然长啸〔一八〕，草木震动。山鸣谷应，风起水涌〔一九〕。予亦悄然而悲，肃然而恐，凛乎其不可留也。反而登舟，放乎中流〔二〇〕，听其所止而休焉。

时夜将半，四顾寂寥。适有孤鹤，横江东来，翅如车轮，玄裳缟衣〔二一〕；戛然长鸣，掠予舟而西也〔二二〕。须臾客去，予亦就睡。梦一道士，羽衣翩跹〔二三〕，过临皋之下，揖予而言曰："赤壁之游乐乎？"问其姓名，俯而不答。"呜呼！噫嘻！我知之矣！畴昔之夜，飞鸣而过我者，非子也耶？"〔二四〕道士顾笑，予亦惊寤。开户视之，不见其处。

（卷一）

注

〔一〕苏轼在写《赤壁赋》三个月以后的初冬十月，重游黄冈赤壁，写下这篇后赋。前人有"若无后赋，前赋不明；若无前赋，后赋无谓"（《天下才子必读书》卷十五）的评论。二赋虽然同赋赤壁，但各有各的特色。前次的活动限于舟中，这次主要在岸上。前赋写"月白风清"的秋光，字字秋色；后赋写"霜露既降，木叶尽脱"的气象，句句冬景。前赋环境恬静明朗，后赋气氛寂寥冷落。前赋主要谈玄说理，后赋侧重叙事写景。前赋旷逸达观，悲凉而不失开朗；后赋虚无缥缈，更加寒气袭人。

〔二〕是岁：承前赋言，即元丰五年。

〔三〕雪堂：苏轼《雪堂记》："苏子得废圃于东坡之胁，筑而垣之，作堂焉，号其正曰雪堂。堂以大雪中为之，因绘雪于四壁之间，无容隙也。"

〔四〕临皋：亭名，苏轼初到黄州寓居定惠院，后迁居临皋亭。

〔五〕黄泥之坂：即黄泥坂，为往来雪堂、临皋的必经之路。苏轼《黄泥坂词》："出临皋而东骛兮，并丛祠而北转。走雪堂之坡陀兮，历黄泥之长坂。东江泫以左缭兮，渺云涛之舒卷。"坂，斜坡。

〔六〕顾：瞻望。下文"顾安所得酒"之"顾"为转折词，作"但是"解。

〔七〕薄暮：傍晚。薄，迫近。

〔八〕松江之鲈：松江即吴淞江，又叫苏州河，源出太湖瓜泾口，东流入黄浦江。《后汉书·左慈传》载曹操宴宾客云："今日高会，珍羞略备，所少吴淞江鲈鱼耳。"李善注："松江在今苏州东南，首受太湖。《神仙传》云：'松江出好鲈鱼，味异他处。'"

〔九〕断岸：陡峭的崖壁。苏轼《与范子丰书》："黄州少西，山麓斗入江中。"

〔一〇〕"山高月小"二句：前句化用杜甫"关山月一点"意（见《苏长公合作》卷一），后句化用欧阳修"水落而石出"语（《醉翁亭记》）。这两句历来为人所激赏，虞集云："陆士衡云：'赋体物而浏亮。'坡公《前赤壁赋》已曲尽其妙，后赋尤精于体物，如'山高月小，水落石出'，皆天然句法。"（《三苏文范》卷十六引）李九我云："玩'山高'二句，语自天巧。"（《苏长公合作》卷一引）

〔一一〕摄衣：撩起衣服。

〔一二〕履巉岩：踏着险峻的山岩。

〔一三〕披蒙茸：分开蒙密的草木。蒙茸，草木茂密貌。

〔一四〕踞虎豹：蹲在形如虎豹的怪石上。

〔一五〕登虬龙：攀登形似虬龙的古木。虬龙，一种盘曲的龙。

〔一六〕栖：栖宿。鹘，鸟名，性凶猛。危，高。苏轼《赤壁记》："断岸壁立，江水深碧，二鹘巢其上。"

〔一七〕冯夷：即传说中的水神河伯。《文选》张衡《思玄赋》注："河伯，华阴潼乡人也。姓冯氏，名夷，浴于河中而溺死，是为河伯。"幽宫：深宫，此指江水。

〔一八〕划然：形容清越悠长的声音。

〔一九〕"山鸣谷应"二句："眼前景，一经道破，便似宇宙今日始开。只'山高月小，水落石出''山鸣谷应，风起水涌'十六字，试读之，占几许风景。"（《苏长公合作》卷一）

〔二〇〕放乎中流：放舟于中流。《字汇》："放，纵也。"中流，指江心。

〔二一〕玄裳缟衣：黑裙白衣，形容鹤白身黑尾。缟，白绢。

〔二二〕"戛然长鸣"二句：苏轼为杨世昌书一帖云："十月十五日与杨道士泛舟赤壁，饮醉。夜半，有一鹤自江南来，掠予舟而西，不知其为何祥也。"（《施注苏轼》卷二十《次韵孔毅父久旱已而甚雨》注引）

〔二三〕羽衣：道士所服，《汉书·郊祀志》颜师古注："羽衣，以鸟羽为衣，取其神仙飞翔之意。"蹁跹：轻快飘举貌。

〔二四〕"畴昔之夜"三句：虞集云："末用道士化鹤之事，尤出人意表。"（《三苏文范》卷十六引）李九我云："末设梦与道士数句，尤见无中生有。"（《苏长公合作》卷一引）

附录

袁宏道：《前赤壁赋》为禅法道理所障，如老学究着深衣，遍体是板；后赋平叙中有无限光景，至末一段，即子瞻亦不知其所以妙。（《苏长公合作》卷一引）

李贽：前赋说道理，时有头巾气。此则空灵奇幻，笔笔欲仙。（同上）

华淑：《赤壁》后赋，直平叙去，有无限光景。（同上）

储欣：前赋设为问答，此赋不过写景叙事。而寄托之意，悠然言外者，与前赋初不殊也。（《唐宋八大家类选》卷十四）

张伯行：上文字字是秋景，此文字字是冬景，体物之工，其妙难言。（《唐宋八大家文钞》卷八）

沈石民：飘脱之至。前赋所谓冯虚御风，羽化登仙者，此文似之。（《三苏文评注读本》卷二）

王文濡：前篇是实，后篇是虚。虚以实写，至后幅始点醒。奇妙无以复加，易时不能再作。（《古文辞类纂》卷七十一）

与滕达道书〔一〕

苏　轼

某欲面见一言者〔二〕，盖谓吾侪新法之初，辄守偏见，至有异同之论〔三〕。虽此心耿耿〔四〕，归于忧国，而所言差谬，少有中理者。今圣德日新，众化大成〔五〕，回视向之所执，益觉疏矣。若变志易守，以求进取，固所不敢〔六〕；若谆谆不已〔七〕，则忧患愈深。

公此行，尚深示知，非静退意〔八〕。但以老病衰晚，旧臣之心，欲一望清光而已〔九〕。如此，恐必获一对〔一〇〕。公之至意，无乃出于此乎？

辄恃深眷，信笔直突，千万恕之。死罪。

（卷五十一）

注 ────────────────────────────────

〔一〕《宋史·滕元发传》："滕元发初名甫，字元发，以避高鲁王讳，改字为名，而字达道。"他是苏轼的好友，政治上也反对新法："王安石方立新法，天下讻讻。恐元发有言，神宗信之也，因事以翰林侍读学士出知郓州。"关于此信的写作，王文诰《苏诗总案》卷十八系于元丰二年（1079）正月，即乌台诗案前；蔡上翔《王荆公年谱考略》卷二十四系于元祐元年（1086）司马光当政，王安石去世后。今人多从蔡说，并据此断言这是苏轼反对新法的"忏悔书"。但据信中言及滕达道进京事，可断定此信作于元丰六年（1083）苏轼贬官黄州时。信的主旨是劝老友入京要以言为戒。

〔二〕某：作者自指。

〔三〕"盖谓吾侪新法之初"三句：吾侪，我们这一类人。异同，偏义词，指意见不同。这三句与下文"所言差谬，少有中理者""回视向之所执，益觉疏矣"，皆就以前反对新法而言。苏轼贬官黄州期间，说过大量类似的话。如《初到黄州谢表》："臣用意过当，日趋于迷。……叛违义理，辜负恩私。……深悟积年之非，永为多士之戒。"《答李端叔书》："谪居无事，默自观省，回视三十年以来所为，多其病者。"其他如《答毕仲举书》《与章子厚书》也有类似的话。这些自怨自艾之语与其说是对反对新法表示忏悔，还不如说是对自己"任意直前""强狠自用"，结果触"网罟"，陷"囹圄"，贬黄州表示"追悔"。

〔四〕耿耿：忠诚貌。

〔五〕"今圣德日新"二句：有人认为这是歌颂哲宗。但苏轼《狱中寄子由》有"圣主如天万物春"语，《谢量移汝州表》有"汤德日新，尧仁天覆。建原庙以安祖考，正六宫而修典型。百废俱新，多士爱集"语，均颂神宗之词。

〔六〕"若变志易守"三句：变志易守指改变对新法的态度。苏轼黄州所作《与李公择书》云："吾侪虽老且穷，而道理贯心肝，忠义填骨髓，直须谈笑生死之际。……虽怀坎壈于时，遇事有可尊主泽民者，便忘躯为之。祸福得丧，付与造物。"

〔七〕詅詅不已：指继续批评新法。《广雅·释训》："詅詅，语也。"

〔八〕"公此行"三句：谓神宗这次让您入京，是表示对您很了解，没有冷落的意思。

〔九〕"但以老病衰晚"三句：谓滕进京无非是想见到皇上（"一望清光"）。

〔一○〕恐必获一对：恐怕一定会得到召对。郎晔《经进东坡文集事略》卷四十《代滕甫辨谤乞郡书》注："（滕）安州既罢，入朝，未对，左右中以飞语，上（神宗）出手诏付中书曰：'甫与李逢近亲，不宜令处京师，可与东南一小郡。'复贬筠州。"可见这次入京未获召对。

记承天夜游〔一〕

苏 轼

元丰六年十月十二日，夜，解衣欲睡，月色入户，欣然起行。念无与为乐者〔二〕，遂至承天寺寻张怀民〔三〕。怀民亦未寝，相与步于中庭〔四〕。庭下如积水空明，水中藻、荇交横〔五〕——盖竹柏影也。何夜无月？何处无竹柏？但少闲人如吾两人者耳〔六〕！黄州团练副使苏某书。

（卷七十一）

注 ————————————————————————————————

〔一〕元丰六年（1083）作。承天，即承天寺，在今湖北黄冈市南。《黄州府志·黄冈县》云："承天寺在大云寺前，今废，即东坡乘月访张怀民处。"苏轼贬黄州，过着不得志的闲居生活。本文虽寥寥八十五字，但却再现了深秋月夜的景色，而且感慨万端，表现了他贬官黄州时那种强作轻松愉快的苦闷心境，储欣称其"仙笔也，读之觉玉宇琼楼，高寒澄澈"（《唐宋十大家全集录·东坡集录》卷九）。

〔二〕念无与为乐者：想到没有可以和自己同乐的人。

〔三〕张怀民：据王文诰《苏诗总案》卷二十二，即张梦得，清河（今河北清河县）人，元丰六年贬谪黄州，寓居承天寺。

〔四〕中庭：庭中。

〔五〕藻、荇：水藻和荇菜。

〔六〕闲人：被贬谪的"闲人"，非真正的闲人。苏辙《黄州快哉亭记》："今张君（怀民）不以谪为患……自放于山水之间，此其中宜有以过人者。"

石钟山记〔一〕

苏 轼

《水经》云〔二〕："彭蠡之口〔三〕，有石钟山焉。"郦元以为〔四〕："下临深潭，微风鼓浪，水石相搏，声如洪钟"。是说也，人常疑之。今以钟磬置水中〔五〕，虽大风浪，不能鸣也，而况石乎？至唐李渤始访其遗踪〔六〕，得双石于潭上，扣而

聆之，南声函胡，北音清越〔七〕。枹止响腾〔八〕，余韵徐歇，自以为得之矣。然是
说也，余尤疑之。石之铿然有声者，所在皆是也，而此独以钟名，何哉？

　　元丰七年六月丁丑〔九〕，余自齐安舟行适临汝〔一〇〕，而长子迈将赴饶之德
兴尉〔一一〕，送之至湖口，因得观所谓石钟者。寺僧使小童持斧，于乱石间择
其一二扣之，硿硿焉〔一二〕，余固笑而不信也。至暮夜月明，独与迈乘小舟至
绝壁下。大石侧立千仞，如猛兽奇鬼，森然欲搏人〔一三〕。而山上栖鹘，闻人
声亦惊起，磔磔云霄间〔一四〕，又有若老人咳且笑于山谷中者，或曰：“此鹳鹤
也〔一五〕。”余方心动欲还，而大声发于水上，噌吰如钟鼓不绝〔一六〕，舟人大恐。
徐而察之，则山下皆石穴罅〔一七〕，不知其浅深，微波入焉，涵澹澎湃而为此
也〔一八〕。舟回至两山间〔一九〕，将入港口，有大石当中流，可坐百人，空中而多
窍，与风水相吞吐，有窾坎镗鞳之声〔二〇〕，与向之噌吰者相应，如乐作焉。
因笑谓迈曰：“汝识之乎〔二一〕？噌吰者，周景王之无射也〔二二〕；窾坎镗鞳者，
魏庄子之歌钟也〔二三〕。古之人不余欺也〔二四〕。”

　　事不目见耳闻，而臆断其有无，可乎？郦元之所见闻，殆与余同，而言
之不详。士大夫终不肯以小舟夜泊绝壁之下，故莫能知。而渔工水师，虽知
而不能言。此世所以不传也。而陋者乃以斧斤考击而求之〔二五〕，自以为得其
实。余是以记之，盖叹郦元之简，而笑李渤之陋也。

　　　　　　　　　　　　　　　　　　　　　　　　　　　　　　（卷十一）

注

　　〔一〕元丰七年（1084）六月苏轼由黄赴汝，途经石钟山时作。石钟山在今江西湖口县
鄱阳湖畔。这是一篇带有考辨性质的游记，具有驳论文的某些特点。通篇围绕着石钟山山
名的由来，先写郦道元和李渤对山名由来的看法，提出要证明和要反驳的观点；接着用亲
访石钟山的所见所闻，证实并补充了郦道元的观点，驳斥了李渤的说法，使形象的景物描
写为证明与反驳服务；最后在此基础上得出了强调“目见耳闻”，反对“臆断”的结论，交
代了写作意图。《晚村精选八大家古文》云：“此翻案也，李翻郦，苏又翻李，而以己之所
独得，详前之所未备，则道元亦遭简点矣。文最奇致，古今绝调。”

〔二〕《水经》：我国第一部记述河道源流的地理书，文字简洁。《新唐书·艺文志》："桑钦《水经》三卷，一作（郭）璞撰。"苏轼所引《水经》两句，今本无。

〔三〕彭蠡：即鄱阳湖。

〔四〕郦元：即郦道元，字善长，北魏著名地理学家、文学家。所作《水经注》，文字优美，有很高的文学价值。苏轼所引《水经注》四句，今本亦无。

〔五〕磬：石代玉制或石制的打击乐器。

〔六〕李渤：字濬之，洛阳人。唐宪宗元和年间曾任江州（今江西九江）刺史，新旧《唐书》均有传。他在《辨石钟山记》中写道："有幽栖者（自指）寻纶东湖，沿澜穷此，遂跻崖穿洞，访其遗踪，次于南隅，忽遇双石，歌枕潭际，影沦波中。询诸水滨，乃曰：'石钟也，有铜铁之异焉。'……乃知山仍石名，旧矣。"

〔七〕"南声函胡"二句：写扣"双石"发出的声音。南、北为石之方位。函胡，声音模糊厚重。清越，清脆悠扬。

〔八〕枹：同"桴"，木制鼓槌。腾：扬起。

〔九〕六月丁丑：六月九日，阳历为七月十四日。

〔一〇〕齐安：即黄州。适：往。临汝：今属河南，时为汝州治所。

〔一一〕迈：苏迈，字伯达，苏轼长子。饶之德兴：即饶州德兴县，今属江西。尉：县尉，职在县令之下。

〔一二〕硿硿：形容斧、石相撞发出的声音。

〔一三〕森然：阴森可怕貌。搏：搏击。

〔一四〕磔磔：形容鸟鸣声。

〔一五〕鹳鹤：水鸟，形似鹤而头顶不红。

〔一六〕噌吰（chēng hóng）：象声词，形容洪亮的声音。

〔一七〕罅（xià）：裂缝。

〔一八〕涵澹：水波动荡貌。澎湃：波涛汹涌貌。

〔一九〕两山：石钟山分为上钟山和下钟山。

〔二〇〕窾（kuǎn）坎：击物声。镗鞳（tāngtà）：钟鼓声。

〔二一〕识（zhì）：记得。

〔二二〕周景王：姓姬名贵，前554—前520年在位。无射（yì）：钟名。《左传·昭公二十一年》："春，天王（周景王）将铸无射。"孔颖达疏："无射，钟名，其声于律应无射（十二音律之一）之管，故以律名名钟。"

〔二三〕魏庄子：魏绛，春秋时晋国大夫，谥庄子。歌钟：又叫编钟，用十六口钟按音阶排列而成。《左传·襄公十一年》载，郑国送给晋悼公"歌钟二肆（两套），及其镈磬、女乐二八（十六人）。晋侯以乐之半赐魏绛。"

〔二四〕不余欺：倒装句，即"不欺余"。

〔二五〕陋者：识见浅陋的人，此指李渤、寺僧。考击：拷击、敲击。

附录

刘克庄：坡公此记，议论，天下之名言也；笔力，天下之至文也；楷法，天下之妙画也。（《后村先生大全集》卷一一〇《坡公石钟山记》）

袁宏道：予涉历方内名山，与同志探幽选盛，退必记之。阅坡公集中记述，恍遇千古一知己。（《三苏文范》卷十四）

钟惺：真穷理之言，所谓身到处不肯放过也。（同上）

茅坤：风旨亦自《水经》来，然多奇峭之兴。（《苏文忠公文钞》卷二十王）

储欣：彭蠡有灵，致公夜泊绝壁，为名山吐气。（《东坡先生全集录》卷五）

方苞：潇洒自得，子瞻诸记中特出者。（《古文辞类纂》卷五十六）

刘大櫆：以心动欲还，跌出大声发于水上，才有波折，而兴会更觉淋漓。钟声二处，必取古钟二事以实之，具此诙谐，文章妙趣洋溢行间。坡公第一首记文。（同上）

书吴道子画后〔一〕

苏 轼

知者创物，能者述焉〔二〕，非一人而成也。君子之于学，百工之于技，自三代历汉至唐而备矣〔三〕。故诗至于杜子美〔四〕，文至于韩退之〔五〕，书至于颜鲁公〔六〕，画至于吴道子，而古今之变，天下之能事毕矣。道子画人物，如以灯取影，逆来顺往，旁见侧出，横斜平直，各相乘除〔七〕，得自然之数〔八〕，不差毫末，出新意于法度之中，寄妙理于豪放之外〔九〕，所谓游刃余地〔一〇〕，运斤成风〔一一〕，盖古今一人而已。

余于他画，或不能必其主名[一二]，至于道子，望而知其真伪也，然世罕有真者，如史全叔所藏[一三]，平生盖一二见而已。元丰八年十一月七日书。

（卷七十）

注

〔一〕元丰八年（1085）作。吴道子，见苏轼《王维、吴道子画》注〔一〕。本文首先指出，文学艺术的发展有一个逐渐完美的过程，而唐代的诗、文、书、画都取得了超越前人的巨大成就。表面看，这篇文章对吴道子的评价与《王维、吴道子画》诗是矛盾的，在诗中他特别推崇王维的画，而在这篇文章中则说吴道子为"古今一人"。但实际上并不矛盾，诗是以文人画和画工画作比较，他更推崇文人的写意画。本文是就职业画家而言，认为吴道子超越了所有的职业画家。而吴道子比一般画工高明的地方就在于，他不仅能做到"画人物如以灯取影……不差毫末"，即所谓形似；而且还能"出新意于法度之中，寄妙理于豪放之外"，既守"法度"，又能自由挥洒，与一般拘守尺寸者有别。

〔二〕"知者创物"二句：语出《周礼·考工记》。知，同"智"。述，遵循，继承。

〔三〕三代：指夏、商、周三个朝代。

〔四〕杜子美：即杜甫。

〔五〕韩退之：即韩愈。

〔六〕颜鲁公：即颜真卿。见苏洵《颜书》注〔一〕。

〔七〕乘除：增减。韩愈《三星行》："名声相乘除。"

〔八〕自然之数：自然之理。

〔九〕"出新意于法度之中"二句：《唐宋八大家文读本》卷二十四："千古行文之妙，不出此二语。"钱锺书先生说："从分散在他（苏轼）著作里的诗文评看来，这两句话也许可以现成的应用在他自己身上，概括他在诗歌里的理论和实践。后面一句说'豪放'更耐人寻味，并非发酒疯似的胡闹乱嚷。前面一句算得'豪放'的定义，用苏轼所能了解的话来说，就是'从心所欲，不逾矩'；用近代术语来说，就是自由，是以规律性的认识为基础，在艺术规律的容许之下，创造力有充分的自由活动。这正是苏轼所一再声明的，作文该像'行云流水'，或'泉源涌地'那样的自在活泼，可是同时很谨严的'行于所当行，止于所不可不止。'李白以后，古代大约没有人赶得上苏轼这种'豪放'。"（《宋诗选注》1979

年版，第 17 页）

〔一〇〕游刃余地：形容办事熟练自如。《庄子·养生主》："今臣之刀十九年矣，所解数千牛矣，而刀刃若新发于硎（磨刀石），彼节者有间，而刀刃者无厚，以无厚入有间，其于游刃必有余地矣。"

〔一一〕运斤成风：亦比喻技能熟练。参苏轼《次韵张安道读杜诗》注〔一九〕。

〔一二〕必其主名：肯定它的作者。

〔一三〕史全叔：不详其人。

附录

举一画而他可类推。道子之画，子瞻之评，唯圣神于此艺者能之。（《唐宋八家文读本》卷二十四）

王安石赠太傅〔一〕
苏　轼

敕〔二〕：朕式观古初〔三〕，灼见天命〔四〕。将有非常之大事，必生希世之异人〔五〕。使其名高一时，学贯千载〔六〕；智足以达其道，辩足以行其言〔七〕；瑰玮之文，足以藻饰万物〔八〕；卓绝之行，足以风动四方〔九〕。用能于期岁之间〔一〇〕，靡然变天下之俗〔一一〕。

具官王安石〔一二〕，少学孔、孟，晚师瞿、聃〔一三〕，网罗六艺之遗文，断以己意〔一四〕；糠秕百家之陈迹，作新斯人〔一五〕。属熙宁之有为，冠群贤而首用〔一六〕。信任之笃，古今所无。方需功业之成，遽起山林之兴〔一七〕。浮云何有，脱屣如遗〔一八〕。屡争席于渔樵，不乱群于麋鹿〔一九〕。进退之美，雍容可观〔二〇〕。

朕方临御之初〔二一〕，哀疚罔极〔二二〕。乃眷三朝之老〔二三〕，邈在大江之南〔二四〕。究观规摹〔二五〕，想见风采〔二六〕。岂谓告终之问〔二七〕，在予谅暗之中〔二八〕。胡不百年，为之一涕。於戏〔二九〕！死生用舍之际，孰能违天？赠赙哀荣之文〔二〇〕，岂不在我！宠以师臣之位〔二一〕，蔚为儒者之光。庶几有知，服我休命〔二二〕。

（卷三十八）

注

〔一〕元祐元年（1086）作。当时神宗已去世一年，哲宗即位，正逐一度弃新法，王安石在这年四月去世，任中书舍人的苏轼代皇帝起草了这篇制诰。关于本文的倾向，历来有不同看法。郎晔云："此虽褒词，然其言皆有微意。"（《经进东坡文集事略》卷三十九）蔡尚翔《王荆公年谱考略》卷二十四："此皆苏子由衷之言，洵为王公没世之光。"但客观看待此文可知，文中苏轼对王安石的才学、人品、道德、文章称颂备至，但对王安石一生的主要事业变法革新，反用寥寥数语带过，基本上是客观记述，算不上称赞，反映出作者对王安石变法的一贯态度。到苏轼时，北宋古文运动已经取得胜利，但制诰书启一般仍用四六文。只是这时的四六文也开始散文化，用典较少，文笔流畅。本文就是这种新式的四六文。

〔二〕敕：诏敕，皇帝颁发的命令、文告。

〔三〕朕：第一人称代词。从秦始皇开始，专用作皇帝自称。式：语助词，无实意。

〔四〕灼见：清楚地看见。

〔五〕"将有非常之大事"二句：《汉书·司马相如传》："盖世必有非常之人，然后有非常之事；有非常之事，然后有非常之功。非常者，固常人之所异也。"曾巩《上欧阳舍人书》："如此人者（指王安石），古今不常有。如今时所急，是无常人千万，不害也；顾如安石，不可失也。"

〔六〕"使其名高一时"二句：陈襄《与两浙安抚陈舍人荐士书》："有舒州通判王安石者，才性贤明，笃于古学，文辞政事，已著闻于时。"《宋史·王安石传》："馆阁之命屡下，安石屡辞。士大夫谓其无意于世，恨不识其面。"

〔七〕辩足以行其言：《宋史·王安石传》："安石议论奇高，能以辩博济其说。"辩，能言善辩。

〔八〕"瑰玮之文"二句：王安石是唐宋散文八大家之一。《宋史·王安石传》："其属文动笔如飞，初若不经意，既成，见者皆服其精妙。"瑰玮，奇伟、卓异。藻饰万物，谓用多

516

彩的文笔描绘万物。

〔九〕"卓绝之行"二句：陈俱《麟台故事》载文彦博语："安石恬然自守，未易多得。"林鼎《临川王文公集序》："其行卓，其志坚，超越富贵之外，无一毫利欲之泊，少壮至老死如一。"风动，犹言带动。

〔一〇〕期岁：一周年，指熙宁二年（1069）推行新法时。

〔一一〕靡然：风吹草伏貌。

〔一二〕具官：唐、宋以来的公文文稿，常把应写明的官爵名称省略，以"具官"代之。

〔一三〕瞿：瞿昙，梵文译音，佛教创始人释迦牟尼的姓。聃：老聃，即老子，道家创始人。此句实为贬词，与苏轼《居士集叙》指责王安石"以佛老之似，乱周孔之真"同，这里只不过客观叙述而已。

〔一四〕"罔罗六艺之遗文"二句：《宋史·王安石传》："安石传经义，出己意，辩论辄数百言，众不能诎。甚者谓'天变不足畏，祖宗不足法，人言不足恤。'"六艺，即"六经"，指《诗》《书》《礼》《易》《乐》《春秋》六种儒家经典。此指王安石所著《三经新义》。

〔一五〕"糠秕百家之陈迹"二句：视百家解经旧说为糠秕糟粕，而用新解释来教化百姓。王安石曾设置经义局，"训释《诗》《书》《周礼》，既成，颁之学官，天下号曰'新义'……一时学者，无敢不传习，主司纯用以取士，士莫得自名一说。先儒传注，一切废不用。"（《宋史·王安石传》）

〔一六〕"属熙宁之有为"二句：《宋史·王安石传》："（神宗）甫即位，命知江宁府。数月，召为翰林学士兼侍讲。熙宁元年四月，始造朝。""二年二月，拜参知政事。""于是设制置三司条例司，命与知枢密院事陈升之同领之。安石令其党吕惠卿任其事。而农田水利、青苗、均输、保甲、免役、市场、保马、方田诸役相继并兴，号为新法，遣提举官四十余辈，颁行天下。"即历史上著名的王安石变法。属，适值。

〔一七〕"方需功业之成"二句：指熙宁七年、九年因推行新法受阻，王安石两次罢相。他在第二次罢相前《与参政王禹玉书》中说："自春以来，求解职事，至于四五。今则病疾日甚，必无复任事之理。""欲及罪戾未积，得优游里间，为圣时知止不殆之臣。"第二次罢相后，退居江宁十年，直到去世。山林之兴，指隐居不仕的兴致。

〔一八〕"浮云何有"二句：《论语·述而》："不义而富且贵，于我如浮云。"《淮南子·主术》："尧举天下而传之舜，犹却行而脱屣也。"此二句谓王安石视富贵如浮云，视罢相如丢掉鞋子。

〔一九〕"屡争席于渔樵"二句：谓即使王安石已与渔父樵夫（打柴人）打成一片，在麋鹿中也能安然相处。形容王安石与世无争，心情恬淡。争席，争座位（古人席地而坐）。

〔二〇〕雍容：儒雅大方。

〔二一〕临御之初：言神宗刚去世，自己（哲宗）刚开始治理国家。

〔二二〕哀疚：因丧事而哀痛。罔极：无限。

〔二三〕三朝之老：指王安石历仕仁宗、英宗、神宗三朝。

〔二四〕大江之南：指大江之南的金陵（今江苏南京），王安石罢相后隐居于此。

〔二五〕究观规摹：观察研究您的治国的方略。

〔二六〕风采：仪态风度。《汉书·霍光传》："天下想闻其风采。"

〔二七〕告终之问：报告去世的消息。问，通"闻"。

〔二八〕谅暗：天子居丧。

〔二九〕於戏：同"呜呼"，悲叹之声。

〔三〇〕赠赙：送治丧礼物。哀荣之文：对死者褒扬赞誉的文辞。

〔三一〕师臣：作帝王之师的臣子，即指太傅。

〔三二〕服我休命：接受我这美好的诏命。

附录

蔡上翔：此皆苏子由衷之言，洵为王公没世之光。"晚师瞿昙"一语，似不必有。公以经术自命，终生未之有易。苏、黄二公所著，尤喜说佛。若以此为定评，不知二公所以自为又何以云也？（《王荆公年谱考略》卷二十四）

王文诰：词曰"断以己意"，"古今所无"，"胡不百年，为之一涕"，想见其愤然而行笔也。（《苏诗总案》卷二十七）

答毛泽民书〔一〕

苏 轼

轼启：比日酷暑〔二〕，不审起居何如？顷承示长笺及诗文一轴〔三〕，日欲裁谢〔四〕，因循至今〔五〕，悚息〔六〕。今时为文者至多，可喜者亦众，然求如足下闲暇自得，清美可口者实少也。敬佩厚赐〔七〕，不敢独飨，当出之知者。

世间唯名实不可欺。文章如金玉，各有定价。先后进相汲引，因其言以信于世〔八〕，则有之矣。至其品目高下，盖付之众口，决非一夫所能抑扬。轼于黄鲁直、张文潜辈数子〔九〕，特先识之耳。始诵其文，盖疑信者相半，久乃自定，翕然称之，轼岂能为之轻重哉！非独轼如此，虽向之前辈，亦不过如此也。而况外物之进退〔一○〕，此在造物者，非轼事。辱见贶之重〔一一〕，不敢不尽。承不久出都〔一二〕，尚得一见否？

（卷五十三）

注

〔一〕毛泽民：毛滂字泽民，毛维瞻之子，衢州江山（今属浙江）人。苏辙贬筠州，毛维瞻任知州，二人相得甚欢，颇多唱和，苏轼与维瞻亦有诗书往来。元祐初，苏轼还朝，毛滂入京求荐，此为苏轼答书。认为文章的价值决定于文章本身，而不决定于他人的褒贬；他人的褒贬也有作用，但应"付之众口，决非一夫所能抑扬"，一夫抑扬也能起"特先识之"的作用，但"为之轻重"的还是文章本身。毛滂《上苏内翰书》，有些急于进取，故苏轼婉言戒之。

〔二〕比日：近日。

〔三〕顷承示长笺及诗文一轴：毛滂《上苏内翰书》："自先生兄弟入朝，某由二浙历淮泗，至于京师。……谨献杂诗文一编，惟先生哀其意而幸教之。"

〔四〕裁谢：裁笺答谢。

〔五〕因循：拖沓。

〔六〕悚息：惶恐喘息，宋人书信中常用的客套话。

〔七〕厚赐：指毛滂所献诗文。

〔八〕信：取信，获得信任。

〔九〕黄鲁直：即黄庭坚。张文潜：即张耒。二人皆属苏门四学士。

〔一○〕外物之进退：指荐举成与不成，仕与不仕。

〔一一〕见贶：加赐。

〔一二〕不久出都：毛滂有《出都寄二苏》诗，其序云："仆去年冬去田里而西，历春度夏，出关已秋。逆旅酸苦，节物感人，此诗书一时所遇之事以自见，寄献内翰（指苏轼）、舍人（指苏辙）苏公，伏惟一览幸甚。"

范文正公文集叙[一]

苏 轼

庆历三年[二]，轼始总角入乡校[三]，士有自京师来者，以鲁人石守道所作《庆历圣德诗》示乡先生[四]。轼从旁窃观，则能诵习其词，问先生以所颂十一人者何人也[五]？先生曰："童子何用知之？"轼曰："此天人也耶，则不敢知；若亦人耳，何为其不可！"先生奇轼言，尽以告之，且曰："韩、范、富、欧阳[六]，此四人者，人杰也。"时虽未尽了，则已私识之矣。嘉祐二年，始举进士至京师[七]，则范公殁[八]。既葬，而墓碑出[九]，读之至流涕，曰："吾得其为人。"盖十有五年而不一见其面[一〇]，岂非命也欤。

是岁登第，始见知于欧阳公[一一]，因公以识韩、富，皆以国士待轼[一二]，曰："恨子不识范文正公[一三]"。其后三年，过许，始识公之仲子今丞相尧夫[一四]。又六年，始见其叔彝叟京师[一五]。又十一年，遂与其季德孺同僚于徐[一六]。皆一见如旧。且以公遗稿见属为叙[一七]。又十三年[一八]，乃克为之[一九]。

呜呼，公之功德，盖不待文而显，其文亦不待叙而传。然不敢辞者，自以八岁知敬爱公，今四十七年矣[二〇]。彼三杰者，皆得从之游，而公独不识，以为平生之恨，若获挂名其文字中，以自托于门下士之末，岂非畴昔之愿也哉。

古之君子，如伊尹、太公、管仲、乐毅之流[二一]，其王霸之略，皆素定于畎亩中[二二]，非仕而后学者也。淮阴侯见高帝于汉中，论刘、项短长，画取三秦，如指诸掌，及佐帝定天下，汉中之言，无一不酬者[二三]。诸葛孔明卧草庐中，与先主策曹操、孙权，规取刘璋，因蜀之资，以争天下，终身不易其言[二四]。此岂口传耳受尝试为之而侥幸其或成者哉。

公在天圣中，居太夫人忧[二五]，则已有忧天下致太平之意[二六]，故为万言书以遗宰相，天下传诵。至用为将[二七]，擢为执政[二八]，考其平生所为，无出此书者。今其集二十卷，为诗赋二百六十八，为文一百六十五。其于仁义礼乐，忠信孝悌[二九]，盖如饥渴之于饮食，欲须臾忘而不可得。如火之热，如水之湿，盖其天性有不得不然者。虽弄翰戏语，率然而作，必归于此。故天下信其诚，争师尊之。孔子曰："有德者必有言。"[三〇]非有言也，德之发于口者也。又曰："我战则克，祭则受福。"[三一]非能战也，德之见于怒者也。元祐四年四月十一日。

（卷十）

注

〔一〕范文正公，即范仲淹，见苏洵《上欧阳内翰第一书》注〔五〕。本文作于元祐四年（1089）四月，时苏轼自翰林学士、知制诰兼侍读学士改知杭州，即将离京赴任。文章"上半篇叙景慕之情，中言公规模先定，末乃言其文集底蕴"（张伯行《唐宋八大家文钞》卷八），叙事极为严整。这篇序的突出特点是不就文论文，而是论文先论人，论人先论德，与一般序言比起来，别具一格。

〔二〕庆历三年：公元 1043 年，苏轼八岁。

〔三〕总角：《礼记·内则》："拂髦，总角"。郑玄注："总角，收发结之。"角，小髻。后用"总角"代称童年时代。陶渊明《荣木》诗序："总角闻道，白首无成。"乡校：乡间学校。《东城志林》卷二《道士张易简》："吾八岁入小学，以道士张易简为师。"

〔四〕"以鲁人石守道"句：《宋史·石介传》："石介，字守道，兖州奉符人。……（庆历中）会吕夷简罢相，夏竦既除枢密使，复夺之，以（杜）衍代。章得象、晏殊、贾昌朝、范仲淹、富弼及（韩）琦同时执政，欧阳修、余靖、王素、蔡襄并为谏官。介喜曰：'此盛事也，歌颂吾职，其可以乎！作《庆历圣德诗》。"兖州古属鲁国，故称"鲁人石守道。"

〔五〕所颂十一人：上杜衍至蔡襄共十一人。

〔六〕韩、范、富、欧阳：即韩琦、范仲淹、富弼、欧阳修。欧阳修、富弼见苏洵《上欧阳内翰第一书》注〔一〕〔六〕。韩琦，见苏洵《九日和韩魏公》注〔一〕。

〔七〕"嘉祐二年"二句：参苏轼《与梅直讲书》注〔一九〕。

〔八〕范公：范仲淹。范仲淹死于皇祐四年（1052）。没：同"殁"。《三苏文范》卷十五："起案便占地步，以所颂十一人说归四人，四人说归文正公，叙事严整而有原委。"

〔九〕墓碑：指欧阳修所作《资政殿学士户部侍郎文正范公神道碑铭》。

〔一〇〕十有五年：庆历三年（1043）至嘉祐二年（1057），相距十五年。

〔一一〕"是岁登第"二句：参苏轼《省试刑赏忠厚之至论》注〔一〕。

〔一二〕国士：国中杰出之士。

〔一三〕恨：遗憾。

〔一四〕"其后三年"三句：指嘉祐五年（1060）作者服母丧期满后，自蜀返京，途经许（今河南许昌）时，遇范仲淹次子范纯仁。范纯仁（1027—1101），字尧夫。皇祐元年进士，嘉祐五年任许州签判，元祐中官至尚书仆射、中书侍郎，故称之为"今丞相"。

〔一五〕"又六年"二句：指治平二年（1065）作者罢凤翔府签书判官回京任职时，遇范仲淹第三子范纯礼（字彝叟）。叔，排行第三。

〔一六〕"又十一年"二句：指熙宁十年（1077）作者自密州改知徐州（今属江苏铜山县）时，遇范仲淹第四子范纯粹（字德孺）知滕县。滕县属徐州，故称"同僚"。季，排行第四。

〔一七〕遗稿：指《范文正公集》。

〔一八〕又十三年：熙宁十年至元祐四年，相距十三年。

〔一九〕克：能，有完成的意思。

〔二〇〕四十七年：庆历三年至元祐四年相距四十七年。

〔二一〕伊尹、太公：见《留侯论》注〔一九〕。管仲：见苏洵《审势》注〔三九〕。乐毅：战国时燕将，燕昭王时任亚卿，曾率军击破齐国，连下七十余城。

〔二二〕"其王霸之略"二句：谓未作官时已定下了治国谋略。畎亩，田间、田地。《韩非子·说疑》："又亲操耒耨，以修畎亩。"

〔二三〕"淮阴侯见高帝于汉中"至"无一不酬者"：淮阴侯，韩信。见苏洵《御将》注〔一五〕。高帝，汉高祖刘邦，见苏洵《高祖》注〔一〕。《史记·淮阴侯列传》载韩信初见刘邦时，论"刘项短长"，并献计云："项王（羽）虽霸天下而臣诸侯，不居关中而都彭城。……所过无不残灭者，天下多怨，百姓不亲附，特劫于威强耳"，而"大王（刘邦）之入武关，秋毫无所害，除秦苛法，与秦民约，法三章耳，秦民无不欲得大王王秦者。"故"今大王举而东，三秦可传檄而定也。"后刘邦从韩信计，果然定三秦。汉中，古郡名，因地处汉水上游而得名，治所在今陕西省汉中市东，辖境约为陕西省秦岭以南及湖北省西北部。划取，规划夺取。下"规取"意同。三秦，今陕西省一带地区，古为秦国。项羽灭秦后，分其地为雍、塞、翟三国，故称三秦。酬，实现。

〔二四〕"诸葛孔明卧草庐中"至"终身不易其言"：诸葛孔明即诸葛亮。先主指刘备。刘备三顾茅庐，诸葛亮隆中对策，建言跨有荆州、益州，联吴（孙权）抗曹（操），"天下有变，则命一上将将荆州之军以向宛、洛，将军身率益州之众出于秦川，百姓孰敢不箪食壶浆以迎将军者乎？诚如是，则霸业可成，汉室可兴矣。"（《三国志·蜀志·诸葛亮传》）刘璋，东汉末任益州（今四川成都）牧，昏庸无能，后为刘备所灭。因，凭藉。《苏长公合作》卷二引姜宝云："淮阴论刘项，孔明论孙曹，不下数百言，今约以数语，真妙绝古今之文也。"又引钱东湖云："以文正公配淮阴侯、诸葛武侯，言其平生经略素定，非偶得勤取者，见此集为有用之书。"

〔二五〕"公在天圣中"二句：据《范仲淹年谱》，范仲淹于宋仁宗天圣四年（1026），丁母夫人忧。

〔二六〕"则已有忧天下"句：《宋史·范仲淹传》：天圣五年"晏殊知应天府，闻仲淹名，召置府学。上书请择郡守、举县令、斥游惰、去冗僭、慎选举、抚将帅，凡万余言。"又《涑水记闻》："仲淹《上宰相书》言朝政得失，民间利病，凡万余言。"《苏长公合作》卷二引姜宝云："范文正公百代殊绝人物，而东坡叙其文，只就公万言书发，盖公终身事业尽在是矣。"

〔二七〕至用为将：《宋史·范仲淹传》："元昊反，召为天章阁待制，知永兴军，改陕西都转运使。会夏竦为陕西经略安抚招讨使，进仲淹龙图阁学士以副之。"

〔二八〕擢为执政：庆历三年春范仲淹任枢密副使，秋改任参知政事（副宰相）。擢，提升。

〔二九〕孝悌：孝敬父母，顺从兄长。

〔三〇〕有德者必有言：见《论语·宪问》。

〔三一〕"我战则克"二句：见《礼记·礼器》。孔颖达疏："此一节论孔子述知礼之人自称战克、祭受福之事。"

附录

吕祖谦：作文字不难于敷文，而难于叙事，盖叙事在严谨难也。看东坡自叙述处，大类司马公，而严整又不比司马之汗漫。（《三苏文范》卷十五引）

杨慎：前叙情，中赞美，后叙意。（同上）

茅坤：此作本率意而书者，而于中识度自远。（《苏文忠公文钞》卷二十三）

黠鼠赋〔一〕

苏 轼

苏子夜坐，有鼠方啮〔二〕。拊床而止之〔三〕，既止复作。使童子烛之〔四〕，有橐中空〔五〕。嘐嘐聱聱〔六〕，声在橐中。曰："嘻！此鼠之见闭而不得去者也〔七〕。"发而视之，寂无所有。举烛而索，中有死鼠。童子惊曰："是方啮也，而遽死耶〔八〕？向为何声〔九〕，岂其鬼耶〔一〇〕？"覆而出之，堕地乃走〔一一〕，虽有敏者，莫措其手〔一二〕。

苏子叹曰："异哉！是鼠之黠也。闭于橐中，橐坚而不可穴也〔一三〕。故不啮而啮，以声致人〔一四〕；不死而死，以形求脱也〔一五〕。吾闻有生〔一六〕，莫智于人。扰龙伐蛟，登龟狩麟〔一七〕，役万物而君之〔一八〕，卒见使于一鼠；堕此虫之计中，惊脱兔于处女〔一九〕。乌在其为智也〔二〇〕？"

坐而假寐〔二一〕，私念其故〔二二〕。若有告余者曰："汝惟多学而识之，望道而未见也〔二三〕。不一于汝，而二于物〔二四〕，故一鼠之啮而为之变也。'人能碎千金之璧，不能无失声于破釜；能搏猛虎，不能无变色于蜂虿〔二五〕'：此不一之患也。言出于汝〔二六〕，而忘之耶？"余俯而笑，仰而觉。使童子执笔，记余之作。

（卷一）

注

〔一〕黠鼠，狡猾的老鼠。这是一篇理趣兼胜的咏物小赋。首段写黠鼠骗人，得以逃脱；次段分析老鼠骗人脱逃的伎俩，感慨身为万物之灵的人，也不免被老鼠蒙骗。末段

"不一于汝，而二于物"是全赋的中心，即自己不能专心致志，反而受外物左右，这就是人被老鼠欺骗的真正原因。叶梦得《避暑录话》（卷下）云："苏子瞻扬州题诗之谤，作《黠鼠赋》。""扬州题诗之谤"指元祐六年（1091）政敌攻击苏轼的《归宜兴留题竹西寺》诗是庆幸神宗去世，这时苏轼五十六岁，故文中以"苏子"自称，并有童子使唤。弄清这篇赋的背景才能懂得它的主旨，即不要因"一鼠之啮而为之变"，不要因少数政敌的攻击而分散自己的注意力。

〔二〕啮：咬。

〔三〕拊：拍。

〔四〕烛之：用蜡烛照一下。

〔五〕橐：盛物的袋子。

〔六〕嘐嘐（xiāo）聱聱（áo）：象声词，形容老鼠咬物的声音。

〔七〕见：被。

〔八〕遽：突然。

〔九〕向：刚才，先前。

〔一〇〕鬼：指老鼠死后的魂魄。

〔一一〕走：逃跑。

〔一二〕莫措其手：即措手不及。

〔一三〕穴：动词，打洞。

〔一四〕"不啮而啮"二句：没有咬东西却装作咬东西，用声音来招惹人。致，使……至。

〔一五〕"不死而死"二句：没有死却装死。用死的样子来求得逃脱。

〔一六〕有生：有生命的东西。

〔一七〕"扰龙伐蛟"二句：扰龙，驯龙。《周礼·夏官·服不氏》："掌养猛兽而教扰之。"郑玄注："扰，驯也，教习使之驯服。"《礼记·月令》："令渔师伐蛟取鼍，登龟取黿。"登龟：献龟，郑玄注："言登者，尊之也。"狩：猎取。

〔一八〕役万物而君之：役使万物而为之主。

〔一九〕脱兔：形容老鼠像逃脱的兔子一样敏捷。处女：形容老鼠装死时像未出嫁的女子一样文静。《孙子·九地》："始如处女，敌人开户；后如脱兔，敌不及拒。"

〔二〇〕乌：哪里。

〔二一〕假寐：闭目养神，打盹。

〔二二〕私念：独自想。

〔二三〕"汝惟多学而识之"二句：你只是学得多，记得多，望了望道而并未真正见到道。

〔二四〕"不一于汝"二句：你不专心一意，反而被外物分心。二，有二心。

〔二五〕虿：蝎子一类的毒虫。

〔二六〕言出于汝：据王宗稷《东城先生年谱》载，庆历五年（1045）苏轼十岁时，按父亲的要求作《夏侯太初论》，文中就有以上所引的一段话。

潮州韩文公庙碑〔一〕

苏 轼

匹夫而为百世师，一言而为天下法〔二〕，是皆有以参天地之化〔三〕，关盛衰之运。其生也有自来，其逝也有所为。故申、吕自岳降〔四〕，傅说为列星〔五〕，古今所传，不可诬也。孟子曰："吾善养吾浩然之气。"〔六〕是气也，寓于寻常之中，而塞乎天地之间。卒然遇之，则王公失其贵，晋、楚失其富〔七〕，良、平失其智〔八〕，贲、育失其勇〔九〕，仪、秦失其辩〔一〇〕。是孰使之然哉？其必有不依形而立，不恃力而行，不待生而存，不随死而亡者矣〔一一〕。故在天为星辰，在地为河岳，幽则为鬼神，而明则复为人〔一二〕。此理之常，无足怪者。

自东汉以来，道丧文弊，异端并起〔一三〕。历唐贞观、开元之盛，辅以房、杜、姚、宋而不能救〔一四〕。独韩文公起布衣，谈笑而麾之，天下靡然从公，复归于正〔一五〕，盖三百年于此矣〔一六〕。文起八代之衰〔一七〕，而道济天下之溺〔一八〕，忠犯人主之怒〔一九〕，而勇夺三军之帅〔二〇〕。岂非参天地，关盛衰，浩然而独存者乎？

盖尝论天人之辨〔二一〕：以谓人无所不至，惟天不容伪。智可以欺王公，不可以欺豚鱼〔二二〕；力可以得天下，不可以得匹夫匹妇之心。故公之精诚，能开衡山之云〔二三〕，而不能回宪宗之惑；能驯鳄鱼之暴〔二四〕，而不能弭皇甫镈、李逢吉之谤〔二五〕；能信于南海之民，庙食百世〔二六〕，而不能使其身一日安于朝廷之上〔二七〕。盖公之所能者，天也；所不能者，人也。

526

　　始，潮人未知学，公命进士赵德为之师〔二八〕。自是潮之士皆笃于文行，延及齐民〔二九〕，至于今，号称易治。信乎孔子之言："君子学道则爱人，小人学道则易使也"〔三〇〕。潮人之事公也，饮食必祭，水旱疾疫，凡有求必祷焉。而庙在刺史公堂之后，民以出入为艰。前守欲请诸朝作新庙，不果。元祐五年，朝散郎王君涤来守是邦〔三一〕，凡所以养士治民者，一以公为师。民既悦服，则出令曰："愿新公庙者，听。"〔三二〕民欢趋之，卜地于州城之南七里〔三三〕，期年而庙成〔三四〕。或曰："公去国万里，而谪于潮，不能一岁而归〔三五〕。没而有知，其不眷恋于潮审矣！"〔三六〕轼曰："不然，公之神在天下者，如水之在地中，无所往而不在也。而潮人独信之深，思之至，熏蒿凄怆〔三七〕，若或见之。譬如凿井得泉，而曰水专在是，岂理也哉！"元丰七年〔三八〕，诏封公昌黎伯，故榜曰"昌黎伯韩文公之庙"。潮人请书其事于石，因作诗以遗之，使歌以祀公。其词曰：

　　公昔骑龙白云乡〔三九〕，手抉云汉分天章〔四〇〕。天孙为织云锦裳〔四一〕，飘然乘风来帝旁。下与浊世扫秕糠〔四二〕，西游咸池略扶桑〔四三〕，草木衣被昭回光。追逐李、杜参翱翔〔四四〕，汗流籍、湜走且僵〔四五〕，灭没倒影不可望。作书诋佛讥君王，要观南海窥衡湘，历舜九疑吊英皇〔四七〕。祝融先驱海若藏〔四八〕，约束鲛鳄如驱羊。钧天无人帝悲伤〔四九〕，讴吟下招遣巫阳〔五〇〕。爆牲鸡卜羞我觞〔五一〕，於粲荔丹与蕉黄〔五二〕。公不少留我涕滂，翩然被发下大荒〔五三〕。

（卷十七）

注

〔一〕潮州：今广东潮安县。韩文公即韩愈，因反对唐宪宗迎佛骨入宫中，被贬为潮州刺史。元祐五年（1090）潮州人在城南为韩愈建新庙，元祐七年（1092）苏轼应潮州人士之请，作这篇碑文。本文"前一段（一、二自然段）见参天地，关盛衰，由于浩然之气；中一段（第三自然段）见公之合于天而乖于人，是所以贬斥之故；后一段是潮人所以立庙之故，脉理极清。"（《唐宋八家文读本》卷二十四）文章高度评价了韩愈振兴儒学之功，盛赞他"文起八代之衰",歌颂了他在潮州的政绩,概括了他坎坷不平的一生,叙述了潮州人民对他的爱戴和怀念。全文虽也有一般碑传文褒扬过甚之嫌,但气势磅礴,风格雄浑,古往今来,上天下地,纵横驰骋,议论风生,"置之昌黎集中,几无以辨"(《纂评唐宋八大家文读本》卷七引唐介轩语)。

〔二〕"匹夫而为百世师"二句:《孟子·尽心下》:"圣人,百世之师也。"《礼记·中庸》:"(君子)言而世为天下则。"此化用其意。

〔三〕参天地之化:《礼记·中庸》:"可以赞天地之化育,则可以与天地参矣。"朱熹注:"与天地参,谓与天、地并立而三矣。"

〔四〕申、吕自岳降:周宣王时的申侯、吕侯,传说他们降生时,山岳有降神的吉兆。《诗·大雅·崧高》:"崧高维岳,骏极于天。维岳降神,生甫(即吕侯)及申。维申及甫,维周之翰。四国于蕃,四方于宣。"苏轼举此证明"其生也有自来"。

〔五〕傅说为列星:傅说,商王武丁的大臣,传说他死后与众星并列。《庄子·大宗师》:"(傅说)相武丁,奄有天下,乘东维,骑箕尾,而比于列星。"苏轼举此证明"其逝也有所为"。

〔六〕吾善养吾浩然之气:语见《孟子·公孙丑上》,并阐释说:"其为气也,至大至刚,以直养而无害,则塞于天地之间。"

〔七〕晋、楚失其富:《孟子·公孙丑下》:"曾子曰:晋楚之富,不可及也。"

〔八〕良、平:张良、陈平,见苏洵《高祖》注〔三〕〔二〕。

〔九〕贲、育:孟贲、夏育,见苏轼《留侯论》注〔一四〕。

〔一〇〕仪、秦:张仪、苏秦,见苏洵《谏论上》注〔二六〕。钱文登云:"五个'失'字,如破竹之势,只一句锁住。"(《苏长合作》卷七引)归有光《文章指南》亦云:"句法连下,一句紧一句,是谓破竹势也。如苏子瞻《潮州韩文公庙碑》首段,连下五'失'字似之。"

〔一一〕"其必有不依形而立"四句:钱文登云:"复用四个'不'字,笔力过人。"(《苏长公合作》卷七引)

〔一二〕"幽则为鬼神"二句:化用《礼记·乐记》"明则有礼乐,幽则有鬼神"意。幽、明指死和生、阴间和阳间。

〔一三〕"自东汉以来"三句:韩愈《原道》:"周道衰,孔子没,火于秦,黄老于汉,佛于晋、魏、梁、隋之间,其言道德仁义者不入于杨,则入于墨,不入于老,则入于佛。"异端,指正统儒学以外的学派,即韩愈所指斥的杨、墨、佛、老。

〔一四〕"历唐贞观、开元之盛"二句:贞观,唐太宗年号(627—649)。开元,唐玄宗年号（713—741）。房，房玄龄（579—648），名乔，齐州淄川（今山东淄博）人，唐太宗时宰相。杜，杜如晦（585—630），字克明，京兆杜陵（今陕西西安东南）人，唐太宗时宰相。姚，姚崇（650—721），陕州硖石（今河南三门峡南）人，历任武则天、睿宗、玄宗三朝宰相。宋，宋璟（663—737），邢州南和（今属河南）人，睿宗、玄宗朝宰相。四人皆唐代名相。欧阳修《苏氏文集序》："予尝考前世文章政理之盛衰，而怪唐太宗致治几乎三王之盛，而文章不能革五代（梁、陈、齐、周、隋）之余习。"

〔一五〕"独韩文公起布衣"四句：欧阳修《苏氏文集序》："后百余年，韩、柳之徒出，然后元和之文始复于古。"麾，通"挥"，指挥、号召。

〔一六〕三百年：约数，韩愈距苏轼不足三百年。

〔一七〕八代：指东汉、魏、晋、宋、齐、梁、陈、隋。

〔一八〕道济天下之溺：以儒家之道拯救了沉溺于佛老的天下之人。

〔一九〕忠犯人主之怒：唐宪宗崇佛，迎佛骨入禁中。韩愈上表极谏，触怒宪宗，贬潮州刺史。韩愈《左迁至蓝关示侄孙湘》："一封朝奏九重天，夕贬潮阳路八千。欲为圣明除弊事，敢将衰朽惜残年！"

〔二〇〕勇夺三军之帅：指唐穆宗时，镇州（今河北正定）发生兵变，杀田弘正，立王廷凑。韩愈奉诏宣抚。元稹言韩愈可惜，穆宗亦悔。但韩愈至镇州以正气折服了王廷凑等，平息了镇州兵乱。事见《新唐书·韩愈传》。

〔二一〕天人之辨：天命、人事的区别。

〔二二〕不可以欺豚鱼：《易·中孚》："豚鱼，吉，信及豚鱼也。"反之，信不及豚鱼则不吉，进一步申言"天不容伪"。

〔二三〕开衡山之云：韩愈游衡山，天气阴晦，韩愈默祷，忽云散天晴，作《谒衡岳庙遂宿岳寺题门楼》诗记其事（参苏轼《登州海市》注〔六〕）。衡山，在湖南衡山县西，五岳之一，称南岳。

〔二四〕能驯鳄鱼之暴：《新唐书·韩愈传》："初，愈至潮，问民疾苦。皆曰：'恶溪有鳄鱼，食民畜产且尽，民以是穷。'数日，愈自往视之，令其属秦济以一羊一豚投溪水而祝之（韩愈有《祭鳄鱼文》）。……祝之夕，暴风震电起溪中，数日水尽涸，西徙六十里。自是潮无鳄鱼患。"

〔二五〕不能弭皇甫镈、李逢吉之谤：弭，消除。皇甫镈，唐宪宗时宰相。《新唐书·韩愈传》载，宪宗得到韩愈的潮州谢表后，"颇感悟，欲复用之。持示宰相曰：'愈前所论，是大爱朕，然不当言天子事佛乃年促耳。'皇甫镈素忌愈直，即奏言：'愈终狂疏，可且内移。'乃改袁州刺史。"李逢吉，唐穆宗时宰相，故意挑起韩愈和李绅的不和，然后两逐之。

同上书载："宰相李逢吉恶李绅，欲逐之，遂以愈为京兆尹兼御史大夫，特诏不台参，而除绅中丞。绅果劾奏愈，愈以诏自解。其后文刺纷然，宰相以台、府不协，遂罢愈为兵部侍郎，而出绅江西观察使。"

〔二六〕庙食：立庙祭祀。

〔二七〕不能使其身一日安于朝廷之上：储欣云："公所自道耳。若韩公自知制诰后，功成名立，志得道行。虽以谏佛骨表穷，而贵戚大臣维持调护，及谢表朝以入，宪宗夕以悟。移袁而后，宠任滋沃矣。此碑终是借酒杯，浇块磊，未为确论也。"赖山阳云："'可''不可'二层，'能''不能'三层相配，与五'失'字、四'不'字为呼应势。然三层皆倒，'能''不能'当言'不能''能'则顺矣。然句势不能不如此。"（《纂评唐宋八大家文读本》卷七引）

〔二八〕公命进士赵德为之师：韩愈《潮州请置乡校牒》："赵德秀才，沈雅专进，颇通经，有文章，能知先王之道，论说且排异端，而宗孔氏，可以为师矣。请摄海阳县尉，为衙推官，专勾当州学，以督生徒，兴恺悌之风。"苏轼《与吴子野书》："《文公庙碑》，近已寄去。潮州自文公来到，则已有文行之士如赵德者，盖风俗之美久矣。"

〔二九〕齐民：平民。

〔三〇〕"君子学道则爱人"二句：见《论语·阳货》。

〔三一〕朝散郎王君涤：朝散郎，文散官，官阶从七品上。王涤，苏轼《与潮守王朝请涤二首》："承寄示士民所投牒及韩公庙图，此古之贤守留意于教化者所为，非簿书俗吏之所及也。""若公已移（移守他处），即告封此简与吴道人（吴子野）勾当也。"《续资治通鉴长编》卷三七五有元祐元年任河北转运司管勾文字官的王涤，不知即其人否。余不详。

〔三二〕听：听便。

〔三三〕卜地：择地。

〔三四〕期年：一整年。

〔三五〕不能一岁而归：韩愈于元和十四年（819）正月贬潮州刺史，同年十月移袁州刺史，贬潮州不足一年。

〔三六〕审：确实，明白无误。

〔三七〕熏蒿凄怆：语出《礼记·祭义》，孔颖达疏："熏，谓香臭也，言百物之气或香或臭。蒿，谓蒸出貌，言此香臭悉而上出，其气蒿然也。凄怆者，谓此等之气，人闻之，情有悽有怆。"

〔三八〕元丰七年：1084年。

〔三九〕骑龙：《后汉书·矫慎传》："骑龙弄凤，翔嬉云间。"白云乡：仙乡。《庄子·

天地》：“乘彼白云，游于帝乡。”《飞燕外传》：“后进合德，帝大悦，以辅属体，无所不靡，谓为温柔乡。曰：‘吾老是乡矣，不能效武皇帝求白云乡也。’”洪迈《容斋随笔》卷八：“骑龙白云之诗，蹈厉发越，直到《雅》《颂》，所谓若捕龙蛇，搏虎豹者，大哉言乎！”

〔四〇〕手抉云汉分天章：抉，择取。云汉，银河。天章，天之文彩，指分布于天上的日月星辰。

〔四一〕天孙：织女星。《史记·天官书》：“织女，天女孙也。”

〔四二〕下与浊世扫粃糠：谓下到人间，为浑浊的人世横扫一切无用之物。粃，中空或不饱满的谷粒。糠，谷壳米皮。此以粃糠喻“道丧文弊，异端并起”。

〔四三〕西游咸池略扶桑：屈原《离骚》：“饮余马于咸池兮，总余辔乎扶桑。”咸池，神话传说中的地名。扶桑，《南史·东夷传》：“扶桑在大汉国东二百余里。”此句写韩愈东奔西走，为国奔忙。

〔四四〕李、杜：李白、杜甫。韩愈《调张籍》：“李杜文章在，光焰万丈长。……我愿生两翅，捕逐出八荒。”

〔四五〕籍、湜：张籍、皇甫湜。谓张籍、皇甫湜汗流浃背也赶不上韩愈。《新唐书·韩愈传》：“其徒李翱、李汉、皇甫湜从而效之，遽之及远甚。”

〔四六〕“作书诋佛讥君王”二句：史绳祖：“‘作书诋佛讥君王’一句，大有节病，君王岂可讥耶！”（《学斋占笔》卷一）魏了翁云：“东坡在黄、在惠、在儋，不患不伟，患其伤于太豪，便欠畏威敬怒之意。如‘兹游最奇绝’，‘所欠唯一死’之句，词气不甚平。又如《韩文公庙碑》诗云：‘作书诋佛讥君王，要观南海窥衡湘’，（韩）方作谏书时，亦冀谏行而迹隐，岂是故为诋讥，要为南海之行？盖后世词人多有此意，如‘去国一身’，‘高名千古’之类，十有八九若此。不知君臣义重，家国忧深，圣贤去鲁去齐，不若是恝者，非以一去为难也。”（罗大经《鹤林玉露》卷八引）这是从“君臣义重”角度批评苏轼不当这样写，但现在看来苏轼高出流辈者正在此。

〔四七〕九疑：山名，在湖南宁远县南，相传虞舜葬此。《水经注·湘水》：“九疑山盘基苍梧之野，峰秀数郡之间，罗岩九举，各导一溪。岫壑互阻，异岭同势，游者疑焉，故曰九疑山。”英、皇：女英、娥皇，尧之二女，舜之二妃，舜死苍梧，二妃奔至，亦死于此。《列女传》《述异记》等多有记载。

〔四八〕祝融：韩愈《南海神庙碑》：“南海之神曰祝融。”海若：海神。屈原《离骚》：“使湘灵鼓瑟兮，令海若舞冯夷。”此句谓韩愈在潮州使海神远徙。

〔四九〕钧天：天之中央，《吕氏春秋·有始》：“天有九野……中央曰钧天。”

〔五〇〕讴吟下招遣巫阳：《楚辞·招魂》：“帝告巫阳曰：‘有人在下，我欲辅之。魂魄离散，汝筮予之。'"

〔五一〕犓牲：以犓牛为供品。鸡卜：以鸡骨占卜。《史记·孝武本纪》："祠天神上帝百鬼，而以鸡卜。"张守节《正义》："鸡卜法，用鸡一狗一，生祝愿讫，即杀鸡狗，煮熟又祭。独取鸡两眼骨，上自有孔裂，似人物形，即吉，不足则凶。今岭南犹此法也。"

〔五二〕於粲：色泽鲜明貌。韩愈《柳州罗池庙碑铭》："荔子丹兮蕉黄，杂肴蔬兮进侯堂。"苏轼化用其意，写潮州人民对韩愈的礼敬和挽留。

〔五三〕大荒：《山海经·大荒西经》："大荒之中有山名大荒之山，日月所入。"韩愈《杂诗》："翩然下大荒，被发骑骐骥。"此化用其意，写韩愈离潮而去，如日落大荒。

附录

朱熹：向尝闻东坡作《韩文公庙碑》，不能得一起头，起行百十遭。忽得两句云："匹夫而为百世师，一言而为天下法。"遂扫将去。（《朱子语类》卷一百三十九）

洪迈：刘梦得、李习之、皇甫持正、李汉皆称诵韩公之文，各极其挚。……是四人者，所以推高韩公，可谓尽矣。及东坡之碑一出，而后众说尽废。"（《容斋随笔》卷八）

谢枋得：后生熟读此等文章，下笔便有气力，有光彩。东坡平生作诗不经意，意思浅而味短。独此诗与《司马温公神道碑》《表忠观碑铭》三诗奇绝，皆刻意苦思之文也。（《文章轨范》卷四）

黄震：《韩文公庙辈》，非东坡不能为此，非韩公不足以当此，千古奇观也。（《三苏文范》卷十五引）

钱仁夫：宋人集中无此文字，直然凌越四百年，迫文公而上之。（《苏长公合作》卷七引）

王世贞：此碑自始至末，无一字懈怠。佳言格论，层见叠出，太牢悦口，夜明夺目。苏文古今所推，此尤其最得意者，其关系世道亦大矣。（《御选唐宋文醇》卷四十九引）

茅坤：予览此文，不是昌黎本色，前后议论多漫然。然苏长公生平气格独存，故录之。（《苏文忠公文钞》卷二十六）

储欣：歌词悲壮，竞爽韩诗。（《东坡先生全集录》卷五）

唐介轩：通篇历叙文公一生道德文章功业，而归本在养气上，可谓简括不漏。至行文之排宕宏伟，即置之昌黎集中，几无以辨。此长公出力模写之作。

（《纂评唐宋八大家文读本》卷七引）

张伯行：此文只是一气挥成，更不用波澜起伏之势，与东坡他文不同。其磅礴澎湃处，与昌黎大略相似。（《唐宋八大家文钞》卷八）

与侄孙元老书[一]

苏 轼

侄孙元老秀才。久不闻问，不识即日体中佳否？蜀中骨肉，想不住得安讯。老人住海外如昨，但近来多病瘦瘁，不复如往日，不知余年复得相见否？循、惠不得书久矣[二]。旅况牢落[三]，不言可知。又海南连岁不熟，饮食百物艰难，及泉、广海舶绝不至[四]，药物鲊酱等皆无[五]，厄穷至此，委命而已。老人与过子相对[六]，如两苦行僧尔。然胸中亦超然自得，不改其度，知之免忧。所要志文[七]，但数年不死便作，不食言也。侄孙既是东坡骨肉，人所觑看。住京凡百加关防，切祝切祝！今有一书与许下诸子[八]，又恐陈浩秀才不过许[九]，只令送与侄孙，切速为求便寄达。余惟万万自重，不一一。

（卷六十）

注

〔一〕元符元年（1098）十二月作。《宋史·苏元老传》："元老字子廷，幼孤力学，长于《春秋》。轼谪居海上，数以书往来。轼喜其为学有功，辙亦爱奖之。黄庭坚见而奇之，曰：'此苏氏之秀也。'"这封信叙述了海南生活的艰辛窘困，抒发了超然自得、不改其度的襟怀。

〔二〕循：循州，时苏辙谪迁于此。惠：惠州，时苏轼长子苏迈一家居此。

〔三〕牢落：孤零冷落。

〔四〕泉：泉州，今属福建。广：广州。皆当时海上贸易中心。

〔五〕药物鲊酱皆无：苏轼《纵笔三首》："北船不到米如珠，醉饱萧条半月无。"

〔六〕过：苏过，苏轼幼子，随侍苏轼居海南。

〔七〕志文：苏轼另一《与侄孙元老书》云："十九郎墓表，本是老人欲作，今岂推辞。"志文即指《十九郎墓表》。王文诰《苏诗总案》卷四十二谓十九郎即苏千运。

〔八〕许下：即许州，今河南许昌，苏辙一家居此。苏轼《答徐得之书》："一家今作四处，住惠、筠（苏辙当时贬筠州，后迁雷州、循州）、许、常（苏轼一家居此）也。"

〔九〕陈浩：未详其人。

与谢民师推官书〔一〕

苏　轼

　　轼启。近奉违〔二〕，辱辱问讯〔三〕，具审起居佳胜〔四〕，感慰深矣！轼受性刚简〔五〕，学迂材下，坐废累年〔六〕，不敢复齿缙绅〔七〕。自还海北，见平生亲旧，惘然如隔世人〔八〕，况与左右无一日之雅〔九〕，而敢求交乎！数赐见临，倾盖如故〔一〇〕，幸甚过望，不可言也。

　　所示书教及诗赋杂文〔一一〕，观之熟矣：大略如行云流水，初无定质〔一二〕，但常行于所当行，常止于所不可不止，文理自然，姿态横生〔一三〕。孔子曰："言之不文，行而不远〔一四〕。"又曰："辞达而已矣〔一五〕。"夫言止于达意，即疑若不文——是大不然〔一六〕。求物之妙，如系风捕影〔一七〕，能使是物了然于心者，盖千万人而不一遇也。而况能使了然于口与手者乎〔一八〕！——是之谓辞达。辞至于能达，则文不可胜用矣。

　　扬雄好为艰深之词〔一九〕，以文浅易之说〔二〇〕；若正言之〔二一〕，则人人知之矣：此正所谓"雕虫篆刻"者〔二二〕。其《太玄》《法言》〔二三〕，皆是类也。而独悔于赋，何哉？终身雕虫，而独变其音节〔二四〕，便谓之"经"，可乎？屈原作《离骚经》，盖《风》《雅》之再变者，虽与日月争光可也〔二五〕。可以其似赋，而谓之雕虫乎？使贾谊见孔子，升堂有余矣，而乃以赋鄙之，至与司马相如同科〔二六〕。雄之陋如此比者甚众。可与知者道〔二七〕，难与俗人言也。因论文偶及之耳。

欧阳文忠公言："文章如精金美玉，市有定价，非人所能以口舌定贵贱也〔二八〕。"纷纷多言，岂能有益于左右，愧悚不已！

所须惠力"法雨"堂两字〔二九〕，轼本不善作大字，强作终不佳。又舟中局迫难写，未能如教。然轼方过临江〔三○〕，当往游焉。或僧欲有所记录，当作数句留院中，慰左右念亲之意〔三一〕。今日已至峡山寺〔三二〕，少留即去。愈远。惟万万以时自爱。不宣。

（卷四十九）

注

〔一〕曾敏行《独醒杂志》卷一云："谢民师，名举廉，新淦人。博学工词章，远近从之者尝数百人。……东坡自岭南归，民师袖书及旧作遮谒，东坡览之，大见称赏。"元符三年（1100）苏轼遇赦，从海南岛儋县北归，途经广州。时谢任广州推官，以所作诗文求教。此书即苏轼离开广州到达临江（今广东清远县）时写给谢的。"此书大抵论文"（《三苏文范》卷十二引陈献章），文中关于文贵自然的主张，关于孔子"辞达而已矣"的理解，对扬雄"好为艰深之辞"的批评，以及"文有定价"等等，可以说总结了他一生的创作经验和文艺主张。

〔二〕奉违：犹言离别。奉，书信中常用的敬辞。

〔三〕亟：屡次。辱：谦辞，承蒙。

〔四〕具审：都明白了。起居：代指生活情况。

〔五〕受性刚简：秉性刚直简慢。

〔六〕坐废累年：因罪而废置多年。苏轼于绍圣元年（1094）至元符三年先贬惠州（今广东惠阳），再贬儋州（今广东海南岛儋州市），两次共七年，故言。

〔七〕复齿缙绅：再与士大夫同列。齿，并列。缙绅，即搢绅，本为官吏装束，后用为官宦代称。《晋书·舆服志》："所谓有搢绅之士者，搢（插）笏而垂绅带也。"

〔八〕惘然：怅惘、迷茫貌。

〔九〕无一日之雅：语出《汉书·谷永传》。颜师古注："雅，素也。……言非宿素之交。"

〔一〇〕倾盖如故：谓一见如故。邹阳《狱中上书自明》："语曰：'白头如新，倾盖如故。'"倾盖，两车之盖（车篷）相依而倾斜，即指停车（交谈）。《孔子家语·致思》："孔子之郯，遭程子于途，倾盖而语，终日甚相亲。"

〔一一〕书教：官场中常用的书启、谕告之类应用文章。

〔一二〕"大略如行云流水"二句：宋初田锡《贻宋小著书》："援毫之际，属思之时，以情合于性，以性合于道。……随其运用而得性，任其方圆而寓理，亦犹微风动水，了无定文；太虚浮云，莫有常态，则文章之有生气也，不亦宜哉！"定质，固定的形式。

〔一三〕"但常行于所当行"四句：苏轼《文说》："吾文如万斛泉源，不择地而出，在平地滔滔汩汩，虽一日千里无难。及其与山石曲折，随物赋形而不可知也。所可知者，常行于所当行，常止于不可不止，如是而已矣。其他虽吾亦不能知也。"故陈献章云："'行云流水'数语，此长公（苏轼）文字本色。"（《三苏文范》卷十二引）

〔一四〕"言之不文"二句：语出《左传·襄公二十五年》："仲尼曰：'志有之：言以足志，文以足言。不言，谁知其志。言之无文，行而不远。'"意谓语言若无文采，就不会流传很久。

〔一五〕辞达而已矣：语出《论语·卫灵公》。朱熹《集注》："辞取达意而止，不以富丽为工。"

〔一六〕"夫言止于达意"三句：过去一般都把"辞达而已矣"理解为轻视辞章，如何晏《论语集解》引孔安国语："辞达则足矣，不烦文艳之词。"司马光《答孔文忠司户书》："明其足以达意斯止矣，无事于华藻宏辞也。"苏轼表示不同意这种理解。

〔一七〕"求物之妙"二句：谓了解事物的奥妙有如拴住风、捉住影子一样困难。《汉书·郊祀志下》："求之，荡荡如系风捕景（影），终不可得。"

〔一八〕"能使是物了然于心者"三句：苏轼《答虔倅俞括书》："孔子曰：'辞，达而已矣。'物固有是理，患不知；知之，患不能达于口与手。所谓文者，能达于是而已。"

〔一九〕扬雄（前53—18）：字子云，成都人，西汉著名思想家、文学家、语言学家。《汉书》有传。

〔二〇〕文：文饰，掩饰。

〔二一〕正言之：直截了当地说。

〔二二〕雕虫篆刻：这是扬雄评论辞赋的话，苏轼用之讥刺扬雄。扬雄《法言·吾子》："或曰：'吾子少而好赋？'曰：'然。童子雕虫篆刻。'俄而曰：'状夫不为也。'"雕虫篆刻：虫、刻皆属秦书八体，西汉学童要学习书写。虫书笔画似虫形，刻符在符信上的字，皆纤巧难工。后用以比喻小技、小道。

〔二三〕《太玄》《法言》：《汉书·扬雄传赞》："其意欲求文章成名于后世，以为经莫大于《易》，故作《太玄》，传莫大于《论语》，作《法言》。"

〔二四〕变其音节：指扬雄作《太玄》《法言》不用作赋的音韵格律，而用散文。《御选唐宋文醇》卷三十九引李光地云："朱文公论文亦曰：'子云《太玄》《法言》，盖亦《长杨》《校猎》之流而粗变其音节。'"

〔二五〕"屈原作《离骚经》"三句：屈原名平，战国后期楚人，我国文学史上最早的伟大诗人。《离骚》是他的代表作，称《离骚》为"经"，始于东汉王逸的《楚辞章句》。《风》《雅》，《诗经》的组成部分。《史记·屈原列传》："《国风》好色而不淫，《小雅》怨诽而不怒。若《离骚》者，可谓兼之矣……推此志也，虽与日月争光可也。"

〔二六〕"使贾谊见孔子"四句：扬雄《法言·吾子》："如孔氏之门用赋也，则贾谊升堂，相如入室矣，如其不用何！"司马相如作赋重于雕绘辞藻，苏轼从"辞达"的角度出发，反对扬雄的看法，认为不能因贾谊作过赋，就把他与司马相如相提并论。古人以入门、升堂、入室比喻做学问等由浅而深的三种境界。《论语·先进》："由（子路）也升堂矣，未入于室也。"

〔二七〕知：同"智"。《汉书·司马迁传》："然此可为智者道，难为俗人言也。"

〔二八〕"欧阳文忠公言"四句：欧阳修《苏氏文集序》有"文章，金玉也"之语，原文不见《欧阳文忠公集》。

〔二九〕惠力：寺名，疑为慧力寺。《清一统志·临江府》："慧力寺在清江县南二里，濒江。即唐欧阳处士宅。寺创南唐，盛于宋。……有苏轼《金刚经》碑，今存其半。"法雨堂：当为寺中的堂名。

〔三〇〕方：将。

〔三一〕念亲之意：谢民师的家乡新淦属临江军所辖，故云。

〔三二〕峡山寺：在清远峡（今广东清远县东）山上。苏轼有《峡山寺》诗。

附录

陈献章：此书大抵论文，曰"行云流水"数语，此长公文字本色。至贬扬雄之《太玄》《法言》为雕虫，却当。（《三苏文范》卷十二引）

冯梦祯：长公论文，多以其人重。指雄为雕虫，美原之《离骚》近风雄，盖以（王）莽大夫与沉汨罗者，忠佞何啻霄壤也。（同上）

李光地：同时王荆公、曾子固、司马温公皆尊扬子，品题在孟、荀之上，坡公遂显攻之。（《御选唐宋文醇》卷三十九）

储欣：东坡论文，所谓见其一耳。此事当以韩（愈）、李（翱）书为主，而以坡公说参之。诋扬子云尤过，不足据依。（《唐宋十大家全集录·东坡集录》卷八）

传 神 记[一]

苏 轼

传神之难在目。顾虎头云[二]："传形写影，都在阿睹中[三]。"其次在颧颊[四]。吾尝于灯下顾自见颊影，使人就壁模之，不作眉目。见者皆失笑，知其为吾也。目与颧颊似，余无不似者。眉与鼻、口，可以增减取似也。

传神与相一道[五]，欲得其人之天，法当于众中阴察之。今乃使人具衣冠坐[六]，注视一物，彼方敛容自持[七]，岂复见其天乎？

凡人意思各有所在，或在眉目，或在鼻口。虎头云："颊上加三毛，觉精采殊胜。"[八]则此人意思，盖在须颊间也。优孟学孙叔敖抵掌谈笑，至使人谓死者复生[九]。此岂举体皆似，亦得其意思所在而已。使画者悟此理，则人人可以为顾、陆[一〇]。吾尝见僧维真画曾鲁公[一一]，初不甚似。一日往见公，归而喜甚，曰："吾得之矣。"乃于眉后加三纹，隐约可见，作俯首仰视，眉扬而额蹙者[一二]，遂大似。

南都程怀立[一三]，众称其能。于传吾神，大得其全。怀立举止如诸生，萧然有意于笔墨之外者也。故以吾所闻助发云。

（卷十二）

注

〔一〕苏轼论画贵神似。为做到传神，应集中精力画面颊，特别是眼睛，"目与颧颊似，余无不似者。"所谓神，是指人的天然神态、神情，矫揉造作不可谓神。因此，苏轼强调要"得其人之天"，"当于众中阴察之"。虽然所有的人都以"目与颧颊"最足以传神，但是，

"凡人意思（神情），各有所在。"因此，还应把握各自特点，而无须追求"举体皆似"，而应追求各自的"意思所在"。

〔二〕顾虎头：即顾恺之（约 345—406），字长康，小字虎头，无锡（今属江苏）人，东晋著名画家，兼工书法诗赋，有三绝（才绝、画绝、痴绝）之称。

〔三〕阿堵：这，六朝人口语。《晋书·顾恺之传》："恺之每画人成，或数年不点目睛。人问其故，答曰：'四体妍蚩，本无缺少于妙处，传神写影正在阿堵中。'"

〔四〕颧颊：颧骨面颊，此泛指容颜。

〔五〕相：相面。旧时迷信，通过观察人的容貌以测定其贵贱祸福。

〔六〕具衣冠坐：穿戴整齐地坐着。具，备办。

〔七〕敛容自持：正容持重，很严肃很做作的样子。

〔八〕"颊上加三毛"二句：语见《晋书·顾恺之传》："（顾）尝图裴楷象，颊上加三毛，观者觉神明殊胜。"

〔九〕"优孟学孙叔敖抵掌谈笑"二句：事见《史记·滑稽列传》。优孟，楚之乐人，多辩，尝以嘻笑讽谏。孙叔敖，楚相。死后，其子贫困而言于优孟。优孟"即为孙叔敖衣冠，抵掌谈笑，岁余，象孙叔敖。"见楚王，楚王大惊，"以为孙叔敖复生也，欲以为相。"优孟说："孙叔敖之为楚相，尽忠为廉以治楚，楚王得以霸。今死，其子无立锥之地，贫困负薪以自饮食。必如孙叔敖，不如自杀。"楚王谢优孟，封孙叔敖子。抵掌，击掌，合掌。

〔一〇〕顾：即顾恺之。陆：陆探微（？—约 485），吴（今江苏苏州）人，南朝宋画家，擅画人物，兼工山水、草木、雀兽。

〔一一〕僧维真：《图画见闻录》卷三："僧维真，嘉禾（今浙江嘉兴）人，工传写，尝被旨写仁宗、英宗御容，赏赉殊厚。……名公贵人多召致传写，尤以善写贵人得名。"曾鲁公：即曾公亮（999—1073），字明仲，泉州晋江（今属福建）人，官至宰相，封鲁国公。《宋史》有传。

〔一二〕额蹙：皱额。

〔一三〕南都：今河南商丘市南。程怀立，《画继》卷六载其事，即取自苏轼此记，余不详。

附录

杨慎：深得传神之法，深得题外传神之妙。（《三苏文范》卷十四）

论始皇汉宣李斯[一]

苏 轼

　　秦始皇帝时，赵高有罪，蒙毅案之当死，始皇赦而用之[二]。长子扶苏好直谏，上怒，使北监蒙恬兵于上郡[三]。始皇东游会稽，并海走琅琊，少子胡亥、李斯、蒙毅、赵高从。道病，使蒙毅还祷山川，未反而上崩。李斯、赵高矫诏立胡亥，杀扶苏、蒙恬、蒙毅，卒以亡秦[四]。

　　苏子曰：始皇制天下轻重之势，使内外相形，以禁奸备乱者，可谓密矣。蒙恬将三十万人，威震北方，扶苏监其军，而蒙毅侍帷幄为谋臣[五]，虽有大奸贼，敢睥睨其间哉[六]？不幸道病，祷祠山川，尚有人也，而遣蒙毅，故高、斯得成其谋。始皇之遣毅，毅见始皇病，太子未立，而去左右，皆不可以言智。然天之亡人国，其祸败必出于智所不及。圣人为天下，不恃智以防乱，恃吾无致乱之道耳。始皇致乱之道，在用赵高。夫阉尹之祸[七]，如毒药猛兽，未有不裂肝碎胆者也。自书契以来[八]，惟东汉吕强[九]、后唐张承业二人号称善良[一〇]，岂可望一二于千万，以缴必亡之祸哉[一一]？然世主皆甘心而不悔，如汉桓、灵，唐肃、代，犹不足深怪[一二]。始皇、汉宣皆英主，亦湛于赵高、恭、显之祸[一三]。彼自以为聪明人杰也，奴仆薰腐之馀何能为[一四]。及其亡国乱朝，乃与庸主不异。吾故表而出之，以戒后世人主如始皇、汉宣者。

　　或曰：李斯佐始皇定天下，不可谓不智。扶苏亲，始皇子，秦人戴之久矣[一五]，陈胜假其名，犹足以乱天下[一六]，而蒙恬持重兵在外，使二人不即受诛而复请之，则斯、高无遗类矣[一七]。以斯之智而不虑此，何哉？

　　苏子曰：呜呼，秦之失道，有自来矣，岂独始皇之罪？自商鞅变法[一八]，以殊死为轻典[一九]，以参夷为常法[二〇]，人臣狼顾胁息[二一]，以得死为幸，何暇复请！方其法之行也，求无不获，禁无不止[二二]，鞅自以为轶尧、舜而驾汤、武矣[二三]。及其出亡而无所舍，然后知为法之弊[二四]。夫岂独鞅悔之，秦

540

亦悔之矣。荆轲之变，持兵者熟视始皇环柱而走，莫之救者〔二五〕，以秦法重故也。李斯之立胡亥，不复忌二人者〔二六〕，知威令之素行，而臣子不敢复请也。二人之不敢请，亦知始皇之鸷悍而不可回也〔二七〕，岂料其伪也哉？周公曰："平易近民，民必归之。"〔二八〕孔子曰："有一言而可以终身行之，其恕矣乎？"〔二九〕夫以忠恕为心〔三〇〕，而以平易为政，则上易知而下易达，虽有卖国之奸，无所投其隙〔三一〕，仓卒之变〔三二〕，无自发焉。然其令行禁止，盖有不及商鞅者矣，而圣人终不以彼易此。商鞅立信于徙木〔三三〕，立威于弃灰〔三四〕，刑其亲戚师傅〔三五〕，积威信之极。以及始皇，秦人视其君如雷电鬼神，不可测也。古者公族有罪，三宥然后制刑〔三六〕。今至使人矫杀其太子而不忌，太子亦不敢请，则威信之过故也。

夫以法毒天下者〔三七〕，未有不反中其身及其子孙也。汉武与始皇，皆果于杀者也，故其子如扶苏之仁，则宁死而不请；如戾太子之悍，则宁反而不诉〔三八〕，知诉之必不察也。戾太子岂欲反者哉？计出于无聊也〔三九〕。故为二君之子者〔四〇〕，有死与反而已。李斯之智，盖足以知扶苏之必不反也。吾又表而出之，以戒后世人主之果于杀者。

（《东坡志林》卷五）

注

〔一〕苏轼晚年谪居海南时作。他在北归途中《与郑靖老书》中说："《志林》竟未成，但草得《书传》十三卷，甚赖公两借书籍检阅也"。郎晔《经进东坡文集事略》卷十二云："自此以下十六篇，谓之《志林》，亦谓之《海外论》。"本文即十六篇史论性《志林》（今本《东坡志林》，除史论外，还杂收苏轼一生的各种笔记文，已非《与郑靖老书》所说《志林》的本来面目）中的一篇。文章首段简叙"李斯、赵高矫诏立胡亥"的史实；第二段着重论"始皇致乱之道，在用赵高"；三、四两段论李斯，着重说明"以法毒天下者，未有不反中其身及其子孙者也"。这篇文章虽为史论，但具有强烈的现实针对性，所谓有"以法毒天下"显然是为王安石变法而发。

〔二〕"秦始皇帝时"四句：赵高（？—前207），秦宦官，"进入秦宫，管事二十会年”，任中车府令，兼行符玺令事。秦始皇死，与李斯伪造遗诏，逼使始皇长子扶苏自杀。立胡亥为二世皇帝（见下文）后，任郎中令，控制朝政。后杀李斯，任中丞相。不久又杀秦二世，立子婴为秦王，旋为子婴所杀。蒙毅，蒙恬（见下注）之弟，始皇谋臣，为秦二世所杀。《史记·蒙恬列传》：“秦王（始皇）闻（赵）高强力，通于狱法，举以为中车府令。高即私事公子胡亥，喻之决狱。高有大罪，秦王令蒙毅法治之。毅不敢阿法，当高罪死，除其宦籍。帝以高之敦于事也，赦之，复其官爵。”按，通“案”，审问，查办。

〔三〕“长子扶苏好直谏”三句：蒙恬（？—前210），自祖父蒙骜起世代为秦名将。秦统一六国后，曾率兵三十万击退匈奴贵族，收河南地（今内蒙古河套一带），并修筑长城。后为秦二世所迫，自杀。《史记·秦始皇本纪》载：“犯禁者四百六十余人，（始皇）皆坑之咸阳，使天下知之，以惩后。益发谪徙边。始皇长子扶苏谏曰：‘天下初定，远方黔首未集，诸生皆诵法孔子。今上皆重法绳之，臣恐天下不安。唯上察之。’始皇怒，使扶苏北监蒙恬于上郡。”上郡：今陕西延安、榆林一带。

〔四〕“始皇东游会稽”至“卒以亡秦”：会稽，郡名，今浙江绍兴市一带。并，沿。琅琊，郡名，今山东诸城市一带，县东有琅琊山。李斯（？—前208），秦代政治家，战国末入秦，初为吕不韦舍人，后为秦王（始皇）客卿。秦统一六国后任丞相。矫诏，假作诏书（指遗诏）。《史记·蒙恬列传》：“始皇三十七年（前210）冬，（秦始皇）行出游会稽，并海上北走琅琊。道病，使蒙毅还祷山川。未反，始皇至沙丘崩，秘之，群臣莫知。是时丞相李斯、公子胡亥、中车府令赵高常从。高雅得幸于胡亥，欲立之，又怨蒙毅法治之而不为己也，因有贼心，乃与丞相李斯、公子胡亥阴谋，立胡亥为太子。太子已立，遣使者以罪赐公子扶苏、蒙恬死。”

〔五〕“蒙恬将三十万人”四句：《史记·蒙恬列传》：“秦已并天下，乃使蒙恬将三十万众北逐戎狄，收河南，筑长城……是时蒙恬威振匈奴。始皇甚尊蒙氏，信任贤之。而亲近蒙毅，位至上卿，出则参乘，入则御前，恬任外事而毅常为内谋，名为忠信，故虽诸将相莫敢与之争焉。”

〔六〕睥睨：侧目窥视。《魏书·尔朱荣传论》：“希凯非望，睥睨宸极。”

〔七〕阉尹：宦官首领，此泛指宦官。《礼记·月令》：“命奄（同阉）尹。”郑玄注：“阉尹，主领阉竖之官也。”

〔八〕书契：文字。契，刻，古代文字多用刀刻，故名。此句谓自有文字记载以来。

〔九〕吕强：《后汉书·吕强传》：“吕强字汉盛，河南成皋人也。少以宦者为小黄门，再迁中常侍。为人清忠奉公。灵帝时例封宦者，以强为都乡侯。强辞让恳恻，固不敢当，帝乃听之，因上疏陈事……帝知其忠而不能用。”

〔一〇〕张承业：《新五代史·张承业传》："张承业，字继元，唐僖宗宦者也。本姓唐，幼阉为内侍张泰养子，为河东监军。晋王病且革，以庄宗属承业，庄宗与梁战河上十余年，军国之事，皆委承业。天祐十八年，庄宗已诺诸将即皇帝位。承业谏曰：'不可。'庄宗不听，承业仰天大哭，归太原不食而卒。"

〔一一〕徼：通"邀"，邀取。

〔一二〕"如汉桓、灵"三句：汉桓帝、灵帝时，宦官如曹节、侯览等，唐肃宗、代宗时，宦官如李辅国、程元振等，皆专权用事，浊乱天下。详见《后汉书》及《新唐书》之《宦者传》。

〔一三〕湛：通"沉"。《说文》："湛，没也。"恭、显：弘恭、石显。《汉书·佞幸传》："石显字君房，济南人；弘恭，沛人也。皆少坐法腐刑（宫刑），为中黄门，以选为中尚书。宣帝时任中书官。……元帝即位数年，恭死，显代为中书令。"于是石显权倾天下，作恶多端。

〔一四〕薰腐：《后汉书·宦者传序》："希附权强者，皆腐身熏子，以自衔达。"章怀注引韦昭曰："腐刑必薰合之。"

〔一五〕戴：拥护，爱戴。

〔一六〕"陈胜假其名"二句：《史记·陈涉世家》载：秦二世元年（前209）"陈胜曰：'天下苦秦久矣。吾闻二世少子也，不当立，当立者乃公子扶苏。扶苏以数谏故，上使外将兵。今或闻无罪，二世杀之。百姓多闻其贤，未知其死也。项燕为楚将，数有功，爱士卒，楚人怜之，或以为死，或以为亡。今诚以吾众诈自称公子扶苏、项燕，为天下唱，宜多应者。'吴广以为然。"

〔一七〕无遗类：谓被杀尽。

〔一八〕商鞅（约前395—前338）：战国时政治家。卫国人，姓公孙，名鞅。又称卫鞅。入秦说秦孝公，孝公六年（前356）任左庶长，实行变法。旋升大良造。孝公十二年进一步变法。后因战功封商（今陕西商县东南）十五邑，因称商鞅或商君，秦孝公死后被贵族车裂而死。事见《史记·商君列传》。

〔一九〕殊死：斩首之刑。《汉书·高帝纪下》："其赦天下殊死以下。"颜师古注："殊，绝也，异也。言其身首离绝而异处也。"

〔二〇〕参夷：《汉书·刑法志》："秦用商鞅，连相坐之法，造参夷之刑。"颜师古注："参夷，夷三族。"参，通"三"。

〔二一〕狼顾：喻担惊受怕。《史记·苏秦列传》："秦虽欲深入则狼顾。"《正义》云："狼性怯，走常环顾。"胁息：喻紧张惧怕已极。《汉书·严延年传》："豪强胁息。"颜师古注："胁，敛也，屏气而息。"

〔二二〕"求无不获"二句：《管子·法法》："求必欲得，禁必欲止，令必欲行。"

〔二三〕轶：超越。驾：凌驾，此亦超越意。

〔二四〕"及其出亡而无所舍"二句：《史记·商君列传》："秦孝公卒，太子立。公子虔之徒告商君欲反，发使捕商君。商君亡（逃）至关下，欲舍（住）客舍。客人不知其是商君也，曰：'商君之法，舍人无验者坐之。'商君喟然叹曰：'嗟呼，为法之敝一至此哉！'"

〔二五〕"荆轲之变"三句：荆轲，见《留侯论》注〔二〇〕，《史记·刺客列传》："荆轲逐秦王，秦王环柱而走。群臣皆愕，卒起不意，尽失其度。而秦法，群臣侍殿上者不得持尺寸之兵（武器），诸郎中执兵皆陈殿下，非有诏召不得上。方急时，不得召下兵，以故荆轲乃逐秦王。而卒惶急，无以击轲，而以手共搏之。"

〔二六〕忌：顾忌，害怕。

〔二七〕鸷悍：凶猛强暴。

〔二八〕"平易近民"二句：语见《史记·鲁世家》。

〔二九〕"有一言而可以终身行之"二句：《论语·卫灵公》："子贡问曰：'有一言而可以终身行之者乎？'子曰：'其恕乎！己所不欲，勿施于人。'"

〔三〇〕忠恕：《论语·里仁》："夫子之道，忠恕而已矣。"

〔三一〕无所投其隙：谓无空子可钻。

〔三二〕仓卒：同"仓猝"。

〔三三〕商鞅立信于徙木：《史记·商君列传》载商鞅初变法时，"令既具，未布，恐民之不信，己乃立三丈之木于国都市南门，募民有能徙置（搬来放到）北门者予十金。民怪之，莫敢徙。复曰'能徙者予五十金'。有一人徙之，辄取五十金，以明不欺。卒下令。"

〔三四〕立威于弃灰：《史记·李斯列传》："商君之法，刑弃灰于道者。"

〔三五〕刑其亲戚师傅：《史记·商君列传》："太子犯法，卫鞅曰：'法之不行，自上犯之。'将法太子。太子，君嗣也，不可施刑，刑其傅公子虔，黥其师公孙贾。"亲戚，指同族人，公孙贾与商鞅同姓。师傅，教导、辅佐帝王或王子的人。

〔三六〕"古者公族有罪"二句：《礼记·文王世子》："公族无宫刑，狱成，有司谳于公，其死罪，则曰某之罪在大辟，其刑罪，则曰某之罪在小辟。公曰宥之，有司又曰在辟。公又曰宥之，有司又曰在辟。及三宥不对，走出，致刑于甸人。"公族，诸侯的同族。《诗·周南·麟之趾》："振振公族。"《毛传》："公族，公同祖也。"宥，赦罪，宽宥。致刑即"致刑"，执刑。

〔三七〕毒：役使。《易·师》："以此毒天下。"王弼注："毒犹役也。"

〔三八〕"如戾太子之悍"二句：戾太子，名据，汉武帝元狩元年立为皇太子。武帝末

544

年，大臣江充恐武帝死后为戾太子所诛，就诬陷太子。太子从少傅石德计，收捕江充，人言太子反。详见《汉书·武五子传》。

〔三九〕无聊：本指无以为生，此指没有办法。

〔四〇〕二君：指秦始皇和汉武帝。

与二郎侄书〔一〕

苏 轼

二郎侄：得书知安，并议论可喜，书字亦进。文字亦若无难处，止有一事与汝说。凡文字，少小时须令气象峥嵘，采色绚烂，渐老渐熟，乃造平淡。其实不是平淡，绚烂之极也。汝只见爷伯而今平淡，一向只学此样。何不取旧日应举时文字看〔二〕，高下抑扬，如龙蛇捉不住。当且学此。只书字亦然，善思吾言。

（《苏轼佚文汇编》卷四）

注 ────────────────────────────────

〔一〕这是苏轼写给苏辙次子苏适的一封信。这封信总结了自己和苏辙一生的创作过程和经验，并用以教育晚辈，对平淡的风格作了极其深刻的阐述。平淡是文章成熟的标志，是"绚烂之极"的表现。

〔二〕应举时文字：苏轼应试文字指《东坡应诏集》及《刑赏忠厚之至论》、《重巽申命论》、《孔子从先进论》、《春秋定天下之邪正论》等。苏辙应试文字均收在《栾城应诏集》十二卷中。

刑赏忠厚之至论[一]

苏 辙

古之君子立于天下，非有求胜于斯民也。为刑以待天下之罪庶[二]，而唯恐民之入于其中以不能自出也；为赏以待天下之贤才，而唯恐天下之无贤而其赏之无以加之也[三]。盖以君子先天下，而后有不得已焉[四]。夫不得已者，非吾君子之所志也[五]，民自为而召之也。故罪疑者从轻，功疑者从重[六]，皆顺天下之所欲从。

且夫以君临民，其强弱之势，上下之分，非待夫与之争寻常之是非而后能胜之矣。故宁委之于利，使之取其优而吾无求胜焉[七]。夫惟天下之罪恶暴著而不可掩[八]，别白而不可解[九]，不得已而用其刑；朝廷之无功，乡党之无义[一〇]，不得已而爱其赏[一一]。如此，然后知吾之用刑，而非吾之好杀人也；知吾之不赏，而非吾之不欲富贵人也。使夫其罪可以推而纳之于刑，其迹可以引而置之于无罪；其功与之而至于可赏[一二]，排之而至于不可赏[一三]。若是二者而不以与民，则天下将有以议我矣。使天下而皆知其可刑与不可赏也，则吾犹可以自解；使天下而知其可以无刑，可以有赏之说，则将以我为忍人而爱夫爵禄也[一四]。圣人不然，以为天下之人，不幸而有罪，可以刑，可以无刑，刑之而伤于仁；幸而有功，可以赏，可以无赏，无赏而害于信[一五]。与其不屈吾法，孰若使民全其肌肤，保其首领而无憾于其上？与其名器之不僭[一六]，孰若使民乐得为善之利而无望望不足之意[一七]？呜呼，知其有可以与之道而不与，是亦志于残民而已矣[一八]！

且彼君子之与之也，岂徒曰与之而已也，与之而遂因以劝之焉耳[一九]。故舍有罪而从无罪者，是以耻劝之也；去轻赏而就重赏者，是以义劝之也。盖欲其思而得之也。故夫尧舜三代之盛，舍此而忠厚之化亦无以见于民矣！

（《栾城应诏集》卷十一）

注 ————————————————————————————————

〔一〕嘉祐二年（1057）应礼部考试试文。其时还作有《春秋对义》《民监赋》《鸾刀诗》《重巽申命论》等，皆失传。此文的观点与苏轼同题之作基本一致，亦以儒家的仁政思想立论，主张"罪疑者从轻，功疑者从重。"（参见苏轼《省试刑赏忠厚之至论》注〔一〕）但两篇文章的风格却明显不同。苏轼的文章虽是政论，但笔下含情，豪放不拘，并公然杜撰史实，很有气势。苏辙此文观点平稳，结构严整，语言明晰，与他"谨严"的性格相一致，虽能以理服人，但却不能像苏轼那样以情动人，以势胜人。

〔二〕戾：亦罪也。《左传·文公四年》："其敢干大礼以自取戾。"

〔三〕加：施及。

〔四〕"盖以君子先天下"二句：谓先以君子之道待天下之人，迫不得已才用刑。

〔五〕志：志向，意愿。

〔六〕"故罪疑者从轻"二句：参苏轼《省试刑赏忠厚之至论》注〔一○〕。

〔七〕"故宁委之于利"二句：谓让百姓处于有利的一面，使他们选择最好的，而不是要去胜过他们。

〔八〕暴著：显露，暴露。

〔九〕别白：清楚明白。王融《永明九年策秀才文》："别白书之。"解：开脱。

〔一○〕乡党：周制以一万二千五百家为乡，五百家为党，后以"乡党"泛指乡里。《汉书·司马迁传》："重为乡党戮笑。"

〔一一〕爱：吝惜。《孟子·梁惠王上》："百姓皆以王为爱也，臣固知王之不忍也。"朱熹注："爱，犹吝也。"

〔一二〕与：给予。

〔一三〕排：消除。

〔一四〕忍人：残忍的人。

〔一五〕信：信用，信誉。

〔一六〕名器：表示等级的称号、官爵。僭：僭越，超越身份。《左传·成公二年》："唯名与器，不可以假人。"苏辙反其意而用之。

〔一七〕望望：失意貌。《孟子·公孙丑下》："望望然去之。"

〔一八〕残民：伤害百姓。

〔一九〕劝：奖励。《左传·成公十四年》："惩恶而劝善。"

上枢密韩太尉书[一]

苏　辙

太尉执事[二]：辙生好为文，思之至深，以为文者气之所形[三]。然文不可以学而能，气可以养而致。孟子曰："我善养吾浩然之气。"[四]今观其文章，宽厚宏博，充乎天地之间，称其气之小大[五]。太史公行天下，周览四海名山大川[六]，与燕、赵间豪俊交游[七]，故其文疏荡[八]，颇有奇气。此二子者岂尝执笔学为如此之文哉？其气充乎其中而溢乎其貌，动乎其言而见乎其文[九]，而不自知也。

辙生十有九年矣，其居家所与游者，不过其邻里乡党之人[一〇]，所见不过数百里之间，无高山大野可登览以自广[一一]。百氏之书虽无所不读[一二]，然皆古人之陈迹，不足以激发其志气。恐遂汩没[一三]，故决然舍去[一四]，求天下奇闻壮观，以知天地之广大。过秦、汉之故都[一五]，恣观终南、嵩、华之高[一六]，北顾黄河之奔流[一七]，慨然想见古之豪杰[一八]。至京师仰观天子宫阙之壮[一九]，与仓廪府库城池苑囿之富且大也[二〇]，而后知天下之巨丽[二一]。见翰林欧阳公[二二]，听其议论之宏辩，观其容貌之秀伟，与其门人贤士大夫游，而后知天下之文章聚乎此也。

太尉以才略冠天下，天下之所恃以无忧，四夷之所惮以不敢发[二三]，入则周公、召公[二四]，出则方叔、召虎[二五]，而辙也未之见焉。且夫人之学也，不志其大[二六]，虽多而何为？辙之来也，于山见终南、嵩、华之高，于水见黄河之大且深，于人见欧阳公。而犹以为未见太尉也。故愿得观贤人之光耀，闻一言以自壮，然后可以尽天下之大观而无憾者矣[二七]。

辙年少，未能通习吏事。向之来非有取于斗升之禄[二八]，偶然得之，非其所乐。然幸得赐归待选[二九]，使得优游数年之间，将归益治其文[三〇]，且学为政。太尉苟以为可教而辱教之，又幸矣。

（《栾城集》卷二十二）

注 ————————————————————————————————————

〔一〕枢密韩太尉：即韩琦（见苏洵《九日和韩魏公》注〔一〕）。太尉，官名，秦置，汉初因之，为全国军事首脑，后一般作为对武官的尊称。时韩琦任枢密使，为全国军事首脑，故称太尉。这是嘉祐二年（1057）苏辙进士及第时写给韩琦的求见信，信中除表示对韩琦的仰慕和求见之忱，还继承和发展了自孟子、曹丕、韩愈以来的"文气"说，提出养气以为文。三苏父子都反对为文而文，提倡不得不为之文，苏辙的文气说为此提供了理论根据。怎样养气以为文呢？苏辙首先提到了孟子的"我善养吾浩然之气"。孟子所谓的"气"是一种"配义与道""集义而生"的气，偏重于主观道德修养，这对为文是很重要的，理直则气壮，气壮则言畅。苏辙还以司马迁为例，说明阅历对养气为文的重要作用，这也是全文的重点。

〔二〕执事：见苏洵《上欧阳内翰第一书》注〔二〕。

〔三〕文者气之所形：文章是气所形成的，是气的表现形式。曹丕《典论·论文》："文以气为主。"韩愈《和李翊书》："气，水也；言，浮物也。水大而物浮者大小毕异。气之与言犹是也，气盛则言之短长与声之高下者皆宜。"

〔四〕我善养吾浩然之气：见苏轼《潮州韩文公庙碑》注〔六〕。

〔五〕称：符合。

〔六〕"太史公行天下"二句：太史公即司马迁。《史记·太史公自序》："二十而南游江、淮，上会稽，探禹穴，窥九疑，浮于沅、湘，北涉汶、泗，讲业齐、鲁之都，观孔子之遗风，乡射邹、峄，戹困鄱、薛、彭城，过梁、楚以归。"《史记·五帝本纪》载司马迁言曰："余尝西至空峒，北至涿鹿，东渐于海，南浮江、淮矣。"

〔七〕燕、赵：古国名。燕的疆域相当于现在的河北北部和辽宁西端，赵的疆域相当于现在的山西中部、陕西东北角及河北西南部。韩愈《送董邵南序》："燕、赵，古称多慷慨悲歌之士。"与司马迁交游的田叔（见《史记·田叔列传》）、董仲舒（见《史记·太史公自序》）、徐乐（见《汉书·徐乐传》）等，皆燕、赵人。

〔八〕疏荡：疏放跌宕，意谓随意挥洒、无拘无束。

〔九〕"其气充乎其中而溢乎其貌"二句：这种气充满胸中，漫溢于外，流露于言辞，表现在文章里。见，同"现"。

〔一〇〕乡党：指乡里、家乡、乡族朋友。

〔一一〕自广：自我扩大其心胸。广，扩大。

〔一二〕百氏之书：指诸子百家的学说。

〔一三〕汨没：沉沦，埋没。

〔一四〕舍去：指离开家乡赴京应试。

〔一五〕秦、汉之故都：秦之故都在咸阳（今属陕西），西汉之故都在长安（今陕西西安），东汉之故都在洛阳（今属河南）。苏辙于嘉祐元年（1056）随父兄经成都、长安、洛阳至汴京。

〔一六〕恣观：纵情观览。终南：终南山，在今陕西西安市西南。嵩：嵩山，在今河南登丰县北。华：华山，在陕西东部。

〔一七〕北顾黄河：黄河适在其赴京旅途之北。

〔一八〕慨然：深有感慨的样子。

〔一九〕阙：宫门外两旁高台及其建筑物，因两阙间有空地，故称阙。宫阙泛指宫殿。

〔二〇〕仓廪：贮藏米谷的库房。府库：国家收藏财物文书的库房。城池：城墙和护城河。苑囿：帝王种植花木、畜养禽兽的园林。

〔二一〕巨丽：司马相如《上林赋》："君未睹夫巨丽也，独不闻天子之上林乎？"

〔二二〕翰林欧阳公：欧阳修于仁宗至和元年（1054）官翰林学士，时又以翰林学士知贡举。

〔二三〕"天下之所恃以无忧"二句：《宋史·韩琦传》："琦与范仲淹在兵间久，名重一时，人心归之，朝廷倚以为重。"仁宗康定元年（1040）至庆历三年（1043），韩琦经略陕西，当时民间有"军中有一韩，西贼闻之心胆寒"的谚语（《宋史纪事本末》卷三十）。庆历新政失败后，韩琦出知并州（治所在今山西太原市），收回了契丹冒占的土地，加强了对契丹的防御。四夷，指各少数民族。惮，畏惧。发，指发动战争。

〔二四〕入则周公、召公：周公，见苏洵《审势》注〔六〕。召公，名奭，采邑在召（今陕西岐山西南），辅佐周武王灭商，封于燕，为周代燕国始祖。此句谓韩琦在处理内政上犹如周公、召公之贤。

〔二五〕出则方叔、召虎：方叔，周宣王时大臣，曾率兵攻楚，获胜。召虎，即召伯虎，召公奭的后代，曾拥立周宣王，并率兵战胜淮夷。此句谓韩琦率兵有方叔、召虎那样的才能。

〔二六〕志：有志于。

〔二七〕大观：透彻洞达的观察。《周易·观》："大观在上，顺而巽，中正以观天下。"

〔二八〕向：过去，先前。斗升之禄：指微薄的俸禄。《汉书·梅福传》："民有上书求见者，辄使诣尚书，问其所言；言可采取者，秩以升斗之禄，赐以一束之帛。"

〔二九〕赐归待选：让其回去，等候选任官职。

〔三〇〕治：研治，研究。

附录

郝经：欲学（司马）迁之游而求助于外者，曷亦内游乎？身不离于袵席之上，而游于六合之外；生乎千古之下，而游于千古之上，岂区区于足迹之余，观赏之末者所能也?"（《郝文忠公陵川文集》卷二十《内游》）

茅坤：胸次博大。（《苏文定公文钞》卷五）

储欣：亦疏宕有奇气。（《栾城先生全集录》卷一）

吴楚材、吴调侯：意只是欲求见太尉，以尽天下之大观，以激发其志气，却以得见欧阳公，引起求见太尉；以历见名山大川京华人物，引起得见欧阳公；以作文养气，引起历见名山大川京华人物。注意在此，而立言在彼，绝妙奇文。（《古文观止》卷十一）

郭绍虞：子瞻才高，能由文以致道，更能因道以成文。……子由上不能如子瞻之入化境，而下又不敢有作文之意……于是不得不求之于气。（《中国文学批评史》）

臣事策上一〔一〕

苏 辙

臣闻天下有权臣，有重臣，二者其迹相近而难明。天下之人知恶夫权臣之为，而世之重臣亦遂不容于其间〔二〕。夫权臣者，天下不可一日而有；而重臣者，天下不可一日而无也。天下徒见其外而不察其中〔三〕，见其皆侵天子之权，而不察其所为之不类〔四〕，是以举皆嫉之而无所喜，此亦已太过也。

今夫权臣之所为者，重臣之所切齿〔五〕；而重臣之所取者〔六〕，权臣之所不顾也。将为权臣邪，必将内悦其君之心，委曲听顺而无所违戾〔七〕；外窃其生杀予夺之柄，黜陟天下〔八〕，以见己之权，而没其君之威惠。内能使其君欢爱悦怿〔九〕，无所不顺，而安为之上；外能使其公卿大夫百官庶吏无所归命〔一〇〕，而争为之心腹。上爱下顺，合而为一，然后权臣之势遂成而不可拔〔一一〕。至于重臣则不然，君有所为，不可而必争，争之不能，而其事有所必不可听，则专行而不顾。待其成败之迹著，则其上之心将释然而自解〔一二〕。其在朝廷之中，天子为之踧然而有所畏〔一三〕，士大夫不敢安肆怠惰于其侧〔一四〕。爵禄庆赏，己得以议其可否，而不求以为己之私惠；刀锯斧钺〔一五〕，己得以参其轻重，而不求以为己之私势。要以使天子有所不可必为〔一六〕，而群下有所畏惧，而己不与其利。何者？为重臣者，不待天下之归己，而为权臣者，亦无所事天子之畏己也〔一七〕。故各因其行事而观其意之所在，则天下谁可欺者？臣故曰，为天下，安可一日而无重臣也！

且今使天下而无重臣，则朝廷之事，惟天子之所为，而无所可否。虽使天子有纳谏之明〔一八〕，而百官畏惧战慄，无平昔尊重之势，谁肯触忌讳，冒罪戾而为天下言者？惟其小小得失之际，乃敢上章，喧哗而无所惮〔一九〕。至于国之大事，安危存亡之所系，皆将卷舌而去，谁敢发而受其祸？此人主之所大患也。

悲夫，后世之君，徒见天下之权臣，出入唯唯〔二〇〕，以其有礼，而不知此乃所以潜溃其国〔二一〕；徒见天下之重臣，刚毅果敢，喜逆其意〔二二〕，则以为不逊〔二三〕，而不知其有社稷之虑〔二四〕。二者淆乱于心，而不能辨其邪正，是以丧乱相仍而不悟〔二五〕，可足伤也！昔者卫太子聚兵以诛江充，武帝震怒，发兵而攻之京师，至使丞相、太子，相与交战。不胜而走，又使天下极其所往，而剪灭其迹〔二六〕。当此之时，苟有重臣出身而当之，拥护太子，以待上意之少解〔二七〕，徐发其所蔽，而开其所怒，则其父子之际〔二八〕，尚可得而全也。惟无重臣，故天下皆能知之而不敢言。臣愚以为凡为天下，宜有以养其重臣之威，使天下百官有所畏忌，而缓急之间能有所坚忍持重而不可夺者。窃观方今四海无变，非常之事宜其息而不作。然及今日而虑之，则可以无异日之患。不然者，谁能知其果无有也，而不为之计哉！

抑臣闻之〔二九〕，今世之弊，弊在于法禁太密〔三〇〕。一举足不如律令，法吏且以为言，而不问其意之所属。是以虽天子之大臣，亦安敢有所为于法令之外，以安天下之大事？故为天子之计，莫若少宽其法，使大臣得有所守，而不为法之所夺。昔申屠嘉为丞相，至召天子之幸臣邓通立之堂下，而诘责其过。是时通几至于死而不救，天子知之亦不为怪，而申屠嘉亦卒非汉之权臣[一一]。由此观之，重臣何损于天下哉？

（《栾城应诏集》卷七）

注

〔一〕嘉祐五年（1060）所上二十五篇《进策》之一。《进策》也分为三部分。五篇《君术策》研究君主如何才能"明于天下之情而后得御天下之术"；十篇《臣事策》研究君主如何信用文臣武将，充分发挥各级官吏作用；十篇《民政策》全面研究宋代科举、兵制、田制、劳役等各个与民有关的问题。它们相当深刻地揭示了宋王朝在政治、经济、军事等各方面的弊端，系统地提出了革新朝政的主张。宋王朝鉴于历史上权臣窃权和晚唐五代藩镇割据的教训，对文臣武将采取了一系列防范措施，使他们很难发挥作用。本文即针对这种情况，阐述权臣和重臣的根本不同，说明不可猜疑、防范一切大臣，强调治"天下不可一日而无"重臣。

〔二〕遂：就，于是。

〔三〕徒：只。

〔四〕不类：不相似。

〔五〕切齿：齿相磨切，谓愤恨到了极点。

〔六〕取：求取。

〔七〕委曲：意同"委屈"，曲意求全。违戾：违反。

〔八〕黜陟：指官吏的进退升降。黜，贬斥，废除。陟，升，登。《诗·周南·卷耳》："陟彼高冈。"

〔九〕悦怿：愉快，喜悦。

〔一〇〕庶吏：即百官。庶：众，多。

〔一一〕不可拔：不可动摇。

〔一二〕释然：疑虑消除的样子。

〔一三〕踧然：惊惧不安的样子。

〔一四〕安肆：安适放纵。《礼记·表记》："君子庄敬日强，安肆日偷。"

〔一五〕刀锯斧钺：皆刑具，此指刑罚。钺，刃圆可砍劈的刑具。

〔一六〕要：总要，大略。《盐铁论·相刺》："要在安国家，利人民。"

〔一七〕无所事天子之畏己也：不想做让天子惧怕自己的事。

〔一八〕纳谏：接受直言规劝。

〔一九〕惮：惧怕。

〔二〇〕唯唯：谦卑的应答，引申为奉命唯谨。

〔二一〕潜：暗暗地。溃其国：使国家崩溃。

〔二二〕逆：违逆，违背。

〔二三〕不逊：不恭顺，不礼貌。

〔二四〕社稷：古代帝王诸侯所祭的土神和谷神，后作国家的代称。

〔二五〕相仍：相继。仍，重复。

〔二六〕"昔者卫太子"至"而剪灭其迹"：卫太子（前128—前91），一作戾太子，即刘据，汉武帝卫皇后所生，元狩元年（前122）立为太子。汉武帝晚年多病，疑左右用巫术诅咒所致。征和元年（前91），丞相公孙贺被人告发用巫术诅咒，在驰道埋木偶人，死于狱中。次年，武帝派江充率胡巫四出追查，被杀害者数万人。江充又诬告卫太子在宫中埋有木人。卫太子为江充所诬，举兵诛江充，与丞相刘屈氂等战于长安，兵败逃亡。不久为吏围捕，自杀。详见《汉书·蒯伍江息夫传》。江充，字次倩，本名齐，赵国邯郸人，因告密得汉武帝宠信。诬太子事败后，为武帝所杀。

〔二七〕少解：稍微解开，明白。

〔二八〕际：彼此间的关系。

〔二九〕抑：发语词，无义。《左传·昭公十三年》："抑齐人不盟，若之何！"

〔三〇〕"今世之弊"二句：苏轼《决壅蔽》："今也法令明具，而用之至密，举天下惟法之知。所欲排者，有小不如法，而可指以为瑕。"

〔三一〕"昔申屠嘉为丞相"至"卒非汉之权臣"：申屠嘉（？—前155），汉文帝时任丞相。邓通，得汉文帝宠信，官至上大夫。《史记·张丞相列传》："（汉）文帝常燕饮（邓）通家，其宠如是。是时丞相（申屠嘉）入朝，而通居上傍，有怠慢之礼。……嘉为檄召邓通诣丞相府，不来，且斩通。通恐，入言文帝。文帝曰：'汝第往，吾今使人召若。'通至丞相府，免冠，徒跣，顿首谢。嘉坐自如，故不为礼，责曰：'夫朝廷者，高皇帝之朝廷也。通小臣，戏殿上，大不敬，当斩。吏今行斩之！'通顿首，首尽出血，不解。文帝度丞相已困通，使使者持节召通，而谢丞相曰：'此吾弄臣，君释之。'邓通既至，为文帝泣曰：'丞相几杀臣。'"

附录

茅坤：古人尝云文至韩昌黎，诗至杜子美，古今能事毕矣。予独以为人臣建言，感悟君上，如子由"重臣"一议，则千古绝调也。（《苏文定公文钞》卷十四）

储欣：开门见山，不似他篇迂缓，几有博士卖驴之诮。当时如韩（琦）、富（弼）数公可谓重臣矣。子由生其时，目睹其事，而见其效，故言之亲切。（《栾城先生全集录》卷六）

方苞：所论极当，而得其人甚难。其材贤，非间气不能生；其器识，非学道不能成，岂易言哉？（《古文辞类纂评注》卷二十三）

轼、辙皆有应制举拟策，乃场屋之文耳。虽烂然可观，而非所谓古之立言者也。自宋孝宗推崇之后，学者用以取金紫，翕然从风。当时鄙谚谓"苏文熟，吃羊肉；苏文生，吃菜羹"，良足嗤也。两苏文字皆自宦成后更事深，而学益进。顾学者多读其场屋之文，发为议论，每华而不实。宋儒因谓两苏学本纵横家。徒观此等文字，其言亦甚似而几矣。……此篇论权臣、重臣，分剖确切，有补治道。（《御选唐宋文醇》卷五十一）

三 国 论[一]

苏 辙

天下皆怯而独勇，则勇者胜；皆暗而独智[二]，则智者胜。勇而遇勇，则勇者不足恃也；智而遇智，则智者不足用也[三]。夫惟智勇之不足以定天下，是以天下之难峰起而难平。盖尝闻之，古者英雄之君，其遇智勇也以不智不勇，而后真智大勇乃可得而见也[四]。悲夫，世之英雄其处于世亦有幸、不幸邪！

汉高祖、唐太宗[五]，是以智勇独过天下而得之者也。曹公、孙、刘[六]，是以智勇相遇而失之者也。以智攻智，以勇击勇，此譬如两虎相捽[七]，齿牙气力无以相胜，其势足以相扰，而不足以相毙。当此之时，惜乎无有以汉高帝之事制之者也。

昔者项籍乘百战百胜之威〔八〕，而执诸侯之柄〔九〕，咄嗟叱咤，奋其暴怒，西向以逆高祖〔一〇〕。其势飘忽震荡，如风雨之至，天下之人以为遂无汉矣。然高帝以其不智不勇之身，横塞其冲，徘徊而不进，其顽冒椎鲁足以为笑于天下〔一一〕，而卒能摧折项氏而待其死〔一二〕。此其故何也？夫人之勇力，用而不已，则必有所耗竭，而其智虑久而无成，则亦必有所倦怠而不举。彼欲就其所长以制我于一时，而我闭而拒之，使之失其所求，逡巡求去而不能去〔一三〕，而项籍固已败矣。

今夫曹公、孙权、刘备，此三人者，皆知以其才相取，而未知以不才取人也。世之言者曰："孙不如曹，而刘不如孙。"刘备惟智短而勇不足，故有所不若于二人者，而不知因其所不足以求胜，则亦已惑矣。盖刘备之才近似于高祖，而不知所以用之之术。昔高祖之所以自用其才者，其道有三焉耳：先据势胜之地，以示天下之形；广收信、越出奇之将〔一四〕，以自辅其所不逮；有果锐刚猛之气而不用，以深折项籍猖狂之势。此三事者，三国之君，其才皆无有能行之者。独有一刘备近之而未至，其中犹有翘然自喜之心，欲为椎鲁而不能纯，欲为果锐而不能达，二者交战于中，而未有所定，是故所为而不成，所欲而不遂。弃天下而入巴蜀，则非地也〔一五〕；用诸葛孔明治国之才，而当纷纭战伐之冲，则非将也〔一六〕；不忍忿忿之心，犯其所短，而自将以攻人，则是其气不足尚也〔一七〕。嗟夫，方其奔走于二袁之间〔一八〕，困于吕布〔一九〕，而狼狈于荆州〔二〇〕，百败而其志不折，不可谓无高帝之风矣，而终不知所以自用之方。夫古之英雄，唯汉高帝为不可及也夫！

（《栾城应诏集》卷二）

〔一〕嘉祐五年（1060）所上二十五篇《进论》之一。本文以立意新颖为特征，认为天下皆怯暗，则智勇胜；天下皆智勇，则不智不勇胜；"智勇相遇而失之者"，则曹操、孙权、刘备。但文章没有全面论述曹、孙、刘三雄，而是把刘备和刘邦作对比，着重说明"才近似于高祖（刘邦）"的刘备，却不能像高祖那样自用其"不智不勇之身"而得天下。苏辙的散文一般立论平稳，行文婉转，此文却以立论新和气势大胜。

〔二〕暗：愚昧不明。《晋书·周颉母李氏传》："名重而识暗。"

〔三〕"勇而遇勇"四句：《申子》："智均不相使，力均不相胜。"《尹子》："两智不能相救，两贵不能相临，两辩不能相屈，力均势敌故也。"

〔四〕"其遇智勇也以不智不勇"二句：《六韬》："大勇不勇。"《老子》："大智若愚。"

〔五〕汉高祖：见苏洵《高祖》注〔一〕。唐太宗（599—649）：即李世民。隋大业一三年（617）策动其父起兵反隋，任尚书令，封唐王。屡为主将统兵，镇压农民起义，消灭割据势力，逐步统一全国。唐武德九年（626）立为太子，是年为帝。

〔六〕曹公：指曹操。孙：孙权（182—252），字仲谋，吴郡富春（今属浙江）人，三国时吴国的建立者。刘：刘备（161—223），字玄德，涿郡涿县（今属河北）人，三国时蜀汉的建立者。

〔七〕捽：抵触，冲突。《庄子·列御寇》："齐人之井饮者相捽也。"

〔八〕昔者项籍乘百战百胜之威：苏轼《留侯论》："项籍唯不能忍，是以百战百胜，而轻用其锋。"

〔九〕执诸侯之柄：《史记·项羽本纪》：秦二世三年（前207），项羽杀宋义，引兵渡漳河，在巨鹿（今河北平乡西南）大"破秦军，项羽召见诸侯将，入辕门，无不膝行而前，莫敢仰视。项羽由是始为诸侯上将军，诸侯皆属焉。"

〔一〇〕西向以逆高祖：《资治通鉴》卷九《汉纪一》载，刘邦破秦军，西入咸阳，派兵攻函谷关以拒项羽。羽大怒，使黥布等攻破函谷关，并屠咸阳，自立为西楚霸王，立刘邦为汉王，王巴、蜀、汉中。

〔一一〕"然高帝以其不智不勇之身"四句：同上书载，刘邦对王汉中之恶地很不满，欲攻项羽，萧何等皆谏阻之，遂就国，烧绝所过栈道，示无东意。后用韩信计，引兵从故道出，还定三秦，借口项羽放杀义帝而东击楚。项羽以精兵三万大破汉军。汉卒十余万入睢水，水为之不流。刘邦仅与数十骑得脱。楚汉战争中，刘邦多败，故云其"顽冒椎鲁足以为笑于天下。"

〔一二〕而卒能摧折项氏而待其死：汉高祖五年（前202），项羽在垓下（今安徽灵璧东南）被围，突围南走，至乌江（今和县东北），被汉军追及，自刭。

〔一三〕逡巡：欲进不进、迟疑不决的样子。白居易《重赋》："里胥迫我纳，不许暂逡巡。"

〔一四〕信：韩信。越：彭越。见苏洵《御将》注〔一五〕〔一七〕。

〔一五〕"弃天下而入巴蜀"二句：《资治通鉴》卷六十六载，建安十六年（211），刘备用诸葛亮、法正等计，"留诸葛亮、关羽等守荆州，以赵云领留营司马，备将步卒数万人入益州。"苏洵《项籍论》："诸葛孔明弃荆州而就西蜀，吾知其无能为也。……吾尝观蜀之险，其守不可出，其出不可继，兢兢而自完，犹且不给，而何足以制中原哉！"苏辙之见与其父同。

〔一六〕"用诸葛孔明治国之才"三句：《三国志·诸葛亮传》："诸葛亮之为相国也，扶百姓，示仪轨，约官职，从权制，开诚心，布公道……可谓识治之良才，管萧之亚匹也。然连年动众，未能成功，盖应变将略，非其所长欤！"

〔一七〕"不忍忿忿之心"四句：《三国志·先主传》："先主（刘备）忿孙权之袭关羽，将东征。秋七月，遂帅诸军伐吴。孙权遗书请和，先主盛怒不许。"结果为吴所大败。

〔一八〕二袁：指袁绍、袁术。袁绍（？—202），字本初，汝南汝阳（今河南商水西南）人。他诛宦官，讨董卓，据有冀、青、幽、并四州。在官渡之战中为曹操所败，不久病死。袁术，袁绍弟，割据扬州，称帝于寿春。后为曹操所破，病死。《三国志·先主传》："袁术来攻先主……先主与术相持经月"；"先主走青州，绍遣将道路奉迎，身去邺二百里，与先主相见"。

〔一九〕吕布（？—198），字奉先，五原九原（今内蒙古包头西北）人，割据徐州，后为曹操擒杀。据《三国志·先主传》：刘备与袁术相持经月，吕布乘虚袭刘备据点下邳，掳其妻子。刘备求和于吕布，布还其妻子。刘备还小沛，复合兵得万余人。吕布恶之，自出兵攻之，刘备败走归曹操。

〔二〇〕狼狈于荆州：据《三国志·先主传》，曹操既破袁绍，自南击刘备。刘备投荆州刘表，表明礼遇而阴御之。会表卒，子刘琮降操。刘备率众十余万，辎重数千辆遁逃，日行十余里。曹操将精兵五千追之，刘备弃妻子，与数十骑走，操大获其辎重。

附录

吕祖谦：此篇要看开合抑扬法。（《古文关键》卷二）

茅坤：论三国而独挈刘备，亦堪舆家取窝之说。（《苏文定公文钞》卷六）

储欣：汪洋淡荡，神理愈完。名论名论！但其责刘备有过当处。当是时，天下大势粗定，先主无容足之地，所可规取独荆、益耳。荆为孙氏必争之地，不入巴蜀将安归乎？孔明，谋主也，定计于中；而五虎臣飞扬角逐于外，蜀自有将。

今以用孔明为将非其人者，亦过也。独忿忿自将之，失为无所逃其责耳。（《栾城先生全集录》卷五）

方苞：于刘项、三国情事俱不切，而在作者诸论中尚为拔出者。（《古文辞类纂评注》卷五）

六 国 论〔一〕

苏 辙

愚读六国世家〔二〕，窃怪天下之诸侯，以五倍之地，十倍之众，发愤西向，以攻山西千里之秦〔三〕，而不免于灭亡。常为之深思远虑，以为必有可以自安之计。盖未尝不咎其当时之士虑患之疏而见利之浅〔四〕，且不知天下之势也。

夫秦之所与诸侯争天下者，不在齐、楚、燕、赵也，而在韩、魏。秦之有韩、魏，譬如人之有腹心之疾也。韩、魏塞秦之冲，而蔽山东之诸侯，故夫天下之所重者，莫如韩、魏也〔五〕。昔者范雎用于秦而收韩〔六〕，商鞅用于秦而收魏〔七〕；昭王未得韩、魏之心，而出兵以攻齐之刚寿，而范雎以为忧〔八〕。然则秦之所忌者可以见矣。秦之用兵于燕、赵，秦之危事也。越韩过魏而攻人之国都，燕、赵拒之于前，而韩、魏乘之于后，此危道也。而秦之攻燕、赵〔九〕，未尝有韩、魏之忧，则韩、魏之附秦故也〔一○〕。夫韩、魏，诸侯之障，而使秦人得出入于其间，此岂知天下之势邪？委区区之韩、魏以当强虎狼之秦〔一一〕，彼安得不折而入于秦哉〔一二〕？韩、魏折而入于秦，然后秦人得通其兵于东诸侯〔一三〕，而使天下遍受其祸。

夫韩、魏不能独当秦，而天下之诸侯藉之以蔽其西，故莫如厚韩亲魏以摈秦〔一四〕。秦人不敢逾韩、魏以窥齐、楚、燕、赵之国，而齐、楚、燕、赵之国因得以自安于其间矣。以四无事之国，佐当寇之韩、魏，使韩、魏无东顾之忧，而为天下出身以当秦兵〔一五〕。以二国委秦，而四国休息于内，以阴助其急〔一六〕，若此，可以应夫无穷，彼秦者将何为哉？不知出此，而乃贪疆场尺寸之利，背盟败约，以自相屠灭，秦兵未出，而天下诸侯已自困矣。至使秦人得间其隙，以取其国，可不悲哉！

（《栾城应诏集》卷一）

注

〔一〕嘉祐五年（1060）所上二十五篇《进论》之一。六国，见苏洵《六国论》注〔一〕。苏洵"六国破灭""弊在赂秦"，暗刺宋王朝厚赂契丹和西夏的错误政策。此文则通篇从地理位置着眼，论述为秦咽喉、六国蔽障的韩、魏不当"附秦"，"使秦人得出入于其间"，"然后秦人得通其兵于东诸侯（其余四国），而使天下遍受其祸"；齐、楚、燕、赵四国当助韩、魏抗秦，不当贪"尺寸之利，背盟败约，以自相屠灭"，暗刺北宋王朝前方受敌而后方苟且偷安的现实。

〔二〕六国世家：指《史记》中的齐、燕、楚、赵、魏、韩《世家》。

〔三〕山西千里之秦：战国、秦、汉时代，通称崤山（在今河南省洛宁县西北）或华山（在今陕西省华阴市）以西为山西。《史记·太史公自序》："萧何填抚山西。"下文中"山东"指崤山或华山以东。《战国策·秦策一》苏秦谓秦"东有崤（崤山）、函（函谷关）之固"，则秦在山西。

〔四〕咎：怪罪。

〔五〕"夫秦之所与"至"莫如韩、魏也"：当时七国的地理分布是，楚在南，赵在北，燕在东北，秦在西，齐在东，韩、魏夹在中间。故说"韩、魏塞秦之冲（交通要道），而蔽山东之诸侯。"

〔六〕范雎用于秦而收韩：范雎，字叔，曾化名张禄，战国时魏国人，多次入秦游说秦昭王，主张加强中央集权，采取"远交近攻"的政策，使秦国强大起来。秦昭王四十一年（前266）任相国，后因围攻赵都邯郸失败自请免相。《战国策·秦策三》范雎说秦昭王攻韩曰："秦、韩之地形，相错如绣。秦之有韩，若木之有蠹，人之病心腹。天下有变，为秦害者莫大于韩。王不如收韩。"昭王曰："善"。

〔七〕商鞅用于秦而收魏：《史记·商君列传》：秦孝公二十二年（前340）"卫鞅（即商鞅）说（秦）孝公曰：'秦之与魏，譬若人之有腹心疾，非魏并秦，秦即并魏。……而魏往年大破于齐，诸侯畔之，可因此时伐魏……'孝公以为然，使卫鞅将而伐魏。"商鞅果破魏，俘魏公子卬。

〔八〕"昭王未得韩、魏之心"三句：《史记·范雎蔡泽列传》："穰侯（秦昭王母宣太后之弟）为秦将，且欲越韩、魏而伐齐刚寿"，范雎进言于昭王曰："夫穰侯越韩、魏而攻齐刚寿，非计也。……少出师则不足以伤齐，多出师则害于秦。……今见与国（结盟的国家，此指韩、魏）之不亲也，越人之国而攻，可乎？其于计疏矣。……王不如远交而近攻……今释此而远攻，不亦缪乎！"刚寿，战国时齐邑，在今山东东平县西南。

〔九〕秦之攻燕、赵：参苏洵《六国论》注〔一〇〕、〔一二〕、〔一三〕、〔一四〕。

〔一〇〕韩、魏之附秦：魏附秦事，参苏洵《六国论》注〔四〕。韩附秦事，见《史记·韩世家》：韩宣惠王二十一年，"（韩）与秦共攻楚"；韩襄王四年，"与秦伐楚，败楚将唐昧"；韩釐王十二年，"佐秦攻齐"，等等。

〔一一〕委：委弃，放弃。下文"以二国委秦"之"委"，作委随、应付讲。

〔一二〕折：反转，转变方向。

〔一三〕东诸侯：山东的诸侯国，此指齐、楚、燕、赵。

〔一四〕摈：拒斥。

〔一五〕出身：犹言出面。

〔一六〕阴助：暗中帮助。

附录

茅坤：识见大而行文亦妙。（《苏文定公文钞》卷六）

唐顺之：此文甚得天下之势。（同上）

王志坚：当时苏秦非不为此论，所以卒不成者，六国无明君，朝聚暮散，为秦人所欺而不悟也。（《御选唐宋文醇》卷五十一）

储欣：老泉论六国之弊在赂秦，盖借以规宋也，故其言激切而淋漓。颍滨论天下之势在韩、魏，直设身处地为六国谋矣，故其言笃实而明著。两作未易议优劣也。（《栾城先生全集录》卷五）

吴楚材、吴调侯：感叹作结，遗恨千古。是论只在"不知天下之势"一句。苏秦之说六国，意正如此。当时六国之策，万万无出于亲韩、魏者。计不出此，而自相屠灭。六国之愚，何至于斯？读之可发一笑。（《古文观止》卷十一）

清高宗：洞彻当时天下形势，故立论行文，爽健乃尔。（《御选唐宋文醇》卷五十一）

御试制策（节选）〔一〕

苏 辙

制策曰："德有所未至，教有所未孚，阙政尚多，和气或戾〔二〕。"陛下思虑至此，此则圣人之用心也。臣请为陛下推其本原，而极言其故。

臣闻之《书》曰："与治同道，罔不兴；与乱同事，罔不亡。"〔三〕昔者夏之衰也有太康〔四〕，商之微也有祖甲〔五〕，周之败也有穆王〔六〕，汉之卑也有成帝〔七〕，唐之乱也有穆宗、恭宗〔八〕。此六帝王者，皆以天下之治安，朝夕不戒，沉湎于酒，荒耽于色，晚朝早罢，早寝晏起〔一○〕。大臣不得尽言，小臣不得极谏。左右前后惟妇人是侍，法度正直之言不留于心，而惟妇言是听。谒行于内〔一一〕，势横于外，心荒气乱，邪僻而无所主。赏罚失次〔一二〕，万事无纪，以至于天下大乱，而其心不知也。是以三代之季，诗人疾而悲伤之曰："匪教匪戒，时惟妇寺。"〔一三〕"听言则对，诵言如醉。"〔一四〕又曰："乱匪降自天，生自妇人。"〔一五〕"赫赫宗周，褒姒灭之。"〔一六〕盖伤其不可告教而至于败也。

臣疏贱之臣，窃闻之道路：陛下自近岁以来，宫中贵姬至以千数。歌舞饮酒，欢乐失节；坐朝不闻咨谟，便殿无所顾问〔一七〕。夫三代之衰，汉、唐之季，其所以召乱之由，陛下已知之矣。久而不正，百蠹将由之而出〔一八〕。内则将为蛊惑之污〔一九〕，以伤和伐性〔二○〕；外则将为请谒之所乱，以败政害事。妇人之情，无有厌足〔二一〕，迭相夸尚，争为侈靡。赐予不足以自给，则不惮于受赂贿。赂贿既至，则不惮于私谒。私谒既行，则内外将乱。陛下无谓好色于内而不害外事也。且臣闻之，欲极必厌，乐极必反。方其极甚之时，一陷于其中而不能以自出，然及其觉悟之后，未始不以自悔也。陛下何不试于清闲之时，上思宗庙社稷之可忧〔二二〕，内思疾疢病恙之可恶〔二三〕，下思庶人百姓之可畏，则夫嫔御满前〔二四〕，适足以为陛下忧，而未足以为陛下乐也。

伏惟圣心未之思焉，是以迟迟而不去。《诗》云："颠沛之揭，枝叶未有害，本实先拨。"〔二五〕方今承祖宗之基，四方无虞〔二六〕，法令修明〔二七〕，百官缮完。而陛下奈何先自拨其本哉？臣恐如此，德教日以陵迟〔二八〕，阙政将至于败，戾气将至于灾〔二九〕，而不可救也。

（《栾城应诏集》卷十二）

注

〔一〕嘉祐六年（1061）八月，宋仁宗亲至崇政殿，策试所举"贤良方正、能直言极谏"之士。苏辙在其所作《御试制策》中，指责仁宗怠于政事，溺于声色，赋敛繁重，滥用民财，好务虚名，在朝廷内引起轩然大波，胡宿等力请黜之。仁宗说："吾以直言求士，士以直言告我，今而黜之，天下其谓我何！"（苏辙《遗老斋记》）这样，苏辙才入第四等。节选的部分，是苏辙针对策问中"朕德有所未至"四句，批评仁宗沉于声色之乐，告诫他要以历代耽于酒色的亡国之君为鉴，希望他上思国家之可忧，内思疾病之可恶，下思百姓之可畏。文章词锋犀利，气势不凡，如洪钟巨响，令人振聋发聩。御试：皇帝亲自考试。制策：见苏洵《广士》注〔二六〕。

〔二〕仁宗策问的开头几句是："皇帝若曰：朕承祖宗之大统，先帝之休烈，深惟寡昧，未烛于理。志勤道远，治不加进，夙兴夜寐，于兹三纪。朕德有所未至……"（中华书局版《苏轼文集》卷九）孚：为人所信服。阙政：政事有缺失。《汉书·严助传》："朝无阙政，民无谤言。"和气：和顺之气。戾：背弃，违戾。

〔三〕"臣闻之《书》曰"至"罔不亡"：语见《尚书·商书·太甲下》。孔颖达疏："任贤则兴，任佞则亡，故安危在所任；于善则治，于恶则乱，故治乱在所法。"罔，无，没有。

〔四〕夏之衰也有太康：《史记·夏本纪》："夏后帝启崩，子帝太康立。帝太康失国。"《集解》引孔安国曰：太康"盘于游田，不恤民事，为羿（东夷族后羿）所逐，不得反国。"

〔五〕商之微也有祖甲：《史记·殷本纪》："帝祖庚崩，弟祖甲立，是为帝甲。帝甲淫乱，殷复衰。"微，衰微。

〔六〕周之败也有穆王：苏轼《刑赏忠厚之至论》："成、康既没，穆王立，而周道始衰。"

〔七〕汉之卑也有成帝：汉成帝刘骜，元帝子，公元前32—前7年在位，专宠赵飞燕姐妹十余年，暴卒。《汉书·成帝纪》赞曰："遭世承平，上下和睦。然湛于酒色，赵氏乱内，外家擅朝，言之可为于邑（短气貌）。"

〔八〕唐之乱也有穆宗、恭宗：唐穆宗李桓（795—824），宪宗第三子，821—824年在位，游幸无常，昵比群小，击球奏乐，久不视朝。长庆四年（824）因服金丹致死。恭宗（809—826）即唐敬宗李湛，825—826年在位，穆宗子，游戏无度，耽于声色犬马之乐，宝历二年（826）十二月为宦官刘克明等所弑。

〔九〕晚朝早罢：晚上朝早退朝。

〔一〇〕晏：晚、迟。

〔一一〕谒行于内：请谒行于宫内。谒，下对上的请求，此指非分之请。

〔一二〕次：次第。赏罚失次指不按规定进行赏罚。

〔一三〕"匪教匪戒"二句：语见《诗·大雅·瞻卬》，今本"戒"作"诲"。匪，通"非"。寺，《毛传》："寺，近也。"《郑笺》："今王之有此乱政……非有人教王为乱，语王为恶者，是惟近爱妇人用其言故也。"

〔一四〕"听言则对"二句：语见《诗·大雅·桑柔》。《郑笺》："对，答也。贪恶之人见道听之言则应答之，见诵《诗》《书》之言则冥卧如醉。居上位而行此，人或效之。"引此说明"不可告教"。

〔一五〕"乱匪降自天"二句：语见《诗·大雅·瞻卬》。《郑笺》："今王之有此乱政，非从天而下，但从妇人出耳。"

〔一六〕"赫赫宗周"二句：语见《诗·小雅·正月》。郑笺："宗周，镐京（西周国都，今陕西长安市西北）也。褒，国也。姒，姓也。……有褒国之女，幽王惑焉，而以为后。诗人知其必灭周也。"赫赫：强盛貌。《史记·周本纪》："褒姒不好笑，幽王欲其笑万方，故不笑。幽王为燧燧大鼓，有寇至则举燧火。诸侯悉至，至而无寇，褒姒乃大笑。幽王悦之，为数举燧火。其后不信，诸侯益亦不至。"后"西夷犬戎攻幽王，幽王举燧火征兵，兵莫至。遂杀幽王骊山下，虏褒姒，尽取周赂而去。"

〔一七〕"陛下自近岁以来"至"便殿无所顾问"：江少虞《宋朝事实类苑》卷五："嘉祐中，苏辙举贤良对策，极言阙失……考官以为初无此事，辙妄言，欲黜之。"但也并非全无事实。《宋史·后妃传上》："初，帝（仁宗）宠张美人，其后尚美人、杨美人俱美，数与后忿争。一日，尚氏于上前有侵后语，后不胜忿，批其颊，上自起救之，误批上颈，上大怒。……后遂废。"苏辙对策后两年，仁宗去世，英宗于治平元年"放宫女百三十五人"，二年又"放宫女百八十人"（《宋史·真宗纪》），这也间接可证仁宗时宫女不少。咨谟，询问治国的谋略。便殿：非正式上朝的别殿，此谓下朝之后。

〔一八〕蠹：蛀虫，喻侵蚀或消耗国家财物的人或事。

〔一九〕蛊惑：迷惑，迷乱。此指为妇人迷惑。

〔二〇〕伤和伐性：伤害自己的协和之气，残害自己的性命。杜甫《栀子》："于身色有用，与道气伤和。"枚乘《七发》："皓齿娥眉，命自伐性之斧。"

〔二一〕厌足：满足。厌，通"餍"，饱，满足。

〔二二〕宗庙、社稷：皆代指国家。

〔二三〕疢：久病。恙：疾病。

〔二四〕嫔御：《左传·哀公元年》："宿有妃嫱嫔御。"杜预注："妃嫱，贵者；嫔御，贱者。皆内官。"

〔二五〕"颠沛之揭"三句：语见《诗·大雅·荡》。《毛传》："颠，仆。沛，拔也。揭，见根貌。"《郑笺》："言大木揭然将蹶，枝叶未有折伤，其根本实先绝，乃相随俱颠拔。喻纣之官职虽俱存，纣诛，亦皆死。"引此谓皇帝倒了，国家的根本也就完了。

〔二六〕四方无虞：这是奉承之语。虞，贻误。《诗·鲁颂·閟宫》："无二无虞。"

〔二七〕修明：昌明，整治清明。《韩诗外传》卷五："礼义修明，则君子怀之。"

〔二八〕陵迟：迤逦渐平，引申为衰颓。

〔二九〕戾气：暴戾之气，与和气相对。

上两制诸公书〔一〕

苏 辙

辙读书至于诸子百家纷纭同异之辩〔二〕，后世工巧组绣钻研离析之学〔三〕，盖尝喟然太息〔四〕，以为圣人之道譬如山海薮泽之奥〔五〕，人之入于其中者，莫不皆得其所欲，充足饱满，各自以为有余，而无慕乎其外。今夫班输、共工旦而操斧斤以游其丛林〔六〕，取其大者以为楹〔七〕，小者以为桷〔八〕，圆者以为轮，挺者以为轴〔九〕，长者扰云霓〔一〇〕，短者蔽牛马，大者拥丘陵〔一一〕，小者伏蓁莽〔一二〕，芟夷蹴取〔一三〕，皆自以为尽山林之奇怪矣。而猎夫鱼师结网聚饵，左强弓，右毒矢，陆攻则毙象犀，水伐则执鲛鮀〔一四〕，熊黑虎豹之皮毛，鼋龟犀兕之骨革〔一五〕，上尽飞鸟，下及走兽昆虫之类，纷纷籍籍〔一六〕，折翅捩足〔一七〕，鳞鬣委顿〔一八〕，纵横满前，肉登鼎俎〔一九〕，膏润砧几〔二〇〕，皮革齿骨，披裂四出，被于器用〔二一〕。求珠之工，隋侯夜光〔二二〕，间以颣玭〔二三〕，磊落的砾〔二四〕，充满其家。求金之工，辉赫晃荡，铿锵交戛〔二五〕，遍为天下冠冕佩带饮食之饰。此数者皆自以为能尽山海之珍，然山海之藏终满而莫见其尽。

昔者，夫子及其生而从之游者，盖三千余人〔二六〕。是三千人者，莫不皆有得于其师。是以从之周旋奔走，逐于宋、鲁〔二七〕，饥饿于陈、蔡，困厄而莫有去之者〔二八〕，是诚有得乎尔也。盖颜渊见于夫子，出而告人曰："吾能知之。"〔二九〕子路、子贡、冉有出而告人亦曰〔三〇〕："吾知之。"下而至于邽巽、孔忠、公西舆、公西箴〔三一〕，此数子者门人之下第者也，窃窥于道德之光华，而有闻于议论之末，皆以自得于一世。其后田子方、段干木之徒，讲之不详，乃窃以为虚无淡泊之说。而吴起、禽滑釐之类又以猖狂于战国〔三二〕。盖夫子之道分散四布，后之人得其遗波余泽者，至于如此。而杨朱、墨翟、庄周、邹衍、田骈、慎到、韩非、申不害之徒〔三三〕，又不见夫子之大道，皇皇惑乱〔三四〕，譬如陷于大泽之陂〔三五〕，荆榛棘茨，蹊隧灭绝〔三六〕，求以自致于通衢而不可得，乃妄冒蔽蓁〔三七〕，蹈崖谷，崎岖缭绕而不能自止。何者？彼亦自以为己之得之也。

辙尝怪古之圣人既已知之矣，而不遂以明告天下而著之六经〔三八〕。六经之说皆微见其端，而非所以破天下之疑惑，使之一见而窥者〔三九〕，是以世之君子纷纷至此而不可执也〔四〇〕。今夫《易》者，圣人之所以尽天下刚柔喜怒之情，勇敢畏惧之性，而寓之八物，因八物之相遇，吉凶得失之际，以教天下之趋利避害，盖亦如是而已〔四一〕。而世之说者，王氏、韩氏至以老子之虚无〔四二〕，京房、焦贡至以阴阳灾异之数〔四三〕。言《诗》者不言咏歌勤苦、酒食燕乐之际，极欢极戚而不违于道〔四四〕，而言五际子午卯酉之事〔四五〕。言《书》者不言其君臣之欢，呼俞嗟叹，有以深感天下〔四六〕，而论其《费誓》《秦誓》之不当作也〔四七〕。夫孔子岂不知后世之至此极欤？其意以为后之学者无所据依，感发以自尽其才，是以设为六经而使之求之，盖又欲其深思而得之也。是以不为明著其说，使天下各以其所长而求之，故曰："仁者见之谓之仁，智者见之谓之智。"〔四八〕而子贡亦曰："在人，贤者识其大者，不贤者识其小者"〔四九〕。夫使仁者效其仁，智者效其智，大者推明其大而不遗其小，小者乐致其小以自附于大，各因其才而尽其力，以求其至微至密之地，则天下将有终身于其说而无倦者矣。至于后世不明其意，患乎异说之多而学者之难明也，于是举圣人之微言而折之以一人之私意，而传、疏之学横放于天下〔五〇〕，由是学者愈怠而圣人之说益以不明。今夫使天下之人因说者之异同，得以纵观博览而辨其是非，论其可否，推其精粗，而后至于微密之际，则讲之当益深，守之当益固。孟子曰："君子深造之以道，欲其自得之也。自得之则居之安，居之安则资之深，资之深则取之左右逢其原，故君子欲其自得之也〔五一〕。"

昔者辙之始学也，得一书伏而读之，不求其传，而惟其书之知。求之而莫得，则反复而思之。至于终日而莫见，而后退而求其传。何者？惧其入于心之易，而守之不坚也。及既长，乃观百家之书，纵横颠倒，可喜可愕，无所不读，泛然无所适从。盖晚而读《孟子》，而后遍观乎百家而不乱也。而世之言者曰：学者不可以读天下之杂说〔五二〕，不幸而见之，则小道异术将乘间而入于其中。虽扬雄尚然，曰吾不观非圣之书〔五三〕。以为世之贤人所以自养其心者，如人之弱子幼弟，不当出而置之于纷华杂扰之地。此何其不思之甚也！古之所谓知道者，邪词入之而不能荡，诐词犯之而不能诈〔五四〕，爵禄不能使之骄，贫贱不能使之辱〔五五〕，如使深居自闭于闺阃之中〔五六〕，兀然颓然，而曰知道知道云者，此乃所谓腐儒者也。

古者伯夷隘，柳下惠不恭，隘与不恭，是君子之所不为也〔五七〕。而孔子曰：伯夷、叔齐"不降其志，不辱其身"，"柳下惠、少连降志而辱身，言中伦，行中虑"，"虞仲、夷逸隐居放言，身中清，废中权。而我则异于是，无可无不可"〔五八〕。夫伯夷、柳下惠是君子之所不为，而不弃于孔子，此孟子所谓孔子集大成者也〔五九〕。至于孟子恶乡原之败俗〔六〇〕，而知于陵仲子之不可常也〔六一〕；美禹、稷之汲汲于天下，而知颜氏子自乐之非固也〔六二〕；知天下之诸侯其所取之为盗，而知王者之不必尽诛也〔六三〕；知贤者之不可召，而知召之役之为义也〔六四〕。故士之言学者皆曰孔、孟，何者？以其知道而已。

今辙山林之匹夫，其才术技艺无以大过于中人〔六五〕，而何敢自附于孟子？

然其所以泛观天下之异说，三代以来兴亡治乱之际，而皎然其有以折之者〔六六〕，盖其学出于《孟子》而不可诬也。今年春，天子将求直言之士，而辙适来调官京师〔六七〕，舍人杨公不知其不肖〔六八〕，取其鄙野之文五十篇而荐之〔六九〕，俾与明诏之末〔七〇〕。伏惟执事方今之伟人而朝之名卿也，其德业之所服〔七一〕，声华之所耀，孰不欲一见以效薄技于左右？夫其五十篇之文从中而下，则执事亦既见之矣，是以不敢复以为献。姑述其所以为学之道，而执事试观焉。

（《栾城集》卷二十二）

注

〔一〕嘉祐五年（1060）作。两制：见苏洵《送石昌言使北引》注〔一五〕。本文"述其所以为学之道"，而下笔甚远。前两段以山海薮泽之奥比圣人之道丰富无尽，说明后人仅得其余波遗泽；第三段阐述圣人著"六经"而不明告天下，意在使后人"深思而得之"；四、五段承上叙述自己"不求其传，而惟其书之知"和遍"观百家之书"的学习方法；末段为一般书信应答之词。文中提倡的贵自得，不迷信圣贤之言的学习方法，很有见地；公开反对"不观非圣人之书"，并斥之为"腐儒之论"，这在当时也是非常大胆的。

〔二〕诸子百家：先秦至汉初各个学派的总称。诸子指各学派的代表人物（如儒家的孔子、道家的老子），亦指其代表作。百家指各学派。《汉书·艺文志·诸子略》分各学派为儒、道、阴阳、法、名、墨、纵横、杂、农、小说十家，又著录各家著作"凡诸子百八十九家，四千三百二十四篇。"同异之辩：名家惠施（约前370—前310）学派提出"万物毕同毕异"的命题，这里指各家学说的异同。

〔三〕工巧组绣：工致精巧。钻研离析：深入研究（此有钻牛角尖之意），条分缕析。这些词在这里均含贬义。

〔四〕喟然：感叹的样子。太息：即叹息。

〔五〕薮泽：湖泽。薮：大泽。

〔六〕班输：《汉书·叙传上》："班输榷巧于斧斤。"颜师古注："班输，即鲁公输班也。一说，班，鲁班也，与公输氏为二人也，皆有巧艺也。《古乐府》云：'谁能为此器，公输与鲁班'。榷，专也，一曰竞也。"共公：古史传说人物。据《尚书·尧典》及《史记·五帝本纪》载，是尧的臣子，试授工师（掌管百工和手工业）之职。

〔七〕楹：厅堂前部的柱子。

〔八〕桷：方的椽子，安在梁上支架屋面和瓦片的木条。

〔九〕轴：车轴。

〔一〇〕扰云霓：言其高。扰，纷扰，此指伸入云天。

〔一一〕拥：围裹。

〔一二〕蓁莽：荆棘草木。

〔一三〕芟夷蹴取：谓用各种方法取得。芟夷，割除。《左传·隐公六年》："如农夫之务去草焉，芟夷蕴崇（堆积）之。"引申为割除。蹴，踏，用脚推。

〔一四〕鲛：即鲨鱼。《说文·鱼部》："鲛，海鱼也，皮可饰刀。"段玉裁注："今圻谓沙鱼。"鮀：淡水小型鱼类。

〔一五〕鼋：即绿团鱼，俗称癞头鼋。兕：古代犀牛一类的兽，皮厚可制甲。

〔一六〕纷纷籍籍：纷乱、众多貌。

〔一七〕折翅捩足：即翅折足捩。捩，扭转。

〔一八〕鬣：鱼颔旁的鬐。委顿：疲乏狼狈。

〔一九〕肉登鼎俎：肉用来上席。登，上。鼎，炊器，青铜制，圆形，三足两耳。俎，古代祭祀时盛牛羊的礼器。

〔二〇〕膏：油脂。砧几：割肉所用的砧板。欧阳修《憎蝇赋》："杯盂残沥，砧几余醒。"

〔二一〕被于器用：作为各种器具使用。被，遍及。

〔二二〕隋侯夜光：指隋侯珠，传说中的明珠。《淮南子·览冥训》："譬如隋侯之珠，和氏之璧，得之者富，失之者贫。"高诱注："隋侯，汉东之国，姬姓诸侯也。隋侯见大蛇伤断，以药傅之。后蛇于江中衔大珠以报之，因曰隋侯之珠，盖明月珠也。"

〔二三〕颣：丝上的疙瘩，引申为有缺点。《淮南子·氾论训》："明月之珠，不能无颣。"玭：珠。颣玭，指较隋侯珠稍次的珠。

〔二四〕磊落：众多杂沓貌。的皪：明亮貌。

〔二五〕铿锵：金属相击声，形容声音响亮。交戛：交击。

〔二六〕"昔者"三句：夫子，指孔子。《史记·孔子世家》："孔子以诗、书、礼、乐教，弟子盖三千焉。"

〔二七〕"是以从之周旋奔走"二句：参苏轼《贾谊论》注〔一〇〕。周旋，谓追随驰逐。逐于宋、鲁：《史记·孔子世家》："（孔子）已而去鲁，斥乎齐，逐于宋、卫。"宋、鲁：春秋时期诸侯国。

〔二八〕"饥饿于陈、蔡"二句：《史记·孔子世家》："吴伐陈，楚救陈，军于城父。闻孔子在陈、蔡之间，楚使人聘孔子，孔子将往拜礼。陈蔡大夫谋曰：'孔子，贤者，所刺讥皆中诸侯之疾。今者久留陈、蔡之间，诸大夫所设行皆非仲尼之意。今楚，大国也，来聘孔子。孔子用于楚，则陈、蔡用事大夫危矣。'乃相与发徒役围孔子于野。不得已，绝粮。从者病，莫能兴。孔子讲诵弦歌不衰。"

〔二九〕"盖颜渊见于夫子"三句：颜渊，孔子弟子。"吾能知之"及下句"吾知之"，似非原文，未详出处。

〔三〇〕子路、子贡、冉有：《史记·仲尼弟子列传》："仲由字子路，卞人也，少孔子九岁。""端沐赐，卫人，字子贡，少孔子三十一岁。""有若（即冉有）少孔子四十三岁。"三人皆孔子弟子。

〔三一〕邦巽、孔忠、公西舆、公西箴：《史记·仲尼弟子列传》载"无年及不见书传者"四十二人，其中有"邽（一作邦）巽字子敛。孔忠。公西舆如（苏辙误为公西舆）字子上。公西箴字子上。"

〔三二〕"其后田子方、段干木之徒"四句：《史记·儒林列传》："自孔子卒后，七十子之徒散游诸侯……子夏居西河……如田子方、段干木、吴起、禽滑氂之属，皆受业于子夏之伦，为王者师。是时独魏文侯好学，后陵迟以至于始皇，天下并争于战国，儒术既绌焉。"田子方，战国时人，与子夏、段干木同为魏文侯所礼。段干木，见苏洵《上韩舍人书》注〔七〕。吴起（？—前381），战国初期政治家、军事家。《史记·孙子吴起列传》："吴起者，卫人也，好用兵，尝学于曾子（名参，字子舆，孔子弟子）。"禽滑氂：战国时人，一说为墨子弟子（见《墨子》）。

〔三三〕杨朱：战国初哲学家，他反对墨子的"兼爱"和儒家的伦理思想，主张"贵生""重己""全性葆真，不以物累形"，重视个人生命的保存，反对互相侵略。墨翟（约前468—前376），春秋战国之际思想家，墨家创始人。其尚同、尚贤、非攻、尊天等思想与儒家大致相同；其兼爱、节用、非乐、非命等思想，则与儒家对立。邹衍（约前305—前240），战国末阴阳家。《史记·孟子荀卿列传》："慎到，赵人。田骈……齐人。……皆学黄老道德之术，因发明序其指意。"又言邹衍、慎到、田骈等"各著书言治乱之事，以干世主。"《史记·老子韩非列传》："申不害者，京人也。……申子之学本于黄老而主刑名。……韩非者……喜刑名法术之学，而其归本于黄老。"《史记·商君列传》："（商）鞅少好刑名之学。"

〔三四〕皇皇：惊恐貌。

570

〔三五〕陂：圩岸。《诗·陈风·泽陂》："彼泽之陂，有蒲与荷。"

〔三六〕茨：蒺藜。蹊蹊：山间小路。《庄子·马蹄》："山无蹊蹊，泽无舟梁。"

〔三七〕蒺藜：草名，果实带刺。

〔三八〕六经：见苏轼《王安石赠太傅》注〔一四〕。

〔三九〕瘝：酤瘝，理解。

〔四〇〕执：控制，驾驭。

〔四一〕"今夫《易》者"至"盖亦如是而已"：八物，即八卦，《周易》中的八种基本图形，象征天、地、雷、风、水、火、山、泽，通过八卦推测自然和社会的变迁。《易·系辞下》："八卦以象告（以图象告人），爻象以情言。刚柔杂居，而吉凶可见矣。变动以利言，吉凶以情迁，是故爱恶相攻而吉凶生，远近相取而悔吝生，情伪相感而利害生。"苏辙父子剥掉了历代文人加在《周易》上的神秘外衣，善于用对立统一的观点解释《易》，苏辙在《东坡先生墓志铭》中说："先君（苏洵）晚岁读《易》，玩其爻象，得其刚柔、远近、喜怒、逆顺之情，以观其词，皆迎刃而解。"苏辙这一段论述，正与苏洵的观点相同。

〔四二〕王氏：指王弼（226—249），字嗣宗，三国魏人。好老子，著有《周易注》《老子注》。《三国志》卷二十八《魏志·钟会传》裴松之注引孙盛曰："世之注解（指注《易》），殆皆妄也。况（王）弼以傅会之辨而欲笼统玄旨者乎？"韩氏：指韩康伯，晋颍川长社（今河南长葛东）人。《晋书》卷七十五有传。《周易注》中的上下经注及略例为王弼注；系辞、说卦、序卦、杂卦等为韩康伯注。

〔四三〕京房（前77—前37）：西汉今文易学"京氏学"的开创者，曾学《易》于焦赣，以"通变"说"易"，好讲灾异。今存《京氏易传》三卷。焦贡：即焦赣，字延寿，西汉人。相传曾作《易林》十六卷，为后来以术数说《易》者所推崇。《汉书》卷七十五《京房传》："京房字君明，东郡顿丘人也。治《易》，事梁人焦延寿……其说长于灾变。"

〔四四〕"言《诗》者不言"二句：《诗经》十五《国风》为"民俗歌谣之诗"（朱熹《诗集传》卷一），其中有不少歌咏劳动生活的欢乐艰辛的诗篇。《雅》《颂》中一部分诗篇表现了贵族生活的宴饮之乐。"极欢极戚而不违于道"即《毛诗序》所谓"发乎情，止乎礼义。"

〔四五〕五际子午卯酉之事：指汉代《齐诗》学者翼奉把《诗经》中的篇章和阴阳五行相配合，用以推论政治得失。他认为：午亥之际为革命，卯酉之际为改正。卯为《天保》，酉为《祈父》，午为《采芑》，亥为《大明》（《天保》等皆为《诗经》篇名）。又以为亥为革命，是一际；亥又为天门，出入候听，是二际；卯为阴阳交际，是三际；午为阳谢阴兴，是四际；酉为阴盛阳微，是五际。详见清人陈寿祺《左海经辨·诗有六情五际辨》。

〔四六〕"言《书》者不言"三句：苏轼《省试刑赏忠厚之至论》："故其吁俞之声，欢休惨戚，见于《虞》《夏》《商》《周》之书（即《尚书》）。"

〔四七〕《费誓》《秦誓》：皆《尚书》篇名。言《费誓》《秦誓》不当作者，未详何人。司马光《论风俗札子》："新进后生，口传耳剽。读《易》未识卦爻，已谓《十翼》非孔子之言；读《礼》未知篇数，已谓《周官》为战国之书；读《诗》未尽《召南》《周南》，已谓毛、郑为章句之学；读《春秋》未知十二公，已谓三传可束之高阁。"苏辙之语，也很可能指当时正兴起的一种疑古思潮。

〔四八〕"仁者见之谓之仁"二句：语见《易·系辞上》。

〔四九〕"在人"三句：语见《论语·子张》。

〔五○〕传、疏之学：解释阐述经义的学问。下文"不求其传""退而求其传"之"传"同此。

〔五一〕"君子深造之以道"至"自得之也"：语见《孟子·离娄下》。资，《说文》："资，货也。"段玉裁注云："资者积也。"原，同"源"。左右逢源谓得心应手，顺利无碍。

〔五二〕杂说：指儒家经典以外的学说。

〔五三〕"虽雄尚然"二句：《汉书·扬雄传》："自有大度，非圣哲之书不好也。"

〔五四〕邪词：邪辟不正之辞。诐词：险诐之言。《孟子·公孙丑上》："诐词知其所蔽"，"邪辞知其所离。"

〔五五〕"爵禄不能使之骄"二句：《孟子·滕文公下》："富贵不能淫，贫贱不能移。"

〔五六〕闺闼：犹言闺阁，指内室。

〔五七〕"古者伯夷隘"四句：《孟子·公孙丑上》孟子曰："伯夷隘（器量小），柳下惠不恭（不严肃）。隘与不恭，君子不由（行）也。"孟子所言"伯夷隘"事，指伯益"非其君不事，非其友不友，不立于恶人之朝"（同上书）等。柳下惠，《淮南子·说林训》高诱注："柳下惠，鲁大夫展无骇之子，名获，字禽。家有大柳，树惠德，因号柳下惠。"柳下惠能容忍与己不同之人，他曾说："尔为尔，我为我，虽袒裼裸裎（赤身露体）于我侧，尔焉能浼（玷污）我哉？"（同上书）此即孟子所言"不恭"事。

〔五八〕"而孔子曰"至"无可无不可"：所引孔子数语皆见《论语·微子》。少连、虞仲、夷逸三人言行已多不可考。少连曾见《礼记·杂记》，孔子说他善于守孝。虞仲，前人认为就是吴太伯之弟仲雍。夷逸曾见《尸子》，有人劝他做官，他不肯。言中伦，言语合乎法度。行中虑，行为经过考虑。放言，放肆直言。身中清，谓其身不仕浊世，合于纯洁。废中权，谓遭世乱，自废弃以免患，合于权变。

〔五九〕此孟子所谓孔子集大成者也：《孟子·万章下》孟子曰："伯夷，圣之清者也；

伊尹，圣之任者也；柳下惠，圣之和者也；孔子，圣之时者（识时务的人）也。孔子之谓集大成。"

〔六〇〕孟子恶乡原之败俗：乡原，原通"愿"，指言行不一，伪善欺世的人。语出《论语·阳货》："乡原，德之贼也。"《孟子·尽心下》释"乡原"为"同乎流俗，合乎污世，居之似忠信，行之似廉洁，众皆悦之，自以为是，而不可与入尧、舜之首，故曰'德之贼'也。"

〔六一〕于陵仲子之不可常也：于陵仲子，即陈仲子，廉士，因曾居于陵（今山东长山县南），故名。《淮南子·氾论训》："陈仲子立世抗行，不入洿君之朝，不食乱世之食，遂饿而死。"高诱注："陈仲子，齐人，孟子弟子。"《孟子·滕文公下》孟子说陈仲子"以兄之禄为不义之禄而不食也，以兄之室为不义之室而不居也，辟（避）兄离母，处于于陵。""充仲子之操，则蚓而后可者也（谓要推行陈仲子的节操，只有把人变成蚯蚓后才能办到）。"可见孟子是不赞成陈仲子的所作所为的。不可常：谓不能持久。

〔六二〕"美禹、稷之汲汲于天下"二句：《孟子·离娄下》："禹、稷当平世，三过其（家）门而不入，孔子贤之。颜子当乱世，居于陋巷，一箪食，一瓢饮，人不堪其忧，颜子不改其乐，孔子贤之。孟子曰：'禹、稷、颜回同道。禹思天下有溺者，由己溺之也；稷思天下有饥者，由己饥之也，是以如是其急也。禹、稷、颜子易地则皆然。"禹，夏禹。稷，后稷，古代周族始祖，据传是开始种稷和麦的人。"三过不入本禹事，而连及之"（杨树达《汉语文言修辞学·私名连及例》）。汲汲于天下，为天下奔波忙碌。汲汲，急切貌。颜氏子：指颜回，孔子弟子。非固也，与前"不可常"并举，亦有不能持久之意。

〔六三〕"知天下之诸侯"二句：《孟子·万章下》孟子对万章说："子以为有王者作，将比今之诸侯而诛之乎？其教之不改而后诛之乎？夫谓非其有而取之者盗也，充类至义之尽也（谓提高到极点来说的）。"

〔六四〕"知贤者之不可召"二句：《孟子·公孙丑下》："大有为之君，必有所不召之臣。……管仲且犹不可召，而况不为管仲者乎？"又《万章下》："万章曰：'庶人，召之役则往役；君欲见之，召之，则不往见之，何也？'曰：'往役，义也；往见，不义也'。"

〔六五〕中人：中间一等的人，即普通人。《汉书·古今人表》："可与为善，可与为不善，是谓中人。"

〔六六〕皎然：清楚貌。折之：判断异说及其兴亡原因。折，判断。

〔六七〕"今年春"三句：嘉祐五年（1060）苏辙为调官到京师，授河南府渑池县主簿，因第二年举制策，未赴任。天子将求直言之士：见苏辙《御试制策（节选）》注〔一〕。

〔六八〕杨公：杨畋，字乐道，新泰（今属山东）人，出身将家，折节喜学，清介谨畏，为士大夫所称。官至龙图直学士，知谏院。苏辙有《杨乐道龙图哀辞》。不肖：不贤。

〔六九〕取其鄙野之文五十篇而荐之：即五十篇《进论》《进策》，参苏辙《商论》注〔一〕。

〔七〇〕俾与明诏之末：谦辞，谓使我能参与应直言极谏科考试的末位。明诏，指宋仁宗举行制科考试的诏令。

〔七一〕服：被服，覆盖。"所服"与下句"所耀"并举。

附录

茅坤：览其文如广陵之涛，硡礚涸悍而不可制，然其骨理少切，譬之挥斤成风，特属耀眼。（《苏文定公文钞》卷五）

新 论 上〔一〕

苏 辙

古之君子，因天下之治以安其成功〔二〕，因天下之乱以济其所不足〔三〕。不诬治以为乱，不援乱以为治〔四〕。援乱以为治，是愚其君也；诬治以为乱，是胁其君也。愚君胁君，是君子之所不忍，而世俗之所徼幸也〔五〕。故莫若言天下之诚势。

请言当今之势。当今天下之事，治而不至于安，乱而不至于危，纪纲粗立而不举，无急变而有缓病，此天下之所共知而不可欺者也〔六〕。然而世之言事者，为大则曰无乱，为异则曰有变。以为无乱，则可以无所复为；以为有变，则其势常至于更制〔七〕。是二者皆非今世之忠言至计也。

今世之弊，患在欲治天下而不立为治之地〔八〕。夫有意于为治而无其地，譬犹欲耕而无其田，欲贾而无其财〔九〕，虽有钼耰车马〔一〇〕，精心强力，而无所施之。故古之圣人将治天下，常先为其所无有，而补其所不足。使天下凡可以无患而后徜徉翱翔，惟其所欲为而无所不可，此所谓为治之地也。为治之地既立，然后从其所有而施之。植之以禾而生禾〔一一〕，播之以菽而生菽〔一二〕，艺之以松柏梧槚〔一三〕，丛菅朴樕〔一四〕，无不盛茂而如意。是故施之以仁义，动之以礼乐，安而受之而为王；齐之以刑法，作之以信义，安而受之而为霸；督之以勤俭，厉之以勇力，安而受之而为强国。其下有其地而无以施之，而犹得以安存。最下者抱其所有，伥伥然无地而施之〔一五〕，抚左而右动，镇前而后起，不得以安全，而救患之不给〔一六〕。故夫王霸之略，富强之利，是为治之具而非为治之地也〔一七〕。有其地而无其具，其弊不过于无功；有其具而无其地，吾不知其所以用之。

昔之君子惟其才之不同，故其成功不齐；然其能有立于世，未始不先为其地也。古者伏羲、神农、黄帝既有天下，则建其父子，立其君臣，正其夫妇，联其兄弟，殖之五种，服牛乘马，作为宫室、衣服、器械〔一八〕，以利天下。天下之人生有以养，死有以葬，欢乐有以相爱，哀戚有以相吊，而后伏羲、神农、黄帝之道得行于其间。凡今世之所谓长幼之节，生养之道者〔一九〕，是上古为治之地也。至于尧、舜、三代之君〔二〇〕，皆因其所缺而时补之，故尧命羲和历日月，以授民时〔二一〕；舜命禹平水土，以定民居〔二二〕；命益驱鸟兽，以安民生〔二三〕；命弃播百谷，以济民饥〔二四〕。三代之间，治其井田沟洫步亩之法〔二五〕，比闾族党州乡之制〔二六〕。夫家卒乘车马之数〔二七〕，冠昏丧祭之节〔二八〕，岁时交会之礼，养生除害之术，所以利安其人者凡皆已定，而后施其圣人之德。是故施之而无所龃龉。举今周官三百六十人之所治者〔二九〕，皆其所以为治之地，而圣人之德不与也。故周之衰也，其诗曰："虽无老成人，尚有典刑"〔三〇〕。由此言之，幽、厉之际〔三一〕，天下乱矣，而文、武之法犹在也。文、武之法犹在，而天下不免于乱，则幽、厉之所以施之者不仁也。施之者不仁，而遗法尚在，故天下虽乱而不至于遂亡。及其甚也，法度大坏，欲为治者无容足之地。泛泛乎如乘舟无楫而浮乎江湖，幸而无振风之忧〔三二〕，则悠然唯水之所漂，东西南北非吾心也。不幸而遇风，则覆没而不能止。故三季之极，乘之以暴君，加之以虐政，则天下涂地而莫之救。

然世之贤人起于乱亡之中，将以治其国家，亦必于此焉先之。齐桓用管仲辨四民之业〔三三〕，连五家之兵〔三四〕，卒伍整于里，军旅整于郊〔三五〕，相地而衰征，山林川泽各致其时，陵阜陆墐各均其宜〔三六〕，邑乡县属各立其正〔三七〕。

举齐国之地如画一之可数。于是北伐山戎，南伐楚〔三八〕，九合诸侯〔三九〕，存邢、卫〔四〇〕，定鲁之社稷〔四一〕，西尊周室〔四二〕，施义于天下，天下称伯〔四三〕。晋文反国，属其百官，赋职任功，轻关易道，通商宽农，懋穑劝分，省财足用，利器明德，举善援能，政平民阜，财用不匮〔四四〕。然后入定襄王〔四五〕，救宋、卫，大败荆人于城濮〔四六〕，追齐桓之烈〔四七〕，天下称之曰二伯〔四八〕。其后子产用之于郑〔四九〕，大夫种用之于越〔五〇〕，商鞅用之于秦，诸葛孔明用之于蜀，王猛用之于符坚〔五一〕，而其国皆以富强。是数人者虽其所施之不同，而其所以为地者一也。夫惟其所以为地者一也，故其国皆以安存；惟其所施之不同，故王霸之不齐，长短之不一。是二者不可不察也。

当今之世，无惑乎天下之不跻于大治〔五二〕，而亦不陷于大乱也。祖宗之法具存而不举，百姓之患略备而未极。贤人君子不知尤其地之不立〔五三〕，而罪其所施之不当；种之不生，而不知其无容种之地也，是亦大惑而已矣。且夫其不跻于大治与不陷于大乱，是在治乱之间也。徘徊傍徨于治乱之间，而不能自立，虽授之以贤才无所为用。不幸而加之以不肖，天下遂败而不可治。故曰：莫若先立其地，其地立而天下定矣。

（《栾城集》卷十九）

注

〔一〕嘉祐七年（1062）苏辙作《新论》三篇，发挥《进策》的改革主张，此为其中第一篇。文章首先提出分析形势的原则："不诬治以为乱，不援乱以为治。"即既不丑化也不美化现实。二、三段根据这一原则论"当今之势"和"今世之弊，患在欲治天下而不立为治之地。"所谓"为治之地"即治国的根本。四、五段援引大量史实说明"为治之地"的具体内容，就是要有完善的法制，如伏羲、神农、黄帝，尧、舜、三代之君，齐桓、晋文、子产、大夫种、商鞅、诸葛亮、王猛之以法治国。末段再次为"当今之世"敲警钟，强调立"为治之地"的重要性。全文体现了苏辙重法治的思想。

〔二〕安：安适，安然自足。

〔三〕济：救助。

〔四〕援：攀援附会。

〔五〕徼幸：又作"侥幸"，非分的希望。《释文》："侥幸，求利不止貌。"

〔六〕"当今天下之事"至"不可欺者也"：苏轼《策略第一》论形势说："国家无大兵革几百年矣。天下有治平之名，而无治平之实；有可忧之势，而无可忧之形。此其有未测者也。方今天下非有水旱、盗贼、人民流离之祸，而咨嗟怨愤，常若不安其生；非有乱臣割据，四分五裂之忧，而休养生息，常若不足于用；非有权臣专制，擅作威福之弊，而上下不交，君臣不亲；非有四夷交侵，边鄙不宁之灾，而中国惶惶常有外忧。"又把宋王朝比作一个病人："其言语、饮食、起居、动作，固无以异于常人，此庸医之所以为无足忧，而扁鹊、仓公之望而惊也！"可参读。纪纲：指法制。举，全，完全。

〔七〕更制：改变制度。

〔八〕地：此有基地、基础、根本的意思。为治之地即治国之本。

〔九〕贾（gǔ）：做买卖。《韩非子·五蠹》："长袖善舞，多钱善贾。"

〔一○〕鉏：通"锄"。櫌：农具，形如榔头，用来击碎土块，平整土地。

〔一一〕禾：即粟，亦总称黍、稷、稻等粮食作物。

〔一二〕菽：大豆，亦总称豆类。

〔一三〕艺：种植。《书·酒诰》："其艺黍稷。"梧：梧桐。槚：木名，即楸，常同松树一起种在坟前。《左传·哀公十一年》："树吾墓槚。"

〔一四〕朴樕：亦作"樕朴"，木名，《诗·召南·野有死麕》："林有朴樕。"《毛传》："朴樕，小木也。"

〔一五〕伥伥然：迷茫不知所措貌。《荀子·修身》："人无法则伥伥然。"

〔一六〕给：丰足，满足。不给，谓忙不过来。

〔一七〕具：器具，此指措施、办法。

〔一八〕"古者伏羲"至"衣服、器械"：伏羲，神话中人类始祖，传说人类由他和女娲氏相婚而产生。神农，即炎帝，传说中农业和医药的发明者。黄帝，传说中中原各族的共同祖先，姬姓，号轩辕氏。有关他们的记载，多属神话传说，并不可靠。《太平御览》卷七九，言黄帝治天下"明上下，等贵贱。"《绎史》卷四引《周书》："神农之时，天雨粟，神农遂耕而种之，然后五谷兴助，百果藏实。"《史记·五帝本纪》言黄帝："艺五种，抚万民。"《集解》引郑玄曰："五种，黍、稷、菽、麦、稻也。"《索引》："五种即五谷也。"《易·系辞下》谓黄帝"服（驾御）牛乘马，引重致远，以利天下。"（即服牛以引重，乘马以致远）《史记·五帝本纪》张守节《正义》："黄帝之前，未有衣裳屋宇。及黄帝造屋宇，制衣服，营殡葬，万民故免存亡之难。"《易·系辞下》言伏羲"作结绳而为网罟，以佃以渔"；言神农"斫木为耜，揉木为耒。耒耨之利，以教天下"；言黄帝时"刳木为舟，剡木为楫"，"断木为杵，掘地为臼"，等等。

〔一九〕"凡今世之所谓长幼之节"二句：《礼记·文王世子》："长幼之道，得而治国。"《礼记·祭统》："孝子之事亲也……生则养。"

〔二〇〕三代：夏、商、周三代。

〔二一〕"故尧命羲和历日月"二句：羲和，传说中掌天文历法的官吏。《史记·五帝本纪》尧"乃命羲和敬顺昊天，数法日月星辰，敬授民时。"《索引》："《尚书》作'历象日月'，此则言'数法'，是训'历象'二字，谓命羲和以历数之法观察日月星辰之早晚，以敬授人时也。"

〔二二〕"舜命禹平水土"二句：《史记·五帝本纪》："舜曰：'嗟，然！禹，汝平水土，维是勉哉。'"

〔二三〕"命益驱鸟兽"二句：《史记·五帝本纪》："舜曰：'谁能驯予上下草木鸟兽？'皆曰益可。于是以益为朕虞。"《集解》引马融曰："虞，掌山泽之官名。"益，一作"翳"，古代嬴姓各族的祖先，相传善于畜牧和狩猎，被舜任为虞。

〔二四〕"命弃播百谷"二句：《史记·五帝本纪》："舜曰：'弃，黎民始饥，汝后稷播时百谷。'"《正义》："稷，农官也。'播时'谓顺四时而种百谷。"弃，又称"后稷"，古代周族始祖，善于种植各种粮食作物。

〔二五〕井田沟洫步亩之法：此指古代传说中的田制。井田，《孟子·滕文公上》："方里而井，井九百亩，其中为公田，八家皆私百亩，同养公田。"沟洫，《周礼·匠人》："九夫为井，井间广四尺，深四尺，谓之沟；方十里为成，成间广八尺，深八尺，谓之洫。"步亩，《周礼·小司徒》："九夫为井。"郑玄注："六尺为步，步百为亩。"

〔二六〕比闾族党州乡之制：周代地方基层组织，《周礼·大司徒》："令五家为比，使之相保；五比为闾，使之相受；四闾为族，使之相葬；五族为党，使之相救；五党为州，使之相赒；五州为乡，使之相宾。"

〔二七〕夫家：《周礼·辈师》："凡民无常业者，罚之，使出夫家之征也。"江永注："诸经凡言夫家者，犹云男女，无妻者为夫，有妻者为家。"卒乘：《左传·隐公元年》："缮甲兵，具卒乘。"杜预注："步曰卒，车曰乘。"

〔二八〕冠：冠礼，古代男子成年举行加冠之礼。《礼记·曲礼上》："男子二十冠。"昏：同"婚"，指婚礼。

〔二九〕周官三百六十人之所治者：指《周礼·天官》所载三百六十种官所管理的事。《周礼·冢宰》郑玄注："天有三百六十余度，天官亦总三百六十官。"

〔三〇〕"虽无老成人"二句：语见《诗·大雅·荡》。《郑笺》云："老成人谓若伊尹、伊陟、臣扈之属，虽无此臣，犹有常事，故法可案用也。"该诗《序》云："《荡》，召穆公伤周室大坏也，厉王无道，天下荡荡，无纲纪文章，故作是诗也。"

〔三一〕幽：周幽王，参苏辙《御试制策（节选）》注〔一六〕。厉：周厉王，残酷镇压平民、奴隶，引起人民反抗。

〔三二〕振风：疾风。江淹《诣建平王上书》："振风袭于齐台。"

〔三三〕齐桓用管仲辨四民之业：《国语·齐语》："（齐）桓公曰：'成民之事若何？'管子（管仲）对曰：'四民者，勿使杂处，杂处则其言哤（乱貌），其事易（变也）。'公曰：'处士、农、工、商若何？'管子对曰：'昔圣王之处士也，使就闲燕（清净）；处工，就官府；处商，就市井；处农，就田野。'"韦昭注："四民，谓士、农、工、商。"

〔三四〕连五家之兵：《史记·齐太公世家》："桓公既得管仲……修齐国政，连五家之兵。"《集解》："《国语》曰：'管子制国，五家为轨，十轨为里，四里为连，十连为乡，以为军令。"

〔三五〕"卒伍整于里"二句：《国语·齐语》载管仲制国云："春以蒐振旅，秋以狝治兵。是故卒伍整于里，军旅整于郊。"韦如注："《周礼》：'五人为伍，百人为卒。'今管子亦以五人为伍，而以二百人为卒。"

〔三六〕"相地而衰征"三句：《国语·齐语》："桓公曰：'伍鄙（指郊以外之地）若何？'管子对曰：'相地而衰征，则民不移；政不旅旧（不以故人为师旅），则民不偷（苟且）；山泽各致其时，则民不苟；陆、阜、陵、墐、井、田、畴均，则民不憾。'"韦昭注："相，视也。衰，差也。视土地之美恶及所生出，以差征赋之轻重也。移，徙也。""高平曰陆，大陆曰阜，大阜曰陵。墐，沟上之道也。九夫为井，井间有沟。谷地曰田，麻地曰畴。均，平也。憾，恨也。"

〔三七〕邑乡县属各立其正：《国语·齐语》："桓公曰：'定民之居若何？'管子对曰：'制鄙（制野鄙之政）。三十家为邑，邑有司；十邑为卒，卒有卒帅；十卒为乡，乡有乡帅；三乡为县，县有县帅；十县为属，属有大夫。五属，故立五大夫，各使治一属焉；立五正，各使听一属焉。'"韦昭注："正，长也。"

〔三八〕"于是北伐山戎"二句：《史记·齐太公世家》："（齐桓公）二十三年（前663），山戎伐燕，燕告急于齐。齐桓公救燕，遂伐山戎。"《集解》引服虔曰："山戎，北狄，盖今鲜卑也。"同上书云："（齐桓公）三十年（前656）春，齐桓公率诸侯伐蔡，蔡溃，遂伐楚。"

〔三九〕九合诸侯：《国语·齐语》谓齐桓公"兵车之属六，乘车之会三。"韦昭注：

"属，亦会也。兵车之会，谓鲁庄十三年（前681）会于北杏（今山东聊城东），十四年会于鄄（今山东鄄城），十五年复会于鄄，鲁僖元年（前659）会于柽（今河南淮阳附近），十三年会于碱，十六年会于淮；乘车之会，在僖（公）三年会于阳谷，五年会于首止（今河南睢县东南），九年会于蔡丘：九会也。"又《史记·齐太公世家》齐桓公曰："寡人兵车之会三，乘车之会六，九合诸侯，一匡天下。"

〔四〇〕存邢、卫：《国语·齐语》："狄人攻邢，（齐）桓公筑夷仪以封之。……狄人攻卫，卫人出庐于曹，桓公城楚丘以封之。……于是天下诸侯知桓公之非为己动也，是故诸侯归之。"韦昭注："邢，姬姓，周公之后。夷仪（今山东聊城西南），邢邑也。狄人攻邢，在庄（公）三十二年（前662）；封而迁之，在鲁僖（公）元年（前659）。""楚丘，卫地，桓公迁其国而封之，事在鲁僖二年。"

〔四一〕定鲁之社稷：《史记·齐太公世家》："（齐桓公）二十七年（前659），鲁闵公母曰哀姜，桓公女弟也。哀姜淫于鲁公子庆父，庆父弑闵公，哀姜欲立庆父，鲁人更立厘公（即鲁僖公）。桓公召哀姜，杀之。"定鲁之社稷即指此事。

〔四二〕西尊周室：《国语·齐语》言齐桓公"帅诸侯而朝天子。"

〔四三〕"施义于天下"二句：《国语·齐语》："桓公知天下诸侯多与己也，故又大施忠焉……而伯功立。"伯，通"霸"。

〔四四〕"晋文反国"至"财用不匮"：晋文即晋文公重耳。《国语·晋语四》载晋文公元年（前636）："公属百官，赋职任功……轻关易道，通商宽农，懋穑劝分，省用足财，利器明德，以厚民性，举善援能……政平民阜，财用不匮。"韦昭注："属，会也。赋，授也。授职事，任有功。""轻关，轻其税。易道，除盗贼。通商，利商旅。宽农，宽其政，不夺其时。""懋，勉也，勉稼穑也。劝分，劝有分无。省，减，减国用。足财，备凶年。""阜，安也。"

〔四五〕入定襄王：周襄王十六年（前636）废隗后，狄攻周，立太叔带为王。襄王奔郑，求救于诸侯。"十七年，襄王告急于晋，晋文公纳王而谋太叔带，襄王乃赐晋文公圭鬯弓矢，为伯。"（《史记·周本纪》）

〔四六〕"救宋、卫"二句：即历史上著名的以弱胜强的城濮之战。周襄王十九年（前633），楚成王率陈、蔡等国军队围攻宋国，宋向晋国求救。次年，晋文公派兵进攻楚的盟国曹、卫（卫人畏晋，卫成公出奔。城濮之战后，晋命卫成公回国），迫使楚军北上援救。时楚军占优势，晋军故意退却九十里，在城濮（今河南范县西南）和楚军会战，大败楚军。战后不久，晋文公即成为霸主。荆人，即楚人。在城濮之战中，卫实为晋敌国，晋文公亦无其他救卫事。

〔四七〕烈：功绩，功业。

〔四八〕二伯：指齐桓公、晋文公。晋文公五年（前632）"天子（周襄王）使王子虎（周大夫）命晋侯为伯。"（《史记·晋世家》）

〔四九〕子产（？—前522）：即公孙侨，春秋时郑国人，历仕简公、定公、献公、声公数朝。执政期间，整沟洫，立赋制，铸刑书，郑国因以富强。

〔五〇〕大夫种：即文种，春秋末楚国郢（今湖北江陵西北）人，越国大夫。越为吴败，他佐助越王勾践忍辱图强，消灭吴国。后勾践听信谗言，赐死。

〔五一〕王猛、苻坚：见苏轼《决壅蔽》注〔二三〕、〔二四〕。

〔五二〕跻：齐，登。引申为达到。

〔五三〕尤：责备，归咎。

附录

茅坤：此三篇原是一意。其所言"为国之地"，即子瞻所谓"为国先定其规模"之说。（《苏文定公文钞》卷十二）

黄楼赋〔一〕并叙

苏 辙

熙宁十年秋七月乙丑〔二〕，河决于澶渊〔三〕，东流入钜野〔四〕，北溢于济〔五〕，南溢于泗〔六〕。八月戊戌〔七〕，水及彭城下〔八〕。余兄子瞻适为彭城守〔九〕。水未至，使民具畚锸〔一〇〕，畜土石〔一一〕，积刍茭〔一二〕，完室隙穴〔一三〕，以为水备，故水至而民不恐。自戊戌至九月戊申〔一四〕，水及城下者二丈八尺，塞东西北门，水皆自城际山〔一五〕，雨昼夜不止。子瞻衣制履屦〔一六〕，庐于城上，调急夫、发禁卒以从事〔一七〕，令民无得窃出避水〔一八〕，以身帅之，与城存亡，故水大至而民不溃。方水之淫也，汗漫千余里，漂庐舍，败冢墓，老弱蔽川而下，壮者狂走，无所得食，槁死于丘陵林木之上〔一九〕。子瞻使习水者浮舟楫，载糗饵以济之〔二〇〕，得脱者无数。水既涸〔二一〕，朝廷方塞澶渊〔二二〕，未暇及徐。

子瞻曰："澶渊诚塞，徐则无害。塞不塞，天也〔二三〕，不可使徐人重被其患。"乃请增筑徐城，相水之冲，以木堤捍之〔二四〕。水虽复至，不能以病徐也〔二五〕。故水既去，而民益亲，于是即城之东门为大楼焉，垩以黄土，曰："土实胜水。"〔二六〕徐人相劝成之〔二七〕。辙方从事于宋〔二八〕，将登黄楼，览观山川，吊水之遗迹，乃作黄楼之赋〔二九〕。其词曰：

子瞻与客游于黄楼之上，客仰面望，俯而叹曰："噫嘻殆哉〔三○〕！在汉元光，河决瓠子，腾蹙钜野，衍溢淮、泗〔三一〕，梁、楚受害二十余岁〔三二〕。下者为污泽〔三三〕，上者为沮洳〔三四〕。民为鱼鳖〔三五〕，郡县无所。天子封祀太山，徜徉东方，哀民之无辜，流死不藏，使公卿负薪以塞。宣房《瓠子之歌》，至今伤之〔三六〕。嗟惟此邦，俯仰千载〔三七〕。河东倾而南泄〔三八〕，蹈汉世之遗害。包原隰而为一〔三九〕，窥吾墉之摧败〔四○〕。吕梁龃龉〔四一〕，横绝乎其前；四山连属，合围乎其外〔四二〕。水洄洑而不进，环孤城以为海〔四三〕。舞鱼龙于隍壑〔四四〕，阅帆樯于睥睨〔四五〕。方飘风之迅发〔四六〕，震鞞鼓之惊骇〔四七〕。诚蚁穴之不救〔四八〕，分闾阎之横溃〔四九〕。幸冬日之既迫〔五○〕，水泉缩以自退。栖流栱于乔木〔五一〕，遗枯蚌于水裔〔五二〕。听澶渊之奏功〔五三〕，非天意吾谁赖？今我与公，冠冕裳衣〔五四〕，设几布筵，斗酒相属〔五五〕，饮酣乐作，开口而笑，夫岂偶然也哉？"

子瞻曰："今夫安于乐者，不知乐之为乐也，必涉于害者而后知之。吾尝与子冯兹楼而四顾〔五六〕，览天宇之宏大。缭青山以为城，引长河而为带。平皋衍其如席〔五七〕，桑麻蔚乎旆旆〔五八〕。画阡陌之纵横，分园庐之向背。放田渔于江浦，散牛羊于烟际。清风时起，微云霈霈〔五九〕。山川开阖，苍莽千里。东望则连山参差，与水皆驰。群石倾奔，绝流而西。百步涌波〔六○〕，舟楫纷披〔六一〕。鱼鳖颠沛，没人所嬉〔六二〕。声崩震雷，城堞为危〔六三〕。南望则戏马之台〔六四〕，巨佛之峰〔六五〕，岿乎特起。下窥城中，楼观翔翔，嵬峨相重。激水既平，眇莽浮空。骈洲接浦，下与淮通。西望则山断为块〔六六〕，伤心极目。麦熟禾秀，离离满隰。飞鸿群往，白鸟孤没。横烟淡淡，俯见落日。北望则泗水淡漫〔六七〕，古汴入焉，汇为涛渊，蛟龙所蟠。古木蔽空，乌鸟号呼。贾客连樯，联络城隅。送夕阳之西尽，导明月之东出。金钲涌于青嶂〔六八〕，阴氛为之辟易〔六九〕。窥人寰而直上，委余彩于沙碛。激飞楹而入户〔七〇〕，使人体寒而战栗。息汹汹于群动〔七一〕，听川流之荡潏〔七二〕。可以起舞相命〔七三〕，一饮千石，遗弃忧患，超然自得。且子独不见夫昔之居此者乎？前则项籍〔七四〕、刘戊〔七五〕，后则光弼〔七六〕、建封〔七七〕。战马成群，猛士成林。振臂长啸，风动云兴。朱阁青楼，舞女歌童。势穷力竭，化为虚空。山高水深，草生故墟。盖将问其遗老，既已灰灭而无余矣。故吾将与子，吊古人之既逝，闵河决于畴昔。知变化之无在，付杯酒以终日。"

于是众客释然而笑〔七八〕，颓然而就醉〔七九〕。河倾月坠，携扶而出。

（《栾城集》卷十七）

注

〔一〕熙宁十年（1077）七月黄河决口，八月水汇徐州城下，时苏轼知徐州，亲率防洪，徐州得以保全。次年（元丰元年，1078）为防洪水再至，苏轼又组织徐州百姓改筑外城，功成，在徐州东门建一大楼，以黄土刷墙，名曰："黄楼"。这年重阳节，苏轼在黄楼大宴宾客，时苏辙签书南京（今河南商丘南）判官，因公务繁忙未能亲临盛会，但写下这篇著名的赋。前面的叙文，叙述了徐州洪水之严重及苏轼率民防洪和修建黄楼的经过，是一篇优美的散文。赋的首段把这次徐州洪灾和汉代河决瓠子相比较，表现了防洪成功的喜悦之情；次段凭楼四顾，集中描写徐州东南西北的形胜，慨叹徐州古代的英雄业迹早已"化为虚空"；末以颓然就醉作结，回味无穷。全赋的中心是"安于乐者，不知乐之为乐也，必涉于害者而后知之"，而又充满了古今兴废的深沉感慨。苏辙之文本以冲雅淡泊、不事雕琢为特征，但这篇赋却竭尽铺张雕琢之能事，特别是描写徐州形胜一段。苏辙说："余《黄楼赋》，学《两都（赋）》也，晚年来不作此工夫之文。"（《栾城遗言》）苏辙不但晚年不作此工夫之文，即使早年也所作不多。正因为这篇赋与苏辙的固有文风不同，所以当时就有人怀疑为苏轼代作。苏轼感慨道："子由之文实胜仆，而世俗不知，乃以为不如。……作《黄楼赋》乃稍自振厉，若欲以警发愦愦者，而或者便谓仆代作，此尤可笑。"（《答张文潜书》）苏轼本来想作《黄楼记》，待此赋出后，亦为之搁笔（《书子由〈黄楼赋〉后》）。

〔二〕乙丑：十七日。

〔三〕河：黄河。澶渊：湖泊名，故址在今河南濮阳县西。《宋史·河渠志二》载神宗熙宁十年七月"乙丑，（河）遂大决于澶州曹村，澶渊北流断绝，河道南徙，东汇于梁山、张泽泺，分为二派：一合南清河入于淮，一合北清河入于海，凡灌郡县四十五，而濮、齐、郓、徐尤甚，坏田逾三十万顷。"

〔四〕钜野：又名"大野"，泽名，故址在今山东巨野县北，古济水中流在此通过，向东又有水道和古泗水相接。

〔五〕济：水名，发源河北赞皇县西南，东流经高邑县南。至宁晋县南，注入泜水。

〔六〕泗：水名，在山东省中部。

〔七〕戊戌：二十一日。

〔八〕彭城：即徐州。

〔九〕适：恰好，正好。

〔一〇〕具：备办。畚：用草绳做成的盛器，编竹为之，即畚箕。《唐书·张志和传》："县令使浚渠，执畚无怍色。"锸：即锹，用来插地起土的工具。

〔一一〕畜：通"蓄"，储蓄，储存。

〔一二〕刍茭：原指喂牲口的干草。《书·费誓》："峙（储备）乃刍茭。"此泛指干草、草把。

〔一三〕完室隙穴：修治堵塞洞穴。窒，塞。

〔一四〕戊申：初一日。

〔一五〕"水及城下者二丈八尺"三句：苏辙《和子瞻自徐移湖》："我昔去彭城，明日河流至。不见五斗泥，但见二竿水。"苏轼《河复》诗序云："彭门城下水二丈八尺，七十余日不退，吏民疲于守御。"际，接。《汉书·严助传》："称三代至盛，际天接地，人迹所及，咸尽宾服。"

〔一六〕衣制履屦：即穿衣着鞋。衣，动词，穿衣。制，裳，《左传·定公九年》："晣帻而衣狸制。"履，着鞋。《史记·留侯世家》："父曰：'履我（给我穿鞋）。'"屦，麻、葛等制成的单底鞋。

〔一七〕调急夫、发禁卒以从事：《宋史·苏轼传》载苏轼徐州防洪云："轼诣武卫营，呼卒长曰：'河将害城，事急矣，虽禁军且为我尽力。'卒长曰：'太守犹不避涂潦，吾侪小人，当效命。'"急夫，即差夫、工役，从事运输、修河等。非常时紧急调发差夫，谓之急夫。禁卒，即禁兵，北宋正规军，更戍各地，依限回驻京师。

〔一八〕令民无得窃出避水：《宋史·苏轼传》："城将败，富民争出避水。轼曰：'富民出，民皆动摇，吾谁与守？吾在是，水决不能败城。'驱使复入。"

〔一九〕"方水之淫也"至"林木之上"：淫，过度，无节制。汗漫，漫无边际。冢，即坟。老弱蔽川而下：谓老弱被淹死，到处漂流着尸首。走，逃跑。槁死，枯死，《韩非子·说疑》："或伏死于窟穴，或槁死于槁木。"苏辙有不少诗写到这次洪灾，如《寄孔武仲》："尔来钜野溢，流潦压城垒。池塘漫不知，亭榭日倾弛。官吏困堤障，麻鞋污泥滓。"《寄济南守李公择》："钜野一汗漫，河济相腾蹙。流沙翳桑土，蛟蜃处人屋。农亩分沉埋，城门遭板筑。"《送转运判官李公恕还朝》："黄河东注竭昆仑，钜野横流入州县。民事萧条委浊流，扁舟出入随奔电。"可见灾情的严重。

〔二〇〕糗：炒熟的米、麦等食物。饵：糕饼。糗饵，此泛指食物。

〔二一〕涸：枯竭，此指水退。苏轼《河复》诗序云："十月十三日，澶州大风终日。既上，而河流一支，已复故道，闻之甚喜，庶几可塞乎。"

〔二二〕朝廷方塞澶渊：《续资治通鉴》卷七十三神宗元丰元年："（四月）戊辰，塞曹村决河。"五月甲戌朔"曹村决口新堤成，河还北流。自闰正月丙戌首事距此，凡用功一百九十余万，材一千二百八十九万，钱、米各三十万，堤长一百一十四里。"

〔二三〕塞不塞，天也：是否堵得住决口，决定于天。谓还很难预料。

〔二四〕"乃请增筑徐城"三句：苏轼《与欧阳仲纯书》："彭城最处下游，水患甲于东北。奏乞钱与夫为夏秋之备，数章皆不报。"《宋史·苏轼传》："复请调来岁夫增筑故城，为木岸，以虞水之再至。朝廷从之。"相水之冲：观察水之要冲。相，视，观察。

〔二五〕病：害。

〔二六〕"于是即城之"三句：参苏轼《九日黄楼作》注〔一〕。垩，粉刷。《考工记·匠人》郑玄注："以蜃灰垩墙，所以饰成宫室。"

〔二七〕劝：勉励，尽力。

〔二八〕辙方从事于宋：从事，州郡长官的僚属。宋，即商丘，春秋时为宋都，北宋时为应天（南京）府治。此指自己任南京签判。

〔二九〕"将登黄楼"四句：苏轼《九日黄楼作》自注："坐客三十余人，多知名之士。"苏辙自然也在应邀之列。这几句表明苏辙也准备去，但后因公务繁忙，未能亲临盛会。苏辙《送王巩之徐州》："黄楼适已就，白酒行亦熟。……恨我闭笼樊，无由托君毂。"《和子瞻自徐移湖》："邀我三日饮，不去如笼禽。使君今吴越，虽往将谁寻！"

〔三〇〕噫嘻：感叹声。殆哉：危险啊！

〔三一〕"在汉元光"四句：《汉书·沟洫志》："孝武（即汉武帝）元光中，河决于瓠子，东南注钜野，通于淮、泗。"元光，汉武帝年号（前134—前129）。瓠子：即瓠子河，古水名，自今河南濮阳南分黄河水东出，经山东鄄城、郓城南，折北经梁山西、阳谷东南，至阿城镇折东北，经往平南，东注济水。腾蹙，奔腾践踏。蹙，同"蹴"，踩踏。淮，淮河，源出河南桐柏山，东流经河南、安徽至江苏入洪泽湖。泗，见注〔六〕。

〔三二〕梁、楚受害二十余岁：《汉书·沟洫志》："自河决瓠子后二十余岁，岁因以不登，而梁、楚之地尤甚。"梁，指今河南一带。楚，古代楚地包括今山东南部、江苏北部，此即指鲁南、苏北。

〔三三〕污泽：停积不流的水。《荀子·王制》："污池渊沼川泽，谨其时禁。"

〔三四〕沮洳：《诗·魏风·汾沮洳》："彼汾沮洳。"孔颖达疏："沮洳，润泽之处。"

〔三五〕鳖：即团鱼，爬行动物，生活在河湖、池沼中。

〔三六〕"天子封祀太山"至"至今伤之"：《汉书·武帝纪》载元封二年（前109）"夏四月，（汉武帝）还祠泰山。至瓠子，临决河，命从臣将军以下皆负薪塞河堤，作《瓠子之歌》。"《汉书·沟洫志》："于是卒塞瓠子，筑宫其上，名曰'宣房'。"汉武帝所作《瓠子之歌》二首见《汉书·沟洫志》。天子，指汉武帝。封祀，即封禅，战国时齐、鲁一些儒士认为五岳中泰山最高，帝王应到泰山祭祀，登泰山筑坛祭天曰"封"，在山南梁父山上辟基祭地曰"禅"。薪，柴。

〔三七〕俯仰：犹瞬息，表示时间短暂。王羲之《兰亭集序》："俯仰之间，已为陈迹。"

〔三八〕河东倾而南泄：即叙中"东流入钜野"，"南溢于泗"。

〔三九〕原隰：高平曰原，下湿曰隰。《诗·小雅·皇皇者雍》："于彼原隰。"包原隰而为一，指无论高处低处都被水淹没了。

〔四〇〕墉：城墙，此指城。摧败：崩裂败坏。

〔四一〕吕梁：此指今江苏铜山东南的吕梁洪，分上下二洪，巨石齿列，波流汹涌。龃龉：参差不齐貌。

〔四二〕"四山连属"二句：苏轼《徐州上皇帝书》："臣观其地，三面被山，独其西平川数百里，西走梁、宋。"属，亦连也。

〔四三〕"水洄洑而不进"二句：苏轼《徐州上皇帝书》："其城三面阻水，楼堞之下，以汴、泗为池，独其南可通车马。"洄洑，水回旋而流。

〔四四〕隍壑，护城河。隍，无水的护城壕。《易·泰》："城复于隍。"壑，深沟，坑谷。

〔四五〕帆樯：代指船。睥睨：城墙上的小墙。《水经注·穀水》："城上西面列观，五十步一睥睨。"

〔四六〕飘风：暴风。《诗·小雅·何人斯》："其为飘风。"《毛传》："飘风，暴起之风。"

〔四七〕鞞：同"鼙"，古代军中所击的小鼓，一说为骑鼓，见《说文·鼓部》。《礼记·月令》："命乐师修鞉鞞鼓。"

〔四八〕蚁穴：比喻可以酿成大祸的小漏洞。《韩非子·喻老》："千丈之堤，以蝼蚁之穴溃。"

〔四九〕分：名分，引申为注定。闾阎：里巷，平民所居之地。

〔五○〕迫：迫近。

〔五一〕栖流楂于乔木：乔木上留下了很多漂来的树根。

〔五二〕水裔：水边。曹植《九咏》："遇游女于水裔。"

〔五三〕澶渊之奏功：即指澶渊新堤成，河复故道。

〔五四〕冠：帽子。冕：礼帽。裳衣：衣服，上曰衣，下曰裳。此句谓穿戴整齐。

〔五五〕属：劝酒。

〔五六〕冯：通"凭"，靠着。

〔五七〕平皋：平坦的水泽。衍：展延开来。

〔五八〕旆旆：猛长貌，《诗·大雅·生民》："荏菽旆旆。"

〔五九〕霪霏：云密集貌。

〔六○〕百步：百涉洪，又叫徐州洪，在今徐州市东南二里，为泗水所经，有激流险滩，凡百余步，故名。

〔六一〕披：散开。

〔六二〕没人：潜水的人。

〔六三〕堞：城上矮墙。

〔六四〕戏马之台：《读史方舆纪要·徐州》载，戏马台在徐州城南，高十仞，广数百步，项羽所筑。刘裕至彭城，大会军士于此。

〔六五〕巨佛：山峰名。

〔六六〕玦：环形有缺口的玉器。

〔六七〕淡漫：旷远之貌。

〔六八〕钲：《考工记·凫氏》："鼓上谓之钲。"金钲即金鼓。金钲涌于青嶂喻夕阳落山。

〔六九〕辟易：惊退，《史记·项羽本纪》："人马俱惊，辟易数里。"

〔七○〕激飞楹而入户：谓月光穿过楹柱照入室内。楹，堂前柱子。

〔七一〕息汹汹于群动：万物喧扰的声音停止了，此写夜深人静。

〔七二〕荡潏：摇荡汹涌之声。

〔七三〕相命：相告。杜甫《西阁二首》："百鸟各相命。"

〔七四〕项籍：即项羽。

〔七五〕刘戊：楚元王刘交之后，王彭城等三十六县。《汉书·楚元王世家》："景帝之三年也，削（藩）书到，遂应吴王反。其相张尚、太傅赵夷吾谏，不听。遂杀尚、夷吾，起兵会吴西攻梁，破棘壁。至昌邑南，与汉将周亚夫战。汉绝吴、楚粮道，吴王走，戊自杀，军遂降汉。"

〔七六〕光弼：李光弼，唐代名将，平定安史之乱，功推第一。《旧唐书·李光弼传》："史朝义乘芒山之胜，寇申、光等十三州，自领精骑围李岑于宋州。将士皆惧，请南保扬州，光弼径赴徐州以镇之。……广德二年七月卒于徐州，时年五十七。"

〔七七〕建封：张建封，见苏轼《永遇乐·明月如霜》注〔一〕。

〔七八〕释然：怡悦貌。

〔七九〕颓然：颓靡疲倦貌。

附录

储欣：有秀句。（《栾城先生全集录》卷一）

墨竹赋〔一〕
苏 辙

与可以墨为竹〔二〕，视之良竹也。客见而惊焉，曰："今夫受命于天，赋形于地〔三〕。涵濡雨露〔四〕，振荡风气。春而萌芽，夏而解弛〔五〕。散柯布叶〔六〕，逮冬而遂〔七〕。性刚洁而疏直，姿婵娟以闲媚〔八〕。涉寒暑之徂变〔九〕，傲冰雪之凌厉。均一气于草木〔一○〕，嗟壤同而性异〔一一〕。信物生之自然，虽造化其能使？〔一二〕今子研青松之煤〔一三〕，运脱兔之毫〔一四〕。睥睨墙堵〔一五〕，振洒缯绡〔一六〕。须臾而成〔一七〕，郁乎萧骚〔一八〕。曲直横斜，秾纤庳高〔一九〕。窃造物之潜思〔二○〕，赋生意于崇朝〔二一〕。子岂诚有道者耶？"

与可听然而笑曰："夫予之所好者道也，放乎竹矣〔二二〕。始予隐乎崇山之阳〔二三〕，庐乎修竹之林〔二四〕，视听漠然〔二五〕，无概乎予心〔二六〕。朝与竹乎为游，莫与竹乎为朋〔二七〕，饮食乎竹间，偃息乎竹阴〔二八〕，观竹之变也多矣。若乎风止雨霁〔二九〕，山空日出，猗猗其长〔三〇〕，森乎满谷〔三一〕。叶如翠羽，筠如苍玉〔三二〕。澹乎自持〔三三〕，凄兮欲滴〔三四〕。蝉鸣鸟噪，人响寂历〔三五〕。忽依风而长啸，眇掩苒以终日〔三六〕。笋含箨而将坠〔三七〕，根得土而横逸〔三八〕。绝涧谷而蔓延〔三九〕，散子孙乎千亿〔四〇〕。至若丛薄之余〔四一〕，斤斧所施；山石荦确〔四二〕，荆棘生之。蹇将抽而莫达，纷既折而犹持〔四三〕。气虽伤而益壮，身已病而增奇。凄风号怒乎隙穴，飞雪凝沍乎陂池〔四四〕。悲众木之无赖〔四五〕，虽百围而莫支〔四六〕。犹复苍然于既寒之后〔四七〕，凛乎无可怜之姿〔四八〕。追松柏以自偶〔四九〕，窃仁人之所为〔五〇〕。此则竹之所以为竹也。始也余见而悦之，今也悦之而不自知也。忽乎忘笔之在手〔五一〕，与纸之在前。勃然而兴〔五二〕，而修竹森然。虽天造之无朕〔五三〕，亦何以异于兹焉！"

客曰："盖予闻之：庖丁，解牛者也，而养生者取之；轮扁，斫轮者也，而读书者与之〔五四〕。万物一理也，其所从为之者异尔〔五五〕。况夫夫子之托于斯竹也〔五六〕，而予以为有道者，则非耶？"

与可曰："唯唯。"

（《栾城集》卷十七）

注 ————

〔一〕元丰元年（1078）任南京签判时作。这篇赋记载了文与可对自己画竹经验的总结。首段写竹的整个生长过程，和它刚洁疏直的品性，婵娟娴媚的风姿，以及文与可一挥而就、巧夺天工的画竹造诣。次段通过文与可之口，写他因长期与竹相处，为竹子淡泊自重、不屈不挠的品质感染，所以他的墨竹才画得那样好，实际上说明了这样一个文艺理论问题：文学艺术都是客观事物的反映，细致观察客观事物是文艺创作的前提；但这种反映不是机械的反映，作为创作主体的人必须要与客观事物发生共鸣，才能触发灵感，进入创作高潮，达到忘物、忘我的境界，创造出优秀作品。最后两段再次赞扬文与可画竹"有道"。需要注意的是，全文谈画竹只强调"道"，而不强调技法，忽视了创作实践的重要性。苏轼就对此不满，所以他在《文与可画筼筜谷偃竹记》中说："子由未尝画也，故得其意而已；若予者，岂独得其意，并得其法。"

〔二〕与可：文同字与可，见苏洵《与可许惠所画舒景，以诗督之》注〔一〕。以墨为竹：用墨画竹。

〔三〕"今夫受命于天"二句：谓（竹子）接受大自然赋予的生命，在大地上成长。

〔四〕涵濡：滋润，浸渍。元结《补乐歌》之三《云门》："玄云溶溶兮垂雨濛濛，类我圣泽兮涵濡不穷。"

〔五〕解弛：松懈。《汉书·贾山传》："臣恐朝廷之解弛。"此指竹笋脱箨（竹壳）生长。

〔六〕散柯布叶：枝叶散布开来。柯，枝条。

〔七〕逮冬而遂：到了冬天就长成了。

〔八〕婵娟：姿态美好貌。孟郊《婵娟篇》："竹婵娟，笼晓烟。"闲，同"娴"。闲媚：娴雅妩媚。

〔九〕涉：经历。徂变：迁移，变化。徂，消逝。

〔一〇〕均一气于草木：和草木一样同受天地之气。

〔一一〕嗟壤同而性异：谓竹与草木同在土壤中长成而品性不同。

〔一二〕"信物生之自然"二句：确实是万物生长的自然过程，即使是老天爷，能指挥它吗？造化，即造物，古代以为万物都是天创造化育而来，故称天为造物。

〔一三〕青松之煤：以松烟煤做墨。屠隆《考槃余事》卷二："松烟墨深重而不姿媚。"

〔一四〕脱兔之毫：用兔毛制的笔。脱兔，奔逃的兔子。

〔一五〕睥睨：斜视。墙堵：墙壁，可在上画竹。

〔一六〕振洒缯绡：在画布上奋笔挥洒。缯，丝织品的总称。绡，生丝织成的薄绸。这里均指作画用的绢帛。

〔一七〕须臾：一会儿。

〔一八〕郁乎：繁茂貌。萧骚：微风吹拂竹子枝叶发出的声音。

〔一九〕秾纤庳高：有的繁茂（秾），有的纤细，有的矮（庳），有的高。

〔二〇〕窃造物之潜思：（好像）窃取了造物主还没有表现出来的构思。

〔二一〕赋生意于崇朝：赋予早晨的竹子以生命。崇朝，早晨。《诗·卫风·河广》："谁谓宋远，曾不崇朝。"

〔二二〕放：扩展，此作寄托解。

〔二三〕崇山：高山。阳：山南为阳，山北为阴。

〔二四〕庐：结庐居住。修：美好。

〔二五〕漠然：冷淡、不关心的样子。

〔二六〕无概乎予心：不放在心上。概，系念。《后汉书·冯衍传》："千金之富，不得其愿，不概于怀。"

〔二七〕莫：通"暮"。

〔二八〕偃息：卧下休息。

〔二九〕霁：雨停。

〔三〇〕猗猗：秀丽丰满貌。《诗·卫风·淇奥》："绿竹猗猗。"

〔三一〕森乎：茂密貌。

〔三二〕筠：竹子的青皮。苍玉：青色的玉。

〔三三〕澹：淡泊。持：持重。

〔三四〕凄兮：云雨起貌。欲滴：指竹上寒露欲滴。

〔三五〕寂历：寂寞、清静无声。韩偓《曲江晚思》："云物阴寂历，竹木寒青苍。"

〔三六〕眇：高远。掩苒：又作"掩苒"，风吹物靡（倒伏）貌。柳宗元《袁家渴记》："掩苒众草。"

〔三七〕箨：笋壳。

〔三八〕横逸：谓四处生长。逸，奔逸。

〔三九〕绝：穿过，横越。

〔四〇〕子孙：指竹笋。

〔四一〕丛薄：草木丛生的地方。《楚辞·招隐士》："丛薄深林兮人上栗。"

〔四二〕荦确：险峻不平貌。韩愈《山石》："山石荦确行径微。"

〔四三〕謇将抽而莫达"三句：謇，艰难。纷，纷扰。謇、纷即指"丛薄之余，斤斧所施；山石荦确，荆棘生之"的不良环境。"将抽而莫达"指竹笋将抽芽因环境艰难而不能畅达生长。"既折而犹持"指竹子已经折断了仍能不断生长。

〔四四〕凝沍：凝结。沍，冻结。陂池：池沼。《礼记·月令》："毋漉陂池。"

〔四五〕无赖：同"无奈"，无可奈何。

〔四六〕围：两手拇指和食指合起来的长度。百围，形容竹之大。

〔四七〕苍然：青翠茂盛貌。

〔四八〕凛乎：严冷可畏貌。

〔四九〕自偶：使自己与之（松柏）并列。

〔五〇〕窃：窃取。此意为效取。

〔五一〕忽乎：倏忽，突然。

〔五二〕勃然：奋发貌。兴：起。

〔五三〕天造之无朕：谓天衣无缝。朕，缝隙。

〔五四〕"庖丁"至"读书者与之"：见苏轼《文与可画筼筜谷偃竹记》注〔一四〕、〔一五〕。

〔五五〕其所从为之者异尔：谓万物表现不同而已。

〔五六〕夫子：指文与可。

为兄轼下狱上书〔一〕

苏　辙

臣闻困急而呼天，疾痛而呼父母者，人之至情也〔二〕。臣虽草芥之微，而有危迫之恳〔三〕，惟天地父母哀而怜之。

臣早失怙恃〔四〕，惟兄轼一人相须为命。今者窃闻其得罪，逮捕赴狱，举家惊号，忧在不测。臣窃思念轼居家在官，无大过恶。惟是赋性愚直〔五〕，好谈古今得失。前后上章论事〔六〕，其言不一。陛下圣德广大，不加谴责。轼狂狷寡虑〔七〕，窃恃天地包含之恩〔八〕，不自抑畏〔九〕。顷年通判杭州及知密州日，每遇物托兴，作为歌诗，语或轻发〔一○〕。向者曾经臣僚缴进，陛下置而不问〔一一〕。轼感荷恩贷〔一二〕，自此深自悔咎〔一三〕，不敢复有所为，但其旧诗已自传播。臣诚哀轼愚于自信，不知文字轻易〔一四〕，迹涉不逊〔一五〕。虽改过自新，而已陷于刑辟〔一六〕，不可救止。轼之将就逮也，使谓臣曰："轼早衰多病，必死于牢狱，死固分也〔一七〕。然所恨者〔一八〕，少抱有为之志，而遇不世出之主〔一九〕，虽龃龉于当年〔二○〕，终欲效尺寸于晚节。今遇此祸，虽欲改过自新，洗心以事明主，其道无由。况立朝最孤，左右亲近，必无为言者。惟兄弟之亲，试求哀于陛下而已。"臣窃哀其志，不胜手足之情，故为冒死一言。

昔汉淳于公得罪，其女子缇萦请设为官婢，以赎其父，汉文因之遂罢肉刑〔二一〕。今臣蝼蚁之诚〔二二〕，虽万万不及缇萦，而陛下聪明仁圣，过于汉文远甚。臣欲乞纳在身官以赎兄轼，非敢望末减其罪〔二三〕，但得免下狱死为幸。

兄轼所犯，若显有文字，必不敢拒抗不承，以重得罪。若蒙陛下哀怜，赦其万死，使得出于牢狱，则死而复生，宜何以报？臣愿与兄轼洗心改过，粉骨报效，惟陛下所使，死而后已。臣不胜孤危迫切，无所告诉，归诚陛下。惟宽其狂妄，特许所乞。臣无任祈天请命，激切陨越之至〔二四〕。

（《栾城集》卷三十五）

注

〔一〕元丰二年（1079）七月乌台诗案发后，苏辙作此书上神宗营救苏轼。文章一开头就呼天抢地，表达苏轼获罪下狱，给自己带来的痛苦和悲伤；接着动之以手足之情，申之以罪有可恕；最后以古喻今，希望神宗像汉文帝为缇萦救父所感那样，"免（苏轼）下狱死"。但对这样一篇哀婉动人的上书，朝廷竟置之不理。苏辙也因此贬监筠州盐酒税。

〔二〕"臣闻困急而呼天"三句：《史记·屈原传》："夫天者，人之始也；父母者，人之本也。人穷则反本，故劳苦倦极，未尝不呼天也；疾痛惨怛，未尝不呼父母也。"

〔三〕恳：请求。

〔四〕怙恃：依靠、凭恃，此代指父母。《诗·小雅·蓼莪》："无父何怙？无母何恃？"后因用"怙恃"为父母的代称。辙父苏洵卒于治平三年（1066），时苏辙年二十八；辙母程氏卒于嘉祐二年（1057），时苏辙年十九。

〔五〕赋性：天性，禀性。

〔六〕前后上章论事：乌台诗案前，苏轼上章论事有：《议学校贡举状》《谏买浙灯状》《上神宗皇帝书》《再上皇帝书》《论河北京东盗贼状》《徐州上皇帝书》《乞医疗病囚状》等。

〔七〕狂狷：狂妄偏激。

〔八〕天地：指皇帝。包含：同"包涵"，宽容、原谅。

〔九〕抑畏：克制畏惧。《尚书·无逸》："厥亦惟我周太王王季，克自抑畏。"

〔一〇〕"顷年通判杭州及知密州日"四句：顷年，近年。苏轼于熙宁四年（1071）至七年通判杭州，熙宁八年至九年知密州。乌台诗案起于御史中丞李定、御史舒亶等弹劾苏轼谤讪朝政，作诗讥刺神宗所行新法，并举苏轼诗二十余首为证，其中不少即作于杭州和密州任上，如杭州任上所作《王复秀才所居双桧二首》《山村五绝》。

〔一一〕"向者曾经臣僚缴进"二句：王铚《元祐补录》："沈括素与苏轼同在馆阁，轼论事与时异，补外。括察访两浙，陛辞，神宗语括曰：'苏轼通判杭州，卿其善遇之。'括至杭，与轼论旧，求手录近诗一通，归即笺贴以进，云词旨讪怼。轼闻之，复寄诗刘恕，戏曰：'不忧进了也！'"

〔一二〕感荷恩贷：感谢受到恩惠和宽恕。

〔一三〕悔咎：悔过。咎，过咎，罪咎。

〔一四〕轻易：轻率，简慢。

〔一五〕不逊：不恭敬。

〔一六〕刑辟：刑法。《说文·辟部》："辟，法也。"

〔一七〕死固分也：死本来就是该得的。

〔一八〕恨：遗恨，遗憾。

〔一九〕不世出之主：不是每个时代都能出现的君主。

〔二〇〕虽龃龉于当年：龃龉，上下齿不相配合，比喻不合、不融洽。熙宁初，苏轼两次上书神宗，全面反对新法。新党怒，谢景温诬奏苏轼居丧期间贩运私盐。司马光奏对垂拱殿，神宗谕曰："苏轼非佳士，卿误知之。"光曰："安石素恶轼，陛下岂不知安石以姻家为鹰犬，使攻之？"不久，苏轼就被命出任杭州通判。（见《苏诗总案》卷六）

〔二一〕"昔汉淳于公得罪"四句：淳于公指汉太仓令淳于意，缇萦是其幼女。汉文即汉文帝。意获罪，缇萦"上书：'妾父为吏，齐中称其廉平，今坐罪当刑。妾切痛死者不可复生，而刑者不可复续，虽欲改过自新，其道莫由，终不可得。妾愿入身为官婢，以赎父刑罪，使得改行自新也。'书闻，上（汉文帝）悲其意，此岁中亦除肉刑法。"（《史记·仓公列传》）婢，女奴。古代罪人的眷属没入官为婢。肉刑，一般指切断肢体或割裂肌肤的墨、劓、剕、宫等刑法。

〔二二〕蝼蚁：蝼蛄和蚂蚁，喻无足轻重。

〔二三〕末减：定罪后减刑。《左传·昭公十四年》："三数叔鱼之恶，不为末减。"杜预注："末，薄也；减，轻也。"

〔二四〕"臣无任祈天请命"二句：古代奏议末的套语。无任：犹不胜。陨越，《国语·齐语》："恐陨越于下，以为天下羞。"意为失职，此有情急的意思。

附录

储欣：兄弟急难，不可不存。序长公所以得罪，吐茹宜玩。（《栾城先生全集录》卷二）

答黄庭坚书〔一〕

苏 辙

辙之不肖，何足以求交于鲁直？然家兄子瞻与鲁直往还甚久〔二〕，辙与鲁直舅氏公择相知不疏〔三〕，读君之文，诵其诗，愿一见者久矣。性拙且懒，终不能奉咫尺之书致殷勤于左右。乃使鲁直以书先之〔四〕，其为愧恨可量也。

自废弃以来〔五〕，颓然自放，顽鄙愈甚。见者往往嗤笑，而鲁直犹有以取之〔六〕。观鲁直之书所以见爱者，与辙之爱鲁直无异也。然则书之先后，不君则我，未足以为恨也。

比闻鲁直吏事之余，独居而蔬食，陶然自得〔七〕。盖古之君子不用于世，必寄于物以自遣。阮籍以酒〔八〕，嵇康以琴〔九〕，阮无酒，嵇无琴，则其食草木而友麋鹿有不安者矣。独颜氏子饮水啜菽，居于陋巷，无假于外而不改其乐，此孔子所以叹其不可及也〔一〇〕。今鲁直目不求色，口不求味，此其中所有过人远矣，而犹以问人〔一一〕，何也？闻鲁直喜与禅僧语，盖聊以是探其有无耶？渐寒，比日起居甚安。惟以时自重。

（《栾城集》卷二十二）

注

〔一〕元丰三年（1080）贬官筠州时作，时黄庭坚知吉州太和县，与筠州相距不远。黄庭坚：见苏轼《答李端叔书》注〔一〇〕。这封信以信笔抒意，曲折顿挫见长。首段写慕黄已久而先得黄书，甚为愧恨；次段写黄之慕己，彼此互爱，书之先后，未足为恨，又取消了自己的问题；末段以阮籍、嵇康为反衬，以颜回比黄，颂黄之为人，实际是进一步写"爱鲁直"之因。

〔二〕然家兄子瞻与鲁直往还甚久：苏轼与黄庭坚直接有书信往来开始于元丰元年

（1078）三月徐州任上，时黄庭坚自京城上书苏轼，并献《古风二首》。苏轼有《答黄鲁直书》："轼始知足下诗文于孙莘老之座上……其后过李公择于济南，则见足下之诗文愈多。……今者辱书词累幅，执礼甚恭，如见所畏者，何哉！"

〔三〕辙与鲁直舅氏公择相知不疏：李常字公择，见苏轼《李氏山房藏书记》注〔一〕。黄庭坚为其外甥。熙宁初为秘阁校理，王安石与之善，用作三司条例司检详官，改右正言、知谏院，因反对王安石的青苗法，出任滑州通判，知鄂、湖、齐等州。苏辙与李于熙宁初在朝任职时即相知，熙宁九年（1076）辙任齐州掌书记时，李任知州，二人唱和颇多，有"故人赠答无千里，好事安排巧一时"（《次韵李公择以惠泉答章子厚新茶二首》）之句。

〔四〕乃使鲁直以书先之：指黄庭坚《寄苏子由书》。

〔五〕自废弃以来：指元丰二年（1079）十二月贬监筠州盐酒税。

〔六〕而鲁直犹有以取之：黄庭坚《寄苏子由书》称美苏辙说："诵执事之文章，而愿见二十余年矣。……执事治气养心之美，大德不逾，小物不废，沉潜而乐易，致曲以遂直，欲亲之不可媒，欲疏之不能忘。虽形迹阔疏，而平生咏叹如千载寂寥，闻伯夷、柳下惠之风而动心者然。"

〔七〕"比闻鲁直吏事之余"三句：孙升《孙公谈圃》卷下："后妻死，作《发愿文》，绝嗜欲，不御酒肉。"

〔八〕阮籍以酒：参苏轼《放鹤亭记》注〔一七〕。

〔九〕嵇康以琴：嵇康（224—263），字叔夜，谯郡铚（今安徽宿县西南）人，三国魏文学家。善鼓琴，以弹《广陵散》著名；曾作《琴赋》，对琴的奏法和表现力，作了细致而生动的描写。

〔一〇〕"独颜氏子饮水啜菽"四句：参见苏辙《上两制诸公书》注〔六二〕。

〔一一〕而犹以问人：黄庭坚《寄苏子由书》："恭惟闻道先我，为世和、扁，有病于此，初固闻而知之，因来尚赐药石之诲，抱疾呻吟，仁者哀怜。"

附录

茅坤：雅致。（《苏文定公文钞》卷五）

储欣：有见道语。（《栾城先生全集录》卷一）

庐山栖贤寺新修僧堂记〔一〕

苏　辙

　　元丰三年余得罪迁高安〔二〕，夏六月过庐山〔三〕，知其胜而不敢留。留二日，涉其山之阳〔四〕，入栖贤谷〔五〕。谷中多大石，岌嶪相倚〔六〕。水行石间，其声如雷霆，如千乘车行者，震掉不能自持〔七〕，虽三峡之险不过也〔八〕，故其桥曰"三峡"〔九〕。渡桥而东，依山循水，水平如白练〔一〇〕，横触巨石，汇为大车轮，流转汹涌，穷水之变。院据其上流，右倚石壁，左俯流水。石壁之趾〔一一〕，僧堂在焉。狂峰怪石，翔舞于檐上。杉松竹箭，横生倒植，葱蒨相纠〔一二〕。每大风雨至，堂中之人疑将压焉。问之习庐山者，曰：虽兹山之胜，栖贤盖以一二数矣。

　　明年，长老智迁使其徒惠迁谒余于高安〔一三〕，曰："吾僧堂自始建至今六十年矣，瓦败木朽，无以待四方之客。惠迁能以其勤力新之，完壮邃密〔一四〕，非复其旧，愿为文以志之"。余闻之，求道者非有饮食、衣服、居处之求，然使其饮食得充，衣服得完，居处得安，于以求道而无外扰，则其为道也轻〔一五〕。此古之达者所以必因山林筑室庐，畜蔬米，以待四方之游者，而二迁之所以置力而不懈也〔一六〕。夫士居于尘垢之中，纷纭之变日遘于前〔一七〕，而中心未始一日忘道〔一八〕。况乎深山之崖，野水之垠〔一九〕，有堂以居，有食以饱，是非荣辱不接于心耳，而忽焉不省也哉〔二〇〕？孔子曰："朝闻道，夕死可矣。"〔二一〕今夫骈骛乎欲学而不闻大道〔二二〕，虽勤劳没齿〔二三〕，余知其无以死也〔二四〕。苟一日闻道，虽即死无余事矣。故余因二迁之意，而以告其尖者，夫岂无人乎哉？

　　四年五月初九日眉阳苏辙记〔二五〕。

（《栾城集》卷二十三）

注 ——

〔一〕元丰四年（1081）监筠州盐酒税时，应庐山栖贤寺长老智迁之请作。栖贤寺：初建于南齐永明七年（489），原址在今江西二十里处。唐宝历初，刺史李渤把它迁置入庐山。相传李渤曾在此读书，故名"栖贤寺"。《记》的第一段首写栖贤谷水石相击之声如雷霆巨响、千乘车行；次写水石相击汹涌流转，如大车轮之状；再写僧院倚石俯江的险要位置；最后写僧堂的阴森可怖，怪石翔舞，松竹倒植，大有石将崩而堂将压之势。第二、三段交代写作缘由和时间，并赞扬智迁、惠迁二僧"置力而不懈"的求道精神。就状物写景而言，苏辙的赋当以《黄楼赋》为第一，记则当以此篇为冠冕。苏轼《与李公择书》云："子由近作《栖贤堂记》，读之惨憷，觉崩崖飞瀑逼人寒栗。"《跋子由栖贤堂记》："读之便如在堂中，见水石阴森，草木胶葛。"

〔二〕元丰三年余得罪迁高安：见苏辙《武昌九曲亭记》注〔一〕。高安，即筠州。

〔三〕夏六月过庐山：元丰三年（1080）夏六月苏辙赴筠州贬所，途经江州（今江西九江），游庐山，有《江州五咏》《游庐山山阳七咏》等诗。

〔四〕阳：山的南面。

〔五〕栖贤谷：庐山三大谷之一，栖贤寺即在谷中。

〔六〕岌嶪：高耸貌。张衡《西京赋》："状巍峨以岌嶪。"

〔七〕震掉：震颤。《宋史·乐志一》："乃试考击，钟声崟郁震掉，不和滋甚。"

〔八〕三峡：此指长江三峡，即瞿塘峡、巫峡、西陵峡。

〔九〕故其桥曰"三峡"：三峡桥又叫栖贤桥，位于栖贤谷中，建于宋大中祥符七年（1014），是江西省境内最早的一座大型石拱桥，至今保存完好。苏辙《游庐山山阳七咏·三峡石桥》："三峡波涛饱溯沿，过桥雷电记当年。江声仿佛瞿唐口，石角参差滟滪前。"

〔一○〕练：洁白的熟绢，多用以形容江水。

〔一一〕趾：脚趾，石壁之趾谓石壁之底部。

〔一二〕葱蒨：苍翠茂盛貌。

〔一三〕智迁、惠迁：事迹不详。

〔一四〕完壮邃密：完备雄壮、深邃精致。

〔一五〕轻：轻松容易。

〔一六〕二迁：指智迁、惠迁。

〔一七〕遘：遇。

〔一八〕中心：即心中。

〔一九〕垠：边际，尽头。

〔二〇〕忽焉不省：恍惚，不明白。

〔二一〕"朝闻道"二句：语见《论语·里仁》。

〔二二〕骋骛：疾趋，追逐。俗学：世俗文学，苏轼兄弟有时又称为时学，当时指王安石推行的新学。

〔二三〕没齿：犹言没世，一辈子。

〔二四〕以：缘由。无以死也：谓死得没有缘由，没有价值，即不是闻道而死。

〔二五〕眉阳：即眉山。

附录

王士禛：颍滨《栖贤寺记》造语奇特，虽唐作者如刘梦得（禹锡）、柳子厚（宗元）妙于语言，亦不能过之。……予游庐山至此，然后知其形容之妙，如丹青画图，后人不能及也。（《带经堂诗话》卷三）

武昌九曲亭记〔一〕

苏 辙

子瞻迁于齐安，庐于江上〔二〕。齐安无名山，而江之南武昌诸山陂陁蔓延〔三〕，涧谷深密，中有浮图精舍〔四〕。西曰西山，东曰寒溪〔五〕。依山临壑，隐蔽松枥〔六〕，萧然绝俗〔七〕，车马之迹不至。每风止日出，江水伏息〔八〕，子瞻杖策载酒〔九〕，乘渔舟乱流而南〔一〇〕。山中有二三子好客而喜游，闻子瞻至，幅巾迎笑〔一一〕，相携倘徉而上〔一二〕，穷山之深，力极而息，扫叶席草，酌酒相劳，意适忘反，往往留宿于山上。以此居齐安三年〔一三〕，不知其久也。

然将适西山，行于松柏之间，羊肠九曲而获少平〔一四〕，游者至此必息。倚怪石，荫茂木，俯视大江，仰瞻陵阜〔一五〕，旁瞩溪谷，风云变化，林麓向背〔一六〕，皆效于左右〔一七〕。有废亭焉，其遗址甚狭，不足以席众客〔一八〕。其旁古木数十，其大皆百围千尺，不可加以斤斧。子瞻每至其下，辄睥睨终日〔一九〕。一旦，大风雷雨拔去其一，斥其所据〔二〇〕，亭得以广。子瞻与客入山，视之笑曰："兹欲以成吾亭耶？"遂相与营之。亭成而西山之胜始具，子瞻于是最乐。

昔余少年从子瞻游，有山可登，有水可浮，子瞻未始不褰裳先之〔二一〕。有不得至，为之怅然移日〔二二〕。至其翩然独往，逍遥泉石之上，撷林卉〔二三〕，拾涧实〔二四〕，酌水而饮之，见者以为仙也。盖天下之乐无穷，而以适意为悦。方其得意，万物无以易之；及其既厌，未有不洒然自笑者也〔二五〕。譬之饮食杂陈于前，要之一饱而同委于臭腐〔二六〕。夫孰知得失之所在？惟其无愧于中，无责于外，而姑寓焉〔二七〕。此子瞻之所以有乐于是也。

（《栾城集》卷二十四）

注

〔一〕元丰五年（1082）监筠州盐酒税时作。元丰二年苏辙因上书营救苏轼，贬监筠州盐酒税。次年赴贬所途中，与苏轼会于黄州，并同游武昌（今湖北鄂城）西山，有《黄州陪子瞻游武昌西山》诗。元丰五年，苏轼建武昌九曲亭，苏辙作此记。九曲亭在武昌县西九曲岭上。文章首段写武昌诸山萧然秀丽的景色和苏轼乐游忘返；次段写游西山，建九曲亭，苏轼最乐；末段说明苏轼之乐在于"无愧于中，无责于外"，"而以适意为悦"。全文以"乐"字为中心，表现了苏轼不以贬谪为患而纵情山水的情怀。

〔二〕"子瞻迁于齐安"二句：迁，调动官职，此指贬谪。齐安即黄州。庐：结庐居住。苏轼于元丰三年（1080）二月贬官至黄州，初居定惠院，不久迁居城南临皋亭。苏轼《与范子丰书》："临皋亭下不数十步，便是大江。"苏轼《与朱康叔书》："已迁居江上临皋亭"。故云"庐于江上"。

〔三〕陂陁：倾斜而下貌。司马相如《子虚赋》："其山……罢池陂陁，下属江河。"此谓山势起伏。

〔四〕浮图：梵文译音，指佛教徒。精舍：僧、道居住或讲道说法的地方。《晋书·孝武帝纪》："帝初奉佛法，立精舍于殿内。"

〔五〕"西曰西山"二句：《清一统志》："樊山在武昌县西，一名袁山，一名来山，一名西山，一名寿昌山，一名樊冈，上有九曲岭。寒溪在武昌县西樊山下。”又《寰宇记》：“鄂州武昌县：樊山在州西一百七十二里，山东十步有冈，冈下有寒溪。”

〔六〕栎：木名，即“栎”。韩愈《山石》：“时见松栎皆十围。”

〔七〕萧然：清静寂寥貌。

〔八〕江水伏息：谓江上没有波涛。伏息，藏匿。《汉书·礼乐志》：“奸伪不萌，妖孽伏息。”

〔九〕杖策：又作“策杖”，拄着拐杖。白行简《李娃传》：“十旬，方杖策而起。”

〔一○〕乱：横渡。《书·禹贡》：“乱于河。”孔安国传：“绝流曰乱。”

〔一一〕幅巾：用绢一幅束发，一种儒雅的装束。《后汉书·鲍永传》：“悉罢兵，但幅巾，与诸将及同心客百余人诣河内。”李贤注：“谓不著冠，但幅巾束首也。”

〔一二〕徜徉：自由自在的来往。

〔一三〕居齐安三年：苏轼自元丰三年二月到达黄州贬所，至元丰五年刚好三年。

〔一四〕羊肠：形容迂回狭窄的路。曹操《苦寒行》：“羊肠坂诘屈，车轮为之摧。”少：通“稍”。

〔一五〕陵：大土山。阜：土山。《诗·小雅·天保》：“如山如阜，如冈如陵。”陵阜泛指山。

〔一六〕麓：山脚。向背：正反两面。

〔一七〕效：献出，引申为呈献。

〔一八〕席众客：古人席地而坐，此谓供众客坐。

〔一九〕睥睨：侧目观察。《史记·魏其武安侯列传》：“睥睨两宫间，幸天下有变。”此暗写苏轼观察地形，准备改建废亭。

〔二○〕斥：开拓。所据：所占的地方。

〔二一〕褰：抠，揭起。《诗·郑风·褰裳》：“褰裳涉溱。”

〔二二〕移日：过了一天。

〔二三〕撷林卉：采摘林中花卉。

〔二四〕拾涧实：拾取山涧中的野果。

〔二五〕洒然：诧异貌。《庄子·庚桑楚》：“吾洒然异之。”

〔二六〕委：委弃。

〔二七〕姑寓焉：姑且寄托情怀于此，指纵情山水。

附录

茅坤：情兴、心思俱入佳处。（《苏文定公文钞》卷十九）

储欣：小品之冠。风流在摩诘（王维）、乐天（白居易）之间。（《栾城先生全集录》卷一）

吴至父：此文后幅实为超妙，而前之叙次颇繁。（《古文辞类纂评注》卷五十六引）

黄州快哉亭记[一]

苏　辙

　　江出西陵[二]，始得平地。其流奔放肆大[三]，南合湘、沅[四]，北合汉、沔[五]，其势益张[六]。至于赤壁之下[七]，波流浸灌，与海相若[八]。清河张君梦得谪居齐安[九]，即其庐之西南为亭，以览观江流之胜，而余兄子瞻名之曰"快哉"。

　　盖亭之所见，南北百里，东西一舍[一〇]，涛澜汹涌，风云开阖[一一]。昼则舟楫出没于其前，夜则鱼龙悲啸于其下。变化倏忽[一二]，动心骇目，不可久视。今乃得玩之几席之上[一三]，举目而足。西望武昌诸山[一四]，冈陵起伏，草木行列，烟消日出，渔夫樵父之舍，皆可指数[一五]，此其所以为快哉者也。至于长洲之滨[一六]，故城之墟[一七]，曹孟德、孙仲谋之所睥睨[一八]，周瑜、陆逊之所骋骛[一九]，其流风遗迹，亦足以称快世俗。

　　昔楚襄王从宋玉、景差于兰台之宫，有风飒然至者，王披襟当之曰："快哉此风，寡人所与庶人共者耶？"宋玉曰："此独大王之雄风耳，庶人安得共之？"[二〇]玉之言盖有讽焉。夫风无雌雄之异，而人有遇不遇之变。楚王之所以为乐，与庶人之所以为忧，此则人之变也，而风何与焉？士生于世，使其中不自得[二一]，将何往而非病？使其中坦然，不以物伤性[二二]，将何适而非快[二三]？今张君不以谪为患，窃会计之余功[二四]，而自放山水之间，此其中宜有以过人者。将蓬户瓮牖无所不快[二五]，而况乎濯长江之清流[二六]，揖西山之白云[二七]，穷耳木之胜以自适也哉？不然，连山绝壑，长林古木，振之以清风，照之以明月，此皆骚人思士之所以悲伤憔悴而不能胜者〔二八〕，乌睹其为快也哉？元丰六年十一月朔日赵郡苏辙记〔二九〕。

（《栾城集》卷二十四）

注

〔一〕元丰六年（1083）谪监筠州（治所在今江西省高安县）盐酒税时作。《黄冈县志·古迹》："快哉亭，在城南。"文章首段由江写到亭，点出黄州快哉亭。次段写快哉亭之所以为快，固然在于长江、西山之景"得玩之几席之上"，在于"足以称快世俗"的赤壁之战的流风遗迹，说明了"快哉亭"命名的意义。末段从楚襄王所谓的"快哉此风"之快说起，揭示了只有"不以物伤性"，"不以谪为患"，才能无往而不快，深化了文章主题。苏辙贬官筠州，在政治上很不得意，本文反映了他不以得失为怀的思想感情。全文雄放而有风致，笔势纡徐而条畅，汪洋淡泊中贯注着不平之气。

〔二〕江：长江。西陵：即西陵峡，长江三峡之一，西起湖北省巴东县，东至宜昌县。

〔三〕肆大：水流无阻，水势浩大。

〔四〕湘、沅：湘江和沅江，在今湖南省，北入洞庭湖，在长江汇合。

〔五〕汉、沔：本一水，流经沔县称沔水，至汉中称汉水，流经湖北省西北部至武汉市入长江。

〔六〕张：开廓。

〔七〕赤壁：见苏轼《念奴娇·赤壁怀古》注〔一〕。

〔八〕相若：相似。

〔九〕清河：今河北清河县。张君梦得：即张怀民，见苏轼《记承天寺夜游》注〔三〕。齐安：即黄冈。

〔一〇〕一舍：三十里。《左传·僖公二十三年》："晋、楚治兵，遇于中原，其辟（避）君三舍。"贾逵注："三舍，九十里也。"（《春秋左传贾服注辑述》卷七）

〔一一〕阖：同"合"。开阖：犹言变化。

〔一二〕倏忽：急速。

〔一三〕玩：玩赏。几：矮小的桌子，用以搁置物件和凭靠。席：古人坐卧之具。《史记·礼书》："床第几席，所以养体也。"

〔一四〕武昌：见苏轼《赤壁赋》注〔二〇〕。

〔一五〕指数：——指点计算。

〔一六〕长洲：苏轼《东坡志林·记樊山》："自余所居临皋亭下，乱流而西，泊于樊山，为樊口。……其上为卢洲。孙仲谋泛江遇大风，柂师请所之，仲谋欲往卢洲。其仆谷利以刀拟柂师，使泊樊口。遂自樊口凿山通路归武昌。"疑长州即指卢洲。一说长洲为泛指。

〔一七〕故城：指孙权的故都。《水经注》卷三十五《鄂县北》引《九州记》云："鄂，今武昌也。孙权以黄初元年自公安徙此，曰武昌"。又苏轼《次韵乐著作野步》诗自注云："黄州对岸武昌有孙权故宫。"墟：废墟。

〔一八〕睥睨：侧目斜视。此谓窥视争夺。

〔一九〕陆逊：字伯言，三国时吴将。《三国志·吴志·孙权传》载黄龙元年（229）"征上大将军陆逊辅太子登，掌武昌留事"。又载赤乌四年（241）"秋八月陆逊城邾"（黄冈为古邾城）。骋骛：疾趋，追逐。

〔二〇〕"昔楚襄王从宋玉"至"庶人安得共之"：见宋玉《风赋》（文字略异）。吕向注："《史记》云：宋玉，郢人也，为楚大夫。时襄王骄奢，故宋玉作此赋以讽之。"《史记·屈原贾生列传》："屈原既死之后，楚有宋玉、唐勒、景差之徒者，皆好辞而以赋见称。"兰台，今湖北省钟祥市东。飒然，风声。披襟，敞开衣襟。

〔二一〕中：心中。

〔二二〕不以物伤性：不因为身外之物（如荣辱得失）而伤害其本性。

〔二三〕何适：与前"何往"并举，意思相近。

〔二四〕窃会计之余功：谓任职之余偷闲。会计，掌赋税钱谷等事物。张梦得贬官黄州的官职不详，从此看似为主簿一类的小官。

〔二五〕蓬户瓮牖：语见《礼记·儒行》。孔颖达疏："蓬户，谓编蓬为户。又以蓬塞门谓之蓬户。瓮牖者，谓牖窗圆如瓮口也。又云以败瓮口为牖。"

〔二六〕濯：洗涤。左思《咏史》之五："振衣千仞冈，濯足万里流。"

〔二七〕揖西山之白云：向西山白云致敬。揖，拱手为礼。西山，即樊山，在鄂县西，见苏辙《武昌九曲亭记》注〔五〕。

〔二八〕骚人：指忧伤的诗人。思士：感慨极深之人。胜：承受。

〔二九〕朔日：阴历每月初一。赵郡：苏辙的祖先为赵郡栾城（今河北藁城县）人。

附录

茅坤：入宋调而其风旨自佳。（《苏文定公文钞》卷十九）

储欣：反掉佳。（《栾城先生全集录》卷一）

吴楚材、吴调侯：前幅握定"快哉"二字洗发，后幅俱从谪居中生意，文势汪洋，笔力雄壮，读之令心胸旷达，宠辱都忘。（《古文观止》卷十一）

汝州杨文公诗石记〔一〕

苏 辙

祥符六年，杨公大年以翰林学士请急还阳翟省亲疾，继称病求解官〔二〕。章圣皇帝以其才高名重，排群议，贷不加罪〔三〕。逾年，以秘书监知汝州〔四〕。

公至汝，常称病，以事付僚吏，以文墨自娱，得诗百余篇。既还朝〔五〕，汝人刻之于石。皇祐中〔六〕，郡守王君为建思贤亭于北园之东偏〔七〕。绍圣元年四月，予自门下侍郎得罪出守兹土，时亭弊已甚，诗石散落，亡者过半。取公《汝阳编》诗而刻之〔八〕，乃增广思贤，龛石于左右壁。

呜呼！公以文学鉴裁，独步咸平、祥符间〔九〕，事业比唐燕、许无愧〔一〇〕，所与交皆贤公相，一时名士多出其门〔一一〕。然方其时，则已有流落之叹〔一二〕。既没十有五年〔一三〕，声名犹籍籍于士大夫〔一四〕，而思贤废于隶舍马厩之后〔一五〕，诗石散于高台华屋之下矣。凡假外物以为荣观，盖不足恃，而公之清风雅量〔一六〕，固自不随世磨灭耶？然予独拳拳未忍其委于荒榛野草〔一七〕，而复完之〔一八〕，抑非陋欤？抑非陋欤？

（《栾城后集》卷二十一）

注

〔一〕 绍圣元年（1094）知汝州时作。杨文公：即杨亿（947—1020），字大年，仁宗时追谥为"文"，建州浦城（今属福建）人。亿幼聪颖，七岁能属文，十一岁时太宗召试词艺，授秘书省正字。淳化中赐进士及第，直集贤院。真宗时拜左正言，官至翰林学士、户部侍郎。亿为人刚介耿直，工文章，诗学李商隐，辞藻华丽，号"西昆体"。杨亿曾知汝州，作诗百余篇，还朝后，汝人刻其诗于石，并为他建思贤亭。苏辙贬官汝州时，亭已很破败，诗石亦散失过半，于是重刻杨亿汝州诗，增广思贤亭，龛诗石于亭壁，并作此记。这篇文章高度评价杨亿的人品和他在文学史上的地位，赞扬他乐于奖掖后进的精神，并为他生前屡遭谗毁鸣不平——这与苏辙兄弟的境遇颇有相似之处，所以这篇《记》写得很动感情。

〔二〕"祥符六年"三句：《宋史·杨亿传》："亿有别墅在阳翟，亿母往视之，因得疾，请归省，不待报而行。上亲缄药剂，加金帛以赐。亿素体羸，至是，以病闻，请解官。"又范镇《东斋记事》卷一谓杨亿"省亲疾"只是借口："初，真皇欲立庄献为皇后，（杨）文公不草诏，庄献既立，不自安，乃托母疾而行。"祥符六年，宋真宗大中祥符六年（1013）。阳翟，今河南禹县。省，探望，问候。

〔三〕"章圣皇帝以其才高名重"三句：《宋史·杨亿传》载祥符五年杨亿"以久疾，求解近职，优诏不许，但权免朝直。亿刚介寡合……当时文士，咸赖其题品，或被贬议者，退多怨诽。王钦若骤贵，亿素薄其人，钦若衔之，屡抉其失；陈彭年方以文忠售进，忌亿名出其右，相与毁訾。上（真宗）素重亿，皆不惑其说。"章圣皇帝，即宋真宗。贷，饶恕，宽免。

〔四〕"逾年"二句：《宋史·杨亿传》："《册府元龟》（杨亿与王钦若同修）成，进秩秘书监。（祥符）七年，病愈，起知汝州。"

〔五〕既还朝：《宋史·杨亿传》："会加上玉皇圣号，表求陪预，即代还，以为参详仪制副使，知礼仪院，判秘阁太常寺。"《宋史·真宗纪》：大中祥符七年九月"辛卯尊上玉皇圣号"。又八年春正月壬午朔，谒玉清昭应宫，"奉表告尊上玉皇大天帝圣号"。可见杨亿还朝当在大中祥符七年九月至八年正月之间。

〔六〕皇祐：宋仁宗年号（1049—1054）。

〔七〕郡守王君：《正德汝州志》卷二："宋祥符中知州杨亿有贤名，后王珣瑜继守，思之，因建此亭。"宋庠《元宪集》卷二十四有《签书西京留守判官厅公事王珣瑜可太子右赞善大夫制》，《欧阳文忠公集》卷八十一有《殿中丞王珣瑜磨勘改官制》，余不详。

〔八〕《汝阳编》：指杨亿《汝阳集》，已佚。

〔九〕"公以文学鉴裁"二句：《宋史·杨亿传》："亿天性颖悟，自幼及终，不离翰墨。文格雄健，才思敏捷，略不凝滞，对客谈笑，挥翰不辍。精密有规裁，善细字起草，一幅数千言，不加点窜，当时学者，翕然宗之。"鉴裁，鉴赏，识别。此意为长于观察和衡量他人的文才。咸平、祥符，皆宋真宗年号。

〔一〇〕燕、许：指唐大臣张说、苏颋。张封燕国公，苏袭封许国公。《新唐书·苏颋传》："自景龙后，与张说以文章显，称望略等，故时号燕、许大手笔。"

〔一一〕一时名士多出其门：《宋史·杨亿传》谓杨亿"喜海诱后进，以成名者甚众。人有片辞可纪，必为讽颂。手集当世之述作，为《笔苑时文录》数十篇。"

〔一二〕流落之叹：杨亿因为人耿介，多次被命出任地方官，其《偶书》诗云："朱轮远守未成欢，薄宦令人意渐阑。……已是三年不闻问，何如归去把鱼竿！"

〔一三〕既没十有五年：疑当作"七十有五"，脱"七"字。自杨亿去世（1020）至苏辙知汝（1094）恰为七十五年。但诸本皆作"十有五年"，故不擅改。

〔一四〕籍籍：交横众多貌。此形容其名声之盛。

〔一五〕隶舍：奴仆住处。马厩：马圈。

〔一六〕公之清风雅量：苏轼在《议学校贡举状》中也称杨亿为"忠清鲠亮之士。"

〔一七〕拳拳：牢握不舍，引申为恳切。委：弃。榛：树丛。

〔一八〕完：修治。

汝州龙兴寺修吴画殿记〔一〕

苏　辙

予先君宫师平生好画，家居甚贫，而购画常若不及〔二〕。予兄子瞻少而知画，不学而得用笔之理。辙少闻其余〔三〕，虽不能深造之，亦庶几焉〔四〕。

凡今世自隋、晋以上，画之存者无一二矣。自唐以来，乃时有见者。世之志于画者，不以此为师，则非画也。予昔游成都〔五〕，唐人遗迹遍于老、佛之居〔六〕。先蜀之老有能评之者，曰画格有四，曰能、妙、神、逸〔七〕。盖能不及妙，妙不及神，神不及逸。称神者二人，曰范琼〔八〕、赵公祐〔九〕；而称逸者一人，孙遇而已〔一〇〕。范、赵之工，方圆不以规矩〔一一〕，雄杰伟丽，见者皆知爱之。而孙氏纵横放肆，出于法度之外，循法者不逮其精，有从心不逾矩之妙〔一二〕。于眉之福海精舍为《行道天王》〔一三〕，其记曰："集润州高座寺张僧繇。"〔一四〕予每观之，辄叹曰："古之画者必至于此，然后为极软！"其后东游至岐下〔一五〕，始见吴道子画〔一六〕，乃惊曰："信矣，画必以此为极也！"盖道子之迹，比范、赵为奇，而比孙遇为正，其称画圣，抑以此耶〔一七〕？

绍圣元年四月，予以罪谪守汝阳〔一八〕，间与通守李君纯绎游龙兴寺〔一九〕，观华严小殿，其东西夹皆道子所画〔二〇〕。东为维摩、文殊，西为佛成道〔二一〕，比岐下所见，笔迹尤放。然屋瓦弊漏，涂栈缺弛，几侵于风雨。盖事之精不可传者，常存乎其人。人亡而迹存，达者犹有以知之。故道子得之隋、晋之际，而范、赵得之道子之后。使其迹亡，虽有达者，尚谁发之？时有僧惠真方葺寺大殿〔二二〕，乃喻使先治此，予与李君亦少助焉〔二三〕。不逾月，坚完如新。于殿块之中得记曰〔二四〕："治平丙午苏氏惟政所葺〔二五〕。"众异之，曰："前后葺此皆苏氏，岂偶然也哉？"惠真治石请记。五月二十五日。

（《栾城后集》卷二十一）

注

〔一〕汝州：今河南临汝。吴画殿：指有吴道子画的汝州龙兴寺华严小殿。本文写作时间及背景已见文中。此《记》主要论画。苏辙赞成"画格有四（能、妙、神、逸）"的评画标准，认为其中的神，特别是逸是最难达到的。从苏辙的具体解释看，所谓神就是"方圆不以规矩"，随手画来都能酷似。所谓逸就是放逸，就是"纵横放肆，出于法度之外"而又不逾法度，即所谓"从心不逾矩。"前者偏于正，后者偏于奇。而苏辙最钦赏的是二者的结合，认为吴道子之所以被称为"画圣"，就在于兼有二者。

〔二〕"予先君宫师平生好画"三句：苏轼《四菩萨阁记》："始吾先君于物无所好，燕居如斋，言笑有时。顾尝嗜画，弟子门人无以悦之，则争致其所嗜，庶几一解其颜。故虽为布衣，而致画与公卿等。"先君，已去世的父亲。宫师，东宫太师，即太子太师，苏洵后追赠太子太师。若不及，好像怕赶不上，形容购画心情迫切。

〔三〕其余：谦辞，指父、兄论画的次要部分。

〔四〕庶几：近似，差不多。此谓差不多与父、兄一样嗜画。苏辙《王维吴道子画》："我非画中师，偶亦识画理。"

〔五〕予昔游成都：苏辙游成都，见于记载的，一在嘉祐元年（1056）赴京应试时路过成都，一在嘉祐三年（1058）居母丧期间去成都拜谒赵抃。成都离眉山甚近，游成都当不止这两次。

〔六〕老、佛之居：指道观、佛寺。

〔七〕"先蜀之老有能评之者"三句：蜀之老指宋初黄休复，字归本，籍里不详，疑为蜀人。著《益州名画录》三卷，载录唐乾元年初至北宋乾德间在蜀画家五十八人，分逸、神、妙、能四格，逸格一人，神格二人，妙格二十八人，能格二十七人。妙、能二格又各分上、中、下三品。

〔八〕范琼：唐代画家，流寓成都，以善画人物佛像著称。

〔九〕赵公祐：唐代画家，长安（今陕西西安）人，寓蜀，工人物画，尤善画佛像鬼神。

〔一〇〕孙遇：即孙位，见苏轼《书蒲永升画后》注〔四〕。

〔一一〕方圆不以规矩：不用规和矩校正方和圆。规、矩，古代校正圆形和方形的两种工具。

〔一二〕从心不逾矩：《论语·为政》："子曰：'吾十有五而志于学，三十而立，四十而不惑，五十而知天命，六十而耳顺，七十而从心所欲，不逾矩。'"谓顺心所欲而又不越出规矩（法度）。

〔一三〕"于眉之福海精舍"句：《益州名画录》卷上："悟达国师请（孙遇）于眉州福海院画《行道天王》。"眉，眉州，今四川省眉山市。精舍，僧教徒居住或讲道说法之处。行道天王：佛家所谓护法神四大天王之一，名北方毗沙门天王（一名多闻天王）。

〔一四〕集润州高座寺张僧繇：《行道天王》题记内容不详出处，但《益州名画录》卷上说："昭觉寺休梦长老请（孙遇）画《浮沤先生、松石、墨竹》一堵，仿润州高座寺张僧繇《战胜》一堵。"可见孙遇是学张僧繇的。润州，今江苏镇江。张僧繇，南朝梁画家，擅长人物画和宗教画。

〔一五〕岐下：岐山（在今陕西省岐山县东北）之下。嘉祐元年（1056）苏辙兄弟入京应试，曾途经这一地区，苏轼《凤鸣驿记》有"丙申岁举进士过扶风"语，苏辙《次韵子瞻太白山下早行题崇寿院》有"据我应梦我，联骑昔尝曾"语。

〔一六〕始见吴道子画：凤翔普门寺和开元寺有吴道子画，苏轼《王维吴道子画》："何处访吴画？普门与开元。"吴道子，见苏轼《王维吴道子画》注〔一〕。

〔一七〕抑以此耶：抑或因为这个原因吧。

〔一八〕"绍圣元年四月"二句：绍圣元年（1094）三月廷策进士，李邦直撰策题，历诋元祐之政。苏辙上疏复奏，予以反驳，哲宗不悦。苏辙以门下侍郎出知汝州，四月到达。汝阳，指汝州。

〔一九〕通守：即通判，官位略次于知州。

〔二〇〕东西夹：指东西两侧的殿壁。

〔二一〕"东为维摩、文殊"二句：维摩，梵文音译，又作"维摩诘"，为佛典中现身说法、辩才无碍的人。文殊，梵文音译，又作"文殊师利"，佛教大乘菩萨之一，以"智慧"知名。佛，佛教徒对释迦牟尼的尊称。《韵语阳秋》卷十四："余时随家先文康公至汝州，尝至龙兴寺观吴道子画两壁。一壁作维摩示寂，文殊来问，天女散花；一壁作太子游四门，释迦降魔成道。笔法奇绝。壁用黄沙捣泥为之，其坚如铁。"

〔二二〕惠真：事迹不详。

〔二三〕予与李君亦少助焉：葛立方《韵语阳秋》卷十四："后刘元忠传得东坡寄子由诗，方知子由曾施百缣，所谓'似闻遗墨留汝海，古壁蜗蜒可垂涕。力捐金帛扶栋宇，错落浮云卷新霁'是也。"东坡寄子由诗，诗题为《子由新修汝州龙兴寺吴画壁》。

〔二四〕殿堁：殿中倒塌的墙壁。

〔二五〕治平丙午：宋英宗治平三年（1066）。苏惟政：事迹不详。

子瞻和陶渊明诗集引〔一〕

苏　辙

东坡先生谪居儋耳，置家罗浮之下〔二〕，独与幼子过负担渡海〔三〕，茸茅竹而居之〔四〕。日啖荼芋〔五〕，而华屋玉食之念不存于胸中〔六〕。平生无所嗜好，以图史为园囿，文章为鼓吹〔七〕，至此亦皆罢去。独喜为诗，精深华妙，不见老人衰惫之气。

是时辙亦迁海康〔八〕，书来告曰："古之诗人有拟古之作矣，未有追和古人者也。追和古人则始于东坡〔九〕。吾于诗人无所甚好，独好渊明之诗。渊明作诗不多，然其诗质而实绮，癯而实腴，自曹、刘、鲍、谢、李、杜诸人〔一〇〕，皆莫及也。吾前后和其诗凡百数十篇〔一一〕，至其得意，自谓不甚愧渊明。今将集而并录之，以遗后之君子，子为我志之。然吾于渊明，岂独好其诗也哉？如其为人，实有感焉。渊明临终疏告俨等：'吾少而穷苦，每以家弊东西游

610

走，性刚才拙，与物多忤，自量为己，必贻俗患，黾勉辞世，使汝等幼而饥寒〔一二〕。'渊明此语盖实录也。吾今真有此病，而不早自知。半生出仕，以犯世患，此所以深服渊明，欲以晚节师范其万一也〔一三〕。"

嗟夫！渊明不肯为五斗米一束带见乡里小人〔一四〕，而子瞻出仕三十余年〔一五〕，为狱吏所折困〔一六〕，终不能悛〔一七〕，以陷于大难〔一八〕，乃欲以桑榆之末景〔一九〕，自托于渊明，其谁肯信之？虽然，子瞻之仕，其出入进退犹可考也〔二〇〕。后之君子其必有以处之矣〔二一〕。孔子曰："述而不作，信而好古，窃比于我老彭。"〔二二〕孟子曰："曾子、子思同道。"〔二三〕区区之迹，盖未足以论士也。

辙少而无师，子瞻既冠而学成，先君使命辙师焉〔二四〕。子瞻常称辙诗有古人之风，自以为不若也。然自其斥居东坡〔二五〕，其学日进，沛然如川之方至〔二六〕，其诗比杜子美、李太白为有余，遂与渊明比。辙虽驰骤从之，常出其后。其和渊明，辙继之者亦一二焉〔二七〕。绍圣四年十二月十九日海康城南东斋引〔二八〕。

（《栾城后集》卷二十一）

注 ——

〔一〕和：仿照他人诗词的题材或体裁作诗。这篇《引》的价值首先在于转录了苏轼晚年写给苏辙的一封信，这封信对陶渊明的为人和诗歌艺术特色作了评价。苏轼说陶诗"质而实绮，癯而实腴"，即表面质朴而绮丽，表面清瘦而实际丰腴，即所谓"外枯而中膏"，确实把握住了陶诗的特色。苏轼曾经说："古今诗人众矣，而杜子美（杜甫）为首。"（《王定国诗集叙》）而在这封信中却说，曹植、刘桢、鲍照、谢朓、李白、杜甫皆不及陶。前一论断反映了苏轼早年积极用世的思想，后一论断反映了他后期因屡遭迫害，于是避谈政治，而偏重于诗歌艺术的探求。苏轼兄弟认为陶潜高于李、杜的观点未必会被今人接受，但他们所追求的质而实绮、癯而实腴、外枯中膏的艺术境界确实是很高的，是不容易达到的。这篇《引》的价值还在于评价了苏轼的诗。诗穷而后工，苏轼在政治上越倒霉，他的诗文就作得越好。贬官黄州，是苏轼的一个创作高峰："谪居于黄，杜门深居，驰骋翰墨，其文一变。"（苏辙《亡兄子瞻墓志铭》）贬官岭南，是苏轼一生的又一个创作高潮，其诗又一变："精深华妙，不见老人衰惫之气。"有人特别喜欢苏轼晚年的诗，不是没有原因的，他晚年诗歌的艺术成就确实超过了早年。

〔二〕儋耳：今海南省儋州市。绍圣四年（1097）至元符三年（1100）苏轼谪居儋耳。罗浮：即罗浮山，在今广东东江北岸，增城、博罗、河源等县间。此指惠州白鹤峰。王文诰《苏诗总案》卷四十二："罗浮之名，古时甚宽。唐以前送人归粤，概云还罗浮，其后为惠州尚称罗浮。"

〔三〕独与幼子过负担渡海：绍圣元年至四年苏轼贬官惠州（今广东惠阳）。绍圣四年（1097）闰二月苏轼在惠州白鹤峰建成新居，长子苏迈携孙子苏符等来探望，四月苏轼就远谪儋耳。苏轼遂让苏迈等留居白鹤峰新居，独携苏过渡海赴儋耳贬所。

〔四〕葺茅竹而居之：苏轼《与郑靖老书》："初赁官屋数间居之，既不可住，又不欲与官员相交涉。近买地起居五间一灶头，在南污池之侧，茂竹之下，亦萧然可以杜门面壁少休也。"

〔五〕日啖荼芋：每天吃苦菜和芋头。

〔六〕华屋玉食：华丽的房屋和精美的食品。

〔七〕"以图史为园囿"二句：谓以读书、作文为乐。园囿，种植花木，畜养珍禽异兽，供人休息玩赏的地方。鼓吹，即鼓吹乐，古代的一种器乐合奏，用鼓、钲、箫、笳等乐器。

〔八〕是时辙亦迁海康：苏辙于绍圣四年二月再贬雷州（今广东雷州半岛的海康境内），六月到达贬所。苏轼《和陶止酒并引》："丁丑岁（即绍圣四年），予谪海南，子由亦贬雷州。"

〔九〕"古之诗人有拟古之作矣"三句：在苏轼以前，已有拟古诗，南朝江淹的《杂诗》三十首，模拟自汉至南朝宋代的诗人代表作，惟妙惟肖，几可乱真。晁说之《和陶诗辨》认为，和古人诗也非自苏轼始，但并不次韵。以次韵的方式和同时代人的诗歌，在唐代就有了，但一般限于朋友间的唱和。把拟古和次韵结合起来，追和古人之诗，几乎尽和某一古人之诗，这是苏轼的创造。

〔一〇〕曹：指曹植（192—232），三国魏诗人，字子建，沛国谯县（今安徽亳州）人。所作诗歌以五言为主，词采华茂。刘：指刘桢（？—217），三国魏诗人，字公干，东平（今山东平县）人。擅长五言诗。其诗刚劲挺拔，重气势不重雕琢。鲍：指鲍照（约414—466），字明远，东海（今江苏连云港市东）人，南朝宋文学家，诗以七言歌行最有名，风格俊逸。谢：指谢朓（464—499），字玄晖，陈郡阳夏（今河南太康）人，南朝齐诗人，诗风清俊，长于描绘自然景色。李：指李白。杜：指杜甫。

〔一一〕"吾前后和其诗"句：苏轼在元祐七年（1092）于扬州始作《和陶饮酒二十首》；后在惠州、儋州"尽和其诗"（苏轼《和陶归园田居六首》小引），在苏轼写这封信时，已和一百零九首；加上以后所作，共一百二十四首。

〔一二〕"渊明临终疏告俨等"至"幼而饥寒"：俨等，指陶渊明之子俨、俟、份、佚、佟五人。此段话引自陶渊明《与子俨等疏》。与物多忤，与外界事物多抵触。必贻俗患，必定留下世俗之患。黾勉辞世，尽力隐居避世。黾勉，努力。

〔一三〕晚节：晚年。师范：以为效法的榜样。

〔一四〕"渊明不肯为"句：《晋书·陶渊明传》载，陶渊明为彭泽令，"会郡遣督邮至县，吏请曰：'应束带见之。'渊明叹曰：'我岂能为五斗米折腰向乡里小儿！'即日解绶去职。"束带，整束衣带，以示恭敬。

〔一五〕子瞻出仕三十余年：苏辙作此文时苏轼六十二岁，距二十六岁时首次出仕任凤翔府签判（1061）三十六年。

〔一六〕为狱吏所折困：指元丰二年的乌台诗案。

〔一七〕悛：改悔。

〔一八〕陷于大难：指绍圣元年贬官惠州，绍圣四年再贬儋州。

〔一九〕桑榆之末景：本指日暮，常喻人的晚年。《后汉书·冯异传》："失之东隅，收之桑榆。"东隅指日出处，桑榆指日落处。

〔二〇〕其出入进退犹可考也：谓苏轼在朝廷和地方上做官的事迹还可考察。

〔二一〕必有以处之：谓必定能正确对待苏轼的出入进退。处，对待。

〔二二〕"述而不作"三句：语见《论语·述而》。谓阐述前人观点而不自己写作，相信并喜爱古代文化，我私自我那老彭相比。老彭，一说是殷商时代的彭祖，一说是老子和彭祖两人。

〔二三〕曾子、子思同道：语见《孟子·离娄下》。曾子即曾参，孔子弟子。子思，《史记·孔子世家》："孔子生鲤，字伯鱼。伯鱼年五十，先孔子死。伯鱼生伋，字子思，年六十二，尝困于宋。子思作《中庸》。"

〔二四〕先君：指父亲苏洵。

〔二五〕斥居东坡：指贬官黄州，在元丰三年（1080）至七年期间。东坡，见苏轼《东坡八首》注〔一〕。

〔二六〕沛然：水势湍急貌。

〔二七〕"其和陶明"二句：苏辙也跟着苏轼写了少量和陶诗。如《次韵子瞻和陶渊明饮酒二十首》《次韵子瞻和陶公止酒》《次韵子瞻和渊明拟古九首》等。

〔二八〕绍圣四年：公元 1097 年。

附录

茅坤：文不着意而神理自铸。其评子瞻浑然。（《苏文定公文钞》卷十八）

书白乐天集后二首（选一）〔一〕
苏　辙

元符元年夏六月〔二〕，予自海康再谪龙川〔三〕，冒大暑，水陆行数千里。至罗浮，水益小，舟益庳，惕然有瘴暍之虑。乃留家于山下〔四〕，独与幼子远葛衫布被，乘叶舟，秋八月而至〔五〕。既至，庐于城东圣寿僧舍，闭门索然，无以终日。欲借书于居人，而民家无畜书者，独西邻黄氏世为儒，粗有简册，乃得《乐天文集》阅之〔六〕。

乐天少年知读佛书，习禅定，既涉世屦忧患，胸中了然，照诸幻之空也〔七〕。故其还朝为从官，小不合即舍去，分司东洛，优游终老〔八〕。盖唐世士大夫，达者如乐天寡矣！予方流转风浪，未知所止息，观其遗文，中甚愧之〔九〕。然乐天处世，不幸在牛、李党中，观其平生，端而不倚，非有附丽者也，盖势有所至，而不能已耳〔一〇〕。会昌之初〔一一〕，李文饶用事〔一二〕，乐天适已七十，遂求致仕，不一二年而没〔一三〕。嗟夫！文饶尚不能置一乐天于分司中耶？然乐天每闲冷衰病，发于咏叹，辄以公卿投荒僇死，不获其终者自解〔一四〕，予亦鄙之。至其闻文饶谪朱崖三绝句，刻覈尤甚，乐天虽陋，盖不至此也。且乐天死于会昌末年，而文饶之窜，在大中之初，此决非乐天之诗〔一五〕。岂乐天之徒浅陋不学者附益之耶？乐天之贤，当为辨之。

（《栾城后集》卷二十一）

·文 选·

注 ————————————————————————————————

〔一〕元符元年（1098）谪居龙川时作。白乐天，即白居易。本文通过追叙白居易的事迹，充分表达了苏辙贬官循州时的心情。白居易一生处在牛、李党争中，"非有附丽"；苏辙兄弟也正是如此，他们身处新旧党争中，正因为独立不倚，结果才遭到新旧两党的打击排斥，所以白居易的身世引起了作者深深的共鸣。有所不同的是，白居易抽身较早，得以优闲地度过晚年；而他们兄弟二人因为未能及时抽身，结果才以六十高龄远谪岭南，历尽忧患，所以苏辙仰慕白居易的旷达。但苏辙也有看不起白居易的地方，那就是他鄙视白居易庆喜自己未"投荒僇死"，表明苏辙对自己投荒岭南并不后悔。后来苏辙在徽宗朝杜门闲居十二年，完全是形势所迫，并非他的初衷。

〔二〕元符元年：公元1098年。

〔三〕海康：雷州治所，在今广东雷州半岛中部。龙川：循州治所，在今广东东北。

〔四〕"至罗浮"至"乃留家于山下"：罗浮亦指惠州白鹤峰，参见苏辙《子瞻和陶渊明诗集引》注〔二〕、〔三〕。王文诰《苏诗总案》卷四十二："若谓罗浮山下，则又自为一处，其去惠也尚远，而循又在惠之上，相距盖七百里。山下荒僻寥落，耕牧散处，言语不通，饮食无有，子由与（苏）远去后，妇姑何以自存？且自惠以达龙川，水道艰涩难行，计程十日。公尝使（苏）过屡至河循，而（苏）迈亦自此到惠。其间般挈之难，子由茫如，而公则了了也。况又衅隙而去，官民畏避，何处问屋？此盖子由过惠，明以家累同居德有邻堂，托（苏）迈管顾，而自与（苏）远往，其情显然。"庳，低下。因水小而船低。惕然，恐惧貌。瘴，瘴气，南方山林中湿热蒸郁，致人疾病，称为瘴。喝，受暴热中暑。

〔五〕"独与幼子远葛衫布被"三句：苏辙幼子苏逊，原名远，字叔宽，小字虎儿。其妻黄氏死于随苏辙贬居循州（龙川）期间。苏辙《祭八新妇黄氏文》："吾不善处世，得罪于朝，播迁南荒，水陆万里。家有三子，季子（即苏逊）季妇，实从此行。自筠徙雷，自雷徙循，风波恐惧，蹊遂颠绝。所至言语不通，饮食异和，瘴雾昏翳，医药无有。岁行方阑，气候殊恶，昼热如汤，夜寒如冰。行道僵仆，居室困瘁。始自仆隶，浸淫不已。十病六七，而汝独甚。天乎何辜，遂殒乎瘴。"可见苏辙贬居生活的艰辛。

〔六〕"独西邻黄氏世为儒"三句：苏辙在循州期间同黄氏关系很密切。苏辙初到循州时暂住在圣寿僧舍，不久以五十千钱买了曾氏小宅，宅中紫竹找不到一根可作拄杖的，苏辙曾向黄氏老"乞得一茎，劲挺可喜。"（《求黄家紫竹杖》）苏辙《龙川略志·引》："有黄氏老，宦学家也，有书不能读。时假其一二，将以寓目。"

〔七〕"乐天少年知读佛书"至"照诸幻之空也"：参苏轼《竹阁》诗注〔七〕。禅定，佛教名词，"禅"和"定"的合称。禅，梵文音译"禅那"之略，意译为"静虑""弃恶"等，谓心注一境、正审思虑。定，梵文意译，亦译为"等持"，谓心专注一境而不迷乱的精神状态。照诸幻之空，佛家认为现实世界都是空幻的。

〔八〕"故其还朝为从官"四句：《旧唐书·白居易传》："（杭州刺史）秩满，除太子左庶子，分司东都。宝历中，复出为苏州刺史。文宗即位，征拜秘书监，赐金紫。九月上诞节，召居易与僧惟澄、道士赵常盈对御讲论于麟德殿。居易论难锋起，辞辨泉注。上疑宿构，深嗟挹之。太和二年正月，转刑部侍郎，封晋阳县男，食邑三百户。三年称病东归，求为分司官。……致身散地，冀于远害。凡所居官，未尝终秩，率以病免，固求分务，识者多之。""还朝"即指自杭州、苏州还朝，"为从官"即指除太子左庶子、拜秘书监。从官：《汉书·文帝纪》颜师古注："亲近天子，常侍从者皆是也。""分司东洛"即"分司东都"，"称病东归，求为分司官。"洛阳在长安之东，为东都。

〔九〕中：心中。

〔一○〕"然乐天处世"至"而不能已耳"：唐代穆宗至宣宗年间（821—859），以牛僧孺、李宗闵为首和以李德裕为首的朋党间争权夺利的斗争，持续近四十年。《旧唐书·白居易传》："李宗闵、李德裕朋党事起，是非排陷，朝升暮黜，天子亦无如之何。杨颖士、杨虞卿与宗闵善，居易妻，颖士从父妹也。居易愈不自安，惧以党人见斥，乃求致身散地，冀于远害。"同书谓白居易在牛、李党争中"终不附离"，"完节自高"。不倚，即不偏不倚，保持中立。附丽，亦作"附离"，附着，依附。

〔一一〕会昌：唐武宗年号（841—846）。

〔一二〕李文饶：李德裕，字文饶，赵郡（治今河北赵县）人，牛李党争中李派首领。840年九月武宗即位后不久任相。

〔一三〕"乐天适已七十"三句：《旧唐书·白居易传》："会昌中（会昌二年，842），请罢太子少傅，以刑部尚书致仕。""大中元年（即会昌六年，846）卒，时年七十六。""不一二年而没"言时间之短，非准确数字。

〔一四〕"然乐天每闲冷衰病"四句：这类诗在白居易集中较多，如《感旧》诗云："晦叔（崔玄亮）坟荒草已陈，梦得（刘禹锡）墓湿土犹新。微之（元稹）捐馆将一纪，杓直（李建）归丘二十春。……四人先去我在后，一枝蒲柳衰残身。……人生莫羡苦长命，命长感旧多悲辛。"

〔一五〕"至其闻文饶"至"此决非乐天之诗"：《旧唐书·李德裕传》载李德裕因受牛派打击，于"大中二年（848），自洛阳水路经江、淮赴潮州。其年冬，至潮阳，又贬崖州

616

司户。"次年病卒。朱崖，旧郡名，汉置，唐武德初改为崖州，治所在舍城（今海南海口市琼山区东南）。胡仔《苕溪渔隐丛话后集》卷十三书苏辙此文后云："及其（李德裕）贬（崖州司户）也，（白居易）故为诗云：'昨夜新生黄雀儿，飞来直上紫藤枝。摆头撼脑花园里，将为春光总属伊。'开园不解栽桃李，满地惟闻种蒺藜。万里崖州君自去，临行惆怅欲怨谁？''乐天曾任苏州日，要勒烦文用礼仪。从此结成千万根，今朝果中白家诗。'然《醉吟先生传》及《实录》皆谓白居易会昌六年卒，而德裕贬于大中二年，或谓此诗为伪。余又以《新唐书》二人本传考之，会昌初，白居易以刑部尚书致政，六年卒。李德裕大中二年贬崖州司户参军，会昌尽六年，距大中二年，正隔三年，则此三诗非乐天所作明甚。"刻覈：刻薄苛严。会昌末年指唐武宗会昌六年（846），"大中之初"指唐宣宗大中二年（848）。

附录

茅坤：予观苏氏兄弟于斥废后。并托禅宗一脉以自解脱，此类可见。此篇虽非子由刻意为文，而以罢归颍上之后，时已得禅门宗旨。（《苏文定公文钞》卷二十）

巢谷传[一]

苏 辙

　　巢谷字元修，父中世，眉山农家也[二]，少从士大夫读书，老为里校师[三]。谷幼传父学，虽朴而博。举进士京师，见举武艺者[四]，心好之。谷素多力，遂弃其旧学，畜弓箭[五]，习骑射。久之，业成而不中第。

　　闻西边多骁勇[六]，骑射击刺为四方冠，去游秦、凤、泾、原间[七]，所至友其秀杰。有韩存宝者[八]，尤与之善，谷教之兵书，二人相与为金石交[九]。熙宁中，存宝为河州将，有功，号熙河名将，朝廷稍奇之。会泸州蛮乞弟扰边，诸郡不能制，乃命存宝出兵讨之。存宝不习蛮事，邀谷至军中问焉。及存宝得罪，将就逮，自料必死[一〇]，谓谷曰："我泾、原武夫，死非所惜。顾妻子不免寒饿，橐中有银数百两[一]，非君莫使遗之者。"谷许诺，即变姓名，怀银步行，往授其子，人无知者。存宝死，谷逃避江、淮间[二]，会赦乃出[三]。予以乡闾[四]，故幼而识之，知其志节，缓急可托者也[五]。

予之在朝[六]，谷浮沉里中，未尝一见。绍圣初，予以罪谪居筠州，自筠徙雷，自雷徙循[七]，予兄子瞻亦自惠再徙昌化[八]，士大夫皆讳与予兄弟游，平生亲友无复相闻者。谷独慨然自眉山诵言[九]，欲徒步访吾兄弟。闻者皆笑其狂。元符二年春正月，自梅州遣予书曰[二〇]："我万里步行见公，不自意全[二一]，今至梅矣。不旬日必见[二二]，死无恨矣。"予惊喜曰："此非今世人，古之人也。"既见，握手相泣，已而道平生[二三]，逾月不厌。时谷年七十有三矣，瘦瘠多病，非复昔日元修也。将复见子瞻于海南，予悯其老且病[二四]，止之曰："君意则善，然自此至儋数千里，复当渡海，非老人事也。"谷曰："我自视未即死也，公无止我。"留之不可，阅其橐中无数千钱，予方乏困[二五]，亦强资遣之。船行至新会[二六]，有蛮隶窃其橐装以逃[二七]，获于新州[二八]，谷从之至新，遂病死。予闻哭之失声，恨其不用吾言，然亦奇其不用吾言而行其志也。

昔赵襄子厄于晋阳，知伯率韩、魏决水围之，城不沉者三版。县釜而爨，易子而食，群臣皆懈，惟高恭不失人臣之礼。及襄子用张孟谈计，三家之围解，行赏群臣，以恭为先，谈曰："晋阳之难，惟恭无功，曷为先之？"襄子曰："晋阳之难，君臣皆懈，惟恭不失人臣之礼，吾是以先之。"[二九]谷于朋友之义，实无愧高恭者，惜其不遇襄子，而前遇存宝，后遇予兄弟。予方杂居南夷[三〇]，与之起居出入，盖将终焉，虽知其贤，尚何以发之？闻谷有子蒙在泾原军中[三七]，故为作传，异日以授之。谷始名毂，及见之循州，改名谷云。

（《栾城后集》卷二十四）

注

〔一〕元符二年（1099）贬居循州（治所在今广东龙川）时作。巢谷（1027—1099）：

618

初名穀，字元修，苏辙的同乡，《宋史》卷四百五十九入《卓行传》。本文首叙巢谷的身世，次叙他与韩存宝的金石之交；接着着重叙述苏辙兄弟还朝官居高位时，沉沦乡里的巢谷从不高攀他们，而他们远谪岭南时，年逾七十的巢谷却不远万里，徒步到岭南慰问他们兄弟二人，终于死在去儋州探望苏轼的途中。文章以此作对比，展现了巢谷的可贵品质，感人至深。末段拓开一层，以古人高恭比巢谷，进一步表达了对巢谷的尊敬。

〔二〕眉山：今四川眉山市。

〔三〕里校：乡里学校。

〔四〕举武艺：即"武举"，贡举科目之一。《宋史·选举志三》："天圣八年，亲试武举十二人，先阅其骑射而试之，以策为去留，弓马为高下。"

〔五〕畜：通"蓄"。

〔六〕骁勇：指勇猛矫健的人。

〔七〕秦：秦州，今甘肃天水。凤：凤州，今陕西凤县东北。泾：泾州，今甘肃泾川北。原：原州，今宁夏固原。

〔八〕韩存宝：《宋史》无传。据《宋史·忠义传七》载，熙宁中，景思立知河州，韩为钤辖，夏人以书抵思立，词不逊，思立不能忍，帅兵六千攻之于踏白城。韩等交止之，不听。后为夏人所围，思立、存宝突围出。《宋史·卓行传》："熙宁中，存宝为河州将，有功，号熙河名将。"元丰中，泸州蛮反，诏韩存宝讨之，以擅引兵还，被斩。（详下）

〔九〕金石交：谓交谊深厚，如金石之坚固。《汉书·韩信传》："今足下虽自以为与汉王为金石交，然终为汉王所擒矣。"

〔一○〕"会泸州蛮乞弟扰边"至"自料必死"：泸州蛮，宋少数族名，居今四川南部及贵州北部，种落甚多。庆历初，建姚州，以乌蛮（族名）王子得盖为刺史。得盖死后，乌蛮有二酋领，一是晏子，一是斧望箇恕。乞弟为箇恕之子（详见《宋史·蛮夷四》）。江少虞《宋朝事实类苑》卷七十六《泸州蛮》："元丰三年，泸州蛮乞弟犯边，诏四方馆使韩存宝将兵讨之。乞弟所居曰归来州，距泸州东南七百里。十月，存宝出兵，值久雨，十余日出寨，才六十余里，留屯不进。遣人诏乞弟，有文书服罪请降，军中食尽，存宝引还。自发泸州至还，凡六十余日。朝廷责其不待诏，擅引兵还，命知杂御史何正臣就按斩之。"苏轼《答李琮书》："今韩存宝诸军，既不敢与乞弟战，但翱翔于近界百余里间……械存宝狱中。"

〔一一〕橐：袋子。

〔一二〕江、淮：长江、淮河。所谓"谷逃避江、淮间"，实际即逃到黄州，教苏轼之子读书。苏轼《大寒步至东坡赠曹三》王文诰按："韩存宝坐逗留无功伏诛，在元丰四年七月内。是巢谷逃避江、淮，仅年余之事。其至黄（州），正在变姓名时也。公馆之雪堂，使迨、过二子受业，逾年归蜀。"

〔一三〕会赦乃出：赦情不详。苏轼《元修菜》托巢谷"归致其（种）子"，显为巢谷将返蜀时所作。诗叙有"余去乡十有五年"语，苏轼于熙宁元年冬离蜀，下推十五年，则为元丰六年。王文诰《苏诗总案》卷二十二谓巢谷辞归眉山，当在"六年冬杪"，是大体可信的。

〔一四〕乡闾：乡里、家乡，此谓同乡。

〔一五〕缓急：偏义复词，困厄，情势急迫。《史记·游侠列传》："且缓急人之所时有也。"

〔一六〕予之在朝：苏辙于元祐元年（1086）二月还朝，至绍圣元年（1094）四月出知汝州，在朝凡九年。

〔一七〕"绍圣初"四句：绍圣元年七月苏辙分司南京，筠州居住；绍圣四年复迁雷州；元符元年（1098）复迁循州，直至元符三年还居颍昌。苏辙《龙川略志·引》："余自筠徙雷，自雷徙循，二年之间，水陆几万里。"

〔一八〕予兄子瞻亦自惠再徙昌化：绍圣元年苏轼贬官惠州，绍圣四年再谪儋州。儋州于熙宁六年（1073）改为昌化军，见《儋县志》卷一《沿革》。

〔一九〕慨然：愤激貌。诵言：谓陈述他的想法。

〔二〇〕梅州：治所在今广东梅县。

〔二一〕不自意全：自己没有料到能保全。《庄子·庚桑楚》："全汝形。"

〔二二〕不旬日：谓要不了多久。旬，十天。

〔二三〕已而：旋即，接着就。

〔二四〕愍：哀怜。

〔二五〕予方乏困：苏辙《龙川略志·引》自述云："老幼百数十指，衣食仅自致也。平生家无尤物，有书数百卷，尽付之他人。既之龙川，虽僧庐道室，法皆不许入。哀橐中之余五十千以易民居，大小十间，补苴弊漏，粗庇风雨。"

〔二六〕新会：今广东省新会县。

〔二七〕隶：差役。

〔二八〕新州：治所在今广东新兴。

〔二九〕"昔赵襄子厄于晋阳"至"吾以是先之"：《史记·赵世家》："知伯乃立昭公曾孙骄，是为晋懿公。知伯益骄。请地韩、魏，韩、魏与之。请地赵，赵不与，以其围郑之辱。知伯怒，遂率韩、魏攻赵。赵襄子惧，乃奔保晋阳。三国（晋、韩、魏）攻晋阳，岁余，引汾水灌其城，城不浸者三版。城中悬斧而炊，易子而食。群臣皆有外心，礼益慢，唯高共（恭）不敢失礼。襄子惧，乃夜使相张孟同（司马迁避父谈讳，改谈为同）私于韩、魏，韩、魏与合谋，以三月丙戌，三国（赵、韩、魏）反灭知氏，共分其地。于是襄子行赏，高共为上。张孟同曰：'晋阳之难，唯共无功。'襄子曰：'方晋阳急，群臣皆懈，惟共不敢失人臣礼，是以先之。'"厄，苦难，困穷。晋阳，古邑名，故址在今山西太原市南晋源镇，战国时属赵。决，开通水道放水。版，《史记·赵世家》引何休云："八尺曰版"。县，通"悬"。釜，古代炊器。爨（cuàn），烧火煮饭。曷，为什么。

〔三〇〕南夷：南方少数民族聚居之地，此指龙川。

〔三一〕闻谷有子蒙在泾原军中：苏轼《与孙叔静书》："眉山人有巢谷者，字元修，曾应进士武举，皆无成，笃于风义，已七十余矣。闻某谪海南，徒步万里，来相劳问，至新兴病亡，官为稿殡，录其遗物于官库。元修有子蒙在里中，某已使人呼蒙来迎丧，颇助其路费，仍约过永而南，当更资之，但未到耳。旅殡无人照管，或毁坏暴露，愿公愍其不幸，因巡检至其所，特为一言于彼守令，得稍修治其殡，常戒主者保护之，以须其主之至，则恩及存亡耳。"可与本文参读。

附录

茅坤：叙谷豪举处有生色，可爱。（《苏文定公文钞》卷十八）

藏书室记〔一〕

苏 辙

予幼师事先君〔二〕，听其言，观其行事。今老矣，犹志其一二〔三〕。先君平居不治生业，有田一廛〔四〕，无衣食之忧；有书数千卷，手缉而校之〔五〕，以遗子孙。曰："读是，内以治身，外以治人〔六〕，足矣。此孔氏之遗法也〔七〕。"先君之遗言今犹在耳，其遗书在椟〔八〕，将复以遗诸子，有能受而行之，吾世其庶矣乎〔九〕！

盖孔氏之所以教人者，始于洒扫应对进退。及其安之，然后申之以弦歌，广之以读书，曰道在是矣〔一〇〕。仁者见之斯以为仁，智者见之斯以为智矣〔一一〕。颜、闵由是以得其德，予、赐由是以得其言，求、由由是以得其政，游、夏由是以得其文〔一二〕。皆因其才而成之。譬如农夫垦田，以植草木，小大长短，甘辛咸苦，皆其性也。吾无加损焉，能养而不伤耳。

孔子曰：“十室之邑，必有忠信如丘者焉，不如丘之好学也〔一三〕。”如孔子犹养之以学而后成，故古之知道者必由学〔一四〕，学者必由读书。傅说之诏其君亦曰〔一五〕：“学于古训，乃有获。”“念终始典于学，厥德修罔觉。”〔一六〕而况余人乎？子路之于孔氏，有兼人之才而不安于学〔一七〕，尝谓孔子有民人社稷，何必读书然后为学〔一八〕，孔子非之。曰：“汝闻六言六蔽矣乎？好仁不好学，其蔽也愚；好智不好学，其蔽也荡；好信不好学，其蔽也贼；好直不好学，其蔽也绞；好勇不好学，其蔽也乱；好刚不好学，其蔽也狂〔一九〕。”凡学而不读书者，皆子路也。信其所好，而不知古人之成败与所遇之可否，未有不为病者〔二〇〕。

虽然，孔子尝语子贡矣，曰：“赐也，汝以予为多学而识之者欤？”曰：“然，非欤？”曰：“非也，予一以贯之〔二一〕。”一以贯之，非多学之所能致〔二二〕，则子路之不读书未可非耶？曰：非此之谓也。老子曰：“为学日益，为道日损〔二三〕。”以日益之学，求日损之道，而后一以贯之者，可得而见也。孟子论学道之要曰：“必有事焉而勿正，心勿忘，勿助长也〔二四〕。”心勿忘则莫如学，必有事则莫如读书。朝夕从事于诗书，待其久而自得，则勿忘勿助之谓也。譬之稼穑〔二五〕，以为无益而舍之，则不耘苗者也；助之长，则揠苗者也〔二六〕。以孔、孟之说考之，乃得先君之遗意。

（《栾城三集》卷十）

注

〔一〕崇宁三年（1104）苏辙从汝南还居颍昌后不久，就一面买屋，一面改筑。大观元年（1107）筑室盈百间，“藏书室”为其一。苏辙晚年闲居颍昌的主要生活内容之一就是“教敕诸子弟”（《次韵子瞻感旧》）。本文虽为“记”，但并未记藏书室，实际上是一篇劝学的文章。全文历举孔子、傅说、老子、孟子以及父亲苏洵的遗言，既强调了读书学习的重要性，又说明了学习对于生活实践来说是第二位的。在教育方法上，主张因材施教，即"因其才而成之"；在学习方法上，主张循序渐进，"待其久而自得"，反对"揠苗助长"。这些，对今人仍是有所启发的。

〔二〕予幼师事先君：先君指苏洵。苏辙《再祭亡兄端明文》："惟我与兄，出处昔同。幼学无师，先君是从。游戏图书，寤寐其中。"《历代论引》："予少而力学，先君，予师也。"

〔三〕志：通"誌"，记在心里。

〔四〕廛：古代一夫之田，即百亩，此非实指。

〔五〕缉：会合。手缉谓亲手收集。校：校订。

〔六〕"内以治身"二句：苏辙《历代论引》记苏洵言云："士生于世，治气养心，无恶于身。推是以施之人，不为苟生也；不幸不用，犹当以其所知，著之翰墨，使人有闻焉。"意同此。

〔七〕孔氏：指孔子，下同。孔子说："用之则行，舍之则藏。"（《论语·述而》）"天下有道则见，无道则隐。"（《论语·泰伯》）"'君子疾没世而名不称焉。吾道不行矣，吾何以自见于后世哉！'乃因史记作《春秋》。"（《史记·孔子世家》引孔子语）以上即苏洵所本。

〔八〕椟：木柜，此指书柜。

〔九〕吾世其庶矣乎：谓我这一生就差不多了（表示满意）。庶，庶几，差不多。

〔一〇〕"盖孔氏之所以教人者"至"曰道在是矣"：《论语·子张》："子曰：'子夏之门人小子，当洒扫应对进退则可矣，亦末矣；本之则无如之何'。"《史记·孔子世家》："孔子以诗书礼乐教。"在孔子看来，教之以洒扫应对进退是最起码的，更重要的是教以诗书礼乐，道在诗书礼乐中。

〔一一〕"仁者见之斯以为仁"二句：语出《周易·系辞上》，文字略有不同。

〔一二〕"颜、闵由是以得其德"四句：《史记·仲尼弟子列传》："孔子曰：'受业身通者七十有七人'，皆异能之士也。德行：颜渊，闵子骞，冉伯牛，仲弓。政事：冉有，季路。言语：宰我，子贡。文学：子游，子夏。"颜即颜渊，闵即闵子骞，予即宰予（字子我，又称宰我），赐即端木赐（字子贡），求即冉求（字子有，又称冉有），由即仲由（字子路，又字季路），游即言偃（字子游），夏即卜商（字子夏）。

〔一三〕"十室之邑"三句：语见《论语·公冶长》。十室之邑指住有十户人家的地方。忠信：忠诚和信实。

〔一四〕知道者：懂得道的人。

〔一五〕傅说：商王武丁的大臣。相传原是傅岩地方从事版筑的奴隶，后被武丁任为大臣，治理国政。其君，指武丁。

〔一六〕"学于古训"二句和"念终始典于学"二句：语见《尚书·说命下》。《尚书·说命上》："高宗（即武丁）梦得（傅）说，使百工营求诸野，得诸傅岩，作《说命》三篇。""学于"二句孔安国传云："王者求多闻以立事，学于古训乃有所得。""念终"二句孔安国传云："终始常念学，则其德之修无能自觉。"

〔一七〕兼人：胜过人。《论语·先进》孔子云："由（即子路）也兼人。"《史记·仲尼弟子列传》："子路性鄙，好勇力，志伉直。"孔子云："由也好勇过我。"

〔一八〕"尝谓孔子有民人社稷"二句：《论语·先进》："子路曰：'有民人焉，有社稷焉，何必读书，然后为学？'子曰：'是故恶夫佞者。'"民人，即今日所谓"人民"，老百姓。社，土地之神。稷，五谷之神。社稷此指土地和五谷。

〔一九〕"汝闻六言六蔽矣乎"至"其蔽也狂"：见《论语·阳货》。原文在"六蔽矣乎"后有"对曰'未也'。'居！吾语汝。'"言，名曰"言"，实指"德"。愚，朱熹《论语集注》云："愚若可陷可罔之类。"即容易被人愚弄。荡，孔安国云："荡，无所适守也。""好信"二句：管同《四书纪闻》："大人之所以不必信者，惟其为学而知义之所在也。苟好信不好学，则惟知重然诺而不明事理之是非，谨厚者则硁硁为小人；苟又挟以刚勇之气，必如周、汉刺客游侠，轻身殉人，扞文网而犯公义，自圣贤观之，非贼而何？"信，诚。贼，害。直，直率。绞，指说话尖刻，刺痛人心。

〔二〇〕病：弊害，困乏。

〔二一〕"赐也"至"予一以贯之"：见《论语·卫灵公》。一以贯之：《论语·里仁》："子曰：'参乎！吾道一以贯之。'曾子曰：'唯。'子出，门人问曰：'何谓也？'曾子曰：'夫子之道，忠恕而已矣'。"即孔子以"忠恕"这个基本概念贯穿他的整个学说。忠、恕以孔子自己下的定义来说，就是"己欲立而立人，己欲达而达人"和"己所不欲，勿施于人。"

〔二二〕致：达到，求得。

〔二三〕"为学日益"二句：语见《老子》第四十八章。谓从事于学问，一天比一天增加；从事于"道"，一天比一天减少。

〔二四〕"必有事焉而勿正"三句：语见《孟子·公孙丑上》，是孟子就培养内心"浩然之气"而说的几句话，谓一定要培养它（"浩然之气"），但不要有特定的目的，心里不要忘记，但也不要（违背规律）帮助它生长。正，王夫之《孟子稗疏》云："'正'读如《士昏礼》'必有正焉'之'正'。正者，徵也，的也，指物以为徵准使必然也。"

〔二五〕稼穑：播种和收获。

〔二六〕"以为无益而舍之"四句：《孟子·公孙丑上》："宋人有闵其苗之不长而揠之者，芒芒然归，谓其人曰：'今日病矣！予助苗长矣！'其子趋而往视之，苗则槁矣。天下之不助苗长者寡矣。以为无益而舍之者，不耘苗者也；助之长者，揠苗者也——非徒无益，而又害之。"耘，除草。揠，拔。

待月轩记〔一〕

苏　辙

昔予游庐山〔二〕，见隐者焉，为予言性命之理〔三〕，曰："性犹日也，身犹月也。"予疑而诘之〔四〕。则曰："人始有性而已，性之所寓为身。天始有日而已，日之所寓为月。日出于东，方其出也，万物咸赖焉〔五〕。有目者以视，有手者以执，有足者以履。至于山石草木，亦非日不遂〔六〕。及其入也，天下黯然〔七〕，无物不废，然日则未始有变也。惟其所寓，则有盈阙，一盈一阙者月也。惟性亦然，出生入死，出而生者未尝增也，入而死者未尝耗也，性一而已。惟其所寓则有死生，一生一死者身也。虽有生死，然而死此生彼，未尝息也。身与月皆然，古之治术者知之〔八〕，故日出于卯谓之命〔九〕，月之所在谓之身。日入地中，虽未尝变，而不为世用，复出于东，然后物无不睹，非命而何？月不自明，由日以为明，以日之远近为月之盈阙，非身而何？此术也，而合于道。世之治术者知其说，不知其所以说也。"

予异其言，而志之久矣〔一○〕。筑室于斯，辟其东南为小轩。轩之前廓然无障〔一一〕，几与天际〔一二〕。每月之望〔一三〕，开户以须月之至〔一四〕。月入吾轩，则吾坐于轩上，与之徘徊而不去。一夕举酒延客〔一五〕。道隐者之语。客漫不喻曰〔一六〕："吾尝治术矣，初不闻是说也。"予为之反复其理，客徐悟曰："唯唯。"因志其言于壁。

（《栾城三集》卷十）

〔一〕大观元年（1107）苏辙闲居颍昌筑室盈百间，在居室东南建一小轩，名待月轩，作此《记》。这篇《记》写他有天晚上同一位客人在待月轩讨论"性命之理"，养身之术。他认为身与性的关系犹如月与日的关系。日之所寓为月，月有盈有阙，日虽有出有入却"未始有变"。性之所寓为身，身有生有死，但"性一而已"，也是不变的。苏辙认为有一种不变的性，当然是错误的。但他的目的在于说明一个人无论处境如何变化，都应独立不移，这对一个身处劣境的人来说，未尝没有意义。他在这里用抽象的玄理所要说明的无非是"苦寒不改色"的松柏精神："此心点检终如一，时事无端日日新"（《栾城后集》卷四《岁暮口号二绝》）；"岁云暮矣谁能守？唯有此心初不移"（《栾城三集》卷一《守岁》）。苏辙还把《待月轩记》中的思想概括在《初成遗老斋待月轩藏书室三首》诗中："怜渠生死未能免，顾我盈亏略已通。"月有盈亏，但实际上并无消长。人有遇不遇，但志可不移。有生必有死，但精神可以不朽。这就是苏辙"略已通"的生死盈亏之理。

〔二〕昔予游庐山：指元丰三年（1080）夏六月苏辙赴筠州贬所，途经江州（今江西九江），游庐山。

〔三〕性命：古代哲学范畴。《易·乾》："乾道变化，各正性命"。古代哲人有的认为人、物之性都是天生的，人性是天命或天理在人身上的体现。如《礼记·中庸》："天命之谓性"；孟子提出"存心"以"养性"和"修身"以"立命"的主张（《孟子·尽心》）；程颐认为"在天为命，在人为性"（《二程遗书》第十八），基本上是唯心的。有的则不同意这种观点，如王充强调人生性命皆"初禀自然之气"，"命谓初所禀得而生也，人生受性则受命矣"（《论衡·初禀》），有一定积极意义。本文所谈的"性命之理"是属前一种观点。

〔四〕诘：问。

〔五〕万物咸赖：谓万物都依靠它生长。

〔六〕遂：成功，顺利，引申为成长。《礼记·乐记》："气衰则生物不遂。"

〔七〕黯然：阴暗貌。

〔八〕治术者：指讲天文和阴阳灾异的方士。

〔九〕卯：十二时辰之一，早晨五时至七时。

〔一〇〕志：通"诮"，记。

〔一一〕廓然：空阔貌。

〔一二〕际：交会，会合。

〔一三〕望：农历每月十五日。

〔一四〕须：等待。《诗·邶风·匏有苦叶》："卬须我友。"

〔一五〕延：邀请。

〔一六〕漫：随意，不在意。

附录

茅坤：文不著意，而援隐者之言论身与性，似入解。（《苏文定公文钞》卷十九）

卜居赋〔一〕 并引

苏 辙

昔予先君，以布衣学四方，尝过洛阳，爱其山川，慨然有卜居意，而贫不能遂〔二〕。予年将五十，与兄子瞻皆仕于朝〔三〕，裒橐中之余，将以成就先志〔四〕，而获罪于时，相继出走〔五〕。予初守临汝，不数月而南迁，道出颍川，顾犹有后忧，乃留一子居焉，曰："姑糊口于是。"〔六〕既而自筠迁雷，自雷迁循，凡七年而归〔七〕。颍川之西三十里有田二顷，而僦庐以居〔八〕。西望故乡，犹数千里，势不能返。则又曰："姑寓于此。"居五年，筑室于城之西，稍益买田，几倍其故，曰："可以止矣。"〔九〕盖卜居于此，初非吾意也。昔先君相彭、眉之间为归全之宅，指其庚壬曰："此而兄弟之居也。"〔一〇〕今子瞻不幸已藏于郏山矣〔一一〕，予年七十有三，异日当追蹈前约。然则颍川亦非予居也。昔贡少翁为御史大夫，年八十一，家在琅琊，有一子年十二，自忧不得归葬。元帝哀之，许以王命办护其丧〔一二〕。谯允南年七十二终洛阳，家在巴西，遗令其子轻棺以归〔一三〕。今予废弃久矣，少翁之宠非所敢望，而允南旧事庶几可得。然平昔好道，今三十余年矣〔一四〕。老死所未以免，而道术之余，此心了然，或未随物沦散，然则卜居之地，惟所遇可也。作《卜居赋》以示知者。

吾将卜居，居于何所？西望吾乡，山谷重阻。兄弟沦丧，顾有诸子〔一五〕。吾将归居，归与谁处？寄籍颍川，筑室耕田。食粟饮水，若将终焉。念我先君，昔有遗言：父子相从，归安老泉〔一六〕。阅岁四十〔一七〕，松竹森然。诸子送我，历井扪天〔一八〕。汝不忘我，我不忘先。庶几百年〔一九〕，归扫故阡。我师孔公，师其致一。亦入瞿昙、老聃之室〔二〇〕。此心皎然，与物皆寂。身则有尽，惟心不没。所遇而安，孰匪吾宅〔二一〕？西从吾父，东从吾子。四方上下，安有常处？老聃有言：夫惟不居，是以不去〔二二〕。

（《栾城三集》卷五）

注

〔一〕卜居：择地居住。政和元年（1111）闲居颍昌（今河南许昌市东）时作。苏辙自三十岁时居父丧回京以后，再也没有机会返蜀。元符三年（1100）苏辙兄弟自岭南北归，任便居住时，苏辙直归颍昌，苏轼则在颍昌、常州之间犹豫不决。二人都不敢提出回蜀居住，除了因故庐荒芜，年近衰暮，路途遥远外，主要原因是与蜀中赵捴一案有关。《朱子语类》卷一百三十三云：“蜀中有赵教授（赵捴）者，因二苏斥逐，以此摇动人心，遂反”。结果赵捴兄弟被诛，父母妻子皆被流窜。苏辙兄弟若回故乡居住，必然给政敌以话柄，所以苏辙晚年卜居颍昌的心情是很矛盾的：一方面他因父亲有卜居洛阳之意，故在颍昌买田置宅，“以成就先志”；另一方面故乡“势不能返”，而父亲又曾指着先茔对他们兄弟二人说“此而兄弟之居也”，因此他又准备“追蹑前约”，归葬故乡。这篇赋即表达了苏辙晚年流落他乡的矛盾痛苦心情，以及对故乡的无限思念。

〔二〕“昔予先君”至“而贫不能遂”：苏洵《（嘉祐）丙申岁（1056），余在京师……尝有意于嵩山之下，洛水之上，买地筑室，以为休息之馆，而未果》（《嘉祐集》卷二十）并为诗云：“经行天下爱嵩岳，势欲买地居妻孥”。苏轼《别子由三首兼别迟》：“先君昔爱洛城居。”布衣，平民。遂，如意。

〔三〕“予年将五十”二句：元祐元年（1086）苏辙四十八岁时罢绩溪令至京师，除右司谏，直至绍圣元年（1094）以门下侍郎出知汝州，一直在朝做官。元丰八年（1085）苏轼自登州任上被召还朝任礼部郎中，直至元祐四年三月以龙图阁学士出知杭州，一直在朝做官；其后则奔波于朝廷和地方任上。

〔四〕"袁橐中之余"二句：苏辙《颍滨遗老传》："有田在颍川。"苏辙置田颍川大约在元祐五年后不久，元祐五年苏辙作《送文彦博致仕还洛》诗："我欲试求三亩宅，从公他日赋归欤。"自注云："先人昔游洛中，有卜筑之意，不肖常欲率就先志，顾未暇耳。"袁，聚集。橐，口袋。

〔五〕"而获罪于时"二句：苏辙绍圣元年"获罪"贬知汝州事见《汝州龙兴寺修吴画殿记》注〔一四〕。这年苏轼也以"诽谤先帝"的罪名贬知英州（今广东英德）。未至贬所，又再谪为远宁军节度副使，惠州（今广东惠阳）安置。

〔六〕"予初守临汝"至"姑糊口于是"：绍圣元年四月苏辙到达汝州（今河南临汝）贬所；六月贬袁州（今江西宜春），赴袁途经颍川（今河南禹县，宋属颍昌府）；七月再谪，分司南京，筠州居住。九月到达筠州。"一子"疑为"二子"（苏迟、苏适）之误。苏辙《次迟韵》："三子留二子，嵩少道路长。累以二媳女，辛勤具糇粮。"

〔七〕"既而自筠迁雷"三句：见苏辙《巢谷传》注〔一七〕。

〔八〕"颍川之西三十里有田二顷"二句：崇宁元年（1102）苏辙作《十一月十三日雪》："我田在城西。"崇宁四年作《和迟田舍杂诗九首并引》："中窜岭南，诸子不能尽从，留之颍滨，买田筑室，赊饥寒之患。既蒙恩北还，因而居焉。"僦，租赁。苏辙还居颍昌后，因人口太多，不断租买房屋，如租卜氏宅（《闻诸子欲再质卜氏宅》）；还买了南邻孙家的房子（《初得南园》）；又有柴氏厅三间要卖，他因经济困难而未买（《因旧》）；《葺东斋》云："况复非吾庐，聊耳避风雨。"说明东斋也是租的。

〔九〕"居五年"至"可以止矣"：指大观元年（1107）苏辙在颍昌城西西湖之滨筑成房屋百余间，此时他已闲居颍昌五年。崇宁二年（1103）他曾独居汝南（今属河南）一年。

〔一〇〕"昔先君相彭、眉之间"三句：彭，彭州（今四川彭州市）。眉，眉州（今四川眉山市）。归全之宅：安葬之地。归全亦作"全归"。《论语·泰伯》集注引程子语："君子（死）曰终，小人曰死。全子保其身以没，为终其事也。故曾子以全归为免矣。"庚壬，古以干支代表方位，庚壬指西北方。而，尔，你们。

〔一一〕今子瞻不幸已藏于郏山矣：建中靖国元年（1101）七月苏辙卒于常州，次年闰六月葬于汝州郏城县钧台乡上瑞里嵩阳峨眉山（即今河南郏县三苏坟）。

〔一二〕"昔贡少翁为御史大夫"至"办护其丧"：贡禹字少翁，琅琊（治所在今山东诸城）人，汉元帝初即位时为谏议大夫，后任御史大夫，数月而卒。《汉书·贡禹传》载贡禹上书元帝云："臣禹犬马之齿八十一，血气衰竭，耳目不聪明……自痛去家三千里，凡有一子，年十二，非有在家为臣具棺椁者也。诚恐一旦蹎仆气竭，不复自还，泞席荐于宫室，骸骨弃捐，孤魂不归。不胜私愿，愿乞骸骨，及身生归乡里，死亡所恨。"元帝报曰："夫以王命办护生家，虽百子何以加！"

〔一三〕"谯允南年七十二终洛阳"三句：谯周字允南，三国时蜀汉巴西（治所在今四川阆中）人。《三国志·蜀书·谯周传》载咸熙六年（269）冬谯周以散骑常侍卒于洛阳，时"年过七十"。裴松之注云："（谯）周临终属（谯）熙（周长子）曰：'久抱疾，未曾朝见，若国恩赐朝服衣物者，勿以加身。当还旧墓，道险行难，豫作轻棺。殡敛已毕，上还所赐。'"

〔一四〕"然平昔好道"二句：苏辙《和（苏）迟田舍杂咏》："少小本好道，意在三神州。"他在青年时代就作有《老聃论》，在贬官筠州期间又开始作《老子解》，贬筠至此时已"三十余年。"《颍滨遗老传》："谪监筠州盐酒税，五年不得调。……老子书与佛书大类而世不知，亦欲为之注。"

〔一五〕顾：回视，环视。诸子：指自己和苏轼的后代。

〔一六〕老泉：指眉山先茔老翁泉。

〔一七〕阅岁四十：苏辙自熙宁元年（1068）居父丧后返京至作此赋时，已四十余年。

〔一八〕历井扪天：井，星宿名，属双子座。李白《蜀道难》："扪参历井仰胁息，以手抚膺坐长叹。""历井扪天"与"扪参历井"同义，皆形容仰天长叹。

〔一九〕庶几：表希望、推测之词。百年：死的讳称。《诗·唐风·葛生》："百岁之后，归于其居。"

〔二〇〕"我师孔公"四句：谓自己兼学儒（孔公）、释（瞿昙）、道（老聃）。

〔二一〕匪：通"非"。

〔二二〕"夫惟不居"二句：语见《老子》第二章。《老子》本谓正由于不居功，所以才不会失去功绩。此处"居"指居住。

管幼安画赞 并引〔一〕

苏 辙

予自龙川归居颍川十有三年〔二〕，杜门幽居，无以自适，稍取旧书阅之，将求古人而与之友。盖于三国得一焉，曰管幼安宁。幼安少而遭乱，渡海居辽东三十七年而归。归于田庐，不应朝命，年八十有四而没。功业不加于人，而予独何取焉？取其明于知时，而审于处己云尔。盖东汉之衰，士大夫以风节相尚，其立志行义贤于西汉。然时方大乱，其出而应世，鲜有能自全者。颍川荀文若以智策辅曹公〔三〕，方其擒吕布〔四〕，毙袁绍〔五〕，皆谈笑而办，其才与张子房比〔六〕。然至于九锡之议，卒不能免其身〔七〕。彭城张子布忠亮刚简〔八〕，事孙氏兄弟，成江东之业。然终以直不见容，力争公孙渊事，君臣之义几绝〔九〕。平原华子鱼以德量重于曹氏〔一〇〕，父子致位三公〔一一〕。然曹公之杀伏后，子鱼将命，至破壁出后而害之〔一二〕。汝南许文休以人物臧否闻于世，晚入蜀依刘璋。先主将克成都，文休逾城出降。虽卒以为司徒，而蜀人鄙之〔一三〕。此四人者，皆一时贤人也。然直己者终害其身〔一四〕，而枉己者终丧其德〔一五〕。处乱而能全，非幼安而谁与哉？旧史言幼安虽老不病，著白帽布襦裤布裙。宅后数十步有流水，夏暑能策杖临水盥手足，行园圃。岁时祀先人，絮帽布单衣荐馔馈，跪拜成礼〔一六〕。予欲使画工以意仿佛画之。昔李公麟善画〔一七〕，有顾、陆遗思〔一八〕，今公麟死久矣，恨莫能成吾意者。姑为之赞曰：

幼安之贤，无以过人，予独何以谓贤？贤其明于知时，审于处己，以能自全。幼安之老，归自海东。一亩之宫，闭不求通。白帽布裙，舞雩而风〔一九〕。四时烝尝〔二〇〕，馈奠必躬〔二一〕。八十有四，蝉蜕而终〔二二〕。少非汉人，老非魏人。何以命之。何以命之？天之逸民。

（《栾城三集》卷五）

注 —————————————

〔一〕政和二年（1112）闲居颍昌时作，这年十月三日苏辙就去世了。管宁，见苏轼《十月二日初到惠州》注〔五〕。本文把管宁和三国天下大乱之时"出而应世"的荀彧、张昭、华歆、许靖作对比，赞扬管宁"明于知时而审于处己"，"处乱而能全"，感叹后四人"直己者终害其身，而枉己者终丧其德"，含蓄地说明了作者晚年之所以杜门深居颍昌，也在于"知时""处己"。当时蔡京当权，将大乱，苏辙死后十五年北宋就灭亡了。

〔二〕"予自龙川"句：元符三年（1100）苏辙从循州（龙川为其治所）还居颍昌，直至去世，共十三年。

〔三〕荀文若：即荀彧（163—212），颍川颍阴（今河南许昌）人，初依袁绍，后归曹操，初任司马，后任尚书令，成为曹操谋士。曾建议曹操迎汉献帝归许，挟天子以令诸侯，取得政治上的主动地位。又为曹操击败吕布、袁绍出谋划策。后因反对曹操称魏公，被迫自杀。事见《三国志·荀彧传》。

〔四〕吕布：见苏辙《三国论》注〔一九〕。《三国志·荀彧传》载，荀彧曾对曹操说："不先取吕布，河北亦未易图也。"

〔五〕袁绍：见苏辙《三国论》注〔一八〕。《三国志·荀彧传》载，在官渡之战中，曹操被袁绍包围，欲退兵。彧曰："公以十分居一之众，画地而守之，扼其喉而不得进，已半年矣。情见势竭，必将有变，此用奇之时，不可失也。"操遂以奇兵袭绍，绍败，不久病死。

〔六〕其才与张子房比：《三国志·荀彧传》："彧去绍从太祖（曹操），太祖大悦曰：'吾之子房也！'"张子房即张良，刘邦谋士。

〔七〕"然至于九锡之议"二句：《三国志·荀彧传》："董昭等谓太祖宜进爵国公，九锡备物，以彰殊勋，密以咨彧。彧以为太祖本兴义兵以匡朝宁国，秉忠贞之诚，守退让之实。君子爱人以德，不宜如此。太祖由是心不能平。会征孙权……太祖军至濡须，彧疾留寿春，以忧没，时年五十。"

〔八〕张子布：张昭（156—236），字子布，彭城（今江苏徐州）人。东汉末渡江，任孙策长史、抚军中郎将。策临卒，以弟孙权托昭。权立，拜辅吴将军。

〔九〕"力争公孙渊事"二句：公孙渊，魏辽东太守，南孙权，权遣使立为燕王。渊恐权远不可恃，斩其使。后自称燕王，为司马懿所杀。《三国志·张昭传》："权以公孙渊称藩，遣张弥、许晏至辽东拜渊为燕王。昭谏曰：'渊背魏惧讨，远来求援，非本志也。若渊改图，欲自明于魏，两使不迫，不亦取笑于天下乎？'权与相反复，昭意弥切。权不能堪，按刀而怒曰：'吴国士人入宫则拜孤，出宫则拜君，孤之敬君，亦为至矣，而数于众中折孤，孤尝恐失计。'……昭忿言之不用，称疾不朝。权恨之，土塞其门，昭又于内以土封之"。

〔一〇〕华子鱼：华歆（157—232），字子鱼，平原高唐（今山东禹城西南）人。汉献帝时，任豫章太守。孙策占有江东后被征入京。"歆至，拜议郎，参司空军事，入为尚书，转侍中，代（荀）彧为尚书令。太祖（曹操）征孙权，表歆为军师。魏国既建，为御史大夫。文帝（曹丕）即王位，拜相国，封安乐乡侯。及践阼，改为司徒。"（《三国志·华歆传》）

〔一一〕父子致位三公：据《三国志·华歆传》，歆子华表，咸熙中为尚书。裴松之注引华峤《谱叙》："华表字伟容，仕晋，历太子少傅、太常。"

〔一二〕"然曹公之杀伏后"三句：《后汉书·伏太后传》载，汉献帝伏皇后讳寿，曾与父伏完书，言曹操残逼献帝之状，令密图之。事泄，操大怒，令华歆入宫收宫。后"闭户藏壁中，歆就牵后出"，"将后下暴室，以幽崩。所生二皇子，皆鸩杀之"。

〔一三〕"汝南许文休"至"蜀人鄙之"：许文休，即许靖，字文休，平兴人。谋诛董卓，事败入蜀依刘璋，为巴郡广汉太守。刘备克蜀，以靖为长使太傅、司徒。事见《三国志·许靖传》。常璩《华阳国志》卷五：刘备围成都，"蜀郡太守汝南许靖逾城出降，〔刘〕璋知，不敢诛。"卷六载，刘备克蜀，"不用许靖。法正说曰：'有获虚誉而无实者，靖也。然其浮名称播海内，人将谓公轻士'。乃以为长史。"

〔一四〕直己者：指荀彧、张昭之类的人。

〔一五〕枉己者：指华歆、许靖之类的人。

〔一六〕"旧史言幼安虽老不病"至"跪拜成礼"：《三国志·管宁传》引族人管贡语："宁常著皂帽，布襦裤，布裙，随时单复，出入闺庭，能自任杖，不须扶持。四时祠祭，辄自力强，改加衣服，著絮巾，故在辽东所有白布单衣，亲荐馔馈，跪拜成礼。……又居宅离水七八十步，夏时诣水中澡洒手足，窥于园圃。"

〔一七〕李公麟：见苏轼《次韵子由书李伯时所藏韩干马》注〔一〕。

〔一八〕顾：顾恺之。陆：陆探微。见苏轼《传神记》注〔二〕〔一〇〕。

〔一九〕舞雩：《论语·先进》："风乎舞雩。"朱熹注："舞雩，祭天祷雨之处，有坛埠树木也。"

〔二〇〕烝尝：祭祀名。《诗·小雅·天保》："禴祠烝尝。"《毛传》："春曰祠，夏曰禴，秋曰尝，冬曰烝。"

〔二一〕馈奠：敬献祭奠。

〔二二〕蝉蜕：古人称有道之人的死为登仙，如蝉脱壳，故叫蝉蜕。

附录

茅坤：子由涉世难后，故其文如此。（《苏文定公文钞》卷二十）

《历代论》引〔一〕

苏 辙

予少而力学。先君〔二〕，予师也。亡兄子瞻〔三〕，予师友也。父兄之学，皆以古今成败得失为议论之要。以为士生于世，治气养心〔四〕，无恶于身〔五〕，推是以施之人，不为苟生也〔六〕。不幸不用，犹当以其所知，著之翰墨〔七〕，使人有闻焉。

予既壮而仕，仕宦之余，未尝废书，为《诗》《春秋》集传〔八〕，因古之遗文〔九〕，而得圣贤处身临事之微意〔一○〕。喟然太息〔一一〕，知先儒昔有所未悟也。其后复作《古史》，所论益广，以为略备矣。

元符庚辰，蒙恩归自岭南，卜居颍川〔一二〕。身世相忘，俯仰六年〔一三〕，洗然无所用心〔一四〕，复自放图史之间，偶有所感，时复论著。然已老矣，目眩于观书，手战于执笔，心烦于虑事，其于平昔之交，益以疏矣。然心之所嗜，不能自已，辄存之于纸，凡四十有五篇，分五卷。

（《栾城后集》卷七）

注

〔一〕苏辙晚年闲居颍昌（今河南许昌）作《历代论》四十五篇。这是继二十五篇《进论》之后的另一组史论。《进论》以评论各朝得失为主。《历代论》则以评价各朝历史人物为主，从远古的尧舜一直评到五代时的冯道，名为论史，实为论政，其中不少篇都是有感于现实而发。这篇《引》历述了作者一生的治学经历以及他们三父子的治学原则。苏氏父子三人治学"皆以古今成败得失为议论之要"，通过研究"古今成败得失"的经验教训，来为宋王朝提供借鉴。文中进一步论述了"治气养心"的目的，首先是为了"施之人"，不能"施之人"才"著之翰墨"，传于后世。可见"治气"是为了治国，而为文的目的也是为治国服务，体现了三苏父子"有为而作"的思想。

〔二〕先君：指父亲苏洵。

〔三〕亡兄子瞻：此文作于崇宁五年（1106），时苏轼已去世五年。

〔四〕治气养心：培养正义之气、善良之心。《荀子·备身》："凡治气养心之术，莫径由礼。"

〔五〕无恶于身：自身没做过坏事。

〔六〕苟生：苟且偷生。

〔七〕翰墨：笔墨，指文章。

〔八〕为《诗》《春秋》集传：《宋史·苏辙传》："所著《诗传》《春秋传》《古史》《老子解》《栾城文集》并行于世"。

〔九〕因：根据。

〔一〇〕处身临事之微意：对待自己和对待外事外物的深刻用意。

〔一一〕喟然：感叹声。太息：叹息。

〔一二〕"元符庚辰"三句：元符庚辰即1100年。苏辙从绍圣元年（1094）起先后贬官汝州（今河南临汝）、筠州（今江西高安）、雷州（今广东海康境内）、循州（今广东龙川），直到徽宗即位，才北归居颍川，直至去世。

〔一三〕俯仰六年：据此可知此文作于崇宁五年（1106）。

〔一四〕洗然：一尘不染的样子。

附录

茅坤：《历代论》四十五首，盖子由于罢官颍上时，其年已老，其气已衰，无复向所为飘飘驰骤，若云之出岫者，马之下坂者之态。然而阅世既久，于古今得失处，参验已熟。虽无心于为文，而其折衷于道处，往往中肯綮，切事情语。所谓老人之言是已。（《苏文定公文钞》卷八）

汉 文 帝〔一〕

苏 辙

老子曰："柔胜刚，弱胜强。"〔二〕汉文帝以柔御天下，刚强者皆乘风而靡〔三〕。尉佗称号南越〔四〕，帝复其坟墓，召贵其兄弟。佗去帝号，俯伏称臣〔五〕。匈奴桀骜，陵驾中国〔六〕。帝屈体遗书〔七〕，厚以缯絮〔八〕，虽未能调伏〔九〕，然兵革之祸〔一○〕，比武帝世十一、二耳〔一一〕。吴王濞包藏祸心〔一二〕，称病不朝，帝赐之几杖。濞无所发怒，乱以不作〔一三〕。使文帝尚在，不出十年，濞亦已老死〔一四〕，则东南之乱无由起矣〔一五〕。至景帝不能忍，用晁错之计，削诸侯地〔一六〕，濞因之号召七国，西向入关〔一七〕。汉遣三十六将军，竭天下之力〔一八〕，仅乃破之〔一九〕。错言："诸侯强大，削之亦反，不削亦反；削之反疾而祸小，不削反迟而祸大"。〔二○〕世皆以其言为信〔二一〕。吾以为不然。诚如文帝，忍而不削，濞必未反。迁延数岁之后，变故不一，徐因其变而为之备〔二二〕，所以制之者固多术矣。猛虎在山，日食牛羊，人不能堪〔二三〕，荷戈而往刺之。幸则虎毙，不幸则人死，其为害亟矣。晁错之计，何以异此？若能高其垣墙，深其陷阱，时伺而谨防之，虎安能必为害？此则文帝之所以备吴也。于乎〔二四〕，为天下虑患，而使好名贪利小丈夫制之，其不为晁错者鲜矣〔二五〕！

（《栾城后集》卷七）

注

〔一〕《历代论》四十五篇之一。汉文帝，见苏轼《贾谊论》注〔九〕。本文通过对汉文帝和汉景帝的对比，赞颂"汉文帝以柔御天下"的治国之道，提倡因势利导，防患于未然的治国之术。

〔二〕"柔胜刚"二句：《老子》第三十六章："柔弱胜刚强。"第七十八章："弱之胜强，柔之胜刚，天下莫不知。"

〔三〕靡：倒下。《左传·庄公十年》："望其旗，靡。"

〔四〕尉佗称号南越：《史记·南越列传》："南越王尉佗者，真定人也，姓赵氏。"秦时为南海龙川（今广东龙川县西北）令，秦二世时为南海（治所在今广州市）尉，秦亡后自立为南越武王。汉高祖十一年（前196），遣陆贾使南越，封赵佗为南越王。汉高后四年（前184），因禁南越关市，不准运铁器入岭南，"佗乃自尊号为南越武帝"，"以兵威边"，

"与中国侔（对等）"。南越，亦作南奥，今广东、广西一带。

〔五〕"帝复其坟墓"四句：《史记·南越列传》："及孝文帝元年（前179），初镇抚天下，使告诸侯四夷从代（代王，即汉文帝）来即位意，喻盛德焉。乃为（赵）佗亲冢在真定，置守邑，岁时奉祀。召其从昆弟，尊官厚赐宠之。"是年陆贾再赴南越，说赵佗去帝号，佗上书称臣。

〔六〕"匈奴桀敖"二句：战国时，匈奴族活动于燕、赵、秦以北地区。秦汉之际，冒顿单于统一各部，势力强盛，统治大漠南北广大地区，建立了奴隶制军事政权。汉初，匈奴不断南下进行武装掠夺。由于西汉内部统治还不巩固，经济尚未恢复，无力对匈奴进行大规模军事反击，所以从汉高祖起，经过文帝、景帝，直至武帝初年，一直对匈奴采取和亲政策。桀敖，凶暴而倔强。中国，指中原地区。

〔七〕帝屈体遗书：汉文帝时，曾多次遗书匈奴议和。详见《史记·孝文本纪》和同书《匈奴列传》。

〔八〕厚以缯絮：《史记·匈奴列传》："匈奴好汉缯絮食物。"汉文帝前六年（前174），汉遗匈奴书云："服绣袷绮衣，绣袷长襦、锦袷袍各一，比余一，黄金饰具带一，黄金胥纰一，绣十匹，锦三十匹，赤绨、绿缯各四十匹，使中大夫意、谒者令肩遗单于。"

〔九〕虽未能调伏：文帝的和亲政策，并未使匈奴放弃对汉的掠夺。如文帝前十四年（前166）匈奴老上单于帅十四万骑入塞，候骑至雍（今陕西凤翔南）、甘泉（今淳化西北）。匈奴留塞内月余，大掠人畜而去。文帝后六年（前158），匈奴大入上郡、云中，各三万骑，杀掠甚众，烽火通于甘泉、长安。详见《史记·匈奴列传》。

〔一○〕兵革：兵器、衣甲（用皮革制成）的总称，引申指战争。

〔一一〕比武帝世十一、二耳：汉武帝元光二年（前133）至元狩四年（前119）间，任用卫青、霍去病为大将，连续发动反击匈奴的战争，解除了匈奴的威胁，匈奴势力渐衰。十一、二，即十分之一、二。

〔一二〕吴王濞包藏祸心：吴王濞即刘濞（前215—前154），西汉诸侯王。沛县（今属江苏）人，刘邦侄，封吴王。他在封国内大量铸钱、煮盐，并招纳工商奴隶主和"任侠奸人"，扩张割据势力，图谋篡夺帝位。

〔一三〕"称病不朝"四句：《史记·吴王濞列传》："孝文时，吴太子入见，得侍皇太子饮博。吴太子师傅皆楚人，轻悍，又素骄，博，争道，不恭，皇太子引博局提吴太子，杀之。于是遣其丧归葬。至吴，吴王愠曰：'天下同宗，死长安即葬长安，何必来葬为！'复遣丧之长安葬。吴王由此稍失藩臣之礼，称病不朝。京师知其以子故称病不朝，验问实不病，诸吴使来，辄系责治之。吴王恐，为谋滋甚。"但文帝"赦吴使者归之，而赐吴王几杖，老，不朝。吴王得释其罪，谋亦益解。"几杖，《礼记·曲礼上》："谋于长者，必操几杖以从之。"孔颖达疏："杖可以策身，几可以扶己，俱是养尊者之物。"古时常以几杖表示敬老。

〔一四〕"使文帝尚在"三句：汉文帝死于前157年，吴王濞死于前154年，年六十二岁，仅比文帝晚死四年。

〔一五〕东南之乱：指汉景帝时吴、楚、赵、胶东、胶西、济南、淄川七国诸侯叛乱，史称"吴楚七国之乱。"

〔一六〕"至景帝不能忍"三句：晁错（前200—前154），颍川（今河南禹县）人。文帝时任太常掌故，后为太子家令，得太子（即景帝）信任。景帝即位，任御史大夫。他坚持"重本抑末"政策，反对工商奴隶主及土地兼并，积极备御抗击匈奴，又建议逐步削夺诸侯封地（见下文引晁错语），得到景帝采纳。吴楚七国之乱中，为政敌袁盎攻击中伤，被杀。

〔一七〕"濞因之号召七国"二句：《史记·吴王濞列传》：汉景帝前三年（前154）"诸侯既新削罚，振恐，多怨晁错。及削吴会稽、豫章郡书至，则吴王先起兵，胶西正月丙午诛汉吏二千石以下，胶东、淄川、济南、楚、赵亦然，遂发兵西。"

〔一八〕"汉遣三十六将军"二句：《史记·吴王濞列传》："七国反书闻天子，天子乃遣太尉条侯周亚夫将三十六将军，往击吴、楚；遣曲周侯郦寄击赵；将军栾布击齐；大将军窦婴屯荥阳，监齐、赵兵。"

〔一九〕仅乃破之：太尉周亚夫破吴、楚军，楚王戊自杀，吴王濞逃至东越，被杀。吴、楚七国叛乱仅三月而败，其余诸王分别自杀或被杀。详见《史记·吴王濞列传》。

〔二〇〕"诸侯强大"至"不削反迟而祸大"：见《史记·吴王濞列传》，文字略有出入。

〔二一〕信：诚实不欺。

〔二二〕徐：慢慢。因：沿，根据。

〔二三〕堪：忍受。

〔二四〕于乎：感叹声。

〔二五〕鲜：少。

附录

茅坤：此等见解，子由晚年还颍上历世故多，故能为论如此。（《苏文定公文钞》卷八）

储欣：恨安石、王韶之开边，而历数汉文帝之柔胜为万世法。（《栾城先生全

集录》卷四）

此亦有感于王韶开边而言，而于汉代当日情事未能脗合，只图说得畅快耳。
（《古文辞类纂评注》卷五）

与王介甫论青苗盐法铸钱利害[一]

苏 辙

熙宁三年，予自蜀至京师，上书言事，神宗皇帝即日召见延和殿，授制置三司条例检详文字[二]。时参政王介甫[三]、副枢陈旸叔同管条例事[四]，二公皆未尝知予者。久之，介甫召予与吕惠卿、张端会食私第[五]，出一卷书，曰："此青苗法也，君三人阅之，有疑以告，得详议之，无为他人所称也。"予知此书惠卿所为，其言多害事者，即疏其尤甚，以示惠卿。惠卿面颈皆赤，归即改之。予问谒介甫，介甫问予可否，予曰："以钱贷民，使出息二分，本以援救民之困，非为利也。然出纳之际，吏缘为奸，虽重法不可禁；钱入民手，虽良民不免非理之费；及其纳钱，虽富家不免违限。如此，则鞭筑必用，自此恐州县事不胜繁矣。唐刘晏掌国用，未尝有所假贷，有尤其靳者，晏曰：'民侥幸得钱，非国之福，吏以法责督，非民之利便。吾虽未尝假贷，而四方丰凶贵贱，知之不逾时，有贱必粜，有贵必粜，故自掌利柄以来，四方无甚贵甚贱之病，又何必贷也[六]？'晏子所言，则汉常平之法矣[七]。今此法见在，而患不修举；公诚有意于民，举而行之，刘晏之功可立俟也。"介甫曰："君言甚长，当徐议而行之。此后有异论，幸相告，勿相外也。"自此逾月不言青苗法。会河北转运判官王广廉召议事[八]，予阅条例司所撰诸法，皆知其难行，而广廉尝上言乞出度牒数十道鬻[九]，而依关中漕司行青苗事[一〇]，春散秋敛以侔利，与惠卿所造略相似，即请之以出施河北，而青苗法遂行于四方。

予在条例司，王介甫问南盐利害[一一]，对曰："旧说有三而已：其一，立盐纲赏格[一二]，使官盐少拌和[一三]，则私盐难行；其二，减官价，使私贩少利；其三，增沿江巡检，使私贩知所畏。若三说并用，则盐利宜稍增。然利之所在，欲绝私贩，恐理难也。”介甫曰：“不然，但法不峻耳。”对曰：“今私盐法至死〔一四〕，非不峻也，而终不可止，将何法以加之？”介甫曰：“不然。一村百家俱贩私盐，而败者止一二，其余必曰：‘此不善贩，安有败？’此所以贩不止也。若五家败，则其余少惧矣。十家败，则其余必戢矣〔一五〕；若二十家至三十家败，则不敢贩矣。人知必败，何故不止？此古人所谓‘铄金百镒，盗跖不掇〔一六〕’也。”对曰：“如此诚不贩矣，但恐二三十家坐盐而败，则起为他变矣！”

一日复问铸钱，对曰：“唐‘开通’钱最善〔一七〕，今难及矣！天禧、天圣以前钱犹好，非今日之比，故盗铸难行。然是时，官铸大率无利，盖钱法本以均通有无，而不为利也。旧一日铸八九百耳，近钱务多以求利，今一日千三四百矣。钱日滥恶，故盗铸日多〔一八〕，今但稍复旧，法渐正矣。”介甫曰：“何必铸钱？古人以铜为器皿，精而能久，善于瓷漆。今河东铜器，其价极高，若官勿铸钱而铸器，其利比钱甚厚。”对曰：“自古所以禁铸铜为器皿者〔一九〕，为害钱法也。今若不禁铜器，则人争坏钱为器矣。”介甫曰：“铸钱不如铸器之利，又安以钱为？”对曰：“人私铸铜器，则官铜器亦将不售。”介甫曰：“是不难，勒工名可也〔二〇〕。”不对而退。其后铜器行而钱法坏〔二一〕。

（《龙川略志》卷三）

注

〔一〕元符二年（1099）贬官循州（龙川）时作。苏辙在循州，追忆平生所参与的政治活动，命幼子苏远书于纸，成《龙川略志》十卷，本文即选自卷三。苏辙一生见过很多朝廷名臣，元祐年间刘贡父曾对苏辙说：“予一二人死，前言往行埋灭不载矣。君苟能记之，尚有传也。”（《龙川别志·序》）但他当时政务繁忙，无暇记名臣言行。在循，他完成《龙川略志》后，又追记平日所闻前贤、时贤轶事，成《龙川别志》四卷（今本为上下两卷）。苏轼晚年写了很多即兴式的笔记；而苏辙的这两种笔记的写作却是有计划的，《略志》记所历，《别志》记所闻。苏轼的《志林》和《仇池笔记》多记奇幻怪异之事；苏辙的笔记，除少量写炼丹术、养生术外，绝大多数都是记严肃的朝政。苏轼笔记的文学色彩浓，苏辙笔记却政治色彩浓。正如《四库全书总目》所说，朱熹"极不满于二苏，而所作《名臣言行录》引辙此志，几及其半，则其说信而有征，亦可以见矣。"王介甫即王安石。本文首记青苗法的出笼经过，表明王安石最初还是能听取不同意见的；次记与王讨论盐法，表现了王安石推行新法的严峻态度；末记与王讨论铸钱，揭示了王安石的所作所为确实在为宋王朝逐利。这篇笔记不仅"信而有征"，而且写得栩栩如生，从中不难看出王安石、吕惠卿以及苏辙自己的个性，几乎可与司马迁的史传文学比美。

〔二〕"熙宁三年"至"检详文字"：苏辙《颍滨遗老传上》："乃除（父）丧，神宗嗣既三年矣，求治甚急。辙以书言事，即日召对延和殿。时王介甫新得幸，以执政领三司条例，上以辙为之属，不敢辞。"又《自齐州回论时事书》："臣自少读书，好言治乱。方陛下求治之初，上书言事。陛下不废狂狷，召对便殿。"据苏辙《上皇帝书》，上书时间当是"熙宁二年三月。"

〔三〕参政王介甫：据《续资治通鉴》卷六十六载，熙宁二年（1069）二月以翰林学士王安石为右谏议大夫、参知政事。

〔四〕副枢陈旸叔：陈升之（1011—1079），字旸叔，建阳（今属福建）人。时为枢密副使，熙宁二年（1079）十月拜同中书门下平章事。初附王安石，既为相，时为小异，表面上似不与王同。事详《宋史》本传。《续资治通鉴》卷六十六：熙宁二年（1069）二月"设制置三司条例司，掌经画邦计，计变旧法以通天下之利，命陈升之、王安石领其事。"

〔五〕吕惠卿（1032—1111）：字吉甫，晋江（今属福建）人。王安石与之论经义，意多合，荐于朝，任三司条例司检详文字，事无大小必与谋。后王罢相，为夺取相位，不惜公布王给他的私人信件。事详《宋史》本传。张端：《宋史》无传。据《续资治通鉴长编》卷二一八载，熙宁三年（1070）张端任三司条例司勾当公事；卷四八八载蔡蹈言："先帝尝问安石曰：'著作佐郎张端言榷河北盐事，如何？'安石对：'恐亦可为。'"

〔六〕"唐刘晏掌国用"至"又何必贷也"：刘晏（715—780），字士安，曹州南华（今山东东明）人，历任户部侍郎、度支等使，官至同平章事。他整顿盐法，推行平准法，理财达二十余年。后为杨炎陷构而死。尤，责怪。靳，吝惜。所引刘晏语，见《新唐书·刘晏传》。

〔七〕汉常平之法：汉宣帝时，根据耿寿昌的建议，于谷贱时用较高的价格收购，谷贵时以较低的价格出售，以调节粮价，备荒赈恤，称为常平。事见《汉书·食货志上》。

〔八〕王广廉：《宋史》无传。《宋史·食货志上四》："会河北转运司干当公事王广廉召议事，广廉尝奏乞度僧牒数千道为本钱，于陕西转运司私行青苗法，春散秋敛，与安石意合。至是，请施行之河北，于是安石决意行之，而常平、广惠仓之法遂变而为青苗矣。苏辙以议不合罢。"

〔九〕度牒：由官府发给出家僧尼的凭证。官府常出售度牒，充军政费用。详见赞宁《僧史略》下《度僧规》。鬻：卖。

〔一〇〕关中漕司行青苗事：《宋史·李参传》："李参字清臣，郓州须城人。……历知兴元府，淮南、京西、陕西转运使。部多戍兵，苦食少。参审定其缺，令民自隐度麦粟之赢，先贷以钱，俟谷熟还之官，号青苗钱。经数年，廪有羡余。熙宁青苗法，盖萌于此矣。"曹司即诸道转运使，掌催征赋税，出纳钱粮，办理上供及漕运等事。

〔一一〕南盐：《宋史·食货志下三》：宋自削平诸国，天下盐利皆归县官。官鬻、通商，随州郡所宜。"凡通商州军，在京西者为南盐，在陕西者为西盐，若禁盐地则为东盐，各有经界，以防侵越。"

〔一二〕盐纲：盐的纲运，成批编组运盐。赏格：悬赏所定的奖赏标准。

〔一三〕使官盐少拌和：谓提高官盐质量。《宋史·食货志下三》载盛度等言通商五利说："纲吏侵盗，杂以泥沙硝石，其味苦恶，疾生重膇，今皆得食真盐，三利也。"

〔一四〕今私盐法至死：《宋史·食货志下三》："建隆二年，始定官盐阑入法，禁地贸易至十斤，鬻碱盐至三斤者乃坐死。"其后略有优宽。

〔一五〕戢：收敛。

〔一六〕"铄金百镒"二句：语出《韩非子·五蠹》。铄金，销金，熔金。镒，二十两，一说二十四两。跖，春秋战国之际农民起义领袖，旧时被诬称为盗跖。掇，掠夺。

〔一七〕唐"开通"钱：即开元通宝，唐武德四年始铸，钱文可循环读，"流俗谓之开通元宝钱。"（《旧唐书·食货志上》）

〔一八〕"旧一日铸八九百耳"至"故盗铸日多"：日铸钱数，史无明文，但《宋史·食货志下二》谓"至道中岁铸八十万贯，景德中增至一百八十三万贯"，即为"务多以求利"之明证。又云："军兴，陕西移用不足。……因敕江南铸大铜钱，而江、池、饶、仪、虢又铸铁钱，悉辇至关中，数州钱杂行。大约小铜钱三可铸当大十铜钱一，以故民间盗铸者众，钱文大乱，物价翔踊，公私患之。"

〔一九〕自古所以禁铸铜为器皿者：《太平御览》卷八一三引唐李珏语："今州府禁铜为器……禁铜之令必在严切，斯其要也。"《宋史·食货志下二》："自天圣以来，毁钱铸钟及为铜器皆有禁。"

〔二〇〕勒工名：刻上铸工的名字。意谓通过勒名，只许官铸铜器，禁止私铸铜器。

〔二一〕其后铜器行而钱法坏：《宋史·食货志下二》载张方平语："自废罢铜禁，民间销毁（铜钱）无复可办。销熔十钱得精铜一两，造作器用，获利五倍。如此则逐州置炉（铸钱），每炉增数，是犹畎亩之益，而供尾闾之泄也。"

诗病五事〔一〕（选三）

苏　辙

其　二

《大雅·绵》九章，初诵太王迁豳，建都邑，营宫室而已〔二〕。至其八章乃曰："肆不殄厥愠，亦不陨厥问。"〔三〕始及昆夷之怨〔四〕，尚可也。至其九章乃曰："虞、芮质厥成〔五〕，文王蹶厥生〔六〕。予曰有疏附，予曰有先后，予曰有奔奏，予曰有御侮〔七〕。"事不接，文不属〔八〕，如连山断岭，虽相去绝远〔九〕，而气象联络，观者知其脉理之为一也。盖附离不以凿枘〔一〇〕，此最为文之高致耳。

老杜陷贼时有诗曰〔一一〕："少陵野老吞声哭〔一二〕，春日潜行曲江曲〔一三〕。江头宫殿锁千门〔一四〕，细柳新蒲为谁绿？忆昔霓旌下南苑〔一五〕，苑中万物生颜色。昭阳殿里第一人〔一六〕，同辇随君侍君侧〔一七〕。辇前才人带弓箭〔一八〕，白马嚼啮黄金勒〔一九〕。翻身向天仰射云，一笑正坠双飞翼〔二〇〕。明眸皓齿今何在〔二一〕？血污游魂归不得〔二二〕。清渭东流剑阁深，去住彼此无消息〔二三〕。人生有情泪沾臆〔二四〕，江水江花岂终极？黄昏胡骑尘满城〔二五〕，欲往城南忘南北。"予爱其词气如百金战马，注坡蓦涧如履平地〔二六〕，得诗人之遗法。如白乐天诗，词甚工，然拙于纪事，寸步不遗〔二七〕，犹恐失之。此所以望老杜之藩垣而不及也〔二八〕。

其　三

诗人咏歌文、武征伐之事，其于克密曰："无矢我陵，我陵我阿。无饮我泉，我泉我池。"〔二九〕其于克崇曰："崇墉言言，临冲闲闲。执讯连连，攸馘安安。是类是祸，是致是附，四方以无侮。"〔三〇〕其于克商曰："维师尚父，时惟鹰扬。谅彼武王，肆伐大商，会朝清明。"〔三一〕其形容征伐之盛极于此矣。

韩退之作《元和圣德诗》〔三二〕，言刘辟之死曰："宛宛弱子，赤立伛偻。牵头曳足，先断腰膂。次及其徒，体骸撑挂。末乃取辟，骇汗如泻。挥刀纷纭，争切脍脯。"〔三三〕此李斯颂秦所不忍言〔三四〕，而退之自谓无愧于《雅》《颂》〔三五〕，何其陋也！

其 五

圣人之御天下，非无大邦也，使大邦畏其力，小邦怀其德而已；非无巨室也，不得罪于巨室，巨室之所慕，一国慕之矣〔三六〕。鲁昭公未能得民，而欲逐季氏，则至于失国〔三七〕。汉景帝患诸侯之强，制之不以道，削夺吴、楚，以致七国之变，竭天下之力，仅能胜之〔三八〕。由此观之，大邦巨室，非为国之患，患无以安之耳。

祖宗承五代之乱〔三九〕，法制明具〔四〇〕，州郡无藩镇之强，公卿无世官之弊〔四一〕。古者大邦巨室之害，不见于今矣。惟州县之间，随其大小皆有富民，此理势之所必至，所谓"物之不齐，物之情也。"〔四二〕然州县赖之以为强，国家恃之以为固。非所当忧，亦非所当去也。能使富民安其富而不横，贫民安其贫而不匮，贫富相恃，以为长久，而天下定矣。

王介甫，小丈夫也。不忍贫民而深疾富民〔四三〕，志欲破富民以惠贫民，不知其不可也。方其未得志也，为《兼并》之诗，其诗曰："三代子百姓〔四四〕，公私无异财〔四五〕。人主擅操柄，如天持斗魁〔四六〕。赋予皆自我，兼并乃奸回〔四七〕。奸回法有诛，势亦无自来。后世始倒持，黔首遂难裁〔四八〕。秦王不知此，更筑怀清台〔四九〕。礼义日以愉〔五〇〕，圣经久埋埃〔五一〕。法尚有存者，欲言时所哈〔五二〕。俗吏不知方，掊克乃为才〔五三〕。俗儒不知变，兼并可无摧。利孔至百出〔五四〕，小人私阖开〔五五〕。有司与之争，民愈可怜哉！"及其得志，专以此为事，设青苗法以夺富民之利〔五六〕。民无贫富，两税之外〔五七〕，皆重出息十二。吏缘为奸，至倍息。公私皆病矣。吕惠卿继之〔五八〕，作手实之法〔五九〕，私家一毫以上，皆籍于官。民知其有夺取之心，至于卖田杀牛以避其祸。朝廷觉其不可，中止不行，仅乃免于乱。然其徒世守其学，刻下媚上，谓之享上〔六〇〕。有一不享上，皆废不用。至于今日，民遂大病，源其祸出于此诗。盖昔之诗病，未有若此酷者也。

（《栾城三集》卷八）

注

〔一〕苏辙晚年杜门颍昌时作。文章批评了作诗的五种弊病：一是李白的"不知义理"，二是白居易（乐天）的"拙于纪事"，三是韩愈（退之）的歌颂残杀，四是孟郊的啐饥号寒，五是王安石（介甫）的以诗害政。这"五事"既涉及诗歌的思想内容，又涉及艺术形式，而以前者为主。苏辙所持的观点，有些是颇成问题的。如《其五》对王安石《兼并》诗的指责，就不公正，已是在论政，而不全是论诗了。但《其二》论诗歌既要有跳跃性，又要气象联络，脉理为一，反对"寸步不遗"，流水账式的"纪事"诗，却很有见地。《其三》讥刺韩愈为了歌功颂德而不惜歌颂鲜血淋漓的残杀，也令人拍手称快。北宋人的诗话偏重于记载轶闻轶事，而这篇类似诗话的文章却偏重于诗歌理论；宋人诗话都偏重于谈艺术技巧，而这篇准诗话却偏重于分析诗歌的思想内容，同时也重视艺术技巧，这都是本文的特色。

〔二〕"《大雅·绵》九章"四句：朱熹《诗集传》卷十六："《绵》九章，章六句。一章言在豳，二章言至岐，三章言定宅，四章言授田居民，五章言作宗庙，六章言治宫室，七章言作门社，八章言至文王而服混夷，九章遂言文王受命之事。"初，本来。诵，陈述。太王，即周太王古公亶父，周文王的祖父。太王因戎、狄威逼，由豳（今陕西旬邑）迁到岐山下的周（今陕西岐山），建筑城郭家室，设置官吏，发展农业生产，使周族逐渐强盛。

〔三〕"肆不殄厥愠"二句：朱熹注："言大（太）王虽不能殄绝混（昆）夷之愠怒，亦不陨坠己之声闻。盖虽圣贤不能必人之不怒己，但不废其自修之实耳。"肆，遂，于是。殄，绝。厥，其。陨，坠。问，通"闻"，声闻、声誉。

〔四〕昆夷：殷、周时我国西北部的少数民族部落。朱熹注第八章："大王始至此岐山之时，林木深阻，人物鲜少。至于其后，生齿渐繁，归附日众，则木拔道通。混夷畏之，而奔突窜伏，维其喙息而已。言盛德而混夷自服也，盖已为文王之时矣。"

〔五〕虞、芮质厥成：虞、芮，古国名。虞在今山西平陆北，芮在今陕西大荔县朝邑城南。质，评断，取正。成，平。《毛诗》传云："虞、芮之君，相与争田，久而不平，乃相与朝周。入其境，则耕者让畔，行者让路。入其邑，男女异路，斑白者不提挈。入其朝，士让为大夫，大夫让为卿。二国之君感而相谓曰：'我等小人，不可以履君子之境。'乃相让以其所争田为闲田而退。"

〔六〕文王蹶厥生：朱熹注："言昆夷既服，而虞、芮来质其讼之成，于是诸侯归服者众，而文王由此动其兴起之势。"蹶，动。生，起。

〔七〕"予曰有疏附"四句：朱熹注："予，诗人自予也。率下亲上曰疏附，相道前后曰先后，喻德宣誉曰奔奏，武臣折冲曰御侮。"此四句感叹诸侯归服文王。

〔八〕文不属：上下文不连贯。

〔九〕绝远：极远。

〔一〇〕附离不以胶枘：附离，附着、依附。《庄子·骈拇》："附离不以胶漆。"凿，榫卯。枘，榫头。

〔一一〕老杜：即杜甫。所引诗为杜甫的《哀江头》。安史之乱爆发后，杜甫奔赴灵武，投奔唐肃宗，中途为贼所得，被送至已被乱军占领的长安，作《哀江头》。

〔一二〕少陵野老：杜甫自称。杜甫曾在长安少陵以西住过。吞声哭：哭不敢出声。

〔一三〕潜行曲江曲：暗中来到曲江的深曲之处。曲江，在长安东南。

〔一四〕江头宫殿：《旧唐书·文宗纪》："上（文宗）好为诗，每诵杜甫《曲江行》（即《哀江头》）……乃知天宝已前，曲江四岸皆有行宫台殿、百司廨署。"王嗣奭《杜臆》卷二："曲江，帝与妃游幸之所，故有宫殿。"

〔一五〕霓旌：皇帝的旌旗。司马相如《上林赋》："拖蜺（同"霓"）旌。"李善注引张揖曰："析羽毛，染以五采，缀以缕为旌，有似虹蜺之气也。"南苑：即芙蓉苑，在曲江之南。

〔一六〕昭阳殿里第一人：指杨贵妃。昭阳殿，汉殿名。《三辅黄图》："（汉）成帝赵皇后（飞燕）居昭阳殿。"第一人：最受皇帝宠爱的人。唐人诗中多以杨贵妃比赵飞燕。杨伦注："李白诗（《宫中行乐词》）：'宫中谁第一？飞燕在昭阳。'亦指贵妃也。"（《杜诗镜铨》卷三）

〔一七〕辇：皇帝坐的车子。

〔一八〕才人带弓箭：才人，宫中女官。唐朝宫中有娴熟武艺的宫女，称"射生宫女"。王建《宫词》："射生宫女宿红妆，把得新弓各自张。临上马时齐赐酒，男儿跪拜谢君王。"

〔一九〕嚼啮黄金勒：含着金黄色的嚼口。啮，咬。勒，笼头上的嚼口。

〔二〇〕一笑正坠双飞翼：才人射落了双飞鸟，引起杨贵妃一笑。

〔二一〕明眸皓齿：指杨贵妃。眸，眼珠。皓，白。

〔二二〕血污游魂归不得，指安史之乱爆发后，玄宗逃蜀，行至马嵬驿，发生兵变，杨贵妃被缢死。

〔二三〕"清渭东流剑阁深"二句：仇兆鳌注："马嵬驿，在京兆府兴平县（今属陕西省），渭水自陇西而来，经过兴平。盖杨妃稿葬渭滨，上皇（玄宗）巡行剑阁，是去住西东，两无消息也。"（《杜少陵集详注》卷四）清渭，即渭水。剑阁，在今四川省剑阁县的北面，为由长安入蜀的必经之道。

〔二四〕泪沾臆：泪湿胸襟。

〔二五〕胡骑：指安、史乱军。

〔二六〕"予爱其词气如百金战马"二句：良马下坡，越过沟涧如在平地上跑一样。蓦，越过。蓦，越过。履，踩、踏。前句形容杜诗一气贯注，后句形容杜诗无艰难劳苦之态。

〔二七〕寸步不遗：一点不敢走样。遗，遗漏。

〔二八〕藩垣：围墙。

〔二九〕"其于克密曰"至"我泉我池"：语见《诗·大雅·皇矣》第六章。大意谓：（在文王攻克密国后），密人不敢陈兵于山陵，因为山陵已是文王的山陵；不敢饮水于泉旁，因为泉水已是文王的泉水。极言密人不敢抗拒。密，古国名，在今甘肃灵台西南。矢，陈兵。阿，大的丘陵。

〔三〇〕"其于克崇曰"至"四方以无侮"：语见《皇矣》第八章。朱熹注："言文王伐崇之初，缓攻徐战，告祀群神，以致附来者，而四方无不畏服。"（《诗集传》卷十六）崇：古国名，在今河南嵩县北。墉，城。言言，高大貌。临，临车，由上往下攻的车。冲，冲车，从旁往内冲的车。闲闲，徐缓。执，逮捕。讯，审问。连连，连续不断。攸，语助词，无意义。馘，割耳。安安，不轻暴。是，承上启下之词。类，出师祭上帝。祃，至所征之地而祭始造军法者。致，使之至。附，使之来附。

〔三一〕"其于克商曰"至"会朝清明"：语见《诗·大雅·大明》第八章。朱熹注："此章言武王师众之盛，将帅之贤，伐商以除秽浊，不崇朝而天下清明。"（《诗集传》卷十六）维，发语词。后一"惟"字作"乃"讲。师尚父，即吕尚，姜姓，吕氏，名望，字子牙，助武王灭商，封于齐，俗称姜太公。鹰扬，如鹰之飞扬而将击，言其猛。凉，佐助。肆，纵兵。商，商朝，此指商朝的最后一个君主商纣王。会朝，会战的朝晨。

〔三二〕《元和圣德诗》：元和，唐宪宗年号（806—820）。宪宗初即位，西川节度副使刘辟求兼领三川，朝廷不许，辟遂发兵反叛。朝廷派兵讨辟，攻克成都，擒刘辟送京师处死。韩愈的《元和圣德诗》，就是歌颂宪宗这一"圣德"的。

〔三三〕"宛宛弱子"至"争切脍脯"：宛宛，曲屈貌。伛偻，躬身。曳，拖。膂，脊骨。辟，刘辟。脍脯，脍本指细切的鱼肉，脯指干肉，此谓切成肉片。

〔三四〕李斯颂秦所不忍言：李斯（？—前208），楚上蔡（今河南上蔡西南）人，入秦为客卿，后为丞相。他佐助秦始皇统一中国，并在泰山、琅琊等地刻石颂秦德，主要是正面歌颂秦"初并天下，罔不宾服"，并未写残杀敌人。

〔三五〕退之自谓无愧于《雅》《颂》：《雅》《颂》代指《诗经》。《诗经》多为四言诗，韩愈在《元和圣德诗序》中有"依古作四言"之语，苏辙故有此讥。

〔三六〕"圣人之御天下"至"一国慕之矣"："大邦畏其力"二句语见《尚书·武成》：大、小邦指大小诸侯国。巨室，指世家大族。《孟子·离娄上》："为政不难，不得罪于巨室。"

〔三七〕"鲁昭公未能得民"三句：鲁昭公，春秋后期鲁国国君。季氏，季平子，春秋后期鲁国贵族，鲁国的实际掌权者。《史记·鲁周公世家》载鲁昭公二十五年（前517）九月"伐季氏，遂入。平子登台请曰：'君以谗不察臣罪，诛之，请迁沂上。'弗许。请囚于鄪，弗许。请以五乘亡，弗许。子家驹曰：'君其许之。政自季氏久矣，为徒者众，众将合谋。'弗听。"后叔孙氏、孟孙氏救季氏，败昭公，昭公奔齐。

〔三八〕"汉景帝患诸侯之强"至"仅能胜之"：参苏辙《汉文帝》注〔一六〕、〔一七〕、〔一八〕、〔一九〕。

〔三九〕祖宗承五代之乱：祖宗指宋朝的开国君主太祖赵匡胤（927—976），960—976年在位。五代是中国历史上大分裂的时期，朝代更替频繁，直至960年赵匡胤发动陈桥兵变，夺取后周政权，并先后攻灭割据势力，中国才复归统一。

〔四〇〕明具：精明完备。

〔四一〕世官：世代承袭的官职。

〔四二〕"物之不齐"二句：语出《孟子·滕文公上》。谓事物参差不齐是事物的本性。

〔四三〕不忍贫民：对贫民不忍心（即同情平民）。

〔四四〕子百姓：以百姓为子，谓爱护百姓。

〔四五〕公私无异财：谓三代公私收入有常制，赋税以时，没有违反常制的收入。

〔四六〕斗魁：魁星。

〔四七〕奸回：奸恶邪僻之人。

〔四八〕黔首：老百姓。裁：处理，治理。

〔四九〕"秦王不知此"二句：秦王，指秦始皇。怀清台，在今重庆长寿区南。《史记·货殖列传》："巴寡妇清，其先得丹穴，而擅其利数也，家亦不訾（不可訾量）。清，寡妇也，能守其业，用财自卫，不见侵犯。秦皇帝以为贞妇而客之，为筑女怀清台。"

〔五○〕日以媮：越来越浇薄。

〔五一〕圣经：指儒家经典。

〔五二〕时所哈：被时人所讥笑。哈，讥笑。

〔五三〕掊克：聚敛贪狠。

〔五四〕利孔：获利的孔道。

〔五五〕开：即开阖。阖，通"合"。

〔五六〕青苗法：王安石推行的新法之一。每年春夏两收前，民户可向官府借贷，收庄稼后归还，取利二分，实际多达三四分。实行此法的目的在于打击高利贷，但实际变成了政府放债取息。

〔五七〕两税：夏秋两次征收的赋税。

〔五八〕吕惠卿：见苏辙《与王介甫论青苗盐法铸钱利害》注〔五〕。

〔五九〕手实之法：参苏轼《寄刘孝叔》诗注〔一○〕。

〔六○〕"然其徒世守其学"三句："其徒"可能指蔡京。蔡京当权，以恢复新法为名，大肆聚敛，以供徽宗挥霍。刻下，对下刻薄。享上：进献皇上。

附　录

三苏年谱简编

宋真宗大中祥符二年己酉（1009）：苏洵生。

欧阳修《苏明允墓志铭》有"君以疾卒，实治平三年（1066）四月戊申也，享年五十有八"语，治平三年上推五十八年，当生于大中祥符二年。

大中祥符三年庚戌（1010）：苏洵两岁。

妻程氏生。司马光《程夫人墓志铭》有"夫人以嘉祐二年（1057）四月癸丑终于乡里……年四十八"。本此，当生于此年。

大中祥符四年辛亥（1011）：苏洵三岁。

大中祥符五年壬子（1012）：苏洵四岁。

大中祥符六年癸丑（1013）：苏洵五岁。

苏洵长兄苏澹之子苏位生，苏洵《祭侄位文》有"昔汝之生，后余五年"语。

石昌言举进士，苏洵戏于父侧，昌言以枣栗啖之。

大中祥符七年甲寅（1014）：苏洵六岁。

大中祥符八年乙卯（1015）：苏洵七岁。

大中祥符九年丙辰（1016）：苏洵八岁。

天禧元年丁巳（1017）：苏洵九岁。

天禧二年戊午（1018）：苏洵十岁。

天禧三年己未（1019）：苏洵十一岁。

天禧四年庚申（1020）：苏洵十二岁。

天禧五年辛酉（1021）：苏洵十三岁。

眉州有所谓茅将军神显圣，苏洵之父苏序毁其神像，拆其庙宇。

乾兴元年壬戌（1022）：苏洵十四岁。

天圣元年癸亥（1023）：苏洵十五岁。

苏洵之仲兄苏涣"始就乡试"。

天圣二年甲子（1024）：苏洵十六岁。

苏涣与苏洵之妻兄程濬同科进士及第，父苏序至剑门迎苏涣，再毁茅将军庙。

天圣三年乙丑（1025）：苏洵十七岁。

天圣四年丙寅（1026）：苏洵十八岁。

天圣五年丁卯（1027）：苏洵十九岁。

娶程氏，司马光《程夫人墓志铭》有"生十八年归苏氏"语。

天圣六年戊辰（1028）：苏洵二十岁。

长女夭折。苏洵《极乐院六菩萨记》："自长女之夭，不四五年，而丁母夫人之忧，盖年二十有四矣。"二十四岁前四五年，可见此女出生不久即夭折。

天圣七年己巳（1029）：苏洵二十一岁。

天圣八年庚午（1030）：苏洵二十二岁。

苏洵游成都玉局观，得张仙画像，祈嗣。

天圣九年辛未（1031）：苏洵二十三岁。

明道元年壬申（1032）：苏洵二十四岁。

苏洵之母史氏卒，事见前天圣六年谱。苏涣去官，回家居母丧。

明道二年癸酉（1033）：苏洵二十五岁。

苏洵始知读书，他在《上欧阳内翰第一书》中说："洵少年不学，生二十五岁，始知读书。"

景祐元年甲戌（1034）：苏洵二十六岁。

苏洵长子景先生于此年或其前后。

景祐二年乙亥（1035）：苏洵二十七岁。

苏洵始大发愤，刻苦读书。欧阳修《苏明允墓志铭》："年二十七始大发愤，谢其素所往来少年，闭户读书为文辞。"

苏洵幼女八娘生，其《自尤诗并序》有"壬辰之岁（1052）而丧幼女"，

"年十有八而死"语，自壬辰上推十八年，当生于此年。

景祐三年丙子（1036）：苏洵二十八岁，苏轼生。

苏轼生于十二月十九日，苏轼《送沈逵》有"嗟我与君同丙子"语，《李委吹笛》有"十二月十九日东坡生日"语。

景祐四年丁丑（1037）：苏洵二十九岁，苏轼两岁。

长兄苏澹卒。苏洵举进士再不中。

宝元元年戊寅（1038）：苏洵三十岁，苏轼三岁。

苏洵长子景先卒，苏辙《次韵子瞻寄贺生日》诗有"兄弟本三人，怀抱丧其一"语。

宝元二年己卯（1039）：苏洵三十一岁，苏轼四岁，苏辙生。

苏辙生于二月二十日，宋孙汝听《苏颍滨年表》："仁宗宝元二年己卯二月丁亥苏辙生。"

康定元年庚辰（1040）：苏洵三十二岁，苏轼五岁，苏辙两岁。

庆历元年辛巳（1041）：苏洵三十三岁，苏轼六岁，苏辙三岁。

苏洵幼姊卒。

庆历二年壬午（1042）：苏洵三十四岁，苏轼七岁，苏辙四岁。

苏轼开始读书，其《上梅直讲书》有"轼七八岁始知读书"语。

庆历三年癸未（1043）：苏洵三十五岁，苏轼八岁，苏辙五岁。

苏轼入小学，其《记陈太初》有"吾八岁入小学，以道士张易简为师"语。

庆历四年甲申（1044）：苏洵三十六岁，苏轼九岁，苏辙六岁。

苏洵与郫县处士张俞交游。苏辙亦入天庆观小学读书。

庆历五年乙酉（1045）：苏洵三十七岁，苏轼十岁，苏辙七岁。

苏洵教苏轼作文，王宗稷《苏文忠公年谱》有"东坡十来岁，老苏令作《夏侯太初论》"语。

苏洵举制策，东游京师，见石昌言于长安，与鲁人颜醇之、僧保聪等游。苏洵游学在外，母程夫人亲教苏轼兄弟读书。苏洵次女卒。

庆历六年丙戌（1046）：苏洵三十八岁，苏轼十一岁，苏辙八岁。

苏洵举茂材异等，不中。

庆历七年丁亥（1047）：苏洵三十九岁，苏轼十二岁，苏辙九岁。

苏洵下第，南游庐山、虔州。父苏序卒于家，洵匆匆返蜀。悉焚旧稿，绝意于功名而自托于学术。精心培养二子，作《名二子说》。命苏轼拟作《谢宣诏赴学士院表》。

苏涣亦赴丧返蜀，苏轼兄弟始识伯父，苏涣教育他们要"师其寡过"。

庆历八年戊子（1048）：苏洵四十岁，苏轼十三岁，苏辙十岁。

苏洵杜门家居，其《忆山送人》有"到家不再出，一顿俄十年"语；以己学行授二子，以明其学。

苏轼兄弟就学于城西刘巨。

皇祐元年己丑（1049）：苏洵四十一岁，苏轼十四岁，苏辙十一岁。

苏洵杜门家居，苏轼《答任师中、家汉公》有"先君昔未仕，杜门皇祐初"语。

苏轼兄弟等在学舍作《雨中联句》诗。

皇祐二年庚寅（1050）：苏洵四十二岁，苏轼十五岁，苏辙十二岁。

苏洵拜见知益州田况。苏洵幼女八娘十六岁，适表兄程之才。

皇祐三年辛卯（1051）：苏洵四十三岁，苏轼十六岁，苏辙十三岁。

苏洵兄弟居父丧期满，苏涣出知祥符。

皇祐四年壬辰（1052）：苏洵四十四岁，苏轼十七岁，苏辙十四岁。

苏洵幼女八娘因受程家虐待而死，苏、程两家遂绝交。

皇祐五年癸巳（1053）：苏洵四十五岁，苏轼十八岁，苏辙十五岁。

至和元年甲午（1054）：苏洵四十六岁，苏轼十九岁，苏辙十六岁。

苏轼娶青神贡士王方之女王弗为妻，王弗年十六。

十一月张方平镇蜀，访知苏洵。

至和二年乙未（1055）：苏洵四十七岁，苏轼二十岁，苏辙十七岁。

苏洵作《上张益州书》，并谒张方平于成都。又至雅州，访知雅州雷简夫。张方平荐苏洵任成都学官，朝廷未作答复；雷简夫致书张方平，称苏洵"岂惟西南之秀，乃天下之奇才"，劝张再荐苏洵（邵博《邵氏闻见后录》卷一五）。苏洵送吴照邻赴阙，吴携苏洵文致欧阳修。

苏轼亦以所作文谒张方平，其《乐全先生文集叙》云："轼年二十，以诸生见公成都，公一见待以国士。"苏轼在成都得破酒缸所作之砚以赠苏辙，苏辙作《缸砚赋》。

苏辙娶妻史氏，其《寄内》诗有"与君少年初相识，君年十五我十七"语。

嘉祐元年丙申（1056）：苏洵四十八岁，苏轼二十一岁，苏辙十八岁。

苏洵作《张益州画像记》《上张侍郎第一书》，书中表示将送二子入京应试。三月，三苏父子至成都，拜别张方平，苏辙始见张；张盛赞苏轼兄弟，谓"皆天才，长者明敏尤可爱，然少者谨重，成就或过之"（无名氏《瑞桂堂暇录》）。苏洵父子携张方平致欧阳修、雷简夫致欧阳修、韩琦推荐苏洵的信离成都，经阆中，出褒斜谷，过长安、渑池，于五月抵京师开封。八月举进士于京师，苏轼兄弟皆入选。苏洵上书欧阳修、韩琦、富弼等人。欧阳修激赏苏洵之文，"目为孙卿子（荀子）"，并荐苏洵于朝。苏洵遂成为欧、韩之座上客。时王安石亦在京任群牧判官，亦为欧阳修门人，但因见解分歧，苏洵拒绝同王交游，王亦屡诋洵于众。

苏洵作《送石昌言使北引》，苏轼书之。

冬，张方平返京，苏洵作《上张侍郎第二书》。时苏洵虽名动京师，但求官未遂，盼张援引，其言凄切。

嘉祐二年丁酉（1057）：苏洵四十九岁，苏轼二十二岁，苏辙十九岁。

欧阳修知贡举，疾时文之弊，凡怪奇艰涩之文皆黜，而苏轼兄弟同科进士及第。苏轼上书谢欧阳修、梅挚、范镇、韩绛、梅尧臣等。苏辙上书韩琦，提出文气说，强调阅历对养气为文的作用。

四月程夫人卒于家，三苏父子匆匆返蜀，苏洵作《祭亡妻文》、《老翁井铭》、《老翁井》诗。

苏洵老友史彦辅去世，洵为之立后，治丧，作《祭史彦辅文》和《与吴殿院书》，求吴照邻照护史沉遗孤。

蜀州新建绝胜亭，苏辙作《绝胜亭》诗。

嘉祐三年戊戌（1058）：苏洵五十岁，苏轼二十三岁，苏辙二十岁。

苏洵作《答二任（任孜、任伋）》诗和《木假山记》，有郁郁不得志之感。十月得雷简夫书，闻将召试舍人院；十一月五日召命下，苏洵上书仁宗，又致书雷简夫、梅圣俞，拒不赴试，谓"惟其平生不能区区附和有司之尺度，是以至此穷困。今乃以五十衰病之身，奔走万里以就试，不亦为山林之士所轻笑哉！"（《答梅圣俞书》）

王素知成都，苏轼往见，并作《上知府王龙图书》，论治蜀难易。

苏辙谒见益州路转运使赵抃。

嘉祐四年己亥（1059）：苏洵五十一岁，苏轼二十四岁，苏辙二十一岁。

六月召苏洵赴试之命再下，梅圣俞作《题老人泉寄苏明允》诗，劝洵入京。苏洵作《上欧阳内翰第四书》，表示将携二子入京；又作《自尤》诗，哀其幼女之死；作《极乐院六菩萨阁记》，纪念已死之亲人。十月三苏父子及其家属沿岷江、长江而下，一路游山玩水，吟诗作赋，于十二月八日抵达江陵，并在江陵度岁。汇途中所作诗文为《南行前集》，苏轼作《南行前集叙》。

嘉祐五年庚子（1060）：苏洵五十二岁，苏轼二十五岁，苏辙二十二岁。

正月五日三苏父子离江陵，陆行北上，二月五日抵京，汇途中所作诗文为《南行后集》，苏辙为作《南行后集引》。

三月苏轼兄弟以选人至流内铨，苏轼授河南福昌县主簿，苏辙授河南渑池县主簿。因举制策，均未赴任。

"居梁不耐贫，投杞辟糠覈"（苏辙《辛丑除日寄子瞻》），三苏父子到京不久即移居杞县。

六月苏洵长兄苏澹之子苏位卒，洵作《祭侄位文》。八月因欧阳修、赵抃之荐，以苏洵任试秘书省校书郎，洵有《谢相府启》和《谢赵司谏启》。

嘉祐六年辛丑（1061）：苏洵五十三岁，苏轼二十六岁，苏辙二十三岁。

正月苏轼兄弟因举制策，移居怀远驿（苏轼《感旧诗并叙》）。

苏洵上书韩琦，对其不能重用自己表示不满。七月以苏洵为霸州文安县主簿，与陈州项城令姚辟同修《礼书》（欧阳修《故霸州文安县主簿苏君墓志铭》）。

八月仁宗御崇政殿试所举贤良方正直言极谏科策问，苏轼兄弟各在所上五十篇《进策》《进论》和《御试制科策》中，系统提出了自己的革新主张。苏轼入第三等（一、二等为虚设，实为一等），苏辙因极论朝政之失，宫掖之秘，在朝廷引起轩然大波，胡宿等力主黜之，仁宗曰："吾以直言求士，士以直言告，今而黜之，天下其谓我何！"（苏辙《遗老斋记》）遂降一等，第以四等下。

制科入第后，苏轼除大理评事、凤翔签判，苏辙除试秘书省校书郎、商州军事推官。知制诰王安石以苏辙"右宰相专攻人主"，不肯草制，辙遂求留京侍父，从之。

苏轼兄弟即将离别，有感于韦应物"安知风雨夜，复此对床眠"诗而相约早退。

十一月苏轼赴凤翔签判任，苏辙送至郑州西门外，"话别郑原"（苏辙《怀渑池寄子瞻兄》）。从此，兄弟二人离别之日多，相聚之日少，开始岐梁唱和。

嘉祐七年壬寅（1062）：苏洵五十四岁，苏轼二十七岁，苏辙二十四岁。

苏洵在京修纂《礼书》，苏轼签判凤翔，苏辙在京侍父。二月苏轼往属县减决囚犯，作《奉诏减决囚禁记所经历》诗，苏辙次韵。四月，杨畋卒，苏辙作《杨乐道龙图哀词》。八月，伯父苏涣卒。十月，苏轼有《病中闻子由得告不赴商州》诗。岁暮，苏轼作《馈岁》《别岁》《守岁》诗，苏辙作《次韵子瞻记岁暮乡俗三首》。

嘉祐八年癸卯（1063）：苏洵五十五岁，苏轼二十八岁，苏辙二十五岁。

苏洵、苏辙在京，苏轼签判凤翔。三月仁宗去世，英宗继位。韩琦为山陵使，厚葬仁宗。苏洵作《上韩昭文论山陵书》，力主薄葬。是岁，王安石之母死，士大夫皆吊之，苏洵独不往，作《辨奸论》。

宋英宗治平元年甲辰（1064）：苏洵五十六岁，苏轼二十九岁，苏辙二十六岁。

苏洵、苏辙在京，苏轼签判凤翔，十二月罢凤翔任。

治平二年乙巳（1065）：苏洵五十七岁，苏轼三十岁，苏辙二十七岁。

正月苏轼还京，差判登闻鼓院，二月直史馆。苏轼兄弟汇集数年诗作为《岐梁唱和诗集》（苏辙《次韵姚孝标见还岐梁唱和诗集》）。

三月苏辙始仕，出为大名府（今河北大名）推官（苏辙《颍滨遗老传》）。

五月苏轼之妻王弗卒于京师，年二十七（苏轼《亡妻王氏墓志铭》）。

九月四日苏洵等编成《太常因革礼》一百卷。九月苏洵参加韩琦家宴，韩作《乙巳重阳》诗，苏洵作《九日和韩公》。

治平三年丙午（1066）：苏洵五十八岁，苏轼三十一岁，苏辙二十八岁。

苏轼续娶王闰之，苏轼《祭亡妻同安郡君文》："昔通义君（前妻王弗），没不待年，嗣为兄弟，莫如君贤。"王弗卒于二年五月，苏洵卒于三年四月，王弗"没不待年"而苏轼续娶王闰之，可知当娶于二年底或三年初。

春，苏洵病。欧阳修多次致书问病情（欧阳修《与苏编礼启》）。四月二十五日苏洵卒于京师，朝野之士为作哀词铭诔者百三十有三人（张方平《文安先生墓表》）。苏轼兄弟护丧出都，自汴入淮，沿江而上返蜀。

治平四年丁未（1067）：苏轼三十二岁，苏辙二十九岁。

正月英宗崩，神宗继位。苏轼兄弟在蜀居父丧。八月葬苏洵于彭山县安镇乡可龙里（见张方平《文安先生墓表》）。

宋神宗熙宁元年戊申（1068）：苏轼三十三岁，苏辙三十岁。

四月王安石越次入对，并上《本朝百年无事札子》，认为"大有为之时，正在今日"（《续资治通鉴》卷六六）。冬，苏轼兄弟居父丧期满，挈家还京，在长安度岁。

熙宁二年己酉（1069）：苏轼三十四岁，苏辙三十一岁。

二月以富弼同平章事，王安石参知政事。创制置三司条例司，开始变法（《续资治通鉴》卷六六）。苏轼兄弟于二月到京后，因王安石不满苏轼议论异己，仍以苏轼为殿中丞、直史馆、判官告院；以苏辙为制置三司条例司检详文字。王安石欲变科举，神宗疑之，召两制三馆议。苏轼上《议学校贡举状》，安石不悦，命轼摄开封府推官，欲以事繁困之（苏辙《东坡先生墓志铭》）。苏辙在条例司亦与王安石意见不合，八月上《制置三司条例司论事状》《条例司乞外任状》，全面批评新法，且请外任。安石大怒，欲加以罪，陈升之阻之，奏除河南推官。

熙宁三年庚戌（1070）：苏轼三十五岁，苏辙三十二岁。

正月张方平出知陈州，奏改辟苏辙为陈州教授，辙有《初到陈州》诗。上元节有旨市浙灯，苏轼上《谏买浙灯状》，诏罢之。轼惊喜过望，又作《上皇帝书》《再上皇帝书》，全面批评新法。殿前策进士，士子附和王安石，争言旧法不是，轼作《拟进士对试策》一道，并以"苻坚伐晋以独断亡""燕哙专任子之而败"讽神宗。王安石党大怒，御史知杂事谢景温诬奏苏轼居丧服除往复贾贩。诏湖北运司查核，穷治无所得。轼无一言自辩，乞外任避之。（《续资治通鉴长编》卷二一四）

熙宁四年辛亥（1071）：苏轼三十六岁，苏辙三十三岁。

苏辙任陈州学官。苏轼以太常博士、直史馆通判杭州，七月出都赴陈，谒张方平，看望苏辙，留七十余日（苏轼《记铁塔厄台》）。九月苏轼兄弟同赴颍州，谒欧阳修，并别于颍。苏轼沿途游山玩水，十一月二十八日到杭州任。到官三日即游孤山、灵隐、上天竺，访僧惠勤、惠思、辩才。除夜，轼作《都厅题壁》诗（王文诰《苏诗总案卷七》）。

熙宁五年壬子（1072）：苏轼三十七岁，苏辙三十四岁。

苏轼通判杭州。八月乡试，苏轼监试。赴汤村，开运盐河，又赴湖州相度堤岸，有《汤村开运盐河雨中督役》《吴中田妇叹》等讥刺新政之诗。

苏辙任陈州学官，八月赴洛阳考试举人，继游嵩山，沿途有诗。

熙宁六年癸丑（1073）：苏轼三十八岁，苏辙三十五岁。

苏轼通判杭州，协助知州陈述古修复钱塘六井成，作《钱塘六井记》。冬，赴常、润等地赈饥。

苏辙任陈州学官，夏改齐州掌书记，有《自陈适齐戏题》诗。九月李师中知齐州。十月作《京西北路转运使题名记》。

熙宁七年甲寅（1074）：苏轼三十九岁，苏辙三十六岁。

四月王安石罢相，出知江宁。

苏轼通判杭州，纳妾朝云。五月被命知密州，九月离杭，十一月到任，上《论河北京东盗贼状》。

苏辙任齐州掌书记。二月李师中知瀛州，有《送李诚之知瀛州》诗。三月李肃之知齐州，有《齐州代李肃之谏议谢表》。与李遵度游，为作《洛阳李氏园亭记》。

熙宁八年乙卯（1075）：苏轼四十岁，苏辙三十七岁。

二月，王安石复相。苏轼知密州，有《上韩丞相论灾伤手实书》《上文侍中论强盗赏钱书》。作《江城子·记梦》，悼念已去世十年的前妻王弗。又作《江城子·密州出猎》。

苏辙任齐州掌书记。春末夏初游泰山，有诗纪行。李肃之建闵子庙，苏辙为作《齐州闵子祠堂记》。知历城施辩建泺源石桥，苏辙为作《齐州泺源石桥记》。苏轼在密州建超然台，苏辙为作《超然台赋》。

熙宁九年丙辰（1076）：苏轼四十一岁，苏辙三十八岁。

十月王安石再次罢相，从此闲居金陵。

苏轼知密州。建盖公堂并作《盖公堂记》，希望无为而治。又作《水调歌头·丙辰中秋》，怀念苏辙。十二月移知河中府，离密州。

苏辙任齐州掌书记。二月李公择代李肃之知齐州。十月苏辙罢齐州任还京，暂寓范镇东斋，作《自齐州回论时事书》，批评神宗"知其（指王安石）不可用而去之，又循其旧术而不改"。

熙宁十年丁巳（1077）：苏轼四十二岁，苏辙三十九岁。

苏辙改官著作佐郎，张方平辟为南京签书判官。二月苏辙自京往迎苏轼，相会于澶、濮之间。抵陈桥驿，告下，苏轼改知徐州，不得入国门，遂居郊外范镇东园。为长子苏迈娶石昌言之孙女，苏轼《与黎希声书》云："向自密将赴河中府，至陈桥驿，受命改差彭城，便欲赴任。以儿子娶妇，留城东景仁园中。"王文浩《苏诗总案》卷一五载："迈时年十九，其婿于谁氏，不可考也。"1982年四川眉山出土了《苏符行状》，其"婿于谁氏"已可确考。《苏符行状》云："先公姓苏氏，字仲虎，讳符，世居眉山。曾王父讳洵，王父讳轼，父讳迈，母石氏，故中书舍人昌言之孙。"

四月苏辙送苏轼赴徐州，留百余日。中秋夜，苏轼兄弟作《水调歌头》话别。八月十六日苏辙离徐，赴南京签判任，不久，张方平告老，龚鼎臣知南京。

黄河决口，八月二十一日水及徐州城下，苏轼率军民防洪，徐州得以保全。

元丰元年戊午（1078）：苏轼四十三岁，苏辙四十岁。

苏轼知徐州。为防水之再至，苏轼组织徐州军民修筑外城，并建黄楼。重阳日在黄楼举行盛大的落成典礼，坐客三十余人，多知名之士。

苏辙任南京签判。五月龚鼎臣移知青州，陈汝羲知南京。九月苏辙原拟参加黄楼落成，并作《黄楼赋》，因事未成行。苏辙之女适文同之子文逸民，十月文同知湖州，有《送文与可知湖州》诗。

元丰二年己未（1079）：苏轼四十四岁，苏辙四十一岁。

苏轼知徐州。正月文同赴湖州任途中卒于陈州。三月以苏轼知湖州，赴任前先到南京看望苏辙，为留半月，四月到任。七月以谤讪新政的罪名被捕入京，十二月责授黄州团练副使。

苏辙任南京签判。四月有《代张方平乞致仕表》，七月张以太子少师致仕，有《代张方平谢致仕表》。苏辙作《为兄轼下狱上书》，乞纳在身官以赎兄罪，坐贬监筠州盐酒税。

元丰三年庚申（1080）：苏轼四十五岁，苏辙四十二岁。

正月苏轼离京过陈州，苏辙自南京来陈，三日而别。二月一日苏轼到达黄州贬所，初居定惠院，后徙城南临皋亭，时游武昌寒溪、西山。黄州守徐君猷待轼甚厚。

苏辙离南京，赴贬所，张方平凄然不乐，口占一绝为别，已而泣下。五月底苏辙先送苏轼家室至黄州，为留十日，同游武昌西山，再赴贬所。时毛维瞻守筠州，二人唱和甚多。

元丰四年辛酉（1081）：苏轼四十六岁，苏辙四十三岁。

苏轼贬官黄州。故人马正卿为苏轼请得城东营房废地数十亩，苏轼躬耕其中，并自号东坡居士。伯父苏涣之孙，东坡之侄苏安节赴举报罢，赴黄见轼，轼有《侄安节远来夜坐》等诗。

苏辙贬官筠州。女婿王适赴举，苏辙有《送王适徐州赴举》诗。八月被差入筠州试院评定考卷，有《戏呈试官》等诗。是岁作《庐山栖贤堂记》《筠州圣寿院法堂记》《筠州圣祖殿记》《黄州师中庵记》等文。

元丰五年壬戌（1082）：苏轼四十七岁，苏辙四十四岁。

苏轼贬官黄州，在东坡筑雪堂，自书"东坡雪堂"四字以榜之。三月游沙湖，作《定风波·莫听穿林打叶声》。至蕲水，作《浣溪沙·山下兰芽短侵溪》。七月和十月两次游赤壁，作前、后《赤壁赋》和《念奴娇·赤壁怀古》。

苏辙贬官筠州，三月作《上高县学记》。毛维瞻致仕，有《送毛君致仕还乡》诗。苏轼建武昌九曲亭，苏辙为作记。婿王适应举落第，至黄州看望苏轼后归筠州。

元丰六年癸亥（1083）：苏轼四十八岁，苏辙四十五岁。

苏轼贬官黄州。巢谷因韩存宝案，遁迹江淮，来黄州，苏轼以子苏迨、苏过从之学。朝云生子苏遁，作《洗儿》诗。滕达道自安州赴阙，作《与滕达道书》，劝滕以言为戒。

苏辙贬官筠州。国子监司业朱服言，权筠州州学教授苏辙所撰州学试题乖戾经旨，候有新官令罢。苏辙乞本路别差官管勾，从之。

元丰七年甲子（1084）：苏轼四十九岁，苏辙四十六岁。

苏轼贬官黄州，四月量移汝州。苏轼赴汝途中，绕道筠州访苏辙，有《端午游真如，迟、适、远（皆苏辙之子）从，子由在酒局》诗；游庐山，作《题西林壁》；游石钟山，作《石钟山记》；过金陵，访王安石，相与唱和。幼子苏遁夭折于金陵。年终抵泗州，上表求常州居住。

苏辙贬官筠州。九月以苏辙为绩溪令，十二月离筠州赴绩溪任。过南昌，游徐孺亭，登滕王阁。除夜泊舟鄱阳湖口，遇大风雪。

元丰八年乙丑（1085）：苏轼五十岁，苏辙四十七岁。

三月神宗病逝，哲宗继位，高太后听政。以司马光为门下侍郎。

苏轼赴汝途中，于二月抵南都，谒张方平。告下，允轼常州居住，五月至常州。六月告下，起知登州。十月到登州任，到官五日被召还朝任礼部郎中。

苏辙到绩溪任后，卧病五十余日。八月以校书郎被召还朝，赴京途中，绕道杭州，访苏洵遗迹，然后北上。

宋哲宗元祐元年丙寅（1086）：苏轼五十一岁，苏辙四十八岁。

四月王安石去世，九月司马光去世。苏轼还朝半月升起居舍人，三个月后升中书舍人，不久又任翰林学士、知制诰。苏轼基本支持司马光废新法，逐新党，但反对尽废新法，特别是免役法，主张兼用其长。

苏辙北上途经南都，谒张方平。二月至京，改除右司谏，九月除起居郎，十一月任中书舍人。苏辙任右司谏的半年中，上奏状七十余篇，约占苏辙现存奏状的一半，内容涉及元祐之政的各个方面。

元祐二年丁卯（1087）：苏轼五十二岁，苏辙四十九岁。

苏轼任翰林学士，苏辙任中书舍人，兄弟二人同掌内外制。针对高太后无意用兵，苏轼兄弟就擒获鬼章事上章，主张加强战备，因事正法。因政见不同，逐渐形成以程颐为首的洛党，以苏轼为首的蜀党，以刘挚为首的朔党，党争日演日烈。十一月，苏辙除户部侍郎。

元祐三年戊辰（1088）：苏轼五十三岁，苏辙五十岁。

苏轼任翰林学士，苏辙任户部侍郎。三月苏轼权知礼部贡举，苏辙、王钦臣等为武举考官。五月一日苏轼兄弟同转对，各条上三事，并有诗记其事。九月以御史中丞孙觉和苏辙等考试制科举人。十二月因周穜上疏请以王安石配享神宗，苏轼上章劾周穜。

元祐四年己巳（1089）：苏轼五十四岁，苏辙五十一岁。

苏轼连章请郡，三月以龙图阁学士出知杭州。五月过南都谒张方平。七月到达杭州任，时杭旱、饥，苏轼组织疏竣茅山、盐桥二河，以工代赈。

苏辙任户部侍郎，六月改翰林学士、知制诰以代苏轼，寻又权吏部尚书。十月奉命出使契丹，契丹盛传三苏文。十二月十日自契丹南归。

元祐五年庚午（1090）：苏轼五十五岁，苏辙五十二岁。

苏轼知杭州。春，杭州饥疫并作，苏轼减价粜常平米，施稀粥，作药汁，遣官率医分坊治病。捐黄金五十两，助建病坊。疏浚西湖，整治钱塘六井。秋，太湖泛滥，苏轼连上章疏，乞作救灾准备。

苏辙任翰林学士。自契丹还朝，上《北使还，论北边事札子五首》。五月以苏辙为龙图阁学士、御史中丞。苏辙上《乞分别邪正札子》，反对调停，起用旧党。

元祐六年辛未（1091）：苏轼五十六岁，苏辙五十三岁。

苏轼知杭州。三月被召入京任翰林学士、知制诰，兼侍读。六月到京。八月因两次遭到洛党攻击，出知颖州。上《论八丈沟不可开状》，避免了这一有害无益的工程。整治颖州境内沟渠，疏浚颖州西湖。

二月苏辙由御史中丞迁尚书右丞，为六执政之一，位同副相。八月洛党贾易弹劾苏轼兄弟必欲专国，纳蜀人分据要职。为苏轼竹西寺题诗事，苏辙代兄辩谤。轼出知颖州，作《感旧》诗别辙。辙有《次韵子瞻感旧》，以早退相勉。

元祐七年壬申（1092）：苏轼五十七岁，苏辙五十四岁。

二月苏轼自颖州改知扬州，三月到任。上章乞停催积欠，允许发运司船夫私载货物。八月以兵部尚书召还，九月到京，诏兼侍读。十二月迁端明殿学士兼翰林侍读学士，守礼部尚书。

苏辙任尚书右丞。四月哲宗立后，以苏辙摄太尉，充告期使。六月以苏辙为太中大夫，守门下侍郎。十一月合祭天地于圜丘，以郊祀恩，特加护军、开国伯，食邑五百户，食实封二百户。

元祐八年癸酉（1093）；苏轼五十八岁，苏辙五十五岁。

九月高太后崩，哲宗亲政。

苏轼任端明、翰林侍读两学士，守礼部尚书。五月上《乞校正陆贽奏议上进札子》，暗讽哲宗以苛刻、猜疑、好用兵、好聚财为戒。御史黄庆基三状言苏轼所撰吕惠卿谪官制诽谤先帝，黄以不实罢。八月一日苏轼继室王闰之卒于京师。九月罢礼部尚书任，出知定州，哲宗拒绝苏轼陛辞。苏轼到定州后整饬军纪，加强弓箭社。

苏辙任门下侍郎。三月御史董敦颐言苏辙差除不当，辙上章自辩。除李清臣为吏部尚书，蒲宗孟为兵部尚书，苏辙论其不可。哲宗亲政后首用内臣，苏辙谏之。范祖禹言防离间，以逐神宗之臣，改神宗之政为高太后之过，苏辙附名同进。疏入不报。

绍圣元年甲戌（1094）：苏轼五十九岁，苏辙五十六岁。

苏轼知定州，四月以讥斥先朝的罪名贬知英州，未至贬所，再贬远宁军节度副使，惠州安置。十月二日到达惠州。长子苏迈、次子苏迨归宜兴，幼子苏过、侍妾朝云随行。

苏辙任门下侍郎。三月廷策进士，李清臣撰策题，历诋元祐之政。苏辙上疏复面奏，谓若轻变九年之政，则大事去矣。哲宗谓辙"以汉武比先朝"，诏辙以本官出知汝州。四月苏辙至汝。五月苏轼赴贬所，途经汝州，看望苏辙。六月苏辙再贬袁州，七月再贬筠州，九月到达贬所，谢表中有"岁更三黜"语。长子苏迟，次子苏适留居颍昌，幼子苏远随行。

绍圣二年乙亥（1095）：苏轼六十岁，苏辙五十七岁。

苏轼贬官惠州，作《荔支叹》，揭露汉唐及本朝官僚争新买宠，竞献荔枝的丑态。表兄程正辅来访，消除因八娘死，与程家之旧怨。

苏辙贬官筠州。复理旧学，继续写作《诗传》《春秋传》《老子解》《古史》。

绍圣三年丙子（1096）：苏轼六十一岁，苏辙五十八岁。

苏轼贬官惠州。在白鹤观买地筑屋，作长住打算。助修惠州东西二桥。七月爱妾朝云卒。

苏辙贬官筠州。

绍圣四年丁丑（1097）：苏轼六十二岁，苏辙五十九岁。

苏轼贬官惠州，苏辙贬官筠州。二月苏轼白鹤观新居建成，长子苏迈来惠探视；苏辙长子苏迟亦到筠探亲。朝廷再次加重对元祐党人的惩处，苏轼远谪海南，苏辙远谪雷州。五月兄弟两人相遇于藤州，同行至雷州。六月苏轼渡海，兄弟二人别于海滨，遂成诀别。兄弟二人隔海相望，颇多唱和。

元符元年戊寅（1098）：苏轼六十三岁，苏辙六十岁。

苏轼贬官儋州。章惇遣董必查访广西，把苏轼逐出官屋。苏轼在城南买地筑屋，以避风雨。吴子野渡海访苏轼，为苏轼兄弟通消息。

苏辙贬官雷州。董必奏知雷州张逢礼遇苏辙，六月诏苏辙移居循州，张逢勒停。八月至循州，买曾氏宅以居。

元符二年己卯（1099）：苏轼六十四岁，苏辙六十一岁。

苏轼贬官儋州。琼州进士姜唐佐从苏轼学。知州张中因修官屋安置苏轼被罢，苏轼作诗送之。

苏辙贬官循州。正月蜀人巢谷来循探望苏辙，继往海南，死于途中。七月吴子野来。十一月苏辙幼子苏远之妻黄氏卒于贬所。

元符三年庚辰（1100）：苏轼六十五岁，苏辙六十二岁。

正月哲宗去世，徽宗继位，大赦天下。

苏轼贬官儋州。葛延之渡海来从苏轼学。五月，苏轼量移廉州。六月渡海，七月至廉州贬所。九月改舒州团练副使，永州安置。行至英州，复朝奉郎、提举成都玉局观，外州军任便居住。年底过岭。

苏辙贬官循州。二月量移永州。四月移岳州。十一月被命提举凤翔上清宫，外州军任便居住，遂居颍昌。

宋徽宗建中靖国元年辛巳（1101）：苏轼六十六岁，苏辙六十三岁。

苏轼渡岭北归。正月抵虔州。五月至真州，瘴毒大作，暴病，止于常州。六月上表请老，以本官致仕。七月二十八日卒于常州。吴越之民相与哭于市，士君子相与吊于家；讣闻于四方，无论贤愚皆咨嗟出涕，太学之士数百人相率斋于惠林佛舍。士民惜哲人之萎，朝野嗟一鉴之逝。

苏辙闲居颍昌。三月苏涣之孙苏千之归，托祭东茔，作《北归祭东茔文》。四月寄书与兄，劝轼到颍昌同住。苏轼病逝，为作墓志和祭文，遣幼子苏远往奠。十月理旧书，得苏轼《和渊明归去来兮辞》，泣而和之。

崇宁元年壬午（1102）：苏辙六十四岁。

闲居颍昌。四月迁亡嫂王闰之枢于颍，待轼丧至合葬。五月党祸复起，苏轼等已去世之元祐党人，原追复官告并缴纳；苏辙等在世之人，并不得与在京差遣。闰六月葬苏轼、王闰之于郏城小峨眉山，苏辙之媳、苏远之妻黄氏同葬。苏辙削五官，降授朝议大夫。八月诏元祐党人子弟不得在京差遣，长子苏迟罢太常太祝。

崇宁二年癸未（1103）：苏辙六十五岁。

为避祸，苏辙独迁汝南。姜唐佐访辙于汝南。十月罢苏辙提举太平宫之寄秩官。

崇宁三年甲申（1104）：苏辙六十六岁。

正月还居颍昌，杜门不出。八月遣苏适返蜀祭东茔，除夕作《岁暮口号》，有"此心点检终如一，世事无端日日新"之句。

崇宁四年乙酉（1105）：苏辙六十七岁。

闲居颍昌。三月作《喜雨》诗，有"时闻吏号呼，手把县符赤。岁赋行自办，横敛何时毕"之句。七月诏元祐宰执坟寺特免拆毁，不得充本家功德院。年终作《岁暮二首》，有"眼看世富知难了，手注遗编近一新"之句。

崇宁五年丙戌（1106）：苏辙六十八岁。

闲居颍昌。三月侄孙苏元老进士及第，调广都主簿，有《送元老西归》诗。韩驹来颍昌从苏辙学。九月作《颍滨遗老传》，编定《栾城后集》，并作引。蔡京铸当十大钱，招致币制混乱，苏辙作《丙戌十月二十三日大雪》诗，有"奸豪得巧便，轻重窃相易。……彼哉陶钧手，用此狂且愎"之句。十一月又作《反古菖蒲》诗，讥刺王安石变法是"一人得饱满，众人皆不悦"。

大观元年丁亥（1107）：苏辙六十九岁。

闲居颍昌。正月诏元祐宰执坟寺曾经放罢者并给还，有《谢复坟寺表》。筑室盈百间，有《初成遗老斋、待月轩、藏书室三首》等诗和记。又著《论语拾遗》。

大观二年戊子（1108）：苏辙七十岁。

闲居颍昌，正月苏辙复官，有《谢复官表》。读《传灯录》，有《书〈传灯录〉后》和《书〈传灯录〉示诸子》诗，诗有"大鼎知难一手扛，此心已自十年降"之句。

大观三年己丑（1109）：苏辙七十一岁。

闲居颍昌。表弟程信孺剖符单父，归乡待阙，特来颍昌看望苏辙。

大观四年庚寅（1110）：苏辙七十二岁。

闲居颍昌。张芸叟编乐府诗相示，作《寄张芸叟》诗，谓"点黯（草书势）旧无对，吟哦今有谁？十年酬唱绝，欢喜得新诗"。

政和元年辛卯（1111）：苏辙七十三岁。

闲居颍昌。二月作《春旱弥月》诗，有"深愧贫民饥欲死，可怜肉食坐称贤"之句。龙川道士廖有象来访。编《栾城第三集》，并作《引》。

政和二年壬辰（1112）：苏辙七十四岁。

闲居颍昌。"不踏门前路"的苏辙，这年春天突然游颍昌西湖，泛溟水，并有诗。九月，苏辙由中大夫转大中大夫致仕。作《坟院记》《壬辰年写真赞》《管幼安画赞》。十月三日卒。十一月追复端明殿学士，特赐宣奉大夫。原拟葬辙于眉州祖茔，王巩《苏黄门挽诗》自注"子瞻葬汝，公归眉"，苏过《祭叔父黄门文》："倾一奠而永已，不得执绋挽公之柩葬于西岷"，皆可为证。但不知何故，后来仍葬苏辙于郏县小峨眉山苏轼墓旁。1973 年河南郏县三苏坟（苏洵坟为衣冠冢）出土的《苏仲南墓志铭》云："（宣和）五年十月晦日合葬于汝州郏城上瑞里先茔之东南巽隅。"苏仲南即苏适，苏辙次子，"先茔"当指苏辙之茔。此为苏辙葬于今河南郏县之铁证。苏辙之妻史氏，卒于政和七年（1117），亦葬于此。

图书在版编目（CIP）数据

三苏选集 / 曾枣庄，曾涛选注. 一成都：巴蜀书社，2017.12
（曾枣庄三苏研究丛刊）
ISBN 978-7-5531-0883-4

Ⅰ.①三… Ⅱ.①曾…②曾… Ⅲ.①苏洵（1009－1066）－文集
②苏轼（1036－1101）－文集③苏辙（1039－1112）－文集 Ⅳ.I214.411

中国版本图书馆 CIP 数据核字（2017）第 259478 号

三 苏 选 集

SAN SU XUAN JI

曾枣庄
曾 涛 选注

策　　划	侯安国
封面题字	乐　林
责任编辑	陈亚玲　熊　欣　杨合林
封面设计	冀帅吉
出　　版	巴蜀书社
	成都市槐树街 2 号　邮编 610031
	总编室电话：(028)86259397
网　　址	www.bsbook.com
发　　行	巴蜀书社
	发行科电话：(028)86259422　86259423
经　　销	新华书店
照　　排	四川胜翔数码印务设计有限公司
印　　刷	成都东江印务有限公司
版　　次	2018 年 2 月第 1 版
印　　次	2018 年 2 月第 1 次印刷
成品尺寸	240mm×170mm
印　　张	44.25
字　　数	700 千
书　　号	ISBN 978-7-5531-0883-4
定　　价	180.00 元

本书若有印装质量问题，请与工厂调换